IM PRESS
I0773170

IM PRESS

Татьяна Успенская (Ошанина)

ХРИСТИНА
и её сын ВОВКА

БОСТОН · 2024 · BOSTON

Татьяна Успенская (Ошанина)
Христина и ёе сын Вовка. *Роман*
Публикуется в авторской редакции

Tatiana Uspenskaya (Oshanina)
Christina and her son Vovka. *A Novel*
Published in the Author's Edition

ISBN 978-1-960533487

Published by M•Graphics | Boston, MA
✉   mgraphics.books@gmail.com
💻   www.mgraphics-books.com

Cover Design by Larisa Studinskaya © 2024
Book Design by M•Graphics © 2024

Printed in the United States of America

*С глубокой благодарностью за помощь
моему другу, блестящему редактору,
замечательной актрисе и жертвенному человеку —
Татьяне Евгеньевне Кузнецовой*

СОДЕРЖАНИЕ

ЧАСТЬ ПЕРВАЯ

Глава первая

Как созидается человек? Уже существующая душа по велению Бога спускается на землю и поселяется в родившемся младенце, сразу оделённая судьбой? Или Бог вовсе не при чём, а человек созидается из родителей и прадедов с прабабками, в себя вбирая пороки, болезни, таланты, грехи, муки их всех, в своём «я» сохраняя их генетический код и жизненный багаж, и сам он не знает, в какую минуту чья кровь подаст о себе весть? А может быть, судьба человека зависит только от него самого, и ни Бог, ни предки не при чём?! Просто тот, кто не сумел сам построить свою судьбу, обвиняет других во вторжении в неё?

Чьё назначение выполняет она, ничем не выдающаяся, наречённая при рождении Христиной, а после Октября семнадцатого года переделанная в Вальку?!

Её мать — Устинья, отец — Андрей Рожнов.

1

Бог ли дал Устинье красоту, природа ли, только всяк, увидев её, столбенел. Сперва дар речи терял — просто глазел. Попривыкнув, приставал с вопросами:

— Ты, Устинья, не свёклой щёки натираешь?

— Зубы у тебя, Устюша, настоящие али как? Эко, один к одному!

— Глазами-то погоди зыркать, прожжёшь! Где такие отпускают, по какой милости? Поделись.

Устинья весёлая была в девках. Траву косит, жнёт рожь, огород копает, окучивает картошку — всё со смешком. И тут насмешничает вроде, а отвечает чин по чину:

— Свёклой тру. Углядел как есть правду. Зубы у тебя заняла, волосы у русалки, глаза — у ведьмы.

С Андреем жили через дом. Бегали вместе в овраг ловить птенцов. Вместе с горы скатывались, а друг друга не замечали.

По шестнадцать им было, метали стога. Устинья затомилась. Она любила зарыться в готовый стог, утопить себя в колючие запахи. В тот вечер под красное закатное солнце уснула, зубами зажав сухой горьковатый василёк.

— Устюша! — придавило её жаром солнца. — Устюша! — Со сна не поймёт, что с ней. — Устюша! Уточка моя!

— Господи! — охнула. Руками, ногами оттолкнула от себя Андрея. Села в жарком стогу.

Потный, красный, он — над ней — в пожаре от солнца, падающего за далёкий лес.

— Смотри, могу зарод сдвинуть, — подошёл к соседнему стогу, наклонился, выставив тощий зад, сдвинул стог. — Уточка моя. — Руки висели тяжёлые по бокам. — Я не обижу тебя, будем венчаться. Устюша…

Она, прижаренная к стогу, сидела смотрела на Андрея.

Он увидел её. Она увидела его. И про себя охнула.

Краше всех был Андрей.

— Какое будет твоё слово? — спросил. Дурманом потело сено. — Работу справлю любую. Картузы умею делать, шапки. Сыта будешь.

Выплюнула василёк. Выплюнула горечь. Девки с парнями сидят на брёвнах, гармонь слушают, она ни разу не сидела. Хочется посидеть. Девки с парнями водят хоровод. Она не водила ни разу. Хочется поводить.

— Уточка! — повторял в беспамятстве Андрей.

Парни девок за руки берут, целуют, — сестра сказывала. Смотрела Устинья на Андрея, не знала, как встать, что сказать. Обсыпался солнечный свет на лес.

— Иди, — приказала. — Потом скажу.

Уходил медленно. Подхватил рубаху с земли, волочил. Уносил последний солнечный свет.

Запахом сена молодела потом всегда.

Так и не посидела на брёвнышках, не поводила хороводы, из детей сразу попала в жёны, в чужую семью: мать с отцом, старший брат с женой, два брата меньших. Семья большая, изба маленькая: через людей шагай, коль захочешь ночью по нужде выйти. Им с Андреем отдали лучшую, родительскую, за занавеской, кровать. «Уточка!» — шептал ночью. А днём шил шапки, готовые сносил купцу. Щедрый купец расплачивался водкой. Не надо в монопольку ходить за три версты! «Мужиком признал меня», — хвастался перед ней Андрей, плечи разворачивал. «Угощаю!» — отцу и братьям наливал каждый вечер. На пятерых расходилась бутылка.

Косо сыпал снег, облепил заборы, деревья, кусты, одел в белое. «Уточка! — шепчет, губами шарит по ней, всю исшарит, всю ищиплет, всю изгладит. —Устюша!» Шла чистая зима. В ту зиму Андрей весёлый был, гулять с ней ходил по улице, под руку вёл, гордился, что она идёт животом вперёд, всем показывал: будет ребёнок.

По воскресеньям с братьями рубили дом. Дом ставили Андрею. Родится ребёнок, люльку некуда привесить. Устинью к строительству не допускал: неровен час —оступится, неровен час —доска упадёт на неё. Избу справили к весне, перед самым севом. Изба пахла смолью. Спали на полу. На полу родился в июле мальчик. Лёня.

Светло жилось Устинье. Своя изба. Корову привёл Андрей. Курей купили. Огород стали сажать.

Смолью пахнет изба. Под Лёнино сопенье сладко любится. Лучший картузник, Андрей не имел отбою от работы. Платили больше водкой. Не с братьями и отцом, теперь выпивал один всю бутылку. Пил, хвастался —какой он мастер, купец хвалит, а купцу его изделия народ хвалит. Пил, хвастался —всю Рассею обошьёт картузами.

А она что? Её дело —земля, скотина, дом. Её дело детей рожать. Она и рожала. Да после Лёни —одни девки пошли. И Андрей изменился к ней: губы стали мокрыми, руки —грубыми, болью мнёт грудь, кусает, а потом начинает выговаривать: «Зачем девок рожаешь? Мне девок не нужно. Парней рожай, работников. Одному поле передам, другому —ремесло, третьему —огород. Для четвёртого тоже дело найдётся». Девки шли дождём. Одна за другой. Паша да Маруся, Нюша да Дуся. И год от году всё больше пил Андрей, всё больнее мял грудь, кровавее щипал, громче во хмелю кричал на неё.

Трезвый теперь был редко. Трезвый не кричал, обнимал по-прежнему, нежно, тихо жаловался:

— В нашем корню девки сроду не рожались. От тебя, Устька, по твоей вине, ты носишь их мне. Разоряешь! Нету силов у меня на столько ртов. Девку кормить впустую. В чужую семью пойдёт. Да если бы задаром пошла, а то ещё приданое за неё дай! Пожалей меня, Устюша, рожай парней!

Попервоначалу плакала вместе с Андреем, оправдывалась: разве виноватая она, что девки? Гладила его опухшие щёки.

— Не пей, —просила. —Давай продадим овёс и картошку, выручим деньги, лошадь купим. Ты только не пей. Если будем водку продавать, сделаемся богатые. Пожалей, Андрюша. Девки, а всё твоя кровь!

Он шёл в сенцы за бутылкой и наливался. Снова бил её: кусал до крови, как злой зверь, болью припечатывал к перине.

Пил Андрей вместе с дядей Яшей. У дяди Яши причина была: единственный сын утонул, дома дядя Яша вовсе не мог находиться, всё по чужим избам ходил, а у Андрея —полон дом ребятни. Перед дядей Яшей на колени падала. «Не пей с Андрюшей, — просила. — Пожалей детей. Работа стоит».

Дядя Яша — маленький, сухонький мужичонка, со слезящимися, по-собачьи тоскливыми глазами, когда трезвый, жалеет её, кивает аккуратной прилизанной головой: «Плохо дело. Негоже пить. Скажу Андрюхе. Не буду с ним пить! Но и ты не сплохуй: чтоб с другим он не выпил». А как выпьет первый стакан, обо всём позабывает, кричит тонким голосом: «Горит нутро. Давай, Андрюха, потушим!».

Андрей не водку пьёт, злобу, и только выпьет, злоба со слюнями вместе выплёскивается обратно на всех, кто окажется рядом: «Заели мой век! Прожоры! Дармоедки!». Девки разбегаются из-под Андреевых кулаков, сама Устинья слово поперёк сказать боится, лишь голову в плечи втягивает, когда Андрей обрушивает на неё свою злость. Только Лёню Андрей не трогает. Издали завидит, зовёт ласково:

— Подмогни, сынок! — Обхватит его за жидкие плечи, обвалится на него всем грузным телом, заплетаясь ногами, едва бредёт домой. — Ты понимать должон, сынок, почему пью. Стерва загубила меня, рожает одних девок. Без разума у тебя мать. — Про Устинью выговорит, начнёт виноватиться перед Лёней: — Сынок, не обижайся! Брошу проклятую. Самого жжёт. Не суди, сынок.

Виниться винится, а пьёт всё безнадёжнее.

Особенно тяжёлый год случился одиннадцатый: голод. Дети лежали по лавкам, пухли с голоду. На траве да желудях сил не наберёшь. Андрей же пил без просыпу на голодный желудок. Совсем голову потерял. Тайком от Устиньи курей распродал и тряпки, какие добрые оставались от её приданного.

После этого года так и не поднялись. Правда, коровёнка ещё оставалась с белым лбом и белыми ногами — Рябушка-кормилица. Точно сердцем понимала Устиньину заботу, старалась — отдавала молоко щедро. Ещё лошадь была, да хворая, ходила медленно, как и все они, без сил — к весне нечем становилось её кормить. Еле передвигала ноги и Устинья, но детей надо накормить... хоть лепёшками из сухой травы.

Только Андрея не брали ни водка, ни голод, напьётся, носится в полной силе по деревне ли, по дому ли, дерёт глотку: «Вы все — грязь под ногами, я — свободный человек. Это как — всю-то жизнь в навозе копаться?! Это как — никаких прав у меня нету?!».

Не понимает Устинья, на что сетует Андрей. Это она одну работу видит да голодных детей!

В четырнадцатом году объявили сухой закон, позакрывали монопольки. Точно проснулась Устинья — бухнулась на колени перед Богоматерью, смотрящей на их жизнь из красного угла, принялась благодарить за милость. Ждала Устинья добрых перемен. Неделю не пил Андрей, ходил косматый, натыкался на лавки, жаловался:

—Жжёт грудь, горит. Мочи нет. Худо мне, Устя.

Не пил, а помогать всё одно не помогал: ни воды в колодце набрать, ни землю вскопать.

На несколько дней нашёл забаву—принёс из Семёновского собачонку, назвал Розкой. Играл с ней, обед делил, разговаривал точно с человеком: «Ты, Розка, на меня смотри, не отворачивайся, я человек пропащий, но и мне, пропащему, нужно, чтобы на меня смотрели. Понимаешь? На-ко хлебца, пожуй».—Каждый день уходил с Розкой в Семёновское, к бывшей монопольке. Возвращался чуть не ползком, находил дядю Яшу, жаловался: «Жизни нету. Горю».

Розка не помогла. Метался-метался Андрей, маялся-маялся да приспособился: стал пить денатурат. Это кум виноватый. Сам столяр хороший, работает с утра до ночи, хозяин справный, в рот спиртного не берёт, а людей, вишь, портит—своей рукой подносит Андрею денатурат-политуру. Раньше и слыхом не слыхала Устинья про такое название—что ей за дело до столярных работ, а теперь досконально изучила и запах, и цвет его: синеватый, прозрачный, ядовитый, годится табуретки делать, а не для желудка. Молила Андрея не пить, прятала, выливала во двор. Не помогло. Поначалу хоть разбавлял, к концу лета цельный пил. Возненавидела Устинья своего кума, видела теперь в нём не родственника, а приземистого, красномордого врага: злой человек—не слушает её молений!

Август в тот, пятнадцатый, год выдался щедрый: уродились огурцы, яблоки, крупные груши.

А в Устиньином доме всё одно: урожай неурожай, щи всегда постные, хлеба—не досыта. В августе ещё хорошо. Рвут дети колосья ржи и пшеницы, едят зерна, немытую короткую морковь грызут. Устинья ловчила как могла: варила кисель из высевки. Высевку пробовала печь, как хлеб. Молола овёс, тоже пекла.

От голода ли, от слёз ли, что выплакала из-за Андрея, от обиды ли на злую жизнь, тяжело носила в тот год Устинья ребёнка—точно камень, ворочался он в утробе. Пухли, слабели ноги. Ломило поясницу.

Тот день с утра не задался: еле сползла с кровати. Пошла доить корову, ступила на порожек сарая и не смогла больше ни шагу сделать, опустилась на землю. До кормилицы своей, до надёжи своей— Рябушки не добралась. Сидела, издалека смотрела, как Рябушка прихватывает сено мягкими губами, жуёт, как обиженно косится на неё и в нетерпении перебирает ногами. Рядом с Устиньей присела Розка—тощая, жалкая, трётся об Устиньин бок, заглядывает в глаза: дай поесть! Андрей позабыл о ней, не кормит. Что дашь? Детям нету.

Устинья отвела глаза от Розки.

Доить позвала Пашу. Паша — девка быстрая, руки проворные, в неё пошла. Хоть и тринадцать всего, а силы в Паше много, все повадки её, Устиньины, переняла: сосцы прихватывает ловко, взрослой хваткой, споро доит! Смотрела Устинья на Пашу, какая у неё крепкая, большая спина, какие толстые косы, гордилась — ладная получилась.

Ладная-то ладная Паша, а хворая — сызмальства шмыгает носом. К фельдшеру сводить бы, да чем заплатишь ему?!

В избе надрывно закричала четырёхлетняя Дуська.

Корову доить сил не хватило, а натужный Дусин крик поднял. Переваливаясь тяжёлым животом с ноги на ногу, всё-таки дошла до грядок. И здесь Дуську слыхать. Всей собой надавила Устинья на лопату — та чуть вошла в сухую плотную землю. Повиснув на лопате, стояла — отдыхала.

Сколько же ещё так жить?! У людей хлеб свой, земля в огороде ухожена, ни голода, ни нищеты, только она с детьми вовсе проклятая.

Лёня очутился рядом, взял у неё из рук лопату, пробил тугую землю. С трудом опустилась на межу, стала под Дусин горький плач выбирать мелкую ещё картошку. Истощённая чёрствая земля расступалась неохотно, не хотела отдавать картошку, хотела дорастить. С недозрелой капустой, с ведёрком недозрелой картошки поплелась в дом.

— Только детей делать! — пожаловалась сыну.

Дуська, в светлом пухе волос, не мигая, мокрыми глазами смотрела, как Паша льёт ей из ведёрка молоко. Всеми десятью пальцами ухватила стакан, захлёбываясь, жадно выпила. Облизала губы, больно ткнулась в живот Устиньи.

— Есть хочу.

Паша, шмыгая носом, пошла из избы.

Дуська снова горько заплакала. Под её плач Устинья стала разжигать печку. На улице сухота, а здесь огонь тухнет, и на тебе! Дует Устинья изо всех сил, до красноты в глазах, щепки суёт — попусту, не горит огонь. Выпрямилась, повернулась к спящему Андрею, кочергу подняла над головой.

— Ирод проклятый! — сказала глухо.

Лёня отобрал кочергу, легко расшуровал дрова, сложил аккуратно щепки, разжёг печку, сунул в неё горшок с похлёбкой.

Сварились всё-таки щи. Без хлеба, без мяса — пустые, лишь чуть забелённые молоком.

Началось в обед. Дети расселись за столом. Устинья и не смотрит на них, чего смотреть, и так знает—будут жадными ложками ловить гущу, будут жадно глотать, в одну минуту ничего не останется, а голод не уйдёт.

Андрей услышал запах щей, чавканье ребячье, слез с лавки, пошёл в сени. Вернулся с бутылкой, торопясь, вытащил пробку, уселся за стол. Нечёсаный, с голой грудью.

Устинья разливает чай. Самовар фыркает, кипяток штопором вкручивается в стакан. Устинья торопится: с утра во рту ни крошки не было, ребёнок сосёт её, как червяк.

Чай пить она любит—обманывает голод.

Наконец уселась, налила в блюдце, поднесла ко рту и тут только увидела Андрея: закинув голову, выставив острый кадык, жадно глотает.

—А ну, положь,—приказала она, держа у рта дымящееся блюдце. Андрей даже головы не повернул в её сторону. Денатурат булькал, переливался из бутылки в него. В другой раз пронесло бы, а тут язык опередил терпение:—Разори-ил детей!—выдохнула. Накренилось блюдце, на стол тяжело полился кипяток, растёкся лужей. Поставила блюдце в лужу.—У всех хлеба вдосталь, до нового урожая хватает, картошки у всех до нового урожая хватает. Разори-ил! Детям в глаза посмотри. Хлеба хочут!—голосила она голодным брюхом.

Андрей перестал пить, утёр губы, рявкнул:

—Замолчи!—Принялся хлебать щи.

—Отец, что ли?—Устинья, как для прыжка, собралась: сейчас вцепится в опухшую ненавистную физиономию.—Чужой пожалел бы детей! Наплодил, а голодом моришь.

—Замолчи!—взревел Андрей, швырнул в неё ложкой.

—Не отец. Ирод. Ирод.

Андрей вскочил. Борода всклоченная, глаза над оплывшими скулами мутные, грудь в серых кудрях. Схватил стакан с чаем, плеснул Устинье в лицо. Плюхнулся на лавку, снова, чавкая, стал есть. Из-под его носа Лёня стащил недопитую бутылку, побежал из избы.

Не сразу Устинья встала. Тяжело оседая на пятки, пошла из горницы. Вернулась с топором. Лицо уже вспухло розово-малиновыми неровными лепёшками, горело рваным огнём—медленно двигалась Устинья к Андрею. Затаившая ли дыхание тишина или инстинкт подсказали—в последнюю минуту вывернулся он из-под занесённого над ним топора, бросился на непослушных ногах прочь. Устинья рванулась за ним, ощущая лишь дикую боль в груди и в лице. И присела, прижав топор к груди,—начала рожать. Паша помчалась за людьми.

Сбежались бабки, долили самовар, снова разожгли, рвали тряпки — началась обычная в этих случаях суета.

Но Устинья ничего больше не видела и не слышала: она — в пожаре, горит лицо, горит, разрывается нутро. Занавеска, отгородившая её от избы, словно совсем лишила её воздуха — широко разевает Устинья рот, пытается дышать, а вместо воздуха — пламя, задыхается она в огне.

Так родилась она, Валентина-Христина, — в огне, в избе с голодными ребятишками, с пустыми, остывшими материнскими щами, с мерзким запахом денатурата. Из Андрея-Устиньи, из незнамо каких предков явилась жить новая жизнь.

Едва забрезжил августовский рассвет, прервалось недолгое горячечное забытьё. Очнулась Устинья от осторожного шороха. Крадучись, подобрался Андрей к корзине с ребёнком, придвинутой к их кровати. Спокойно спали по лавкам и сенникам дети, спокойно тёк к ней из окон блёклый свет. На крик, на вчерашнюю ненависть сил не было — как лежала навзничь, прикованная затылком к подушке, так и лежала, из-под вспухших век равнодушно следила за Андреем. Дрожащими руками размотал он тряпки, развёл ножки ребёнка.

— Баба! Пятая баба! Погоди, стерва. Ответишь за эту девку! — шарахнулся в сени, натянул сапоги, скорым, скрипучим шагом пошёл из избы.

Приподнявшись, смотрели ему вслед дети.

Заплакала Дуська. Эхом откликнулась новорождённая, заскрипела неуверенным плачем. Точно под сердце толкнул этот разноголосый хор, Устинья встала. Постояла, привалившись к кровати. Кружилась голова, тянуло снова лечь. Потрогала саднящие лепёшки ожогов. Напьётся, убьёт, — поняла. Равнодушие к себе толкало улечься, ждать, когда наконец убьёт: пусть всех, разом, порешит, а какая-то, не понятная ей сила заставила натянуть юбку, повязаться, замотать в тряпки синюшную сморщенную девчонку, прижать к себе и на непослушных ногах медленно идти к двери, из избы, на волю, в сине-розовый рассвет августа, уже душный. Едва доковыляла до ближнего проулка. А увидев распахнувшуюся из проулка пёструю, цветную, просторную землю, обрела силы, пошла.

— Мамка, ты куда? — догнал Лёня, пошёл рядом, косил на неё просыпающимся глазом.

Не ответила. Едва брела.

Земля тянула к себе — повалиться, лежать в покое. Но также силком тянула к себе золотистая церковь Салькова — казалось Устинье, видит она её: от куполов разлетается свет.

Овсы золотились спелостью. Почти ей в рост густые колосья пахли пряно и сладко. Лёня шуршал ими сзади. Но вот обогнал её на узкой тропе. И, едва успел подхватить девчонку, когда Устинья валилась в овсы. Чёрная пелена потушила день, губы спеклись, раздулись. Сквозь сжатые зубы Лёня втиснул горячие зерна. Машинально стала жевать. Жёсткие зёрна кололись, сил выплюнуть их не было, так и лежали во рту.

Чернота просеялась светом, расплывающееся Лёнино лицо склонилось над ней, уши мучил скрипучий плач ребёнка.

— Может, покормишь, а? — Устинья не смогла даже моргнуть, тяжёлые веки застыли. — Мамка, ты живая? — Голос сына, наконец, достиг её: по вспухшему, саднящему лицу поползли обжигая слёзы. Палило солнце. — Пойдём, мамка. Догонит батя, убьёт. — Лёня взял на руки девчонку, стал укачивать. — Замолчи, ну, замолчи. — И снова склонился к матери. — Пойдём, а? Я боюсь, мамка. Вставай, мамка.

Наконец Устинья закрыла глаза, успокаивая резь в них.

Солнце — горячее, словно не утреннее.

Всё-таки встала, пошла за сыном: шаг, ещё шаг.

Тринадцать вёрст обернулись тридцатью. Издалека розово светилась церковь. Ближе, ближе.

Чем труднее давался каждый шаг, тем больше скапливалось в ней жара, обхватившего и лицо, и грудь, тем слабее становилась она. Вот наконец… Устинья рухнула перед церковью на колени, стукнулась лбом о ступени. Рядом орала девчонка.

Лёня привёл батюшку.

— Что ты? Не у места встала. Пойдём ближе к Богу. Успели бы окрестить. Чего поспешила?

Устинья сорвала с головы платок, промокнула лицо.

— Почему оставил меня Бог? Говори! — крикнула, а получилось, едва пошевелила непослушными губами. — Почему не избавит меня от мучителя? Дома не вымолила я ему смерти. Ослобоняй меня!

— Ты что? Ты что? — Батюшка замахал на неё руками. — Какие слова говоришь у Божьего храма?!

Тяжело поднялась на ноги, вырвала у Лёни девчонку, размотала, отбросила ветхие тряпки, протянула батюшке.

— И эта постылая мне не нужна! Нужна тебе? Бери. У тебя с дитями плохо. Мне такая не нужна, кости одни! — Расстегнула кофту, вытянула тощую грудь, сунула в кричащий рот острый коричневый сосок. Девчонка схватила было, дёрнула да бросила, поняв обман, захлебнулась в новом крике. — Видал? Высохла. Нету молока. Хошь, сам корми. Моих сил боле нету! — Сыростью тянуло из церкви. — Овёс пропил, окаянный, до копеечки. — Устинья словно всю себя выкричала, теперь говорила равнодушно: — Покончу всё разом!

Батюшка велел Лёне замотать девчонку, обнял Устинью, повёл от церкви. Август догорал яркими красками. На взгорке стояла оранжевая рябина. Под неё усадил батюшка Устинью.

— Ты всегда считалась самой тихой из моих прихожан, Устюша, — сказал ласково. — Сраму наговорила зря. Богу навязываешь не Богово. Бог, может, эту дщерь послал тебе специально в утешение. Именно она, младшенькая, и глаза тебе закроет, когда Господь призовёт тебя. А муж твой — твой крест, тебе нести его до последнего часа. У каждого есть свой крест. Ты, Устинья, сына постесняйся, скоро жених. Тебе четырнадцать, Лёня? Вот видишь, помощник. Паше твоей, кажись, тринадцать? Не держи долго, выдавай замуж, в богатую семью. А там другие подымутся. Вот и полегчает.

Устинья кусала край платка, слушала. Лёня мотал рябиновой гроздью перед сестрой, успокаивал. А девчонка всё плакала, надсадно, жалобно, рождая в Устинье злое беспокойство. Небо синело без облачка, сколько хватало глазу.

— Молоко к тебе придёт, — ласкал голосом батюшка. — Вчера родила, сегодня к вечеру будет. А тебе лежать надобно. — Противиться его голосу не могла, смотрела на батюшку, на его рыжую, с сединой, курчавую, длинную, до живота, бороду, слушала — от батюшки шёл к ней сон, покой. — Ты вот что, идём ко мне, — баюкал батюшка. — До вечера отлежишься, потом мы твою красавицу окрестим, и ты по холодку пойдёшь домой. Как назвать хочешь? Давай Христиной.

— Христина, — расслабленно, едва шевеля опухшими губами, повторила Устинья, и вдруг Видение: Свет с неба к ней опускается. Совсем обессилела она. Едва дошла до батюшкиного дома, повалилась спать.

В полдень прибежала Паша. Грязные разводы от слёз, запыхалась, не сразу смогла выговорить:

— Не ходи домой, мамка, батька топором рубит всё наподряд. Я девок свела к тёте Марфе с дядей Митрием.

Не сразу Андрей за топор взялся. Сперва, пока Устинья лежала у батюшки да ела батюшкин хлеб, метался по деревне, искал выпить. У дяди Яши, у других соседей не оказалось, пошагал в Семёновское, к куму. Кум теперь стал большим человеком — самогон варит. На Андрея кум был зол — в пьяном дурмане зарубил Андрей его поросёнка! Но виду кум не подал, что зло таит, усадил Андрея за стол, поднёс чин по чину как полагается первый стакан чистой самогонки. А когда Андрей захмелел, ехидненько заявил:

— Нету больше.

— Есть! — закричал Андрей, озверев от кумова ехидства. Кум даже не пошевелился, лишь ещё больше налился краснотой. Сидел развалясь, пил утренний чай. — Дай, кому говорю! — Андрей вскочил, застучал по столу. А потом обе руки прижал к груди. — Жмёт, слышь? Ты кум мне али не кум?

— Я тебе кум, да ты мне не кум.

— Это как? — остолбенел Андрей.

— А так. Поросёнок, если его вовремя рубить, сколько мне барышу дал бы?!

Андрей понял.

— Барышу? Да я… да ты… Я сейчас…

И он пошагал в своё Нестерцево. Не прошло и часа, как вернулся, швырнул в ноги куму полушубок и сапоги.

— Вот тебе барыш! За того поросёнка. Ставь!

К этому времени кум был уже не один, в избе сидел ещё мужик. Незнакомый. Такой толстый, что живот его лежал на коленях, как мешок, туго набитый пшеницей. Андрей на него внимания не обращал. Пил самогон, поданный ему кумом. Сил почему-то не было, злоба заглохла, текли пьяные слёзы.

— Что такое девка? — печалился он. — Убыток. Сколько лет корми, одевай, да ещё приданое дай! А если их пять?! Люби не люби свою плоть, а всё одно в чужой семье она станет работницей. Какой прок от девок?! Это Устька нарочно подставляет мне каверзу. За то, что я — такой… — он хлопнул себя в грудь кулаком.

— Любишь водочку да самогоночку, денатурат да политуру? — неожиданно прервал его толстый мужик. Андрей уставился на него, не понимая, кто это и чего ему надо. — А корова у тебя есть? — Андрей кивнул косматой головой. — Ага. Вот коли водочку любишь, веди мне корову. За неё я тебе… бочку настоящей водки куплю и денег дам.

Попробовал кум вступиться за корову:

— Не в себе человек, чего детей голодными оставляешь?!

Но мужик даже не взглянул на него.

— Ведёшь или нет? Мне сильно корова нужна, чтоб, значит, молочная. А выпьешь бочку зараз, а?

Разжёг мужик Андрея.

— Выпью! — крикнул. И снова пошагал домой. Но теперь путь до Нестерцева он проделал гораздо медленнее.

— Иди! — гнал он корову с выпаса. — А ну, иди!

Корова не шла. Зато прыгала вокруг Розка, радовалась ему, путалась под ногами. Он поволок Рябушку за верёвку.

— Ну, Устька! Голой тебя оставлю. Всю свою жизнь по ветру пущу! Продаю! С глаз долой! Прочь с глаз!

Рябушка мычала, упиралась, сопротивлялась, словно чувствовала — навсегда из дома уводят, шла медленно.

Бешенство сотрясало Андрея—нутро горит, а эта тварь норов выказывает! Семь потов сошло с него, пока он втащил Рябушку на гору Семёновского.

Мужик не обманул. Водку поставил. Не стакан, а разом целый кувшин. И принялся разжигать Андрея:

— Бабы—язвы, предел мужику ставят! Извести надо баб.

Жадно, сожмурив глаза, пил Андрей и, чем больше пил, тем меньше слушал кума, который гнал его домой, чёрными словами честил мужика-купца, тем горячее становилась злоба к Устинье. Убить, вот что! Чтоб не плодила девок. Такой вывод получался из подначек мужика.

Позабыв о корове и деньгах, которые обещал ему мужик, Андрей кинулся домой с одним-единственным желанием—порешить Устинью, сгубившую его жизнь. За ним, подняв хвост, весело бежала Розка. Обгоняла, прыгала на него. Он отшвыривал её ногой и стремился к селу. Зажав в руке топор, кинулся в соседнюю избу—там спрятали Устьку?! Увидев его, соседи заперли дверь, захлопнули окна. Даже дядя Яша, умевший ублажать его, тоже задвинул засов—не раз он был бит пьяным Андреем. Андрей грозил соседям, что порубит двери. Лишь клятвенные заверения, что Устиньи у них нет, гнали его к следующей избе. Как ветром сдуло с улицы людей. С громким плачем попрятались в дома дети. Даже куры разбежались. Только его собачонка Розка не спряталась, по-прежнему мешалась под ногами, забегала вперёд, умильно в глаза заглядывала, подскакивала, норовила лизнуть, лапами передними цеплялась за него. Терпел её Андрей, терпел и рубанул топором. Осталась Розка лежать пригвождённая к земле, с открытым ласковым глазом—истекала кровью.

Не найдя Устиньи, вернулся домой. Метался по избе, выл от злобы, не знал, как ему добыть постылую жену. Рубил всё, что попадалось под руку. Когда посыпались во все стороны щепки от стены, бросил топор с запёкшейся Розкиной кровью на пол, метнулся к божнице, словно собрался к Богу воззвать, но никаких слов к Богу не нашлось. Внезапно темнотой заволокло избу. Таращил глаза, поднимал веки пальцами, но ничего не видел. И вдруг вспыхнул огонь, заскакали черти и чудовища. Стал биться головой о стенку, чтобы отогнать их, тянущих его в пропасть. Виском ли ткнулся неловко, или белая горячка его сожгла, только рухнул он мёртвый под божницу.

Смотрела с иконы Богоматерь на светлые, в солнечных зайчиках, стены избы, на широкий, длинный стол, за которым умещалось десять человек, на кровать у стены с горой подушек, оставшихся от матери Устиньи, великой рукодельницы, на лавки, горячие от солнца, которое так и лезло в избу, на жёлтые весёлые половицы пола и на распластавшегося на нём широкоплечего, светловолосого Андрея.

Не торопясь, шла домой Устинья по знойному дню, по голубой травке мимо берёз и лип, снова по овсу, по полю и овражкам—тринадцать вёрст. Не торопясь, ходила по избам, собирала дочерей, с сухими глазами выслушивала рассказы соседей, как уводил Андрей её Рябушку. Жалостливое сочувствие соседей, что мужик ей достался горький, непутёвый, не трогало её, она холодно готовилась к встрече с мужем—рука не дрогнет. Хоть спящего, а порешит его. Им двоим не жить. Долго стояла над Розкой, у которой уже не было в глазах никакого выражения, только мутная плёнка. Шагнула бесстрашно в избу, окружённая детьми и безразличная к своей жизни и смерти. Прошла нагретые сени. В горнице раскиданы миски, ложки, наполовину побиты стаканы, чугун с остатками щей так и стоит неубранный, немытый, с застывшим по краю ободком молока. Под божницей увидела мужа. Он смотрел в потолок чистыми небесными глазами—такими смотрел на неё, когда звал в церковь венчаться. Потрогала, чтобы удостовериться: мёртвый! Выпрямилась, глубоко вздохнула, перекрестилась с облегчением. Закрыла мужу глаза. Подняла топор, протянула Лёне—велела отмыть от Розкиной крови, положить на место, а ещё велела позвать соседей и вместе с Пашей принялась убираться. К тому времени, когда собрались в дом старики, всё легло по своим местам.

Жалобно плачет голодная Христина. Старики, важные, сидят на лавке в ряд, вполголоса, не торопясь, обсуждают Андрееву смерть: лучшего картузника до самого Рогачёва не найти, Устинье теперь придётся лихо, без коровы да с грудной на руках, и Христина родилась горе мыкать. Старики утирают пот со лбов—август не даёт дышать, выжимает из всех влагу. Дядя Яша—в центре между стариками. У него нос—красная картошка между белыми, в синих жилах щёками. Бабы убирают покойника. Девчонки жмутся к Паше, расширенными Андреевыми глазами смотрят на тихого отца, лежащего на столе, на баб, обряжающих его, на строгих стариков.

Прощаясь с днём, солнце золотистыми лучами простреливает избу. Идёт подготовка к похоронам. Лёня разделывает овцу, подаренную соседями. Одна Устинья ничего не делает. Сидит, скрестив руки на груди, тихая, благостная, безучастная к чужой суете и улыбается.

2

В семнадцатом году скинули царя.

Позже отменили Бога, и она, рождённая Христиной, стала Валькой.

Первое, что запомнила сама: большой стол, краюха посередине, вокруг сёстры и Лёня с женой Верой, мать нарезает равные аккуратные ломти. Валька первая хватает, пытается запихнуть целиком в рот, а ломоть не запихивается. Откусывает сколько может, не жуя, глотает — хлеб застревает в горле. Перехватывает дыхание. Пытается вытащить, давится ещё больше.

— Мам, Валька помирает, — смеётся Дуська.

— Как есть помирает, — испуганно шмыгает носом Паша.

Около Вальки оказывается мать. Вытягивает у неё изо рта хлеб. Валька сразу начинает дышать. Дышит с радостью, вольно и не видит, что мать идёт в сенцы, возвращается с веником, выдёргивает прутья. Не успевает Валька отдышаться, как мать стаскивает её с лавки, задирает подол и начинает хлестать.

— Не жадничай, не хватай много, — спокойно приговаривает мать. — Ешь по крошечке, постылая!

Валька вырывается, а вырваться не может, вьётся под материными руками, норовит закрыть руками зад и спину, но тогда загораются руки.

— Ты что, мать, делаешь? Брось сейчас же! — Лёня выдёргивает у матери прутья, откидывает, подхватывает Вальку, сажает на лавку. — Ешь, Валя, досыта. — А матери выговаривает: — Не видела досыта. Понимать должна.

Валька не ревёт. Слезает с лавки, идёт в угол, где на полу — её сенник, ложится на живот. Она не любит мать, не хочет её хлеба, она любит только Лёню. От всех бед спасает Лёня! И сейчас продолжает выговаривать матери:

— С детства голодная. Хочет есть. Жалеть её надо.

Мать молчит, молчит и вдруг начинает кричать:

— Ты мне будешь указывать? Кого в дом привёл? От твоей цацы много помоги? Хоть раз вышла в поле, в огород? С собственным дитём и то не повозится, гляди-ко, земли наелся, весь в грязи перемазался. Мои девки Костю нянчат! А твоя барыня всё лежит, хворую из себя ломает. Жрать, небось, первая садится, а печку истопить, наносить воды, сготовить — нету её! Эко, учишь мать! Ты накорми эту бабью свору, тогда учи! Жалельки-то свои я в поле да в огороде порастеряла. Эко, распоряжается. Ты вон свою барыню поучи!

Вера кинула ложку, кинулась из избы. Лёня — за ней.

А через несколько дней с криком «Землю дают!» вся деревня бежала в поле.

Делить землю приехал уполномоченный. Был он круглый и до самого неба — такого Валька сроду не видала. Важный.

Валька привыкла, что люди идут по полю вразброд, а сейчас столпились в одном месте, окружили дядьку. Даже старые-престарые баба Марфа с дедом Митрием доковыляли. Не слушала, о чём шумели люди, занята была — дивилась необычному и висла на Лёниной руке — боялась затеряться.

Лёня не похож на себя. По всему лбу пот выступил, свекольными стали щёки, порывался что-то сказать дядьке, но все сильно кричали, и Лёня не мог влезть в этот крик.

Дядька махал руками, кричал громче всех и вдруг замолчал, длинной рукой с треугольником раздвинул людей, пошёл по полю. Наступила тишина. Размахивая треугольником, дядька крупными шагами проскочил в одну сторону, в другую, вернулся к людям, отбросил треугольник.

— Начнём резать землю, — сказал важно. И вбил первый клин. И сразу следующий.

Лёня вырвался из Валькиных рук, двинулся за уполномоченным. И все двинулись. Даже бабка Марфа с дедом Митрием ковыляли следом, а останавливаясь, тяжело отдыхивались.

Каждому — своя земля! — это Валька поняла.

Она скакала за Лёней, обгоняла его, цеплялась.

Вдруг Лёня закричал:

— Эт-то как не полагается? Что, она не человек? Ты её спроси, хочет она кушать или не хочет? А ну, Валька, объясни дяде, сколь ты хлебушек любишь! Как это ей землю не нарезать? Кому тогда нарезать, как не детям?

— Чего разоряешься? — рассердился уполномоченный. Круглое лицо его задрожало всеми оспинами. — Ты ж не отец ей. Тебе что?

— Как не отец?! А кто я тогда? — с кулаками полез Лёня на дядьку. — Может, ты ей отец? Может, ты её поднимаешь, от своего куска ей отламываешь? Скажи!

Дядька попятился от Лёни, заморгал часто мелкими глазками. «Мышь, — засмеялась Валька. — Такой большой, а Лёню запугался! Мышь и есть». Вслух Валька сказать такое побоялась, только снова ухватила Лёню за руку.

Ещё помнит она чужую избу. Лежит на лавке дядя Яша. Совсем жёлтый, высохший. Глядит в потолок стеклянными глазами. Но вот кто-то поспешно закрывает ему глаза.

— Ещё один мужик помер, — слышит Валька.

— Стар. Пожил своё.

— Стар не стар, а всё жалко.

Ещё помнит: они с матерью в церкви. Мать в чёрном, чёрный платок надвинут на самые глаза.

Валька в церкви впервые. Со стен, с потолка на неё смотрят чудны́е, с крыльями люди. Под самым куполом летает, мечется и кричит птица. Кто она? Не воробей, не грач, не сорока. Ещё хочет углядеть Валька, почему в церкви так много света, откуда он? В избе каганец освещает один угол, в остальных темно. Только когда на улице солнце, видно всё. Сегодня серый день. Значит, солнце спряталось в церкви? Так ярко горит! Где оно? Валька крутит головой. Она очень занята и не сразу слышит слова, которые говорит мать:

— Господь-батюшка, от мучителя Ты освободил меня, спасибо! Теперь пошли хлеба и картошки и возьми, кормилец, к Себе рабу твою Валентину. — Услышав своё имя, Валька перестаёт искать солнце, поворачивается к матери, открыв рот, слушает: — Освободи меня от постылой.

— Куда ты хочешь, чтобы Господь взял меня? — любопытствует она. Ей очень нравится, что мать связала её с Господом. У Него, мама говорила, хорошо, там всегда солнышко, птички поют. — У батюшки Господа много хлебушка, да? — спрашивает Валька. — А где Он живёт?

Мать не слышит её.

— Пошли, Господи, хлеба и картошки. Возьми, Господи, к кормильцу рабу твою Валентину! — повторяет исступлённо.

Валька начинает тормошить мать.

— Куда ты хочешь отдать меня?

— Не слышишь разве, к Богу! — Ей отвечает не мать, а девчонка лет двенадцати и охотно объясняет: — Она хочет, чтобы ты померла поскорее, потому тебя кормить нечем. У вас шибко бедная семья, самая бедная из трёх деревень. Ты умрёшь, им станет легче.

Валька пугается.

— Мам, — дёргает она мать за чёрный платок. — Я не хочу лежать на лавке, как дядя Яша, я хочу бегать, хочу спать на сеннике. Я хочу к Лёне. Мамка, перестань! — У матери по коричневым щёкам текут слёзы. Валька пальцем стирает их. — Пусть я живу, мам! Я буду мало кушать!

Не успевают они с матерью в избу войти, как Дуська стаскивает с неё валенки и уносится на горку, а Вальке ничего не остаётся, как сунуть ноги в Дуськины большие калоши. Слепая от обиды, она бежит в другой конец деревни, ей нужен последний, девятый дом, там сейчас Лёня со своей женой Верой и сыном Костей в гостях угощаются. Дуська всегда всё знает, ей сорока на хвосте носит новости. Калоши спадают, но Валька снова влезает в них, снова бежит.

— Лёня! — врывается она в чужой дом, забирается к нему на колени, обхватывает за шею, жарко шепчет в ухо: — Скажи мамке, чтобы она не отдавала меня Богу, мамка хочет, чтобы я померла, Лёня! Лёня, слышишь?

Больше всего на свете она любит бежать. Целую зиму ждёт, когда сойдёт снег. А как только солнце наделает проталин, скорее на улицу! Теперь ей не нужны Дуськины калоши с валенками — задрав голову, несётся она по рыжим проталинам босиком. Снег сначала жжёт подошвы, потом сводит ноги, потом снова жжёт.

В деревне она самая младшая из девчонок, играть ей не с кем, вот и развлекает сама себя. Летит по их главной улице, мимо второго дома, мимо девятого, последнего — до оврага, мчится по голой его кромочке, зимой с этой горбушки на салазках она скатывалась вниз, а сейчас внизу страшно: там глубокий снег, почернел весь, там ещё зима! Развернётся Валька, и скорее — домой, на печку. Укутает ноги овчиной, отогреет, снова из избы на волю! Щекочет лицо солнце, легко дышать. Вылетает она на луг. Луг у них на взгорке, сухой. Везде снег, а здесь почти нету. Скоро выпустят сюда коз, чтоб они ели сочную траву, душицу, клевер и васильки. Сейчас Валька на нём одна — беги в одну сторону, в другую, куда хочешь. Пройдёт совсем немного времени, зазеленеет их Нестерцево: и опушки леса, полукруглыми проплешинами окружившие деревню, и даже низ оврага — в него можно будет тогда скатываться или сбегать, так что дух захватывает.

Вальке пять, шесть, семь лет, и ничего нет для неё слаще, чем бежать.

Нравится ей кур пугать. Бросится за чужой курицей, будто схватить хочет, и точно ждала её, вылезает баба Марфа с подоткнутой юбкой.

— Ты что хулюганишь? Уймись, Валька, кур распугала, оглашённая!

Старая бабка, а ругается. Валька от бабы Марфы — бежать. А тут, как назло, соседский мальчишка Миша выскакивает. Подставил ей подножку, она и упала.

Одно у Вальки средство от всех бед — реветь. Заревёт и бежит скорее искать Лёню. Найдёт его в поле или в огороде, повиснет на шее, жалуется:

— Лёня, меня обидели.

У Лёни тоже средство для утешения одно: пригладит её лёгкие волосы, между лопатками ладонью проведёт, скажет:

— Реветь, Валька, не след. Ты сдачи давай! Тогда никто тебя не тронет.

Словно за этим только и бежит каждый раз Валька к Лёне — услышать разрешение. Назад — к Мише! Налетит со всего маха на него, толкнёт. Он и не ждал такого — свалится в грязь. «Не обижай меня, вот!» — кинет в него Валька словом. К бабке Марфе тоже Валька вбежит во двор, закричит: «Хочу бегу, вот! Пусть куры сами берегутся, вот!». И снова ищет Лёню: чтобы похвастаться, как она за себя постояла.

Только забывчива Валька, на другой день уже не помнит, чему учил её Лёня, и опять, если обидит кто, бежит к нему жаловаться.

Подошвами знает Валька горячую колючую землю поля, на котором серпами жнут хлеб мама, Лёня и сёстры. Даже Дуська умеет уже серп держать. Валька тоже работает, подбирает колоски, складывает в подол. Поначалу, в первый час, нравится. И она старается: чисто подбирает, как мамка велит. Но солнце хочет сжечь её, и скоро сил нет наклониться! Прижав подол с колосьями к животу, плетётся с поля прочь. Едва добредает до дерева, валится в траву. А проснётся и удивится: солнце всё там же, над головой, всё так же палит, мама с Лёней и сёстрами всё так же идут по полю! Испугается, что сейчас её надерут, скорее обратно.

Так и запомнилось поле на всю жизнь — жёлтое, с круглым жгущим солнцем над головой, беспредельное.

Запомнила, как Пашу выдавали замуж.

Не гуляла Паша с женихом. Пять раз приходили сваты, уговаривали её идти за Колю, расхваливали: добрый, работящий, дом у него богатый. Сказывали, никого другого, кроме Паши, ему не надо — как увидел её в церкви, забыть не может. Уговаривали, уговаривали — уговорили.

Косу ей расплетали — Паша плакала: не хотела за Колю!

В церкви первый раз увидела жениха: росточком даже поменьше Паши, а глаз с неё не сводит. Паша от жениха отворачивается, губы кусает.

Пашу вокруг аналоя водили.

Очень нравится Вальке батюшка. До пояса рыжая борода. Говорит тягуче, словно поёт. Слов Валька не слышит, рвётся побежать к Паше, а мать крепко держит её за руку.

Запомнила жеребцов. В их деревне таких не бывало. Жениховы жеребцы — огненные. Морды не разглядишь, как ни задирает Валька голову, пляшут жеребцы! Колокольцы гремят на всё Сальково. Ленты развеваются. Красота.

Купола блестят, золотятся на деревьях не опавшие листья — солнце пропитало Покров день, день Пашиной свадьбы.

От церкви до тарантаса разостлали холсты: по ним идут молодые, чтобы жизнь прожить богатую.

Сбоку от Паши прытко семенит Сидоровна, Колина мать, припевает:

— Доченька, красавица моя, разлюбезная моя, живите до ста лет вместе, храни вас Бог!

Из церкви поехали в дом жениха. Паша взяла Вальку к себе в тарантас. Всю дорогу Валька стояла, прижавшись к Паше. А жених держал Пашу за руку, смотрел на неё — чуть глаза ни вылазили, повторял одно и то же: «Спасибо тебе!».

Сильно понравился Вальке дом: горница — просторная, сени — широкие. И живности много на дворе: две коровы, тёлка, кобыла, жеребцы, да овец не сосчитать. Ещё куры. Ещё поросята.

В первый день свадьбы много ели, все, кроме жениха с невестой. Сидоровна не присела.

— Ешьте, добрые люди, досыта! Рады мы сильно, добрую невесту взяли.

У Сидоровны лицо круглое, гладкое, блестит.

Паша застекленела глазами, жениха в упор не видит.

Зато Валька его как есть всего рассмотрела: тыквой голова, короткие волосы, щипаные белые брови, клинышек бороды. Но мамка говорит — терпеть надо, потому что жених — богатый. Что такое «терпеть», Валька знает. Есть хочешь, терпи. Солнце жжёт, терпи. А чего тут терпеть?! Если в глаза к Коле заглянешь, сразу позабудешь про тыкву и про брови. Вот Валька и старалась, минуя брови, в глаза ему заглянуть.

Все принялись хвалить свадьбу: по всем правилам справляют — сытно!

— Выправляется жизнь, — громко сказала тощая незнакомая баба. — Вот как стали свадьбы справлять. Заживём скоро!

Валентину мать наставляла перед свадьбой: «Смотри, не позорь нас, не хватай что ни попадя со стола. Стыдно». Она и не хватает, стоит около Лёни, ждёт, когда он ей чего-нибудь даст. Первое, что Лёня даёт, — кусок хлеба, много больше, чем тот, что мать даёт им утром. И хлеб этот — белый. Валька сперва долго нюхает его, разглядывает на свет, крутит со всех сторон: корочка — коричневая, не пригорелая, пахнет сладко, а мякушка!.. нажми на неё, гармошкой сложится, отпусти — опять большой кусок. Совсем другой хлеб, чем чёрный: ноздреватый, пышный. Насмотрелась досыта и, наконец, откусывает маленький кусочек, сосёт его. Сладкий.

— Горько! — кричат кругом.

Валька удивлённо причмокивает: сладко же!

— За кума, за кума забыли, эх-ма!

— Навались на поросёнка, студень попробуй! Вкуснее не едал.

— Горько же, народ просит! — кричат вокруг. — А ну, Коля, покажи, что умеешь. Невеста не тронутая, дикая.

Валька занята хлебом и, только когда он сам собой, без остатка, проскальзывает в неё, вспоминает о женихе с невестой.

Они стоят друг против друга. У Паши глаза — стекляшки, рот словно скошен на сторону. А Коля облапил её, тянется к её рту. Паша откинула голову, отвернулась. Он обеими руками взял её лицо, впился в её губы губами.

— Дай передохнуть невесте, Коля! Задохнётся, не дойдёт до постели! — гогочут вразнобой бабы.

Мужики крепко пьют. Сидоровна несёт угощения.

— Вот вам квас, вот щи жирные, лапша с курицей! Попробуйте, гости дорогие, — приговаривает. — А это — гуси жареные. Пироги с капустой. Ешьте, дорогие гости! Рады мы!

Особенно часто она подкладывает мамке и Паше.

— Лёня! — шепчет Валька, — а поросёнка можно есть? А что такое студень, Лёня?

— На тебе поросёнка, — Лёня отламывает кусочек белого мяса со своей тарелки, суёт ей в рот.

Валька жуёт долго, жалеет глотать. Поросёнок вкуснее хлеба. Лёня даёт ей совсем другой кусочек — коричневый, холодный, он мгновенно тает во рту.

— Чего ты ещё хочешь? — спрашивает её тихонько Лёня.

Валька тычет пальцем в поросёнка.

Скоро ей становится весело: живот тугой, торчит.

Играет баян. Со всего Салькова народ набежал — на лугу пляшет свадьба. Бабы друг перед другом приплясывают:

Пригнись, Митя, притулися, Митя!
Твои кудри высоки,
Подруженька видит.
Эх, эх, эх!

— Иди, Паша, в круг, — зовут невесту.

Сидоровна обнимает мать.

— Тебе тридцать семь, мне сорок два — короток бабий век. Уже детей женим! Вспомни, как мы выходили. Мой мужик не вернулся с Германской, не видит такой радости! — Благодарит за Пашу, предлагает взять овцу, курей — на развод. Мать краснеет, отворачивается от Сидоровны, совсем как Паша от Коли. — Бери, прошу, Устинья!

Паша стоит на крыльце доска доской, без кровиночки в лице. Коля держит её под локоть. Бабы повёрнуты к ним, идут полукругом, платочками помахивают, поют:

У голубя, у сизого,
Золотая голова.
У голубоньки его —

И вдруг взорвались бабы — затопали друг перед другом.

Вальке весело, горячо, она вертится от одной к другой, повторяет их движения, а потом пляшет по-своему — вприсядку. И визжит. Она старается поймать музыку. Те, что не пляшут, показывают на неё пальцем, подзадоривают её.

— Эко, смотри, какая у нас объявилась сродственница. Быстрая! — любуется ею и Сидоровна.

— Видать, деловая будет.

— Ишь ты, огонь-девка. — И Валька старается. Лёгко ей, весело — она сейчас полетит вместе с музыкой. — Ишь, какая красивая! Беленькая! — хвалят бабы. — Ещё давай, Валь, ещё!

Сколько угодно! Валька касается земли задом, подскакивает. Бабы смеются, утирают слёзы. Заводят грустную.

К Устинье жмутся Дуська с Марусей и Нюшей.

— Мам, теперь ты пляши! — уговаривает её Валька.

Мать словно идёт, и словно не идёт, подвигается по кругу медленно, только руки распахиваются широко, в правой — платочек, плечи расправились, голова откинулась.

Другие бабы тоже идут по кругу с платочками.

Баянист оборвал печальную, повёл «Барыню». Мать пошла скорее. Быстро-быстро перебирает ногами, незаметно. Получается, плывёт она по кругу, обходит всех баб. И плечами поводит, и головой покачивает.

Валька визжит:

— Моя мамка! Мамка! Лучше всех!

В Валькин визг вплетаются восторженные голоса:

— Ишь, Устька помолодела разом.

— Без мужика своего в красоту вошла! Вот как с пьяницами-то жить! Раньше времени стариться.

— Теперь что, теперь живи, радуйся, Устька! Может, выправишься, может, встанешь на ноги. А там и замуж ещё, пожалуй, выйдешь! — Бабы хвалят мать, а Валька визжит.

Мелькает мать то в одном конце, то в другом.

Краковяк, тустеп — танец сменяет танец.

Когда без передышки с последней ноты тустепа заиграли «Да вострубила трубонька рано на горе, плакала свет-Марьюшка по русой косе...», Устинья разом прервала танец, новый танцевать не стала. Стояла посреди круга, смотрела на Пашу.

— Иди, Паша, — зазывали бабы. — Колька не кусается, тем более во время танца. В Сальково хорошо ребят делают.

Трёхрядка вступила. Баян отдыхал.

Паша стояла на крыльце. Коля держал её под локоток.

> *Вечор мою косыньку*
> *Подружки плели...*
> *По две, по три прядочки*
> *Расчёсывали...*

— Смотри, сама невеста!

— Стесняется!

— Это хорошо, что скромная.

Устинья с Пашей вдвоём идут по кругу.

> *Когда б имел златые горы*
> *Да реки полные вина... —*

орёт Валька следом за остальными. Свадьба какая весёлая!

> *Всё отдал бы за ласку взора,*
> *Чтоб мной владела ты одна...*

— Давай, Устя, покажи им! Давай, Паш, покажи себя!

— Возьми своё, Устька! Молодец, Паша! — вопят бабы.

> *Последний нонешний денёчек*
> *Гуляю с вами я, друзья... —*

надрываются трёхрядка и зрители.

— Ты что, Паш, ты что? Вертайся в круг! Ты что, Паш?!

3

Пашина свадьба поменяла всю их жизнь.

На другой день Лёня объявил, что уезжает с семьёй в Москву — пытать счастья. Вера с Лёней тюки увязывают, а Устинья как села на лавку, так и просидела незнамо сколько, пока Дуська с Валькой не стали с двух сторон трясти её.

— Мам, а мам, ты чего?

— Мамка?!

Тут она точно проснулась, перед Лёней на колени бухнулась, взмолилась:

— Не бросай нас, сынок, пропадёт земля. Не поднять нам. В Москве — безработица, люди сказывали, есть нечего.

Лёня поднял мать, обнял.

— Приеду обработаю землю. — А сам в глаза не смотрит, а сам отворачивается от матери.

Тут мать подскочила к Вере.

— Заставила?! Увозишь?! — На Вальку показывает: — От дитя отца отнимаешь! Единственного мужика от сирот увозишь? Глаза бесстыжие. Лодырь! Хочешь заставить только на себя работать?!

Мать надрывается, а Лёня молчит, и Вера молчит.

Так, молчком, и уехали Лёня с Верой и Костей.

А как уехали, мать совсем ослабла. Всё сидит и сидит, повесив голову на грудь.

Сидела, сидела да повезла Нюшу с Марусей в Рогачёво — на папиросную фабрику, устроила ученицами.

И осталась Валька с Дуськой. Сядут на одном уголке все трое, пустой стол перед ними. Хлебают щи, жуют хлеб, молчат. Дуська — вредина, всегда захватит кусок побольше, из щей самую сладкую капустку выловит. Терпела Валька первое время — пугала её пустота стола, а как привыкла к ней, стала вперёд Дуськи ложку совать в чугун.

Земля без лошади и без Лёни осталась пустая. Лишь проса немного, картошки немного — столько, на сколько сил хватило. А хлеба нету вовсе. Только огород — кормилец. На огороде и Валька может работать, дёргай сорняк, трудно разве?

Устинья редко говорила с ними, всё молчком да молчком, ссохлась совсем. Ходила в Семёновское на почту: вдруг Лёня письмо прислал, что задумал вернуться?! Тогда землю поднимут с кормильцем. Вон у соседей как хорошо зеленью пошло…

33

Из Поволжья шли голодающие. У них, в Нестерцево, не задерживались, всего-то девять домов, но мать они растревожили сильно: неужто и ей с девками по миру идти?!

Сидоровна выручала — Паша с Колей привозили от неё поклоны, а с поклонами — хлеб, курицу, муку. Мать прятала от Коли глаза, врала, что сыты, затевала печь гостям на угощенье пироги с морковью из последней муки.

Скоро Сидоровна перестала посылать подарки — родился у них мальчик. Назвали Павлом.

В сумерки тяжелее всего — мать жалуется Вальке с Дуськой: в городе — безработица, голод, наверняка Лёня мучается, почему не вернуться? Земля есть, хозяйствуй. А письма Лёне не напишет, домой не позовёт. Смотрит в одну точку. Руки с чёрными жилами лежат на коленях. В сумерки слёзы близко. Кажется, дождь — обложной, со всех сторон, а потому затаилась Валька, сидит, не шевелясь, на лавке, а то забьёт её дождь, зальёт или унесёт куда-нибудь, откуда возврата нету.

Мать сидела, сидела да занедужила: ни разогнуться, ни чугуна со щами поднять, низ живота жжёт. Повели Дуська с Валькой её к фельдшеру в Семёновское, чуть не на себе волоком волокли. Попила мать лекарство, поднялась, а еды у них не прибавилось. Решила сама землю обрабатывать. Заняла у соседей лошадь. Да разве под силу одной обработать всё поле? Засеяла лишь треть. Просо и рожь посеяла. Да всё равно хлеба и проса с картошкой не хватило до весны. Из-под снега втроём выбирали сухую траву, долбили землю в огороде — может, позабылась какая картофелина? Ходила мать к соседям, стояла на коленях в сенцах, ждала для детей подаяния.

Мыкалась, мыкалась да не выдержала: и Дуську отвела в Рогачёво — в няньки.

Всё одно — Вальке не прибавилось еды. Стала и Валька проситься в няньки. Мать словно не слышала. Но Валька не отступала — ей казалось, в чужом дому приготовлен ей Пашин свадебный стол, лишь стоит попасть туда!

Матери пришлось уступить — привезла она Вальку в город Димитров. Город считался большим, на окраине его — тридцать дворов. И дома — побольше и покрасивее, чем у них в деревне. А лучше всех тот, в который привела её мать: с голубыми ободками окна, с широким крыльцом. Смело шагнула Валька в него — сейчас дадут ей поросёнка и пирог. Ни поросёнка, ни пирога не дали, но щей налили. Может, потому сразу всё и понравилось. Дом больше, чем их: две комнаты, кухня и ещё одна не то комната, не то чулан — там она спит. Рита понравилась. Толстая, щёки красные, похожа на куклу, что сидит на кровати: гуляй с ней, тискай её, корми с ложки, таскай на руках, убаюкивай!

Но очень скоро всё надоело. И стирать. И кормить — Рита ела плохо, приходилось уговаривать. Хотелось самой играть с Ритиными игрушками. А хозяйка за каждым её шагом следит. Стоит отойти от Риты, сладким голосом окликает: «Валя!». Кушать тоже не даёт досыта: Рите — мясо в щах, ей — капусту с картошкой, Рите — тефтели, ей — фигу. Мясные кушанья носили странные названия: беф-строганов, ростбифы — рецепты хозяин привозил из Москвы, где всю неделю работал.

Мудрёные имена, да вот на всю жизнь запомнила их.

Особо возненавидела тефтели, которые Рита лопала с удовольствием — чавкая. А ещё хозяин привозил Рите баранки.

Как-то Валька при важной гостье не выдержала, сказала:

— Я тоже хочу тефтелю и баранку.

Хозяйка победоносно взглянула на разряженную гостью, засмеялась «Сейчас представление увидишь» и сунула Вальке под нос горячую баранку.

— Заслужи! — Валька едва слюной не захлебнулась — такой дух шёл от баранки. — Ну, идём! — Хозяйка пошла из дома, Валька и гостья за ней. В тот день снег чуть не до окон засыпал Димитров. Трубы — близко, над ними лохматыми шапками навис дым. — Пробежишь по снегу босиком десять домов и обратно, дам, — и снова засмеялась мелким смехом. Весёлая хозяйка! Глаза у неё — как трава, зрачки — узкие.

Валька взглянула на гостью, скинула свои худые ботинки.

Она бежала, задрав голову к небу. Жёг снег, но она не обращала внимания на горящие холодом ступни, по дымным шапкам считала избы. В своей деревне быстрее всех бегала, ни один мальчишка не умел догнать её, не то что девчонки. У десятой избы развернулась, побежала обратно. Увидела розовую хозяйку в шубе и словно подняло её и понесло — перелетела она оставшиеся метры, плюхнулась около пушистых сапожек. Глотает раскрытым ртом ледяной воздух, глазами ест баранку.

А хозяйка смеётся. Не торопится отдать обещанное, смотрит на Вальку узкими зрачками.

— Молодец, шибко бегаешь. Заслужи-ила, — тянет. А сама загораживает Вальке дверь. Пришлось Валька плясать на снегу: то одну ногу подвернёт под юбку, то другую.

Гостья же ушла в дом, со всей силы хлопнув дверью. Хозяйка сунула Вальке баранку и бросилась в дом за гостьей.

Ничего слаще Валька не ела. Смаковала каждую крошку, сосала. Таяла баранка во рту. Доела, подошла бочком к хозяйке, поцеловала её руку. «Добрая вы какая!» — сказала.

Но всё равно хозяйку боялась.

И хозяина боялась, хотя он её и не замечал вовсе — или лежит пол дня или где-то ходит.

Снились ей чуть не каждый день овраг, по скосу которого она скатывалась во влажную осоку, в слепящие лютики и одуванчики, улица, по которой носилась, мамкины колени, травой и землёй пахнущие, в них утыкалась — реветь. Быть может, и смирилась бы Валька со своим житьём-бытьём, если бы не сидела на привязи при Рите целый день, если бы могла побегать свободно по земле хоть немного.

Однажды, когда совсем уж занеможила — всю подушку промочила слезами, навестила её мать. То ли похудела сильно, то ли платок так туго запеленал лицо, только Валька не узнала её: кожа обтянула кости, как у дяди Яши. Испугалась Валька — помрёт у неё мать, как помер дядя Яша, отдала ей свой утренний хлеб, который ещё не успела съесть.

— Я ела, — соврала матери и заплакала. — Я с тобой хочу. Возьми меня домой. — И похвасталась, как за сладкой баранкой по снегу бегала. Вот какая она сытая!

Мать отворачивалась от неё, а Валька всё старалась заглянуть ей в лицо. Не смогла, села рядом на лавку, уткнулась ей в колени, жадно вдыхая идущий от неё сладкий запах травы с землёй да печки — у их печки совсем особенный дух, аж голова от него дурманится! — и вскоре уснула.

А когда проснулась, матери уже не было, и Рита спала. Взяла Валька тряпку, стала мух отгонять.

Мухи, въедливый голос хозяйки, красные от стирки руки, тефтели, распухшее тихое нутро, копящее в себе слёзы… — растянулась зима, растянулась её работа в няньках — в тёмное время жизни.

Всё-таки наступил день, что прогнал зиму. В этот день мать пришла за ней. Стояла ждала, когда она простится, а ей стало жалко расставаться с Ритой. Та уже говорила, бегала косолапя за Валькой, цепляясь за подол. Увидела — Валька связывает в узелок платье с кофтой, заревела, ухватилась за её шею обеими руками, не пускает. Как кукла, красивая Рита — беленькая, розовая, пухленькая, а у Вальки никогда не было кукол. Валька тоже заплакала.

— Может, ещё на годок оставишь? — неожиданно сказала хозяйка. — Я вот ей ситчику подарю! — сунула в материны руки свёрток. — Валь, послушай, я же тебя кормила! Я тебе баранку давала! У вас нечего есть! Оставайся!

Мать сверкнула на хозяйку злым глазом.

— Не-ет. Сыты вашими заботами. Сыты вашей баранкой. Пойдём, дочка, нам пора, до полудня надо успеть дойти.

Вышла на улицу и увидела солнце. Оказывается, уже лето. Цветёт картошка, завязались яблоки, выбросили робкие стебли рожь и просо — урожай обещает быть хорошим.

А дома был Лёня. В кепке, в новой, кипенно-белой косоворотке, незнакомый. Валька осталась у двери, набычилась. Он подошёл к ней сам, поднял, прижал к себе. И снова она заревела, сама не зная, отчего. Такой день слёзный вышел. Но слёзы случились сладкие — вымыли из неё все обиды.

Поставил её Лёня на землю, склонился к ней, стал гладить по голове. Гладил её не переставая, она всё ревела.

— Ты чего, не узнала? Это мать скрыла, что тебя отдали в люди. Я с восьми лет работал. И ты. Ребёнком не побыла. Земля есть, хлеб будет, картошка будет. В школу пойдёшь. Выучишься, вырастешь, возьму в Москву. Ну вот, развела сырость. Ох, дурак, совсем забыл, я ж тебе гостинец привёз!

Валька сразу поняла: на протянутой к ней Лёниной ладони лежат конфеты. Все три штуки — в бумажках, такие Рите привозил хозяин. Разглядывала их, не решаясь взять.

— Не сомневайся, бери, вкусные! — сказал Лёня.

Дома была и Дуська. Краснощёкая, тугая, весёлая.

— Мам, а мам, смотри, какие ленты мне подарили! Мам, смотри, какой полушалок! — Дуська сидит над своим мешком, подарки перебирает.

Валькино счастье долго не кончалось, несколько дней, пока Лёня был с ней. Лёня курил с мужчинами, она стояла рядом, прижавшись к его боку. Шла вместе с ним по воду, полола картошку. Лёня поднимал завалившийся забор, она подавала ему гвозди. Оказывается, приезжает он второй раз. Это он вспахал их поле — у соседей занимал лошадь.

Все вечера Лёня с матерью и Дуськой говорили. Валька, замерев, слушала. Узнала, что Маруся вышла замуж, а Нюша собирается. Приехать ни одна не может. Маруся уезжает с мужем на север. Нюшу муж собирается увозить в Сибирь.

— Отрезанные ломти, — сказала мать про них. Валька не поняла, что это значит. Поняла только, что мать довольна — пристроены дочки. — Серп в руки им уже не сунешь, — сказала мать. И снова Валька не поняла: при чём тут серп.

Дуська хвасталась, как ей повезло — была заместо дочери. Хоть и приходилось нянчиться с детьми, а одели как свою, кормили на убой, в школу поместили. Дуська сильно довольна, книги стала читать. Мать слушала Дуську, плакала, Валька не понимала: жалеет мать Дуську, что рано в работу пошла, или радуется за неё.

Но больше всего Вальке нравилось слушать Лёню. Сначала плохо жили. Не сразу сумел устроиться на работу. А теперь рабочим на заводе стал, зарплату хорошую дали и комнату, жить можно. Город Москва — большой, трамваи по рельсам ходят, машины ездят. Вальке нравилось, как Лёня говорит: складно, городскими словами. Повезло, значит, Лёне в Москве. И мать, словно угадала, о чём Валька подумала, сказала:

— Новая власть, видишь, думает о нашем животе, хочет бедняка накормить. При своей земле теперь от нас всё зависит. Вот, девки, если любите хлебушек, гните спину.

Девки любили хлебушек, соглашались гнуть спину. А когда собрали урожай, ахнули. Картошки, проса и ржи можно половину продать и всю зиму будут сыты. Не подвела земля!

И продали.

Зажав деньги в руке, возбуждённые, ходят по рынку, разглядывают лошадей. И гнедые, и рыжие, и палевые — разных мастей, разных возрастов, разных характеров лошади. Ржут, бьют копытами о землю, нетерпеливо перебирают ногами.

— Вот эту! — Валька заворожённо уставилась в темно-коричневый глаз огненной лошади. На таком коне жених вёз Пашу в свой дом. Может, это тот самый? Лошадь смотрит на Вальку ласково, словно просит взять её. Валька протягивает ей кусок лепёшки. Мягкие горячие губы касаются Валькиной руки. — Мама! Бери! — умоляет Валька.

Но тощий мужичонка, беззубый и остроносенький, равнодушно оглядел их с ног до головы и запросил столько, сколько у них не было и быть не могло. Валька плакала навзрыд и даже карамелевый петух на палочке не утешил.

Всё-таки лошадь они купили. Особой красотой она не отличалась, но и неплохая вовсе: серая, в яблоках, высокая, с крепкими ногами.

— Будет работать, — сказала мать, взяв её за повод. — Пять лет — самый возраст. Жеребёночка нам принесёт.

Весь путь из Рогачёва Валька прошла рядом с лошадью, заглядывала ей в лицо, говорила с ней:

— Ты нам будешь помогать. Ты будешь нас кормить. Ты будешь нас возить. Выйдем с тобой на зорьке. Вот, мама, назовём её Зорькой! — Валька гладила её морду, а лошадь крутила головой.

Дома мать прежде всего напоила Зорьку и насыпала ей торбу овса. Только после этого принялась вздувать самовар.

Пили чай долго. Ели пряники. Мать улыбалась. Много лет Валька не видела, чтобы мать улыбалась. Даже на Пашиной свадьбе не улыбалась. Что уж говорить о голодных годах…

— Теперь поживём: сыты будем! — сказала мать.

Дуська — хитрая, увидев, что мать улыбается, принялась выпрашивать снова отпустить её в няньки.

Поздней осенью, когда посеяли рожь, перепахали землю, мать сжалилась над Дуськой.

Пришла зима. Серая, ледяная. Без снега. Мороз доставал до костей, стоило высунуть нос из избы. А из избы выходить приходилось: кормить Зорьку, кур, носить воду. Да ещё в школу нужно было ходить. Новая власть хотела, чтобы простой человек учился.

Чудно́ показалось Вальке в школе. Сиди сиднем на одном месте много часов, карандашом ставь на бумагу палочки, рисуй кружочки. «А теперь будем учиться читать. И вам откроется интересная жизнь», — обещает им учитель. Он кажется Вальке чудным: в какой-то кофте свободной, борода, как у попа, волосы — длинные, как у попа. Подходит к каждому и спрашивает: «Ну-ка, скажи, что за буквы на доске?» Все говорят: «ма». И Валька повторяет «ма», «ку», но понять, чего хочет от них учитель, не может. И, сколько ни пытается, буквы вместе не соединяются. День идёт за днём. Пальцы не хотят держать карандаш, голова не понимает учителя — мудрёные слова о смысле жизни да о служении советам говорит он.

Может, потому плохо понимала, чему учит их учитель, что часто пропускала занятия. Дусины валенки скоро оказались ей малы, да шубы нет, если не дадут соседи. А потому сиди дома. Хоть и недалеко Семёновское, а голая и босая не дойдёшь. У соседей куча своих детей, которым надо учиться. А ещё допоздна они с матерью пряли да ткали холсты из конопли. Уроки делать не успевала. Как смотреть в глаза учителю? Вот и получается: то соседи валенок не дали, то уроки не сделала, то затеяли с матерью рубашки с полотенцами да юбки шить. А то и без всякой причины стала она отлынивать от школы. За любую работу хваталась — конюшню убирать, стирать, и любая работа спорилась в её руках.

Мать не очень горевала, что Валька задержалась при доме. Как раз в ту зиму пришёл из Димитрова вёрткий человечек с чёрными, как уголь, бровями, предложил работу: делать зубные щётки. Вывалил на их стол две кучи сырья. «Ваше дело — вставить щетину в костяные ручки. — Стал показывать, как это делается. — Пальцы исколете, зато заработаете! Через месяц щётки заберу, а вам ещё костей и щетины принесу, на много зим обеспечу заработком, только работайте прилежно».

Щётки делать понравилось. Вот когда не стало Вальке покоя. Проснётся ни свет ни заря, толкает мать:

— Мам, вставай!

— Ну, оглашённая! Куда спешить? — Ворчит, а сама уже встаёт, уже трогает полешко, суёт в печь растопку.

Валька же запихивает угли в самовар. Затопят печь, поставят самовар, мурцовку* сделают или просто нарежут хлеба и сядут друг против друга. Дрожит язычок керосиновой лампы. Дымится картошка в мундире. На столе — равные куски хлеба. Они пьют чай. А напьются, уберут стаканы, подъедят все крошки, до одной, достают железные крючки — тянут ими через кость щетину. Крючок не слушается, щетина впивается в пальцы. Капает кровь. А делать нужно по двадцать щёток в день! Не сразу стало получаться столько, сколько требуется.

С того, двадцать пятого года, зарабатывала Валька деньги. С того года искололись и распухли её пальцы.

К весне Зорька ожеребилась. Что тут с Валькой сделалось! Точно у неё сестра или дочка народилась. Тайком от матери наберёт отборного овса, подносит Ласточке на ладони. А когда Ласточка наестся, обхватит её за шею, как Риту когда-то, целует, рассказывает ей про травку — мол, скоро вылезет, про солнышко и про птичек. На отборном овсе, в ласке да со сказками росла Ласточка. Единственная Валькина подруга.

Интересными событиями жизнь не баловала. Нюша да Маруся напишут, как живут: зарабатывают хорошо, Маруся ребёночка ждёт, а Нюша в передовые вырвалась. Паша раз в году заглянет: пошмыгает носом, наговорит с три короба про своё счастливое хозяйство, про своего ненаглядного мужа, про своего ненаглядного сыночка, про свою ненаглядную свекровь, расхвалит своё житьё-бытьё и снова уедет — работать. Лёня привезёт из Москвы колбасы и конфет, погостюет несколько дней, соберёт торбы с едой и снова — в Москву. Дуська на весну да на осень прибудет, наработается досыта и скорее — к своим детям, трое погодков у неё!

Вот и все радости. А Ласточка всегда тут, при Вальке. Особенно летом. Овёс ли Валька полет, полынь ли и чернобыл вырывает с корнем, подсолнухи ли окучивает, рожь ли серпом жнёт да складывает в копны, молотит ли, веет ли рожь и засыпает в закрома — Ласточка при ней. Валька растёт, и Ласточка растёт. А зимой — тяжело. Валька — в избе, Ласточка — в стойле. Одна без другой скучают. Была бы Валькина воля, она бы свою Ласточку и спать рядом с собой положила! Знала Ласточка время, когда Валька к ней должна прийти.

---

* Суп: лук зелёный или репчатый, вода колодезная или квас, хлеб ржаной, бородинский или сухари, сол, масло конопляное или подсолнечное не рафинированное, перец.

При встрече норовила коснуться щеки горячими мягкими губами. А если задержится где Валька, ржала тихо, жалобно!

Ещё только ноябрь на дворе, а Валька уже о весне мечтает.

— Мам, а скоро лето придёт? — перебивает материн рассказ о старине. — Я поведу Ласточку есть зелёную травку.

Мать словно не слышит, руки её быстро орудуют крючком и щетиной, сама продолжает говорить:

— Кулачные бои — страшное дело. Стенка на стенку идут друг к другу навстречу. Твой дед — самый сильный был в двух деревнях, богатырь.

Деды, прадеды, праздники, обычаи… — немудрёная грамота её родины. Корни её. Она сама.

Любила мать поучать:

— Учись, Валька, понимать себя. И работай, Валька, свою работу. Не жалей себя. Коли пальцы. Заработаешь деньги, купишь одёжу, мануфактуру, сахару, пряников. А играть потом будешь, когда из нужды вылезем.

Зима тянется долго.

Особенно тяжела зима двадцать восьмого года. Бессолнечная, точно густые сумерки. Днём садились под самое окно, а всё равно темно! Если поначалу в охотку работалось, то через месяц опухшие пальцы еле удерживали крючок и щетину.

— Ма, скоро весна придёт?

— Ма, скоро я на Ласточке поеду?

— Ма, скоро Дуська вернётся?

Мать на её вопросы не отвечает, ровным голосом ведёт свою нескончаемую «песню» о том, как раньше люди жили, при царе: какие у богачей были усадьбы с прудами и лесами, как бедняк у богача целый день работал, как за спасением к Господу-Богу кидался, как ей барыня шаль подарила.

Разговоры отвлекали, а всё равно неотвязно в башке — скорее бы весна! Тогда забросит постылые щётки, под солнышко побежит вместе с Ласточкой.

Долго ждала в тот год весну. И дождалась. Весна пришла.

Золотыми проплешинами засветила взгорки, подчернила снег. Как только снег сойдёт, Дуся вернётся. Мать решила оставить её дома насовсем. Хозяйство расширяется. Может, Дуся здесь выйдет замуж, мужика в дом приведёт?!

Соскучилась Валька о Дусе, сил нет как соскучилась! А тут мать и велела съездить к ней, сказать, чтобы готовилась: скоро, мол, домой: сеять пшеницу, картошку сажать. Затеяла мать испечь для Дуси пирожков с капустой. В нетерпении крутилась Валька вокруг неё, подгоняла — очень хотелось скорее очутиться в телеге. Уговорила Валька мать запрячь Ласточку.

Запрягли Ласточку в первый раз. Праздник сегодня у Вальки — к Дусе едет, да ещё на Ласточке. Сначала вроде ничего — пошла Ласточка споро. И вдруг навстречу что-то на больших колёсах: тарахтит изо всех сил. Не то что Ласточка, и Валька от страха зажмурилась, рот открыла — никогда не видела такое! А Ласточка закинула голову и кинулась в лес. Упереться бы Вальке покрепче, натянуть бы покрепче вожжи, а она их отпустила. Тут же сорвало её с телеги, вожжой перехватило ляжку. И волокла обезумевшая Ласточка вместе с громыхающей телегой свою Вальку по рытвинам незнамо сколько. Гортанным голосом кричала Ласточка, но Валька её уже не слышала. Кружила Ласточка, кружила, выбилась из сил и, взмыленная, вернулась, наконец, на собственный двор.

Долго Валька была без сознания. Вожжа прорезала мясо до кости, корни с землёй и мелкие камни содрали с Валькиной спины платьишко и кожу, не спина — кровавое месиво, голова — в крови, в траве и земле.

Летом Ласточку украли цыгане.

Детство с отрочеством осталось горячими проталинами в весеннем снегу, Зорькой и Ласточкой, редкими школьными уроками, на которых ничегошеньки она не понимала, едва-едва научилась разбирать слова да складывать числа. День за днём сплетались в жизнь, в которой — много леса, простора и много работы — от света до темна, и короткие ночи, когда невозможно успеть выспаться.

Оборвалось детство с отрочеством внезапно.

4

Дуся из нянек вернулась невестой. Теперь, как когда-то за Лёней, всюду таскалась Валька за ней. Только бы уследить, когда Дуся на «серёдку» пойдёт. Что бы ни делала Валька, всё побросает, сиганёт следом. Да там к Дусе не подойти. Стоит с такими же, как она, девушками — голова к голове. Её Дуся лучше всех. Высокая, румяная, а главное у неё — косы, короной вокруг головы. Важные все стоят, как взрослые, разговор ведут. Кажется, только об этом разговоре и думают, а сами исподтишка поглядывают в проулок, по которому из Семёновского должны подойти парни с гармошкой. Валька готова услужить сестре: бежит по проулку, между домами, выскакивает в поле. Отсюда хорошо видать Семёновское. На горушке — село, солнцем облитое. Видно-то его видно, да не так просто оттуда дойти. Овраг, поле, лесок… Валька — глазастая. Далеко ещё парни, а она их сразу углядит и скорее мчится назад.

— Дусь, идут!

Куда девалась степенность девушек? Они краснеют, начинают хихикать, прихорашиваться, быстро-быстро, неразборчиво о чём-то перешёптываются. Но через несколько минут снова степенны — садятся рядком на лавку, точно им никакого дела до парней нет, достают семечки, лузгают, ведут замедленный, вроде важный для них разговор.

Наконец с гармошкой, с шутками-прибаутками, в начищенных сапогах, появляются парни. Остановятся в сторонке от девушек, словно их тоже вовсе девушки не интересуют, курят, громко рассказывают какие-то истории, из которых девушкам ничего не понять, громко смеются. И вдруг всё в одно мгновение повернётся. Не заметишь, как, а парни и девушки — в одном круге — ведут хоровод.

Валька не дышит, Валька сидит на брёвнышке, упершись в него ладонями, подалась вперёд, смотрит на Серёжу. В хоровод её всё равно не возьмут, а смотреть на Серёжу не запретят.

Серёжа обязательно рядом с её Дусей. Он не из Семёновского, из Салькова, Пашин сосед. А из-за Дуси чуть не каждый день вышагивает тринадцать вёрст — туда и обратно.

Красивее всех Серёжа. Высокий, выше Дуси, светловолосый, в богатой, расшитой рубашке и городских брюках, в хромовых сапогах. Не может Валька не смотреть на него. Вот он наклонился к Дусе, что-то сказал, вот засмеялся, вот закинул голову. Так бы и глядела на него, без счёту, без времени.

Скоро у Серёжи с Дусей свадьба. У Дуси платьев много — за работу надарили, юбок много — мать нашила. Полотенец, простынь там всяких за три года они с матерью Дусе наготовили. Дома Дуся сама не своя: то захохочет ни с того ни с сего, то заревёт, то примется стирать на всех, то с места не двинется, чтобы каганец зажечь. Про Серёжу начнёт Вальке рассказывать, какой он самостоятельный, какой обходительный, замолчит на полуслове. Не мигает, уставится на гвоздь в стенке, точно этот гвоздь самая что ни на есть красивая картинка.

Серёжа хочет переехать в Москву. Как только поженятся они, так и поедут. На завод станут устраиваться.

Что тогда Валька будет делать? Как будет жить без Дуси с Серёжей? На кого ей тогда смотреть?

Глаза у Серёжи — синие, волосы — курчавые. Такого, как он, она видела только на картинке — в Ритиной книжке Серёжа был нарисован. И в ней Серёжа — царевич!

Вечер за вечером сидит Валька на брёвнышке, пока мать не погонит её спать.

— А Дуська? — каждый раз обижается Валька.

И каждый раз мать отвечает одно и то же:

— Что «Дуська»? Последнее лето гуляет, пусть себе.

Засыпает Валька — Серёжа в глазах остаётся: кучерявый, синеглазый. С ним в глазах и просыпается.

А ещё она жалеет о скорой свадьбе потому, что перестанет Серёжа приносить ей гостинцы. Сейчас то пряником угостит, то конфетой. Один сын у матери, а мать — богатая, ничего ей не жаль для него. Конечно, главные сладости достаются сестре. Но и Валька успевает поживиться. Это на улице она для сестры старается, дома же Дуська есть Дуська. Ленивая, любит поспать лишние минутки, а Валька, наоборот, поднимается раньше всех. Вскочит и скорее к кульку, который Серёжа принёс накануне сестре. Выхватит пряник, засунет в рот. Один съест, второй, Дуська точно почувствует это: продерёт глаза.

— Опять всё сожрала, чёртова воровка! — закричит в исступлении. Соскочит с кровати и — бежать за Валькой.

А та уже сыта, скорее на улицу! Никто не угонится за ней, тем более Дуська. Бежит и хохочет во всю глотку:

— Вку-усные пряники!

Но, если не успеет сбежать, тут и драка. Друг другу спуску не дают — обе почти одного роста, обе — крепкие, так и рвут друг у друга волосы. Да обзываются.

— Дурочка из переулочка! — вопит Валька.

— Воровка! — вопит Дуся.

А ещё дрались из-за пола.

Возьмётся Дуся мыть пол. Середину намочит и вытрет, а под кровать, за сундук, в углы даже не заглянет. Теперь уже Валькина правда. Валька долго терпит: руки своё дело знают, орудуют крючком, а глаза следят — может, Дуська одумается да вымоет в углах? Но та разогнулась да и пошла из горницы с тряпкой. Тут-то Валька перестаёт терпеть, вступает:

— Протри под столом, — говорит миролюбиво, по-хорошему. — Смотри, у порога сыро, не видишь? Подбери воду.

— Раскомандовалась! — начинает Дуська орать. — Если ты такая умная, сама подбери! — Швырнёт тряпку в сенцы, одёрнет юбку да к двери, чтоб на улицу бежать.

А Валька тут как тут: путь преграждает. Подхватит Дуся мокрую тряпку и давай Вальку охаживать. Так раздерутся, что потом друг друга узнать не могут: обе грязные, расцарапанные. Но всё это пустое. Дуся упрямая, сказала — не будет домывать, и точка. А Валька не может успокоиться. Нальёт в ведро чистой воды, выстирает тряпку, каждую пылинку по углам соберёт. Валька — в мать, любит чистоту. Вернётся мать с дровами или с риги, где молотят рожь, а пол сияет желтизной.

Однажды ночью проснулась Валька от Дусиного плача.

— Сегодня мы гуляли в Сальково, слышь? Споймала меня его мать, давай уговаривать: «Один он у меня, Дусенька, разъединый. Хозяин. Отпусти его душу! Жениться ему рано. Как женится, в тот же час укатит от меня в Москву, его слово твёрдое. Как останусь одна, без него? Отступись, Дусенька, я что захочешь тебе подарю!» — Дуська захлёбывалась, а Валька одно понимает: никуда теперь Серёжа не уедет, будет она его видеть! Прижала обе руки к груди, сердце: бух, бух!

Мать успокаивает Дусю, а та всё ревёт.

Стала вечерами Дуся дома сидеть. Даже на порожек и то не выйдет. Щёток столько повыработала, сколько и за год не сделаешь! А как стемнеет — плакать.

Прошло несколько дней, ни слуху, ни духу от Серёжи. Наверняка, мать усла́ла его на ярмарку. На пятый день Дуськина подружка принесла на хвосте весть: Серёжу в городе обворовали жулики, Серёжа сильно разозлился, даже самодельный револьвер купил — защищаться, если на обратном пути на него нападут. Но никто ему в дороге не встретился, вернулся Серёжа домой благополучно. И в тот же вечер объявился у них. Вошёл запыхавшийся, с гостинцами. Дуське — узелок, Вальке — большой пряник.

— Пойдём, Дусь, погуляем, — предложил.

— Не, — замотала Дуся головой. — Отгулялась.

— Ты что, заболела? — спрашивает заботливо. Дуся мотает головой. — Или, может, новый жених тут объявился, пока я дела делал? — повернулся Серёжа к матери. Побледнел сильно. — Что молчишь, тётя Устя?

— Не пойдёт она за тебя! — влезла Валька. — Не хочет. Её… — Тут мать хлопнула Вальку по рту, погнала из избы.

На другой день Серёжа опять пришёл. Хмурый.

— Выйдем, Дусь, поговорим.

Никак не могла Валька уснуть в тот вечер. Во рту — вкус пряника, в глазах — Серёжино лицо. Час прошёл, два, наконец провалилась в сон. И приснился голос, зовущий её мать: «Тётка Устинья, тётка Устинья, твою Дуську Серёжа Сальковский убил». Никак не может Валька отделаться от этого голоса. Серёжа Дуську убил? Какой страшный сон! Уж и глаза открыла, и на холодный пол ступила босыми ногами, уже во двор выскочила, а сон не проходит. Кричат бабы: «Дуську Устиньину Серёжка Федотов убил!». На крыльце лежит в Дусином пальто и платке кто-то, в крови лицо. Крутит Валька головой, выгоняет сон, а кровь блестит, качается керосиновая лампа в чьих-то руках, всё ближе к лицу лежащей, ближе…

—Взад и вперёд ходили по улице. Я ещё подумал, чего это всю ночь ходят, рази завтра им в поле не идтить? А мне-то, думаю, хорошо, что они ходят, значит, вор не полезет в сад, углядят они, думаю, молодые-то, вора-то, охочего до яблок. И пошёл спать. Мало ли какой, думаю, у них получается серьёзный разговор. Дело молодое, всё нужно обсудить наперёд. Уснул, а тут выстрел. Решил: Серёжка пугнул вора-то! Поблагодарил в душе Серёжку и уснул снова. А через час будят меня. Оказывается, это Серёжка Дуську убил.

Мать лежала на полу, под божницей, где когда-то, по рассказам, лежал мёртвый отец, и никто не мог заставить её подняться. Бабы выли в унисон с собаками. В чёрной толпе Валька пыталась увидеть Серёжу. Зачем он такое натворил? Что с ним теперь сделают? Серёжи нигде не было. На крыльцо никого не пускали, ждали милиционера. В избу шли со двора. Валька давила себе грудь, в которой так болело, что повернуться, слово сказать, даже вздохнуть не могла.

Как доехала до Рогачёва, как очутилась в деревянном доме, где суд находился, не помнит. Помнит только Серёжу. На себя не похож: худющий, губы чёрные, под глазами чернота, глаза тусклые, рот покривил лицо в гримасу. Только волосы, как и раньше, кучерявятся. Заговорил, а слыхать его плохо, голос тих да рвётся. Валька привстала, ловит каждое слово:

—Промеж нас всё было договорено. И вдруг Дуся… отказывает. Пытал я, почему. Молчит. Вдруг заревела. Тут я догадался: наверно, моя мать встряла. Она и раньше твердила: «Не пущу в Москву и жениться не дам». Дусе не сказал, что догадался, стал рассказывать, как на ярмарке товар продавал… какие видел бусы да серьги. Дуся успокоилась. Я обрадовался. Говорю: «Повенчаемся, и сразу в Москву, поступим на завод, там платят хорошо, получим комнату, заживём». Сели мы на крыльцо. Обнял её… прижал к себе… она снова—реветь, а сама положила мне на плечо голову. Значит, так и есть, любит меня по-прежнему. Это мать влезла. Уж как я Дусю успокаивал! Про то, что надо скорее играть свадьбу, говорил, про то, что родим сына, говорил, про то, что люблю её. Вроде развеселил… она даже улыбнулась. И вдруг говорит: «Покажи револьвер, что на ярмарке купил». Я ей не говорил ни про какой револьвер. Но вижу, не гонит она меня, обрадовался и сразу достал.—Серёжа замолчал. Приложил руки к глазам, долго стоял так. И все молчали. Валька смотрела на Серёжу, ждала, что ещё скажет. Он отнял руки от лица, заговорил еле слышно:—Стала Дуся вертеть его, не успел я охнуть, как он сам выстрелил. Звал я Дусю, звал, трогал, она лежит молчит. Кровь... Побежал к себе в деревню, разбудил двоюродную сестру. «Даша, говорю, пистолет убил мою Дусю, пойди скажи». Больше ничего не знаю, потерял память. Вот и всё.

На суде Валька была такая же замороженная, как в ночь смерти Дуси. Только обеими руками давила себе грудь — сердце у неё болело: бух, бух. А когда обвинили Серёжу сразу в двух преступлениях — в убийстве человека и в ношении незаконного оружия, когда присудили Серёже пять лет тюрьмы, сорвалась с места, как к судьям бежала, не помнит.

— За что?! Не виноват он, не виноват! Не убивал! Дуся сама. Не убивал, — кричала истошно. Бросилась перед судьями на колени. — Освободите.

Мать ухватила её за руку, поволокла прочь. Валька упиралась, оглядывалась на Серёжу, запоминала — чёрные губы, белые глаза, волосы — курчавые.

За другую руку тащил её Лёня, а она вырывалась.

— Не виноват он! — кричала судьям. — Не виноват он!

Глава вторая

1

По-прежнему встаёт она со светом, как все в деревне. Выпив воды, пожевав хлеба, вместе с матерью отправляется в поле. Работа сменяет работу: пашет Валька, сеет овёс с просом, картошку сажает... боронует, полет, жнёт, косит, всем телом помогая косе, серпу, граблям, вилам, сено таскает, навоз сушит, бельё вальком бьёт... — в голове одно: жив Серёжа, сыт Серёжа, когда вернётся Серёжа? Работа тяжёлая — через двадцать минут после начала намокают подмышки, руки-ноги ломит, но совершается работа помимо Вальки, потому что главное в ней теперь — терпение: ждать Серёжу, и это ожидание составляет суть её жизни. Дошли до деревни слухи: работает Серёжа в болотах. А что делает там, никто не знает.

День свивался с ночью, ночь с днём — время несло Вальку к часу, когда терпение упало на стерню колосьями. Откинула серп, потуже перевязала волосы, решилась — пошла к Серёжиной матери. То стерня колет ноги, то мучит ноги щебёнка, то впиваются в ступни шишки — под ноги она не смотрит, перед ней — Серёжа, каким был на суде: глаза запали, чёрный Серёжа, только волосы — светлые, как раньше. Валька торопит себя, боится забояться Серёжиной матери да повернуть обратно. Сальково тоже на взгорке, как и Семёновское, манит к себе солнечными окнами, блестящими флюгерами.

Навстречу Вальке с горушки спускается женщина в чёрной жакетке, несмотря на жару, в чёрном платье, в чёрном платке чуть не до самых глаз.

—В каком доме живут Федотовы, будьте так добреньки, скажите! —спросила у неё Валька ласково.

—Что тебе от Федотовых надо? Кого надо?

Валька столкнулась с недобрым взглядом.

—Мне? Мне… Серёжину мать хочу видеть.

Они стоят на крутой тропе, подводящей к Сальково. Ещё немного подняться по ней, и превратится эта тропа в широкую улицу: пойдут по её обе стороны дома.

—А чего тебе надобно от Серёжиной матери? Может, молочка хочешь купить? Али ржи? —ехидничает женщина.

Наконец раскумекала Валька, с кем стоит.

Ничего не взял Серёжа от матери. Маленькая, чёрная, мать— другой масти, другого характера. Сожрать готова Вальку!

Пошла было Валька прочь, по тропе вниз, остановилась, повернула назад, с последней надеждой, дерзко спросила:

—Адрес его надобен. К нему пойду, проведать надобно!

Женщина задохнулась:

—Адрес тебе, Рожновское отродье? Ты и на суде готова была ему на шею прыгнуть в твои-то сопливые годы! Нету тебе Серёжки. Никому из вашего роду нету Серёжки. Дуська хотела увести. Ненадолго увела. Мой будет. Ко мне вернётся, не к ней. К ней некуда вертаться. Неужто думаешь, тебе достанется? Не достанется. Будь ты проклята, Рожновский поскрёбыш! Будь весь ваш род проклят! Некого мне корми-ить, обихаживать. Не-екого! —горько заплакала женщина. Лицо её скосилось в одну сторону. Столкнулась с Валькиным жалостным взглядом, повернула назад, в Сальково, заспешила по тропе вверх. Спешила тяжело, медленно, оседала назад, руки протягивала к земле—чуть не карабкалась.

С того дня Валька затаилась. Перед матерью и Лёней, который в тот год каждое воскресенье приезжал домой.

В Семёновском организовали колхоз—на три деревни. Загонять не загоняли, а Лёня сильно боялся: силком загонят, спешил хлебушком, картошкой запастись. Ни себе, ни Вальке с матерью роздыху не давал: вечер субботы, воскресенья с поля не уходил. Тот год тревожный был. Собрания громкие, уговоры, ссоры, страхи. Мать совсем потерянная ходила. Только насытилась, отдавай. Грозились и скотину отобрать.

Вальке всё было безразлично. Работать работала, в разговоры не встревала. Особенно по дому старалась: холсты белила, конюшню драила, квас разводила… — матери ни к чему прикоснуться не давала. А мать гнала её гулять:

— Хуть бы на одну вечёрку сходила! Отвлекись от работы. Пользуйся, пока живу. Вот тебе Дуськина одёжа, не гнить же ей. Уважь мать, надень это платье. Совсем новое. Может, раз пять ношеное. Жа-алко.

Допекала мать Вальку. И допекла. В один из вечеров Валька переплела косы, надела цветастое платье, Серёжа его больше других любил — велел Дуське почаще надевать, и пошла к кругу, к брёвнам, где уже сидели девчонки, грызли подсолнухи, переговаривались, смеялись.

Её увидели, замолчали.

Мальчишки играли в чурки, перестали.

Не успела Валька до брёвнышек дойти, все завопили на разные голоса:

— Дуська воскресла!

— Глядите-ко, Дуська идёт!

Припустила Валька домой, содрала с себя платье. Скомкала, закинула, плюхнулась ничком на кровать, заревела. Ревела, пока мать не хватила её веником и не заревела сама.

А всё одно, никуда не денешься — заневестилась Валька. Не только мать заметила, что Валька набухла соками — тугая стала. Сваты стали приходить из других деревень, несмотря на её молодые годы. Мать к Вальке пристаёт: «Иди, дочка, замуж, дом, земля твои будут! Мужик в доме — хлеб в доме».

— Не пойду, — твердит Валька. И всем сватам — отворот-поворот.

Миша — допризывный ещё, восемнадцать только исполнилось. Ни одной вечёрки без него не случается — хорошо Миша играет на гармошке. Выдумал: не сиднем сидит на брёвнышках, как все гармонисты всегда сидели, а ходит по улице, взад-вперёд. Около Валькиных окон обязательно приостановится, громче обычного закричит:

…Всё отдал бы за ласку взора,
Чтоб мной владела ты одна-а!

Прокричит Миша на всю деревню такие слова под Валькиными окнами, пойдёт дальше. До брёвнышек дойдёт, повернёт обратно, снова возле Валькиных окон шумит:

Подставляй-ка губки алые,
Ближе к молодцу садись…

— Эй, Валь, выдь, умотал нас Мишка, не даёт посидеть! Ноги гудют! — не выдержат девки и парни.

Валька спать хочет. Вставать до свету, не нужен ей Миша, с гармошкой и «златыми горами». Вернётся Серёжа, тогда она пойдёт на брёвна. Мать молчит день, молчит два, не выдержит, и снова—за своё:

— Чем плох парень? Собой справный. Руки всякую работу умеют. Он же иссох из-за тебя.

Валька слушает мать, кому неохота про такое слушать?

То ли мать столковалась с Мишей, то ли Миша сам храбрости у дружков занял, а стал подходить к ней. Подстережёт, когда она идёт с поля, или у околицы встретит.

— Выйди посидеть со мной. Послушаешь мой разговор, может, понравлюсь,—уговаривает.

И мать уговаривает:

— Выйди, Валь, посиди с человеком.

Уговорили. Вышла к Мише, села. Первый раз вблизи увидела. В самом деле справный: глаза—жёлтые, большие, нос—прямой, зубы ровные.

Весенний вечер светится в солнце. Теплынь. Идут мимо люди, смотрят на неё—рядом с Мишей. Между нею и Мишей—гармонь.

— Перво-наперво поженимся,—начал Миша.—Я договорюсь, нас запишут, несмотря на то, что ты годами ещё не вышла, у меня в Совете тётка сидит. Только тебе стану петь все песни, какие знаю. Хочешь, останемся в деревне, хочешь, поедем в город. Хочешь, будешь учиться, хочешь, рожай детей, я на всё заработаю. Что захочешь, то тебе и будет.

Валька хочет спать. Не хочет она «родить детей». Учиться не хочет. Песни слушать не хочет. Хочет Серёжу поглядеть—сыт ли?! У Серёжи глаза—голубые, волосы—золотистые, между зубами дырка, Серёжа в неё свистеть может.

Миша дотронулся до неё, а она—хвать, ударила по его руке да бегом—домой. Спать.

Не таков Миша, чтобы перед всеми людьми в грязь носом ткнуться, следом за ней полез в избу, матери не испугался. Мать, как будто так и надо, поздоровалась с Мишей и ушла на двор.

— Даю сроку месяц. Не согласишься, убью, как Серёжка—Дуську,—пригрозил Миша.

Только рукой махнула Валька—убивай! А у самой сердце заходило шибко—Серёжу Мишка помянул рядом с ней. Даже не возмутилась—не убивал Серёжа Дусю! На весь дом зазвенело—Серёжа! Не Миша в дверях—Серёжа.

Постоял Миша молчком, постоял, выпалил:

— А ведь ты в Серёжку—тово…

Выпалил и ушёл.

Снова стала Валька вечерами сидеть дома.

Миша уехал в Москву в техникум поступать.

Вроде никто ей был, а с его отъездом солнце как бы припылилось, а ночи удлинились — заснуть не могла, всё ждала: зазвучат его песни.

Может, потому ещё так показалось ей, что почти сразу начались тяжкие времена: у односельчан всё отобрали, даже мышей своих не осталось, и они все, кроме матери, в колхоз вступили. И у них забрали хлеб с картошкой, несмотря на то, что не вступили. Да мать у неё — ловкая: сумела припрятать зерно. Кое-как дотянули до весны.

Однажды пришёл к ним председатель, стал уговаривать:

— Были самые бедные, я на вас больше всех надеялся, а теперь вы — балласт. Процент нарушаете. Добровольно не вступите, выселят как кулаков.

А в мать словно бес вселился, так и вскинулась:

— Моя земля, моя лошадь! Досыта сроду не ели, а сейчас мы с Валькой хлеба вдоволь имеем. Чего искать от добра добра? И не ходи, и не зови. Нету нам колхоза. Не отдам Зорьку никому. Моя Зорька, потом и трудом заработанная.

Ночами мать не спала. Ворочалась, вздыхала.

Валька согласная была с матерью: земля есть, хлеб есть, не нужен им колхоз.

Осень подходила к концу, стояла ещё пышная, но уже холодила утренниками. Работы поубавилось. Валька затомилась. Не мила собственная изба, не милы утра и вечера. Выйдет за водой, а сама про вёдра пустые позабудет, стоит столбом. Серёже ещё больше трёх лет сидеть. Не заметит как, а ноги сами несут к Салькову. Подойдёт к колхозному полю и словно проснётся: припустит к своей деревне, к пустым вёдрам у колодца. А ночью опять Серёжа перед ней. Так и живёт. Все тучи осени в себе собрала. Да ещё мать подбавляет. Пьют утром чай, мать выговаривает:

— Чем тебе не гож Миша?! А Веня из Семёновского чем не угодил? Выбирай скорее, развяжи мне руки.

Пробовала Валька отбрёхиваться — мол, на её век мужиков хватит, а Веня, что ж, никто не спорит, хорош, да ей нужен чуток похуже, а руки она хоть сейчас развяжет — поедет жить к Паше: Паша приглашала!

О том, что жить приглашала, конечно, враньё, да почему бы не приврать, коль всей душой она в Сальково рвётся? И, чем больше набиралось дней в её жизни, тем больше думала о Салькове — где и узнать о Серёже, как не там? И, когда совсем уже допекла её мать и когда из рук все дела повалились, заявила — едет к сестре Паше в гости! Ничего ей не надо, глянет одним глазком на Серёжины окна, да к Паше пойдёт.

Хоть близко Паша, всего-то тринадцать вёрст, а видятся редко. У Паши — мужик, дети, много дел надо справить. И они с матерью от темна до темна то в поле, то с холстами, то с валенками. Мать обрадовалась.

— Прокатись на Зорьке. Развеешься. Может, дурь из головы повылетит.

Стала мать собирать гостинцы Пашиной семье: яблок наложила в торбу, носки, что зимой ещё навязала, напекла пирогов с капустой. А ещё положила мешок с Дусиными вещами, наказала, чтобы Паша продала их все.

— Н-но, милая, давай! — заторопила Валя Зорьку сразу от порога. Ничего ей не надо, только заглянуть в Серёжины окна, расспросить Пашу — не слыхала ли о нём чего?

На жёлто-багряной земле блестит роса, жёлто-багряные деревья слепят. Дразнит Вальку неожиданно увиденная красота. Бабья осень жжёт макушку — греет перед зимой и снегом. Зорька идёт сама, дорога одна, и Валька повесила голову на грудь, закрыла глаза.

— Здравствуй!

От неожиданности вздрогнула. Зорька остановилась.

В первый миг не узнала: худой, кожа — серая, чёрные подглазья. Сидит Валька на телеге, не шелохнётся. А сердце щемит — он: глаза — его, волосы — его — золотятся.

Подошёл Серёжа, взял вожжи из её рук, мнёт пальцами.

— Не виноват я в Дусиной смерти, — выдохнул. — Я жить с ней хотел. — Она кивнула. Она знает это. А что сказать, что сделать, не знает, только смотрит на него. Живой Серёжа. И он смотрит на неё. — Вот какая ты стала. Я ведь к тебе иду, на тебя смотреть. — Замолчал. И вдруг говорит: — Твоё имя вовсе не Валя. Христина ты. — Валька удивлённо вытаращилась на него. — Рассказал мне батюшка, ну, наш рыжий поп, что тебя крестил, в его книге ты так записана. Мы с попом-то оба годочка рядом работали. Меня вот освободили… Красивое у тебя имя! — Достал из кармана круглое зеркальце, протянул. — Это тебе, подарок от меня. Бери, не бойся. Я только потому и выжил, что тебя вспоминал, как ты на суде закричала. Христина, — он передохнул, продолжал сбивчиво: — Иди за меня. Ты одна у меня осталась. Иди.

Вырвала у Серёжи вожжи, со всей силы взмахнула кнутом, — Зорька дёрнулась и пошла по дороге.

А что, если он и её, как Дусю, убьёт своим револьвером?

Пусть убьёт! Она согласная. Только пусть сначала обнимет, пусть сначала посидят они рядышком на крыльце, как сидел он с Дусей, пусть она положит ему голову на плечо.

Зорька увозила её от Серёжи, а она бессчётно твердила:

— Согласная, согласная!

Паша сильно обрадовалась ей: забегала по избе, стала собирать на стол. Как и в девках, она шмыгала носом и делала сто дел в минуту. И тарахтела без передыху:

— Угадала в субботу! Мы баню стопили, сейчас париться будем. Сперва отведаешь моих щей с дороги. Садись, сестра!

А Валька затравленно оглядывалась — как в западню попала. Из добрых сетей не вырваться! На дороге Серёжа остался, к нему — бежать! а тут — щи.

Казалось, больше Паши рады ей Коля и его мать.

— Сейчас чайку попьёшь. Остыл малость с утра, а ты, Паша говорила, горячий любишь! — Коля самовар вздувает. Сидоровна семечки ей в подол сыплет. — Полущи, Валь. — И тут же стакан подаёт. — Ну-ка, выпей моего кваску, хорошо с дороги-то, сразу усталь сымет! Ото всех болезней помогает! — И тут же ситчик ей подаёт. — Вот тебе, наша красавица, на платье. Тебя ждёт. Всё не встретимся никак. Запомнишь теперь к нам дорогу? — Сидоровна ходит по избе быстро, не ходит, летает, крепкая, статная, не знает, чем Вальке угодить.

— Ты наша тётя? — трогает её мальчик постарше. Рожновской породы парень — в Пашу, глазастый, крупный. — Ты мне дудку вырежешь? Силок построишь? Нам батька…

— Погоди, сынок, — останавливает его Паша, — не приставай к тёте Вале, видишь, как есть с дороги усталая.

Второй мальчик обнял её крепко.

— Мы тебя вот так любим! Нам батька и мамка велят любить тебя.

Паша достаёт из печи чугун со щами, смеётся.

— Смотри, Коль, невеста!

— Видишь, доченька, какие дотошные. Бог подарил подряд двоих! — сияет Сидоровна. — Смышлёные, рукастые — в отца, не смотри что лицом на него не похожи. И душа у них у обоих — золотая. Пей, доченька, чай, уважь нас. Мы тебя любим. Ты на Коленькиной свадьбе шибко плясала, лучше всех. Что, сынок, давай ей жениха подыщем по соседству? Самого лучшего. — Сидоровна раскраснелась и впрямь взялась всерьёз за дело — стала перебирать женихов.

Валька слушала плохо. Цедила по глоточку чай, есть не могла. Как ей отсюда вырваться?

А Паша от радости, что к ней Валька приехала, затеяла шить ей платье из ситчику, что Сидоровна подарила.

— Нечего откладывать, когда ещё выберешься? Сегодня и возьмёшь с собой. Пока мать отмоет моих чушек, пока Коля отпарится, вот и готово будет. Хочешь, и тебя попарю, да побью веничком, и поедешь в новом платье?

Валька сидит немая. В другой бы раз и с детишками наигралась, и с Сидоровной все домашние дела обговорила, и с Пашей нашепталась бы, а она только головой, как конь взнузданный, крутит, как бы удрать поскорее?!

Паша кроит быстро, быстро шьёт, а на всё время нужно, это не стакан разбить. Шмыгает носом Паша, расспрашивает: сколько посадили картошки, сколько засеяли ржи, как матери здоровье? Отвечает Паше невпопад. Думает о двух пирогах в торбе, оставленных для Серёжи: вдруг увидит ещё разок… Едва терпит Валька, чуть не ревёт в голос: зачем от Серёжи уехала? Чтоб сгорело это Сальково! Сидела бы сейчас дома, Серёжа сам к ней шёл, дома и обговорили бы все дела!

«Иди за меня, Христина». Слова какие сказал!

Возвращалась от Паши вечером.

Солнце садилось за лес, распустив золотые лучи по деревьям. Везла в узелке новое платье, в руке зажала пирожки.

И там же, где встретились, сидел Серёжа, смотрел на дорогу. Увидел их с Зорькой, вскочил. Лицо у него было светлое, словно часы, что просидел здесь ожидая её, угнали в прошлое Дусю на крыльце, суд и тюрьму — Серёжа стоял перед ней прежний. Остановила лошадь. Ждала, когда он подойдёт. Не дождалась, спрыгнула с телеги, пошла к нему навстречу. Подошла, поднесла ему два пирожка.

— Поешь.

А он не к пирожкам, он к её волосам протянул руки. Сначала по голове, потом косы стал гладить.

— Горячие, — сказал.

Она тоже захотела провести по его волосам, мешали пироги, зажатые в руке.

— Ты съешь, — попросила. А когда он взял, вытерла руки о траву и уставилась на него не мигая. Уж как она будет кормить его! Тощий-то больно.

— Я всю ночь шёл, пройду шаг, сяду посижу, ещё шаг, — заговорил, когда съел пироги. — Мать стала тесто месить, а я — к тебе. Тут пироги, там — пироги. Теперь поем.

Ей понравилось кормить его. Понравилось, что он разговаривает с ней, как с большой.

Вернулся Серёжа!

Так и не решилась погладить его.

— Как ты жила тут?

Удивилась вопросу: жила и жила, работала.

Удивилась, а потом догадалась: не о работе он спрашивает.

— К тебе хотела поехать, гостинца привезти, пошла адрес узнать, а твоя мать прокляла меня. — Сказала и прикусила язык. Серёжа побледнел, сжал кулаки, затрясся. Глаза стали мутными. — Ты что?! — повторяет беззвучно. Только теперь, когда он не в себе, встаёт на цыпочки, обеими руками обнимает его голову. — Я ждала тебя, Серёжа. Я за тебя Богу молилась. Ты мне снился. Проснусь и чуть ни вою, почему тебя нету. — В другое время сама испугалась бы того, что говорит, а сейчас страшно от того, что с Серёжей: вдруг сейчас помрёт?!

Только теперь, когда с ним делалось что-то непонятное, увидела: вовсе он не прежний, кудри на висках седые, и кожа в тёмных подпалинах, точно он горел и остался в ожогах, и глаза не голубые, белые. Её тоже забила дрожь. Сильно болен, — поняла она. Но, может, именно потому, что она была вся в жалости и в огне, и заразилась его дрожью, и вслепую шарила по нему испуганными руками, он перестал дрожать. Глубоко, как ребёнок, вздохнул, улыбнулся. Лицо разгладилось, скрюченные руки обвисли, и вот он осторожно коснулся её плеч.

— Повтори всё, что ты сказала, — попросил. Она молчала. — Христина! — выдохнул он.

Хотела убрать руки с его лица, не убрала, ей в пальцы колотился его висок. Так они стояли. Сзади пофыркивала Зорька, Серёжа держал её за плечи.

— Я с тобой, Христина, с тобой! — всё повторял он.

Через два дня Серёжа пришёл к ним, остановился у порога, склонил голову. Пришёл вечером, когда они с матерью только вернулись с поля и ели картошку с огурцами и подсохшие уже давешние пироги. Был Серёжа в новых брюках, в блестящих сапогах, в новой косоворотке.

Валька, не дожевав, проглотила кусок пирога, хлебнула чай, осела всей тяжестью на лавке, перестала дышать.

— Здравствуйте, тётя Устя, — глухо сказал Серёжа. — Знаю, велико ваше горе. Пришёл просить прощения. — Он низко поклонился матери и вдруг крикнул: — Тётя Устинья, отдай за меня Христю. Христом Богом прошу, отдай.

Валька испугалась, он сейчас, как тогда, задрожит — так побелел от своих слов.

Мать встала, хотела замахать на Серёжу, не подняла рук.

— Я её… этими… своими… задушу. Тебе её не видать. Уйди, Серёжа, — попросила мать, невидяще глядя на него красными слезящимися глазами.

А на другой день повезла Вальку в Москву, к брату Лёне — навсегда жить.

Валька сидела на телеге, привалившись спиной к спине матери. Овраг, с которого скатывалась в детстве, сосняк с молодыми сосенками, рябинник — пристанище воробьёв, светлая дорога, где встретилась с Серёжей, пролетели в одну минуту, словно их никогда и не было, — мать гнала Зорьку изо всех сил, не жалея, даже кнутом хлестала её, чего сроду не делала. Гнала так, точно боялась: Вальку сейчас у неё украдут.

Валька равнодушно смотрела вокруг. Что произошло, она ещё не поняла. Жизнь вокруг исчезла, она слышала лишь его голос: «Иди за меня, Христина». Об этом до встречи с Серёжей не думала. Хотела посмотреть на него, голос послушать.

Проскочили багряно-золотистые деревья. Теперь по бокам стояли ещё не убранные, налитые золотом овсы. Выскакивали на дорогу сытые перепела и снова подавались в овсы. Скрипели немазаные колеса.

Валька даже не взглянула на виднеющееся вдали Сальково, в котором оставался Серёжа. «Иди за меня, Христина», «Иди за меня», «Иди за меня»… — скрипели колеса.

3

Привыкнув к просторной избе, всё время стукалась о Лёнину с Верой железную кровать, о кровати Кости и Катюхи, о стол, о чёрный шкаф, о Лидину коляску — на двенадцати метрах шестеро! Привыкнув к тому, что сразу за порогом сирень с черёмухой, трава, снег, Валька задыхалась в комнате — нужно на стул встать, чтобы открыть фортку и хоть разок вдохнуть в себя живого воздуха. Задыхалась в мрачном узком коридоре общей квартиры, в восьмиметровой кухне с четырьмя примусами и четырьмя хозяйками. Задыхалась на каменной улице с грязными большими домами, съевшими воздух, громыхающими трамваями и несущимися машинами.

Только в парке Сокольники она дышала.

Конечно, это не их лес, здесь дорожки утоптаны как мостовые, ни одной ямки, деревья стоят в одну линию, точно их специально посадили, как подсолнухи, но деревья есть, и трава между ними есть, как полагается, и воздух хороший.

Валька нянчит Катюху с Лидой. Накормит утром, умоет и — в Сокольники. Идёт с ними и Костя. Он моложе Вальки на два года, но с ней лишнего слова не скажет.

Всё ничего, только коляска мучает Вальку. Попробуй спуститься с пятого этажа, когда Лида в коляске. Что если вырвется коляска, если разобьётся Лида? Первые дни сильно мучилась, потом стала просить Костю:

— Возьми Лиду, снеси на руках.

Костя Лиду взять не хочет. Взрослым считает себя: будет он нянчиться с дитём!

— Гулять хочешь, а помочь не хочешь. Меня Лёня держал, я вон какая выросла на его руках. Ты сильный, подержи сестру, — просит Валька.

На третий день уговорила: стал Костя носить Лиду с пятого этажа. Без Лиды с коляской не страшно: коляска скачет, и Валька скачет. Интересно.

В Сокольниках они, открыв рты, смотрят: карусель, качели… Денег покататься у них нету, а смотреть не запрещено: смотри сколько хочешь.

— Ты видела верблюдов? — важно спрашивает Костя. — У них есть горбы, нам биологичка говорила, в горбах верблюд еду прячет и воду, он сколько хочет может ходить по пустыне и не есть, только горб у него худеет, сначала один, потом второй. Верблюд — красивый, но мне он не нравится, на нём сидеть неудобно. Я бы, конечно, поскакал на коне! Катьку мы посадим на тигра. А ты на ком хочешь?

Ещё смотрели, как толстая тётка делает мороженое: на вафельный кружок кладёт лопаточкой белую массу, сверху прикрывает другой вафлей, и готово!

Один раз Лёня дал им на мороженое.

Они не стали спешить. Сначала нарочно долго смотрели, как готовится мороженое. А когда получили своё, ушли от людей к деревьям.

Что за чудо! Лизнёшь между вафлями и ждёшь, пока сладость совсем изо рта стечёт в горло. Тогда снова лизнёшь.

Лида плакала, Валька забыла про неё. Мороженое быстро кончилось.

В Сокольниках только и жила Валька.

Дома каждый кусок хлеба, каждую ложку каши, что она ест, Вера провожает своим холодным взглядом. Хлеб режет сама. Самый большой кусок даёт Косте, Лёне — чуть поменьше, остальным и вовсе — просвечивает. Веру Валька невзлюбила ещё в деревне. Так из себя видная — высокая, с Лёню, а к работе рук не прикладывала: барыня! Как воду принести, хлеб испечь — хворая! Она увезла от них

Лёню, всю их жизнь порушила. Не любит Валька Веру, а отрабатывать свой кусок хлеба надо. За всё хватается: пол и посуду помоет, постели застелет, стирать примется.

Спит она на полу, посередине комнаты. Матрас — жидкий. Осень пришла, стала мёрзнуть.

Первая о бирже помянула Вера. Хлеб, говорит, по карточкам, картошка с капустой, говорит, не из подпола, денег стоят, детям на зиму нужна одёжа, за квартиру надо платить, а на бирже дают работу.

Пока погода стояла, пока гуляли в Сокольниках, словно не слыхала ничего Валька, а принялись дожди поливать, решилась идти. Вышла рано, до свету. Утро просеивается сквозь темноту неохотно — не хочет приходить в город.

Стромынка — большая улица. По ней трамваи ходят. Угнув голову против ветра и колкого дождя, медленно идёт в блёклом свете фонарей. Ни разу не ходила по городу одна и сейчас всё оглядывает и всё примечает. Дома — грязные, скучные, а окна большие — из таких в деревне три получатся. Проносятся машины, погромыхивают трамваи — город шумит, голова от него становится глупая. А вот её хорошие знакомые — лошади. Точно такие же, как в деревне, покорно везут поклажу и людей. Только здесь они постукивают громче, потому что не земля под их копытами, а каменная мостовая. И в городе они очень тощие. Улицы — широкие, в одну три деревенских лягут. По ним ходила с Лёней. Олений вал, Колодезная, Охотничья… Красивые имена. Только колодцев нигде нет. И охотников не видела. Без Лёни улицы оказались длинные, идёшь, идёшь, никак не придёшь. И холодно. Хочется спать. Хочется есть. Заработает она денег, купит много хлеба и картошки. Мороженого купит, ботинки для осени — чтобы ноги не промокали.

Думала: биржа как рынок, огорожен, за столами сидят добрые люди и только её ждут — чтобы взять на работу. А биржа — это окно, к нему стоит длинная очередь. Валька встала в неё. Скучно стоять. Пошла к окошку посмотреть, почему очередь не движется? А у окошка люди толкаются, кричат, спорят, теснят друг друга. Что же, они ночевали тут? Рань какая! Это и ей придётся ночевать? Бесприютно как! Резкий ветер сдирает платок, всю её, до костей, пропитал мелкий дождь, ноги онемели. И есть хочется так, что сейчас сядет на землю и больше не встанет. Валька заплакала. Она любит плакать. Плакать сладко: щемит сердце, саднит в горле — жалко себя.

Не плакала давно. Когда мать оторвала от Серёжи, повезла в Москву, не плакала. Когда снился Серёжа, не плакала. Есть хотела, не плакала. Не высыпалась, не плакала. А сейчас… их печка потрескивает здесь, плюётся искрами. В обед мать достаёт из неё чугунок со щами, чугунок с кашей. В печке они с Дусей мылись. До задыхания. Станет невмоготу, вывалятся на волю — чёрные от сажи, хохочут, зимой несутся на улицу — в снег, а осенью обливаются холодной водой! Без Дуси печка всё одно осталась горячей: щи им с матерью варит, дом греет. Печка — главная в их избе. Царапины, облупленные места, дырки на ней известны со дня рождения, их колупала, гладила, с ними играла, с ними разговаривала. К печке прислонился Серёжа, когда мать сказала ему свои слова. Слизывает Валька с верхней губы капли, они разбавлены дождём. Отовсюду ей мокро и холодно. Никакая их печка сюда не явилась.

В первый раз стала думать о Серёже. И сразу увидела — смотрит Серёжа на неё в солнечном дне, говорит «Иди за меня, Христина!». Зачем дала матери увезти её? Вышла бы за Серёжу, жили бы сейчас с ним в Москве, он Дусю в Москву звал. А может, перешёл бы он к ним, к их печке? Сейчас время коноплю дёргать, зерно выколачивать. Свёклу сейчас выбирают, на сахар которую. Скоро, лишь морозом прихватит, будут брать капусту. Дрова сейчас надо готовить. Вдвоём легко пилить, колоть. Зерно молотить весело. Любит Валька, как пахнет потревоженное зерно. А может, везли бы сейчас с Серёжей на продажу ячмень или картошку в Рогачёво. А то и в саму Москву? Сидели бы вдвоём на телеге, плечом к плечу, говорили бы, а может, и спели бы чего. Валька утирается рукавом, лицо, обожжённое ветром, горит, снова через минуту мокрое.

— Ты чего сырость разводишь? — Разлепила глаза. Парень перед ней, лет восемнадцати, прыгает. В кепке до самых глаз, конопатый, нос хрящом. Сразу видно, не деревенский. Тощий, синий от холода. — Перестала? То-то же! — Развернулся и поскакал от неё.

Валька как разинула рот, так и стоит. Больной, что ли? На своём месте, за три человека от неё, снова скачет вверх-вниз. Да он почти голый! Пиджачок на нём летний, рукава — короткие, брюки — бумажные. Из одежды самое тёплое — кепка, козырёк — на аршин вперёд. Слёзы высохли. Есть такие, которым ещё хуже, чем ей. У неё пальто толстое. Пусть тяжёлое, да греет. А ноги что? Ноги высохнут, ногам не привыкать — босиком по снегу бегала, и ничего. Жалко парня. Откуда в таком тощем да синем силы прыгать?

Прямая, столбом, застыла рядом с Валькой старуха в чёрном. Жёлтое, в складках лицо, шляпа закрывает лоб. Сроду такую шляпу не видела. Руки спрятала старуха в муфту, а шея — голая: как у общипанной курицы, вся в пупырышках. Глаза старухины не мигают, водянистые совсем. Может, старуха — мёртвая? Всхлипнула Валька от жалости к ней, отвернулась. А тут женщина в пальто, уткнулась носом в воротник — не разглядеть. Пальто — потёртое, штопаное-перештопанное.

Всем холодно, все, видно, голодные. Всем работа нужна.

Жалость стекала в живот, сосала голодом. Больше не смогла терпеть, достала свой обед—кусок хлеба. Исподтишка откусывала. Плохо помолочен хлеб, плохо пропечён. Съела, а ещё больше есть хочется. Сейчас бы картошки с капустой!

Серый день только устоялся—с плотной ледяной сыростью воздуха: дождь не дождь, полог из мокрой ледяной пыли над городом. Стала сосать рукав, глотала горько-солёную слюну и снова плакала. Себя жалела, прыгающего парня, щипаную старуху, женщину в штопаном пальто. Мужиков тоже жалела. Их было много, они собирались в группы: разговаривали, курили, совсем как в деревне.

Вальке кажется, их всех, как кур—загородкой, обнесли домами и мокрой ледяной пылью. Ноги набухли водой и холодом. Совсем нечувствительны. Пошла было уже домой, да, взглянув на чёрную старуху, вернулась. Из-за старухи дотерпела, не ушла. Уже стемнело, когда старуха подошла к окошку. Голос у неё оказался чистый, молодой:

—Могу преподавать музыку, знаю французский, немецкий. Закончила Бестужевские курсы. Умею шить и вышивать.

Ничего не поняла из того, что сказала старуха. Сунулась в тёплое окно сразу после неё, и вкусным незнакомым запахом подышала секунду, пока старуха не отошла далеко.

—Фамилия? Имя? Возраст? Профессия? Образование? Адрес?— скрипуче спросила её розовая тётка в пуховом платке. То ли вовсе нет у тётки ресниц, то ли очень короткие, то ли глаза тёткины воспалились.—Известим!—И крикнула:—Следующий!

Валька продолжала стоять.

Как это—«известим»? Она думала, завтра на работу.

—У Лёни трое детей,—стала объяснять.—Я ем их еду, их хлеб, Вера в рот смотрит.

—Следующий!—рявкнула безресничная тётка.

—Пустите, пожалуйста!

Валька оглянулась. Женщина в штопаном пальто тянулась к окну, у неё было обожжённое малиново-розовое лицо. Валька поспешила отойти.

Фонари горят, а сказать, что светло, нельзя. Сказать, что идёт, нельзя—тащится, ноги цепляются одна за другую. Ветер метёт вдоль улицы, домам нет конца. Одна среди чужих людей. От холода и слёз опухла. Пальто тянет мокрой тяжестью вниз. Не хочет она в узкую, как могила, комнату! Лида целый день и ночью ревёт, Костя вслух учит уроки. Навряд ли и сегодня удастся выспаться. Не хочет идти, а надо. Жалко ей Лёню. Какой весёлый был до свадьбы, а теперь вроде как и говорит через силу. На заводе устанет, домой придёт — пол мой, пелёнки стирай… Виски стали седые, под глазами черно. Из-за него и терпит Валька Верин взгляд. За него работу норовит переделать до того, как он вернётся с завода.

Лёня ни о чём не спросил, кивнул:

— Хорошо, к еде поспела. Садись.

Повисла на шее Катя — волосы пухом.

— Сегодня будем петь?

Греет Валя руки о Катю, водит по её спине — у Катюхи лопатки выпирают.

— Садись, остынут щи! — зовёт Лёня.

У Веры городская причёска — короткая стрижка. И одета Вера по-городскому: короткое платье, туфли на каблуках.

Все уже за столом. Валька снимает мокрые ботинки, надевает шерстяные чулки — мать связала. Ноздрями, ртом, глазами вбирает в себя вместе с запахом щей тепло — греется. От голода свело живот, целый чугун съела бы!

Нерешительно делает шаг к столу, садится. В одну руку берёт хлеб, в другую — ложку, тянется к тарелке. Но сталкивается с Вериным взглядом. У Веры — страх в глазах. Смотрит на Вальку Костя — Вериными глазами. У них одно лицо. Даже бородавку на щеке и то Костя взял у Веры.

— По литеру взяла воблы и трески, — говорит к чему-то Вера.

Глотает Валька сухую слюну, опускает голову, чтоб не видеть Вериного и Костиного страха, чтоб не под их взглядами съесть первую ложку щей, откусить первый кусок хлеба. Не умирать же ей! И она всё-таки зачерпывает и первую, и третью ложки. А как утолила немного голод, кисло-сладким обволокло рот. Стала сыпать соль. Глотает, морщится. Сколько месяцев не может привыкнуть к городской еде! То Вера готовит, то она, а вкус один. Потому ли, что не в чугуне щи варятся, а в кастрюле, потому ли, что не в печи, потому ли, что капуста и картошка в городе с гнильцой и помороженные, ложатся городские щи в Вальку тяжестью, не насыщают.

Один на другой наступают дни. Зима сменила хмурую осень. Дома всё то же: плачет Лида, Костя учит вслух уроки, Катюха поёт, Валька стирает, пол моет, чистит картошку. Вера лежит целыми днями, говорит: кости болят, голова болит.

— Покачай, Валь, Лиду. Перепеленай, наверное, мокрая!

Бросит Валька тряпку в ведро, утрёт о юбку руки, просит:

— Костя, вынеси ведро.

Вера даже подскакивает на своей кровати.

— Ты что?! Ты что?! Костю не трожь. Костя у нас будет учёный. Твоё дело — подать ему, прибрать за ним, постирать ему. А ты ему приказываешь, отрываешь от ученья.

Тяжело даётся Вальке её тарелка щей.

А на биржу всё не вызывают.

Вечерами Лёня читает вслух газеты: канал какой-то строится, Магнитка, успешно выполняется план ГОЭЛРО, скоро пустят Днепрогэс, это, значит, везде будет гореть яркий свет. А ещё о вредителях пишут. Есть какое-то Шахтинское дело. Молодое государство с троцкистами борется. А ещё с капиталистами. Вредят они нам, с троцкистами заводят отношения. Слышать слышит Валька всё, что Лёня читает, а понимать ничего не понимает. Целый день она думает, как бы поскорее найти работу, поскорее принести Лёне деньги.

4

Работу ей нашёл Лёня. На своём заводе. Выговорить его название Валька может с трудом — геофизический.

До него шли недолго. А вот по его территории — чуть не полчаса.

— Здравствуй, дядя Гоша! — кивнул Лёня тощему носатому дядьке в проходной, и Валька кивнула. — Вот сестру веду.

— Дело, — сказал приветливо дядя Гоша и сдвинул на затылок кепку. — Красивая у тебя сестра!

С Лёней многие при встрече здоровались, и Валя кланялась, когда он говорил кому-нибудь «здравствуй».

— Пришли, — сказал, наконец, Лёня.

Потолок высоко, свет — тусклый. Железные тяжёлые короба рядами стоят, около каждого — человек. Изо всех сил слушает Валька, а не поймёт, что это: шуршит, шелестит или гудит? Голоса рядом почти не слышно, сила такая в том звуке! Откуда шум идёт — от коробов или с потолка? Прижалась Валька к Лёне.

— Это цех, Валя. Это станки, — кричит Лёня. А она едва слышит его, мотает головой, чтобы уши освободились от гуда. — Тебе ещё здесь понравится, увидишь! Я тебя определил ученицей к лучшему мастеру. Вот, Муха, моя сестра, Валентина.

Мужик Лёниных лет. Много выше Лёни. Радуется ей:

— Надо же, какая! Сколько лет скрывал!

Мужик — смешливый, оттого и глаза у него в морщинах. Нос — острый, зубы — белые. Волосы торчат дыбом — целая шапка из волос!

— Это прозвище моё такое — Муха, — смеётся мужик. Валя невольно смеётся следом. — Но я не летаю, не думай, я только по земле хожу. Мухой зовут меня друзья. Настоящее моё название — Иван Станиславович. Запомнила?

Лёня ушёл, а Иван Станиславович повёл её по цеху.

— Ты, Валянка, не бойся шума. Завод — самое безобидное место на свете, здесь тебе никто не сделает ничего плохого. Поняла? Задери голову, Валянка. Видишь, это трансмиссия. Вал идёт по потолку через весь цех, приводными ремнями пускает все станки. Мотор у нас стоит на полу, смотри. А это шкив, — кричит ей в ухо Иван Станиславович. Понятно — он перекрикивает шум, а она боится: что как сердится на неё?! Изо всех сил старается запомнить его науку, но в голове стучит, гудит, и слова вязнут в этом шуме. — Всё — старое, давно пора менять. Остальное потом объясню. Теперь смотри, как работает мой станок. Время на работе — государственное, а потому нельзя терять ни минуты. Поняла, Валянка?

Откуда имя такое взял — «Валянка»?!

К станку подойти боится — крутится что-то беспрерывно: вдруг отскочит да ударит? Остановилась вдалеке.

— Это револьверный станок, — говорит Муха.

— Револьверы делает? — пугается она.

— Делает сложнейшие детали, — не слышит её вопроса Муха. — На его головке можно установить много инструментов — от шести до восемнадцати. Видишь резец? Он главный. А теперь, смотри, зажимаю длинный прут в шпиндель и режу его резцом. А вот твой распорядитель — чертёж. Он говорит, что делать: болты или гайки или втулки подшипников. А резьбу нарезаю плашками.

Ничего не поняла. Не справится она, подведёт Лёню. Как бы удрать отсюда скорее?! Но ей нравится Муха… добрый. Нравится, что он и работает, и говорит смеясь.

— Становись-ка ближе. Ничего тут тебя не ударит. Прутки бывают стальные, бронзовые и латунные. И резцы тоже разных видов, — повторяет терпеливо Муха. — Этот — отрезной, этот — подрезной, этот — проходной. Да не бойся, не заденет тебя. Страх не помощник, со страхом ничему не научишься. — Руки гирями висят вдоль тела, им бы сейчас тряпку — мыть пол. Хорошо Мухе говорить: подойди, не бойся! Убьёт её станок, как пить дать убьёт. — Сначала ты должна проверить размер, — смеётся Муха. — Для этого дан штангель.

Ничего не запомнила. На станок смотреть боялась, больше на Муху смотрела. Кожа у Мухи — серая, щёки — впалые, тощий он. Глаз от смеха не видать.

Руки у Мухи — быстрые, в глазах рябит, как бегают.

Много дней не могла Валька разобрать, что они делают. А когда разглядела — понравилось, как из прутка получается деталь, как деталь от прутка отрезается. Перестала бояться. Гул понравился, лампочки над станками. Наступил день, когда захотелось самой половчее ухватить прутки, закрепить их и обтачивать. Муха угадал её желание, приказал:

— Давай становись.

А если не получится? Опозорит брата перед всем заводом!

— Чего шарахнулась? Не бойся, получится.

И получилось. Не так быстро двигались руки, как у Мухи, но сделали то, что надо: сняли в конце отрезного резца деталь, бросили в поднос.

Совсем немного времени прошло, и дали Вальке станок, такой же, как у Мухи, поставили рядом с Мухиным.

Лёня записал Вальку в школу, в четвёртый класс, приказал учиться. Тесно стоят парты в классе. Мужчины и женщины, парни и девчонки слушают учительницу. Учительница у них молодая, всегда в красной косынке. Говорит медленно, старается, чтобы её поняли. А Валька хочет спать. Попробуй пойми, о чём толкуют тебе, если ты отработала целый день в духоте. Но в первые минуты ещё таращится — слушает.

— Дроби бывают простые и десятичные.

Дробью зайца бьют. То ли от яркого света, то ли от тихого голоса учительницы, то ли от того, что в пальто жарко, глаза слипаются. Кладёт голову на парту.

— Рожнова! — Зовут её. Поднимает голову, разлепляет глаза. Над ней стоит учительница. — Спать надо дома, — говорит строго. — Здесь надо писать упражнение. — Учительница показывает Вале на доску, где написано много-много слов, в которых пропущены буквы.

Стыд обжигает лицо. Берёт тонкую ручку, макает в чернильницу, старается вывести покрасивее каждую букву, а пальцы — толстые, исколотые щетиной и железным крючком, затвердевшие от земли и бесконечного труда, не хотят ручку держать. Слово получается крупное, растекается и над линейкой, и под, буквы кривые, одна валится, другая возвышается над всеми. Рисуя слово, вспотела, под мышками намокло. Следующее тоже даётся с усилием. От двух слов рука так устала, как не уставала от самой тяжёлой работы.

— Готово! — кричит парень с первой парты, оборачивается, глядит на всех торжествующе — сильно доволен собой.

Где она видела его? Лицо точно кукушкино яйцо — в крапинках-веснушках.

Да это тот, конопатый, с биржи! Без кепки совсем другой.

Охота Вале посмотреть, что там у него «готово», да нельзя вставать во время урока, она заглядывает в тетрадь соседа. Вот это да —

исписана почти вся страница! Буквы, как и у неё, — крупные, но ровные. Надо же. Сам старик совсем, волосы седые, щетина на щеке седая торчит, а как красиво пишет!

За ней сзади две женщины. У них тоже вся страница заполнена аккуратными красивыми строчками.

Почему у неё не получается? Снова начинает писать. Старается изо всех сил. А слова пляшут и строка ползёт вниз. Отбрасывает ручку. Не умеет и не надо. Это парта виновата, маленькая. Это пальцы виноваты, толстые. Зачем ей грамота?

Любопытно поговорить с женщинами, кто кем работает. Но во время урока не поговоришь, а сегодня она опять опоздала. Каждый день опаздывает. После занятий тоже не поговоришь — только прозвенит звонок, не успеешь глазом моргнуть, в классе никого: у всех дети, всем рано вставать.

Учительница подходит к конопатому, склоняется над тетрадкой, читает, говорит громко:

— Молодец Стужков Капитон. Написал без ошибок. Ставлю тебе отлично! — Подходит к Вале. — Разве одну букву можно перенести? — спрашивает. Голос у неё ласковый, вроде и не сердится вовсе. — Мы же говорили об этом! Спешить не надо. Научишься! Все могут, и у тебя получится. Постарайся только не заползать за линейку. Линейка поможет!

Но, хоть убей, на линейку буква не встаёт: или вверх, или вниз ползёт. Сами собой капают слёзы, размазывают чернила. Теперь слов и вовсе не поймёшь.

…Так и пошло: ход суппорта руки слышат, определяют режим работы, скорость резца, брак мгновенно узнают, а тонкую ручку держать не могут. И голова у Вальки странная: мастера Ивана Станиславовича понимает слёту, а учительницу совсем не понимает.

Понравилась Вале жизнь цеха. В перерыв рабочие контрприводами останавливают станки и весело гурьбой, с шуточками, смешными рассказами идут в столовую. Иван Станиславович задерживается. Отключает трансмиссию. Каждый раз заново интересно: задрав голову, Валя следит, как всё медленнее крутится вал и, наконец, замирает. Только что цех работал, и вдруг тишина. Валя слушает тишину.

Нравится ей с Мухой обедать. Когда заходят они в столовую, все на них смотрят. Вместе с обедом — разговоры. Конечно, говорит один Муха, она слушает. Он любит рассказывать о своей жизни, по несколько раз об одном и том же. Не шестнадцати лет, как она, а четырнадцати пошёл работать — умерли родители. Этот завод основан в 1908 году, а Муха здесь — с 1910, почти с начала. Сперва не доставал до станка, ящик подставляли, теперь приходится склоняться. Завод, говорит Муха, для него и папа, и мама.

…За год сильно привыкла к Ивану Станиславовичу, к его разговору.

— Думаешь, наш завод — простой? Он делает очень сложные оптические приборы, подзорные трубы. — Муха гордится, будто сам один он всё это делает.

— В прошлом году в Загорске открылся филиал нашего завода, — рассказывает в другой раз. — Мы с Лёней ездили налаживать цеха. Два месяца протрубили вместе. Разговоры говорили, дружбу водили. Ровесники мы с ним. У него трое детей, у меня на одного больше. Только моя жена померла. Вот и вся разница.

Как-то Муха рассказал, как на войну ходил.

— В первом же бою получил ранение в плечо, раздробили его. На том и кончилась моя служба, — смеётся Муха. Он смеётся, даже когда о печальном говорит. Из-за этого Валя никак не может рассмотреть цвет его глаз. — Я тебе прямо, Валянка, скажу, очень я был доволен, что не пошёл опять под пули. Не люблю драк. Кровь льётся, человек умирает. А ведь каждый, Валянка, один раз видит солнце, каждому хочется жить. Я дело делать люблю. С человеком говорить люблю. Снова на завод вернулся, теперь уже навечно. Никак не могу я без заводского шума, вроде чего-то не хватает.

Однажды затеял Муха беспокойный разговор.

— Ты, Валянка, думаешь, я только свой станок вижу? Нет, я люблю книги читать. Со своими детьми все уроки учу. Человеку много знать нужно. А когда был мальчонкой, никак грамота не шла в голову. Меня учил один рабочий после смены. А мне спать хочется, и всё тут! Щиплю себя потихоньку, чтобы не уснуть. — Валя подавилась кашей. Это он нарочно… про неё это! Откуда узнал? Наверное, ходил в школу — у учительницы о ней справлялся. — Мой учитель редкого ума был человек, часто мне говорил: «Ты, Ваня, учись, узнавай, что сможешь! Только всё тебе будет мало. Никто не знает, сколько может знать человек и что может создать!». Я своим детям повторяю его слова. И у меня, Валянка, большая программа. — А сам улыбается, не поймёшь, серьёзно или шутейно. — Я со старшей дочкой кончу школу, поступлю в институт, ещё одну специальность освою. Сейчас простому человеку дана возможность — учись! У меня жадность к знаниям. Хочется мне несколько жизней прожить. А ты, может, после школы на рабфак пойдёшь, тоже выучишься?

Она всегда молчит. Нету у неё таких слов, чтобы он стал слушать её серьёзно. К нему приезжают важные люди, подолгу разговаривают с ним. На собраниях он выступает. Портрет его висит на доске почёта. Большая получается жизнь у него, красивая, впереди — ещё красивее — совсем тогда Иван Станиславович знаменитым станет. Никого так не уважала, сроду никого так не слушала. Лёня на неё внимания совсем не обращает — жену боится, а Иван Станиславович получился ей заместо отца: время своё да ласку, да заботу отдаёт. Гордится Валя, что он — её учитель, что она на таком же станке работает, что и он, изо всех сил старается не подвести Муху.

Деньги Валя отдаёт Лёне, до копеечки. Вере теперь помогает мало, только по воскресеньям. Уроки стала учить. Раз Муха сильно учился, она тоже должна. Приходит домой только ночевать. Все спят. Расстелет свой матрас и с пустым желудком валится спать. Утром вместе с Лёней идёт на завод.

И сегодня, как обычно, идёт на завод вместе с Лёней. Лёня — друг Ивана Станиславовича. Валя гордится, что у неё такой брат. Все его знают, все с ним здороваются.

Дядя Гоша улыбается Лёне, у неё спрашивает:

— Ну как, освоила станок?

— У дяди Гоши повреждена станком рука, — объясняет ей Лёня, когда они минуют проходную. — А видишь, без завода не может. Он здесь почти с самого начала, как и Муха!

Всегда Муха встречает её словами:

— Валянка, доброе утро тебе.

Нравится ей, что все — по своим местам, все общее дело делают: она — болты, Муха — втулки, а кто-то — гайки… Как обычно, руки легко продвигали прут, легко принимали детали. Не устаёт она, часы бегут, торопятся.

— Валянка, размер восемь не держит, скорее!

Валя меняет резец. Станок вибрирует. Переставляет резец ниже центра. Ей нравится управляться со станком, она понимает, что к чему, может сама отрегулировать.

— Рожнова!

Резко обернулась на неожиданный голос. Конопатый Капитон протянул к ней чёрный ящик с гармошкой.

— Ты чего? — обиделась Валя. — Дразниться пришёл?

Капитон ухмыльнулся.

— У своего мастера спроси, зачем пришёл. Он про тебя на парткоме сказал: «У неё руки бегут в будущее. Лучшего, говорит, рабочего не видел». Во, как расписал тебя!

— Полно, Капа, болтать! — Муха смеётся. — Ты, Валянка, не сердись на него. Он сфотографировал тебя. Ты ещё не знаешь, ты у нас стала ударницей. Вот, оказывается, какое… — Муха метнулся в сторону.

Ремень, соединявший её станок с контрприводом, соскочил. Муха закинул его на шкив, да неудачно: его заклинило между шкивами, а правая рука и плечи Мухи оказались в петле. Ремень намотался на привод. Муху вихрем подхватило, поднесло к потолку. Он летал с бешеной скоростью. Его швыряло, било о потолок непрерывно, удар за ударом, ногами, спиной, головой. Длинное худое тело Мухи сначала сопротивлялось, потом обмякло. Она закаменела, как в ту ночь, когда Дуся лежала на крыльце с залитым кровью лицом.

Пока люди пришли в себя, пока остановили трансмиссию…

Откуда-то взялась лестница.

С трудом разжали Мухины руки, вцепившиеся в ремень. Муху сняли, положили на пол. Валя склонилась над ним. В глубокой тишине, окружённый людьми, Муха смотрел на неё, впервые не улыбаясь. Глаза у него оказались светлыми, светлее, чем у Серёжи.

— Кончено, — сказал Капитон.

Валька заорала:

— Мама!

Гражданская панихида проходила в заводском дворе. В весеннем солнце застыли люди. Валя плакала навзрыд. Ей в ухо шептал Капитон:

— Заткнись сей же момент. Посмотри, его дети не ревут.

Мальчик и девочка — оба лет четырнадцати, похожи друг на друга, как две капли воды, оба коротко стриженные, только мальчик повыше и похудее, вылитый Муха. Девочка обнимает за плечи сестру лет трёх, со строгим худым лицом, с точно такими же, как у мёртвого Мухи, большими светлыми глазами. Мальчик положил руку на голову ребёнка лет шести. Тот совсем не похож ни на Муху, ни на сестёр, ни на брата — чёрный, как смоль, с чёрными круглыми глазами.

Валя закричала ещё громче.

— Тебя выведу сей же момент на правах старшего. На бирже ревёшь, здесь ревёшь… что бочка с водой… Детей постыдись, — говорил ей Капитон.

5

Прошло несколько дней. На завод идти не хотела — тащилась за Лёней, отставала. Лёня поджидал её. Цеплялась за брата, прижималась к его боку, так шла некоторое время. Снова отставала. Добравшись до своего станка, сразу попадала в его ритм. Чётки, отработаны одни и те же движения. Как, когда перестала она быть человеком? Она — механизм, без мыслей и ощущений. Автомат. В столовую едва плелась, равнодушно ела, возвращалась к своему станку, чистила его, тёрла обтирочным концом и снова включалась в безостановочный ритм рождения гаек и болтов.

Каждый день в перерыв приходил Капитон. Спрашивал, какие у неё есть к нему вопросы. Говорил, на сколько процентов перевыполнила норму она, на сколько — весь их цех, на сколько — соседний, на сколько — весь завод.

Вопросов у неё к Капе не было, в процентах она ничего не понимала, потому словечка не отвечала, продолжала работать, но Капе радовалась — живой голос.

Однажды Капитон явился взбаламученный.

— Рожнова, в среду в пять собрание, тебе чтоб быть. Мы открываем клуб.

Подошёл он близко, из-за её плеча смотрел, что она делает. Дышал в ухо. Ухо стало мокрым. Она не могла отойти от него, передвинуться — некуда, сказала равнодушно: «Уйди». А когда он ушёл, заревела. О чём плакала, не знала, чего ей стало так обидно, не знала. Злилась на себя, глотала слёзы, они лились. Сладко было плакать.

В день собрания, как всегда безразличная ко всему, вошла за Лёней на территорию завода.

— Смотри! Не узнаёшь? — удивил Лёнин весёлый голос.

Подняла голову.

— На меня похожа! — удивилась. — Халат мой.

Лёня захохотал.

— Так это ты и есть! До чего же ты ещё тёмная! — Лёня расправил плечи. — Знай Рожновых! Рожновы не уронят себя. Все узнают нашу фамилию. Мои дети тоже будут здесь висеть.

Валька стала оглядываться: что если кто услышит? Неудобно. Но слова, какие говорил Лёня, ей нравились. Неужели и впрямь приведёт сюда Костю? Костя не пойдёт. Косте гвоздя вбить не дают. Какая уж фамилия! Врёт Лёня.

— Наша фамилия покажет им!

Лёня вертел головой, хотел, чтобы люди её, Валентину, увидели. Но все, весело здороваясь с Лёней, шли мимо, сильно спешили. Она стеснялась смотреть на себя и всё-таки жадно смотрела. Неужели это она? Халат — её, рот — её, глаза — её. На Дусю похожа девка, крепко похожа — красивая.

Клуб ошеломил. Двери — широкие, вестибюль — огромный, вешалок много. Большие ступени ведут на второй этаж, в зал. У входа и вдоль всей лестницы — нарядные люди, улыбаются, приглашают:

— Идите, пожалуйста. Поздравляем вас.

В зале тесно стоят лавки. Тесно сидят люди, касаются друг друга плечами, дышат в затылки впереди сидящих. Никогда столько людей сразу не видела. Похоже, весь завод пришёл. Она заробела и сбежала бы, если б не услышала Капин голос:

— Рожнова, я занял тебе место.

Стала пробираться к Капе — через пар дыхания, по ногам, ухватываясь за плечи.

— Ой, ногу отдавила! Хоть бы вместо извинениев посмотрела бы, что ли? Эй!

— Смотри, не сгори, больно красная.

— Ты где такая живёшь, хлеб жуёшь? — заговаривали с ней парни.

Наконец уселась, потная и напуганная.

— Тише, товарищи, тише! — просит женский голос.

— Небось, первый раз на собрании? Я шестой. Я, небось, уже сидел в президиуме! — важничал Капитон. — Видишь красную скатерть, за ней самые главные. Это и есть президиум.

— Лёня мой! — воскликнула удивлённо Валька.

Весело болтают женщины, с места на место переходят парни, курят, дымят в лица девушек, отпускают солёные шуточки.

«Совсем как на деревенском празднике», — подумала, а всё не по себе: сидеть без дела не умеет, руки мешают, никуда не пристроишь их.

Солидные мужчины, старые и средних лет, переговариваются тихо, сидят прямо, смотрят на красный стол, что стоит на сцене. Она тоже стала смотреть на красный стол.

— Прошу всех сесть, — женский голос теперь звучит строже. — Прекратите курить и разговаривать. Сегодня у нас большое событие: мы открываем новый клуб. Теперь есть где всем собраться, поговорить о наших делах.

— Это она подобрала меня на бирже и определила сюда. Самая главная партийная. Любовь Васильевна. Нет у меня матери, так она заботу обо мне взяла на себя. Она делала революцию! Была ранена. Её прислали к нам заниматься людьми.

— Долго собираемся, товарищи, не ценим время! — звонко перебивает Капу Любовь Васильевна. Даже им, сидящим в последнем ряду, хорошо слышно. — Разрешите, товарищи, подвести итоги третьего года пятилетки.

Валька не слушает. Слова у Любовь Васильевны — мудрёные, почти все незнакомые. А знакомые повторяются: «пятилетка», «план», «соревнование», «почин». Валька разглядывает Любовь Васильевну. Красная косынка до самых бровей, как у учительницы. А глаза, кажется, вместо всего лица. Гимнастёрка надета. Говорит — рубит рукой воздух, мужик и мужик. К такой запросто не подойдёшь. О чём говорить с ней, не найдёшь. Таких женщин сроду не видела.

— Рожнова Валентина — наша первая ударница. — Открыла рот, стала слушать: это про неё — «Валентина»? — Давно ли пришла деревенская девочка, а теперь… — замолчала внезапно. Тишина оказалась столь неожиданной, что люди начали переглядываться. — Она ученица Мухи, — с натугой сказала. — Давайте почтим память Ивана Станиславовича, — дрогнул голос, оборвался.

Тихо, точно зал — пустой. А вон сколько людей стоит!

Валентина зажмурилась. Увидела: Муха смотрит на неё глазами без улыбки. Закрыла лицо руками. Зачем он умер?

— Сей момент кончай разводить сырость! — рыкнул в самое ухо Капитон.

Люди садятся, чиркают спичками, дым поднимается к высокому, запруженному лампочками потолку.

— Сколько Муха сделал, чтобы зажил своей жизнью этот клуб! Интересно он сказал про Рожнову: «Руки бегут в будущее». Рожнова дала самые высокие показатели в его цехе. Вот какая она — деревенская девочка. — Любовь Васильевна неловко засмеялась, а лицо у неё такое, какое было у матери, когда Серёжа Дуську убил. — Рожнова сумела в совершенстве овладеть очень трудным станком. Леонида Рожнова мы с вами знаем много лет, он у нас ударник. Его фамилия бессменно значится на красной доске. Сестра стоит брата. Теперь у нас двое Рожновых. Иван Станиславович предложил дать Рожновой премию. Руководство завода поддержало его предложение.

Люди громко захлопали.

— Сказал, значит так и надо. Его слово большое.

— Давай Рожнову.

— Чего скрываете? Покажите Мухину ученицу.

Валентина низко опустила голову.

До сих пор, в деревне и в Лёнином доме, она была для всех Валькой, а теперь все называют её по фамилии.

— Встань, Рожнова, покажись людям! — приказывает Любовь Васильевна. — Пусть все посмотрят на тебя. Иди на сцену, получи грамоту. Её тебе ещё сам Муха написал, своей рукой. И получи премию — пять рублей!

— Вставай, когда зовут тебя, — сердится Капитон. — Люди ждут. Небось, не про тебя одну собрание.

Валентина встаёт. Тут же снова садится.

— Она стесняется, — крикнул громко грубый голос.

Пять рублей! Большие деньги. Хорошие туфли стоят пять рублей. А можно на них купить материалу и сшить платье.

— Эй, Рожнова! — позвал тот же голос сбоку. — Повернись ко мне, смотреть на тебя хочу.

— А ну, прикуси язык! — крикнул сердито Капитон. И покраснел.

Валентина проследила его взгляд — её бесстыдно разглядывает мужик. Ровесник Мухи и брата Лёни. У мужика — цыганские глаза, цыганские волосы.

— Молодец Рожнова, что стесняешься, — говорит он. — Хватает нахальных, нахальные нам не нужны.

Капитон вскочил.

— Лезут тут всякие! Не посмотрю, что… — сел, насупился.

Давно уже говорила Любовь Васильевна о другом, Валентина думала о том, какой материал купит на Мухины деньги.

Вышла из магазина, прижимая к груди будущее платье. Муха подарил, понимает она.

Вечер, бледные фонари стоят в ряд. Гремят трамваи. Фыркают лошади. Валентина по скользкому тротуару почти бежит к дому. Хватит ей школы. Она для Мухи старалась, раз он хочет. Теперь будет спать.

Вера проворно сунула Лиду в коляску и легла постанывая.

— Целый день орёт! Живот болит или что… Бельё намочила, посуду не успела помыть, мочи нет, шумит в голове. У Лёни — собрание. Как клуб построили, замучили.

Кричит Лида. Катя качает коляску. Костя учит уроки, равнодушный ко всему вокруг. Только, переделав все дела, поздно вечером пошла Валентина в уборную разглядеть грамоту. Муха написал: «Заводоуправление и Завком награждают Рожнову Валентину Андреевну почётным званием ударника — передового борца на фронте социалистического строительства». Какие красивые буквы! Муха хотел, чтобы она училась. Да разве такие красивые выведет, сколько б ни училась?! Зачем место занимать, дурить учительницу? До Мухи всё равно никогда не дотянется. Он, если б остался живой, понял бы.

На работу она всегда приходит заранее. Муха приучил к этому: проверь инструменты, заготовки, станок! После смерти Мухи трансмиссию и ремни из цеха убрали, всем установили новые станки — сам включай, сам выключай, легко. Только Валентина скучает без своего старого — до него Муха дотрагивался. Всё слушает непривычный звук нового. Что не понравится, дежурного мастера вызывает, а вызывает часто — совсем замучила Кузьмича. Тот чертыхается:

— Оглохла? Ровный гуд. — А сам крякает довольно и улыбается в усы: — Выучил Муха на мою голову, дотошная!

— Так, гуд другой, Кузьмич, — оправдывается она, устанавливая резец и упор, принимается стирать пыль.

— Так и механизм другой, понимать надо. У всякой машины свой голос. Чего трёшь, и так блестит! — смеётся мастер.

— Э, на чистом легче деталь идёт, Кузьмич!

— Я знал, ты как всегда ни свет, ни заря. Почему не ходишь в школу? — спросил без обычных смешков Капитон. Она не ответила. Звонок погнал Капитона в цех. В перерыв снова явился, снова без своих обычных улыбок и «приветов». — Почему не ходишь в школу? — по пути в столовую повторил утренний вопрос. — Небось, слыхала: «Ученье — свет, а неученье — тьма»? Тёмный человек подобен кроту, слепой, ничего не видит, ничего не знает. Ты сроду не продвинешься. Ничего не достигнешь, подумай о последствиях? Чего молчишь?

Валентина умела молчать. Замолчит, никакими клещами слова из неё не вытянешь. В столовой кричать на неё Капитон не стал. Принёс ей и себе еду, сел напротив.

— Ты же не крот под землёй! Пойми, сейчас не выучишься, потом будет поздно, голова одеревенеет. — И по обыкновению Капитон принимается поучать: — Ты обязана понимать современный момент. Завод — это индустриализация. Россия в прошлом аграрная страна, отсталая. С переходом к социализму главной базой могущества нашего государства должна стать промышленность. Самую главную власть получает рабочий класс. Ты и есть рабочий класс. Любовь Васильевна на тебя возлагает надежды, хочет тебя продвигать. А раз ты бросила школу, значит, она не сможет.

На другой день Капитон подсовывает ей газеты.

— Каждый сознательный рабочий обязательно должен читать, в них записана наша главная идея. Нас учат, как надо поступать в разных жизненных ситуациях. Очень страшные эти троцкисты — бухаринцы и рыковцы, они хотят уничтожить Советскую власть, испортить то, что с таким трудом мы с тобой строим под руководством Сталина. — Капитон говорит то же, что и Лёня, как и он, ругает международных капиталистов: — Они пролезают на каждый завод, в каждое поле. С троцкистами в сговор вступили!

«Может, они — не люди, а змеи?» — думает Валя, но газеты читать не хочет — буквы мелкие, плакаты и то она разбирает с трудом.

— Ты обязана ненавидеть и тех, и других, от них у нас одни бесполезности и беспокойства, — кричит он, и все в столовой оглядываются на него. А у Валентины от его слов в голове толкучка, не понимает она, о чём ей талдычит Капитон, почему все дерутся друг с другом, зачем ей знать, кто с кем дерётся. — Погоди, увидишь, я высоко взлечу. Пока я в месткоме. Вступлю в партию. Посмотришь, чего я могу. Ты меня слушай, Валь, будешь знать дело! Будешь передовая.

Сначала думала: Капитон к ней приставлен Любовью Васильевной. Но однажды он принёс обед молча, смотрел на неё исподлобья, скромненько, точно только что познакомились.

— Ты что, товарищ Стужков, язык проглотил?

Капитон приблизил к её лицу своё конопатое.

— Долго будешь морочить мне голову? Выходи за меня замуж, вот что: глаза у тебя голубые, щёки — красные! Конечно, семья помешает мне делать новую жизнь, но ты зато сразу станешь сознательная, я тебя дома буду учить тому, что сам узнаю в школе, и ты мне станешь верным соратником.

Ничего не поняла из Капиной речи, кроме слова «замуж».

— Пошёл к чёрту! — испугалась она. — Дурак! — Вскочила, не доев своего обеда, пошла в цех.

«Дурак! — кричала про себя. — Совсем дурак».

Перед входом в цех ей преградил путь мужик, похожий на цыгана. Это он на собрании просил взглянуть на него. Теперь в упор смотрел — разглядывал её. Хотела обойти его, он не пустил. А когда из столовой густо повалили люди, буркнул: «Расти пока!» — И пошёл прочь, словно не он остановил её.

Стала избегать Капитона. В столовую ходит с женщинами из цеха, с работы бежит скорее, чтобы Капитон не шёл провожать.

Без Капитона ей совсем скучно — женщины говорят лишь о детях и как накормить и одеть их, а девчонок в их цехе, кроме неё, нет, и ей не с кем дружить. Только станок у неё есть! Станку она нужная. Муха учил не суетиться, экономить движения, велел готовить детали по порядку. Руки сами знают свою работу: делают проходы резцом, переключают скорость, сверлят отверстия, нарезают резьбу плашкой, отрезают деталь. Станок нагревается, и детали — тёплые.

Сама она не живёт. Ни о чём не думает, ничего не чувствует, затвердела, только работу справляет — при станке она.

…За три года один раз в отпуск выбралась к матери. Мать напекла её любимых картофельных лепёшек и пирогов с капустой. Сидела, подперев тёмное лицо руками, смотрела, как она ест. Расспрашивала о заводе, о Лёне, детях, трамваях, магазинах. Рассказывала, кто женился, кто умер, жаловалась, что получился один обман: пришлось-таки идти в колхоз, трудодней вырабатывает много, а хлеба с картошкой дают мало, как была нищая, так и осталась. «Растаскивают хлеб! — сетовала мать. — Из города прислали председателя, будто своего мужика не нашлось бы. В деревне сроду тот председатель не был, откуда и знать ему, из чего берётся молоко, из чего да как растёт рожь, из которой хлеб!». Валентина ест материны лепёшки, слушает её позабытый говор, заново привыкает. Все дела деревенские от неё теперь далеко. О Серёже не думает, думает о том, как завтра поутру поедет в Сальково, к Паше — шить платье. Паша — мастерица, Мухин материал не испортит.

— Пойдёшь со мной косить? — спросила мать. — Козу купила, кормить надо. В лесу приглядела лужок. Иль позабыла, как косу держат? Вдвоём легче, за пол дня управимся.

Спала Валентина крепко, первый раз за три года провалилась в сон — никому не мешается.

Утром пошли косить. Руки радостно обхватили косу, наскучалась Валентина без деревенской работы. Охлаждает лицо ветерок, а пот всё равно течёт, щиплет кожу. Валентина утирается, снова идёт. Ни о чём не думает. Уже несколько часов вот так, молчком, косят. А когда сладко запахло подсыхающей травой и цветами, мать спросила:

— Замуж собираешься аль решила остаться вековухой? — Валентина обошла мать, продолжала косить, спешила уйти подальше, чтоб не слышать мать, а материн голос догонял, словно и не ушла она от матери на много шагов вперёд. — Все девки тут давно бабами стали, детей народили, одна ты…

Зудит горячее плечо — отвыкла от деревенской работы, воздух жжёт лицо. Пошла обратно к матери.

— Я хотела замуж, — голос сорвался. — Ты не отдала.

То, что много лет молчало в ней, — живое. Светлая Серёжина голова. Светлые глаза на неё смотрят. Голос зовёт: «Иди за меня, Христина». Ловкие у Серёжи руки: косу отбить умеют, стог аккуратный завершить, чтобы вода не попала, чтобы стекала.. Дуська хвасталась, показывала его стожки.

— Не больно он ждал тебя, женился в то же лето, — отрезала мать. — Паша говорит: мальчишку народил уже.

«Врёт мать», — онемела Валентина.

Что перед собой притворяться? Не к Паше ехать задумывала — Серёжу посмотреть. Это от матери отговорилась, что к Паше. Слово она Серёже сказать хотела: «Москва — большой город, всем места хватит». Хотела звать на свой завод Серёжу.

Врёт мать. Не мог Серёжа другую взять в жёны, он знал: её силком увезли. Наверняка искал её. Не его вина, что не нашёл. Москва — город большой, разве найдёшь?

— И любил он не тебя, Дуську, — тихо сказала мать. — Всё равно не получилось бы у тебя жизни с ним. И больной он шибко. Паша говорит: всё кашляет. Лёгкие у него повреждённые, совсем, говорит, сгорели.

Валька не дышит — слушает злой материн голос. Это как же Серёжа заболел? С ней не заболел бы! С ней не уморился бы! С ней он радостный ходил бы! Уж она бы за ним ухаживала! Уж она бы ему песни пела! Картошку бы мяла! Лепёшки пекла бы! Всё бы за него сама делала!

Взмахнула косой, пошла дальше. Стремительно полетели ей под ноги лютики и кашки, пух одуванчиков, весёлые фиолетовые головки васильков.

— Слышь, Валька, выходи поскорее, не позорь меня! — И вдруг заплакала: — Меня возьмёшь к себе. Мне одной в избе не споро. А в колхозе для кого надрываться, скажи? Своей земли больше нету. Как Зорьку забрали у меня, отбили всю охоту жить здесь. Выходи, Валька, продадим дом, я буду нянчить твоих детей.

Резко взмахнула косой да опустила руки. Снова замахнулась и не срезала траву. Стояла. Солнце подожгло кончики травы, все кончики опалённые, подсыхающие. Ветер жар несёт. Впервые подумала: а ведь и впрямь пора. Капитон звал замуж. Говорил ей — красивая. Может, и впрямь, красивая. Налитая она, сама чувствует в себе силу. Есть ещё Цыган. Плечи у Цыгана — широченные, как у Серёжи.

К Паше ехать не пришлось, Паша приехала сама. Принялась шить платье. Шила и, словно кто подзуживал её, всё о Серёже да о его жене, да о его ребёночке: какая жена красавица да какой ребёночек хорошенький. Валентина сидела не шевелясь, пока Паша не загалдела то же, что и мать:

— Иди замуж. Замужем хорошо. Надёжно. Муж помогает жить, муж кормит. Иди замуж, — уговаривает и Паша.

Живёт она или не живёт? Всё помимо неё совершается, будто кто сверху ведёт её по дням. У неё самой никаких мыслей своих нету, никаких желаний. А какие были, пропали.

ЧАСТЬ ВТОРАЯ

Глава первая

1

Дни слились. Похожи. Цех, дорога с завода и на завод — отработаны часы, минуты. Редко в автоматизированные будни входит что-то такое, что потревожит или удивит. Однажды шла по двору с работы. Зима, холод, а солнце светит ярко, как весной. Подставила ему лицо, словно оно согреть может.

— Рожнова, здравствуй! — Перед Валькой — Любовь Васильевна. Из-под низко повязанной косынки — горящие угли-глаза, буравят её. Ни жива, ни мертва стала. Любовь Васильевна вся в красном. А красное… это то, чего Валентина постичь не умеет — над всем и над всеми: красная скатерть стола, красное знамя! — Товарищи довольны твоей работой. Только мы не понимаем, почему ты не хочешь учиться, — строго говорит Любовь Васильевна. — Ученье — свет. Современному рабочему необходимо образование: знания дают человеку умение во всём разбираться. А что ж в темноте пребывать? — Вдруг тихо: — Иван Станиславович очень хотел, чтобы ты училась. — И рубленым шагом спешит Любовь Васильевна прочь от неё.

А Валентина стоит под солнцем, не зная, что делать: домой идти, или снова в школу записываться, или догонять Любовь Васильевну и объяснить всё как есть — не понимает она в школе ничего, и толку от её сидения в школе нету, маята одна, только учительницу доводить.

«Иван Станиславович очень хотел…» Для него для одного она и училась, но теперь его нет на свете, а значит, ему не нужно, чтобы она училась!

И опять автоматизм будней.

Пару раз жизнь вырвала из него.

Как-то очутилась в очереди за зарплатой с Цыганом. Цыган совсем не походил на того, что слова складные ей говорил, молчит, только жжёт её щёку взглядом, так, что через щёку вся она вспыхнула и не знает, куда деться. Несколько дней жарко было, Цыган мерещился, потом прошло.

И ещё вышел ей праздник: повесили портрет Мухи в Красном уголке, под ним на тумбочку поставили цветы. После работы идёт она в Красный уголок смотреть на Муху. Стоит смотрит. Чувствует, чего-то не случилось в её жизни, что могло случиться, останься Муха жить. Пойдёт из Красного уголка, плачет. А что плачет, не знает. Муху ли жалко? Себя ли?

Один раз застала Любовь Васильевну — та пристраивала цветы к портрету. Увидела Валентину, сказала:

— Вот, Рожнова, должны были пожениться, смерть отняла. Большой был человек. — Все слова понятные, согласна Валентина, большой был человек, мог открыть ей то, чего сама она, своим умом, понять не может. — Унёс мою жизнь Ваня. — В глазах Любовь Васильевны — лихорадка. — Даже его дети боль ни утишают.

Кроме этих случаев, ничего: дни слились в мутную реку. Мыльная вода, закоптелый примус, бесконечная картофельная кожура. Лида, бледная, тощая, целый день сидит на кровати, смотрит на всех угрюмо, исподлобья, словно не ребёнок она, словно сильно обидели её. Костя ждёт, когда после еды ему стол освободят, чтобы он мог сесть за уроки, ждёт, когда ему разберут кровать, чтобы он мог лечь спать. Катя в школу пошла, а всё — поиграй с ней!

Катя — единственный человек, которому она нужна. Пухом волосы. Повиснет на Валентине, щекочет волосами, гладит тёплыми руками — «Валь, ну, пойдём гулять!», «Валь, побегай со мной!», «Валь, а давай играть в школу!».

Самое постылое — ночи. Между столом и Лёниной с Верой кроватью расстилает свой тюфяк. За столько лет должна была бы привыкнуть, а всё не привыкнет: Лёня с Верой шепчутся, ворочаются, кровать скрипит, девочки во сне вскрикивают. Тяжкий сон на полу — холодно, а дышать нечем. Проснётся, хватает ртом воздух, надышаться не может.

Терпела Валентина, терпела и перешла в ночную смену. Теперь идёт домой в утренней темноте и в той особенной стуже, что расхозяйничалась на улицах за ночь, не успели ещё дыхание людей и лошадей, движение машин отогреть город. В деревне этой порой коров выходят доить, первые петухи голос подают. Но в деревне, кажется Валентине, теплее. Идёт она по вымершим пустым улицам. Редко промчится машина, редкий извозчик проедет на своей пролётке. Только пустые трамваи позванивают — они одни в городе живые, с четырёх утра! Глаза сами закрываются! Разлепляет их Валентина, старается на фонарь смотреть, не может — голова на грудь падает. Но целый час ещё дожидаться, пока встанут Лёня с Верой. Обмякнет на стуле, спит не спит, а вроде нет её.

Первый встаёт Лёня, ставит чайник, уже тогда идёт умываться. Чайник поспеет, Вера встанет, варит кашу. Пшено пахнет сладко, да есть Валентина не может — только спать!

Костя не торопится уступить ей свой диван. Одеяло скинул, потягивается, зевает. В этом году он кончает школу, будет поступать в институт. У него — усы, бас, совсем мужик. Вырос выше отца с матерью. Ноги — волосатые. Её бы воля, заорала бы на Костю, замолотила бы по нему кулаками, чтобы скорее, бесстыжий, одевался, дал ей поспать. Нету её воли. Нету её права. В чужой семье живёт она, хоть Лёня и заместо отца ей поставлен. Не Лёнина власть тут — Костина и Верина.

Только спустил Костя ноги на пол, Валентина уже тут как тут — ждёт, когда он встанет. А он снова потягивается, выставив пупок, зевает во весь рот, издаёт радостный вопль. Щека у него розовая, бородавка — жёлтая, на густую соплю похожа. Костя зевает, и сопля двигается.

— Сыночек, садись скорее, остынет, — зовёт Вера. — Давай, сыночек, вон Катя уже готова, выходить пора. Не схотела учиться, вот и не спи, — обязательно уколет её Вера. — Костенька — первый ученик, дальше пойдёт, светлая жизнь перед ним лежит, а тебе — ничего не положено, кроме станка.

Валентина сдирает Костины простыни с дивана, укладывает их на Лёнину с Верой кровать, подстилает себе тюфяк, поскорее ложится.

Однажды сквозь сон услышала — Костя Лиду учит: «Не буди Валю, дай ей поспать, слышишь? Не дашь, накажу!».

Неужто заступился за неё? Слезами подступило удивление, но сон переборол и слёзы, и удивление. Не успела отвернуться к стене, подушку на голову положить, как тут же уснула.

Но стоит разоспаться, Лида будит её: «Поиграй со мной», «Пить хочу», «Спой мне», «Горшок дай». Из-под ватной тяжести выныривает Валька от пронзительного Лидиного голоса. Наверняка Верина хитрость! Злится Вера, что самой пришлось в магазин идти, вот и подучила дочь: вставай, Валька, выдрыхлась, хватит. Лида тащит подушку с Валиной головы.

Спать, только спать. Крепче сжимает глаза. Не будет она вставать, пусть Вера сама моет-стирает.

— Вставай! — молотит Лида ладошками по её спине. — Давай горшок. Ты обещала ещё болты принести.

Эти болты — брак. У Лиды их полно. В них она играет, как в куклы: спать укладывает, платочки им завязывает, в Сокольники водит гулять. Но одной играть скучно.

С закрытыми глазами Валентина поворачивается, опускает ноги на пол, сидит с закрытыми глазами. Лида забирается к ней на колени, обнимает за шею: «Давай играть, Валь!».

Играть — потом. Сначала — посуду мой, убирай комнату, суп вари... — отрабатывай кашу и трёхчасовой сон. Неровён час, Вера вернётся. Подожмёт губы, будет лежать и есть её глазами, пока та всех домашних дел не переделает.

Только после обеда, когда Вера уложит Лиду спать, снова повалится она, как подкошенная, — досыпать. Часок если ухватит, хорошо — спит до той поры, пока Костя с Катей не вернутся из школы.

Идёт Валя вечером на завод, плачет.

И вдруг дали выспаться. Лида не стала будить, Вера сама помыла посуду и сварила обед. Валентина сама проснулась. Проснулась, когда все сидели за столом. Даже Лёня. Долго же она спала! Духота августовского дня висит в комнате пылью. Вечернее солнце стоит в окне. От солнца жарко. От супа поднимается пар. Нечем дышать, она — потная, липкая.

— Садись, Валь, поешь, скоро тебе на работу. — Лёня в той же рубахе, в какой «висит» на доске почёта. — Мы тут в твой день рождения подарок тебе приготовили.

— Новый платок! — весело крикнула Катя.

И Костя ей улыбнулся. Бородавка приблизилась к уху.

— Садись давай, суп стынет. Мама купила печенья и конфет! — говорит он, и бородавка шевелится на его щеке.

Платок — голубой, шёлковый, с кистями, как у шали. Белые точки не густо пасутся на нём. Голову покрыть можно, на плечи кинуть — красивый платок. Вот какие у неё девятнадцать лет получаются хорошие — по-городскому празднуют.

Аккуратно сложила платок, спрятала в свой узелок. Долго умывалась холодной водой. Хоть и жарко, а Мухино платье не сняла, на него надела рабочий халат. Долго ела Верин суп.

— Ты теперь взрослая, — сказала ей Вера.

— Пойдём в воскресенье гулять? — спросила Катя.

— Принеси завтра болты! — потребовала Лида.

— Принесу. Пойдём в Сокольники. — Валентину распирает от важности: все с ней говорят, всем она сегодня нужная. Как полагается, празднуют её день рождения, в который раз думает она. Сроду об её дне рождения никто не вспоминал. Это Вера у городских научилась. Городские всегда празднуют. На заводе тоже празднуют. Идут пить после смены. Часто у них такое: сегодня один родился, завтра — другой.

Лёня пошёл её проводить. Стрельнула дверь подъезда.

—Ты, Валь, не спеши, ты, Валь, помедленнее, успеем.—Замолчал. Вечер уже, а прохлады нету. Дышать в городе нечем. Сейчас бы по лесу ходить, грибы собирать.—Ты, Валь, ничего не подумай такого.—Лёня снова замолчал. Моргает часто, точно сор в глаза ему попал. Махнул рукой.—Глянь-ко, новый трамвай…—Валька смотрит на Лёню.—Костя целые дни сидит в библиотеке, начал сдавать экзамены в институт. Валь, я тебя, конечно, не гоню, но, сама понимаешь, Костя стал взрослым… двенадцать метров. Ты, Валь, комнату сними или иди в общежитие. Или лучше замуж.—Он мнётся, отворачивается.—Вера у меня сильно больная, ты знаешь. Костя в институт хочет.

Замуж? Сговорились они все, что ли? Мать гонит замуж. И Паша. И Лёня туда же. Куда ей теперь? Не хочет она замуж!

—Валь, погоди, не плачь, ты… не надо…—Лёня махнул рукой.— Я поговорю с Верой, она добрая, поймёт… ты живи сколько хочешь. Ты не надо… Слышь, Валь? Я не хочу. Ты не плачь. Ты приходи как всегда. Я жду тебя, слышишь?—Около проходной Лёня повернул назад, почти побежал.—Забудь всё,—крикнул ей.—Я жду тебя.

Мимо дяди Гоши проскочила бегом. Он что-то сказал ей вслед, не разобрала. Очутившись одна, стала утираться полой халата. Горит от духоты и обиды лицо. Идёт медленно, уговаривает себя не реветь—чтобы в цех прийти без слёз.

Куда ей завтра деваться? Где комнату найдёт? Кто платить будет? Как проживёт одна?

—Кто обидел?

От неожиданности попятилась назад, подняла голову. Цыган. Даже волосы, ей показалось, зажглись у неё от его взгляда. Лицо осмотрел, плечи, грудь, живот, ноги. Чёрные, большие зрачки вспыхивают, посвёркивает светлыми точками, узкий коричневый ободок вокруг них, губы полуоткрыты. Нос у Цыгана большой, волосы курчавые. Видный из себя мужик. Только на белой в полоску рубахе—ни одной пуговицы. Он дышит ей в темечко горячим воздухом, пахнет крепким мужским запахом. Сладкий холодок потянулся от горла к животу. Ей бы бежать поскорее в цех—проверить станок, а она застыла с налитыми тяжестью руками и ногами—к ним тоже подбирается сладкий холодок. Неожиданно Цыган сжал крепко её плечо. Плечу больно, хочет она высвободиться, не получается, рука у Цыгана как тиски. Жарко стало, сил нет. Не может смотреть на него, опустила голову, слизывает пот с верхней губы. Плечо жжёт, лицо жжёт, сердце жжёт. На уме одно: зачем халат напялила на Мухино платье?

—Ты вблизи ещё глаже…—оборвал себя, сказал грубо:—Иди за меня. Ночь думай. Утром дашь ответ.—Отпустил плечо, пошёл от неё, остановился, вернулся. — Звать меня Ильёй. Не пью, не курю, не дерусь. Из-за тебя перевёлся в ночную. Всё.

Только он исчез из глаз, ожила. Откуда сила взялась, помчалась в цех. Сегодня опоздала: сменщик уже отключил станок. Гуд станка — праздник ей. Была маленькая, заслышит, коровы мычат, идут домой, она — из избы: встречать, слушать их мычание. Уши радовало. Так и станок: живёт, пока звучит. Она оглаживает его, точно корову: живой он! О руках вовсе не думает, руки сами знают, что им делать, сегодня поспевают больше, чем всегда. Сила в них сегодня особая.

В перерыв есть не стала, продолжала работать.

От утреннего голоса Роди вздрогнула:

— Все домой идут, а ты, Рожнова, что, гудка не слышишь? Сей момент кончай работать. — Капитона не узнать. Он теперь у них партийный, учится говорить низким голосом, а всё срывается на петуха. — Ты чего сегодня такая румяная? Ты должна, Рожнова, понимать свою красоту. Из-за тебя я в ночную хожу, можно сказать: всю жизнь мне сбила! Ты меня ещё не знаешь, я упрямый, добьюсь, выйдешь за меня. — Выставил вперёд тощий живот, рубит воздух рукой, как Любовь Васильевна, говорит с ней строго: — Сей момент докладывай, Рожнова, результаты. Небось, десяточек запорола? Небось, проспала ночку?

Он шутит, а она торопит его:

— Скорее смотри, мне нужно идтить.

На Капитона она не обижается, но и лишних слов с ним не говорит. Никто её не учил, а чувствует: с ним нужно обращаться осторожно, он может и зубки показать.

Услышал Капитон её цифру, вылупил глаза.

— Ты угорела?

— Угорела, Капочка, как есть угорела, — засмеялась она, обтёрла руки тряпкой, отключила станок, бросила остолбеневшего Капитона одного.

— Эй, Валь, ты знаешь, ты… в два раза перевыполнила норму! — крикнул ей вслед Капитон.

Она не ответила, бежала.

Теперь ей казалось: она всегда ждала Илью, о нём думала всегда. Высокий такой… Щёки у неё горят, точно Илья смотрит на неё. Всегда искала его глазами в столовой. Много раз замечала: красивые женщины заговаривают с ним, стараются сесть за один стол. А он, вишь, оказывается, её выбрал! Больше она не будет такой дурой — в халате перед ним выставляться. Очутившись одна в душе, прежде всего достала зеркальце — подарок Серёжи. Серёжа лучше… — начала было Серёжу вспоминать, материн голос перебил: «Дуську любит, не тебя», «Не больно он ждал тебя». Ну и пусть! Не будет она о Серёже думать! Принялась разглядывать себя в зеркальце. Расчесала волосы, заплела косы, замотала их наверх. Только тогда принялась мыться. Эх, веника нету, Дуськи нету, печки нету. Тёрла себя до красноты целый час. Оделась наконец, косы за спину закинула, снова смотрелась в зеркальце. Но всю себя, в платье, разглядеть не смогла, только шея с воротничком попадала вместе с лицом в зеркальце.

Спасибо Паше, красивый воротничок сделала, круглый, с язычком впереди.

Илья ждал её у проходной.

Подошла и остановилась. Не решалась посмотреть на него, так и стояла опустив голову. Илья взял за руку, повёл на улицу, мимо улыбающегося дяди Гоши.

— У тебя голос есть? — Прогромыхал трамвай, в его грохоте стало легче. Взглянула на Илью. Он был очень близко, больно мял руку. Страшно идти рядом с таким большим. — Я человек разовый, — сказал Илья, отпустил руку. — Один раз говорю. Решай тоже разом. Гожусь, запишемся и будем снимать комнату. Не гожусь, кто другой у тебя имеется, прощай, пойдём в разные стороны. Ну?

Валентина пошевелила пальцами — они затекли.

Утро совсем не походило на обычные. Трамваи радостно громыхали, радостно махал метлой дворник, радостно бежали на работу люди, радостной была духота.

— Пойдёмте, — прошептала Валентина.

— Куда «пойдёмте»? В разные стороны или записываться и снимать комнату?

— Записываться и снимать комнату, — выдохнула слившимися словами.

…Комнату сняли только к вечеру, на Большой Остроумовской за семьдесят рублей.

Скоро на работу идти, а Илья всё водит и водит её по Сокольникам — по Лучевой и Майской просекам, а когда до работы осталось совсем немного, привёл её в столовую, взял котлеты с макаронами и компот. Сказал: родителей у него нет, он — сам, и всё. Больше о себе ничего не говорил, всё — про трубу: труба — главное для него! Всю жизнь могла бы слушать про эту трубу. И что труба поважнее барабана — настроение создаёт, и что на душу она действует.

— Я в клубе каждый вечер, привыкай сразу. Ты не слыхала про меня? — И сказал: — Эх ты, деревенщина!

Вера всё время повторяет, что она — тёмная.

Она не обижается: так и есть, она — деревенщина, тёмная.

— В ночную идёшь последний раз. Точка. Предъяви начальству документы. Завтра начинаем жить, готовься! — сказал ей Илья у проходной завода, пошёл вперёд, быстро, точно убегая от неё.

Дойдя до своего станка, внезапно устала, так устала, что руку трудно поднять. До работы — сорок минут. Наказав Кузьмичу разбудить её, повалилась на пол. Не переоделась, так и уснула в Мухином платье.

2

Хозяйка сдала им обставленную комнату: кровать, стол, шкаф и керосинка — всё, что нужно, есть. Комната больше Лёниной.

Вещей у Валентины один узелок, положила его в шкаф.

Много дней потом было, и сладких, и горьких, а вот запомнился первый.

Илья ни разу не поцеловал её, только смотрел.

Положили вещи, пошли в магазин. На Илюшины деньги купили кастрюлю, сковородку, еды. Илья разложил еду на столе. Она сидела на краешке стула, пристроив руки на коленях. Солнце стояло прямо в окне. Зелёные стены темнели грязными разводами. Смотрела на эти разводы. Сейчас погреет чайник, будет тереть стену, пока не смоет их. В её доме всё должно быть чисто.

— Пей! — Илья протягивает ей стакан с красным вином. Она сидит не шевелясь, боится его голоса, его цыганских глаз. — Пей! — приказывает он. — За своё счастье нужно пить. — Осторожно берёт стакан, послушно пьёт. — Ешь! — приказывает снова. Послушно тянет руку к колбасе и хлебу, жуёт, не ощущая вкуса. Есть не хочется, лицо горит.

И это её свадьба? Когда Пашу выдавали замуж, плясали. На свадьбе плясать нужно, петь нужно. Она стесняется Ильи. Илья — взрослый. Как будет при нём плясать?

Илья громко хрустит огурцом.

А когда поели, хотела по обыкновению вскочить, убрать со стола, поставить чайник на керосинку, но вино ударило в голову и в ноги, продолжала сидеть. Только смотреть могла. Привыкала к тому, что Илья — её муж.

Она его боится. Ей кажется, он станет смеяться над ней, какие бы слова она ни сказала, как бы ни повернулась.

Хотела взять из кулька подушечку, обсыпанную коричневой пыльцой, рука не поднялась с колена.

— Я тебе свою жизнь рассказывать не буду, — сказал сухо. — Что надо, ты знаешь. И ты свою не рассказывай, мне неинтересно. С сегодняшнего дня пойдёт общая. Ты от брата перешла ко мне, порядок знаешь. — Илья развалился на стуле, вытянул ноги, в упор смотрит на неё. Она вжала голову в плечи, стала одёргивать платье. — Кто убирать должен? — спросил строго.

Она обрадовалась, что ей нашлось дело, хотела вскочить, а не получилось, еле встала, еле дошла до кухни, набрала воды в чайник, поставила на керосинку. Пока вода грелась, сложила в газету кожу от колбасы, огрызки огурцов. Собрала хлебные крошки, бросила себе в рот. Вытерла стол. Чем больше двигалась, тем скорее шло у неё дело. Тарелки перемыла за минуту, вытерла, поставила на широкий подоконник. Повесила полотенце на гвоздь около двери, вытерла руки. Не знала, что ещё делать. Хотела мыть стену, но побоялась: Илья начнёт над ней смеяться. Дура и есть, в день своей свадьбы стены моет.

Намокло под мышками, точно она жнёт рожь в поле. Солнце жжёт её сквозь окно. Не спрятаться от него.

Очень хочется послушать Илюшину трубу, а попросить сыграть неудобно. Лишь смотрит на неё: блестит, сверкает труба — похоже, ещё одно солнце.

Почему Илья не хочет рассказать о своей жизни? Почему не женился до сих пор? Илья — строгальщик. А чего строгает? Интересно. Много вопросов у неё. Лезут на язык, а язык одеревенел.

— Иди сюда! — позвал Илья. Когда подошла, взял за руку, потянул к себе. Сердце бухает, глушит его голос. — Аккуратная, ничего. — Встал, подтолкнул её к кровати, повалил, стал сдирать одежду. Затрещало Мухино платье, не по шву — Пашины швы ничем не раздерёшь, рвался живой материал. Ей душно, больно. Она крепко зажмурилась. Заложило его сопеньем уши, перехватило дыхание тяжестью его тела, резанула боль.

Он сразу уснул.

Солнце из окна ушло, после себя оставило косые лучи. Они боком лезут в комнату, светятся пылью.

Она боится пошевелиться. Платье теперь не починишь.

Между виском и щекой из угла глаза горячо к уху ползут слёзы, щекочут. Серёжа гладил её по голове, Илья не гладит. Серёжа смотрел в глаза, Илья не смотрит. Серёжа слова ласковые говорил, Илья не говорит. Лежала напрягшись неудобно раскинутыми ногами, руками, вытянутыми по швам. В горле хлюпал воздух, никак не проталкивался внутрь.

Так, наверное, надо, — сказала себе, осторожно покосилась на Илью. Длинные чёрные ресницы бросают тень на щёки, губы чуть приоткрыты — Илья дышит легко. Два дня не спал. Теперь во сне отдыхает. Страх медленно проходит. Валентина привыкает: так надо.

А что же тогда было у неё с Серёжей, когда они стояли на дороге, а Серёжа гладил её по голове? Серёжа не знал, как надо. Серёжа был не взрослый, Серёжа всего на три года старше её. Серёжа не умел того, что умеет Илья. Так надо.

С гордостью смотрит на Илью. Самостоятельный мужчина. Только он появился, сразу у неё есть своя комната, своя кастрюля, своя сковорода, своя кровать! У неё есть муж.

Зевнула. Закрыла глаза. Слёзы высохли. Наконец она спит.

На другой день они с Ильёй ели кашу — она варила кашу долго, не как Вера, она любит разваристую. Илье каша понравилась. Вместе шли, ехали на завод. Валентина гордилась — стоит в трамвае с мужем!

Первый раз выспалась.

Хотела подвинуться к Илье поближе, но она боялась Илью — задрав голову, смотрела в его сизый подбородок.

В неё точно бес вселился: она перевыполняла план в два раза. Руки были лёгкие, цепкие, сами по себе. Капитон удивляться перестал. И шутить с ней перестал. Записывал её показатели, шёл дальше. Только раз, уже отходя от неё, буркнул: «Пава!»

Какая пава? — обиделась. Но тут же о Капитоне забыла, теперь она старше Капитона. Её взял в жёны Илья! Вальку распирало от гордости. Ходила теперь грудью вперёд, задрав голову.

Стала прежней — робкой лишь раз, когда её позвали к Любови Васильевне. Гадала, зачем понадобилась. От страха долго не могла открыть дверь кабинета, а когда вошла и остановилась у порога, всё одёргивала халат. Любовь Васильевна сама пошла навстречу, протянула руку, крепко сжала её — негнущуюся, не привычную для этого дела, спросила:

— Муху помнишь?

Валентина кивнула. Когда работает, Муха всегда с ней. Муха научил её всему, что она умеет. Щёлки глаз в улыбке, большие бледные мёртвые глаза мерещатся ей, когда она стоит у станка. О Мухе не думает, Муху всегда ощущает.

— Муха, твой учитель, нам ещё тогда говорил, какой ты работник. Он сильно верил в тебя. Сейчас твои показатели выше всех на заводе. Дирекция и партбюро решили повысить тебя, сделать наладчицей нескольких станков.

От громкого, торжественного голоса Любови Васильевны пришла в себя. Огляделась. Кабинет у Любови Васильевны — просторный, стол — под портретом Сталина. Только теперь заметила Капитона. Капитон сидит, заложив нога за ногу, откинувшись в кресле, ест Валентину взглядом. Всегда волосы прилизаны, сегодня чуб взбит. Важный.

То, что говорит ей Любовь Васильевна, нестрашно. Наоборот, обрадовалась такому разговору — её хвалят. Но не может взять в толк: если её переводят в наладчицы, значит, она не будет со своим станком? А как же Муха? Муха учил её работать на станке, сам всю жизнь на станке работал.

— Садись, Рожнова. — Сама Любовь Васильевна садится посередине стола, как раз под портретом. — Нам нужны опытные наладчики. Ты, наверное, понимаешь, часто брак на производстве случается из-за неготовности станка. Тебе в обязанность вменяется проверять каждый станок твоего цеха, налаживать его. Ты этим поможешь рабочим. Нравится тебе такая перспектива?

Что такое «перспектива»? — думает она, но не спрашивает и слово сразу забывает.

— Я говорил, учиться ей надо, — сердито влезает Капитон. — Четвёртый класс кончить надо. Дать ей грамотёнку, далеко пойдёт! Из неё будет хороший инженер. Вот как я про неё понимаю.

Валентина надулась обидой.

— Тебе чего говорить вздумалось? — выдохнула. — Мне твоя грамота не нужная. Я знаю своё дело, я — рабочая.

— Погоди, Рожнова. И ты, Капитон Семёнович, не встревай. Об учёбе разговор отдельный. Только не сейчас. То, что тебя повышают в должности, Рожнова, и больше денег тебе кладут, ещё не всё. Спросить тебя хотим, премию тебе деньгами или вещью?

Сама не знает как, Валентина выпалила:

— Жильё мне дайте. Мы с мужем платим за комнату семьдесят рублей. Хочу свой угол иметь. — Она стояла у двери, а теперь шагнула проворно к Любови Васильевне, сказала горячо: — Ничего мне больше не надо!

Капитон очутился возле неё, вплотную поднёс к её лицу своё побелевшее.

— Ты замуж вышла, да? А я… дурак я… эх!

— Спокойнее, Капитон Семёнович, что это ты? Девушка — видная, хорошо сделала, замуж всем надо выходить. Думаешь, одной легко мыкаться? Ни детей, ни мужа. Одних поубивало, другие устроили себе смерть сами, третьи при жёнах состоят. Вот какие дела. — Любовь Васильевна постучала ладонью по блестящему столу. Стало жалко её. Не совсем же она старуха, ненамного старше Лёни. Красивая сильно, а не устроена.

Валентина отошла от Роди в сторону, отвернулась от него, смотрит на Любовь Васильевну. Муха её любил!

— Площадь — дело серьёзное. Самое серьёзное из всех, — рубит Любовь Васильевна воздух рукой. — В Москве, Рожнова, у нас никакой площади нет. Сама, наверное, знаешь. Ведущим инженерам не можем предоставить, о рабочих и говорить не приходится. — Любовь Васильевна долго молчит. — Чёрт с тобой, Рожнова, не хочу тебя отпускать, но за твою хорошую работу… С мужем посоветуйся, дело серьёзное, смаху не соглашайся. Слыхала, в Загорске есть филиал нашего завода? Дело поставлено серьёзно. В Загорске предоставим тебе комнату двадцати квадратных метров в отдельном доме и кухню большую. С другого хода старушка живёт. Бессменный библиотекарь, очень достойная женщина. Её весь Загорск знает. Конечно, никаких удобств в твоём жилье нет — за водой ходить, печку топить, уборная на улице. Ну как?

3

Загорск понравился. Это город. Почти Москва. Но и деревню напоминает — воздуху много, зелени. Вместо церкви старинный монастырь. Завод понравился. Вспомнила, Муха рассказывал — они с Лёней основывали этот филиал. Значит, в память о Мухе будет она теперь на его заводе работать.

Комната понравилась — большая. Кухня — большая. Да вот мебели никакой — ни кровати, ни стола.

Помогла соседка.

Виолетта Павловна — совсем старая. У неё трясётся голова и дрожат руки. Но, несмотря на старость, продолжает работать. Знает всех, каждого. Она и присоветовала, у кого шкаф купить, у кого — стол, у кого — диван с кроватью.

Начали жить. Илья, как и в Москве, вечерами уходил в клуб. А она придёт с работы, супу с кашей сварит, печку истопит, и становится ей скучно одной. Зайдёт иногда к Виолетте Павловне, да та всё книжки читает. Вроде и готова с ней поговорить, но Валентина понимает — нету у них общего разговора. Постоит-постоит в дверях и вернётся в свою комнату. Делать ей совсем нечего. Садится к окну — Илью ждать. Смотрит, кто мимо дома пройдёт. Не выдержит, идёт на улицу. А перед домами на лавочках другие соседи сидят. Соседи кланяются ей, о детишках да о кастрюлях с ней заговаривают. А в их глазах читает Валентина жалость — опять она одна!

Начнёт хвастаться, что её Илюша на трубе в клубе играет, да прикусит язык — их мужики, вот они, курят, о политике рассуждают, костяшками домино по столу бьют. Молчи, Валька, сраму не собирай.

Уже в темноте идёт Илюша. Ни «здравствуй» не скажет, ни своим днём не поделится, ни о её дне не спросит, ни «спасибом» за её кашу не наградит — съест то, что сварила ему, и — спать. Зачем сидела, ждала? Зачем полы тёрла до блеска, покрывало стирала-гладила, чистоту наводила? Ничего Илюше не нужно, кроме трубы да книжки. Был бы ребёночек, занималась бы с ним. Скорее бы понести ребёночка.

И словно Бог сжалился над ней — понесла.

Поспешила похвастаться перед Илюшей. Думала, обрадуется. А у него точно остекленели глаза — бурое грязное стекло. И смотрит, а не видит — насквозь неё взгляд проходит.

— Это когда же ты успела? — так злобно спросил. И обрубил: — Не вырежешь, уйду.

От баб слыхала: первого вырежешь, другой не получится, и зашлась в плаче. Очень ей хотелось ребёночка. А Илюша не стал слушать её вой, подхватил трубу, и из дома! Две недели не приходил. Где ночевал, ей про то не доложился.

Как до врача добралась и не помнит, всю дорогу слезами залила. И кабинет врачебный весь запрудила. Врач ей попался молодой, весёлый. Рыжий, как их поп, только без бороды. Уставился на неё голубыми смеющимися глазами.

— Ты чего сырость развела? — спросил ну совсем так, как когда-то Капитон спрашивал её.

Выговорила врачу свою печаль. Тот нахмурился:

— Дурак твой мужик, ребёнка вырезать велит зря. Решать тебе: будешь его слушать или себя.

— Не ночует дома, — пролепетала в страхе. — Уйдёт совсем.

— А зачем тебе такой-то, если не даст тебе матерью стать? — с любопытством спросил врач. — Ну, решай быстрее. У меня очередь на километр, до ночи не управлюсь.

— Режьте, — прошептала.

…Как она кричала от боли! Может, и перетерпела бы, а тут не понимала — через что ей нужна мука эта.

С ребёночком вырезал из неё весёлый доктор и какую-то часть её чувства к Илье. Не заглядывала уж больше ему в глаза, когда он с работы приходил, не искала его взгляда. И терпения к одиноким её вечерам больше не осталось. Написала Паше: «Приезжай погостить».

Паша, как назло, приехала в воскресенье. Поклонилась Илье и застыла: давай Илью разглядывать, глаза выпучила. Она Пашиными глазами на мужа посмотрела. Видный мужик, с Пашиным Колей не сравнишь, высокий, красивый.

Илья говорить с Пашей не захотел. Не обедавши, подхватил свою трубу, пошёл из дома.

Валентина жаловаться Паше не стала, наоборот, принялась расписывать, какой попался положительный, выступает в клубе, расписала, какая важная у Ильи труба. Больше расписывать было нечего, стала расспрашивать о деревне: кто женился, кто помер, кто детей народил. Очень хотела о Серёже поговорить, но в прошлой раз, в деревне, Паша сама заговорила о Серёже, о его жене и ребёнке. Сейчас же ничего рассказывать не стала, а Валентина спросить не решилась. Зато про своих детей стала хвастаться, какие сыновья поднялись у неё: от домашней работы не отлынивают, и в школе одни «отлично» получают. Посадила их Паша в один класс, чтобы не разлучались. Так, они — дружные, не разлей вода! Про колхоз рассказала Паша. Председатель у них никудышный: ни зерна вдоволь не даёт, ни картошки, ни свой огород копать не разрешает, а так как денег нет, то и не на что одежды купить, пришлось всем учиться добывать деньги. Кто какую хитрость придумал... а они стали варить самогон. Но больше всего Паша говорила про своего мужа. Хоть и нелюбый был поначалу, а добрый до невозможности, лаской да заботой взял Пашу. Жалеет её, воду таскать не даёт. Разве на руках не носит, а работу всякую вперёд неё стремится сделать, выхватывает из её рук. Уважительный. Детей сильно любит. А уж хозяин! Несмотря на запрет председателя, огородик хоть маленький, а поддерживает, корову, кроликов, кур, овец сам кормит-поит.

Про Нюрку, долгожданную дочку, недавно народившуюся, выговорила со слезами: косая получилась Нюрка, хворая, не в их Рожновскую породу. Жалости на Нюрку много идёт, сказала Паша. Про мать слова получились горькие: мать одна в доме пропадает, с лица спала, устала в колхозе работать.

— Взяла бы к себе, — вздохнула Паша, — а как взять: две матери разве уживутся? Обе привыкли быть хозяйками. Люблю я её, — объяснила про свекровь. — Она меня сроду не обидела. Добрая, как Коля. Таких свекрух нигде не бывает.

Паша теперь совсем тётка, толстая, с седыми висками. Щёки — масляные лепёшки. Сырая женщина, но ещё молодая, есть ещё огонь в глазах. И жизнь у неё — живая.

А что она Паше может рассказать? Чем похвастаться? Тем, что чистит, моет, стирает? Ну, пожалуется сестре, только чем та поможет? Зато комната у Валентины большая. Своя.

Уезжала Паша, наказывала ей Валентина уговорить мамку переехать к ней. Илье ничего не сказала пока, думала, дело затянется. Может, мать надумает приехать, когда появится ребёнок, а это ещё не скоро.

Мать же взяла да прикатила через две недели. Когда с двумя узлами она вошла воскресным полднем в дом, Илья оторопел. Стоял посреди комнаты, разглядывал узлы.

— Это, значит, мой зять! — довольно сказала мать. — Здравствуй, мил человек. Приехала детей твоих нянчить.

Илья угрюмо поздоровался, забрал свою трубу и ушёл, как тогда при Паше.

— Ничего, это попервоначалу так, — стала успокаивать Валентина мать, разливая чай, — а вообще он уважительный, не пьёт, не обижает. Тихий, всё книжки читает. Мы с ним молчком живём. Он меня несколько раз брал в клуб. Это, значит, концерт был. Им так хлопают! — Она намолчалась и теперь перед матерью выворачивала свою жизнь. Только про ребёночка не сказала. — Живи тут, на кухне. Кровать пружинная, я за неё пятнадцать рублей отдала, на ней, говорят, и не спали нисколько, пружины не проваливаются, тугие. Кухня у нас своя, у соседки — своя. Соседку зовут Виолетта Павловна. У неё все умерли: и сынок, и муж, и дочка. Она должна идти на пенсию, а не хочет, в библиотеке учит людей книжки читать. Она мне подарила вот эти тарелки. Смотри, барские.

Мать кивает, хвалит кастрюлю, тарелки.

— Я тебе связала толстые носки. Тётя Марфа мне продала шерсть, а потом эту овцу за похороны дяди Митрия отдала.

— А как ты дом бросила? — спросила Валентина.

— Зачем бросила? — Мать сложила руки на коленях. — Лёня с Верой приехали, за шесть тысяч продали.

Валентина облегчённо вздохнула.

— Теперь будем мы с тобой при деньгах. Нюша с Марусей имеют своё жильё, на дом претендовать не станут. У Паши тоже всё есть. Значит, на троих поделим. Обуемся, оденемся, зимнее пальто куплю, надоело дрожать. Шкаф с тобой купим.

— Нет у нас с тобой ни копеечки, — вздохнула мать.

— Как так?

— Всё Лёня с Верой взяли. Они продавали, они и взяли.

Как так? Общий их дом?! Но ничего матери не сказала — мать и так, видно, расстроенная.

Так и начали жить — втроём.

Реже, чем раньше, беспокоил её Илья. Навалится, придавит, а скоро уж и храпит. Тут стал храпеть, раньше не храпел.

Мать просила у неё ребёночка. Сама Валентина ночки плохо спала, думала — нельзя было ей ребёночка вырезать. Вот было бы хорошо, если бы получился!

И чудо произошло: ребёночек зародился. Наврали бабы, что больше не будет, если вырезать.

Но теперь не сразу бухнула, а всё хорошую минуту искала. Нашла. Мать к Паше уехала, остались вдвоём.

Взяла для такого важного дела четвертинку, картошки наварила, селёдки нарезала. Уселись друг против дружки.

Чёрный, как жук, её Илья. Волос — чёрный, зрачок — чёрный, и радужка — чёрная. Из черноты глаза так и сверкают! Ест аккуратно, жуёт долго. Смотрела бы всю ночку напролёт.

Выпили. И стала она ему рассказывать, что у неё теперь шесть револьверных станков, что дали ей учеников. Илья понимает про её работу, слушает серьёзно, вроде доволен.

Вот тут-то она ему и ввернула, что денег ей прибавили, можно теперь и ребёночка завести. На молоко хватит.

И точно подменили Илью. Губы поджал, уставился зверем.

— Родишь, уйду, — отрезал. И снова, как в прошлый раз, подхватил трубу, пошёл прочь из дома.

В ту ночь Валька не плакала. Смотрела в потолок, жалела, что матери нет, не с кем слова сказать. С матерью чаю бы попили. На работу вставать в пять, с семи — смена, да разве уснёшь? Без ребёночка ей никак нельзя. Перестоялась она. Все её знакомые бабы — с детьми. В деревне засмеяли бы — двадцать два года уже!

И всё-таки вырезала и второго тоже. Что как и впрямь уйдёт от неё Илья со своей трубой насовсем?

Ночами думала, что уж вовсе искалечила себя, по словам весёлого доктора. А всё-таки ещё раз попалась.

То ли ученики изменили её, то ли — аборты, то ли зависть к бабам, у которых растут ребятишки, то ли ещё что, только третьего она оставила, а Илье ничего не сказала. Живот у неё вширь пошёл, не вперёд, вот Илья и не заметил.

Илья ничего не замечает про неё. И в доме толку от него никакого.

4

Загорск пропитался туманом. Ещё всего четыре часа, а в двух шагах не видно человека, дерева, но привычно, быстро и уверенно идёт она по улице. Ежедневно, утром и вечером, — один и тот же путь: на работу и с работы. Прошла аптеку, только по запаху догадавшись, что аптеку уже прошла.

Она привыкла к ноябрьскому промозглому холоду, к туману, к тому, что отчаянно мёрзнет. Вот уже два месяца сеет с неба, виснет на деревьях, пропитывает одежду мелкий колючий дождь — предвестник снега. Лёгкое пальто не защищает ни от дождя, ни от холода. Когда-то давно его подарила матери барыня. Пальто осталось от того времени, когда барыня была молода и хороша собой: с пелериной, по тогдашней моде. Валентина в нём чувствует себя барыней, всю зиму готова терпеть холод, так пышно и красиво оно.

Пахнуло горячим хлебом. С детства самое вкусное — хлеб.

Дома ни крошки. Вчера Илья доел батон. Вернулась, шагнула в тёплое брюхо булочной. Яркий свет ослепил. Тепло разморило.

Она зевнула, привалилась к батарее, отдыхает. Тяжёлыми руками привычно укрыла живот.

Ребёнок все семь месяцев лежал тихо, привыкла к нему, точно всегда был при ней. «Наверное, девка», — вздохнула Валентина. Их у отца с матерью было пять. Лёня говорил, из-за неё, пятой девки, отец и помер. Она не хочет девку. Ложась спать, молит Бога, чтобы дал парня. Парню что? Парень куда захотел, туда и пошёл, что захотел, то и сделал. Вон её Илья не успеет в дом войти, трубу схватил. И ну дудеть! Час дудит, два, пока у неё уши совсем не заложит. Надоест дудеть дома, шубу напялит да в клуб. Ни воды наносить, ни крышу залатать — ничегошеньки не знает. Знать не знает и о том, что семь месяцев уже она таскает его ребёнка. Живот у неё аккуратный, ничего не понять: растолстела и растолстела. Илья не любит толстых, несмотря на то, что сам большой и толстый, ей каждый день выговаривает: «Ты что, деревенская баба, а? Давно городская, должна порядок соблюдать! Ишь, сиськи, как у коровы, за бока не ухватишься, на спине плясать можно».

А кто она, если хорошо подумать? Деревенская она и есть.

Купила два батона, кирпич ржаного и баранку.

С детства любит баранки, с того самого дня, как хозяйка заставила её пробежать по снегу, чтобы заработать горячую. Сейчас держит собственную. Половину завёртывает в платок — матери, а от своей откусывает: ребёнок требует еды! В булочной стоят столики, и люди пьют чай. Не догадалась купить чаю, ест всухомятку, как в детстве, смакуя каждую крошку.

— Ешь, ненасытная! — говорит своей девке.

Будет ребёночек, заживут они с матерью. А Илья уйдёт, пусть. Всё равно пустое место — даже дров не обеспечит.

Вспомнила про дрова, заторопилась: темнеет нынче рано, едва успеют они с матерью до лесу дойти, набрать хворосту.

Дома — холодина, как на улице, и сырость гнилая. Мать кутается в шаль. Эту шаль Валентина помнит с рождения. Большая, а края нет — телёнок сжевал. И моль кое-где поела — сплошь проталины да проплешины.

Мать ест баранку так же, как полчаса назад Валентина, — смакуя каждую крошку, а Валентина тем временем сматывает бельевую верёвку, промокшую и промёрзшую на дворе. Прочная верёвка. Пока смотала, замёрзла. Поверх пальто повязалась платком, растёрла руки.

Много хворосту они с матерью не возьмут, хотя бы на два дня хватило. Не всю же жизнь туман простоит!

— Ты, Валь, не клонись резко, не таскай тяжёлые, — приказывает мать.

Мать у неё быстрая. Как станок работает: та-та, та-та, наклонится, поднимет, наклонится, поднимет. Нельзя от матери отстать: ветки берёт, толстые ветви и прутики тоже берёт—ничем не гнушается. Когда в руках больше не умещается, сносит к куче. Получились две вязанки. Ту, что поменьше, мать взвалила на неё. Валентина даже присела под её тяжестью. И сильно лохматая получилась вязанка—ползут сзади по земле разлапистые ветки, задевают за кусты и стволы.

Хоть и двигалась всё время, а замёрзла. И туман тоску нагоняет: придавил лес, в двух шагах ничего не видать. Идёт следом за матерью не торопясь, старается экономить силы.

Илья после своего клуба явится уже в тепло, на готовенькое. Подумала об Илье, ёкнуло под ложечкой. Узнает про дитё, уйдёт как пить дать. Споткнулась, резко проскочила вперёд, остановилась. Снова тяжело пошла. И вдруг охнула, ухватилась за живот, осела на покрытую белёсой изморосью землю—вот когда шевельнулась, задвигалась её тихая девчонка. Вязанка соскользнула с плеча, неловко, топорщась, притулилась рядом.

— Ты чего?—не оборачиваясь, крикнула мать.

Вроде на месте живот. Вроде отошло. Сперва встала на четвереньки, потом на ноги, взвалила на себя вязанку.

— Ничего. Так просто,—успокоила мать.

Дома перво-наперво принялась ломать хворост, рубить сучья, пока мать выгребала золу. Парок дыхания у их лиц двигался вместе с ними. Но вот подхватились трещать берёзовые и ольховые ветки с прутиками. Склонились обе к пляшущему огню, дышали жаром, отходили от холода. Валентина распахнула пальто—пусть и дитё греется. А когда тепло подошло к костям, пошла за водой.

Удачный у неё вышел день. Её ученика, Кольку лупоглазого, перевели в рабочие. Ей Колька сказал «спасибо!» и всё поворачивался, глазищами своими зыркал на неё, когда уводили его в другой цех, к его собственному станку. А ещё удачный потому, что баранку съела. И пока несла воду, и пока мыла пол, и пока чистила картошку, всё думала о том, какой удачный у неё вышел день.

Дождались Илью и сели есть картошку с хлебом, пить чай. Хотела было рассказать своим про лупоглазого Кольку, да сил не было: тыркалась в разные стороны девчонка, никак не угомонится. Надо бы спросить у матери, чего это: была спокойная, а теперь сгоношилась. И вдруг хлынуло из неё горячее. Выбежала во двор, расставила ноги, ждёт, когда это кончится, а горячее всё хлещет да хлещет—наверное, целое ведро вылилось. Задрожала мелкой дрожью, зубы стучат.

— Ты чего, Валь?—выскочила к ней мать.

Туман почернел. Луны сегодня нету.

Как сумела, объяснила матери, а мать разом осипла:

— Э-э, Валька, это ты досрочно родить собралась. Воды отошли у тебя. Плохо твоё дело.

Побежала мать в дом. Через минуту выскочил Илья, крикнул не похожим на него голосом:

— А ну, зайди в дом и сиди сиднем.

Било холодом, стучали зубы. Переодевалась медленно, руки не слушались. Скоро вернулся Илья. Следом за ним вошла женщина в белом халате.

— Кто это тут у нас рожать захотел? — пропела она. — Хорошее желание. Идём, девушка.

Забралась с узелком в «скорую». А мать всё не давала закрыть дверь.

— Ох, терпи, Валька, сухо придётся рожать.

— Никак в первый раз, голубонька? — пел близко голос.

Ответить не могла — не попадал зуб на зуб.

В роддоме её крутили, вертели, ощупывали и толкнули, наконец, в большую комнату.

«Да чтоб ты сдох, ирод окаянный! Тебе б только удовольствие справить, а мне маяться!» — прокуренно басит одна. «Миленький мой, спаси!» — плачет другая. «Зачем мучаешь меня? Ох, больно, Сёмочка!» — причитает третья. Нянечка выносит судно, ворчит:

— Развели безобразию! Держать себя не могуть!

Дрожь не отпускает, лязгают зубы, заглушают бабий вой. Уткнулась в подушку — зажать зубы. И чего кричат? Лежи и лежи себе. Разве плохо? Когда лежала вот так-то? Простыни — белые, топить не надо. Илья пригнал ей «скорую». Стоял, молчал, пока она усаживалась. Чуть не заорала, вспомнив его молчание, села в кровати: уйдёт, как пить дать уйдёт теперь. Вернётся она с дитём, а его нету. Резкая боль рванула её с кровати. «О-ох!» — выдохнула и скрючилась на полу.

— Чего охаешь? Любишь спать с мужиком, терпи теперь. Ляг в постелю немедленно, — выговорила ей нянечка.

Но Валентина, обхватив руками живот, поднялась на колени, стала кланяться, чуть не стукаясь лбом об пол, — вроде так меньше болит. Всё равно боль — пронзительная, от такой только смерть. Где та ласковая врачиха, что везла её?

Вдруг боль отпустила. Совсем. Словно никогда и не было. Ещё посидела, прислушалась к себе. Встала, аккуратно одёрнула халат, огляделась, ища какого-нибудь дела. Одеяло смялось, разгладила складки. Увидела подушку на полу, подошла, подняла, подложила под мокрую голову рыжеволосой женщины. И возле неё, охнув, скрючилась снова.

Ещё резче, ещё пронзительнее боль. Валентина не закричала, стерпела. Она привыкала к боли. От этой боли не умрёшь, от неё родится дочка, от неё не выть, ей радоваться надо — сколько ждала дочку! И она стала искать положение, в котором легче. Не нашла. Перетерпела. Боль отпустила.

Четыре раза повторялись схватки. А потом ребёнок пошёл.

— Лезет! — взвыла, осипнув от страха.

Наконец её повезли.

Укладывали на высокий стол, прилаживали что-то, а тем временем она привыкала, что рожать — это работать. Тяжелее, чем рубить дрова и стирать, но всё одно — работать. И в этой работе ей очень больно. Мать велела терпеть. И она перетерпит эту боль. Сжала зубы так, что даже скулы свело, зато перестали, наконец, щёлкать, и изо всех сил тужилась. Раз надо выбросить ребёнка из себя, значит, надо, только пусть это будет поскорее. И она выбрасывала.

— Тяжело родить, а? — раздался над ней голос. — Человек идёт. Терпи, терпи, мамаша.

И она терпела.

Только почему-то длилось всё это очень долго, так долго, что даже её терпение стало иссякать. Ей рвали внутренности, её раздирали на части. Хоть бы акушерка что-нибудь говорила — может, её голос отвлечёт, но та молчала.

— Осторожно, задушишь! — раздался испуганный голос.

Как задушишь, кого? Что там? — Она дёрнулась.

— Не шевелись, дура, а то останешься без ребёнка. Пуповина обмоталась вокруг горла.

— Чего же ждёте? Разматывайте! — закричала она.

И провалилась в черноту от ошпарившей её боли.

А когда вынырнула, скулил жалобно какой-то зверёк.

Она же ощутила странную лёгкость в теле. Живота у неё больше нет. Только вся она оказалась в испарине, точно из бани. Открыла глаза — над ней светлеет женское лицо.

— Очухалась? С нашатырём всегда очухаешься. Живой парень. И ты будешь жить. — Акушерка поднесла к её лицу красно-синее непонятное существо с длинной вытянутой головой, с длинной синей шеей.

— Что это? — испуганно спросила Валентина.

— Твой сын.

Он родился недоношенный.

Все бабы в палате кормят детей, а она — сцеживайся! Чуть не в голос ревёт: сына где-то греют под лампой, доращивают, ей не приносят. А вдруг он там от голода помрёт? Вон у неё сколько молока! А ему глюкозу, говорят, колют вместо молока. Что такое глюкоза? Не отравят?

Когда увезут чужих детей и она больше не ждёт своего сына, вспоминает про Илью. Его, небось, уже дома нету. Собрал свои книжки, схватил трубу и был таков. Снова ревёт она.

Однажды врач увидел, закричал:

— Ты что, дура-девка, хочешь ребёнка больным на всю жизнь сделать? Через твоё молоко в него пойдут все твои слёзы и твои расстройства. А ну, приводи себя в порядок. Увижу, ревёшь, не дам кормить.

Испугалась Валентина, стала говорить себе другие слова: «Уйдёт, и чёрт с ним! Сын у меня теперь есть, не пропадём!»

Ни сосать, ни кричать, ни жить он ещё не умел. На три месяца она ушла с работы. Сцеживая молоко в кружку, плакала над сыном:

— Что же ты такой невезучий? Пуповина тебя чуть не задушила. У всех дети как дети, а ты…

— Замолчи сейчас же! — шумела на неё мать. — Какой ещё молодец вырастет!

— Вовка ты, Вовка! Чуть не удавленный мой! Даже жрать и то не возьмёшь… — плакала Валентина. — Несчастный мой. Вовка. Вовка.

Так, в плаче, родилось его имя — Владимир.

5

Думала, уйдёт Илья, он же, наоборот, стал все вечера дома сидеть. Будто подменили его. Обедает медленно, тянется после еды, даже разговоры с ними говорит: о погоде рассуждает, рассказывает о новостях на заводе. Ей интересно, как там без неё управляются, кто теперь на доске почёта красуется.

Стоит Вовке запищать ночью, Илья встаёт. Склонится над ним, смотрит. А что ещё ей надо от Ильи? Ничего. Это её дело — кудахтать, носиться от таза к сыну да от сына к тазу. Её дело — грудь Вовке давать да задницу ему мыть. Пусть Илья только смотрит.

Вовка сучит ручками и ножками, хмурит тёмные брови, шевелит губами. Весь в Илью — цыган. От неё ничего нету. Илья постоит около Вовки, обязательно скажет: «Гляди, весь в меня, спокойный. Рот открывает, только чтоб дело объяснить. — Илья улыбается. Она и не видела раньше, чтоб он улыбался. — Ты давай его корми получше, пусть растёт быстрее, я его научу играть на трубе». Длинная речь у Ильи получается. Чай садятся с матерью пить, Илья тоже с ними. Пьёт чай, прислушивается, не станет ли Вовка в комнате пищать. «Вырастет сын, определю его к себе в цех, будет на моих глазах работать, чтобы пить не начал, в клуб со мной будет ходить». — Одно и то же каждый день говорит Илюша, словно время торопит, чтобы скорее Вовка вырос и был с ним всегда.

А когда встал сын на свои ноги, первым делом заковылял к Илье. Илья полюбил гулять с ним. Придёт с работы, наскоро поест и — на улицу. Валентина глядит в окно, нравится ей, как Илья шарф, шапку Вовке поправляет или вытирает ему нос. Любо тогда Валентине работу делать.

Не успело Вовке три года исполниться, стал Илья учить его дуть в трубу. Вовка дует и, точно щекочут его, хохочет. Отбросит трубу, закинет голову, смеётся.

— Сыпит у меня, — выговорит сквозь смех.

— Слышь, Илюша, шипит у него! — подхватывает она.

— Напустил слюней, артист! — ворчит Илья, а сам вовсе и не сердится — улыбается.

Довольна Валентина. Заняты её мужики, дело делают. И несётся она за водой, тащит сразу два ведра, затевает простыни стирать или окна мыть. Наводит чистоту, шумит на своих:

— Не разбрасывайте вещей. Порядок знайте.

А какой там порядок, если, обнявшись, валятся её мужики на диван — щекотаться да хохотать?

Вся жизнь её в работе и в Вовочке. О брате и его семье позабыла. Катины письма об их житье-бытье не тревожат больше её. Ну, поступил Костя в университет, ну, закончил, ну, при кафедре остался, ну, стал преподавать в самом университете, пусть себе, она не понимает таких слов. Мужиком себе Костю не представляет. Далеко-далеко от неё и Лёня со своей Верой. Даже то, что Лида у них умерла, сильно не затронуло. Жалко, конечно, не пожила девка, а сердце не сжалось: что делать, против Бога не пойдёшь.

На заводе собрания проводили — мол, нет никакого Бога, а мать твердит своё: «Всё — от Бога. Бог всё видит и слышит. Когда до крайности дойдёшь, помогает. Вот попросила я его, он и взял Андрея к себе. А тебя поставил жить». Она и поверила матери: Бог позвал — значит, нужна Ему зачем-то Лида.

С завода чуть не бегом бежит — скорее к Вовочке! Самый красивый Вовочка. Самый умный. Из-за Вовочки с Илюшей стали жить как люди — складно.

Приходит к ним теперь часто Виолетта Павловна. Кивает сеньковой головой.

— Весело живёте!

Валентина перед ней хвастается:

— Артистом будет наш Вовочка!

А Виолетта Павловна книжку Илье даёт.

— Вот, почитайте ему.

Илья каждой книжке радуется.

— Ну, слушай Пушкина. — В другой раз другое имя назовёт: — Слушай Маршака.

Виолетта Павловна тоже, вместе с Вовкой, слушает. А когда Илюша замолчит, спрашивает:

— А почему мышка обиделась на кошку? — Или: — А зачем старуха у золотой рыбки попросила царицей её сделать?

«Почему?» да «зачем?», «о чём?» да «к чему?» — вопросы все заковыристые. Она, пожившая, на них не ответит. А дитя-то откуда возьмёт ответ? Но Вовка ответы находит. Наморщит лоб, молчит, молчит да выпалит:

— Старухе всё мало. Задная.

Навсегда Валентина запомнит это страстное Вовкино — «задная!».

Илья повторяет:

— «Старухе всё мало…» Вот какой умный у меня сын! Понимает про жизнь.

А часто сама Виолетта Павловна читает Володе, чуть нараспев, как песни старики поют. Закрыв глаза, читает и Володю просит закрыть глаза.

— Когда закроешься от мира, всё увидишь. Представь себе море… ну, много воды представь, очень много, вместо земли вода и свобода!

Валентина думает: «Совсем с горя голову потеряла старая. Глаза закрой. Ишь! Свобода!» Слово царапнуло. А потом привыкла к нему. Виолетта Павловна часто повторяла его:

— Человек должен делать то, что ему нравится. Человек должен быть свободным!

Володя слушает Виолетту Павловну открыв рот, не шелохнётся, а потом возьмёт и скажет что-нибудь такое, от чего сердце замрёт:

— Я хочу на луну, как летал мальчик, которого ты придумала! — Виолетта Павловна помолчала, а потом обняла Володю, прижала к себе.

Володя — норовистый: «хочу на луну!», и всё тут. Посадил Виолетту Павловну в лужу — не болтай лишку, не забивай парню голову. Ну-ка, вылези из лужи! Валька даже картошку чистить перестала. Выпутается?

Выпуталась.

— Лети! — говорит, — если хочешь!

— Как? — нетерпеливо спрашивает Володя.

— Придумай, как, и лети! В этом и загвоздка. Кроме «хочу», есть ещё и «как».

Глава вторая

1

Помнит себя с той минуты, как отец дал в трубу дудеть.

Обеими руками, крепко он держит трубу, дует в неё.

— Слюней напустил, артист! — смеётся отец.

— Скажи «Пуш-кин». Запоминай, Володичка: без Пушкина нет человека, — говорит Виолетта Павловна. — Ещё раз прочитаю тебе «Сказку о царе Салтане». Спроси, Володичка, у меня, что такое «пряли»? Спроси, Володичка, кто такой «богатырь», я тебе объясню.

Он спрашивает, она отвечает и дальше читает:

Он летит себе в волнах
На раздутых парусах…

Смотрит Володя на свою старенькую бабу. Вокруг лица — пена, волосы белые-белые, лицо белое, всегда улыбается. «Баба Лета» старее бабы Усти, она трясёт головой, и из этой тряски получаются складные слова. Не мигает, ловит бабы Летины слова, повторяет шепотком:

Мимо острова Буяна
В царство славного Салтана.

Теперь он сам спрашивает:

— Зачем летит к Салтану?

Улыбается баба Лета.

В другой раз спрашивает:

— Ну-ка, ответь, Володичка, почему мачеха велела чернавке свести царевну в лес на съедение зверям?

Он закрывает глаза и видит злую мачеху с зеркальцем в руках, видит бочку, в которую злые люди посадили мать с ребёнком. Сейчас, сейчас он про всё ответит бабе Лете.

— Расти, Володичка, поскорее, чтобы я успела по страничке дать тебе всю литературу. Повтори, Володичка: Пушкин, Гоголь, Достоевский…

Он повторяет. Слова, не похожие на мамкины и бабы Устины, легко ложатся в голову: Пуш-кин, Го-голь…

Запечатлелось раннее детство отдельными мгновениями, а один день остался в памяти весь целиком, каждая минута этого длинного дня.

Всегда он просыпается одинаково: над ним склоняется баба Устя, говорит ему «Здравствуй!» и улыбается. Сегодня не улыбается. Глаза у неё неожиданно выцветшие, в них слёзы.

—Вставай, сынок, скорее. Будем пить чай. Подниматься будем с места. Что там впереди… Папа уже ушёл на фронт!

Он ничего не понял, кроме слова «чай». «Пить чай»—главное её удовольствие. Она сидит у стола прямо, откусывает маленький кусочек сахара, долго сосёт его, поднимает к своему лицу блюдце, дует долго, отхлёбывает глоточек, причмокивает довольно.

—Хочешь пить чай, а ревёшь!—крикнул Володя бабе Усте в то утро.—Пей!

Она кинула ему на кровать пальто, шапку.

По обыкновению не стал вставать сразу. Почему баба Устя пить чай хочет, а не пьёт? Сама любит порядок, а зачем раскидала вещи? Думал, думал, ничего не придумал, а обиделся: почему отошла от него? Спрятался под одеяло, вытянул губы трубочкой и загудел. Ждал: как всегда, бабка начнёт искать его. Найдёт, вытащит, шлёпнет ласково по заду, станет одевать! А бабка к нему не идёт. Выглянул одним глазком. Не только его вещи, из шкафа и комода вытаскивает и мамкины, и свои, и папины, бросает в их самое большое одеяло, расстеленное на кровати. На полу—мешки.

—Из дома гонят,—бормочет бабка, утирает фартуком глаза.

Зачем это в комнате мешки, в них же картошка была? Но обида, что баба Устя не идёт к нему, пересилила удивление—Володя громко заревел:

—Ба-а!

И теперь не подбежала к нему. Издалека сказала, словно сама с собой разговаривать решила:

—Оденься сам сегодня. Видишь, какое дело—снимайся с места… незнамо куда. Эвакуация… Сейчас грузовик придёт.

Он не запомнил нового слова, понял главное: баба Устя не хочет его одевать, и заревел ещё громче. Реветь ему не хотелось, он просто громко гудел на одной ноте.

Гуденье помогло—баба Устя подошла.

—Да что же это за наказание такое! Вырос большой, а ничего не понимаешь. Балованный!—сердится она, но уже одевает его, привычно и быстро.—Поворачивайся давай, сынок.

Пришла баба Лета, встала посередине комнаты.

—Увозят от меня Володичку,—сказала ни к кому не обращаясь.—Один у меня внучек. С кем буду книжки читать, кому их оставлю?

Володя подошёл к ней, обхватил колени.

—Я на грузовике поеду. Покатаюсь и вернусь к тебе.

—Володичка, дарю тебе книжки… моего сына. Пушкин, Короленко, Толстой. Читай побольше и побольше вопросов задавай всем, с кем встретишься. И тогда вырастет из тебя большой человек, Володичка.

Пришла мать, принялась бегать.

—Станки грузили. Рук не подниму.

А сама очень даже хорошо поднимает руки. Завязывает одеяла, подбирает с полу вещи.

—Повтори, Володичка, Тол-стой, Ко-ро-ленко,—шепчет ему в ухо баба Лета.—Никому не отдавай книги.

—Поедем со мной!—просит Володя.—И тогда меня не увезут от тебя!

—Сыночек, давай сюда книжки!—зовёт баба Устя.

Володя видел родителей редко. Отец где-то играл вечером на трубе, мамка на заводе работала, а после завода ещё где-то. Они уходили, он спал, приходили, спал. Только воскресенье начиналось с них. С каждым получалось своё развлечение. Не успевал проснуться, хватал трубу. Припадал к ней губами так, как отец, дул, как отец. Только музыки у него почему-то не получалось. Тогда заставлял дуть отца. То лошадка ржёт, то дудит машина, то шумит Первое мая, как оно шумело по радио! Надоест играть в трубу, забирается к мамке на колени, прыгает. Надоест прыгать, тянет мамку за косы, косы сваливаются с затылка, наматывает их на свои руки. «Ой, Вовочка, осторожнее,—просит мамка,—вырвешь остатки, и так три волоска».

Сегодня мамка никакого внимания на него не обращала. Из дивана вытащила ещё одеяло. Полезла под кровать.

—Почему плачет баба Устя?—пытается Володя добиться от неё толку.—Почему баба Лета давит себе грудь? Почему мы собираем вещи?—Мать не отвечает. Тогда он сердито кричит:—Хочу играть. Хочу гулять. Не хочу, чтобы вы все ревели!

Наконец мать заметила его. Поцеловала. Он поскорее утёрся— терпеть не мог, когда его облизывали!

—Погоди, сыночек, опоздаем на поезд,—не обиделась мать.— Через час грузовик будет. Покладём вещи и поедем. Нам бы ничего не забыть. Пальто взяла, валенки?—кричит бабе Усте.—А Илюшин костюм? Всё бери, ничего не оставим! Растащат, долго ли?—В одну минуту к мешкам, что стояли посередине комнаты, прибавилось ещё два тюка.—Манку взяла?—кричит с кухни.—Пшено? Ты что ж соль не положила? Кто знает, будет ли там соль. Мыло не забудь.

—Ма, а куда мы поедем на грузовике? Далеко?

—Увозят от меня Володичку,—говорит баба Лета.

— Поедем с нами! — кричит мать. — Везде люди живут.

— Вот видишь, и мамка зовёт! — обхватил он бабу Лету. — Ты мне не дочитала про Топтыгина.

— Как же я могу?! — с ужасом восклицает баба Лета. — Здесь сынок мой жил. Здесь дочка моя жила. Отсюда мой муж ушёл навсегда. Я огонь должна хранить в печке. Даже летом. Мне умирать тут.

При чём тут огонь? Почему «умирать»? Хотел спросить, но мамка перебила:

— Одну кастрюлю берём?

— Где ты там чего купишь? — отозвалась баба Устя. — В одной сварим суп, в другой — картошку или кашу. Бери обе!

— Было б что варить, — сказала мамка.

— Воду подогреть пригодится, снег растопить, мало ли чего!

Володе не нравятся голые полки и то, что всё кругом разрушается. Наконец придумал, чем пронять мамку.

— Я хочу есть! — дёрнул её за подол.

Мамка сердито закричала в комнату:

— Ты что, не кормила его? — Подхватила под мышки, усадила на стул. — А ну, вот тебе ложка, вот каша, вот чай. Пять минут и чтоб поел, а то останешься один.

У калитки загудел грузовик. Появились два чужих дядьки, стали уносить мешки.

— Увозят от меня Володичку… — Баба Лета стоит посреди их голой комнаты, руки прижала к груди.

Он сидел на коленях у бабки, а бабка обеими руками загораживала его от проходящих мимо.

Почему печка не в углу, как у них дома, а в середине вагона? Что заставляет поезд ехать? Почему так громко он стучит? Почему лампочка под потолком — голая и мотается на шнурке? Почему не кровати кругом, а полки? Откуда взялось так много людей? Говорят друг с другом громко, как на празднике, и всё новые слова: молниеносное наступление, отступление, силы противника… Спрашивает мамку и бабу Устю, что это такое, они не отвечают.

Громко заплакал мальчик. И чего ревёт? — удивился Володя. — Так интересно ехать! У мальчика — красные глаза, щёки и лоб в мелкой красной крошке. Ему мальчик не нравится: намного старше, а кричит как маленький.

Поезд тряхнул их и остановился. Мамка, перешагивая через ноги и тюки, исчезла с чайником.

Увидев в руках матери чайник, тут же ощутил голод и жажду, ему тоже захотелось плакать. Но плакать было глупо — мальчик кричал так громко, что его, Володю, даже баба Устя не услышала бы. Всё-таки ухватился за её плечи, прижался к её уху губами. Сказать ничего не успел, со станции оглушительно закричал мужской голос:

—Наши войска превосходящими силами противника вынуждены были оставить Харьков.

Мальчик на мгновение умолк и тут же закричал с новой силой.

Поезд тронулся.

Течёт в глаза пот, горит голова, баба Устя вертится в разные стороны. Он тоже стал крутить головой. Не понимает, чего боится бабка, но чего-то испугался сам. Он хочет спать. Зажал уши, чтобы не слышать рёва мальчишки.

—Наконец-то! Вернулась! —Бабка успокоилась.

Мать в белую кружку с большой ручкой налила кипяток. Володя потянулся было пить, но мать не ему—отдала кружку женщине, прижимавшей к себе орущего мальчика.

—На-ко, попои. Чего с ним? —спросила.

Женщина распахнула пальто, скинула шапку. Она была такая же красная, как и её сын.

—Кто его знает? Горит. Со вчерашнего занедужил.

Володя не выдержал, заревел. Зачем мамка подошла к чужому? Почему не видит, что он тоже хочет пить?

Смутно помнит, как в чёрной комнате, без окон и дверей, горит в огне. Это баба Устя слишком жарко истопила печку, а дверцу закрыть забыла, вот огонь и выбежал, и ест его, и жалит, жжёт—мешает дышать.

—Пить! —просит он, сердясь на мальчика, тот пьёт, а ему не дают. —Пить! Пить!

Наконец вот она, вода. Но вода тоже огненная. Огонь лезет в рот, в горло. Володя хочет отогнать его, машет руками, но огонь ест и руки тоже, ест всего его—от волос до ног.

В ушах жужжит, стучат колёса, плачет мальчик. Баба Устя бормочет. Жёлтая свечка горит перед иконкой. От неё жарко. От неё—пламя.

—Ба, пить! Пить!

Он сгорит сейчас. Баба Устя гладит его, а руки её жгут.

2

Всё-таки вырвался из огня. Но его жизнь потекла совсем не так, как текла в Загорске. Бабы Леты с ним нет. Целый день они с бабой Устей вдвоём. Дни слились в очереди за хлебом, в мертвецов, примёрзших к стенам домов, в плач или глухое молчание, остающиеся в их дворе после прихода почтальона, в холод на улице и дома, в кипяток, обжигающий губы, в громкоговоритель, орущий так, что не услышать и не запомнить всех сводок информбюро просто нельзя, в ожидание матери.

Мать приносит ему с работы железные болванки, из которых он строит дома. Видит он мать редко: спит, когда она уходит и когда возвращается, в воскресенья она тоже теперь работает. Зато баба Устя всегда с ним: и дома, и на улице.

— Когда придёт мамка? — спрашивает Володя её.

— Ночью. А то и не придёт.

— Почему не придёт?

— Нужно много оружия, чтобы фашистов бить.

— Какое оружие делает мамка?

Баба качает головой — мол, не знает, но объясняет: есть пулемёты, пушки, ружья, винтовки, револьверы.

Володя и сам уже кое в чём разбирается. Дитя войны, он растёт под громкий голос репродуктора, под разговоры в очередях за хлебом, под плач вдов. Но хочет знать всё. «Почему», «зачем», «для чего», прочно заложенные в него Виолеттой Павловной, обрушиваются на бабу Устю, как шрапнель.

Баба Устя на всё не может ответить, лишь повторяет радио: «Немец опять прёт» или «немец лютует» или «немец на чужое зарится». Но старается отвлекать его от войны: сказки рассказывает про колдунов и иванушек-дурачков. Или молится. Встанет на колени перед иконой и свечкой и повторяет:

— Господи, спаси! Господи, спаси!

— Ба, что такое «господи»?

— Тише, Вовочка, это Бог! — пугается баба Устя.

— Кто такой «Бог»? Богатырь? Царь?

— Тише, Вовочка, Бог — это… — Она долго молчит, повторяет: — Это Бог!

— Человек? Или сказка? Какой из себя? Где он живёт?

— Прости, Господи, неразумное дитя! — крестится баба Устя.

Володя понимает — о Боге говорить нельзя, Ему только молиться можно. Бог — это тайна. А тайны — в сказках!

— Мы с тобой живём, сынок, в Томске, — отвлекает его баба Устя. — Мы с тобой в Сибири.

Володя в Сибири мёрзнет. И на улицах, и дома. Даже когда баба Устя топит печку, в комнате не становится теплее.

— Что же делать, сынок, мороз сорок градусов, терпеть надо, — говорит она.

Неужели мороз сильнее огня?

Вопросы беспокоят его, вызывают недоумение перед холодной полуголодной жизнью, прячущей от него отца и мать, разлучившей с бабой Летой. Володя скучает без неё, без её книжек. Книжки, которые она подарила ему, так и лежат без дела — баба Устя читать не умеет. Иногда Володя берёт их в руки, но картинок в них нет, а серых строчек он оживить не может, хотя знает: в них и царь Гвидон, и золотая рыбка. Чтобы не забыть, повторяет: «Пуш-кин, Ко-ро-ленко, Тол-стой».

Они уже два года в Томске. Улиц в Томске много: Советская, Ленинская… В Томске есть театр — Володя услышал об этом в очереди за хлебом. В театре он не был. Зато был у мамки на заводе. Все мамкины станки, весь мамкин завод помещается в университете. В Томске много чего есть, но жить ему здесь скучно и холодно. Его жизнь в Томске началась с той минуты, когда ему под ноги кинулся чёрный щенок.

Они шли с бабой Устей по узкой ледяной улице. Щенок выкатился из-под ворот, уткнулся в Володин валенок. Баба Устя хотела было отшвырнуть, но Володя успел подхватить его на руки — щенок дрожал.

— Брось сейчас же, — приказала баба Устя.

Володя засунул щенка за пазуху, изо всех сил прижал к себе, и сразу грудь согрелась, а Томск понравился.

— Не брошу, — прошептал Володя.

Щенок не скулил, и, казалось, едва дышал. Володе уже исполнилось шесть лет, он понимал: если сдавить, щенок задохнётся — Витька из их двора сдавил кошку, и тут же у неё вывалился язык, кошка сдохла. Поэтому Володя держит щенка осторожно. В первый раз за длинную зиму ему стало тепло.

— Брось, кому сказала, — рассердилась баба Устя, попыталась оторвать его руки от груди. Володя побежал от неё. Он очень быстро умел бегать, а баба Устя едва ковыляла, у неё болели ноги. — Ну, ладно, идём домой, — крикнула она. Он не поверил, остановился далеко от неё, но баба Устя заговорила ласково: — Идём, идём, сынок, очень холодно. До мамы поживёт у нас, пусть мама решает.

Ему казалось, у них большая комната, а баба Устя, не успели они прийти, начала причитать:

— Ты только посмотри, негде развернуться. Кровать, стол.

— Он совсем маленький, смотри, ему места не нужно. — Володя осторожно опустил щенка на пол.

Дома щенок повёл себя совсем не так, как на улице, он стал скулить. Тыкался мордочкой во все углы и скулил.

— Ба, что с ним? — испугался Володя.

— Есть хочет, чего же ещё? — вздохнула баба Устя. — А чем его будешь кормить, если самому мало?

Володя почувствовал, что очень хочет есть. Но признаться в этом теперь невозможно, он будет терпеть голод сколько угодно, лишь бы с ним остался щенок.

Жизнь за окошком касается его. И он, и его щенок зависят от того, какая она. Это из-за войны так холодно и так хочется есть. Война такая большая, какой на свете ещё не было! Фашисты хотят чужой земли и убивают всех: детей, стариков, женщин, щенят. Фашисты — жестокие. Против них воюют мужчины: дядя Лёня и его сын Костя, и папа воюет, и тёти Пашин муж — Коля, а мама работает в двух сменах, чтобы получить два пайка и прокормить их с бабой Устей. Володя смотрит на щенка и думает, что теперь делать.

— Самим жрать нечего. Ты ведь не слепой? Всё тебе! Самим мороженая картошка… ни разу не наелись. Чем щенка кормить? — Баба Устя сердится. — Ты большой, должен понимать. Ведро картошки — четыреста рублей, а мать получает всего-то шестьсот в месяц. Понимать должен!

Щенок плачет тихо, бессильно, словно потерял всякую надежду на то, что когда-нибудь поест. И этот надсадный плач ещё больше усиливает голод.

Ну что, отнесём обратно? — спрашивает баба Устя с надеждой. — У него, наверное, осталась мать в том дворе.

Володя тоже ни разу не наелся в Сибири. Картофельный, пшённый супчик — вот и всё. Иногда — селёдка ржавая…

— Вот, бабушка, я ему селёдки дам! А ещё я ему половину супа и половину молока, — не очень уверенно говорит он.

Правильно: он поделится со щенком. Именно потому, что война, он должен помогать попавшим в беду — во всех сказках есть добрые герои. Сложная работа, идущая в голове, утомила его, он захотел спать. А спать-то как раз и нельзя. До мамы нельзя заснуть. Чувствует, баба Устя выбросит щенка, едва он уснёт. Положил щенка к себе под одеяло.

— Я тебе! — крикнула баба Устя.

Тогда пристроил его рядом с кроватью, на него положил руку. Как назло, сон одолевает. Таращит глаза, а они сами закрываются. И он запел во весь голос бабы Устину песню:

> Чернобровый парень бравый
> На завалинке сидел,
> Вил верёвочку детинушка,
> Песню громкую он пел…

Баба Устя удивлённо смотрит на него. Её лицо блестит от пота — она стирает. Горит керосиновая лампа, на потолке — светлый круг от неё. А он вопит:

— Соседей побудишь, — говорит строго баба Устя, но сама очень любит эту песню и тут же, тяжко вздохнув, подпевает, правда, шёпотом:

Спать расхотелось. Володя вскочил с кровати, добежал по ледяному полу до бабы Усти, обхватил её за колени.

— Он умер, баба, да? Он задушился? А зачем, скажи.

Баба Устя обтёрла руки, подхватила его, уселась с ним на кровать, своей длинной юбкой прикрыла ему ноги.

— Не думай об этом, сынок, у тебя другая жизнь. Это раньше люди были подвластные.

Они сидят голова к голове. Баба Устя затянула «Купца». Потом спели «Тройку», потом «Златые горы», потом «В той степи глухой умирал ямщик». Володя чувствует, баба Устя довольна — значит, он берёт верно, иначе щёлкнула бы.

Щенок стоит у бабы Устиных ног — подняв к ним мордочку, машет хвостом.

— Он слушает, — говорит Володя, передохнув после первого куплета «Златых гор». — Ба, оставь его у нас.

Баба Устя продолжает петь, словно не слышит.

Всё-таки его сморило. Уснул на её коленях. Не совсем уснул. Сквозь сон трусится усталый голос матери: «Спать хочу. — Торопливый бабы Устин: — Пусть живёт. Хоть какая забава. Дитё же. Война. Еды нет. Игрушек нет. — И снова мамин: — Ещё на него работать».

Володя хочет сказать, он свой суп — пополам, и своё молоко — пополам, но ничего сказать не может: он уже спит крепко и сладко, обхватив бабы Устину руку.

С появлением Друга Володя перестал мёрзнуть в Томске. Друг полюбил всё, что любил он: бежать наперегонки, есть снег, прыгать выше головы, валяться на берегу речки, но больше всего — ходить по лесу.

Лес на окраине Томска — жидкий, не лес, лесок, но в нём рано появляются цветы, хотя кое-где ещё лежит снег. Володя садится на землю, осторожно, обеими руками притягивает к себе головку фиолетового, лохматого цветка, рассматривает, нюхает. Друг елозит по траве спиной, чешет хребет. В лесу всё нравится Володе. Листья липы, они красивые и вкусные. Тощие рябинки и ольхи, муравьиные кучи и наросты на берёзах.

А ещё любят они с Другом лежать и смотреть в небо.

Зимой снег глубок. Идут они с Другом степенно, след в след. Володя гладит стволы, коричневые, рыжие, Друг оставляет свои меты.

С Другом нестрашно ходить по городу.

Теперь не с бабой Устей, с Другом стал Володя гулять.

3

В Томске они прижились. Володя привык к двухэтажным деревянным домам их окраины, к речке, в которой летом водится мелкая рыбёшка. Мальчишки вылавливают её и продают людям из очереди за хлебом. К стадиону привык — простирается прямо от их двора. По воскресеньям на нём играют взрослые, остальное время — мальчишки: игра начинается сразу после уроков. Привык к груде булыжника у ворот — мостят дорогу. Привык к холодной зиме и жаркому лету.

Мамкин завод выпускает столько ружей и танков, что немцы повернули назад, к Германии. Об их потерях и скорой гибели громко кричит радио на площади, а слышно во всех дворах. К громкоговорителю тоже привык.

Жизнь двора не зависит от того, что кричит репродуктор.

Володин день начинается с дворника тёти Саши. Её муж на фронте, а у неё шестеро детей мал мала. Все вываливают во двор, становятся в ряд, делают зарядку. Сама тётя Саша не делает, она командует, каждого захватывая в фокус своих чёрных, как уголь, глаз:

— Руки вверх, потянулись, руки в боки, присели… — Щёки у тёти Саши — бледные, губы синие, потому что больное сердце. Вот она и говорит им всем, ребятам двора, каждое утро одно и то же: — Двигаться надо, чтобы сердце было здоровым, давай ему работу, шевелись. Пока крутишься, живёшь.

Тётя Саша и её «мал мала» крутятся целый день — любую работу справляют весело. После зарядки всем, кроме двухлетней Василисы, тётя Саша раздаёт «струмент» — мётлы, вёдра для мусора, лопаты для снега и во главе своей армии идёт со двора. Володя завидует тёти Сашиным детям, несётся со своим Другом следом, просит и ему дать метлу или лопату. Тётя Саша всегда отвечает одно и то же:

— Метлов больше нет. Ты играй пока.

Но, несмотря на то, что работать ему не даёт, без внимания не оставляет. В свободную минуту собирает весь «детсад» двора и устраивает концерт: кто пляшет, кто поёт, кто читает стихи. Володя поёт бабы Устины песни или на свой мотив из Пушкина, что запомнил со слов бабы Леты.

Ещё тётя Саша учит их кормить животных.

— Ты отломи крошечку, и ты, и ты, получится много крошечек. Залей те крошки водой и дай Дымке. — Дымка — тощая дворовая кошка. Ходит она за тётей Сашей целый день, подняв кверху хвост. — Бог создал кошек и собак бессловесными для проверки людей. Тот, кто накормит их, пожалеет, — Божеский. Кто проявит жестокость, не Божеский.

После обеда, уложив детей спать, она идёт в свой сарай.

Сарай — гордость тёти Саши. В нём всё её имущество. Раскладушка, запасной стул, летом зимние вещи, зимой летние, банки для варенья. Тётя Саша начинает убираться в сарае, хотя в нём и так полный порядок. Аккуратно уложены дрова, «струмент» лежит-стоит каждый на своём месте. На одной из стен висят громадные салазки, самодельные, ещё довоенные, на них умещаются сразу трое!

Баба Устя каждый день просит Бога, чтобы поберёг тётю Сашу, чтобы она успела поставить на ноги хотя бы старшего. Может, тогда, если что случится, остальные не попадут в детский дом: старший получит на всех, как на детей фронтовика, пособие, а главное все останутся вместе.

Тётя Саша была бы самым замечательным, самым главным человеком во дворе, если бы не Петька. Для Володи самый главный — он! Петька старше всех мальчишек, ему уже десять, и он всё умеет: играть в футбол, говорить по-немецки, прыгать с крыши. Выглядит всегда так, будто собрался в гости: рубашка и брюки отутюжены, под ногтями чисто. Он красивее всех — лицо гладкое, краснощёкое, блестит сытостью, словно и не идёт сейчас война, а между бровями — сразу две родинки. У Петьки погиб отец. Но Петька не ноет, как другие, а хвастается: отец — герой, погиб, совершая подвиг. Петьке верят, потому что и сам Петька — герой.

Ещё он особенный потому, что у него очень красивая мать. Высокая, ярко одетая, тоже краснощёкая и плотная, точно сейчас не идёт война. В одно и то же время, в три часа, она появляется на поле — звать Петьку кушать. Игра сразу прерывается. Её обступают, не стесняясь, разглядывают лицо, шляпку, одежду. Она улыбается им, как родным, здоровается, расспрашивает об успехах в школе, а потом уводит Петьку обедать, и все мальчишки с завистью смотрят им вслед. Подумать о том, что они едят, если такие краснощёкие и плотные, Володя не осмеливается: Петька для него — особый человек, не похожий на обыкновенных людей, и всё у него — особое, и знать всё про Петьку ему, шкету, нельзя. Можно только во все глаза смотреть на Петьку, восхищаться им и каждой вещью, связанной с ним. Например, часами.

Часы у Петьки — с голубыми стрелками, с непонятными закорючками по циферблату. Целыми днями рассматривал бы, но Петька показал им, малявкам, часы всего один раз.

А ещё у Петьки имеется для лета самый настоящий футбольный мяч, а для зимы — чёрный, резиновый! Зимой, когда выпадает снег, гоняют его клюшками. Клюшки делают сами.

Так как мальчишек всего-то девять — Петька разбивать их на команды не захотел, и играют в одни ворота. Вратарь у них Солдат, а голы забивает всегда Петька. Бегут рядом с ним и за ним все, а забить гол, кроме Петьки, никто не смеет.

Для Володи недостижимая мечта не гол забить, один бы разочек ударить ногой или клюшкой по мячу. Володе кажется, бить по мячу могут только большие, такие, как Солдат, тощий мальчишка, зимой и летом в солдатской гимнастёрке, и Кирюха-Рыжий, но не он — сопляк. Он с Другом стоит за воротами, ждёт — вот сейчас Петькин мяч полетит прямо сюда! И Володя отдаст его лично в Петькины руки. И мяч катится!

Со всех ног они с Другом кидаются за ним. Потом Володя, не дыша, несёт его Петьке, а Петька говорит: «Ладно».

В тот день что-то случилось. Мяч у Петьки сразу перехватил Кирюха и стремительно повёл к воротам.

Обычно Кирюха бежит за Петькой сзади, а то и вовсе остановится. Он любит жевать серу.* Из-за этого, наверное, шепелявит. И вообще слова от него порой по целым дням не услышишь. Застынет посреди поля, жуёт свою серу и смотрит равнодушно, как Петька забивает гол. А в тот день сделался на себя не похож: не даёт Петьке прикоснуться к мячу, только клюшка мелькает — раз, раз: два гола подряд забил. Петька разозлился на Солдата, что тот пропустил Кирюхины мячи.

— У, раззява! — крикнул. Пригрозил: — Смотри у меня.

Но Кирюха забил ещё гол.

Володя даже подумал — может, мяч вовсе не Петькин, а — Кирюхин? Но только подумал, как у самых ворот, к которым запыхавшийся Кирюха в четвёртый раз подогнал мяч, Петька со всей силы саданул Кирюху клюшкой по голове — Кирюха уткнулся носом в снег. Петька же, завладев мячом, легко запустил его в ворота.

____

* Сера или как её называют живица и смолка — это ароматное клейкое вещество, которое выделяется при повреждении коры хвойных деревьев

На вид Солдату лет восемь, но он каждому объясняет, что ему скоро двенадцать. Может, футбол с хоккеем не для Солдата, а может, он просто боится Петьку и от страха пропускает чужие мячи, а пропускать должен только Петькины!

Володя помчался догонять мяч, забитый в ворота Петькой. Рядом, повизгивая от восторга, летел Друг. Когда на вытянутой руке Володя нёс мяч Петьке, увидел: ребята больше не играют — осторожно поднимают Кирюху, а снег под Кирюхой — красный. Подняли, постояли с Кирюхой на руках, понесли домой. Тётя Саша обеими руками держит Кирюхину рыжую голову, идёт задом, не оглядываясь, не спотыкаясь. Лицо у неё — белое, а губы — синие.

Петька остался на поле один, заложил руки за спину, выставил живот вперёд, выпятил нижнюю красную губу.

— Вот он, — робея, смотрит Володя в красную Петькину щёку, кладёт мяч к его ногам и идёт к ребятам и тёте Саше — узнать, что случилось с Кирюхой, помочь.

— Погоди! — Никого кругом нет. Володя остановился. Значит, Петька позвал его? — Не помрёт, небось, подумаешь, важность! Тоже мне, благодетели. — Петька резко повернулся к Володе. — А тебе что нужно, шкет? Небось, спишь и во сне видишь, как мяч погонять? Ну?

Володя смотрит на Петьку и не верит — неужели сейчас он сам ударит по маленькому, чёрному, резиновому мячу? Но Петька поднимает мяч, суёт в карман, идёт к тёти Сашиному сараю и выносит свой футбольный мяч.

— Ну, давай, шкет, вставай сюда. Для начала учиться будешь настоящему футболу. Ногу ставь на одну линию с мячом, тогда ударишь точно. Хочешь вверх ударить, откинь корпус назад. Хочешь низом пустить мяч, наклонись вперёд, точно накрываешь мяч корпусом. Хочешь отдать пас, ударь щёчкой. — Петька показал на внутреннюю сторону стопы.

Друг тоже не дыша слушает Петькину грамоту, а когда первый в жизни мяч послушно покатился к воротам, Друг кинулся за ним. С трудом удалось отогнать его.

Наверное, первый Петькин урок с Володей был бы совсем другой, если бы не Кирюха. Что-то не то происходит — желанный мяч вот он, а радости нет. Один раз ударил по мячу, второй и… побежал к Кирюхе.

Кирюха выздоровел. Ребята, конечно, помирились с Петькой. Теперь разбились на две команды. Играли по строгим правилам, установленным Петькой. И никто больше не смел перебегать Петьке дорогу: забить гол мог только сам Петька, потому что оба мяча были его.

А с Володей после истории с Кирюхой что-то случилось. Вроде он остался прежний: стоял у ворот Петькиных противников, подносил Петьке мячи, но он уже был совсем не тот Володя, который ждал Петькиных милостей.

Сначала ему приснилась баба Лета. Ни с того, ни с сего. «Внучек мой, знаешь ли ты, что такое свобода?» Баба Лета трясёт головой, и из неё сыплются светящиеся слова — «свобода», «делай, что хочешь», «придумай, как полететь на луну».

«Свобода»… — Он видит слова, они повторяются и ослепляют его. Он же читать не умеет, как же прочитал их? Взял книжку. Он знает: это Пушкин, значит, на ней написано: Пу-шкин. Вот какая «п»! А это Короленко. У Короленко первая — «к». Баба Устя звала пить чай, Друг старался лизнуть в лицо, Володя повторял: «Свобода». Почему вдруг приснилась баба Лета, и при чём тут «свобода». Но что-то в нём происходило: Петька стукнул Кирюху клюшкой по голове.

После сна о бабе Лете Володя стал прежде всех здороваться с Кирюхой и Другу каждый раз теперь говорит: «Скажи Кирюхе «здравствуй», голос, ну! Дай скорее Кирюхе лапу». И Петька вдруг перестал быть для Володи самым главным. Он больше не смотрит зависимо на Петьку, а старается «поймать» и запомнить его движения, чтобы потом повторить все их с камнем вместо мяча. Углядел Володя и то, чего Петька ему не открыл: ловчее, оказывается, ударить по мячу сбоку, чем бить в лоб, а штрафной может пойти и кручёный. Теперь он терпеливо ждал своего часа, когда Петька снова обратит на него своё внимание. Знал: не сегодня, завтра это случится. И ожидание не тяготило его — с ним что-то происходило: он перестал зависеть от Петьки. А когда Петька, наконец, позвал его на поле, вступил в начало игры степенно, как будто играл с Петькой в футбол и хоккей ежедневно.

Раз, два в неделю Петька исчезал, мальчишки томились — ходили с клюшками или палками по двору, приставали к тёти Сашиным детям и другим малявкам, пытались играть в войну, но без Петьки игры в войну тоже не получалось.

Володя же радовался исчезновению Петьки и удирал с Другом в лес. До леса бегут наперегонки. Володя размахивает руками, у Друга развевается по ветру хвост, а тело вытягивается в одну линию. Бегут сколько хватает сил, а хватает сил до самого леса. На опушке падают на землю, лицом в первую траву и в смелые подснежники, поднявшиеся среди снега, и оба чихают от резкого, острого запаха.

Эта весна — ранняя, весёлая, ручьями, лучами гонит снег и холод прочь, как их войска гонят фашиста с родной земли. Солнечные блики сияют на тёплых стволах, в прозрачном, живом воздухе, на потемневшем, затвердевшем чёрной хрустящей корочкой снеге в низинах.

«Ветер по морю гуляет и кораблик подгоняет...», — голос бабы Леты. — «Полети на луну, если хочешь!», «Это Пушкин, запомни, внучек!».

Володя переворачивается на спину, смотрит в небо. Облака, набухшие светом, похожи на мыльную пену, плывут по небу. Из облаков получаются лошади и самолёты, горы и колдуны — баба Устя рассказывала про колдунов с длинными пушистыми бородами. «Облака, облака, унесите меня к бабе Лете и к папе!» — просит их про себя Володя.

Друг кладёт лицо на его грудь и тяжело вздыхает. «Нас вместе с Другом отнесите к бабе Лете и к папе», — поправляется Володя и обеими руками прижимает Друга к себе.

Потом они оба сидят на тёплом взгорке и разглядывают цветы на тонких стеблях. «Как могут листья и лепестки держаться на них и стебли не сгибаются?» — Володя недоверчиво щупает землю вокруг них. И вдруг думает: «А цветы, а лес свободны?». Вопросы таятся в нём, мучают своей тайной, задать их некому. Друг вскакивает, несётся в лощинку, начинает грозно лаять, а потом принимается исступлённо рыть яму. Носом утыкается в землю. Выставил зад. Летит из-под его быстрых лап земля. Володя пытается понять, что он нашёл. Лишь земля с корешками и прошлогодними листьями летит в разные стороны. Друг начинает чихать и чихает беспрерывно несколько минут. Володя смеётся над ним. Пёс перестаёт чихать и, обиженный, убегает от Володи в глубь леса. Володя несётся за ним, размахивая руками.

Медленно идут они домой.

— Ты, Друг, потерпи, — говорит Володя. — Мы с тобой совсем скоро поедем в Москву. Фашист теперь далеко. Мы с тобой будем слушать книжки бабы Леты. Я пойду в школу, а ты будешь носить мой портфель. Правда!

Друг виляет хвостом, подпрыгивает, лижет Володю в лицо.

— Мы с тобой всегда, всегда будем вместе. Правда?

Мать он не видит, лишь слышит её сквозь сон.

— Сегодня был митинг. Собирали деньги на раненых и калек. — Мамкин голос сеется в его сон и не будит. — Сговорилась, мою полы в цехах, лишний рубль не помешает.

— Лошадь ты, Валька, ночью приходишь, до свету уходишь, — плачет баба Устя. — Надорвёшься, кто Вовочку поднимать будет?

— Что делать, мам. Все так. У нас сегодня молодая померла, моложе меня, упала, и всё.

— Вот и поберегись, — просит баба Устя.

Хочет он позвать «мамка!», а рот спит. Хочет открыть глаза, мамку увидеть, а глаза спят. Только уши не спят. Только мамкин голос вместо мамки. Сладко спать, когда мамка с бабой Устей пьют кипяток. Клеёнка поистёрлась, а была зелёная, в полоску. Мать с бабой Устей говорят тихо, но слова входят в него, остаются до будущего, когда ему понадобится вспомнить их.

— Ничего нету тебе, не обижайся, — говорит мать Другу. — Хочешь водички? — Звенит ковш о ведро, Друг громко пьёт. — Вот и ладно. Вот и поужинали. А теперь спать давай. Завтра день будет. Может, завтра война кончится. А вернётся Илюша, на два пайка проживём. — Тёплая волна обдаёт его — мать склонилась над ним. Он спит и растёт под её теплом, под её словами: — Не заметила, как вырос. Цыган. Не в меня. Нос длинный, как у Илюши, — рассказывает она Другу. — Волос — чёрный, курчавый, ресницы — чёрные, глаза — чёрные. Не лижись, Друг, дай посмотрю на своего сынка. Совсем вырос. Давай спать, Друг. Завтра день. Завтра, может, война кончится.

Володя сладко спит. У него есть баба Устя. Друг есть. Мамка есть.

Мальчишки часто хвастались друг перед другом, кто из них старше, у кого где воюет отец. С малышнёй не водились, а Володю признать вынуждены были все — из-за Друга. Друг вырос в рыжечёрную, большую, Володе до колен, собаку, с рыжими глазами, с загнутым кверху хвостом и переломленными посередине, мягко опущенными, чёрными ушами. Друг умел сидеть, лежать, давать лапу — беспрекословно слушался Володю. Сам Петька иногда просил у Друга лапу! И наверняка именно из-за Друга добросовестно учил Володю премудростям игры — открывал самые хитрые приёмы.

Володя быстро научился бить по воротам. Правда, летел мяч к пустым воротам на пустом поле.

— Ну, а сегодня поводим, — сказал однажды Петька и погнал от Володи мяч. — Отнимай, шкет!

Безуспешно Володя пытался зайти с боков и спереди, Петька не подпускал его к мячу. Взмокла рубашка, позором горело лицо: не может! Никогда больше Петька не даст ему ударить по мячу! Володя весь ушёл в челюсти — намертво сжал их. Туда-сюда метался, пустое, Петька легко уводил от него мяч. От отчаяния и стыда пошёл Володя на хитрость. Побежал рядом с Петькой слева, и вдруг, неожиданно, перескочил прямо перед его носом на другую сторону. Петька испуганно отшатнулся, и мяч оказался у Володи. Как же стало весело, как стремительно погнал Володя его к воротам!

А Петька разозлился.

— Ишь, отродье! На свою голову выучил!— Подхватил мяч и ушёл домой.

Прямо посреди поля уселся на весеннюю землю Володя. С изумлением прислушивался к себе: вот что такое радость—победить Петьку! Он родился специально для того, чтобы уводить мяч от Петьки и гнать к далёким воротам! Он ничуть не устал, ничуть не запыхался, но сил не было—радость забрала все. Друг плюхнулся рядом. Вывалив розовый язык, глубоко дышал, как и Володя. Ему тоже было жарко.

Ранняя дружная весна быстро согнала снег, вытянула из земли первую зелень сорок третьего года и подпустила туману со снегом: не полностью ещё моя власть, не расслабляйтесь! Она придерживала тепло и солнце, словно пытала каждого—как-то ты снова под снегом очутишься?!

Володя подставил лёгкому снегу лицо: давай, сыпь, я тебя не боюсь, я не замёрзну. Снег летел, касался лица, таял. Так, наверное, и есть в жизни—то солнце, то снег в зелени. Только нельзя бояться снега. Нельзя бояться Петьки. Никого нельзя бояться. Он в школу пойдёт осенью!

На другой день снова была весна.

Поев пшённой каши, Володя вышел во двор, едва рассвело. Утреннее солнце освещало зелёные ободки стадиона, низкие обветшалые дома, окружающие их двор, близкую улицу с четырёхэтажными городскими домами, рыже-зелёный лес вдалеке. Друг носился вокруг, отмечая деревца, колышки и сараи.

Володя уселся ждать Петьку. Живот наполняла теплом и тяжестью пшённая каша, солнце грело макушку, Володя прутом рисовал на земле мяч. Друг удостоверился, что в его владениях всё спокойно и привычно, растянулся рядом и положил голову на Володин ботинок.

Первым появился Солдат. Подскочил к Другу, затормошил, заставил выполнить полную программу, а потом уселся рядом с Володей—тоже ждать Петьку.

— Когда мне исполнилось десять,—он сделал упор на слове «десять» и сказал торжественно:—мать подарила эту гимнастёрку! Не думай, она взаправдашняя, в ней отец воевал, но, когда ему оторвало руку, вместе с рукой оторвался и рукав. Кому нужна гимнастёрка без рукава? Отцу выдали новую, потому что он был на войне и работает на военном заводе.

С любопытством уставился Володя в узкое, бледное, с редкими веснушками, лицо Солдата, в его голодные глаза. Надо же, он и не знал, что у Солдата такой знаменитый отец.

— А мой играет на трубе, — похвастался Володя.

Солдат громко захохотал:

— Все воюют, а он — на трубе!

Володя обиделся. Но тут же простой вопрос заглушил обиду. Ведь правда — все воюют и погибают, вон Петьке похоронка пришла, и Кирюхе совсем недавно похоронка пришла, и тёте Саше… у всех отцов ружьё в руках, а у его отца — труба?! Но признать правоту Солдата никак нельзя, глотая буквы, Володя пошёл в наступление:

— А ты… а твой отец… ты врёшь, он не может работать на заводе, у него нет руки. Моя мамка работает, это да, у неё две руки. А ты всё врёшь. — Солдат сильно моргнул, отчего из глаз его сорвалась слеза, встал, пошёл от Володи прочь. — Ты чего? — Володя побежал следом, преградил Солдату дорогу. — Ну, конечно, он на военном заводе работает, конечно, так и есть! — уговаривал Солдата.

А тот глядел мимо Володи, глотал слёзы. И признался:

— Он сторожем там работает! Его никуда больше не берут.

Володя схватил Солдата за руку.

— Знаешь что, давай пойдём в лес. Я тебе что покажу. Там уже цветы беленькие, совсем маленькие!

— А я думал, ты ещё рыбка, — сказал Солдат.

— Какая рыбка? — не понял Володя.

— Ну, малявка, одно слово, плаваешь в луже. А ты уже совсем мужик!

Появился Петька с мячом. И сразу, точно кто сообщил им, высыпали во двор мальчишки. Затаив дыхание, Володя ждал, заметит его Петька или нет? Ничего больше не нужно, только пусть заметит. Ребята кидали жребий, кто начинает, спорили о вратарях, орали. Володя не сводил глаз с Петьки.

И произошло чудо. Петька вскинул руку, прекращая гомон.

— Ты, Лёха, посиди на травке, у тебя вместо ноги клешня, на твоё место Вовка встанет.

Наступила тишина. Ребята видели, Петька балуется с Володей, но никому в голову не приходило, что его примут в большую игру. Все уставились на Володю, и он сам стал себя оглядывать: может, у него что не так? Всё так. Разозлился — чего глазеют, сложил обе руки на животе, сердито насупился.

— Что рты разинули? Он будет крайним правым, а ты, Стручок, займёшь Лёхино место.

Всё ещё не веря, на цыпочках Володя ступил на поле. Друг потрусил следом.

— Место, Друг. Лежать! — Володя потащил Друга на обочину, горячо шепнул ему на ухо: — Место. Лежать! — Друг, по-видимому, не понимал, что это самый грозный приказ из всех на свете: снова поскакал за Володей обратно на поле. Володя отчаянно крикнул: — Кому говорю? — и впервые в жизни ударил Друга. — Место, Друг. Лежать!

Удивлённый, Друг попятился от Володи, улёгся на кромке поля, плотно прижался головой к земле, скосил на Володю обиженный рыжий глаз.

— Ты, Петька, чего, сопляка в команду! — вышли из столбняка ребята. — Сдурел? — Они вопили разными голосами, наступали на Петьку. — Теперь продуем, как пить дать!

Володя растерянно оглядывался.

— Кончай базарить! — приказал Петька.

Игра началась.

Самый лёгкий из всех, самый стремительный и ловкий, Володя, памятуя свою вчерашнюю хитрость с Петькой, в первые же мгновения перехватил у Петьки мяч и повёл беспрепятственно к воротам. В счастливой слепоте он не видел никого и ничего, только ворота — один вёл мяч, ловко обводя противников, и забил подряд три гола!

Никогда не было так тихо на поле.

— Это завсегда так, новичкам везёт, — пробурчал Петька, когда вратарь в третий раз побежал за мячом.

Володя не посмотрел на Петьку, он весь горел, готовый нестись снова, без устали, много часов. Руки и ноги ничего не весили, себя не ощущал — он ждал мяча. Мяч появился.

Но им тут же завладел Петька. В своих отутюженных брюках, словно не в футбол играл, а собрался в гости, Петька спокойно и твёрдо вёл мяч. Если бы не странная лёгкость во всём теле и не полное забвение, Володя наверняка оценил бы Петькино мастерство бегуна, редкое умение удерживать мяч в своей власти — словно и мяч и Петька были окружены непроницаемой стеной. Но Володя не ощущал, как другие ребята, эту плотную Петькину броню, током, лучом он прорезал её и пошёл рядом с Петькой, бок о бок. И вдруг нога, точно магнит, припала к мячу, который покорно по его приказу покатился по плотной земле. Как это произошло, что мяч перешёл к нему?! Он не помнил ни об игре, ни о Петьке, ни о себе: только связанность с мячом. В тот миг, когда мяч, посланный им в ворота, уже нёсся, свободный и оторванный от него, Володю вдруг оторвали от земли и тут же бросили на землю.

Петька упоённо, самозабвенно молотил его головой о землю. Последний звук, ворвавшийся в Володю, — грозный и сразу жалостный вой Друга. И — тишина.

Володя не видел, как Друг кинулся на Петьку, как зубами вонзился в Петькин живот. Петька дико закричал. Попытался отцепить Друга, но Друг держал его намертво.

Ребята стояли, смотрели.

Петька замолотил Друга по глазам и с трудом отшвырнул от себя — из живота, сквозь брюки и рубаху, хлынула кровь. Не замечая боли, Петька подскочил к груде булыжников, подхватил самый увесистый и бросился назад, к Другу. Друг тыкался носом в Володю, пытался поддеть его, приподнять, лизал его, жалобно скулил. Петька за ногу оттащил пса от Володи, а когда Друг обернул к нему ощеренное лицо, со всего маху опустил на это лицо булыжник.

4

Первое, что Володя услышал, — вой матери.

Откуда она взялась? — удивился он.

— Жив! — Мать склонилась над ним. Из-за неё выглядывало бледное лицо бабы Усти — она крестилась.

Белый потолок, много кроватей, пахнет аптекой.

— Вовка, сыночек! Вовка, Вовка! — повторяет мать.

— Говорила, будет жить, — улыбается ему красивая девушка в белом халате, держит длинную иглу с повисшей на конце каплей. — Обыкновенное сотрясение мозга. Мертвецов я повидала! Будет жить ваш Вовка. Полежит два месяца и снова готов для футбола.

Возле него всё время сидела баба Устя, не разрешала поднимать голову, поила, кормила с ложечки. Он с трудом разжимал словно чужие губы, с трудом жевал, болели челюсти, и в голове стоял туман, вроде это он, а может, и не он. Мелькали перед глазами чёрные, красные круги и точки. Дома баба Устя часто пела ему песни, рассказывала сказки, сейчас нема, неотрывно смотрит на него. В один из дней, наконец, увидел её: взгляд — блёклый, губы спеклись, по лицу — коричневые полоски. Чего это с ней случилось? Заболела? И вдруг вспомнил: он гнал мяч к воротам, не чувствуя тела, не видя ничего, кроме мяча и ворот. Потом боль, потом — голос Друга и… чернота.

Он обидел Друга — ударил. Друг присел от неожиданности, прижался мордой к земле, испугался — вдруг Володя снова ударит его?!

— Ба, где мой Друг? — хотел привстать, но от резкой боли снова повалился на подушку.

— Тебе нельзя! Лежи. Заговорил, сынок, слава Господу! — Обеими руками баба Устя держит на подушке его голову. — Не шевелись-ка, лежи, как велят, на спине. Не вылежишь, всегда будет голова болеть, вот что говорят врачи.

Ему не нравятся бабы Устины слова, он хочет знать, простил ли его Друг, ищет ли его, зовёт ли?

— Ба, как мой Друг? — повторяет Володя. — Он вспоминает обо мне?

Но баба Устя словно и не слышит, бормочет своё: «Господи, благодарю. Господи, спаси!» без счёту, а про Друга ни слова. И вскоре уходит. Володя закрывает глаза. Друг прижался мордой к земле, смотрит на него обиженно.

— Ну что, герой? Говорят, ты самый знаменитый футболист в Томске. Меня зовут Нестор Григорьевич. Будем знакомы. — Володя хочет спросить «кто говорит», Нестор Григорьевич сам разъясняет: — Твой друг приходил к тебе.

— Это кто? — приподнимается Володя, но резкая боль приковывает к подушке. — Солдат?! — преодолевает он боль.

— Почему «солдат»? Мальчик так лет девяти, худенький такой, маленький. Сказал, зовут Федя. — Нестор Григорьевич помолчал, подумал, согласился: — Хотя, наверное, Солдат, на нём гимнастёрка.

Он — футболист! — гордится Володя. Его единственная в жизни игра встаёт перед ним от самого начала до черноты.

— О Друге он ничего не говорил? — спрашивает Володя.

— Так он же твой друг и есть, кажется! — поспешно Нестор Григорьевич кладёт обе руки ему на грудь. — Лежи, лежи, тебе нельзя двигаться. Ты сказки любишь? — спрашивает.

— А кто же их не любит? — удивляется Володя. — Мне баба Лета читала про Руслана с Людмилой, про царевича Елисея, про Балду, малахитовую шкатулку, баба Устя рассказывала про Ивана-царевича, колдунов и ведьм.

— Надо же, какой ты образованный!

— Баба Устя поёт мне песни. Их пели ещё до революции.

— Ну, песни ты мне потом споёшь, когда займёшь вертикальное положение.

— Какое? — не понял Володя.

— Ты ведь лежишь, не так ли? Значит, пребываешь в горизонтальном положении. А я, — Нестор Григорьевич встал, — стою, вертикальная линия из меня получилась, понял?

— Понял, — сказал Володя. — Это значит, когда я выздоровею и смогу стоять, я тоже стану вертикальным?

— Вот-вот, — улыбнулся Нестор Григорьевич. — А ты, оказывается, понятливый. Ну, слушай, я тебе буду рассказывать историю. Ты что-нибудь слышал о Петре Первом?

— Он волшебник? — спросил Володя.

— Нет, это царь.

Володя нахмурился, сказал строго:

— Царя убили большевики за то, что он обижал бедных.

Нестор Григорьевич улыбнулся — зубов у него почти нет. Он худ и жёлт, как бабушкина свечка. Долго жуёт бледными губами, гладит Володину коленку.

— Пётр Первый жил задолго до революции. И тот царь, которого убили, и Пётр — уже история. Каждый человек обязательно должен знать историю.

— Зачем? — удивился Володя.

— Чтобы научиться думать и понимать жизнь.

— А я знаю историю, как лиса несколько километров гнала зайца, а потом заяц гнал лису и загнал её в капкан.

— Это не история, это сказка, — объяснил Нестор Григорьевич. — А Пётр Первый жил на самом деле, построил большой город Петербург. Пушкин о нём сказал: «Он прорубил окно в Европу». Ещё он построил русский флот, воевал со шведами, Василий Голицын был…

— Зиночка! — крикнул краснолицый мрачный мужик без обеих ног.

Нестор Григорьевич поспешил пересесть на свою постель. Но Зиночка уже заметила его. Она ласкова только с теми, кому совсем плохо, с остальными обращается строго. «Сколько сейчас больных и дистрофиков в городе? Знаете? — щурит она голубые глаза. — Не хотите соблюдать правила госпитальной жизни, отправляйтесь домой». А что такое «домой», больные хорошо знают. Нетопленные жилища, скудная пища, тяжкий труд днём и ночью, без сна и отдыха. И больные, пугаясь одного этого холодного, голодного слова «домой», безропотно выполняют Зиночкины требования. Зиночка не разрешает садиться на чужие кровати, пить водку и курить в палате.

— Сидите, Нестор Григорьевич, — неожиданно ласково говорит Зиночка. — Ребёнок ведь, ему сказки нужны.

— Ты думаешь, есть только наша страна, — тихий голос Нестора Григорьевича. — Швеция, например, есть. Там когда-то правил король Карл Двенадцатый. Он на нас напал, но его победил Пётр. — И Нестор Григорьевич читает стихи про Полтавскую битву.

В другой раз рассказывает о немцах:

— Немцы напали на нас не в первый раз. Был у нас князь Александр Невский, он защитил Русь. Ледовое побоище произошло 5 апреля 1242 года.

…Иван Грозный, герои-монахи — Пересвет и Ослябя, Святослав, Лжедмитрий, князь Игорь… — цари, короли, князья и опричники явились в Володину жизнь с ладьями и кораблями, битвами и замирениями. Об их привычках и страстях Нестор Григорьевич рассказывает так, словно знает каждого лично! Незаметно они становятся и Володе близко знакомыми. Слова, совсем ещё недавно неведомые — «вече», «набеги», «государство Российское», «власть»… — делаются обиходными. И невольно Володя переносит услышанное на свою жизнь.

— На кого похож Петька? Он удушил кошку, чуть не убил Кирюху и меня. — Володя тревожно ждёт ответа. Чувствует, про Петьку Нестор Григорьевич тоже знает.

— Петька — нечеловек, — объясняет Нестор Григорьевич. — Всякий, кто способен убить другого, нечеловек.

— А как же цари? — не понимает Володя. — Они убивают, жгут, мучают.

— Сам думай, ты уже большой, — говорит наконец.

— Гитлер тоже нечеловек?

— И он. И многие другие. При Иване Грозном появились первые застенки, где пытали людей. Пётр Первый пытал людей: зарывал в землю, оставляя лишь головы. Нельзя только превозносить его! И других правителей нельзя только превозносить. Народ, когда становится невмоготу, восстаёт против них. Так, Пушкин написал «Историю Пугачёва» и «Капитанскую дочку» о восстании народа под руководством Пугачёва. Это случилось при царице…

— Чему учите его, грамотей? — обрывает его безногий.

— Человек должен знать правду, — улыбается Нестор Григорьевич.

Володя стал плохо засыпать. То Петька душит кошку, то Пётр Первый казнит преданных ему подданных, то убивают Павла, то Батый режет людей и жжёт костры на русской земле. Но чаще представляется Кирюха: гонит мяч к воротам, а потом лежит уткнувшись в снег. Тот снег — в крови. Володя даже во сне мается, почему остался тогда с Петькой, а не понёс Кирюху, как понесли его ребята и тётя Саша? В бедной его голове путается то, что было в истории, и то, что случилось с ним. «Это всё из-за Петьки, потому что Петька — нечеловек!». И царь бывает и человек, и нечеловек. А Пушкин — это не только сказки, но и история!

Зиночка точно сама видит Володины сны: утром прежде всех подходит к нему, склоняется низко, к самому лицу.

— Прогоним сон, прогоним страх, доброе утро, Вовик! Давай-ка, поедим! Бери ложку, голову не поднимай. — Пальцы у Зиночки — тонкие, белые, кажется, вот-вот сломаются.

Но они не ломаются, они гладят Володю по щеке.

Зиночка идёт к Нестору Григорьевичу.

— Вы бы поаккуратнее с собой, не скачите, вам бы побольше лежать! — звучит её жалобный низкий голос.

Володя съедает кашу, а когда Зиночка подходит взять тарелку, важно спрашивает:

— Ты знаешь, кто такие были опричники? — Он хочет поразить Зиночку. И очень удивляется, когда Зиночка говорит «Знаю» и смеётся.

Володя обижается, почему она смеётся над ним. Нестор Григорьевич говорил, опричники — страшные люди, использовали свою власть, казнили людей, как и царь, что же тут смешного? Но Зиночка уже убежала.

Баба Устя приходит к нему редко. Объясняет: «В больнице — карантин и делают исключение для тебя одного». Говорит баба Устя без остановки: нету дров топить печку, и нужно их успеть заготовить, люди уезжают домой, и, может, они тоже скоро тронутся, а пока мама работает по три смены, совсем валится с ног. Володя никак не прервёт словесный поток, но, стоит ему всё-таки прорваться с вопросом «как Друг?», баба Устя тут же уходит, сославшись на неотложные дела.

Однажды пришла мать.

— Дождь замучил, — начала от двери. — Птиц дождём бьёт, на землю падают, холод кости хватает, не зима, не лето, не весна, не осень, — не замолкая говорит она.

Идёт к нему через палату, между молодым солдатом, постоянно играющим в карты, и краснощёким, как Петька, безногим дядькой, между молчаливым офицером, цлые дни что-то пишущим в своём блокноте, и танкистом, с ожогом черепа и лица, и каждому говорит «здоровьица вам» и приговаривает: «А терпеть надо». Ему всё равно, что она кому-то выносит судно, кому-то поправляет подушку или подаёт попить, он знает: она пришла к нему и изо всех любит только его. Наконец до него добирается, садится, скидывает платок, перематывает узел волос и теперь она только с ним. Он не скучает без матери — привык обходиться без неё, но, лишь только она оказывается рядом, чувствует: мать устала, хочет есть и боится за него. Волосы у неё — светлые, кожа — серая, глаза — бледно-голубые, не такие яркие, как у Зиночки, руки — корявые, с чёрными жилами, пальцы не как у всех людей, а широкие, подушки похожи на лепёшки и в чёрных точках.

— Мам, как мой Друг? — теребит Володя её рукав. — Скучает без меня?

— С завода последних мужиков позабирали. Бабы да мальчишки, — она всхлипнула. — Сердце рвётся, до станков едва достают. А терпеть надо, что сделаешь? Я тебе, сыночек, подарочек принесла, вот. — Протягивает ему яблоко. — Ты слушаешься врачей, сыночек? Слушайся. Врачи лечат тебя.

Мамка любит целоваться. Он потом утирается, никак не утрётся. И любит плакать. Чуть что — в слёзы. Ему стыдно. Он оглядывает раненых — не видит ли кто.

— Ты не ответила мне про Друга, — напоминает он.

— Война, сыночек! — Мать глазами показывает на безногого и на обожжённого, снова хлюпает — она всех жалеет.

— У вас очень любознательный сын, — подошёл к ним как-то Нестор Григорьевич. — Выучить его надо хорошо.

Мать встаёт, кланяется Нестору Григорьевичу.

— Премного вам благодарны за ласковые слова. Он осенью в школу пойдёт, там уж учителя, они постараются.

Нестор Григорьевич тяжело вздыхает, смотрит на материны руки, спрашивает:

— Какие книги у вас есть?

— Три книжки. Соседка подарила, — вспоминает мамка, — да мы с мамой неграмотные. — Снова вздыхает Нестор Григорьевич. — Я принесу сюда. Ты сытый тут? — шепчет.

— Мам, как Друг? Почему не отвечаешь? Скучает?

Часто, часто закивала мать:

— Скучает, чего там. — И отвернулась к Нестору Григорьевичу. — А каким наукам его надо учить?

— Ну-ка, молодой человек, расскажите о взятии Казани, — торжественно говорит Нестор Григорьевич.

— Иван Грозный не сразу взял Казань. В 1550 году он пошёл на неё в первый раз, а взял её в 1552 году, — громко рапортует Володя. Мать во все глаза смотрит на него. — Только не думай, мамка, что он хороший, — объясняет ей Володя. — Он жестокий. Чужие города плохо брать! Много людей погубил Иван Грозный. Он нечеловек.

— Терпеть надо, — всхлипывает мамка. — Его воля.

— Зачем терпеть? Нельзя всё терпеть. — Володя вспоминает Петьку. — Нельзя терпеть, если ты — человек.

— Премного благодарны вам за ученье, — снова кланяется мать Нестору Григорьевичу.

— Мам, — перебивает он её благодарности. Ему стыдно, что она кланяется, как в старину, и он хочет, чтобы она поскорее ушла. Но просит: — Приведи сюда Друга, на одну минуту. Зиночка разрешит. Я только покажу всем, что он умеет!

— Чего же я сижу-то, сыночек? — вскакивает мать. — Всего-то на часик отпросилась, вместо обеда, а сижу сколько! К заводу больница ближе, чем дом! Знаете, — доверительно говорит она Нестору Григорьевичу, — мне ещё двух учеников дали, теперь их у меня восемь! Совсем ребёнки, им бы бегать! У пяти отцов поубивали, дома полно мелюзги. — Мать туго повязывает платок, так, что лицо становится совсем маленькое, одёргивает юбку, целует Володю. — Слушайся докторов, лежи, поправляйся. Благодари Нестора Григорьевича. Большой человек. Помогает тебе.

— Друга приведи, — требовательно напоминает Володя. — Скажи ему, чтобы не скучал.

—Скажу,—кивает мать. С её ресниц срываются серые слёзы.— А привести сюда никак нельзя, тут больница, тут дезинфекцию делают, строго-настрого нельзя. Лежи пока.

И снова жизнь—без неё.

И снова день начинается с Нестора Григорьевича.

—Закрой, Володя, глаза, представь себе площадь и много людей.

Много людей было на вокзале, когда они уезжали в эвакуацию. Баба Лета учила—«Закрой глаза». Только велела представлять себе волшебную белку, море, дворец, синее небо, ковёр-самолёт, аленький цветочек.

—Всем хочется жить, Володя. Вопрос: как? Можно не думать, делать, что прикажут. Из-за таких послушных войны и начинаются: много людей выполняет волю одного, у которого в руках власть, часто очень злая власть. И во времена Ивана Грозного, и во времена Петра…

Мальчишки во дворе выполняли волю Петьки. И он. Открыл глаза, потому что Нестор Григорьевич замолчал. Жуёт губами.

—Закрой, закрой. Замёрзшего ребёнка согреешь, поделишься куском хлеба, сумеешь выбрать свой путь? Это совсем другая история, это твоя жизнь. Голова дана думать.

Баба Лета любила слово «свобода». Нестор Григорьевич не сказал его ни разу, а от того, что он говорит, так же горячо, как от того слова. И тут же видит. Кирюха выбил из-под ноги у Петьки мяч, гонит его к воротам. Удивлённо смотрит на него Солдат—«А я думал, ты ещё Рыбка» и тут же жалко—«Сторож отец, не берут на завод». Тётя Саша зовёт—«На зарядку становись!». Друг обиделся на него.

—В учебниках превозносят Петра Первого,—голос Нестора Григорьевича,—а скольких людей погубил он?! Живых душ!

—Да что ты портишь парня?—злой голос безногого.—Как он жить будет? Забиваешь мозги. Пойдёт в армию—«Равняйсь, направу, налеву, вперёд, марш!» Станет твою свободу искать—выкобениваться, ему пулю в затылок или в лоб и поминай как звали.

Нестор Григорьевич тяжело вздохнул:

—Ты ведь, Саша, потому и погибаешь, что позволил, чтобы с тобой так: «Направу, налеву!»

—Я погибаю за Родину. Я бил фашиста, который влез в нашу страну. Я вас всех защищал. Я—герой. А ты—враг, раз учишь его идти против течения. Что, думаешь, лежу обрубком, не петрю, чего ты там разводишь, куда метишь?

Нестор Григорьевич встал, ссутулившись, ушёл из палаты.

Дождь идёт уже две недели. Руки и ноги—онемелые, затекают. Голова тоже затекает.

Когда совсем отчаялся, пришла Зиночка.

— Ну, герой, давай твои руки, попробуем сесть!

Сесть — это значит скоро к Другу домой!

— Чуть приподними голову!

Попробовал, глаза залило темнотой, и он повалился на подушку.

— Погоди, Зиночка, давай по-другому. А ну-ка, молодой человек, не поднимая головы, ползи-ка вверх по спинке кровати. Я тоже учился заново сидеть. Вот тебе моя дощечка, бумага, карандаш. — Нестор Григорьевич помог ему устроиться. — Нарисуй-ка Дмитрия Самозванца, как ты себе его представляешь? Но помни, он, первый, издал законы, добрые для людей! И я нарисую. Кто как видит?

Зиночка улыбается: он полусидит!

Негнущимися пальцами взял Володя карандаш. Нарисовал маленькое туловище и большое лицо, большую корону, большие руки, в одну вложил меч. Подташнивало, хотелось лечь, но он с громко колотящимся сердцем ждал, когда на своём листке нарисует Самозванца Нестор Григорьевич. А тот рисовал так долго, что Володе стало скучно и захотелось лечь. Тогда в углу листка он поместил Друга. Смотрит Друг на него.

— Ну, молодой человек, готово. Ты теперь ложись, сидеть тебе на сегодня хватит.

Те, кто могли ходить, подошли судить художников, даже худой, невысокий офицер, обычно равнодушный к происходящему. Подпрыгал на костылях солдат с переломанной ногой. Приподнялся на своей кровати безногий.

Блёклый свет просачивается сквозь мокрые окна.

Сначала смотрят рисунок Нестора Григорьевича. Дмитрий Самозванец стоит на фоне Кремля. Камзол, латы, шапка Мономаха. Глаза — добрые, прячут улыбку. Вокруг — люди на коленях.

— Смотри-ка, Кремль!

— Ты откуда ихнюю одежду знаешь? Какой важный царь! Хочет, чтобы ему прислуживали, так, нет?

— А сам боится.

— Вот и врёшь, не боится.

— Он — добрый, — понимает Володя. — Почему?

— Ну даёшь, художник: Самозванец — добрый?!

— А он и был добрый, — говорит Нестор Григорьевич. — Он о людях думал.

— Он точно в игру играет, — снова догадывается Володя.

— А ну, покажи-ка твоего!

Что не так, что не нравится ему? — пугается Володя.

Тихо в палате. Наконец Нестор Григорьевич спрашивает:

— Почему ты так нарисовал его?

— Я подумал, раз захватил власть, значит, у него руки — жадные, лицо — жадное, а сам он маленький. Вы же говорили: кто власти захотел, тот плохой.

Нестор Григорьевич встал, пошёл к двери, позвал:

— Зина! Зинаида Сергеевна, на минутку! — Когда она вошла, показал Володин рисунок. — Вот смотрите, голубушка, «руки — жадные», «власти захотел». Нам нужны цветные карандаши. Достаньте их, пожалуйста, из моих вещей, я убедительно вас прошу.

Зиночка исчезает и уже через несколько минут приносит большую коробку. Володя не решается открыть.

— Ну же, — приказывает Нестор Григорьевич, а у самого прыгают губы. Володя тянет за язычок. Разными цветами горят острые носики. — Пользуйся, — сказал Нестор Григорьевич, а голос дрогнул.

— Может, я унесу? — испугалась Зиночка, с жалостью глядя на Нестора Григорьевича.

— Нет, что вы! Давай, Володя, и мой, и свой рисунок раскрась, пожалуйста. Я сам точил.

Осторожно Володя вытянул синий карандаш.

— Почему синий? Что у тебя будет синее? — Нестор Григорьевич пристроился рядом, остальные под бдительным оком Зиночки разошлись по своим кроватям.

— Руки у него синие, — убеждённо сказал Володя.

Рисунок Нестора Григорьевича долго не решался раскрашивать. Договорились рисовать только Самозванца, почему же тут и Кремль, и люди на коленях, и шапка Мономаха? Нестор Григорьевич рассказывал: Самозванец народу милости обещал подарить, а Кремль — предел его мечтаний. Всё это и есть на картине: Кремль, и народ благодарит Самозванца. Значит, мало нарисовать одного человека, надо показать, как вещи и другие люди объясняют его?

Друг, лес с цветами, Федя-Солдат, когда он говорит, что его отец сторож, Полтавский бой, убийство Иваном Грозным сына, снова Друг — теперь Володя только и делает, что рисует. По всему госпиталю Зиночка собирает бумагу: клетчатый листок из школьной тетради, маленький пожелтевший обрывок с гербом… иногда лишь кусок газеты. На газете рисовать трудно, нужно сильно нажимать.

Нестор Григорьевич не подходит к нему, когда он рисует, но готовые рисунки рассматривает долго, жуёт губами.

— Почему у тебя трава красная?

— На ней кровь, Петька Кирюху убил.

— Кирюха жив?

— Всё равно убил, — твердит Володя.

— Почему у тебя Солдат — большой по сравнению с другими? Он же маленький.

— Потому что он не только Петькины, он голы всех пропускал!

— Почему у тебя луна — чёрная?

— Потому что война.

Нестор Григорьевич после каждого его ответа молчит и вздыхает тяжело. Особенно долго рассматривает голубую лужайку с жёлтыми деревьями. И говорит:

— Это твоё будущее, Володя. Ты должен поступить в художественную школу и стать художником. Вот мама придёт, я поговорю с ней.

Но мама не приходит и не ведёт к нему Друга. И баба Устя не приходит.

Бывают часы, когда Нестор Григорьевич лежит закрыв глаза. И бумаги нет. Тогда Володя «встречается» с Другом. Они бегут в лес и кувыркаются там. И нюхают цветы. И роют ямки. И пьют воду из ручья. И зарываются в снег.

Днём Володя ещё терпит, а ночью, когда все спят, не может: сейчас, немедленно нужен Друг. Поворачивается на один бок, на другой. Под храп и стоны Друг зовёт его, скулит.

Однажды особенно долго не мог уснуть. И так захотелось увидеть Друга, что решил удрать из госпиталя.

— Ты что не спишь? — подошёл к нему Нестор Григорьевич. — Будешь много спать, проживёшь целый век, это сто лет! Ну-ка, давай успокаивайся. Всё хорошо.

Ему семь, их можно пересчитать по пальцам, а как посчитать сто? Бабе Усте, наверное, как раз сто, она при царе жила!

— Я тоже проживу целый век, как баба Устя, да? — И спрашивает: — Собаки тоже сто лет живут? А может, двести? Когда я умру, Друг будет скучать без меня, да?

— Ну… ты расфилософствовался. — Ещё одно незнакомое слово! — Учись думать. То, о чём думаешь, то, как думаешь, и есть твоя главная жизнь, её содержание, и лишь от тебя зависит, какую жизнь ты проживёшь! — Нестор Григорьевич кладёт ладонь на его лоб. Жидкая седая борода удлиняет и бледнит и без того узкое бледное лицо. Под тихий монотонный голос Володя засыпает. Последнее движение перед провалом в сон: шарит рядом с кроватью, ищет мягко переломленное ухо Друга, холодный нос, колючие ресницы, тёплую шерсть.

Друг снится каждую ночь: то скатывается навстречу с горушки, то слизывает с его руки кашу. Проснётся Володя, снова шарит рукой: может, Друг пришёл к нему?

В смутном дождливом рассвете спит Нестор Григорьевич, спит краснощёкий дядька без ног и худой молчаливый офицер. А Друг ждёт его дома. Стал, наверное, совсем толстый на его, Володином, пайке. Как они бежали тогда, по пустому полю, за Петькиным мячом! Споткнувшись на слове «Петька», Володя перестаёт думать — о Петьке думать нельзя.

Скоро выписываться. Совсем скоро увидится с Другом. И он стал готовиться к встрече. Однажды попалась в супе косточка, положил её между окнами. На другой день оставил половину котлеты. За три дня скопил целое богатство.

Наконец Зиночка сказала: завтра в десять утра за ним придёт бабушка.

Проснулся в пять — в окне стояло солнце.

— Солнце! — завопил Володя и прикусил язык — все ещё спят. Тогда закричал про себя: — Дождь кончился!

Солнце пришло потому, что сегодня он увидит Друга. Стал собираться: один на один сложил рисунки, вынул из-за окна подарки Другу. И только тут растерянно уставился на Нестора Григорьевича: он же остаётся здесь! Спит, подтянув колени к груди и занимает очень мало места, лицо упирается в колени.

Володя пошёл из палаты.

Зиночки ещё не было, и он направился прямо к дежурному врачу, откуда только смелость взялась. Решительно потянул на себя дверь, дверь заскрипела, и с топчана приподнялась толстая тётя. Долго шарила по столу, нашла очки, надела, встала, упёрла руки в бока, грозно спросила:

— Это кто разрешил тебе явиться сюда?

Володя понял, что разбудил её.

Тётя была не их врачом. И в другое время обязательно сбежал бы от неё, но сегодня другого выхода у него нет.

— Я выписываюсь. — Он спешит, боится, что тётя вытолкнет его и он не успеет договорить. — Очень скоро, в десять часов. Пока придут наш врач и Зиночка, будет девять. У меня есть карандаши. Это карандаши Нестора Григорьевича, он пока спит. Но он скоро проснётся. Я хочу нарисовать ему картину в подарок, понимаете?

— Ну и что? — удивилась тётя в очках. — Уж не меня ли ты хочешь нарисовать на этой картине?

— Бумаги нет, — пролепетал он.

Странные эти взрослые. Вместо того, чтобы дать ему лист бумаги, она ревёт!

— До чего дожили! — наконец подаёт она голос. — Ребёнку нельзя порисовать, потому что у него нет бумаги! Проклятая война. Одних поубивала, других оставила без детства. — Очки стали мокрыми, глаз не видно. — Сейчас, сейчас, мальчик, — засуетилась она. Открыла длинную толстую тетрадь с голубыми страницами, из середины вырвала два листка, объяснила: — Это тетрадь для истории болезней.

Он чуть не подпрыгнул от восторга, прижал листки к груди, хотел бежать, но она остановила его:

— Подожди! — Сняла мокрые очки, неуверенно стала шарить по столу. — Сейчас, подожди! — Обняла обеими руками чёрный маленький портфель, достала из него блокнот. Такой видел только у молчаливого офицера. Но у офицера он весь исписан. — На! Рисуй на здоровье. А ко мне пусть вернётся с фронта сын! У меня он один… — Тётя замахала руками. — Иди, иди, зачем тебе говорю это, мальчик? Рисуй скорее.

Володя попятился из кабинета.

На большом голубом листе — солнце. И глаза Нестора Григорьевича. И Зиночкины глаза. И Друг. На фоне зелёной ветки с цветками липы и солнечного света фигуры солдат. В самом низу мальчик. Протянул руки вверх. Палата спит. Володя не знает, что ещё нарисовать. И тогда сбоку рисует карандаши в коробке, каждый раскрашивает своим цветом.

Наконец Нестор Григорьевич проснулся.

— Отъезжаешь? — спросил строго. И Володя вдруг испугался: а как же он будет жить без Нестора Григорьевича? Насупился, чтобы не зареветь. Протянул ему рисунок.

— Погоди, я должен сесть. И надеть штаны. Как можно смотреть твой рисунок без штанов? — Нестор Григорьевич оделся. — Когда-то я был сильно близоруким, а теперь, как видишь, обхожусь без очков. — Он избегает смотреть на Володю. — Ну-ка, давай. — Осторожно берёт в руки голубой листок. Смотрит долго.

Володя не дышит. А что если не понравится?

— Это чтобы все с фронта вернулись живыми! — Нестор Григорьевич как-то странно поперхнулся, закашлялся. — А это ваши глаза, и Зиночкины.

Нестор Григорьевич встал, пошёл из палаты. Володя побежал за ним. Нестор Григорьевич глотал воздух, не мог проглотить. У двери заметил Володю, строго сказал:

— Останься.

Володя поплёлся к своей кровати.

— Не переживай, Вовка, пройдёт у него, — угрюмо сказал безногий. — Когда мне отрезали ноги, я думал, я самый несчастный и есть. А как узнал про Нестора Григорьевича, сообразил: моя беда ещё не беда, меня жена ждёт какого-никакого, так написала, да трое детей. Пишут мне письма. А у нашего Нестора один скелет: нутро всё сожжено — в Ленинграде сразу убило и дочку, и внука, такого, как ты. Нам Зиночка рассказала. Нестор, как упал, так и лежал пластом, думали, тоже помер. Его вывезли из Ленинграда, доставили сюда. И здесь долго был без памяти, бредил, кричал ночами, звал внука. Из-за тебя первый раз встал. Зиночка говорит: о нём статью в газете писали, он известный историк.

— Я тебе скажу, Вова, — вдруг заговорил офицер, у которого исписан весь блокнот. — Каждый день повторяй всё, что Нестор Григорьевич говорил тебе о жизни. Живи как хочешь. И не будь рабом.

— Э, чему учишь парня, — разозлился безногий. — Я не согласный! Нестора жалко, да, но то, что он говорит, позабудь. Не сможешь так жить, погибнешь. Э, Вовка, не слушай.

— Только так, как говорит Нестор Григорьевич, нужно жить, Володя, — горячо повторил офицер. — Только так. — Хохолок на макушке, зелень глаз, складки зажали губы, не раздвинуться им в улыбку. — Только так, — повторил ещё.

Распахнулась дверь. Вошёл Нестор Григорьевич. Он был совсем спокойный, улыбался Володе, как всегда.

— Ну что, молодой человек, прощаться так прощаться. Сейчас мы с тобой всё обсудим. Значит, ты обещаешь мне поступить в художественную школу? Обещаешь читать книжки? Я проверю, молодой человек. А теперь вот что... — Он пожевал губами. — Карандаши — твои. Не потеряй их. — Переводит взгляд Володя с бледных губ Нестора Григорьевича на карандаши, дразнящие его острыми отточенными носиками, и обратно, с карандашей на бледные губы. — Я тебе напишу свой адрес, и мы его спрячем в коробку. Писать научишься, сразу напиши мне письмо. Я тебе отвечу. Ты опять напишешь. Вот мы и не потеряемся. Не думай, я здесь не собираюсь задерживаться, долечусь и домой. В Ленинграде книжки. Без книжек скучаю. Вырастешь, приезжай в институт поступать, слышишь? Жить будешь у меня. — На первом листе блокнота Нестор Григорьевич крупно что-то написал. — Моя фамилия Резников, запомни. Жду от тебя письма. Договорились?

Володя провёл пальцем по аккуратным строчкам и неожиданно заплакал. Попросил жалобно:

— Пойдём жить ко мне! Будем всегда втроём: вы, я и Друг. Ты его ещё не знаешь, — сбился он снова на «ты».

Нестор Григорьевич снова пошёл из палаты. Володя упал на кровать, громко плакал. Потому ли, что хотел поскорее увидеть Друга, или потому, что не хотел расставаться с Нестором Григорьевичем, или потому, что никак не мог понять происходящего с ним!

Пришла Зиночка, взяла его за руку и повела к двери.

— Не забывай, Володя, уроков Нестора!

— Хвост пистолетом держи, парень.

— Не бойся, Вовк! — кричали ему вслед.

— Где Друг? Почему ты пришла без Друга? — набросился он на бабу Устю. Он прижимал к себе карандаши, блокнот и подарки Другу, вертел головой, но Друга не было.

Баба Устя взяла у него из рук вещи.

— Нету больше твоего Друга, убежал куда-то. — Пошла быстро, так, что Володя едва поспевал.

И резко остановился.

— Ты врёшь! Друзья не убегают! — крикнул. — Он же видел, что я заболел, он бросить меня не мог!

Баба Устя смотрела в сторону на булыжную мостовую. Слепило солнце, деревья стояли зелёные. А он никак не мог осознать сказанного ею. Мать, когда он о Друге спрашивал, ничего не отвечала и спешила уйти. Вот почему они не хотели навещать его: чтобы он не спрашивал о Друге. Никакая Зиночка не строгая. Если бы Друг пришёл, она бы пропустила его. Значит, у него больше нет Друга?

Володя повернул назад, в госпиталь.

— Ты куда? — испугалась баба Устя.

— Буду жить с Нестором Григорьевичем, он меня не обманывает! — Володя побежал.

— Подожди, скажу тебе что-то, — хрипло позвала его баба Устя. Он остановился, она запыхавшись подошла. — Папа прислал письмо большое-пребольшое. У него такое ранение, что воевать он больше не будет. Зовёт нас домой. Но теперь не в Загорск, теперь в Суково, это совсем близко к Москве. Папа прислал посылку, в ней есть шоколад.

Володя в жизни не ел шоколада и, естественно, не мог любить или не любить его. Они поедут домой? К отцу?

Но он не может ехать к отцу без Друга.

Стоял думал.

Если Друг убежал, его можно найти. Друг убежал искать его, а он пойдёт искать Друга. Володя повернул к дому. Едва плёлся за бабой Устей — у него совсем не было сил.

Зашёл в комнату, чтобы выпить воды, но без Друга в ней было так пусто, что, не попив, выскочил во двор. Всё то же: сараи, брёвна — высокой горой с одной стороны пустыря, поперёк двора сушится бельё. Поле поросло редкой травкой.

Ему не хотелось бегать. И играть в футбол не хотелось. Словно впервые, увидел скособоченные одноэтажные домики, в одном из которых он жил, двухэтажные с тремя подъездами дома, жёлтые — не жёлтые, серо-жёлтые, точно по ним стекло очень много воды с грязью, и до сих пор эта грязная вода никак не высохнет. Увидел в новом цвете лес. Зимой он темно-зелёный от сосен и ёлок, сейчас светлый — в коробке Нестора Григорьевича есть такой карандаш. Небо — без одного облачка, на нём снуют туда-сюда птицы. А при царях такое же было небо или совсем другое? А дома какие были? А во что играли мальчишки? При Борисе Годунове были цветные карандаши?

Почему нет ребят? Не видно и тёти Саши с детьми, на её сарае — замок. Во всём дворе только две незнакомые девчонки, повязанные по-старушечьи, подбирают мелкие полешки, сносят к своему сараю. Володя подошёл к ним.

— Где все? — спросил и удивился, как незнакомо прозвучал его голос.

Девочки одновременно пожали плечами. Смотрели на него одинаковыми глазами и ничего не отвечали.

Тогда он решил сходить к Солдату. Взобравшись на второй этаж, вспотел. И колени дрожали. Не может быть, чтобы за всё это время Солдат не видел Друга.

На его стук никто не ответил. Он толкнул дверь. В тёмную переднюю выходят три комнаты. В которой из них Солдат? Дёрнул одну дверь — заперта, вторую — заперта. А третья открылась. Солдат спал на кушетке носом к стене. Только был он не в гимнастёрке, а в синей, выжженной, уже тесноватой ему рубашке. Затылок зарос тёмным пухом.

— Солдат! — позвал Володя, а потом погромче: — Федя!

Федя обернулся, уставился на Володю, сел.

— Ты, что ли, Вов?

Сильно похудел Солдат. Непонятно, как тощая шея держала его большую голову. Почему-то испуг не уходил с его лица, а наоборот, укоренялся на нём.

— Ты что спишь среди бела дня? Где все? — И самое главное спросил в самом конце, сам почему-то боясь своего вопроса: — Ты видел моего Друга?

Солдат долго молчал. Когда молчать стало уже невозможно, начал обстоятельно отвечать:

— Во-первых, я болею, у меня воспаление лёгких. Валяюсь столько же, сколько ты. Один раз удалось удрать — пришёл к тебе в госпиталь. Во-вторых, после того… с тобой… многие устроились учениками на завод. Кирюха уехал в Москву. И мы скоро уедем. Слышал, в Москве уже сняли затемнение? Фашистов гонят по Европе!

Их тоже отец вызывает домой.

А он в Москву не хочет. Здесь живёт Нестор Григорьевич. Здесь где-то бегает его Друг, ищет его.

— Ты не ответил, ты видел Друга? — спросил снова.

Солдат сел. Голые тощие ноги висели плетьми.

— Мама спрятала ботинки. Босиком мне никак нельзя. Земля после дождей холодная! — У Володи громко заколотилось сердце:

Солдат поведёт его к Другу. Вдвоём, перерыли все вещи. Наконец ботинки нашли. — Идём! — сказал решительно Солдат. — Всё равно ты — мужик и должен знать. — Солдат медленно шёл к лесу. Так же медленно плёлся рядом с ним Володя. — Ты упал, — наконец заговорил Солдат. — В эту минуту Друг кинулся на Петьку.

О том, как хлынула из Петькиного живота кровь, о том, как Друг лизал его лицо, о том, как Петька булыжником убил Друга, Солдат рассказывал равнодушным голосом, и, если бы не длинные перерывы между словами, можно было бы решить, что ему всё равно.

— Помнишь, ты водил меня в лес? Я похоронил его в лесу.

Володя не смотрел на Солдата, не видел, что тот весь мокрый, еле-еле переступает ногами. Он точно смёрзся, хотя солнце жарко обнимало его лучами. Он догадывался об этом. Голова кружилась. Тихо шевелились светлые листья на деревьях в его лесу — он так давно здесь не был, а был всегда вместе с Другом. Сейчас рядом с ним шёл Солдат.

— Вот! — В небольшой холмик воткнута Федина клюшка. — Это я чтоб не забыть, — объяснил Солдат.

Володя сел на холмик и так сидел.

Тихо шевелились листья на деревьях.

Кровать — жёсткая. Через открытое окно наступает на него жара ночи, накалившийся за день воздух испариной оседает на лице и теле. Похрапывает мать, неслышно спит баба Устя. О Друге Володя не думает. Он очень хочет спать, глаза слипаются, но нет ладони Нестора Григорьевича на лбу, чтобы успокоить, его тихого голоса. Духота ли виновата, Федин ли рассказ или сытный ужин из папиных гречки и шоколада, только спать он не хочет. Что значит «умереть»? Все умирают или только те, кого убили? Зачем бывает война? Кто начал её? Зачем он нашёл Друга, если Петька Друга убил? Володя вышел во двор. Сильный белый свет луны освещает тёти Сашин сарай, дверь распахнута, в светлом потоке блестит на стене корытце — в нём тётя Саша стирает. Смотрит на светлое корытце. Зачем сюда пришёл? От вопросов болит голова. И вдруг понимает, чего хочет: он убьёт Петьку! Стащит из тёти Сашиного сарая лопату или грабли и убьёт Петьку. Нет, он убьёт Петьку так, как тот убил Друга, — булыжником.

Земля холодила ступни, уносила боль. Ощупью Володя выбрал самый тяжёлый камень. И только тогда, когда этот камень сквозь жидкую подушку вонзился ему в щёку, уснул.

Два дня, пока мама с бабушкой собирали вещи, он просидел в засаде: за тёти Сашиным сараем с раннего утра до темноты сторожил Петьку. Петька не выходил.

Страх не встретиться погнал Володю к Петьке домой.

Но Петькина дверь не открылась ни на стук, ни на зов.

Солдат нехотя рассказал: Петькина мать вышла замуж за важного «туза» и укатила с Петькой в Москву. Будет жить в большой квартире, кататься на машине и есть икру. Гулко стукнулся о землю остроугольный потный булыжник.

…В госпиталь его не впустили, пообещали вызвать Зиночку. Володя стоял у самых дверей, с нетерпением ожидая её, вверх-вниз опускал тяжёлую жёлтую массивную ручку и мешал входить и выходить «белым халатам».

Зиночка вывела во двор Нестора Григорьевича.

Робея, протянул ему почти растаявший кусочек шоколада в серебре. Он пришёл остаться с Нестором Григорьевичем навсегда или увезти его с собой в Москву. Раз у Нестора Григорьевича никого нет, не всё ли равно ему, Москва или Ленинград? Хотел всё это выпалить, но не знал, как начать. Нестор Григорьевич слизывал кашицу шоколада с серебра и молчал. Спросить его, зачем родился, сказать, что Петька убил Друга…

Они тихо пошли по солнечному зелёному госпитальному дворику. Громко колотилось сердце. Нестор Григорьевич чисто вылизал серебро, аккуратно сложил его, опустил в карман пижамы.

—Я напишу тебе. Ты только скажи твой адрес. —Володя даже остановился. Он не знал никакого адреса. Знал только свои вопросы, и то, что Петька уехал, и то, что Друга больше нет… —Я не могу поехать с тобой, —наконец сказал Нестор Григорьевич, —и не могу взять тебя с собой —у тебя есть папа, мама и бабушка. Но я буду писать тебе письма. Как только приедешь домой, напиши свой адрес. Сразу отвечу тебе. —Нестор Григорьевич говорит медленно, подолгу молчит. —Ты, главное, учись. Ты сам всё про себя решишь, —словно он подслушал Володины вопросы. —Сам всё поймёшь.

Володя побежал прочь, быстрее, быстрее. Оборвать стук сердца в горле, забыть про жёлтую ручку двери, отнявшую у него Нестора Григорьевича.

Оставалось два дня до их отъезда в Москву. Теперь, едва просыпался и проглатывал свою кашу, спешил к тёте Саше.

Тётя Саша получила похоронку и теперь туго повязывает платок, совсем как баба Устя, широкий плотный фартук длится чуть не до земли. На Володю она смотрит теперь совсем не так, как раньше, в первое же утро дала ему метлу.

—Привыкай к труду, —сказала. —Труд делает человека. Людей убивают лодыри и болтуны. Учись делать дело.

Володе очень нравилось махать метлой.

Три мальчика и три девочки неразлучны с матерью и друг с другом. И теперь с Володей. Играют в то, кто раньше и лучше сделает свою работу. Друг о друге заботятся и несут друг другу подарки — красивый камушек, стёклышко, цветок.

Эти последние дни в Томске получились долгие — никак не кончались.

Собирать им особенно было нечего: две кастрюли, чайник, две тарелки, два одеяла и те тряпки, что на них. Баба Устя целые дни сидела на лавочке во дворе. Мама пропадала на заводе, прощалась с теми, кто оставался. Томск кончался.

…В последнюю ночь мать с бабушкой долго жгли лампу, плакали. Володя уснул под их плач. Снова приснился Батый: жжёт костёр в их дворе, в этом костре горит его Друг.

Проснулся от детского крика.

Крик был пронзительный. Володя выскочил из дома.

Пылал тёти Сашин сарай. В свете и жаре огня тётя Саша, без платка, с растрёпанными пышными волосами, металась от сарая к колонке и обратно. Пыталась залить огонь, но сухие аккуратные дрова горели весело. Её дети, мал мала, тоже бегали от сарая к колонке и обратно, волокли вёдра.

А кричала Василиса, кричала не переставая, на одной ноте, взрослым криком. Она стояла голая, как спала, — в жаре душной ночи, её тело светилось от огня.

В ту ночь никто не спал.

А утро пришло.

От «струмента» тёти Саши остались почерневшие зубы граблей, железки совков. Сама тётя Саша лежала на железной узкой кровати и широким ртом ловила воздух.

— Воздуха! — просила она.

Мать, другие женщины уговаривали её потерпеть, обмахивали. Успокаивали:

— Сейчас врач приедет.

— В больнице оклемаешься, там хорошо подправят, вон Вовка у нас как новый!

— Держись, Саша, вещи наживёшь.

— Да не вещи, мужик у неё погиб. Одно к одному.

— У неё одной, что ли, мужик погиб?! Ты, Саша, крепись, — уговаривали женщины, а сами шептались: «Какое «оклемаешься»?! Видно же: сердце порвалось!».

Тёти Сашины дети стояли столбиками вокруг неё. Только Василиса вцепилась в мать и дрожала.

— Не бойся Саша, за детей, — говорила незнакомая Володе тётка, к которой жались две одинаковые девочки в одинаковых платьях и одинаковых платках. — Будут кормленные. Я, Саша, за тебя твою работу справлю. Отоваримся как положено, каши наварим как положено, ты, Саша, лечись. Что делать, Саша, с сердцем не шутят. Надорвалась ты.

Синие тёти Сашины губы улыбались детям, пытались выговорить какие нужно слова, не могли.

Они уходили от тёти Саши, из их двора, переходящего в стадион, потом — в пустырь, а потом — в поле, от груды булыжников. Мама и баба Устя несут по два тюка, он — один. В простыне завёрнуты чайник и кастрюли. По узкой серой улице Томска они идут в последний раз.

— Тётя Саша тоже умрёт? — громко спросил Володя.

— Дети пойдут в детдом. Кому нужны чужие? Мужик, видишь, погиб. И разве наживёшь «струмент»... Теперь она помрёт. Уж по лицу вижу, помрёт. — Мать не вытирает слёз.

— Всем горе, — вздыхает баба Устя.

При каждом его шаге стукаются друг о друга кастрюли и чайник.

ЧАСТЬ ТРЕТЬЯ

Глава первая

1

Дорога в Москву, Вовочка рядом, мама. Она выходит на остановках, чтобы купить еды. Смотрит, как Вовочка ест. Руки — лишние, ей не хватает станков, их гула, чёткого ритма дня. И в поезде ничего не надо решать, поезд привезёт её в Москву, но доберётся ли она до Сукова, а потом до своих станков, чтобы заработать на еду Вовочке?

На Вовочку глядит не наглядится, а говорить с ним робеет: как он отрапортовал про Казань и Ивана Грозного — она сроду о таких делах и таких царях не слыхивала. И здесь, в поезде, когда все спят или болтают, Вовочка пристроился к образованной, заставил её читать ему Пушкина. Глаз с неё не сводит. Подступись к такому. О чём с ним заговорить? О кастрюлях? О своих станках? Зевать начнёт.

Скорее бы на завод. Её дело — обеспечить Вовочку. Служить Вовочке. Думала о Вовочке, об Илье не думала.

Илья вернулся с войны. Завода ещё нет. И дома нет. Сгорел. А может, сожгли его по досточке нахолодавшиеся соседи. Хотел Виолетту Павловну найти, не нашёл. Умерла? Сгорела вместе с домом? Соседи — незнакомые, ничего ни про кого не знали. Помыкался Илья, помыкался и поехал ночевать к однополчанину, тоже раненому, в Суково. К Москве много ближе, чем Загорск, пятнадцать минут всего. Не захотел в Москву на завод ездить, по совету приятеля устроился поблизости, в получасе от Суково. Снова строгальщиком. И с жильём помог приятель — выбил для него комнату с террасой и кухней в первом этаже двухэтажного дома.

Илья не встречал их на вокзале — они вернулись в рабочий день. Суково нашли быстро, а вот улицу Северную найти не могли. Оказалось, вся-то она — пять деревенских домов. Оставили вещи, поехали с Вовочкой за хлебом. Но хлеба не купили, он по карточкам, которых ещё нет. Илья встретил их на пороге злой.

— Илюшенька, — запела она, желая вернуть радость предвоенной поры, — посмотри на сыночка, совсем большой.

Володя с любопытством разглядывал Илью, но тот холодно буркнул: «Здравствуй». О чём говорить, не знали. Попробовала между ними прыгать. «Сыночек, папа на войне был», «Илюшенька, Вовочка в школу с сентября пойдёт, вырос», но ни тот, ни другой не сделали навстречу ни шагу.

А ночью, когда Илья очутился рядом с ней (легли на полу, как в детстве, в деревне она спала, только вместо сенника было жёсткое тряпьё), он сказал:

— Мать чтоб убиралась отсюда. Моё жильё. Нажилась с нами. Сына вырастила, и спасибо. Пусть к другим детям едет.

Валентина не того ждала, растерялась, от Ильи отодвинулась, принялась плакать. Поплакала, поплакала и уснула.

Сильно билось сердце, когда подходила к заводу. Это не Загорск, Москва: Муха, Лёня ждут её!

Муха не ждёт, нету Мухи.

Бессменный дядя Гоша стал совсем старый. Не узнал её, пока она себя не назвала.

— Рожнова? Валюха? Да ты что! Целая баба стала. Эх, Валюха, какая ты ягодка была! Не я один слюни пускал. Что ж, движется жизнь. Мне бы тоже в зеркало заглянуть! Лысый, гляди-ка, а раньше шевелюра красовалась на башке.

— Зато кепка прежняя! Дядя Гоша, кто жив, кто не жив?

Сразу с него болтливость как рукой сняло.

— Э! — вздохнул. — Сама смотри. — Ничего не объяснил, закурил самокрутку, скрылся в дыме.

В отделе кадров ей объяснили, что начальник — в командировке, но что из Томска на неё пришла бумага, и она должна выбрать, где работать: или в наладчицы идти, или сразу в контрольный отдел. А она захотела к станкам.

Начальником отдела кадров оказался Капитон. Вместо Любови Васильевны. Про Любовь Васильевну ничего не сказали. Нету и нету.

Пришла к Лёне в цех — не видела его много лет. А увидела и заплакала. Красивый был её Лёня молодой, а сейчас сгорбился, поседел, глаза — тусклые, такой же старик, как и дядя Гоша. И Лёня смотрит на неё без радости, чужой на чужую. Ему Костю подавай. А Костю убили.

Всё на заводе незнакомое. Станки опять новые. Цеха оборудованы по-другому: вентиляция есть, всё автоматизировано. Люди — незнакомые. Поплакала, а работать надо. Надо Вовочку кормить-одевать. Жить надо.

А жить не получается.

Илья не спросит, что пережила она, не расскажет, что он пережил. Сядет с газетой и сидит до самого сна. Ляжет, отвернётся. Она ждёт: мужик же он! Якобы случайно коснётся его, а он не шелохнётся, слова не скажет. Может, раненый? Или контуженный? Или в самом деле — из-за матери?

Мать она не отослала, как это без матери? С матерью — о Вовочке поговорить, чаю попить. А кто будет Вовочку обедом кормить? А кто за Вовочкой последит? Ни пол словечка не сказала матери о приказе Ильи.

Сама лежит ночами без сна, смотрит в потолок — что же Илья на неё внимания не обращает?

Лишь однажды, во сне, навалился, себе хорошо сделал и захрапел. Для неё радости никакой.

И снова не спит она, ждёт. То, что Илья не живёт с ней, нарушает порядок.

Война уже к победе идёт, для неё же всё идёт она: оба работают, а не сыты, одёжи нет, мебели нет, пол с потолком нового жилья — в дырах, того и гляди, соседи на голову повалятся, с колясками и детьми, ветер и дождь по комнате с кухней гуляют, на рынке цены — не для их семьи. Нанялась вечерами полы мыть в техникуме. Небольшой прибавок, а всё хватит Вовочке на стакан молока да на ботинки — ботинки летят каждый месяц, не напасёшься. А в футбол играть не запретишь, одна забава дитю — что ещё увидит за своё детство? К техникуму идёт мимо поля, остановится, смотрит, как сын носится — ничего, кроме мяча, не видит, лёгко бежит. Да она за него, да она для него на десяти работах готова работать! Пусть бегает, если ей не довелось, она вытянет Вовочку!

Привычен грохот станков, привычны, автоматичны движения — падают на поддон детали, привычны работа с учениками и налившаяся водой тряпка, которой моет полы в техникуме, привычны голод и холод. Полно, живёт ли она? Собирает тряпкой в техникуме пыль да грязь. И дома… наготовь, постирай. Нельзя же всю работу на мать грузить.

— Лошадь ты, Валь, пожалей себя, надорвёшься, погуляй с мужем вечером, выдь, посиди на лавке, как все бабы сидят, — учит мать её за поздним чаем. — Рублём больше, рублём меньше, а кожа с костями — твои, новых не будет.

Единая радость у Валентины — чай пить после устали целого дня. Разомлеет Валентина, слушает мать, а мать пересказывает ей Вовочкин день: пришёл из школы, поел, убежал, потом сидел писал уроки. Только по рассказам матери знает Вовочкину жизнь! Пересказывает мать, что соседка Дина говорила: дочери учатся на одни пятёрки, а разуты-раздеты, чего делать, ума не приложит, пенсии за мужа не хватает.

Помянёт мать Виолетту Павловну. Наверняка не жива, иначе дала бы о себе знать, адрес соседям в Загорске оставила бы. Хорошая была старушка. Согласна Валентина: правда, хорошая. И начнёт перебирать свой день. Как дядя Гоша с ней ласково на проходной поздоровался, точно он ей отец родной, какие у неё ученики сноровистые. Хвастается матери, как в техникуме к ней — с уважением, нравится начальству её старание. А то пожалуется на своё терпение, сколько в ней его накопилось: не живёт она, терпение в себе носит.

Прошла война, а всё тянется за ней тягостный след: с сорок четвёртого по сорок седьмой годы оказались много скуднее, чем первые военные. На карточки лишнего куска не купить.

2

Эвакуацию не вспоминает, эвакуация ей иногда снится. И тогда Валентина сильно плачет. Во сне плачет, проснувшись плачет. Сон повторяется. Из четырёх частей.

В тесноте, в полутьме, в полусвете, в грохоте цеха — чёрные точки-жуки перед глазами. Парнишка падает в обморок. Подхватить не успела, чуть не убился насмерть. Кадычок остриём вверх… плачет над ним Валентина. Хорошо, Вовка — маленький, с мамой сидит, не убьётся. Она к голоду привычная с детства, а многие вот так, как парнишка… Сперва, когда кто-нибудь в обморок падал, все пугались, бросали работу, сбегались, вызывали врача, долго обсуждали. Потом попривыкли. Постоять даже над человеком некогда, оттащат его поближе к батарее — лежи до врача и снова к станкам.

Толкучка снится.

Серая дорога медленно волочёт Валентину на толкучку. Ноги опухли от суточного стояния перед станком.

Толкучка — это телеги, на телегах — товар и хозяин. Глаза разбегаются. Чего только здесь нет! Шали, длинные барские платья, шубы… и еда: прозрачный мёд, горы картошки, мясо. За десяток яиц подавай им мужской костюм. Илюшин продала в первый же год. Разбежишься с шерстяным платьем, а от тебя морду воротят. Проснётся Валентина от такого сна, снова переживай сосущий голод на той толкучке, дрожащие ноги, страх за Вовочку — одни рёбра торчат да Илюшин нос. А прошлое не уходит. Всё-таки подойдёт она к горке жёлтых яиц. И так повернётся, и этак, наклонится, чтобы снизу заглянуть в лицо торговке, а всё глаза в глаза с ней не встретится.

«Сыночек у меня, — скажет ей Валентина. Слёзы сами текут, нарочно их не вытирает. — Сколько возьмёшь за яйцо?». Торговка на неё не смотрит, руками прикрывает яйца. Руки толстые, и пальцы—толстые, не такие расплющенные, как у неё, но тоже ломаные-переломанные. И Валентина кладёт рядом с её рукой свою. «Смотри, похожи. Ты руками живёшь, и я.—Пытается ухватить взгляд тётки, а та прикрылась редкими рыжими ресницами, не пытай её.—Слышь, хорошая, что просишь за яйцо?—Молчит тётка, и правильно молчит: давно, небось, углядела—нету у неё нужного тётке.—Скажи, может, сбегаю домой, принесу, что тебе надобно».

Куда там «сбегаю»! На толкучку со своей окраины шла через весь город больше двух часов, ноги от холода ломит в лёгкой обувке, руки посинели на морозе, летнее пальто не греет! А тётка клюнула, раскрыла глаза, подскочили редкие ресницы к редким бровям. Вздохнула: «Валенки нужны, сын обезножил, поморозился. У тебя ж тряпка, небось?». Валентина поёжилась под жёлтым тёткиным загоревшимся взглядом. Развернула свой узелок. «Платье у меня шерстяное, один раз надевала». И тут же стали глаза у тётки равнодушные, в упор её не видят. Ни словечка больше не потратила на неё тётка. Стояла-стояла Валентина, пошла искать валенки. Может, кто обменяет на её платье?

Сидит на мешках мордатый мужик в шубе. Ложкой черпает мёд из бочонка в узкую рюмку. Открыв рот, смотрит Валентина, какой прозрачный, какой густой мёд.

Один раз Серёжа Дуське принёс в горшке. У них в деревне пчёл не водилось. Дуська утром никак проснуться не могла после бессонной ночи, так Валентина пробралась к полке, где мёд стоял, открыла горшок, руки даже задрожали, и запустила в тот мёд язык. «Ну, я тебе сейчас задам!—завопила Дуська.—Пряники жрёшь, конфеты жрёшь, сюда тоже влезла».—Соскочила с кровати и ну—лупцевать её. Еле ноги она унесла тогда. До сих пор на губах тот мёд.

К мёду, что наливал мужик в рюмку, потянулась рука. Узкая, синяя, с косточками-пальцами. «Что просите?—Голос—низкий, грудной. В обрамлении чёрного большеглазое лицо. Хрящ носа, углы скул, высокий лоб. Остановившимся взглядом смотрела женщина на рюмку с мёдом. Раскрыла чёрную широкую сумку, достала вилку, ложку, нож, протянула мужику.—Серебряные». Вспыхнули глаза у мужика. «Так, так, барыня. Серебряные, говоришь. Это годится.—Дрожащими руками он щупал каждую вещь в отдельности.—Гони остальные,—сказал лениво.—Доставай из сундуков. Ты поела, теперь мы своё возьмём! На, пей!»,—протянул ей, наконец, рюмку. Женщина растерялась. «Мне с собой нужно, у меня дочь тяжело больна». «Моё какое дело. Бери с собой, только тара—твоя.—Но тут же усмехнулся, достал из-под своих мешков непромокаемую бумагу, сделал кулёк, перелил в него мёд.—Неси скорее, дамочка, вытечет. —А когда та взяла кулёк, остановил её. —Давай дюжину, я тебе отдам всю банку. Чего жидишься?» Обеими руками женщина держит кулёк, дно которого уже намокло. На лице — страх: не донесёт! Повернулась и пошла. Пошла скоро, как только могла, семеня.

«Ты чего в бумагу мёд налил? Не донесёт ведь. Провались ты со своим мёдом и мешками! —закричала сквозь слёзы Валентина. — Честные воюют, а ты тут задницу мешками греешь! —Устала от своего крика, осипла, всё равно договорила: —По-твоему серебро одну рюмку мёду стоит, гад ползучий?». Как закричал он на неё: «Барыню пожалела!»!

Эта явь возвращается чаще других. Стыд тоже возвращается: почему не пошла за той женщиной, ничем не помогла?

Не сон, явь среди ночи прерывает сон — война возвращается: снова коченеет томским холодом, снова голодает. Вся война — толкучка. Когда не осталось что менять, стояла с протянутой рукой. Кусок хлеба просила, одну картофелину просила, горсть зерна. Иногда давали. Не те, на возах, а такие же, как она, матери. Отщипывали от своих кусков.

Есть третий сон. Голый чистый стол. Клеёнка кое-где поистёрлась, зелёная, в полоску. На клеёнке Лёнино письмо. Разбирает его долго, хотя в том письме всего-то одиннадцать слов: «Убили Костю гады. Жисти мне нету. Потому писать тебе не могу». Один раз прочитала, второй, не поняла. Мать сидит поджав губы. Разве Костю отдали на войну? Она завыла: пожалел её Костя —не велел Лиде будить её. Валентине подвывает Друг, тычется тёплым носом ей в руки. «Замолчи, —приказывает мать. —Вову разбудишь. Всем горе. Вот у Паши мужика убили, трое детей осталось. На то и война. Жить надо. Замолчи». От этого сна тоже просыпается.

Мужиком она Костю не видела —помнит белёсого парня. Всё над книжками сидел, а ещё не хотел вставать с дивана, на котором ей спать после ночной.

«Когда умерла Лида, такого не было, —пишет в своём письме Катя. —Папа с мамой лежат и лежат. Они всегда меня любили меньше всех, сейчас и вовсе не обращают внимания. Что делать, Валь: уехать от них и жить самой? Бросить университет, начать работать? Или, наоборот, заставить их меня заметить? Я тебя, Валь, всегда больше всех любила, посоветуй, что делать. Пиши скорее!».

Катя вышла замуж, у Кати —дети. Катя работает, бросила свой университет. Лёня с Верой нянчат Катину дочку, а сына нянчить отказались.

Не хочет Валентина снова в войну. Спать надо. Завтра на работу. А прошлое возвращается: чаще других снов —как умирает её Вовочка.

Не снись страшный сон, уйди! — садится она в постели. — Работать надо. Работать.

3

Всегда помнит войну, и каждое утро, всю жизнь, садясь за стол, намазывая маслом хлеб, благодарит:

— Господи, спасибо за хлебушек, спасибо за чай, спасибо за то, что Вовочка живёт, сделай так, чтобы не было войны, чтобы не убили мово Вовочку, как убили Лёниного Костю.

Господа стала поминать, когда Вовочка умирал. Вымолила у Господа жизнь ему. Вымолила и… поверила. Сохранил Господь ей Вовочку. Права мать: слышит Господь людские молитвы.

Наверное, легко было бы ей и голодные денёчки перенести, и работу не кончающуюся, если бы Илья ласкал её, если бы посидел с ней, поговорил бы. Но больше всего от Ильи отвращает её то, что не любит он Вовочку, словно и не отец. Не поговорит, об уроках и играх не расспросит. При родном отце сирота Вовочка.

Встанет Илья ранним рано, раньше неё, воды попьёт, и нету его. Думала, будут они вместе на работу ездить — из Суково до улицы Короленко, наговорились бы за долгий путь, укрыл бы её от толчков, да Илья устроился на другой завод, в чудную смену записался, дорассветную. Придёт с работы днём, без неё, поест, глядя в книжку (мама рассказывает), подхватит трубу и — на весь вечер в клуб.

Однажды ночью, сквозь тяжёлую дрёму просверкнул вопрос: не баба ли привела его в Суково? Просверкнул и погас — спит она, спиной ощущает его тепло, спит в неудобной позе, подогнув ногу, навалившись всей усталой тяжестью на руку, дыша с трудом и с хлюпом.

Терпенье живёт в ней изначала, когда она только родилась и криком голода звала мать, а мать вместо молока совала в рот тряпку с жёваным хлебом. Теперь терпения в ней ещё больше: она — лошадь: родилась, чтобы работать. Жизнь — работа, сделаешь её, получишь кусок хлеба, не сделаешь — подыхай.

В один из осенних дней Илья пришёл встречать её к техникуму, протянул кулёк с конфетами да печенье, какого раньше сроду не едала, по дороге домой рассказывал ей про свою трубу, про войну. По-хорошему пили чай, по-хорошему, как положено, улеглись, поговорили о том, что снова ей предложили почётную работу — в контрольном отделе, а она не захотела расставаться с учениками. Сильно довольная была Валентина — всё, как у людей, собралась уже засыпать без огорчения, вот тут Илья и ввернул:

— Мне дали путёвку в санаторий. Еду через два дня. Отдыхать и лечиться.

— Ты что же и деньги за неё отдал?

— За что за неё?

— Да за санаторию эту?

— Ну, конечно, отдал…

Не сказала ему ничего, положила ладонь на рот. Тут жрать нету, а он — в санаторию! Он устал, ему отдыхать-лечиться, а ей не надо. У других мужик ни в какую санаторию не ездит, своё дело делает как положено.

Стерпела. Ничего против не сказала. Двадцать пять дней ждала: вернётся и начнут они жить по-людски — конфеты станет он ей дарить, печенья, встречать после работы станет, разговоры говорить. Спала Валентина крепко — надеждой. Даже то, что за спиной не было его тепла, не задевало: скоро будет. В работе ничего не думала, руки делали своё дело, она следила, чтобы брак не получился. А ещё своих учеников сильно гоняла, как когда-то Муха — её: береги движение, наладь угол, браку чтоб не было.

Илья вернулся в воскресенье. Оказался совсем чёрный, чернее цыгана. Здесь снег идёт, а он под солнцем жарился. Значит, силы набрался, может, узнает она бабские радости? Ждала его, денёчки считала, а он первые слова сказал:

— Мать ещё тут?

— Поехала к Лёне.

— Вот и пусть живёт у него, — отрубил. — Она всё нам рушит. У нас своя семья. Столько детей наплодила, что, кроме тебя, нет никого? Вовка большой, ему нянька не нужна.

Вот тебе и приехал!

— Не-ет, — сказала, — мама будет где я.

Когда вернулась мать, подхватил Илья трубу и — дёру! Возвратился поздно.

— Илюш! — коснулась она его плеча.

Он не обернулся, буркнул:

— Я человек разовый, сказал, и всё: чтоб матери здесь не было. Или мужа тебе нету.

Илья давно спит, её трясёт обида. Утром встала. Мать чай ей налила, зовёт: «Попей перед работой». Сидит напротив, смотрит на неё. И она смотрит на мать — коричневая, изрытая морщинами корочка вместо лица, губы — бледные, глаза слезятся. Куда вытолкает мать? К Вере? Да она Господом с матерью соединённая, как с Вовочкой.

— Пей, мама, тоже. На-ка вот тебе хлебушек с маслом! — Смахнула слезу. Где она, там и мать, точка, ей без матери не прожить. Илья картошку не почистит, Вовочку не накормит, посуду не помоет.

Мать даёт ей возможность деньги зарабатывать, смотрит сына. — Пей, мама, чай!

И хоть ночью уснуть сразу не может, но ласк мужниных больше не ждёт — кончилось у неё к Илье терпение.

Сквозь окно идёт к ней снежный свет.

Серёжа не такой, как Илья, хоть и деревенский, и неграмотный. Тогда, на дороге, гладил её. Она трогает те места, которые гладил Серёжа. Снова слышит его исступлённый голос: «Повтори всё, что ты сказала». Серёжа зовёт: «Иди за меня, Христина». Под Серёжин голос, вернувшийся к ней через столько лет, стала засыпать и уже почти во сне решила съездить в деревню. Не в свою, в свою ехать не к кому, в Сальково поедет, к Паше. Она по санаториям не ездила, отпуск не брала, и отгулы у неё есть. Ей надо увидеть Серёжу. Это раньше тяжело было добираться, сейчас автобус ходит. Лёня говорит: «Садись от самой Москвы и кати себе куда хочешь — в Семёновское, в Нестерцево, в Сальково».

Утром, проснувшись, первое, что вспомнила, — как Серёжа дарил ей зеркальце. Зеркальце войну пережило, до сих пор живое. Далеко спрятала его Валентина в сундук, на самое дно, редко глядит. Чего глядеть? Не для кого.

Ехала на завод, загадывала: в субботу, сразу после работы, пойдёт на автобус.

Матери что, мать отпустит её. Даже обрадуется: привет пошлёт Паше. А Илье ничего не скажет.

Еле дождалась субботы, купила кило колбасы, кило сыру и пол кило сушек. Больше не решилась потратить на Пашу. Сами сроду колбасу с сыром не ели. Конечно, теперь до получки не дотянет, ну, да бог с ним, без городского подарка не поедешь. Автобус — это тебе не лошадь: за полтора часа до Паши домчит. А сердце щемит, всё бы отдала, чтобы снова запрячь их серую, в яблоках, Зорьку, неторопливо на ней ехать. Может, снова встретит на дороге Серёжу? Прилипла носом к стеклу. Стекло замёрзло, сквозь него ничего не видать. Просверлила монеткой дыру, вглядывается в обочину, словно и впрямь Серёжа может оказаться на дороге.

От автобуса к селу почти бежала. Сумерки быстро перешли в ночь. Вот её Родина — холмы. То вниз скатывается Валентина, то, даже не задыхаясь, поднимается на взгорок — торопится, точно кто гонит её: к Серёже приехала, к Серёже, Серёжу смотреть. И, только когда взлаяли ей встречь собаки, вздохнула облегчённо, пошла тише: добралась!

— Все живы-здоровы? — Паша испуганно всплеснула руками, втащила её в дом, вгляделась на свету в сенях. — Слава богу, улыбаешься! — В глубь дома весело крикнула: — Гости к нам! — Шепнула на ухо: — Отекает шибко мать, бедная.

— Дорогим нашим гостям здравствуйте! — радостно закланялась Сидоровна, на ногах-тумбах двинулась было к Валентине навстречу и, не дойдя, села на табуретку. Щёки точно подушки на лице. — Забыла нас совсем. Всегда вижу: ты лучше всех плясала на свадьбе моего Коленьки. Не дожил мой золотой до того, чтобы детей увидеть взрослыми, — горько заплакала, запричитала Сидоровна.

И Валентина всхлипнула эхом. А следом — Паша. Завыли все трое в голос. Валентине только дай повод, слёзы вот они, близко. Одна Нюрка не участвовала в этом плаче, морщила свой короткий нос, любопытством блестели её косые глаза.

— Кончилась моя жизнь, — принялась жаловаться Сидоровна, — совсем кончилась, как погиб мой золотой.

Они не виделись с Пашей всю войну, и сладко им было обмывать встречу слезами.

— Правильно мама говорит, как есть золотой, — откликнулась Паша. — Я осталась без рук. Где ты, мой Коленька?

Плакать плакали, а приготовления уже шли — Сидоровна вздула самовар, Нюра вытащила из подпола солёные огурцы, Паша ухватом вытянула из печки дневные щи, поставила на стол прозрачную бутылку. Чем больше дел делалось, тем меньше оставалось слёз. Валентина вынула сушки с колбасой. Сверкнули Нюрины глаза, Валентина от жалости сразу потянула ей сушку: «На-ка, погрызи».

Уселись за стол. Радостно слушала, как шумит самовар: совсем позабыла его гул. Разомлела.

— Помнишь, Валь, какой у нас был дом: корова своя, лошадь, кур, свиней держали одно время! Даже в коллективизацию Коле удалось оставить корову и козу. Коллективизацию пережили. Войну не пережили. Дети остались живыми лишь Коленькиной заботой, но всё съели в войну, до последней крупицы. Коля погиб, и дома его трудов не осталось, и моей жизни не осталось, всё он с собой в могилу унёс. — Сидоровна скора была на язык, говорила без остановки, и щёки-подушки шевелились безостановочно. Но слёзы уже не рвались наружу, и слова стали сухими.

— Мам, погоди, Валя — с дороги, давай выпьем, дай ей щей похлебать.

Щи-то из печки! Валентина дышала позабытым запахом.

— Разве я не даю ей? Ешь, Валя, своя капуста, своя картошка. Паша с Нюрой гнутся всё лето на огороде. Только коровы больше нет. А какая была редкая наша корова! В войну кормила полдеревни детей!

— Выла сильно! — встряла Нюрка.

— Кто выл? — удивилась Валентина.

— Корова выла, как волк, всю душу вынула из нас, — всхлипнула Паша. — Кормов не хватило, пришлось прирезать. Как раз сорок третий кончался. Вся деревня жалела нашу кормилицу. Мы боялись Коле про такое написать. Не пришлось ему узнать, — снова всхлипнула Паша, но уже несильно. Разлила прозрачную жидкость, подняла стакан и позабыла выпить, начала хвастаться, какие у неё получились сыновья, все отвоевали, а они на восточной границе служат. — Письма пишут и всем приветы шлют. На обед компот им дают. Только и всего, — вздохнула. — А что бабка и мать тут слова от них доброго ждут, подробностей, нет ли ранения какого, болезни… так за этим не догадаются, — не утерпела, пожаловалась. Паша сморкалась, тёрла глаза.

Валентина тем временем, не выдержав запаху, хлебала щи. Её сразу развезло. Нюрку стало совсем жалко — голова у девки тыквой, как у Коли, брови — белые, щипаные, как у Коли. Да ещё в придачу глаза — косые! Сидоровну жалко — трясёт щёками. Себя тоже стало жалко.

— Ты что, тёть Валь, всё плачешь, аль заболел кто у вас? — спросила Нюрка.

Валентина засморкалась, как Паша, подняла стакан.

— Это пить, что ли, надо? Ну, за здоровьечко. И со свиданьицем. — Опрокинула в себя. И обожгло её, закашлялась. — Что это, Паша, такое крепкое?

Не спешила Паша отвечать. Выпила, хрустнула огурцом, пожевала, только тогда тяжело вздохнула:

— Что как не сучок? Чем, думаешь, детей подняла? Ещё до войны начала баловаться. — Голос у Паши скрипит, лишь теперь заметила: Паша-то — старая, вся в морщинах, волос сплошь седой, и голос осел. Снова сами собой потекли жалостные слёзы, теперь Пашу жалко. Колю у Паши убили. — Ладно обо мне. Расскажи, как мать? У Лёни была? Чего он, оклемался иль нет? Мы тут сиднем сидим. Давно уже, прошлый год, ездили с Нюркой в парк культуры, к Лёне заходили, а его не было. Как твой-то Вовка? Ты мне скажи, чего ты при живом мужике ещё не рожаешь? — Паша точно боялась не успеть всё как есть разузнать и высказать, спрашивала, а ответа не ожидала. — Без девки тебе спокою не будет. Рожай девку. Или тебе впереди много светит? Время уходит, Валь!

Сидоровна следом за Пашей кивала, ласково смотрела на Валентину щёлками-глазками. Нюра же налегала на колбасу.

Валентина принялась рассказывать. Еды не хватает, одёжи нету. С дровами морока — во всём зависишь от поселкового Совета, а Совет сперва своим родственникам завозит, жди незнамо сколько, кланяйся. А Илья ни до чего не касается: труба да труба. — Валентина помолчала, выпила ещё пол стакана, ещё жарче стало, вольготнее, скинула платок, утёрлась, добавила: — Сдаётся мне, гуляет он от меня.

Паша вздохнула.

— Выходила, никого не спросила, а я бы тебе за него не присоветовала, уж очень он у тебя видный. Вот я тебе скажу, не посмотрю, что мать тут сидит, жисть есть жисть, я бы, Валя, от такого не отказалась бы, хоть и чужой он. Я бы не постыдилась, сама бы даже к нему пошла на поклон, а коль поймала бы, держала бы! — Сидоровна кашлянула, Паша покосилась на Нюрку, махнула рукой. — Ничё, пусть слушает, уже полных пятнадцать годов, должна понимать. Никак не отказалась бы, хоть один часок бабой побыть! Ну вот ты… скажи, была бы ты одна, захотела бы погулять или как? Так что, сердись на своего не сердись, а он вправе другой бабе помочь. Он и не виноват вовсе: я так разумею, бабы сами под него лезут. — Паша раскраснелась, видно, не в первый раз, не только при ней, прикладывается к самогонке, голос звенит на высокой ноте: — Сама рассуди, какое сейчас время: сколько мужиков поубивали! Тех, что остались, на всех дели, вот что я тебе скажу. Даже хворый мужик — мужик! — Паша высморкалась, налила себе пол стакана ещё, выпила залпом, осипшим голосом сказала: — Подыхает мужик, как есть подыхает. Вот у нас третьего дня хоронили. Хоть и заслужил он чёрной смерти, а всё жалко. Может, помнишь Дуськиного? — Блёклыми слезящимися глазами смотрит Паша на Валентину.

Точно резь по сердцу прошла, уцепилась рукой об руку.

— Серёжку, небось, помнишь? Он ещё отсидел за Дуську два года. Раньше времени выпустили по болезни. Жену взял, как все, жить начал, троих детей родил, — говорит без остановки Паша, а Валентина ещё прежних слов не переварила. — Значит, ничего был мужик, не такой уж и хворый, в самом соку. — Снова Паша глотнула сучка, снова высморкалась. — Да всё чего-то недовольный ходил. Может, от того, что припадки у него были — ужас! Как затрясётся, так беги от него быстрее, страх смотреть: глаза выкатит, ´потом обливается. Уж чего только жена ни делала с ним! К врачам возила, горячими бутылками обвешивала, била его… никак не освободит от трясучки. Потрясётся, потрясётся, через час и успокоится. Кашлял очень сильно. Знаешь, Валька, больной-то больной, а даже ему от баб проходу не было. — Паша всхлипнула. — Идёт он по деревне, худющий, страшный, гремит костями, а бабы не то что в окошко на него выглядывают, выходят, поперёк ему идут, заговаривают: «Сергей Савельевич, добрый денёчек! Как ваше настроение?». И ну хвостом вилять перед ним, чтоб только обратил на них внимание.

Может, кто и подумает: «Тьфу, стыд, срам». Это если по-старому на дело поглядеть. А по-сегодняшнему — мужик! Вот что важнее всего сейчас — мужик! Дуська, помню, хвасталась: ласковый!.. — Паша передохнула, опять выпила, и дальше понесло её: — С матерью не ладил. Не другие сказывали, сама слышала. Как-то пришла к ним соли попросить. И слышу: он кричит. Кричать-то, конечно, нет, крику в нём не было, хрипит: «Всю жизнь мне сгубила. Жизни лишила». Потом я уж и не удивлялась, что мать при родном сыне и трёх внуках всё смерти у Бога просит. Вишь, просила она, а помер сын! Ты что, Вальк?

Вальку тошнит, дрожь бьёт. Серёжу похоронили. Без неё, получается, промаялся всю жизнь.

— Ты что, Вальк, опьянела? — захихикала Паша, а её свекровь подсказала:

— Чайку ей надо! Смотри, самовар поспел.

И Паша засуетилась.

— Как есть запьянела. Это для нас с матерью он привычный, а новому человеку — сильно жгучий. Как есть в голову кинулся. Что же я сижу — заболталась? Ты умаялась за неделю на работе, в автобусе тряслась, а я про смерть тут болтаю. Сейчас чай будем пить.

Серёжу похоронили. Нету Серёжи.

4

Дорогой в окно не смотрит. Голова падает на грудь, глаза слипаются: она не спала месяц, два, год. Автобус сильно мотает. Вместе с ним мотает её — вперёд-назад. И вдруг точно встряхивает: стучит лом о мёрзлую землю, Серёжу в каменную землю кладут. Жёстко Серёже, холодно.

На метро ехала, на электричке ехала в своё Суково. По Суково шла. Ильи дома не было. И в воскресенье нету.

— Где Вовка? — спросила у матери.

Мать гладила Володины школьные брюки.

— Где ему быть? С хоккеем бегает. Не напасёшься, все портки в заплатах. А ты чего так рано? Ты часом не заболела?

— Где Вовка? — повторила. — Хочу Вовку видеть. — И заплакала: — Нету мне жизни. Со мной бы он не помер.

— Кто помер, Валька? — Мать уставилась на неё. Сама себе ответила: — Серёжа, наверное, да? — Перекрестилась. — Царство небесное. Бог всё видит.

— А ты рада? Отомстил ему Бог, да? — закричала в исступлении, осеклась. У матери подсохли губы, опустились углы глаз, целая старуха получилась из мамы. — Не убивал он Дуську, нет. Любил её!

Ласковый был Серёжа, — сказала невпопад, громким голосом перебивая страх перед материным лицом. — А этот только раз в год моё законное по карточкам выдаёт. Я думала, так надо. Не верю, что так надо. Нешто все так живут? Всю эвакуацию ждала, денёчки считала, гадала-думала, как он меня от пустых ночек освободит! Мам, ты что, не смотри на меня так! — плюхнулась рядом с матерью на стул, тяжёлыми руками навалилась на колени. Ни о чём больше не думала — выдохлась. Сидела возле материного тёплого бока. Не было больше в ней крику. И слёз не было.

То, что раньше в Илье нравилось — как ходит, как ест, как говорит, — теперь не нравилось. Но Валентина затаилась — выжидала, что будет.

А не было ничего. Илья её не замечал. Утром не здоровался, вечером не прощался. Поест, оденется и из дома.

Ночью тошно было лежать рядом с ним. Мерещилось, как наваливается он на другую бабу, как потом одевается в чужом дому. Мерещились чужие запахи. Отодвигалась от Ильи, отворачивалась. Опостылел он ей.

Однажды ночью, когда думала — уже спит, он неожиданно спросил:

— Чего отодвигаешься? Или жарко?

Не ответила, удивилась: надо же, заметил!

Илья положил тяжёлую руку на её спину, она встряхнулась спиной, отодвинулась ещё дальше.

— Язык проглотила?

Не повернулась, едва складывала слова:

— Ты — квартирант, готовенькое любишь. От тебя ни в чём нету помощи. Козлы не можешь сделать, дров сроду не напилишь. Мы с матерью измучились, всё сами, будто мужика в доме нету. Хуть бы ремонт справил, крыша худая. Тазы ставим, неужели не видишь? Труба, одна труба. — Обида разрасталась, Валентина уже ревела и со слезами выплёскивала, что наболело: про санаторию, про его равнодушие к ней. — Я ведь ещё молодая. Или живи, как положено, или шагай. — Словно он ждал именно этих её слов, соскользнул с кровати. — Ты куда, а? — позвала. Прикусила язык. Сказала злобно: — Ну, и чёрт с тобой, окаянный!

— И ты можешь катиться на все четыре стороны, — откликнулся Илья. Лёг на пол, а на другой день ушёл спать на кухню. Мать перешла в комнату на сундук.

Она привыкла спать спиной к Илье. Теперь спина мёрзла. Привыкла засыпать под его храп. Теперь засыпала плохо, ворочалась — с кухни, из-за закрытых дверей, храп едва доносился. Ей бы развалиться, раскинуть руки-ноги, а она по обыкновению жалась к стене, привыкнув к тесноте кровати.

Ходить стала втянув голову в плечи, перестала греметь кастрюлями, двигать табуретку — словно выключили ток в ней. Говорить стала тише, словно голосу её поставили предел. Сутки вплетались в сутки, она не жила. Казалось, всё вокруг чёрное: снег, небо, ученики, мать. Снова существовал только он. После техникума не ложилась, ждала из клуба, грела ему еду, чай. Он приходил, не здоровался. Чай не пил, тушил свет, не обращая внимания на то, что она в кухне, в темноте раздевался. Скрипнут пружины, и тишина: он ложился одним движением, не устраивался в кровати, не ворочался.

Она шла к себе, ложилась на краешек, оставляя место ему.

Наступил день, когда он перед клубом не пришёл домой. А скоро вообще перестал есть дома. И перестал давать деньги. Разве прокормишь Володю и мать без них! Карточки отменили, жить стало легче, а всё не выберется из нужды. Обида на Илью, злость, желание жить с ним — всё ничто по сравнению со страхом перед будущим: работает от свету до ночи, а денег ни на что не хватает.

В этот год зима цеплялась и за апрель, и за май. Только выглянет солнце, зима вызовет ветер, снова забросает солнце тучами, засыплет землю крупой — попробуй вылези трава. Нету травы, нету тепла. Так и Валентина: смёрзлась, ужалась, один скелет — юбка вот-вот свалится.

И вдруг — солнце. На чистом небе. В конце мая, наконец, май. Шла на работу, скинула платок с головы, грелась. А в городе скинула и пальто. Дышала как после тяжёлой болезни.

Первый раз за много месяцев работала легко, чуть не пела, а с середины дня отпросилась. Точно сила какая гнала её в этот день в Суково. Сошла со своего автобуса, под ногами — трава. Неужто за один день лето наступило? Пальто виснет на руке, душно. За все ледяные денёчки отогревается. Солнцу подставляет лицо, глядит в голубое небо, на лезущую из земли траву, на птиц, кричащих так громко, что звенит в голове.

Дома тоже праздник. Паша прислала Нюрку с едой. Редька, кочан капусты, ведро картошки, пять солёных огурцов на столе, и мать плачет над ними.

— Спасибо Паше, вспомнила.

Нюрка шмыгает носом, совсем как Паша, скоро говорит:

— Это последки. У нас тоже нынче плохо. Но мамка говорит: ничего, за «сучок» ещё выменяем.

Нюра входит в возраст. Налилась соками, не гляди, что голод стоит на земле.

В пятнадцать лет Валентина Серёжу любила, замуж за него собиралась. Теперь Нюре пятнадцать.

— Тёть Валь, мать наказывала сахару достать, вот деньги. — Нюра говорит про письма от братьев, про ноги бабушки — не ходят совсем, про мамину самогонку, рука с ножом мелькает, не углядишь за ней: мгновение, и картофелина очищена, кожура прозрачна, тоньше невозможно. Глаза у Нюры блестят, точно перед ней целый парень, а не всего лишь Вовка.

Впервые наелась от пуза. От сытого Вовочки, от Нюры, от оставшейся в кастрюле картошки не хотелось уходить. В техникум шла медленно. Зелёная земля, жаркое заходящее солнце — вот какая бывает жизнь!

Техникум — большой, в два этажа. Пока перемоешь классы, пока отскребёшь ножом грязь от ступеней, пока вымоешь громадный вестибюль, всю сытость растеряешь, а Валентине бы с этой сытостью хоть два дня пожить!

Нехотя поднялась на второй этаж с ведром и тряпкой.

Она всегда начинала мыть с одного и того же класса — углового, потом так и шла — подряд. Сегодня в её угловом мужик сбивал стол. Так громко стучал, что уши заложило. Ей бы в соседний класс пойти сначала, а она возьми да скажи:

— Здравствуйте.

Мужик поднял голову.

Глава вторая

1

Ни о какой художественной школе даже не вспомнили. В посёлке Суково о таких даже не слыхивали. Володя пошёл в ту единственную, что через две улицы от дома. То ли унылая осень, то ли голый посёлок, в котором пожгли в войну почти все деревья, сараи и заборы, то ли скучная громкоголосая учительница, то ли то, что все ребята между собой знакомы, а на него внимания не обращают, то ли чужесть отца, то ли разваливающийся их дом, а может, всё вместе вызывали в Володе незнакомое прежде чувство: внутри как зуб болит, а не вырвешь. В первое время ещё звучал не забытый голос Нестора Григорьевича и рождались вопросы, заставляли его напрягаться. Но, чтобы проверить ответы, нужен был Нестор Григорьевич. Желание увидеть его становилось всё острее.

В классе со своей пятой парты разглядывал ребят. Из всех понравились двое неразлучных, они вместе приходили, вместе уходили, сидели за одной партой. Один из них — розовощёкий толстяк, почему-то прозванный Прутиком, другой — Марлен, спортивный и длинный, с красивыми, точно нарисованными сиреневыми глазами. В первый же день Цапля назначила его старостой и разговаривала с ним, как с начальством: заглядывала ему в глаза и улыбалась. У Марлена и Прутика — свои разговоры, свои тайны, его в упор не видят: мимо него несутся на перемену, мимо него уносятся домой. Володя плетётся со своей холщовой сумкой, в стоптанных, ещё Томских башмаках, по пустой деревенской улице с равнодушными окнами. Никому до него нет дела.

— Мам, — еле дождался её, — не могу без Нестора Григорьевича, хочу, чтоб учил меня! Позови его к нам жить.

— Куда, сыночек? Тесно. И самим жрать нечего.

Но Володя чувствует — дело не в том, что тесно и жрать нечего, мать и позвала бы, дело в отце, отец не разрешит.

Дома скучно. Уроки быстро сделает и на улицу. Бежит к пруду, бежит к лесу. Постоит на опушке и назад. Этот лес — чужой, без Друга в нём делать нечего. Взять и удрать в Томск. Прямо в госпиталь, к Нестору Григорьевичу.

Однажды в воскресенье увязался за матерью и бабкой за дровами и выкопал в лесу липку. Маленькую совсем, прутик. Принёс домой, вырыл глубокую яму под окном, посадил. Каждый день поливал, смотрел, на сколько выросла, но она всё оставалась прутиком, и Володя ещё больше заскучал. Ляжет спать, так и видится ему: липа цветёт, Друг несётся, подснежник на взгорке. Нестор Григорьевич тоже почему-то с ними в лесу. И, может, сбежал бы Володя в Томск, если бы не футбольное поле! Ребята гоняют мяч, как в Томске. Каково же было его удивление, когда он увидел Марлена, а среди зрителей Прутика, звонко и радостно кричащего:

— Марька, давай, отбивай!

Эх, если бы кто-нибудь когда-нибудь так закричал ему!

Зрители тоже участвовали в игре: забегали на поле, когда объявлялся штрафной, спорили, заставляли отменить его.

Поле принадлежало начальным классам два часа в день. Потом переходило к пятым-седьмым. Сменялись классы, бессменно оставался Туз — физкультурник школы, солдат без ноги, на протезе. Он не мог играть сам и показывать упражнения, но страстно любил и футбол, и волейбол, и прекрасно объяснял, что как нужно делать, и прекрасно «бегал» на своих двоих из конца в конец поля, и разрешал всем желающим играть, судить, кричать — участвовать. Только чтоб соблюдали порядок. Тузом звали его все — и учителя, и ребята. Был он очень молод, худ, неунывающ, и ему нравилось, что все зовут его Тузом. Туз — самый главный, от него зависят и игра, и жизнь. Конечно, Туз очень скоро заметил Володю и впустил его и в игру, и в жизнь.

А ступив на поле, ощутив ногой мяч, Володя позабыл и о Несторе Григорьевиче, и о Друге. Нёсся по полю, лёгкий, всесильный, видел лишь мяч и ворота, в которые мяч обязательно нужно забить. Неслись дни, месяцы… из рядового игрока вырос в капитана команды, и вопросы, рождённые в нём Нестором Григорьевичем, истаяли дождём и снегом в беге за мячом — под одобрительные вопли Туза и ребят: «Эй, Вовка, давай!», «Обходи его, Вов, обходи!» Главное в жизни — трава, снег поля и не Петькин, а общий — школьный мяч, по которому может бить каждый. Главное — это не чувствовать себя: лететь, слившись в одно целое с мячом. Главное — это острый ветер, снег в лицо — остужая.

Уроки не задевают сознания. Делает их под большим розовым абажуром, когда отец уйдёт в клуб дудеть на своей трубе. Головой Володя загораживает лампу, на тетрадь и учебник ложится тень, и от тени Володе ещё скучнее делать уроки. Задачи не решаются, правила не запоминаются. Впрочем, правила ему не нужны, он и без них пишет грамотно. Но писать упражнения и решать задачи терпеть не может. Только стихи любит учить. Почему-то Цапля задаёт стихи редко и всё скучные какие-то — «Два сокола», «Косарь». Володя читает их громко, завывает, словно есть в них смысл. А смысла нет.

Смысл есть в одном мяче, который гонишь, гонишь, и каждая мышца играет. Поэтому Володя, и когда в школе сидит, и когда слушает учителей, и когда уроки делает, думает лишь о завтрашней игре — с каким (третьим, четвёртым) классом их команде играть, кого поставить в ворота, чтобы не пропустил голов, кого — левым крайним? В промежутках между играми воруй в чужих садах яблоки с огурцами, плавай в глубоком, всегда холодном пруду, гоняй голубей по крышам чужих домов. И снова веди мяч в чужие ворота.

Четвёртый класс — перелом.

2

Туза взяли в Москву. Туз теперь приезжал к ним только по воскресеньям. Однажды приехал и принялся дразнить их:

— Слабо потягаться с Москвой, а? Слабо? А, Вов?

Ребята замлели от дерзости.

— Давай, Володь, что нам, слабо? Что мы, хуже них?

— Э, парни, ещё порастите! Сперва победите востряковцев и очаковцев, — напоследок охладил их пыл Туз. — Они в Москву рвутся. Погодите, обойдут вас!

Туз отправился к себе домой, а ребята пристали:

— Давай, Вов, а?

Нет, не в футболе дело. Не в футболе — перелом. Туз — повод, толчок к тому, что должно было с ним случиться.

Вроде всё как всегда. Идут втроём домой: Прутик, Марлен и он.

— Слышал, что Туз сказал? Нужно выбивать первенство, а ты о победе не думаешь.

В точку угодил Марлен. Им с Прутиком только бы игра, а кто выиграет — наплевать. Он и домой влетает с главными словами: «Ба, я бегал!». А объяснить бабке, которая всё на одном месте сидит, что бежать и есть жить, не умеет. Марлену и вовсе такое не объяснишь. Он строго вещает:

— Ты должен бороться за честь класса!

— В той команде тоже наши ребята! — возражает Володя.

Прутик не принимает участия в разговоре. Лишь теперь, к шестому классу, он оправдал своё прозвище — стал тощим. Прутик — хороший вратарь. Спорить не любит. Вообще молчаливый. Редко заговорит о том, что болит: «Скажи, я вырасту? Мне ведь уже тринадцать! — Как и Солдат, он любит напоминать о своём возрасте. — Мне обязательно нужно поскорее вырасти!» Но лишь сейчас, когда Прутик, хмурый, идёт между ними, вдруг возникает вопрос: «А зачем ему нужно поскорее вырасти?». Это впервые, в шестом классе, Володя вылез из своего футбола на свет — с Прутика начинается его перелом: он чувствует какую-то тайну, скрытую глубоко в Прутиковой душе, и эта тайна неожиданно беспокоит его.

— Если не хочешь выиграть, смысла в игре нет, азарта нет! — сердится Марлен. После встречи с Тузом он готов и с востряковцами играть, и с москвичами, но он-то не капитан, капитан — Володя. Марлен — председатель Совета дружины. — Слушай, Вов, наша команда — в составе нашей дружины, так? Значит, честь команды — честь всей дружины, так? Ты должен… Понимаешь, когда выигрываешь, это такое ощущение…

— Игра, Марь, вот ощущение! Беги, гони мяч!

— Ты — тёмный, — сердится Марлен. — В конце концов я как председатель Совета дружины… — говорит, но под удивлённым взглядом Володи тут же замолкает.

Бессменным старостой был у них Марлен все годы начальной школы. Может, потому, что он — крепкий и длинный, ребята слушались его с первого слова. А может, потому, что слова у него были правильные? Доску вымыть надо? Надо. Бумажки поднять с пола надо? Надо. К уроку приготовиться надо? Надо. Казалось бы, ненавидеть его полагается за нудность, а Володе нравится — порядок есть порядок, с порядком не поспоришь. Мать тоже дудит одно и то же: положи на место брюки, убери книжки. И у тёти Саши всегда во всём был порядок. И у Зиночки. Когда порядок соблюдаешь, жить легко. А ещё: Марлен сроду ни на кого Цапле не пожаловался, сроду не крикнул ни на кого. В этом году его избрали председателем Совета дружины. Всегда избирали старшеклассника, в крайнем случае, семиклассника, а тут Марьку — единогласно! И слушаются. Володе плевать, председатель он или нет, что-то сегодня не так: зачем вылез с тем, что он — председатель, зачем требует драться за первенство?

— Твоё мнение? — повернулся к Прутику, с жадностью уставился в его громадные темнющие глаза. А в них — омут.

— Мне всё равно.

— Как «всё равно»? — Володя даже остановился. Чего-то он сегодня не понимает: ведь сам Туз никогда не подначивал их, не толкал друг друга обыгрывать, учил играть, и всё.

— Просто мы маленькие были, — точно услышал его Марлен, — вот и играли. А теперь надо вырываться вперёд.

— Зачем? — Володя чувствует: от него хотят чего-то такого, чего он не хочет. Поиграть с востряковцами и очаковцами — пожалуйста, а драться — зачем? Что-то в нём сдвинулось, что-то в нём из прошлого рвётся в сегодняшнее. И вдруг говорит растерянно: — Марь, я не рассказывал, это Петька. — И он возвращает из сорок третьего в теперешний год их пустырь-стадион, и Петькин мяч, и Петькины «законные» голы, истоптанный снег, кровь на снегу и Кирюху без сознания. Только про Друга ничего не говорит: он не может сейчас… сюда… впустить Друга.

А Друг уже заскакал перед ним, лижет в лицо, падает на спину и дрыгает лапами, и смеётся, и роет яму, и бежит с Володей наперегонки.

— Это совсем другое, — доходит до него голос Марлена. — Петька — подлец, он видел только себя, а у нас будет честная игра! — Володя повернулся и пошёл домой. — Подумай, Вов! — крикнул ему вслед Марлен.

Рано лёг спать, а уснуть не может. Текла, текла одинаковая вода жизни и вдруг хлынула водопадом, как плотину прорвало. Что с ним?

Никогда не думал о том, что надо обязательно побеждать. То его команда победит, то другая, не всё ли равно? Вместе играют. Вместе потом идут плавать.

— Ты — квартирант, готовенькое любишь, — услышал голос матери. — От тебя ни в чём нету помощи. Козлы не можешь сделать, дрова сроду не напилишь. Мы с матерью измучились, всё сами, будто мужика в доме нету. Хуть бы ремонт справил, крыша — худая. Неужели не видишь, тазы ставим. Одна труба. — Голос матери прерывается от обиды.

Володя скинул одеяло с головы, стал слушать. Совсем не то, что говорит мать, тронуло его. Мать не кричит, как обычно, шепчет, Володя даже не знал, что она умеет — шёпотом. Её шёпот и плач и боль проникают в него:

— Я ведь ещё молодая. Или живи как положено, или шагай. — В светлой зимней ночи Володя увидел большую белую фигуру отца. Отец постоял, постоял и стал натягивать брюки. — Ты куда, Илюша? — спросила жалким голосом мать, но тут же злобно прошептала: — Ну и чёрт с тобой, окаянный!

Отец, полуодетый, вышел в переднюю, вернулся с пальто, постелил на полу, улёгся.

— И ты можешь катиться на все четыре стороны! — сказал громко. Через несколько минут захрапел.

А мать заплакала. Как ребёнок, томительно.

3

Они живут не пересекаясь. Мать моет полы в техникуме и приходит домой поздно. В воскресенье целый день стирает. Ничего не знает о ней Володя. От неё живёт только громкий голос. «Сил нет, едва дошла, — вовсе не устало возвещает она, вернувшись из техникума. — Ну, что сегодня давали, мама? — Баба Устя не успевает ответить, мать уже над ним склонилась, с ним разговаривает: — Опять гонял? Что же это за наказание? Останешься босый. Где я тебе обувку возьму? — Она чуть не съедает его голосом, но тут же, без перехода, гладит. — Вовочка, я смотрю, у тебя настроение невесёлое. Может, проиграл? Али заболел? — Шершавой ладонью трогает его лоб, вздыхает. — Кажись, не горячий. — Тут же забывает про него. — Слышь, мам, сегодня Мишу встретила. Помнишь, замуж меня звал? Гармонист. Поначалу не узнала — лысый! Он тоже меня не узнал, а потом как кинется! — Мать всхлипнула. — Прошёл всю войну, без одного лёгкого остался. Где ж тут узнать? Слышь, мою сегодня в техникуме, а там вечер встречи, вот и встретились, Мишка-то этот техникум кончал».

Сейчас, когда мать плакала в темноте, Володя чуть с кровати не спрыгнул. Мучается мать. И громкого голоса от неё нет, скулит, как щенок. Что он знает о матери? Полы моет. На заводе какую-то важную работу делает. По воскресеньям стирает, но, лишь примется она стирать, он скорее — на улицу: пар, духота заполняют дом. Встать бы, подойти к матери, слово ей сказать. А вот какое? Он не умеет относиться к матери. Отец на неё совсем внимания не обращает. В воскресенье встанет и прочь бежит из дома на целый день. Мать одна носит воду, стирает, тащится за картошкой. Он же, как и отец, вместо того, чтобы помочь, спешит на улицу.

С отцом тоже живёт не пересекаясь. Отец придёт с работы, скорее за стол (баба Устя уже подала ему), ест суп с кашей или с картошкой, книжку читает. Войдёт он, отец взглянет на него исподлобья, словно не доволен тем, что пришлось оторваться от книжки, резко спросит: «Твоя команда выиграла?», кивнёт «Дело!», и снова — читать! Чаще и вовсе не заметит, ничего не спросит. Поест, спасибо бабе Усте не скажет, подхватит трубу, книгу да исчезнет до ночи.

Сейчас, когда отец храпел, а мать горько плакала, впервые ощутил, что у него есть отец и мать. Футбол, Цапля с «соколами и косарями», унылые уроки отступили: он таращит в снежном свете ночи глаза, пытается понять что-то, а это «что-то» не даётся. Нестора Григорьевича бы сюда! Неожиданно жалостью к матери вызванное из прошлого имя заставило сесть в кровати под градом вопросов: почему нужно обязательно выигрывать; почему отец матери ни в чём не помогает, а мать горбатится с утра до ночи; зачем отец женился на нелюбимой и неграмотной, которая только и умеет, что полы мыть да стирать; давно кончилась война, почему несчастных полно? Вопросы не тревожили его все эти годы, а сейчас их много, и они прочерчиваются в голове молниями.

По истории проходят средние века. Вся его жизнь до сегодня — средние века. И загадка: в ней ничего не понять, а коснулся её, и не вздохнуть.

Словно и не расставались, вот он, Нестор Григорьевич, шевелит бледными губами: «Ты, главное, учись, сам во всём разберёшься», «ответишь на свои вопросы». Нестор Григорьевич втянул в бессонную ночь Петьку, горящий сарай тёти Саши, Друга — пасть распахнута, с розового языка капает в траву слюна.

Закрылся с головой одеялом.

Снова горит тёти Сашин сарай, снова заливает чернота — Петька бьёт его головой об землю, снова погибает Друг. Всех жалко: и отца, и мать, и Прутика, и бабу Устю. Баба Устя — старая, целый день вяжет, молчит. С Томска не просил у неё сказок, такому большому стыдно слушать сказки, а сейчас хоть иди на кухню, буди и проси — про Иванушку-дурака или про колобок. Колобок обманул Волка, Медведя, а Лиса съела его. Вот и его съест... А может, не съест? Точно он маленький, захотелось реветь, скуля, тихо, но он затвердел скулами, не заревел. Срочно нужен Нестор Григорьевич!

Карандаши ему отдал!

Бородка — жидкая, губы — бледные. Дочь и внук погибли.

В школе рисуют красками, не признают карандашей.

Володя терпеть не может рисования.

Не заметил как уснул.

Приснились тётя Саша и Солдат. Чего-то просят у него.

Проснулся, родителей нет. А баба Устя притащила из кухни своё ватное одеяло, расстилает его на родительской кровати. Его заторопила:

— Вставай, сынок, опоздаешь. Стынут чай с кашей.

Весь день хотел спать, а вместе с тем весь день жило в нём раздражающее недоумение: о чём думают мать и отец, как живут? И неизвестно, что теперь делать с футболом? Марлен не отстанет. Главный вопрос: что случилось с Прутиком?

Вечером дождался мать, хотя с девяти часов глаза слипались. Едва переступила порог, выпалил:

— Ма, нам сегодня дали котлету. — И добавил: — Я получил пять по географии. — Он вился вокруг неё, мешая ей раздеваться, есть, подметать пол. — Ма, давай подмету. Я в школе бываю дежурный.

Мрачная, мать совсем не походила на мать привычную. Словно проснулась, когда он попытался вырвать у неё веник.

— Что ты, сыночек? Пока я в силе, живи, я сама. Исхудал ты. — Стояла перед ним, прижимая к себе веник, как ребёнка. — Ты чего не спишь? Завтра рано вставать. Ложись. — И вдруг всхлипнула: — Вовка, Вовка.

— А нам котлету сегодня давали, настоящую! Мне сегодня по географии пять поставили! — повторил.

Мать и теперь не услышала его — мела, низко склонившись к полу. Потом принялась мыть кухню и коридор.

Он не знал, что ему делать: ждать отца или ложиться. А может, это вовсе и не его отец? Сейчас придёт, и что-то случится с ними всеми страшное. Баба Устя, согнувшись, неподвижно сидела на старинном пузатом сундуке, доставшемся от соседей. Яркий свет кругом стоял на столе.

Всё-таки не выдержал, лёг. И, только лёг, пришёл отец. В глухом молчании по мокрому полу мимо матери прошагал на кухню. Буквально через десять минут он уже храпел. Тогда и баба Устя легла, у них в комнате, на сундуке, коротком и жёстком. Изо всех сил Володя таращил глаза, старался не уснуть: вдруг опять мать примется реветь?

Мать плакать не стала. Отвернулась к стене. Он тоже повернулся к стене. Мешает рука. До чего жёстко, выпирают пружины. Снова лёг на спину, крепко сжал глаза. Звучит мамкин голос: «Или живи как полагается, или шагай».

Почему отец никогда не поговорит с ним? Какие книги он читает? Осторожно сполз с дивана, едва ступая по холодным половицам, пошёл на кухню. Отец храпел. Светлая снежная ночь сквозь незанавешенное окно освещала закинутое лицо. Раскрыл книгу, чиркнул спичкой, прочитал: «Иван Грозный». Из-под уличной двери тянуло холодом даже сюда, в кухню. Ноги занемели. Долго покалывали согреваясь в постели. Так же покалывало в голове: живут вместе… чужие. Володя знает: Нестор Григорьевич думает и о царях, и государствах, о войнах и народе, о рисунках и учёбе. А о чём думают родители, не знает. Чтобы знать, нужно разговаривать.

Утром никак не мог проснуться.

— Опоздаешь, — волновалась баба Устя. — Вставай же!

Когда, наконец, открыл глаза, никак не мог вспомнить, о чём думал ночью. Лежал вспоминал. Пока не вспомнил, не встал. В школе, не поздоровавшись, спросил Марлена:

— Слушай, как твоя сестрёнка, начала ходить?

Марлен даже рот разинул от изумления.

— Ты чего, Вов, заболел? — Помолчал, сказал: — А чего ей не ходить? Она уже целых пять лет как ходит.

— Ты читал «Ивана Грозного»?

Марлен пожал плечами.

— Ты чего, Вов? Что с тобой сегодня? Ты стукнутый?

— Никто ни о ком ничего не знает, — сказал Володя вяло. — Нестор Григорьевич говорил, разговаривать надо.

На перемене пошёл в библиотеку, взял «Ивана Грозного».

День. И ещё день. И ещё.

С ним что-то происходило. Играл в хоккей, а прежнего удовольствия не было. Словно уши у него выросли: всё прислушивался к разговорам мамы с бабой Устей.

Подойдёт к ним, скажет неловко:

— Давайте я вас научу читать.

Всегда отказывались. А тут как-то баба Устя сказала:

— Давай, сынок, давай.

Одно слово научилась читать и писать, другое, третье. Вроде в шутку, вроде играла, а поняла буквы. Стала по складам читать. Он слушает, как баба Устя читает, и кажется ему, что он — взрослый, учителем стал.

Всё в нём изменилось. Глаза стали видеть то, что раньше не видели: как мать смотрит на отца, как отец ходит — чуть боком, как мрачно его лицо, какие у Цапли синие губы и блёклая кожа, какая Цапля худющая. Каждый день в течение многих лет встречался с ней, а вот, поди ж ты, в лицо заглянул только сейчас. Очки на узком носу. Самое заметное и необычное в ней — шея, длинная, казалось, всегда замёрзшая, и небольшая, аккуратная, гладко причёсанная головка — за шею с головкой и прозвали её Цаплей. Живёт при школе, в холодной комнате рядом с канцелярией, одна — мужа и сына убили на фронте. Стал помогать Цапле носить домой тетрадки. Положит их на стол и стоит оглядывается. Комната — узкая, как пенал. Белый плоский таз, керосинка, три разной величины полотенца на верёвке, перечёркивающих угол, маленькая кастрюля около керосинки, чайник, одна глубокая тарелка, кровать и стол — вот всё, что есть у Цапли, всегда на одном и том же месте, всегда такое неживое, словно Цапля никогда и не касается ни одной из своих вещей.

— Наносить вам воды? — спрашивает.

— Есть в чайнике, — смущается Цапля.

— Может, дров напилить?

— Мне хватает тепла от канцелярии. Спасибо, Вова, ты очень добрый мальчик! Дома, наверное, помогаешь?

— Не, — признаётся он.

Уйдёт от Цапли, а на душе скребёт — пусто живёт Цапля.

И снова — за книжку.

Иван Грозный — царь знакомый. О нём рассказывал Нестор Григорьевич. И вдруг голос Нестора Григорьевича зазвучал вновь: «Любил человека мучить. Пытает, а сам в лицо заглядывает. Много людей извёл. Всего боялся. Не раз я замечал: в изверге трус живёт. Боится, что и с ним так же…».

Ночью, днём — вопросы. Почему такой жестокий царь так расхваливается в учебнике? И то он сделал, и это. А то, что людей убивал? А то, что опричникам разрешил над людьми издеваться? Однажды не выдержал, вскинул руку на уроке истории, задал свои вопросы Цапле.

Как же она испугалась! Побледнела ещё больше, стала оглядываться, почему-то на Марлена жалобно посмотрела.

— Тише, Вова, тише! Что ты такое спрашиваешь?! Царь он был! Царь!

Не понял, что вкладывала в слово «царь», понял: сильно испугалась.

День за днём. И вопросы. Не только истории касающиеся. Главный: помирятся отец и мать?

Шуршит баба Устя газетой, ждёт, когда мамка придёт. И он теперь ждёт, когда мамка придёт.

Как у мамки день прошёл? Что мамка делала?

Тайна жизни родителей не даёт покоя.

Однажды, едва мать переступила порог, попросил:

— Ма! Возьми меня на завод, я никогда не был.

— Чего ты, Вовочка? — сильно удивилась мать. — Ай, обидел тебя кто, почему в школу не хочешь?

— На завод хочу. — Мучительно соображал, о чём поговорить с матерью? — Ты совсем устала? Давай я техникум буду мыть!

Мать заплакала. В платке, без кос, лицо у неё было маленькое, а плачем ещё сморщилось.

— Вовка, — плакала мать. — Вовка. — Больше никаких слов у неё не получалось.

На завод она его взяла.

То, что он пропустит один день, ерунда, ребята много пропускают: то голова болит, то горло. Цапля верит. Он скажет, болел живот. Идти рядом с матерью непривычно, мать шагает быстро и беспрерывно говорит:

— Расти, сыночек, не думай. Я тебя всем обеспечу. Завод — это главное. На заводе беспрерывно изготовляем продукцию, нужную стране.

Слушал Володя жадно: и про детали, которые станки делают, и про прутья, и про Муху — он учил мать. Непонятно, какие на заводе ученики. Он — ученик в школе, а разве может быть ученик на заводе? Спросить неловко, но всё интересно: слова — новые, мать — новая, разговаривает с ним, как с большим. В метро всё разглядывал — лепные потолки станций, фигуры, двери и окна в поезде. На улице вертел головой: машины, трамваи, громадные дома и двухэтажные автобусы.

— Тебе надо учиться, — внушала мать, и это подходило к тому, что он понял в ночь ссоры родителей. — Станешь учёным. Нестор Григорьевич говорил: ты умный. У меня в голове темно, а у тебя должно быть светло. Ты, сыночек, знай своё дело, строго выполняй. Тебе надо светло жить.

В проходной мать начала хвастаться:

— Вот, дядя Гоша, сынок. Не в меня, в отца — чёрный. Схотел посмотреть мою работу. Для него стараюсь. Одёжу купи, обувку, растёт быстро. Что там… единственный!

Закипел чайник на плитке, дядя Гоша побежал к нему, а они с мамой вышли во двор, асфальтированный, очень большой — вот на таком бы играть в футбол!

Цех взглядом не охватишь. Володя ступил в него и зажал уши — грохот, гул, шум! Мать крикнула:

— Не бойся! Привыкнешь. Надоест ходить за мной, иди к дяде Гоше, он тебя чаем напоит, а в обед я за тобой приду.

И мать стала бегать от станка к станку. Из каждого лезли детали, в каждый она что-то совала и бежала дальше. За ней бегали парни. Лет пятнадцати, а может, шестнадцати. Следили за каждым её движением.

Володя тоже хотел побежать, а потом раздумал — стал смотреть издали. Не только мать, другие тоже бегали от станка к станку. Ящики с железными стружками, ящики с деталями… Через цех проложены рельсы, по ним катят вагончики. Остановились около ящика с деталями, подхватили железными ручищами его, поставили в вагончик, вместо него на пол бухнули пустой, дальше поехали. Всё движется, всё грохочет, а мамка бегает от станка к станку, руки так и снуют, без передышки. Скоро он устал смотреть, и от грохота устал. Почему же мамка не постоит, не отдохнёт? У неё же ноги не железные, и руки не железные!

На политинформации им говорили: индустриализация, заводы, соревнования, перевыполнение планов... Наверное, потому мамка и бегает: она соревнуется и хочет выиграть. Значит, в индустриализации тоже надо выиграть? Только непонятно, с кем наперегонки она бегает?

Вон мамка какая: за ней ученики носятся! Значит, мамка нужная. И вдруг подумал: отец бросит маму!

Под грохот и гуд вопросы не получаются, потому что всё непонятно. Начали слипаться глаза — они с мамкой встали в пол шестого. Попятился к воротам, через которые едут вагоны. Он ляжет спать у дяди Гоши.

А мамке нравится бегать от станка к станку? Если она захочет спать, как он, прямо там и ляжет? А что будут делать станки, когда она уснёт?

— Объявился! — встретил его дядя Гоша. — Садись. Чай будешь пить. Ну, увидел, как мать работает? Небось, тоже к нам на завод придёшь? Фамилия знаменитая — Рожновы!

— Я не Рожнов, я Юшин. У меня отец — Илья Юшин.

— Помню такого. Только он на другой завод ушёл. Зря совершил такой поступок: заводу, жене и другу изменять нельзя. Не одобряю. Садись-ка, в ногах правды нет.

— Как же нет? Мамка бегает целый день, — удивился он.

— У неё такая работа — бегай, у меня работа — сиди, каждому своё. Человек живёт для работы! — объяснил дядя Гоша.

— А рисовать? А книжки читать? — вспомнил Володя про Нестора Григорьевича.

Сильно удивился дядя Гоша:

— Какая ж то работа? Это детям баловаться!

— Вот и нет, — возразил Володя. — Историк изучает историю, книжки пишет, чтобы люди поняли. Это тоже работа.

— Какая ж работа — книжка? — обиделся дядя Гоша. — От работы пот должен прошибать. Не бери, парень, такие глупости в голову. Человек живёт для работы, — повторил строго.

— А в футбол играть? А мороженое продавать? — Чай был с сахаром. Желание спать прошло. — Если жить для работы, зачем тогда продают конфеты, на машинах катаются, кино крутят?

— Ишь ты какой! — присвистнул дядя Гоша. — Футбол. Конфеты. Это чтоб после работы человеку был отдых. Человеку вот так нужен отдых, иначе он и работать устанет.

Когда пришла мать, спор был в самом разгаре.

Мать слушать не стала, повела обедать.

— В кино пойдёшь! — обрадовала его. — А после кино снова приходи к дяде Гоше. Хорошо?

Фильм назывался «Тарзан».

Джунгли, дикие звери. Опасности каждый миг подстерегают Тарзана. Тут зима, холод, в шапках и в пальто ходят, а Тарзан — голый, даже штанов не носит. Разве человек может прыгать по деревьям? А Тарзан летает с ветки на ветку. Там, где он живёт, есть обезьяны, а у них, в Суково, нет. И в Томске не было. Обезьяны похожи на людей.

Вопросы, что ещё час назад мучили его, исчезли, есть один лишь Тарзан: кричит, как зверь, поёт, как человек.

Когда кончился сеанс, Володя сполз на пол, улёгся между рядами и притаился. Он не хочет расставаться с Тарзаном, он тоже хочет летать, есть бананы, петь песни. Вот это жизнь! Второй раз смотрел фильм так, словно он — там, вместе с Тарзаном. Казалось, схватился за ветку рядом с Тарзаном и качается, и плывёт вместе с ним. Когда вместе с Тарзаном закричал, его одёрнули: «Тише, мальчик, мешаешь».

И этот сеанс кончился. С небольшой дневной толпой Володю вынесло в зиму. Только что солнце, зелень, а тут голые деревья и холод.

— Что случилось? Куда ты делся? — набросилась на него мать, не успел он войти в проходную. Землистым было её лицо, совсем не вязалось с яркими красками фильма. — Я уж не знала, что и думать.

Всю обратную дорогу рассказывал мамке фильм. Мамка удивлялась, как это человек прыгает по деревьям, почему ходит голый. Уснул Володя как убитый. Всю ночь снился Тарзан, и Володя вместе с ним прыгал по деревьям.

Утром узнал: отец не ночевал дома.

И на другой день не вернулся. Если бы мать не ходила полночи по дому, может, он и спал бы — не вернулся, и чёрт с ним! Так и думал: отец — не родной. Пожил чужой дядька с ними и ушёл. Но всё-таки утром достал из сундука материно круглое зеркальце, стал разглядывать себя: а нос-то не такой, как у отца, глаза не такие… Ну, и ладно. Нет отца и пусть. У Прутика… был в первом классе, а потом исчез. У них в классе почти ни у кого нет. И ничего, живут же! Наверное, его тоже погиб на фронте! Уговаривал себя уговаривал, а уныние всё равно напало. Ночью притаивался на своём диване, слушал, как мамка плачет. Только у Марлена есть отец. Да ещё какой!

В хоккей стал играть неохотно. Бросал вдруг, спешил домой к приходу мамки — она стала перед техникумом забегать: посмотреть — не вернулся ли отец. Сядет Володя за стол — вроде уроки делать и ждёт мать. На ходиках шесть. Значит, сразу пошла мыть полы.

Однажды решился — пошёл к ней в техникум.

Суково тонет в тишине и темноте. Снег — чёрный, фонарей почти нет. Разобщённые темнотой, маленькими домишками, люди ложатся рано. Лишь иногда душераздирающе закричит кошка, и провалится её крик в тишину и мрак.

Над входом в техникум — фонарь. Володя заробел. Но вошёл. И двинулся к яркому свету, бьющему из правого коридора. Пригнувшись к полу, мать моет пол, выставив тощий зад. Услышала его шаги, распрямилась. Юбка подоткнута, в руках тряпка, стоит потная, красная, посреди ярко блистающей воды, и вода с тряпки капает на пол.

— Что случилось? — испугалась она. — С бабушкой?

— Помочь хочу, — сказал, от жалости разом охрипнув.

Шлёпнулась тряпка на пол, мать охнула:

— Ты это зачем? Привычная работа. Я всё детство щётки делала, смотри, — протянула к нему опухшие к концам пальцы, с чёрными точками. — А это лёгко. Моё дело работать, тебя кормить. Твоё — играть, радоваться жизни, — хлюпала мать жалко и растерянно. — Вовка, Вовка.

Под её плач он пошёл к выходу, а очутившись на улице, не поняв, почему, заревел сам.

В школе тоже перевернулась жизнь. Кажется, и Марлен, и Прутик, и он — прежние, а как-то вдруг оказались окружёнными царями и князьями. Голос Нестора Григорьевича ведёт их от века к веку. Не помойка горит перед домом, которую жгут мамка с бабой Устей, а Батый жжёт людей.

— Почему до сих пор славят Петра Первого, когда его город построен на костях и крови? — спрашивает Володя Марлена. — Почему до сих пор помнят Ивана Грозного и не помнят тех, кого он замучил?

— Откуда я знаю, — пожимает плечами Марлен. — Ты что это, заболел?

— А ведь и правда, нужно разобраться, — тихо говорит Прутик. — Давай говори, Володь, как ты понимаешь.

Сам он на свои вопросы ответить не может, а их скапливается всё больше и больше. И всё равнодушнее гонит он клюшкой шайбу. Однажды, когда они бредут после хоккея по центральной улице посёлка, из дали дальней снова вырывается неуклюжий вопрос:

— Пётр — человек или нечеловек?

И сразу стало полегче, словно он Петьку по башке стукнул. Петька давно не вспоминался, а тут сошлось: Петька — Пётр Первый, один чуть не убил его и Кирюху, Друга убил, другой на дыбе пытал, на кол сажал! А в чём были люди виноваты?

— Ты и впрямь заболел! — воскликнул Марлен. — Я давно замечаю. Ясное дело, если зовут Пётр, то человек…

Серый зимний день тёк холодом по лицам.

— Это царь Пётр Первый, — тихо сказал Прутик. — Помнишь, в школе проходили. И мама мне про него рассказывала: два метра, умный, хотел, чтобы Россия стала самой сильной.

Володя вздохнул и, ни на кого не глядя, принялся рассказывать, как в купца царь через задний проход влил воду, как купец раздулся и умер, как женщин живьём закапывал в землю.

— А вдруг так вот мамку или бабу Устю? — спросил, и тут же заговорил о Софье, как Софья хотела стать царицей, а царём стал Пётр, как он строил город, как создал флот. — Чем дольше говорил Володя, тем легче ему становилось, и он уже не замечал холода.

— А где Пётр делал корабли? — спросил вдруг Марлен.

Володя разом увидел тощие, ещё маленькие липы, насаженные вдоль дороги, Марленову прикушенную в нетерпении нижнюю губу, тонкие вздрагивающие ноздри, Прутиково тощее пепельное лицо с громадными глазами, серые столбы для будущих фонарей.

— Давайте сами настоящий корабль сделаем! — сказал Володя. — На корабле поплывём прорубать окно в Европу.

Прочитали «Пётр Первый», в библиотеке искали старинные книжки, в которых могли быть корабли Петра.

Ни в одной игре не испытывал Володя такого ощущения: впервые в руки идёт настоящее дело. Мать Прутика и Марленовы родители тоже искали схему Петровского корабля. Однажды Марлен примчался в школу возбуждённый.

— Вот. Отец нашёл. Это бот Петра.

В старинной книге старинный корабль, с мачтой и парусами! Разглядывали его, не могли наглядеться. Ко многим словами приделан Ъ. Началась жизнь: под снегом, под серьким куполом затянувшейся пасмурности весны, под солнцем и жаром лета волокли в тайник, сделанный в овражке, доски, жестянки, инструменты… — всё, что удавалось найти, стащить, выпросить. Железный лист, прилаженный козырьком, предохранял от дождя, но с боков текло на их богатство, и они торопились: вдруг всё это погниёт и проржавеет?

А когда всунуть в тайник даже палку стало невозможно, их снова ошеломил Марлен:

— Корабль будем делать у меня. С родителями согласовано. Конечно, не шесть метров в длину, как у Петра, а два!

Вот это повезло: лето кончается, начнутся дожди, снег завалит землю, а им ничего не страшно!

Он тащит главную доску корабля — для днища, под мышками у него коробка с гвоздями, молоток, и масса других мелочей. Крепко прижатые к груди и бокам железки впиваются в рёбра, доска закрывает дорогу, пот заливает лицо. Может, поэтому не ослепили его тяжёлая, с лепными украшениями дверь подъезда, блестящие ступени, инкрустации потолка и стен, яркий свет сквозь прозрачные плафоны. Такой дом в их посёлке — единственный, построен для командиров. Находится на границе Суково и Переделкино, окружён деревьями, не тронутыми войной и пожарами. В таких домах наверняка жили цари, но сейчас, взбираясь на четвёртый этаж, с доской, вздёрнутой к самой физиономии и с железками, Володя думал лишь о том, как бы не споткнуться и сквозь пот разглядеть следующую ступеньку! Наконец перед ним распахнулась дверь, и он смог избавиться от пудовой доски. Но лишь только разжались затёкшие руки, на пол посыпалось всё остальное. Обоими рукавами утёр пот и рот открыл.

Бесконечен широкий коридор. Маленькая девочка с розовыми бантами, в розовом платье едет на велосипеде к нему и Прутику. Остановилась перед ними, стала разглядывать.

— Малик, кто такие? — спросила строго. — Слышу, глохот, думала, взлыв! А это гости плишли!

Володя не услышал ответа Марлена — к ним медленно подходила высокая, очень бледная женщина в белой кофте и тёмной юбке. Что так удивило его — сиреневые ли, точно такие, как у Марлена и девочки, глаза, или пышные волосы над высоким лбом, или даже ему, мальчишке, заметная печаль её лица, но Володя растерянно отступил назад, на лестницу.

— Заходите, — ласково позвала женщина. — Слава богу, начинается сознательный этап в жизни молодого поколения, отдохнём от футбола.

— Моя мама, — сказал Марлен. — Лидия Сидоровна. А сестру зовут Наташа.

4

Много лет спустя Володя узнает, что Марленов дом — излишество, на него угрохали столько денег, сколько пошло бы на пять танков, но, когда он узнает об этом, судить станет некого, потому что и те, для кого строили, и те, кто строил, жить уже не будут. А пока он, Володя. каждый день после уроков поднимается по ступеням дома, в котором жить лишь принцессам и принцам. Поднимается осторожно, боясь ботинками запачкать или поранить красивую лестницу, а взглядами и дыханием — рисунки. Ступает на цыпочках, свято веря: здесь живут самые-самые особые люди, все такие, как дядя Саша.

У дяди Саши грудь — в орденах и медалях, дядя Саша — полковник, настоящий их защитник от фашистов. Он — под потолок, говорит громко, его, наверное, даже на первом этаже слышно. Ни школа, ни футбол не поднимали Володю так над землёй и над самим собой, как знакомство с дядей Сашей. При дяде Саше он ощущает чью-то сильную руку, которая тянет его за волосы вверх.

Сладко нажимать большую чёрную кнопку и слышать весёлый звонок. Сладок вопль Наташи «Вова плишёл!» и голос Лидии Сидоровны: «Заходи!». Словно ладонь Нестора Григорьевича на его лице — надёжно и спокойно жить.

Корабль делают в Марленовой комнате. Дядя Саша отдал им свой верстак. Киль, штевень, реи, шпангоуты, мачта… — ребята строгают, выпиливают, вырезают. Запах досок и красок, яркий свет.

— Сделаем корабль, будем Нарву брать! — С тех пор, как они начали разговаривать о книжках и делать корабль, Прутик — весёлый. Так и не узнал Володя, что случилось с ним. — Я прочитал, Пётр хотел научить всех грамоте, выявить умных, им дать высокие должности.

Наташа приносит Марлену стакан с водой.

— Малик, я знаю, ты хочешь пить. — Марлен пьёт, а потом подхватывает Наташу, подкидывает. Наташа смеётся. — Я твоя угадалка!

Лицо у Марлена меняется, когда он играет с Наташей: нет обычного чувства превосходства над всеми.

— А ты спросила, может, Володя или Прутик тоже хотят пить? — подтрунивает он над Наташей.

— Чего сплашивать, я и так знаю: они любят чай. Мама сколо принесёт. С печеньями! Как только от неё уйдут ученики. Она их чаем поит. Я в пелвый день их сплашивала. Они воду не любят. Вы меня возьмёте на колабль?

— Возьмём! — говорит Марлен. — Как же я без тебя? Если корабль получится.

— Почему не получится? Как у Петра, получится! — Володя не замечает ни гнилости досок, ни скромности размеров, он зажмуривается и представляет себе Петра на борту своего корабля. — Эх, если бы его сюда! Он всему научил бы нас!

Хлопает дверь, и в комнату вплывает поднос. Володя исподтишка разглядывает, что же приехало, глотает голодную слюну. Казалось бы, война кончилась давно, ешь сколько хочешь хлеба и картошки, молока ему покупают вдосталь — пей сколько хочешь, а всё никак не наестся и не напьётся. Лидия Сидоровна составляет с подноса на низкий, узкий столик, что Марлен называет журнальным, синие чашки с золотыми каёмками по краю.

— Я говолила, будут печенья! — кричит Наташа.

Печенья Лидия Сидоровна печёт сама, они тают во рту. Много не возьмёшь, стыдно, а двумя штуками не наешься, ел бы и ел, без конца. Володя растягивает удовольствие, ест не торопясь. Всю бы жизнь сидел между Марленом и Прутиком на твёрдой тахте с тающим кусочком во рту!

— Тебе нлавится мамино печенье? — спрашивает его Наташа. — Я знаю, нлавится.

— Спасибо, тётя Лида, — говорит Прутик, — очень вкусно. — Неожиданно его глаза наполняются слезами, а Лидия Сидоровна поспешно уходит.

— Сейчас к маме опять плидут ученики. Они — взлослые, у них свои дети есть! Бели ещё! — велит Наташа Володе.

Наверное, из-за синих чашек и печений корабль делать не спешили. Сделаешь и катись отсюда навсегда под дождь и пасмурность Суково. А может, не спешили потому, что не хотели расставаться с дядей Сашей. Возвратившись с работы, он прежде всего заходил к ним. Приказывал:

— Доложить обстановку!

На груди его сверкают ордена и медали. Володя жадно разглядывает их. Все трое вскакивают, увидев дядю Сашу, словно он — их учитель, наперебой объясняют, что сделали, ведут к шпангоуту с ещё не засохшей краской. Дядя Саша щупает, как обстругано дерево, как соединены другие шпангоуты с килем и привальным брусом.

— Папа, кломе леи, всё сделали! — кричит Наташа.

Если Лидия Сидоровна никогда не улыбается, то дядя Саша по каждому поводу громко смеётся, широко распахивая рот с золотыми зубами.

— Смотри-ка, нос задрался!

Ему вторит Наташа и кричит:

— Ула, ула!

Сказали бы сейчас Володе «Умри за дядю Сашу», не задумался бы, умер. Дядя Саша — самый важный, самый красивый из всех, кого Володя знает. Володя стоит не дыша, вытянувшись в струнку, руки по швам, следит за каждым его движением. Скорее бы вырасти! Станет военным, как дядя Саша, и будет служить под его командованием. Да он… ради… пусть только дядя Саша прикажет! Вдруг дядя Саша говорит:

— Молодец, Петя! — И гладит Прутика по голове.

Сразу видать, к Прутику дядя Саша относится по-особому. Старую шапку подарил — в ней все зимы войны прошёл! Погоны подарил. Каждый день приветы передаёт Петиной матери! Отчаянно завидует Володя Пете. Надо же, везёт как!

Петя тоже ест дядю Сашу своими глазищами, словно молит о чём-то.

Но не только они с Петей, Марлен тоже готов спрыгнуть ради отца с четвёртого этажа.

Резиной тянется время, пока дядя Саша переодевается. Наконец снова приходит к ним. Теперь на нём специальный костюм, как панцирь, в руках — самые настоящие шпаги с шариками на конце и самые настоящие маски из густой сетки.

— Кто сегодня у нас первый? — спрашивает громко.

Затаив дыхание, Володя берёт шпагу. Но поднять её против дяди Саши не может, покорно отступает.

— Не смей трусить! — приказывает дядя Саша. — А ну, вперёд! Наступай! — И вдруг догадывается, почему бездейственно зажата шпага в Володиной руке, передаёт свою Пете, улыбается. — Ладно, бейтесь между собой! Ну, встали в позицию. Начали! Буду судить по всей строгости закона.

Теперь Володя подбирается, как на футболе, пусть дядя Саша увидит: он вовсе не рохля. Выпад, удар, отступление, неожиданное нападение. Снова удар. Ещё удар!

— Ула! — кричит ему Наташа.

— Молодец! — говорит дядя Саша. Но вовсе не ему, а Пете, который «заколот».

Володя едва сдерживает слёзы, отдаёт шпагу Марлену. Он ничего не понимает. Зла на дядю Сашу и Петю почему-то нет. А Петя втянул голову в плечи, похож на мокрого воробья.

— Ну, — говорит ему Марлен, — ты чего? Давай!

Но Петя кладёт на тахту шпагу, берёт в руки книгу.

Изо дня в день повторяется одно и то же: дядя Саша сперва к месту и ни к месту хвалит Петю, а потом ругает: «Мужчина не должен отступать. Смотри, как подсекать противника. — Он наступает на Марлена. — Бить надо в солнечное сплетение. Ещё сюда. И вот сюда. Бери шпагу, ну!».

Но Петя съёживается с книгой на тахте.

Дядя Саша учит их боксировать, бороться. У них с Марленом уже немного получается, а Петя старается улизнуть.

Зато, когда дядя Саша приносит шахматы, Петя вызывается играть первый. Дядя Саша показывает им различные комбинации. Петя обыгрывает всех, и теперь уже не насмешкой звучит дяди Сашино — «Молодец! Так держать!».

Уходят они под музыку Лидии Сидоровны. Наташа давно спит, а Лидия Сидоровна играет. Дверь к ней плотно затворена, музыка звучит тихо. Володя видит речку под солнцем, липу в цветах, льётся чистая тёплая вода и всего его промывает.

— Идём, что ли? — зовёт его Прутик, но ясно — он тоже слушает, уходить не спешит.

— Вы чего, ребята, забыли чего? — смеётся Марлен. — А то оставайтесь, места всем хватит.

Засыпает Володя, убаюканный усталостью и музыкой Лидии Сидоровны, с чувством зависти к Марлену — каждый вечер отец с ним, и мать ему играет! Пытается вместо дяди Саши увидеть своего отца — это отец входит к ним в комнату со шпагами или шахматами, но он не вписывается в ту картинку и ускользает со своей трубой куда-то вбок, в пустоту.

И мамка, как ни зажмуривается Володя, как ни таращится, тоже никак не играет музыку и не несёт им поднос с чашками и печеньями, мамка перед ним всегда одна и та же: прижимает к груди мокрую тряпку, с которой громко падает на пол вода, говорит бессмысленное: «Вовка, Вовка…».

Вдруг отец вернулся. Пришёл, когда Володя ложился спать. Ни «здравствуй» не сказал, ни о делах не спросил, стоял в дверях, смотрел на него хмуро, исподлобья.

— Ты чего? — спросил жалостно Володя.

— Спать хочу, — сказал отец громко, махнул рукой в сторону кухни, где мамка с бабой Устей пили чай.

Не успел Володя моргнуть, как обе они оказались в комнате, а отец исчез на кухне. Мамка стала вся красная, села на его диван, сидела и смотрела в одну точку.

Володя терпел, терпел и сказал:

— Я спать хочу.

И, как сигнал, что сидеть хватит, из кухни раздался храп.

На другой день отец снова пришёл. Но снова ни с кем не говорил, только на него смотрел пристально, исподлобья — будто хотел что-то сказать и не мог.

Если бы не корабль, возможно, Володя и стал бы думать об отце дальше. Но дядя Саша, настоящий корабль Петровских времён, поднос с печеньями и чаем снова захватили всё его внимание.

5

Как ни тянули с кораблём, а наступил день, когда осталось только покрасить мачту и вооружить корабль такелажем и парусами. Словно природа праздновала их праздник, день оказался ярко солнечным. Володя с Петей расстелили на полу белую парусину, подаренную им Лидией Сидоровной, по линейке провели черту, потом отрезали осторожно ножницами.

Марлен раскрыл краски.

— Какого цвета хотите видеть мачту? — спросил важно.

Раньше Володя удивлялся этой важности его и солидности, но, наконец, понял, чей голос у него, чья манера говорить, и принял как должное: Марлен подражает отцу!

Никто не знал, каким цветом красить мачту. Марлен развёл голубую.

— Малик, на тебе тляпочку, чтобы не капало. — Наташа следит за каждым его движением. Марлен водит кисточкой по белому чистому дереву, отступает на шаг, любуется.

— Я, братцы, поставил нас в план, — говорит неожиданно.

— В какой ещё план? — удивился Володя.

— Вы разве забыли, кто я? — удивился Марлен его удивлению. — Я — председатель Совета дружины, так?

— Ну, и что? — Володя начисто позабыл об этом, как позабыл и о требовании Марлена участвовать в соревнованиях по футболу и хоккею в Москве, и лишь сейчас вспомнил недавнее собрание дружины, которое вёл Марлен. Он стоял перед портретом Сталина, и вид у него был такой, словно Сталин — это он. — Тебе нравится звенеть в колокольчик, — сказал вдруг Володя. — Тебе нравится бить линейкой по столу.

На собрании Володя в третий раз читал «Петра Первого» и слушал в пол уха, зацепила его лишь история с разбитым стеклом. «Пойми, ты виноват не в том, что разбил стекло, а в том, что не сознался», — Марлен смотрел на худого, прыщавого парня так безжалостно, словно тот совершил преступление. И сказал вдруг ни к селу, ни к городу: — «Кто сильный, тот побеждает. Герой гибнет стоя, слабак ползает по земле». Пятиклассник пискнул: «Я не хочу гибнуть».

Лишь сейчас понял: признаться в том, что разбил стекло, — значит стать героем, это не каждый может. Вроде верно, но из простого стекла почему-то получился суд. Во все глаза смотрит Володя на Марлена: зачем сейчас напомнил им, что он — председатель Совета дружины?

— Я не могу пройти мимо такого выдающегося события, как строительство настоящего корабля. Я доложил: через неделю модель будет демонстрироваться на воде. А когда получим грамоту здесь, повезём корабль на смотр в Москву.

Тёплый ворс ковра, яркие струи света от необыкновенной лампы, журнальный столик с полупустыми тарелками и чашками, Наташа в розовом платье, с розовыми бантами, на тахте в обнимку с громадной куклой — всё это Марленово счастье, затопившее и Володю целиком, удержало его на тёплом полу лишнюю минуту. Но под горлом зло застучало, и, подчинившись этому упрямому стуку, он встал, сунул руки в карманы.

— Я хочу нам славы, — как ни в чём не бывало продолжал Марлен. — Ты не захотел выводить свою команду на большие соревнования, твоё дело, может, и правильно, зато корабль прославит только нас троих, мы прогремим на всю Москву. Такого корабля никто не сумеет сделать! Наши имена будут напечатаны в «Пионерской правде», вот увидите! Грамоту получим. Премию. Цапля так благодарила меня, будто я подарок ей поднёс! — торжествовал Марлен.

Неуклюжими ногами Володя пошёл к двери.

— Ты куда? — крикнула ему Наташа. — Палуса не готовы.

— Куда ты? — удивился Марлен.

Только Прутик молча смотрел то на одного, то на другого.

— Чего ты дурака валяешь? — тревожно спросил Марлен.

Володя повернулся к нему.

— Ты… — Он не знал, как объяснить Марлену стук внутри. Этот злой стук угонял Володю отсюда. — Хватит. — И вдруг закричал, останавливая в себе стук: — Какая такая грамота? Какая премия? Ты всё портишь! Ты не понимаешь. Что ты сделал с тем парнем? Ну, разбил он стекло. Я всегда молчал. Тебе игра не нужна, тебе нужно, чтоб твой выигрыш записали. Я всё вижу! Перья распускать ты мастер. Сам делай для плана и для грамоты. Без меня!

Володя побежал по бесшумному коридору, под игру Лидии Сидоровны, ему вслед бежали слова:

— Мне папа велел. Я не сам. Папа!

Пусть, пусть! — теперь стучало в голове. Прыгал через три ступеньки, перестукивая голову. Только выскочив на улицу, остановился: дышал с хлюпом, на последнем усилии удерживал в себе злые слёзы. Не видел ни солнца, ни голубого праздника дня. Обернулся к дому, с ненавистью и нежностью вобрал в себя его освещённые солнцем лепные украшения, голубое и розовое свечение его.

— Буржуи! — крикнул и побежал прочь, обрубая непонятное, злое своё недоумение.

Никогда потом он так и не сумеет объяснить ни себе, ни другим, что выбросило его из радости последних месяцев.

Прутик бежал следом не поспевая.

Остановился Володя на своей улице, возле своего дома.

Домок был неказистый, разваливающийся, он словно присел на одну ногу: левое плечо приподнято, правое опущено. Доски промокшие — попросту гнилые. Крыша придавила второй этаж, как большая шляпа маленькую голову. В вечерних сумерках слепо поблёскивали из-под неё небольшие окошки соседей. Пусть неказистый, но это его домок, собственный, в котором он живёт вместе со своей семьёй. И на фиг ему коридоры с велосипедами, печенья всякие, каёмки золотые!

У них колодец близко, ведёрко на боку лежит, намертво приковано к цепи. Ведёрко — весёлое, какой-то шутник выцарапал ножом рисунки: голую женщину, крест и серп с молотом. Володя любил отпустить ведёрко на волю и отойти в сторону: ручка колодца раскручивается стремительно, лёгкое ведёрко бьётся о стенку — звон стоит на всю улицу.

Липка у него есть — своя собственная. Сколько лет поливал её, окучивал, замерял, всё хотел углядеть миг, когда и как она растёт. Сначала плохо росла, а потом прижилась. Сейчас под солнцем увидел: она уже совсем дерево! В последние месяцы он позабыл о ней, а она взяла да и рванулась расти: потолстела, потемнела стволом, как и полагается липке, разветвилась лапами. А её обхватило другое деревце, тощим прутом приехавшее на Володином плече вместе с липкой, оно переломилось посередине и росло не прямо, а поперёк липки. Листья — смешные, с бахромой.

Его деревья.

Ничего ему больше ни от кого не надо.

— Ты чего за мной притащился? — обернулся к Пете, когда дыхание выровнялось и злые слёзы растворились не вылившись. — Там молчал, чего здесь надо? — Раньше никогда его не раздражали Петины глаза, а сейчас раздражают: уставился мраком! — Что смотришь? Что молчишь?

— Я не молчу, я тоже так думаю, играть так играть. — Недоверчиво Володя ждал продолжения. — Я тоже, как ты, не хочу премий и «Пионерской правды»… печений…

— Вовка, сыночек, ужинать пора, — окликнула его мать, неизвестно откуда взявшаяся.

И Прутик пошёл прочь, еле волоча своё тощее тело, заплетаясь ногами. Вместе с Прутиком уходило что-то, без чего дышать нельзя. Володя хватал ртом воздух, смотрел вслед ему, и чего-то было так жалко, что, казалось, вот сейчас бросится он вслед за Прутиком, чтобы не потерять того, что уносил Прутик, а сил бежать за ним не было.

ЧАСТЬ ЧЕТВЁРТАЯ

Глава первая

1

Мужик чинил стол.

— Здравствуйте! — сказала Валентина.

Он поднял голову. Как все люди, как земля, как небо, и этот мужик показался чёрным.

— Пришли убираться? Я давно замечаю, вам бы лишь пол мыть. — Сверкнули белые зубы. Взлетели в улыбке брови.

Таких кудрявых и чёрных ни у кого не видела!

Ведро с водой не поставила, держала в руке.

— Не буду мешать, — пробормотала и пошла из класса.

Мужик пошёл за ней, взял из руки ведро, поставил.

— Тяжело так-то. Стол готов. Мойте.

…Он ждал её на скамье перед техникумом.

— Чисто моешь, — похвалил. — Я давно заметил. Садись.

Валентина села.

Солнце уже ушло, но тепло от него осталось: в нагретой скамейке, на которую присела, в земле — оно поднималось по ногам. Приятно было сидеть вот так: никуда не спешила, ничего не делала — просто сидела.

— Я… техником… на объекте, уже пять лет. Самолётам направление даю, чтобы самолёт, значит, хорошо приземлился. Объект в лесу, значит. — Мужик помолчал. Приосанился, плечи развернул, голову откинул назад, сказал торжественно: — Давайте познакомимся по-серьёзному. Василий имя. Самородов по фамилии. Тимофеевич. Всё умею сделать. Поставлю дом. Могу собрать приёмник. Слесарь я. Могу столярить. — Мужик, казалось, стеснялся её, говорил не хвастаясь, для знакомства говорил, медленно, чтобы она запомнила. — Хочу разговаривать с вами. Вы какие дела про себя расскажете?

Они сидели совсем одни перед закрытым техникумом. День никак не кончался. Солнце уже ушло, а было светло. Песчаная дорожка резала светло-зелёный лужок. Улица — просторная, с садиками. Ветки облепились набухшими почками и не кажутся голыми. За один день установилась весна.

— Я на заводе работаю, — робко заговорила Валентина. — Раньше обслуживала шесть станков, неделю назад перевели в ОТК, велели проверять детали. Мне без учеников скучно.

— А за это зарплату прибавили? — перебил её любопытствуя Василий Тимофеевич.

— Я без учеников не могу, — повторила Валентина. — К ученикам привыкла, столько лет они у меня. Иду на завод, рада, знаю, ждут они меня, обо всём повыскажут, что у них такое случается. А теперь не хочу идти, настроения нету. — Говорила легко, никогда так просто ни с кем не говорила, видела, Василий Тимофеевич слушает её, кивает:

— Такое дело. Нужно чтоб послушать, каждому понимание нужно.

— Мне больше нравится с учениками, — повторяет она в охотку. — Хожу от станка к станку живая! Думаете, я только налаживаю станки? Не такое дело, передаю им всё, что знаю: как движений меньше сделать, а успеть больше. Ученики у меня очень хорошие. Не нравится мне в контрольном.

— Но контрольный важнее, там же денег больше! Там знают, кого, значит, ставить.

Они говорят так, точно сто лет знакомы. Валентина рассказывает о длинной дороге на завод, о том, что деревенская… А когда рассказывать больше нечего, спрашивает:

— А вы чьи будете?

Разглядывает Васю в свете фонаря. Любит она высоких представительных мужчин. Тоже чёрный, а на Илью не похож. У Васи нос — небольшой, ровный, брови мохнатые, наверное, по три сантиметра каждый волос.

— Мы из Мордовии. Отец ушёл оттудова, нас взял, было в семнадцатом году. Две сестры, брат я имею. — Она замечает, он непривычно говорит. Это тоже ей нравится. — Брат ушёл на Родине жить.

Ночь приходит. Светлая и душная. Вася идёт рядом, держит осторожно её под локоток.

— Дальше я сама, — говорит Валентина в начале своей улицы, боясь, что родные увидят.

Илья храпит в кухне. Даже мать спит, её не ждёт, как обычно. И она проваливается в сон мгновенно, едва ложится рядом с бесшумно дышащей Нюркой.

Просыпается раньше всех, будто спала двое суток без просыпу — готова любую тяжёлую работу делать. Поела вчерашней Пашиной картошки. Словно двадцать лет сбросила — всё ей легко: работать и сумки с продуктами тащить легко.

Лето выдалось жаркое. Парит, точно в бане, размаривает. С утра ещё ничего, ночь будто прибивает пар к земле, превращает его утром в росу, утром ещё дышится, а днём — ни в доме, ни на улице нету воздуху, один жаркий пар.

Теперь каждый день после техникума провожает Василий Тимофеевич её домой, поддерживает под локоток. А она боится — Илья увидит. Снова ночевать дома принялся, а с ней и с мамой не говорит, ест отдельно, по всему видать — ночевать ему негде. Вдруг увидит Илья её вместе с Васей?

Так, в гуляниях и страхах движется месяц. Она уже знает, какой Вася аппарат изобретает: к поддону пишущей машинки приделал механизм, и тот сам печатает нужную информацию. Слова для неё сплошь незнакомые: «изобретает», «пишущая машинка»… Силится понять, чего же умного сделал Вася, а не может, только запоминает. Сама она Васе про Володю говорит — в футбол Володя любит играть, в хоккей, про мать — как с матерью чай пьют, какие чулки мать вяжет, носки, шарфы, про Пашу — у Паши мужик погиб, Нюрка у Паши — косая, жалко, девка, замуж не возьмут.

Молчание случилось на исходе июня, как им расставаться.

Она сказала «до свидания». Вася не ответил, локоть не отпустил. Держал и её сумку с редиской — на станции старик продавал. Подумала: Вася держит её редиску! А Вася поставил сумку в траву, отпустил её руку. В темноте не видно его лица, дышит сильно Вася. Трава пахнет сильно, жасмин у дачников пахнет. Дышит Вася, молчит. Хочет она наклониться, взять свою редиску. А стоит, тяжёлыми ногами прилипнув к тропе, дышит сильно, как Вася. Васины руки обожгли лицо, укрыли голову. Как Серёжины когда-то. Нету её, она — без костей, без жизни — только духота одна.

— Иди за меня, Валя.

На другой день не пошла в техникум. Послала Володю к директору, велела сказать, что заболела.

Покой кончился. На заводе ли она, дома ли, нету других слов, кроме «Иди за меня, Валя». При одном муже другого заиметь. Хоть и не обращает на неё внимания Илья, а расписанный с ней, законный и Володе — отец.

Ест Володя пшённую кашу. Сядет Валентина против него.

— Чего делал сегодня, сыночек? Ты, небось, щавель ел, щека у тебя — зелёная. Ешь, Вовочка, давай ещё положу, — суетится она. А сама мается: каждый день картошка да каша.

Война прошла, о ней уже позабывать стали, а никак не отъедятся, точно ещё идёт она, — цены высокие! Разве на её зарплаты накормишь, оденешь троих? Вовочка не попросит: и пшённый супчик, и пшённую кашу съест да спасибо скажет. А худющий. И растёт быстро — одеть его надо.

Вася и сын оказались друг против друга, из них ей выбирать. Нельзя ей быть с Васей, пока Вовочку на ноги не поставит. И родной отец есть у него, нельзя приводить в дом чужого мужика. Не о сыне она думает, с Васей время проводит, точно нету у неё никакого сына.

Стала после завода домой приходить, чтобы побыть с Вовочкой. Играли в дурака. Мама, Вовочка и она. Вовочка всё выигрывает, рука лёгкая у Вовочки, козырь к нему идёт, короли с дамами, тузы.

— Такая жизнь у тебя сложится! — замечтает она. — Тузы окружат тебя, короли, дамы. Куда нам до твоей жизни? — Перед сном подойдёт к нему, поцелует. А он утирается. — Чего ты, Вовочка, брезгуешь мною? — обидится она.

Она легко забывает о том, что он не любит целоваться. Снова любуется им, не налюбуется. У неё Вовочка есть, мать. А её дело — заработать, чтобы сын ни в чём не нуждался.

В техникум теперь идёт после восьми, когда Васи наверняка там быть не должно. Моет полы, вспоминает, какие разговоры они с Васей вели.

И погода, как назло, стоит та же, что и при Васе.

Долог путь из Сокольников в Суково. Час пик. Толкают её в метро, некуда деться. А ей даже нравится — о Васе перестаёт думать хоть не надолго. И вдруг ни с того ни с сего: может, сегодня пойти в техникум пораньше, чтоб его увидеть? Разве Вася — помеха Вовочке? Вася спросит про работу. По голове погладит. Хочется ей ещё раз Васины руки на себе испытать, горячие они у Васи. Нет, нечего ей Васе на шею прыгать. Сравнить: мужик или своё дитё?

В Томске была у них Ася. Работница, ничего не скажешь, с толком. Выстаивала по восемнадцать часов! Только после смены не домой, не к своим детям шла, — к мужику! Военные у них в Томске готовились к отправке на фронт — с ними крутилась, с рабочими, кто под руку попадался. Детей у Аси было двое: девочка — большенькая, лет так шести, мальчик — совсем маленький, два года. Каждый день стоят рядом у входа на завод. Худющие, синие, того и гляди, Богу душу отдадут. Неподвижно стоят — под дождём, под снегом, ждут мать.

А мать — через ту дверь, где дети стоят, не идёт, через заднюю уходит от них.

Сунут бабы, у которых и своих детей нечем кормить, этим кусок хлеба на двоих, и всё. Особо сердобольные к себе детей зазывали — кипятку попить. Так, дети не шли. Смотрит на тебя девочка терпеливыми глазами, говорит: «Мама напоит». Хлеб ни за что не возьмёт, говорит: «Мама накормит».

Достоят дети до самой ночи, мамы той нету, замёрзнут совсем, идут медленно домой. Каждый день удивлялись бабы, что не сдуло ветром детей Асиных, снова пришли, ждут мать.

А она, хоть и голодная, да видная: высокая, ходит грудью вперёд, волос — пышный, она его не приминает, работает без платка, не так, как другие, глаза у неё — пронзительные, одни глаза и видать — тёмные, так и сверкают. Южных кровей Ася.

Перевелись мужики, стала ходить с калеками и пацанами. Всех перебрала.

Первая не выдержала Валентина, в перерыв созвала собрание. Никто она, никакой не начальник, но её сильно уважали не только в цехе, на всём заводе — портрет её всегда висел на доске почёта, лучший работник!

Подошли к проходу между станками бабы с мальчишками. Ася тоже подошла. Все ждут, что им Валентина скажет?

Не моргая, уставилась в Асины жгучие глаза.

— Кончай позорить матерей. Мужики воюют, ты тут юбкой трясёшь. Твои дети скоро помрут. Или сдавай их в детдом, или сама корми, заботься, как полагается. Нам на твой передок плевать, а детей твоих видеть доходн′ыми не можем. Вот тебе моё слово.

Что тут поднялось! За войну отучились громко говорить, шибко ходить — силу берегли, а тут — давай орать:

— Сучка!

— Распутница!

— Ничего человеческого в тебе нету!

Ася им в лицо смеяться начала:

— Вас, небось, никто не хочет, вас завидки берут, и точка! Как хочу, так и живу, вы мне не указ!

Тут уж бабы совсем с привязи сорвались:

— Не указ? Так твою мать! Посмотри на своих детей! Твои же! — Матушку вспомнили, и чертей, и Бога, а ещё обещали с завода выгнать, чтоб душу не рвала.

— Тебя б так, как ты своих детей моришь, поморить, — орали. — Ты, небось, здесь жрёшь, а им никто жрать не подаёт.

— Зверюг жалко, а тут — дети!

Заорала Ася — со злобой:

— Годы уходят! Считанные! Вы не чуете их, этих годов, а я чую, как они на мне старостью откладываются. Бабий век — короткий. Может, к вам и вернутся ваши мужики, а моего убили в первый день. После войны не останется ни одного мужика, помяните моё слово, всех поубивают. Не возьму своё сейчас, никогда не возьму. Жить хочу, бабоньки. Молодость проходит, жизнь проходит, впереди ничего, беззубая старость!

Валентина перекричала Асю:

— Через смерть детей хочешь своё удовольствие справить? Через смерть детей себя нежишь? Убить тебя мало.

Воспалёнными, красными глазами смотрели на Асю бабы и мальчишки — ненавидели.

— Установим очередь, проверять будем, кормишь или нет!

— Не будешь кормить, убьём! С мужиками аль без мужиков, а победу не увидишь!

— Военное время, нам спишется, за дело убьём!

Нет, она не такая. У неё не встанет вопрос: дитё или мужик. Гори все мужики огнём, у неё Вовочка есть. Она с ним не разорвала пуповину!

В электричку ввалилась с потной вонючей толпой. Одуревшие от жары, дрались бабы за место у окна. Она же не могла шевельнуться, руки с сумками по швам, повисла в проходе. Дышать трудно: давят на грудь, давят на спину, того и гляди, задохнётся! Но к окну не хочет, не хочет сидеть, она привыкла терпеть. Привыкла, когда напряжены ноги, — целыми днями держат её у станков. Привыкла, когда в руках — сумки. Ко всему привыкает человек. Главное — терпеть.

Ася жива или нет? Дети её выжили или нет?

Прошла война, а жрать не купишь сколько тебе нужно. Как научиться жить? Масло забыла как выглядит — постное да постное. А какая сила с постного? Вовочке учиться надо.

На платформу её вынесло, понесло потоком на лестницу, на мост, с моста — на широкую площадь к автобусам.

2

Шла, низко опустив голову. И вдруг споткнулась о детский башмачок. Такого сроду не видела: красный, с тёмным кантиком, с шёлковыми шнурками. Ещё ботинок сбоку валяется, тёмно-синий. Одна открытая коробка, другая. Сапожок — маленький. Не с неба ли сыплется, вместо дождя, такое богатство? И увидела: прямо посреди тротуара на коленках стоит очень толстая тётка, собирает ботинки, суёт в широкую сумку. На вид тётке можно дать лет тридцать — солидная уже дамочка. Поставила свои полупустые сумки, на колени брякнулась, давай помогать. Их обходили люди, ехидничали:

— Обувной магазин скупили целиком, не иначе!

— Сколько у вас пацанят?

— Да это на целый детский дом!

— Бывает же, разорвалась верёвка! Гнилая! — смеётся женщина. — У меня, понимаешь, близняшки, пацан и девка. Прифартило, отхватила сразу летнюю и зимнюю обувку. Не сама, конечно, помогли добрые люди. — Коробки увязаны. Женщина встала с колен, поправила юбку на толстом животе, пошла рядом с Валентиной к автобусной остановке. — Спасибо тебе, девка! Задумывай желание, что хочешь, исполню, я — золотая рыбка.

Чего всё смеётся? — удивилась Валентина. Вздохнула.

— Какие там желания! Рыбки в сказках разговаривают да желания исполняют. Вы шутите, а у меня — Вовочка. Его бы с матерью накормить, вот какие мои желания, — вдруг пожаловалась незнакомке.

Автобус, набитый людьми, ушёл, а они остались стоять.

— С карточками сколько мучилась! Для мяса дадены... а вместо мяса, сама знаешь, что давали? Милаж. Яичным порошком или чем-то вроде парня разве поднимешь? Перловая каша уже праздник! — Чем больше говорила Валентина, тем жальче становилось себя и Вовочку, тем горячее хотела видеть Вовочку — он ласковый, жалеет её, только он и жалеет! — Крыша у соседей течёт, и до нас вода доходит, потолок вот-вот обвалится, ветер продувает, в полу щели! Я из войны никак не выберусь. — Женщина крутила головой, здоровалась с кем-то, а Валентина выплёскивала обиду: — На заводе я работаю. Меня сильно уважают, сильно повысили: контролёром сделали. Должность — ответственная, работа — лёгкая, но хлебушек с мясом не рожает.

— Да, на заводе захочешь покушать, сломаешь зубы, и вся любовь! — звонко засмеялась женщина. Блестит золотыми зубами. Подошёл автобус, отошёл, она всё смеялась. — Ну, вот что, барыня-сударыня, хочешь, чтоб твой парень был сыт? Ты, я вижу, тёмная, как ночь. Поучу тебя, как сытой стать. Я — директор магазина. Сметанки, колбаски, ветчинки, наверное, хочешь? Всё получишь, чего пожелает твоя душа. И на месте поешь, и домой возьмёшь. Только служи как полагается. Довольна будешь.

Хоть отжимай платье — Валентина взмокла от удивления.

— А завод как же? Я там с пятнадцати лет.

— Здравствуй! — кивала женщина в разные стороны. — Здравствуй! — Подошёл автобус, прикрикнула на Валентину. — Лезем, девушка, наговоримся досыта потом.

— Повысили — доверие оказали. С этим заводом в эвакуацию ездила, — в душной тесноте слабо сопротивлялась она. — Вернулась в сорок третьем, снова на свой завод. Я там всю жизнь, всех знаю. — Разные слова сталкивала, чтобы объяснить, почему не может бросить завод, а сердце уже согласилось, оглушало: «Вовочка будет сыт, мама будет сыта!».

Люди висели на подножках, жарко дышали.

Очутившись на свободе, под вечерним огненно-жёлтым солнцем, отдышивались.

— Ты, девка, не болтай пустое. Всё решено и подписано. Сделаю тебя продавцом. Звать меня Ритой. Близкие зовут Ритой-бомбой, очень я упругая и круглая. Тебе сколько лет? Молодая ещё, тридцать три, самая жизнь, так я говорю? — Она подмигнула. — Отъешься, мужика тебе найдём в полюбовники. Есть у тебя мужик-то или нет? Похоже, нет, не гладкая ты да не облизанная, кожа, смотри, у тебя сухая, так я говорю? Мне двадцать семь. Я живу, девка, ох, как хорошо живу! Жаркая звезда меня водит на привязочке, греюсь в её лучах. И вся любовь. Ты, девка, иди вечеряй. Долгого обучения тебе не понадобится для моего магазина, ежели я сама тебя беру. Подавай заявление. Через две недели чтоб к звонку была вместе со своей трудовой книжкой. Раньше не могу, потому не выкинешь человека на улицу! — Рита вскинула ресницы, передёрнула плечами, сказала адрес, пошла от Валентины. Громко стучали её высокие каблуки.

Магазин стоял в серёдке Суково. Валентина шла до него, шла, думала, не дойдёт. Рита встретила её как родную.

— Идём, покажу своё хозяйство.

Холодильники подсобки были полны продуктов. Окорока, бидоны со сметаной, громадные плиты масла, мясные туши, мороженая рыба. Без памяти стояла Валентина, смотрела, глотала слюну. Сзади обняла её Рита.

— Не смотреть надо, есть. Бери, чего твоей душе угодно, — вилась голосом Рита. — Завтракать будем!

Валентина окаменела, словно столбняк на неё нашёл.

Рита наложила глубокую тарелку сметаны, отрезала пол буханки хлеба, кусок ветчины, в кухне постучала по табуретке рядом с собой — мол, садись!

Не выдержала и по примеру Риты зачерпнула сметану. Только зачерпнула не как Рита, не полную ложку, а самую капельку. Слизнула, не глотала. Сметана сама ушла в горло, нежная, жирная. Ритины красные щёки заколыхались от смеха, она вырвала у Валентины ложку, зачерпнула полную, с верхом, чуть не силком засунула в её рот.

— Привыкай жить! Это тебе не железки делать!

Едва не захлебнулась. Стало жалко, что так быстро, так бессмысленно проглотилась сметана — не посмаковалась. Рита поднесла ещё ложку, но Валентина закрылась руками.

— Премного благодарны, я сыта, — забормотала мамины стародавние слова. — Я лучше это Вовочке снесу, — выплеснула заветное.

И снова заколыхались красные щёки.

— Твоему Вовочке мы ещё сообразим. Сама ешь. Тебе тоже нужно, вон одни кости! Будет сыт твой Вовочка.

Осмелела, отрезала себе кусок хлеба, тоненький, просвечивал, но хлеб был белый. Долго ела его, осоловела — стали слипаться глаза. Давно не сидела среди бела дня вот так, сиднем, всё бегом да бегом.

— Ты спать или работать пришла? — засмеялась Рита. Валентина вскочила, Рита ещё громче засмеялась, усадила её.

— Сегодня, как понимаешь, за прилавок тебя не выпущу. Ещё не уволила одну дуру. Не знала, явишься не явишься. А человеком надо быть — пусть подыщет себе место, чтоб всё путём. Не хочу делать административных взысканий, не хочу портить девке жизнь. Твоё дело сегодня — мыть бидоны, полы, поддоны для витрины, сами витрины в перерыв, подносить к прилавку мешки с песком, мукой, ящики с водкой. И вся любовь. Усвоила? Приступай.

Рита укатила на базу, Валентина осталась одна в подсобке. Сквозь духоту и мутную дрёму сытости сперва не могла разглядеть ничего, тянуло лечь прямо на пол и спать — еда непривычно стояла у горла. Стыд перед Ритой заставил разлепить слипающиеся глаза и оглядеться. Валялись в беспорядке ящики из-под бутылок, открытые бидоны желтели засохшей сметаной, подтёками молока, пол был заплёван шелухой от семечек, мятой газетой.

Когда Рита вернулась с базы, Валентина домывала последний бидон. Риту словно паралич разбил. Только глазами моргала.

— Это всё ты, Валька? — Сама себе ответила: — Больше некому, девка. Ты это… — растерянно бормотала Рита, — такого сроду здесь не водилось.

А что особенного? Так и должно быть: бидоны, поддоны, полы должны блестеть, ящики из-под бутылок должны своё место знать, один на одном, как полагается. Углы должны быть пустыми, еле разобралась — эко их завалило стружками, бумагой и всяким хламом! А Рита удивляется:

— Смотри-ка, в подсобке плясать впору!

— Премного вам благодарны за работу, за хлебушек, — кланяется Валентина Рите, как мать её кланялась богатым.

Рита не хохотала как обычно, она словно расстроена была.

— Смотри, Фёдор Георгиевич, не перевелись ещё на этом свете блаженные. — Валентина увидела мужика: рослый, весь белый, и штаны, и рубаха. Улыбается. — До сих пор как было? Посерёдке подметут, с серёдки в угол мусор загонят, и ладно, раздвинут тару, чтоб проход был, и концы, а эта… — Рита вдруг сделалась строгой: — Свои глупости брось, сейчас не царское время, чтобы поклоны бить. Ты делаешь своё дело, за это получаешь законную зарплату, всё, как положено.

—Хорошая работа—хороший человек, работа показывает каждого.—Улыбаясь, мужик, неотрывно смотрел на Риту.

—Видишь, твою работу увидел Фёдор Георгиевич. Он большой начальник, самый главный в нашем Суково, председатель исполкома, не как-нибудь. Ты теперь, Валь, иди домой, не дожидайся конца дня, потому что ты свой план выполнила с процентами, а за труд получишь своему Вовочке еды.

Как во сне, доживала она этот день. Сидела против сына и матери, смотрела им в рот. Они ложками черпали из литровой банки сметану, откусывали по капельке хлеба с ветчиной, жевали. Масло не ели, оставили на утро. Масло жёлтым кусочком плавилось на блюдце. У Володи над губой сметанные усики. В глазах—сытость залоснилась.

—Ешь, Вовочка,—тихими губами говорила Валентина.—Тётя Рита обещала завтра тоже дать. Муки принесу, селёдку принесу. Ты, Вовочка, поправляйся. У тебя, Вовочка, много силы идёт, пока ты растёшь.

Вечер уже подошёл, Вовочка баловался—подсовывал ей газету: «Баба Устя умеет, и ты читай!». А она всё не могла слёз сдержать— сильно ей Рита сердце защемила: первый раз за жизнь была у них сытная, необыкновенная еда.

И Рита не могла нарадоваться на Валентину. Повесила её портрет на видное место, всем—шофёрам, грузчикам, продавцам, веренице постоянных клиентов, которых магазин обслуживал с чёрного хода, хвасталась:

—Лучшего работника не знаю, сроду не видела.

Валентина старалась. За две недели умудрилась привести в порядок тару и все склады, взвесить, пересчитать все товары, начиная от сахара, кончая папиросами и мылом. Даже тараканов и мышей умудрилась вывести. Мышей вытравила цементом с манкой, а для уничтожения тараканов привезла работницу заводской столовой.

Магазин закрывался рано. Рита отпускала своих работников и оставалась в своём кабинете с Фёдором Георгиевичем.

Все знали, тут—любовь. Фёдор Георгиевич приезжал к Рите в чёрной машине, входил в высокие двери, низко пригнув голову, чтобы не стукнуться, и сразу звал:

—Маргарита Павловна!—В нетерпении крутил головой, не зная, с какой стороны она появится, а когда она выплывала светясь щёками, моргая ресницами, шёл ей навстречу, обнимал, целовал.— Здравствуй, Риточка, моя девочка!

На девочку Рита никак не походила, но откликалась охотно: «Вот она я».

Валентина завидовала Рите — Рита с Фёдором, а она своего Васю бросила.

Две недели держала Рита Валентину в подсобке.

— Ну вот, Валь, — сказала однажды, — взвешивать ты научилась, пакеты вертеть тоже, приступай. Смотри, чтоб было всё как положено. Поняла?

Что ж не понять. Ей чужого не надо, с детства честности обучена, привыкла стараться. Сначала руки дрожали. Потела, взвешивая песок, масло, сметану. Зорко смотрела деления — не дай бог ошибётся на пол грамма. На третьем человеке успокоилась: никто не выражал недовольства, наоборот, почему-то большая часть очереди от продавщицы Любочки, сильно крашенной молодухи, дружно перекочевала к ней.

Люба сердито зыркнула на неё, но смолчала. Востроносая, бойкая, на покупателей она покрикивает. Огонь-девка: десять движений в секунду, за её руками не углядишь.

Считать деньги было страшно, вдруг ошибётся нечаянно? Дважды складывала и умножала: и в уме, и на счётах. Получалось медленно, но покупатели терпели.

Еле дождалась перерыва. В холодном поту опустилась на свою законную табуретку перед заставленным столом. Рита и новая уборщица Феня нажарили сегодня цыплят. Покрошили на них крупно нарезанный лук, из узкой длинной бутылки полили специальным соусом.

Цыплят Валентина сроду не ела. Кур пробовала, ещё в деревне, да всё ей попадались старые, не разжуёшь.

У Любы из-под косынки жёстко торчат в разные стороны волосы. Почти ничего она не ела, хмуро смотрела мимо Валентины, а скоро и вовсе вскочила и убежала.

— Чего с ней? — спросила Феня.

Рита махнула рукой.

— Дурью мается. — Толкнула Валентину под локоть. — Когда позовёшь к себе? Возьму близнят, бутылку красненького, закуски, и вся любовь. Песни попоём. Дети дружиться станут. И мы с тобой. Сколько твоему Вовочке? Моим по восемь сравнялось, ты не смотри что я молодая, я детей раненько в мир пустила, в войну хлебнула с ними досыта, одна.

Запах от цыплят кружил голову, щекотал ноздри, раздражал. Рита приедет в гости? До сих пор к ней приезжал только Лёня, и то один раз, да Нюра, вот и всё. Стало жарко, точно поднесла лицо к печке.

— Пожалуйста, Рита, приходи, очень будем рады.

— Ешь, чего сложила руки на коленях? Или цыплят не любишь?

Рита ест цыплёнка руками, и она тоже взяла, осторожно откусила маленький кусочек. Он растаял во рту, оставив косточку, но эта косточка, попав на зуб, растаяла тоже.

Привыкнуть к Рите никак не могла. Рита всегда улыбалась: красные блестящие щёки подпирали глаза, ресницы загибались до бровей, к вискам веером разлетались весёлые морщины. Никогда ни на кого не кричала, говорила ласково, но почему-то виноватый начинал дрожать от страха. Ритин магазин был лучшим в Суково, Риту снимали фотокорреспонденты, о ней писали в местной газете, называли её прекрасным организатором. Это все знают: погоду в магазине делает Рита. Продукты завозит Рита. Со всеми нужными людьми — начальниками баз, шофёрами, грузчиками договаривается сама. Витрины у неё красивые, нигде таких Валентина не видела. А главное — Вовочку Рита кормит. Вовочка изменился за две недели, даже вырос. Так Валентине кажется.

Весь обед думала о Рите. Нужно Риту отблагодарить, а вот как, придумать не умела.

Очень старалась Валентина аккуратно свернуть кулёк, упаковать масло получше, чтобы в жару не потекло, точно взвесить старалась. Рита должна быть довольная, — думала. Рабочий день показался бесконечным, но, наконец, закончился. Ещё одно — последнее усилие: подсчитать количество отпущенных товаров и выручку. Слюнявила карандаш, нервничала, на белом пергаменте записывая крупные цифры. Путалась, не могла от волнения сложить два с пятью. Наверное, целый час провозилась. Люба давно отчиталась перед Ритой, ушла домой. Наконец последние цифры… Сошлось!

Счастливая, пошла в кабинет к Рите, обеими руками несла впереди себя неровно оборванный лист бумаги и деньги.

У Риты уже сидел Фёдор. Не сводил с Риты глаз, казалось, даже воздух вдыхал тогда, когда вдыхала его Рита.

— Вот и твой первый дебют! Сегодня будешь спать без задних ног. Смотри на неё, Фёдор Георгиевич, наша с тобой гордость! — Рита взяла цифры, стрельнула взглядом в конец расчётов, всё ещё улыбаясь. Валентина ожидала благодарности, а Рита вдруг поджала губы. — Ну-ка, выйдем на минуту! — Едва дыша, Валентина прошла следом за ней в подсобку, где уже никого не было. — Покажи, сколько у тебя осталось? — всё ещё не веря увиденному, попросила Рита. — У тебя не осталось? — Валентина лупила глаза. — Разбазарила?!

— Нет! — воскликнула в великой растерянности Валентина, вывернула карманы платья. Она не понимала, что случилось с Ритой.

— С тебя сорок рублей! — Недобро смотрят на неё суженные Ритины глаза.

— Я отдала всё до копеечки! — лепечет Валентина.

Она видела, Люба долго возилась со сметаной, размешивала её, она тоже старалась — размешивала: дураку понятно, нужно размешивать, а то вверх идёт гуща, внизу остаётся жижа. Она видела, как Люба подсчитывала что-то и складывала, и она так же всё делала. Видела, какая довольная вышла Люба из Ритиного кабинета.

— Ты часом не больная? — Ритино лицо незнакомо. — Иль только родилась? Как думаешь, из каких продуктов я тебя кормлю? Из тех, что я сэко-но-ми-ла, — отрезала сердито. Валентина обратилась в слух и зрение — она так хочет исполнить всё, что скажет Рита! — Как есть блаженная! Ладно, поучу. Не отнимешь у каждого покупателя по несколько граммов, тебе не останется ни масла, ни сахара. Ему незаметно, а мы все сыты. Не разбавишь водку, когда будешь разливать по четвертинкам, не разведёшь сметану или молоко, тебе сметаны и молока не останется или давай плати за них. А чем будешь платить, коли твоя зарплата — всего-то четыреста рублей? Разве это деньги? Моя тоже недалеко ушла. Покупателю две-четыре копейки ничего не стоят, а нам с тобой — еда и одёжа для наших детей.

Ни жива, ни мертва вышла Валентина из магазина. В этот раз Рита особенно постаралась, вдобавок к обычному дала двух цыплят! Сумка жгла ладонь. Шла Валентина домой целый час. По спине ползли пиявки. Так в детстве было. Ей лет пять. Лёня взял её на речку. Искупались, улеглись на песочек. Она лежит на животе страшно довольная: она — с большими, с Верой и Лёней вместе гуляет! Лёня весёлый тогда был: вдруг взял да положил ей на спину пиявок. Они копошатся, слякотные, щекочут. Вскочила, скинула их с себя, а одна присосалась. Как же тогда испугалась! Один раз, тогда, обиделась на Лёню. Сроду не возвращалось к ней это ощущение, а сейчас снова ползут по спине, присасываются пиявки, и оторвать их от себя невозможно.

Ужинать не смогла: Ритин кусок в горло не шёл. Не стала и сидеть против Вовочки и мамы — смотреть, как они уплетают цыплёнка: у Вовочки щёки в масле, глаза у Вовочки блестят! Сбежала на двор — колоть дрова.

Следующий день начался с бидонов сметаны. Теперь один их вид вызывал ужас. Рита уехала на базу, и она осталась один на один с этими бидонами. Люба на неё внимания не обращала, слова доброго ей не говорила. Давно уже торговала. А она всё стояла над бидонами. Если бы Рита была здесь, быть может, и совершился бы в ней тот главный переворот, после которого смело полезут в ширину бёдра, нальются красным соком щёки, выпятится живот — одно слово, начнёт она превращаться в Риту-бомбу, как назвала себя Рита в день знакомства. Но Риты не было. И Валентина поволокла бидон нетронутым и даже не размешанным за прилавок. Один раз дрогнула рука — может, правда, не довесить нескольких граммов, кто разберёт? — но она взвесила точно. С детства упрямая. Будь как будет, а работать приучена честно. Понимала — работает она у Риты последний день.

Снова бумага в Ритиных руках. И в тесном её кабинете ещё нет Фёдора. Рита говорит:

— Прости меня, девка, ты лучше иди к своему железу. Уже должна ты мне сто рублей, но я списываю их с тебя. Не приспособлена ты для такой жизни, и вся любовь. — Как назло, застыла перед глазами картинка — у Вовочки щека в масле от жареного цыплёнка, и у мамы губы — масляные. — Разве по чести да совести можно торговать, когда зарплаты никакой?! Я со своими близняшками потому и выживаю, что работаю в магазине. — Вчерашней злости в Рите нет, Рита смотрит на неё жалостно и грустно, и уже не так радуют Валентину мамины масляные губы и порозовевшие Вовины щёки. — Блаженная ты, Валь, не умеешь жить. Работать умеешь. Лошадь ты, Валь. Удовольствия не понимаешь. Иди, девка, себе. Буду искать продавца, а ты возвращайся на свой завод. На роду твоём написано мучение.

Дома принялась стирать. Она любила горячую воду. Взобьёт мылом пену, погрузит рубаху, трёт каждый её клочок, чтобы пот, пыль исчезли с каждой нитки. Любила стирать летом. Брызги не на пол падают — в траву, просторно во дворе, по улице люди идут, машины проезжают, ветер охлаждает лицо, к вечеру близко, с каждой минутой дышать легче.

Падали в пену слёзы. Сто рублей! Отнять у Вовочки! Не нужно ей Ритиных подачек. Должна — отдай.

А ходить в чем? Скоро лето кончится.

До дырки почти истёрла Вовочкину рубаху — не могла придумать, что делать.

— Валь, выйди ко мне, — позвал Ритин голос. — Не могу твою калитку открыть. Обещала к тебе в гости… А раз обещала, слово своё держу, так я говорю? — Рита приволокла две тяжёлые сумки. — Не думай, не сама тащила, Федя подвёз, да я перепутала, сошла у соседнего дома.

Мать с Володей сидели в комнате, а они устроились на кухне. Рита достала бутылку, разлила по стаканам красное вино, пододвинула ей стакан.

— Не обижайся на меня, Валь, жить хочу. Сама Федю видела. Хочу любить его, хочу, чтоб он любил меня. А я ему нужна спелая, в соку, да при хорошем положении. Зачем ему скелет? Ешь, девка. Таких, как ты, не встречала, сердце ты мне тронула. Вот и пришла к тебе оправдаться, почему вышла такая жизнь. Отец умер рано, а с матерью у меня дырка. — Рита хлопнула рука об руку. — Не люблю я мать. И побежала от неё, куда глаза глядят. Не с простым сошлась кавалером, выбрала себе офицера. Видный был, только я его не любила так, как Фёдора, — Рита смотрела мимо Валентины и забыла моргать своими красивыми глазами. Казалось, вот-вот заплачет, не заплакала, вздохнула. — А всё отец детям был. Как детям без отца? Пожила я с ним всего полтора года. Убили моего офицера. Война идёт, дети ревут, хотят есть. Я и пошла в магазин. — Рита стукнулась стаканом о её стакан, выпила, взяла картофелину, стала жевать. — Я, Валь, сама-то больше всего картошку люблю, деревенская я. По-простому мне бы и расти, а маман хотела из меня городскую сделать. Отец в Москве работал, в ресторане: тефтели всякие мне крутили, бифштексы делали, бисквиты. Хорошо, мне повезло: взяли няньку из простых. Нянька научила меня картошку есть: наварит чугунок, тащит тайком. Налопаюсь я той картошки, от бифштексов морду ворочу, и вся любовь.

Давно уже порывалась спросить Риту, откуда та. Нянчила же она Риту! Щёки, ресницы, глаза похожи, а там кто знает... Скреблось в сердце детство: Рита виснет на шее, не пускает домой идти. Ласковая была та Рита, послушная. Раньше всех взялась её любить. Не хватало потом Ритиной любви, никто об ней больше не плакал.

— Я тебе, девка, пришла сказать, поскорее учись жить, а то ты со своим Вовочкой пропадёшь. Жизнь-то одна, девка. Не все такие добрые, как я: твой долг я за твою ударную работу списала! Не думай о нём!

— Ты случаем не из Димитрова? — спросила всё-таки.

— А ты откуда знаешь?

Кровь прилила к лицу, удивилась шибко: как бывает! Вот и рассуждай потом — кто свёл?!

— Откуда знаешь? Скажи.

— Нянчила я тебя, вот чего! — брякнула. — Небось, не помнишь, дело давнее, а щёки и глаза с ресницами похожи.

— А тебе сколько? — уставилась на неё Рита.

— Мне — восемь, тебе — два, как раз можно нянчить.

— Не помню. Помню старуху, сказки мне рассказывала. Три года была у меня, добрая такая. Мать тебя голодом морила, да? — спросила вдруг.

Теперь Валентина плеснула в себя вино, выпила залпом. Хорошо Риту помнила — беленькая, розовая была! Не отпускала её домой. В книжке у Риты был Серёжа нарисован, как принц наряженный. Зачем стала ворошить? Вот про мать Рита нехорошее вспомнила.

— Баранку мне подарила, значит, добрая.

— Жадная она, — возразила Рита — Кулак! Подохнет на своём добре, никому не даст. И вся любовь. Я назло ей летучая. Лечу по жизни. Назло ей раскидывала своё добро, что она собрала мне! Даже у неё таскала вещи, дарила тому, кого любила. А мать возьми да увидь однажды у моей няньки свою кофту. В краже бедную обвинила, чуть не засудила. Пришлось признаться, что стащила-то я. Назло матери я такая стала: раскидывала всё, пока не было детей.

Теперь пили резво. Валентина рассказала про Илью. Про Василия Тимофеевича рассказала. Подруг у неё никогда не было. Всю жизнь свою Рите вывернула.

3

Ехала в Сокольники, сердце замирало — вдруг не возьмут обратно? Своя Стромынка. К самому заводу подвозит трамвай. Своя проходная. Дядя Гоша пьёт чай.

— Объявилась! — обрадовался он. — Где столько дней пряталась? Мне болтали, уволилась. Я не поверил, знал, что объявишься. Хочешь чайку? От жары только и спасение — чай! — Дядя Гоша готов говорить целый день. Для того и поставлен тут: про себя рассказать и про каждого разузнать. Сколько помнит себя на заводе Валентина, столько дядя Гоша здесь — даже раньше Мухи сюда пришёл.

— Потом, дядя Гоша, чай пить буду, боюсь, не возьмут.

К Капитону вошла бочком, робея. Не виделась с ним давно: не бегает теперь Капитон по цехам, большим начальником стал — всеми кадрами заведует, и секретарь парткома теперь, как была Любовь Васильевна.

Увидел её Капитон, встал, пошёл навстречу.

— Наслышан я про твои дела. Это кто же разрешил тебе увольняться? Наше государство стоит на заводах и станках. Потому и имеет такую силу, что Рожновы приставлены к станкам. В тебя вложено много сил! Должна понимать, Рожнова, политику, должна мыслить в государственном масштабе.

— Не Рожнова я, — решилась прервать Капу, — Юшина.

— Это не меняет конфигурации: Рожнова, Юшина. Политика для всех фамилий одна: поднимай индустриализацию и не бегай с передового фронта.

Она ничего не поняла из того, что сказал Капитон, поняла только: рабочее место для неё есть.

Капитон всегда ходит в полосатой рубашке и при галстуке. Даже в самую жару и то галстук на нём. Да ещё кепка. Чудно! Сбила её кепка: все слова позабыла, какие хотела сказать.

— Чего стоишь? Или ещё слово у тебя ко мне есть? — пришёл ей на выручку Капитон.

—Не хочу контролёром. Хочу на станок,—выпалила.—Муха станку учил. Я должна Муху помнить.

—Другие в глаза засматривают: дай почище да полегче место,— заворчал Капитон.—Будешь со мной рядом на совещаниях сидеть. Я, Валь, однолюб, думаю, знаешь. Я тебя толкал, чтоб ты, Валь, шла со мной в ногу всю целую жизнь, ты не захотела входить в социальное дело. За друзей я, Валь, на всё готов. Я, Валь, разоблачил тут одного, кто Любовь Васильевну назвал троцкистом!—вдруг зашептал Капитон. Закрыл глаза, качал головой, переживал свои слова.— Тебя выдвигала Любовь Васильевна!—Приблизил веснушчатое лицо к ней.—Главное—быть верным своим товарищам, иначе спать не сможешь.—И вдруг стал оглядываться, щуплый, маленький, всё старался голову вывернуть посильнее.—Я ничего не говорил тебе, слышишь, Рожнова? Нет больше Любови Васильевны,—вздохнул. Сказал торжественно:—Одно осталось мне: работать со старыми проверенными кадрами! Я очень доверяю тебе. Я выдвигаю тебя в месткоме. Ты, думаю, и не мечтала о такой должности, что я готовлю для тебя. А ты не понимаешь дела, уходишь с повышения…

—Станок давай!—перебила его Валентина. Она устала от Капитоновой речи. Поняла только про Любовь Васильевну, что извели её.—Не нужен мне местком, хочу станок,—повторила зло.—Хочу учеников, Капитон Семёнович!—Язык сам прилепил отчество— важным человеком стал Капа.

—Была дурой, помрёшь дурой!—закричал он на неё.—Не умеешь жить. Бери свой станок. Эко добра!

Ничего не сказала ему. Сговорились они с Ритой её дурой ругать. На что большой человек был Муха, а от станка ни на шаг. Каждому, значит, своё.

Станок достался ей новый, чистенький, ни одной царапинки! Запустила его Валентина, чуть не закричала от радости: при месте теперь, теперь у неё опять ученики будут, опять руки вспомнят Мухину грамоту. Сметану разводить да копейки считать не по ней. После смены шла к проходной приплясывая: не нужно ей ветчины, картошки наварит. Она картошку любит, она—деревенская.

Рядом с дядей Гошей сидел Василий Тимофеевич.

—Говорил тебе, объявится. Она без завода никуда не годная,— важно сказал дядя Гоша.—Попей, Валь, с нами чайку.

Голос пропал, не смогла ответить дяде Гоше. На негнущихся ногах пошла к выходу. Много радости было в ней сейчас, распирала её радость.

—Валя!—Под тонким голосом Василия остановилась, подождала его. Их обходили.—Ну что, идём?—А она не могла сдвинуться с места. Непривычно стоять без дела. Людей стыдно.—Пойдём, Валя, затолкают. —Взял под локоть, вывел на Стромынку. Повёл по Большой Остроумовской, Малой, по Колодезной, к Яузе вывел, на Бойцовую улицу… —В техникуме тебе держат место, убирает временная. Не чисто моет, нет. Запомнил «Сокольники». Как искать фамилию, не знаю. Кроме имени и внешнего вида, не знаю ничего. Обошёл заводы. С дядей Гошей выпили. «Объявится, —сказал. —Жди». Выходи за меня замуж, Валя.

Они ехали на метро до Киевской, потом в поезде. Непривычно ехать с Васей. Кажется, все видят: у неё на кухне спит муж, а она с чужим мужиком, забыла про стыд. О Васе ничего не знает: был кто у него, может, жена, тоже дети? Боится спрашивать о таком. Захочет, сам расскажет. Он не рассказывает.

А где ж им жить, если замуж пойти?

По Суково шла быстро, убегая от Василия Тимофеевича. Стирать надо. Вчера из-за Риты не достирала, мать не сможет ведро поднять. В техникум снова надо идти. Место за ней держат. Василий Тимофеевич больше с ней не заговаривал.

—Дальше не надо, —приказала в начале своей улицы. Он послушно пошёл прочь, не попрощавшись.

Теперь каждый день он встречает её у завода, тащится с ней через всю Москву, помогает двигать столы и стулья в техникуме, ждёт, пока она моет полы, провожает домой.

В душные вечера ей кажется: они одни в целом мире. Вася прижимает её локоть к себе, поглаживает, опять прижимает, несёт её сумку, шепчет задыхаясь: «Валь, хочу тебя!».

Конец лета. Воздух, пыльный, густой, плохо проникает в лёгкие. В голове тоже густая пыль —ни о чём не помнит Валентина. Вася идёт рядом, большего не хочет.

Прощались, как всегда, в начале улицы. Васины руки жгли голову. Всё хотела вывернуться, словно Вася насильничал над ней, но не выворачивалась —млела. Вася склонился к ней, стал громко целовать в губы, в щёки. Ей щекотно, стыдно. Первый раз вот так, при всех проходящих мимо, её целуют в губы. Она жмурится. Вася ставит сумку на землю, обхватывает её крепко-крепко, гладит губами, потом впивается в неё, не даёт дышать, отпускает и, только она передохнёт, опять обхватывает. Сладкий Вася.

День за днём теперь, каждый вечер —Васины руки с ней.

Лето идёт на убыль, тощие деревья вдоль их улицы припалились желтизной, ледяные быстрые потоки ветра, присланные будущей зимой, пожирают тёплую пыль —воздух поредел, жжёт холодом. Ночами она томится. Не понимая, чего ей надо, вертится с боку на бок, скидывает одеяло, натягивает снова до горла, садится в кровати.

В тот день ледком подсохла земля. И Васи в проходной не было. Потеряв дыхание, она затопталась на месте. Дядя Гоша звал пить чай, посылал домой — всё одновременно:

— Вася ждёт дома, иди. Не сомневайся, сыта будешь, в заботе будешь. Деловой мужик. Я всё обговорил с ним.

Вася ждал её на лавочке возле техникума. Встал навстречу. Глядя собачьими глазами, резко сказал:

— Решать жить как будем. Переходи ко мне, на объект — комната с кухней, или я к тебе. — Больно мял её руку, как Илья когда-то, зораживал дверь. — Я не парень, ты не девка. Жить так жить. Хватит.

Мыла полы, повторяла его слова: «Жить так жить». Вот чего томилась — хотела жить с Васей.

Заперла техникум, поёжилась от осеннего холода. Вася сидит на лавке. Села рядом.

— Ну, какое выйдет решение? — спросил, не глядя на неё.

Фонарь ярко светил в Васину бритую щёку. Куст брови навис над глазом. Положила голову Васе на плечо.

Сидели обнявшись, грелись Васиным теплом. Нравилось ей так вот сидеть, греться.

— Деньги у меня хорошие. Сама знаешь, аппаратура — серьёзная, отвечаю за неё я, — захвастался Вася. — Чтоб аварий, значит, не было. Самолёты как будут без меня садиться, а? — Вася ждал ответа, не дождался. — Ещё деньги есть, другие. Приёмник починить, соберу. Сколотить шкаф…

Вернулась домой, Володя уже спал.

— Слава богу! — сонно отозвалась мать на её осторожные шаги. Не спросила, где её носит до сей поры, не заругалась, сказала: — Каши поешь, в одеяле она. — И уснула.

Поела каши, вскипятила чай, села дожидаться Илью. Пила чай долго, от пуза. Напилась. Илья не шёл. Просто сидеть не умела, принялась скоблить керосинку. Давно хотела, всё руки не доходили. Точно в деревне она — силы в ней много. Хоть пахать сейчас впрягайся, хоть картошку копать! Уж чем только ни тёрла керосинку, ножиком, наждачной бумагой, добилась своего — заблестела керосинка как новая! И, лишь заблестела, явился Илья. Покланялась ему:

— Здравствуй, Илюша! Давай чай будем пить.

— Не хочу, — буркнул Илья, не взглянув на неё.

Не обиделась, звонко продолжила:

— Знаешь что… я замуж выхожу. Как нам с тобой решить… нашу комнату?

Точно кипятком его ошпарили, подскочил к ней, ухватил за руку, повернул к себе. Она сор собирала после своей работы — сор посыпался на пол.

— А ну… как это — «замуж»?! — Вот теперь смотрит на неё, во все глаза — разглядывает. — Не уходи от меня, будем жить с тобой. — И потянулся к ней.

А она отшатнулась, упёрлась руками ему в грудь. Отвёл её руки, за плечи схватил, хотел повалить на кровать, а в ней поднялась рвота. Со всей силы отпихнула его, вырвалась, руками зажала рот давясь, побежала было из кухни. Но он снова ухватил её за плечо. Больше не волок к кровати и не лез целоваться, кривился как больной и был сильно бледен.

— Значит, тебя рвёт от меня? Уже спишь со своим? — Осёкся и вдруг зачастил стремительно, спотыкаясь на словах: — Сама говорила, любишь, я самый красивый. — Илья — на себя не похож, жалкий. — Не уходи от меня, Валентина.

Она всё прижимала руки ко рту давясь.

На другой день Илья собрал вещи, ушёл со своим военным деревянным сундучком. Из окна смотрела, как он спешит.

Глава вторая

1

Дома была мамка. На себя не похожая: вся голова в мелких колечках, губы подкрашены, незнакомая блузка с красными пуговицами, незнакомая юбка. Мамка покрывает скатертью тот стол, на котором он делает уроки! Почти такой скатертью покрывает, какая у Марлена на кухне. Бегает мать из кухни в комнату, тащит тарелки, режет селёдку, колбасу.

— Где тебя носит? Жду, жду! — говорит громче, чем всегда. — Остыло всё. Садись, Вовочка, садись, сыночек.

Чего только нет на столе! Толстые, таких и не видел никогда, колёсики колбасы, винегрет, ещё какой-то салат, солёные огурцы, дымящаяся картошка и настоящие котлеты. Ветчину мама приносила летом и сметану, а котлет не приносила. Посередине — потная бутылка.

Баба Устя тоже принарядилась: надела белую кофту с синим сарафаном.

— Будем знакомы! — раздалось за спиной Володи. Резко обернулся. Высокий, бровастый мужик, в белой рубашке и чёрном костюме, протягивает руку. — Дядя Вася. — Садится на отцовское место, разливает в стаканы прозрачную жидкость. Отец водки не пил.

Ест дядя Вася аккуратно, неслышно, только огурец откусил хрустко, так, что Володя поёжился.

— Вот, Вовочка, — говорит мать, — мы и поженились с Василием Тимофеевичем.

Как это — «поженились»? Значит, с отцом развелись? Значит, отца у него никогда больше не будет? А разве отец был? В детстве по воскресеньям в трубу дудел: то лошадь ржала, то машина ехала. Есть отец — читает книги. Больше ничего про отца не знает.

— Всё умеет делать, — «наступает» на Володю мамка. — Дома строить, собирать приёмники, в электричестве понимает. Он какую-то машину изобрёл. Сам скажи, Вася. — Дядя Вася хмуровато молчит. Точно не заметив этого, мамка продолжает: — Василий Тимофеевич работает на важном объекте, техник он, помогает садиться самолётам. — У матери одно рыжее колечко прилипло ко лбу. — Ешь, сыночек, — заискивает мать перед ним. Володя ёжится, глядит в тарелку, чтобы не столкнуться взглядом с мамкиным мужем.

Он вспомнил, один раз отец попросил у него табель — год тогда кончился. «Арифметика — четыре, история — пять, русский — четыре, рисование — три с минусом, пение — пять», — читал отец, долго разглядывал табель, потом закрыл, положил осторожно на стол, подхватил свою трубу и ушёл. В тот вечер Володя ждал его. Не дождался, уснул.

— Тебя дядя Вася обучит любому ремеслу, какое тебе понравится, ты только слушай его!

Водка скоро кончилась. Ярко светила лампочка, блестела вилка на дяди Васиной тарелке, дядя Вася смотрел на мамку.

Когда б имел златые горы и реки, полные вина, —

запела мамка. Она рдела красными щёками, качалась из стороны в сторону, встряхивала головой — рыжее колечко взлетало и опадало снова на лоб. Подхватила песню баба Устя. Она тоже поводила плечами и качалась из стороны в сторону.

— Эх-ха! — всхлипнула неожиданно мамка, встала, одёрнула юбку, во весь голос повела:

Вдоль по морю, по синему... —

и пошла вокруг стола, правым плечом вперёд. Руки распахнула, голову откинула.

— Величальная песня, — шепнула баба Устя Володе.

Вдоль по морю, по синему, —

подхватил дядя Вася, вскочил, пошёл рядом с мамкой.

У дяди Васи оказался тонкий голос.

Песня сменяла песню. Дядя Вася, не отрываясь, смотрел на мамку, прыгал около неё.

Володе стало смешно: взрослые прыгают, как дети. Когда праздновали победу, тоже все прыгали, даже старушки. И орали одну песню за другой, как сейчас орут мамка с дядей Васей. И баба Устя тоже заорала.

Места у них мало. Дядя Вася задвинул стол в угол. Перед диваном открылась площадка, на полу получился светлый круг от лампы. На этом светлом кругу дядя Вася обхватил мамку, закружил. Отпустил, дышал тяжело, топтался перед ней, невпопад размахивал руками, потерял ритм песни.

Мамка оборвала ту, которую потерял дядя Вася, запела громче прежнего:

Эх вы, сени мои сени,
Сени новые мои...

Дядя Вася пошёл вприсядку. Мамка понеслась вокруг него. Баба Устя поднялась и неторопко поплыла. Всех троих соединил широкий круг от лампы.

Володя стал ёрзать на диване, ему очень хотелось пойти вприсядку по этому кругу, но он перетерпел, вжался в диван. Баба Устя села рядом, вытянула ноги, тяжело дышала, но продолжала петь и хлопала в ладоши. Коричневые морщины, спёкшиеся губы, лиловая радужка, светлые точки в зрачках, светлая прядь волос надо лбом — его баба Устя.

— Вовочка, иди сюда! — оборвав «Сени» и выбиваясь из танца, позвала мамка. Завела «Барыню» и снова понеслась вокруг дяди Васи с откинутой головой, горящими щёками.

Эх, сударушка моя...
И эх! —

тоже закричал Володя и понёсся за мамкой.

Дядя Вася крепко стучал сапогами об пол — отбивал чечётку, а Володе казалось, он сердится и топочет ногами. Густые тёмные волосы подскакивали и падали на лоб, брови, большие, как чубы, дёргались в такт песне — у деда Мороза на мамкином заводе были такие большие брови, только у деда Мороза они были белые, а у дяди Васи — чёрные.

Мамка внезапно остановилась, постояла словно в раздумье и тоже пошла вприсядку, между дядей Васей и Володей.

Володя повернулся к бабе Усте, плясал перед ней, ей кричал во всю глотку:

Что ели? Кашку.
Что пили? Бражку.
Ла-аду-ушки-ии!

Баба Устя смеялась. Никогда раньше не видел, чтобы она смеялась. У неё целы все зубы, белые, как у молодой, мелкие, они блестят от яркого электрического света. У них всегда вкручена самая сильная лампочка.

Мамка села на пол. Смеялась, хлопала в ладоши, кричала:

— Давай, Вовочка, давай, сыночек! Будем жить теперь, сыночек! — Говорила ему, а смотрела на дядю Васю.

Дядя Вася смотрел на мамку.

На другой день Володя в школу не пошёл. Не хотел видеть Марлена. Что-то Марлен нарушил такое, что для него было важнее всего. Пусть заседает под портретом Сталина и звенит в колокольчик, пусть что хочет вставляет в план, ему ничего не надо. Ушёл в Очаково к знакомым ребятам, они во вторую смену. В футбол не играл давно. Но очень скоро стали возвращаться отработанные движения, лёгкость, радость власти над своим телом. И вылетели из головы Марлен со своим планом, мамка со свадьбой, дядя Вася. Уже в сумерках, голодный, освобождённый от мыслей и чувств, вернулся домой. Настроение было такое хорошее, что всю дорогу во всю глотку распевал песни, какие приходили на память.

— Баба, где ты? — завопил с порога. — Есть хочу.

Сумерки расползлись по комнате, чёрным затопили углы, притушили стены. Включил свет. Но мало что изменилось: углы остались полутёмными, всегда яркий круг, на котором он делал уроки, был сегодня блёкл.

— Что с лампой? — кинулся к бабе Усте на кухню.

— Экономить надо, вот что, — махнула она рукой.

Походил по комнате. Увидел вчерашнее: под ярким светом дядя Вася обнял мамку. Схватил портфель, пошёл из дома.

— Ты куда, сыночек? — позвала баба Устя.

Не ответил. Скорым шагом шёл по Суково, а в нём металась, не находя выхода, обида.

Толкнул дверь, она легко открылась. Тоже не запираются, как и они. Постоял в тёмном коридорчике, пошёл в комнату. Ярко горит лампа на столе. Стол — громадный, гораздо больше, чем у Марлена, за ним — Прутик читает. Книги — башнями. Прутик вскочил, увидев его.

— Вот здорово, что ты пришёл!

— Зачем тебе такой стол? — спросил Володя. — Три таких, как ты, за ним поместятся!

— Это не мой, это папин, — сник Петя. — Папа у нас пропал, уже несколько лет, мы с мамой всё ждём его. Смотри, что мама нашла! Тот, что у нас был, — ерунда. Не знаю, конечно, может, он вовсе и не Петровского времени, но в сто раз лучше, чем Марленов корабль.

— Что это? — перебил его Володя. — Это ты сам?!

На этажерке в строгом порядке разместились на одной полке из дерева поделки — резные стаканы, шкатулки, на другой — звери из глины, на третьей — планеры и дома с башнями из бумаги и картона, маски разных цветов и разной формы, на четвёртой — самолёты с грузовиками. А на стенах висели иконы и картины очень чистых тонов.

— Ещё с папой вместе… Икона… картина потускнела, постарела… пыль… ну, время… это же интересно — восстановить настоящие краски! Мы с папой вечерами воскрешали. И мама помогала. Я люблю руками… Хочу стать реставратором. Это такая работа… праздник.

— Привет! — на пороге Марлен. Глаза прищурены, как от солнца. — Ты зачем, Петь, сказал Цапле? Она же в исполкоме наболтала: детское творчество, инициатива, а я получаюсь предатель: наобещал с три короба, а показал фигу. Им теперь во что бы то ни стало подавай корабль. — Марлен моргал, точно ему в оба глаза попал песок. — Ну, пожалуйста, ребята, пойдите мне навстречу. Давайте доделаем! Только паруса остались! — умолял он. — Мама печенья напекла.

При упоминании о печенье Володя проглотил горькую слюну. Он не обедал сегодня, в животе урчало.

— Какой ты предатель?! Это ведь мы с Володькой не захотели, мы и виноваты. Цапля понимает.

— Что ты с ним миндальничаешь? — крикнул зло Володя. — Правильно сказал «предатель»! Нас предал! Катись к своему печенью, мы построим свой корабль.

— Погоди, ты чего разоряешься? — накинулся на него Петя. — Марька разве дурак? — Обернулся к Марлену: — Цапля… ты знаешь её, хочет быть нам как мать. Поговори с ней ласково, она и растает! Выбирай: или мы с Володькой, или твой Совет с твоим планом!

— Что егозишь перед ним? Его дело одно, наше другое. Показывай чертежи. — Володя потянул Петю за рукав к столу. Злое голодное урчание в животе крушило многолетние отношения с Марленом.

— Я что, ребята, я готов, чёрт с вами, если вы с Цаплей договоритесь, мне жалко её, она с нами столько лет... пединститут для нашего класса закончила, чтобы нас учить русскому... Жалко её, — повторил. — Но, если хотите для себя... — лепетал Марлен, — пусть для себя. Только сами с ней поговорите! А сейчас прошу: идём ко мне. Мама ждёт. Сказала, чтобы без вас не приходил. Она печенье испекла!

Вошла маленькая худенькая женщина. В первую минуту Володя решил — девчонка, но Прутик кинулся к ней с возгласом «Мама!», помог снять пальто. Спросил:

— Почему так поздно?

Женщина подошла к Марлену, такими же, как у Прутика, глазами уставилась на него. Серое, утомлённое лицо её, пока она жадно разглядывала Марлена, светлело. Прошептала:

— Это — Марик, я знаю! Сколько же лет я не видела тебя? С тех пор как наш папа исчез... — Замолчала. Тут же заговорила, восхищённо глядя на Марлена: — Как ты вырос! Совсем отец... совсем взрослый. Живём, не замечаем времени. Только по больным и определяю: один выписался, на его место пришёл другой. Сегодня у меня тяжёлый случай, — обернулась к Прутику. — Представляешь, только соберусь уйти, приступ! Как оставишь? Всего сорок, а сердце уже отказывает. Садись, Марик, сейчас будем пить чай.

— Мама ждёт. Мы должны доделать и испытать корабль, пока не замёрзла вода. Здравствуйте, Елизавета Петровна, — запоздало сказал Марлен. — Я не поздоровался.

— Идите! Конечно! — просияла Елизавета Петровна. — Я так люблю, когда Петечка у тебя! Почти как раньше...

3

Всё вроде осталось по-прежнему: школа, потом — у Марлена. Но пропала сквозная радость. Стал замечать то, чего раньше не замечал: Лидия Сидоровна подкладывает Прутику ещё и ещё, так просит его всё съесть, словно мир развалится, если он не съест: «твои любимые маковки (творожники)», «эклеры...», «твой любимый хворост»...

То, что к Прутику относятся лучше, чем к нему, вызывает обиду и раздражение.

Только Наташа слепо радуется ему. Кричит:

— Володя плишёл! Иглать будет со мной в пляталки! — И закрывает ладошками глаза. Он начинает искать её, бегает по коридору, заглядывает в шкафы и под вешалку. Сквозь пальцы Наташа смотрит, как он ищет, и звонко смеётся. — Не может найти! Малик, холошо я спляталась?

…Наконец корабль доделали. Подняв на плечи, торжественно понесли к воде. Но промозглая осень без ветра прибивала дождём паруса — они провисали тряпками. В пруду корабль застыл на одном месте, плыть не хотел — он оказался тяжёлым и неповоротливым. Лезли в воду, толкали его, он покорно поворачивался под их толчками и… не плыл. Лязгали зубами от холода. Несколько дней провели на пруду. Надоело. С трудом вытащили его из воды, промокнув до нитки, поволокли домой — оставили в подъезде.

Сидели мрачные в Марленовой комнате, молчали, отогревались чаем под Наташину болтовню. Вопрос «Почему у Петра получилось, а у нас нет?» — без ответа.

Лидия Сидоровна вошла неслышно, с книжкой в руках.

— «Принц и нищий», — сказала. Не спросила, хотят ли слушать, начала читать.

Грубая ругань, холод, грязь в жилище Тома, великолепие палат и одежд принца… Володя позабыл о корабле: то Томом становится, то принцем, то во дворец попадает, то в хибару.

Три вечера читали, но вот Лидия Сидоровна закрыла последнюю страницу.

— Есть связь между жизнью нищего и жизнью принца? Какая? — спросила.

Ни разу со свадьбы мамка не спросила его: «Как ты?».

Лидия Сидоровна говорит: важно, человек или не человек — принц ли, нищий ли; важна жизнь внутренняя, а не внешняя — еда, жильё; важно, что чувствуешь, способен ли пожалеть несчастного, помочь нуждающемуся.

Во все глаза смотрит Володя на Лидию Сидоровну — откуда она знает, что говорил Нестор Григорьевич? Это его слова — человек, нечеловек. Из дали дальней голос бабы Леты: «Что ты чувствуешь, Володенька? Тебе жалко чудище?» «Жалко», «чувствуешь»… — важные слова. Корабль — то, что он делает, обида — то, что чувствует. Лидия Сидоровна и баба Лета и Нестор Григорьевич… вместе работают над ним. У Петьки в Томске были красивые костюмы и он был сыт, когда все они хотели есть и одевались в старьё, но он был жесток. «Важно, что чувствуешь…»

— Я хочу быть человеком, — говорит Володя и краснеет.

Между ним и Прутиком есть связь. Между ним и Марленом есть связь. Между мамкой и им связь порушилась: мамка таращится на дядю Васю, его одного видит.

«Станционный смотритель» Пушкина, «Дети подземелья» Короленко — от бабы Леты голос. А ещё Толстой — «Хаджи Мурат», Куприн — «Гамбринус»… В библиотеке взял Куприна. Ночью света не зажжёшь. Дождётся — перестали возиться мамка с дядей Васей на кухне и баба Устя уснула, оденется, выскользнет на улицу. Под фонарём читает «Белого пуделя». Замёрзнет, идёт в дом, долго не может согреться. Лидия Сидоровна так ставит вопросы, что он видит происходящее. Вроде несчастны дети подземелья, Маруся умерла, а радоваться они умели всему лучше, чем… Не ухватить. И в «Белом пуделе» столько радости! — у Серёжи есть верный друг.

А его Друг погиб.

«Жизнь — короткая, — голос Лидии Сидоровны. — Можно прожить её, а можно пропрыгать или стать винтиком».

«Не всё равно, как прожи-ить?» — возразил он тогда.

С долгим «и» слово представляется мячом: Володя гонит его, и жарко, и весело — забьёт гол?

Это для Марлена главное: выиграть! Мамка бегает от станка к станку, а потом мокрой тряпкой собирает чужую грязь.

Причём тут мамка и Марлен? Причём тут станки?

Мамка втюрилась в дядю Васю, а его сразу побоку…

Новая книжка — новые вопросы.

Баба Лета, Нестор Григорьевич, Лидия Сидоровна — разными словами, а об одном. Взболтали его.

Ни с того ни с сего нагрубил Цапле.

— Расскажи о причастиях, — вызвала его Цапля.

Обыкновенный вопрос. А он возьми да скажи:

— Не хочу.

— Что «не хочу»? — удивилась Цапля.

— У меня нет ошибок. Не хочу говорить правила.

Сказал, а сам во все глаза смотрит на Цаплю: что сделает сейчас с ним? Внутри холодно и «не хочу» крутится волчком. Об этом говорила Лидия Сидоровна: он должен сам решать, что делать. А он привык делать так, как ему прикажут.

— Не хочу! — повторил упрямо.

— Тебе экзамен сдавать, достанутся правила… — Цапля ошалело смотрит на него. — Как это — «не хочу»? Должен…

Почему «должен»? В какой связи «должен» и «хочу»?

— Не хочу, — твёрдо повторил Володя.

— Выйди из класса, — крикнула сердито Цапля.

«Не хочу» — хотел сказать Володя, но вдруг почувствовал, что хочет уйти. Зажмурился и сказал:

— Хочу!

— Что — «хочу»? — спросила с надеждой Цапля.

Пошёл к своей парте, засунул в портфель учебник, тетрадку и медленно двинулся к выходу. Он хочет уйти, потому что скучно. Очень страшно, но ему нравится так идти, ни на кого не глядя, в тишине с его «не хочу» и с его «хочу», с тем, что он чувствует, с тем, о чём он думает.

Седьмой класс оказался переломным. Володя словно проснулся. В пятом началось, в седьмом закончилось: каждое событие, каждого человека он теперь воспринимал как ребус. «Зачем», «как»... — без передышки идёт в башке работа.

Стало интересно жить. Теперь он всё сравнивает.

Почему Цапля читает стихи или прозу громко, вдалбливая, а Лидия Сидоровна — тихо, ненавязчиво? Почему Цапля вопросов не задаёт, а говорит им, как они к кому должны относиться, героев называет «образы». Ещё любимые её словечки — «главная идея», «главная линия». Получается, своё произведение писатель пишет лишь для того, чтобы выразить главную идею и провести главную линию. А над книжками, которые читает Лидия Сидоровна, сидишь — разгадываешь загадки, и вопросы сыплются на башку тугими снежками: и те, что задаёт Лидия Сидоровна, и те, что сами лезут, без спросу.

Почему отец никогда не почитал ему? Почему не любил мать? Мать виновата или отец? Или никто не виноват? Почему мать живёт с чужим дядькой и очень даже довольна? Почему мать Прутика — печальная? И Лидия Сидоровна — печальная? И никогда не скажет, о чём думает сама? Почему Марлен на всё готов для них с Прутиком — даже свой Совет дружины забросил, а так любит, когда его хвалят?!

Цапля говорит «Всё ясно в литературе», а ему ничего неясно. Почему убили Хаджи Мурата? Он хотел помочь русским, только сначала хотел спасти своего сына! Почему одни живут во дворцах, другие в подземельях? Почему мучили Сашку в «Гамбринусе»? Почему, когда слушаешь Лидию Сидоровну, тоже становится грустно? Её печаль такая же, как у Нестора Григорьевича. Может, и у неё кого-нибудь убили?

«Спалтака я знаю, он холоший, — перебивает Наташа его мысли, возвращает к новой книжке, тыкает тонким пальчиком в картинку. — Уйдут от мамы ученики, она нам всё скажет».

Наташа действует на Володю странно: в её присутствии вопросы Лидии Сидоровны становятся его личными вопросами, случившееся с героями случившимся с ним. Наташа всегда с ними, сидит на диване в обнимку с куклой, слушает напряжённо мать, глаз не сводит с неё. Банты у неё всегда розовые. Наташе—семь лет, а выглядит на четыре и «р» не говорит, как не говорят в четыре. Наташа подаёт Марлену линейку, книжку. Марлен таскает её на плечах, качает на руках. Он не может решать задачи, учить историю, слушать мать, если в комнате нет Наташи. И Володя привык к её присутствию. Выйдет она на минуту, словно не хватает чего.

Иногда Лидия Сидоровна замолкает на середине слова.

—Ты чего, мам?—спрашивает Марлен.

—Мама, ты потеляла букву?—спрашивает Наташа.

Лидия Сидоровна смотрит в одну точку. Володе кажется, сейчас заплачет, но проходит мгновение, и, как ни в чём не бывало, она продолжает читать.

—На время я увела вас от истории,—сказала однажды.—А ведь интерес к ней очень важен. Во все времена были войны. Несущественно, за что воевали—за власть, за землю… у многих людей профессия—воевать.—И Лидия Сидоровна рассказывает об Александре Македонском. Он ведёт своих воинов под палящим солнцем по раскалённым пескам. Жжёт города, казнит людей, и на трупах, на развалинах пирует.

Стали сниться странные сны. Македонский убивает дочку и внука Нестора Григорьевича, Друга, Петька превратился в Македонского. Володя кидается защитить Друга и просыпается. Ночь за ночью. В одну из ночей убивают Прутика. Володя кричит и просыпается. Не может быть, чтобы Прутика убили! Снятся тощие дети, почти скелеты, жертвы уже сегодняшней войны, снятся русские цари в золочёных одеждах—они казнят бородатых мужиков в широких посконных рубахах. Всё время кто-то кого-то убивает…

Где же бабы Устин Господь, почему не защищает тех, кого убивают? Снятся колокола. Сияют на солнце, но не звонят.

Солнце в снах не вяжется с мрачной серой зимой его седьмого класса. Жизнь в школе идёт мимо него. На уроках он пытается осознать свои сны или вспомнить свои разговоры с Нестором Григорьевичем, или повторяет про себя то, что читала накануне Лидия Сидоровна. Почему это так больно—чувствовать и думать? Ходить он стал медленно, вяло, словно ноги отказывались служить ему. Иногда видит внешнюю жизнь: баба Устя стала печь пироги, дядя Вася обнёс двор забором, ставит сарай—стучит и стучит. Они с мамкой все вечера сидят за четвертинкой. Их разговоры не затрагивают его. И аппетит пропал: даже пирогов не хочется.

Цапля учит их писать сочинения, но они ничем не отличаются от изложений: нужно повторять то, что говорит она. Но Володя не запоминает. Ребята на уроках играют в морской бой, после уроков — в разбойников… Он не играет.

Снова в нём раздражение против Марлена: как откидывает голову, как ведёт пионерские сборы…

Совершается в Володе работа. Мамка целые дни работает. Она живёт? Он целые дни думает — он живёт? Убивать — тоже жить? Лидия Сидоровна заколдовала его — запеленала печалью. Так же, как она, он застывает: уставится в одну точку и не может сдвинуться с места, сквозь него, как вода, текут мысли, в нём плещется беспокойство.

Марлен с Прутиком отвечают на вопросы Лидии Сидоровны. И голос у Марлена — важный, он говорит всё так, как матери нравится. Иногда Лидия Сидоровна спрашивает его:

— А ты, что же, Володя, никогда ничего не скажешь, разве у тебя нет своего мнения? О чём думаешь ты?

— О войне, — покраснеет Володя. Потом добавит: — О смерти. — И снова молчит.

Ему нравится, как Лидия Сидоровна смотрит на него: словно он очень умный. А сказать, что он думает, страшно: вдруг ей не понравится? Не скажешь же, что правильно убили Хаджи Мурата: он и русских продал бы, и всех, кто помешал бы ему спасти сына! Не скажешь же ей, что Спартак рано восстал. Это Нестор Григорьевич говорил: есть законы, которые не перескочишь. Каждой эпохе своё время. В Володе копятся его «почему» и «зачем». Он сам пытается ответить на них, но, и когда уверен, что ответ нашёл, молчит. В нём так много скапливается всего — беспокойства, раздражения против Марлена, непонятной боли, что однажды, на стыке зимы и весны, когда снег уже почти сходит, а мокрая земля просит солнца и тепла, он срывается. Едва закрылась за Лидией Сидоровной дверь, как он выпалил, неожиданно и для себя, и для ребят:

— Здорово, что Македонский так рано сдох, туда ему и дорога! — Он кривит душой, ему нравится Македонский. Он — красивый, как дядя Саша. Но дядя Саша — не его отец, Марленов, вот пусть Марлен позлится, его любимый герой — Македонский. А Марлен лишь удивился:

— Ты чего это? Молчал, молчал… Македонский — великий человек, он создал несокрушимое государство.

— Убийца! — В Володю точно бес вселился. — Бил людей, как клопов.

— Кто сильный, тот и бьёт, — равнодушно откликнулся Марлен, не принимая Володиного вызова: он решал задачу и не хотел спорить.

А Володю равнодушный тон и смысл того, что Марлен сказал, разозлил ещё больше: он вырвал у Марлена задачник.

—Значит, Петю можно бить потому, что он—слабый? Значит, Наташу—бить?

Марлен оторопело уставился на него.

—Ты с ума спятил?! Причём тут Петя и Наташа?

—Не всегда правда на стороне сильного! Фашисты напали на нас и были сильнее, а мы взяли да и разбили их. Ты ничего не понимаешь!—несёт Володю.

Откуда в нём взялась такая лютая обида и такая боль, он не слышит себя—о чём кричит, есть только Марленова физиономия с красными щёками: бить, бить по ней—выбросить боль и обида.

—Чего ты врёшь?—разозлился, наконец, Марлен.—Это у меня отец—военный, это я знаю всё про войну. Мы победили техникой. Наша техника в сто раз выше фашистской. Государство у нас такое, что оно в сто раз сильнее всех. Это особая сила. В современной войне побеждает идея государства, а если ещё в соединении с техникой! Сильный бьёт слабого!—повторил он торжествуя.

—Ах ты так!—Володя кинулся на Марлена, ухватил за литые плечи.—Не техника… нет!!

—Ты ополоумел, Вов!—влез между ними Прутик.—Какая муха тебя укусила? Что тебе Марька сделал, чем обидел?

Горько заплакала Наташа. Подскочила к Марлену, обняла его, закричала Володе:

—Я с тобой, Володя, иглала, я тебя любила, Малик—холоший, не бей его, не кличи на него.

Володя испугался Наташиного лица, попятился от Марлена. Снова он бежал по своему Суково сломя голову. Только в этот раз с ним не было Прутика. Бежал вытянувшись вперёд, рыбкой, ему казалось: он сейчас упадёт. Но он добежал до футбольного поля и не упал.

Вот чего он хотел!

По чёрному грязному снегу вечные мальчишки гоняли мяч.

—Эй, Юшин, сезон скоро начнёшь? Эй!

—Ты что? Он шибко умный стал! По книжкам теперь спец.

—В отличники лезет!—дразнили его.

—Ну, здравствуй!—Собственной персоной Туз. Положил руку ему на плечо.—Подрался, что ли?—Туз потемнел лицом, сильнее наваливается на палку.—У меня сегодня отгул, приезжал к приятелю. Вот решил заглянуть.

То ли не вся злость вылетела из него, то ли Туз подвернулся как нельзя вовремя, только Володя, торопясь, глотая слова, стал говорить—о жестокости царей и Петьки из Томска, о смерти, о том, что больно—чувствовать, что в нём скапливается что-то тугое— не продохнуть. Туз поощрял вниманием—валяй, мол, вываливай всю требуху на меня, и Володя «вываливал», пока Туз, усмехнувшись, не прервал его:

— А ты не думай, парень. Думать вредно. У нас один думал-думал да и свихнулся. А как не свихнёшься, когда каждый день — кровь, трупы да ожидание, что тебе тоже вот сейчас труба! Э, Вов, ничего своим думаньем не изменишь — всё равно, Вов, жестокость не остановишь, точно говорю. Ну, будешь в своём кабинете тухнуть с книжками, ну, будешь рваться, как ты сейчас… Кого спасёшь? Нет выхода, Вов. — Казалось, Туз толчётся на месте, нижет и нижет слова, пытаясь и себя от чего-то оградить. — Жестокость, Вов, была и будет всегда, на ней стоит мир. Ты, Вов, беги. Скидывай пальто и беги. Не разводи, Вов, всякие там науки, книжки не читай, ты несись, не думай. Жизнь, Вов, — удовольствие. Пожрать вкусно — раз. Баба… два. Чего морщишься? Первое удовольствие! — сказал решительно. — В картишки, Вов. Да мало ли? Но перво-наперво — беги! Получай удовольствие.

Туза обступили ребята, и он, позабыл о Володе, стал рассказывать им про свой клуб, где он директор, сколько у него в клубе секций, даже фехтования есть!

Лидия Сидоровна говорит — страдай, душу свою расти. Туз — получай удовольствие! Кого слушать?

Нестор Григорьевич читал книжки, дядя Вася ставит сарай: каждую доску скоблит до блеска, одну с другой стыкует плотно, прочно.

— Вов, давай! — кричит Туз. — Мы ждём тебя. Иди к нам!

И он пошёл. Ожили руки и ноги, снова нужны ему!

Долго длился сон и вот оборвался — он снова живёт. Жить — это значит не думать. Бежать, бежать… гнать мяч.

Воздух пах весной, когда Володя, умиротворённый, сонный, брёл домой. Обида на Марлена исчезла. Повыдуло из него и вопросы, и мысли, и беспокойство: он хочет жрать и спать, и больше ничего.

Дома всё то же. Баба Устя вяжет свои бесконечные чулки, мамка с дядей Васей ещё не пришли. Он сожрал всё, что дала ему баба Устя: щи, картошку. И улёгся. И уснул. Впервые легко и спокойно. И в эту ночь не слышал возни мамки с дядей Васей, тяжёлого дыхания, шёпота, просачивающегося к нему через две закрытые двери.

4

Утром сразу подошёл к Марлену.

— Слушай, прости… я сам не знаю чего…

— Да ладно, — прервал его Марлен.

И снова — футбол или хоккей.

Оказалось, радостно орать во всю глотку, спорить о захватах и штрафных, нестись, не думая ни о чём, кроме мяча или шайбы, — он получает удовольствие! Радостно слышать Наташин крик: «Мы победили!». Наташа теперь гуляет с ними — стоит у кромки поля, прижав к груди куклу, смотрит на них сияющими сиреневыми глазами. Гонится вместе с мячом время. Чужая жизнь проносится мимо, не задевая сознания.

Дядя Вася закончил строить свой сарай, обил железом — танк, а не сарай, только не едет. В сарае теперь проводит всё свободное время: изобретает какой-то станок.

Редко теперь приходит Володя к Марлену. По-прежнему печальна Лидия Сидоровна, по-прежнему дядя Саша приказывает «Доложить обстановку», по-прежнему бежит к нему Наташа. Она научилась говорить «р» и теперь встречает его раскатами — «Володя пррришёл! Здрравствуй, мой хоррроший!» Но ему неловко в роскошном доме, и он спешит прочь.

Получает он удовольствие лишь от бега за мячом. День вплетается в день, Володя неудержимо несётся куда-то во времени, и время что-то с ним делает: ломает голос, раздвигает плечи, ночами подкатывает к горлу комки слёз, велит грубить учителям, гонит из дома от мамкиных глаз, таращащихся на дядю Васю, от дяди Васи, с которым Володя живёт молчком — чужой и чужой!

Конец седьмого класса. Слава о Володиной команде докатилась и до Очакова, и до Востряково, а может, и Туз тому поспособствовал. Востряковцы сами пришли к суковцам — хотят помериться силами! А они — из восьмых-девятых классов! Легко сказать — помериться силами, экзамены на носу! А сами до изнеможения, до последнего пота носятся за мячом.

Прутик — вратарь века! Видит мяч в истоке пути, знает, куда полетит в последнем ударе и с гортанным кличем останавливает его лёт, какой бы кручёный мяч ни был! Марлен всегда справа от Володи. Наверное, Володя не смог бы так играть, если бы они, плечо к плечу с Марленом, не бежали рядом по каждому дню. Две игры с востряковцами сыграли вничью: ноль — ноль. Марлен извёл Володю:

— Не может быть, что их нельзя победить, непобедимых не бывает. Давай ещё больше тренироваться.

Экзамены на носу… Но Марлен зарядил его, и тренировки стали ещё более изнурительными: с каждым в отдельности возится теперь Володя. Засыпает как убитый, уроки торопит — скорее на поле. Последнюю — решающую встречу назначили на субботу, на семнадцать часов, на стадионе, что на границе Суково и Востряково.

Сразу после уроков по обыкновению кинулся домой — бросить портфель, поесть. Он бежал по Суково легко. Сегодня всё удавалось ему: отхватил пятёрку по алгебре, хотя и не готовился почти, на физкультуре прыгнул дальше всех в длину. Солнце печёт, футбольная погода. Сегодня они выиграют, он чувствует. Прутик — «молоток», не пропустит ни одного мяча. В Володе живёт то ощущение, которое вело его когда-то в игре с Петькой. Скорее бы поле, скорее бы мяч под ноги! В дом ворвался, не вошёл. И не узнал своего дома.

Мебель сдвинута к одной стене, на полу распластаны обои, на столе — кастрюля с клеем.

— Наконец. Хорошо, пришёл… — обрадовался дядя Вася. — Будешь помогать. Надевай старую рубашку.

— Я не могу, у меня встреча сегодня. — Володя бросил портфель в коридоре, пошёл в кухню, но у двери его резко развернули, и со всего маха двинули в скулу. Совсем близко увидел Володя разъярённое лицо дяди Васи: пышные брови бахромой нависли над глазами, в глазах — злость.

— Квартирант! Ты хоть один гвоздь вбил? Тебе только жрать подавай! Дармоед! Только в футбол — ботинки драть. Всё я! Врёшь, парень, можешь на себя поработать денёк — поклеишь обои.

С удивлением трогал Володя скулу и наливался ответной злобой. Больше всего его поразило «квартирант». Так мать назвала отца. С ним редко такое случалось — чтобы он кого-то невзлюбил. Прошлой весной с Марленом сорвался, но были обида и боль, с которыми не умел справиться. Сейчас злоба. Чтобы не наброситься на дядю Васю с кулаками, попятился в коридор, на крыльцо и в одну минуту оказался на улице. Вслед упал бабы Устин голос: «Нельзя так, Вася». Этот тревожный, сочувствующий ему голос словно толкнул Володю: он побежал. И, если сначала именно злоба вбивала в голову слова «квартирант», «дармоед», то в сумасшедшем беге со свистящим воздухом, стремительно мелькающими домами и людьми она стала рассеиваться. Очнулся около своего колодца с вечным ведром. Отдышался. Достал воду, умылся, утёрся рубахой. И пошёл к Марлену.

— Мой хоррроший! — кинулась к нему Наташа. По привычке потянулась к его рукам, он по привычке понёс её в комнату. Она не переставая болтала: — У тебя чёррные кудрри. У тебя чёррные глаза. Кррасивый! Пойдём покажу моих зверей!

— Марьк, я жрать хочу. С отчимом поругался.

Наташа соскользнула на пол и с громким криком «Мамочка, Володя жррать хочет!» кинулась на кухню. Через минуту Лидия Сидоровна уже тащит его, упирающегося, в столовую, шепчет дочери в ухо «Нужно говорить не «жрать», а «есть»», усаживает Володю, наливает ему суп. Просит:

— Ешь, мой хороший. Тебя обидели. — Как Наташу, гладит его по голове. — Позабудь, прости. — Не спросила ни о чём, вложила ему в руку ложку, стала подогревать котлеты.

В куриной лапше — ножка, потом пышная котлета, рис. Чем больше он ел, тем слабее становился: опять близко подступили слёзы и готовы вырваться. Он низко склонился над пустой тарелкой.

— А ещё салат с майонезом! — радуется Наташа.

— Не могу больше, я сыт, — пугается он.

— Чем больше поешь, тем легче станет, — ласкает его голосом Лидия Сидоровна. — Всё пройдёт, мой мальчик. Обиды проходят и болезни, только от смерти не спастись, ни от физической, ни от моральной.

— Слушайся маму, она семнадцать лет учила детей, она всё знает! Ешь, и пойдём к Маррику, он задачи ррешает. Хочешь успеть уроки сделать?

Володя силком впихивает в себя салат, а Лидия Сидоровна сидит против него и смотрит на него так же, как на Наташу.

Вошёл дядя Саша.

— Кого я вижу? Сегодня, я слышал, у вас великая битва? Жду только победу! А я сосну чуток. Разрешишь?

А потом Володя сидел на Марленовой тахте, ждал, когда тот доделает уроки. Сам делать уроки не собирался. Ему теперь всё всё равно. Домой больше не пойдёт. После игры поедет в Москву, поступит в Суворовское. Там одевают, кормят, учат. Станет как дядя Саша — военным. Военный никому не подчиняется. Будет носить погоны с большими звёздами, пистолет в кобуре, фуражку с чёрной тульей. Уедет служить на север — дядя Саша рассказывал: там начинал свою военную карьеру. И, пока шёл с Марленом к стадиону, думал о новой жизни. Марлен громко рассуждал о том, как лучше повести сегодня игру. Колыхался раздувшийся живот, хотелось спать.

Они проиграли востряковцам. Дело не в Прутике, Прутик пропустил всего один мяч — за всю жизнь один! Именно в этой игре! Но почему пропустил? Из-за него!

Его никто не узнавал. И он сам не понимал, что с ним. Тяжесть еды придавливала к земле. Ватны ноги, тело вяло. Он топтался на одном месте, от мяча уходил, точно мяч грозил ему гибелью — всё всё равно! Слышал злой шёпот Марлена, видел Прутиковы ошарашенные глаза, но с собой ничего поделать не мог! Марлен крикнул уходя: «Подлец!».

Пусть. Всё всё равно. Теперь в Москву. Дома у него больше нет. Его дом — лицо дяди Васи, сведённые в жёсткую щётку брови, чёрные буравчики глаз, вонзившиеся в него слова — «квартирант», «дармоед». Он врёт, что ему всё равно. В нём снова трепещет злость. Увидит дядю Васю и начнёт бить его туго сжатыми кулаками — безостановочно, куда попало.

Мимо будки ГАИ, мимо ресторана — скорее на станцию.

Хотел идти быстро, а шёл медленно, ноги подкашивались.

Чем ближе к станции, тем оглушительнее злость: из-за какого-то дяди Васи он должен бежать из своего дома!

— Вовочка!

Обернулся. К нему спешит мать. Подошла, запыхавшаяся, обняла, прижала к себе. Под рыжими колечками на лбу — пот, слышно колотится сердце. Стал вырываться, но мать держала его крепко, сроду не сказал бы, что она такая цепкая.

— Пойдём домой, сыночек! — плачет она. Снизу вверх смотрит на него. Когда успела уменьшиться?

— Не пойду! — Всё-таки вырвался.

— Усы! — охнула мать.

Он не может привыкнуть к мелким дурацким колечкам. Зачем намазала губы? У Лидии Сидоровны пышными полукружиями вокруг головы волосок лежит к волоску, она не красится, говорит тихо, медленно…

— Какой ты большой вырос! — удивляется мать. Спрашивает осторожно, точно боится его: — Почему не захотел помочь дяде Васе? Он всё в дом тащит. Потолок, пол перебрал. Я не могу ему помочь, на двух работах как-никак… — По щекам одна за другой бегут слёзы.

Володя давится жалостью к матери. Беленькая у него мать, красивая. Хотел погладить её, а вместо этого стал объяснять:

— Соревнования с востряковцами… я не мог не играть, я — капитан школьной команды.

— Взаправду капитан? — удивляется она. Он отражается в её зрачках вытянутым лицом. — А я и не знала. Вовка, Вовка, — радостно повторяет она. Слёзы высохли.

Он хотел было сказать «Ты вообще ничего не знаешь про меня», не сказал — жалко ему мать: колечки, накрашенные губы, капли пота…

— Пойдём, сыночек. Больше пальцем не тронет тебя! Но ему обидно, подумай, помощи ни от кого из нас нету. — Мать опять обняла его за плечи, он не отстранился.

Так и шли: мать чуть подталкивала его вперёд. Боком вдвинулся в дом. И не узнал: передняя сияет розовым цветом. Комната тоже совсем новая — голубая.

ЧАСТЬ ПЯТАЯ

Глава первая

Валентина себе вопросов не задавала. Жила ощущениями: мама—она—Вовочка. И она старалась: ни маму, ни Вовочку в обиду не давала. Хотя каждый жил сам по себе, она чувствовала, когда её сын обижен, когда голоден, когда болен. Не порвана была пуповина, соединяла жалостью друг к другу, из неё в Вовочку переливалась живительная сила—материнская любовь, она питала сына, не давала ему упасть, и вела, и охраняла от опасности. Так было до Васи.

Появился Васенька, и есть теперь только он один: какую работу сработает, какие слова скажет, какая получится в эту ночь между ними любовь? И не осознавала, и словами не умела выразить, а чувствовала: осиротел Вовочка, остался один на один с миром. Васенька Володю ударил.

1

Праздников в жизни не было: в воскресенье самый труд—отчищай недельную грязь. Сегодня праздник. Что она—без соображения, не понимает, какой труд произвёл Васенька?

Началось всё давно, задолго до ремонта.

Жизнь с Васей получилась не та, что с Ильёй. Вместе завтракали, вместе ужинали. Воскресными вечерами, когда вся работа переделана, сидели на лавочке перед домом, говорили разговоры с соседкой Диной, что жила над ними. Обсуждали погоду, займы, отмену карточек, цены на продукты и товары... Дина жаловалась: крыша течёт, пол проваливается, зимой продувает насквозь, тяги нет. Плакала, как без мужика плохо. Детей нарожал троих, будто жить собирался долго—их поднимать, а сам взял да погиб. Валентина кивала на Динины страдания, сама плакала—жалела сирот, в свою очередь начинала жаловаться: потолок вот-вот обвалится на голову. Вася молчал, вроде не при нём такой жалостливый разговор шёл, но Валентина уже научилась понимать его, видела: он примеривается, с чего начать ремонт, где материалы достать. Сидели на лавочке вместе, вместе, об руку, ходили по улице, взад-вперёд—гуляли.

Чувствовала—ремонт будет. И, в самом деле, прошло несколько недель, и уже готовы были лестница-стремянка, доски, куплены шифер и гвозди.

Он всё в своей жизни делал медленно и основательно. Крышу навёл двойную, выложил красным, плотно пригнанным шифером. Дина втихомолку плакала. А когда он и полы принялся у неё перебирать, вовсе размякла—на всех углах нахваливала его и стала величать Василием Тимофеевичем. Только очень удивилась Валентина, почему Дина, когда ремонт закончился, стала избегать их, а если встречалась, проходила мимо не здороваясь, низко опустив голову.

Но скоро о Дине забыла. Дел в доме столько, лишь успевай поворачиваться. Мусор вынеси, клей разведи, обои купи, нарежь. Потолок Васенька подпёр, пол перебрал. Только стенам помощи нету, не станешь же рубить новые!

Сегодня уходила утром на завод радостная—Васенька свободный день взял, красить потолок собрался, обои клеить.

И на заводе день получился праздничный: новый цех пустили, митинг устроили. На митинге опять про неё говорили: как брак не допускает, да как, кроме своей работы и новых учеников, над старыми шефствует. «Достойные кадры вырастила,—сказали про неё.—Равняйтесь на Рожнову-Юшину, ударница!». Фамилия «Рожнова» никак от неё не отклеится.

У Васеньки фамилия—Самородов, получше, чем Юшин. Только почему-то Васенька не зарегистрировался с ней, сказал: «Поживём-увидим». Сначала расстроилась, хотела честь по чести, а потом с бабами разговорилась, все—не расписанные. Живи и живи. Не девушка, небось, чего спешить? Дитё на руках, ещё как с отчимом уживётся? А красиво величалась бы—Самородова Валентина!

В этот день по заводу летала—молоденькая да и только!

Дотошнее, чем всегда, проверяла детали—вдруг брак передаст в следующий цех? На уме одно: придёт домой, а там—праздник, новый дом!

—Рожнова!—Вздрогнула от Капиного голоса.—Обед, а ты работаешь. Пойдём по старой памяти поедим вместе.

Что ж не поесть? Забыла в зеркало глянуть, волосы поправить, как была, в рабочем халате, так и пошла.

Всю дорогу, до столовой, Капитон, не прекращая, говорил:

—Сколько лет восстанавливаем страну, а всё никак не восстановим, потому что сильно разрушена. Перед нашим заводом стоит особо важная задача. Наши оптические приборы, зрительные трубы, микроскопы необходимы для развития промышленности. Не представляешь себе, какое внимание сейчас в правительстве к нашему заводу!

При чём тут зрительные трубы? Её дело — револьверные станки. Как поставил её Муха — делать втулки подшипников, ступчатые валики, так она и должна выполнять своё назначение. Для чего, её не касается. Кому нужен их завод, её не касается. Чего зря разоряется Капитон? Радовалась, что по молодой глупости замуж за него не пошла. У неё — Васенька. Смотри и смотри — сроду не насмотришься.

Капитон привёл её в незнакомую столовую. Важно сказал:

— Здесь кушает начальство. Должна понимать, начальству нужен отдых. Попробуй руководить таким заводом!

Растерянно огляделась. Белые скатерти на столах, лампочки, салаты из помидоров, фрукты.

— Садись, — сказал строго Капитон и указал ей на свободный стол — остальные были заняты.

Узнала директора завода, профорга — на митингах и собраниях всё начальство сидит за красным столом, как когда-то сидела Любовь Васильевна. Села робко, на краешек стула, втянула голову в плечи. Зачем Капитон её сюда привёл?

А он не замолкает:

— Так вот, Валя, общественный момент сейчас поворотный. Весь мир смотрит на нас. Мы победили в такой войне!..

Тут им принесли борщ с большими кусками мяса. Официантка, в накрахмаленном фартуке, в белой накрахмаленной шапочке, им улыбается:

— Что пожелаете на второе? Язык, осетрина, отбивная?

— Думаю, лучше свиную отбивную, только не жирную, — важничает Капитон.

— Уж, конечно, постараюсь, — улыбнулась девушка.

Валентина зачарованно смотрит ей вслед.

— Откуда такая? Красивая! Обходительная!

— Ксеня-то? Из ресторана переманили. Знает обхождение. Некультурность не вырвется. Знаю её четыре года. Я, Валь, уважаю работников. Умеешь на своём рабочем месте соответствовать, значит, почёт тебе и всё моё уважение, значит, выпишу тебе благодарности в трудовую книжку и премию. Мы не жадные! — Капитон стал есть красный борщ, и сразу губы у него стали красные.

И она взялась за ложку — не любит суп холодный. Мясо — мягкое, капуста тает во рту, вкусно, ничего не скажешь.

— Валь, я слышал, ты разошлась с Юшиным? — Поперхнулась. Встретилась с водянистым жалким Капиным взглядом. Красные усики от борща. Веснушки. — Я точно знаю, разошлась. Ты, Валь, пойди за меня.

— За этим, что ль, завёл сюда? — Она встала.

Капитон вскочил, покраснел.

— Сядь, Валь, сядь, не позорь, прошу, все смотрят на нас. Не за этим, Валь, не за этим. Я, Валь, по серьёзному делу позвал. — Он часто-часто моргал бело-рыжими маленькими ресницами. — Не буду, Валь, вот увидишь.

— У меня Васенька! — сказала. Села. — Я замужем, Капитон. — Сильно довольная, — неожиданно прибавила. Никому никогда таких слов не говорила, а тут захотелось про Васеньку всё объяснить. — Мы с ним… душа в душу.

— А как же я, Валь? Я один, — повторил Капитон, но снова принялся хлебать борщ, хлюпал, с полным ртом говорил: — Один придёшь, один спать ляжешь, один встанешь, некому постирать, сготовить, не с кем сказать слово. Тяжело, Валь.

Она тоже стала есть, осмелела:

— Женись. Девок много. Вон у нас в цехе Галя…

— Ты, Валь, пойми момент: кругом одно вредительство, — совсем другим тоном заговорил Капитон, утёр рот тыльной стороной руки, вынул из стакана салфетку и руку вытер. Взгляд стал строгий. — Я заведую всеми кадрами. Всех проверил, а не могу отвечать за каждого: вдруг проскочил какой вражеский элемент?

— Про Любовь Васильевну говорили «вражеский элемент». Не вражеский. Ты о чём, Капитон?

— О том самом. Любовь Васильевну не тронь, — сказал шёпотом, огляделся. — Газеты читаешь? Вредительств ещё много, понимаешь? У меня к тебе, Валь, просьба от завода.

Принесли второе, забрали пустые тарелки. Она наелась мясом в борще, а перед ней ещё кусок мяса, занял полтарелки, а ещё жаренная картошка, а ещё горошек, а ещё красная капустка, и ещё что-то, чего сроду не ела. Спросить Капу, что это, — неудобно. От мяса и картошки так пахло, что она зацепила мясо, откусила, стала жевать. Такого и не ела никогда. Нет, что-то похожее ела — Лёня давал ей на Пашиной свадьбе.

— Отрезай ножом, — шепнул ей Капитон. — Видишь, вот так!

Поперхнулась, бросила вилку с мясом на тарелку. Исподтишка огляделась. Прав Капитон — все отрежут кусочек, съедят, ещё отрежут. Разозлилась на себя за жадность: всё одной ей. Во что завернуть? Отнесёт своим, тут всем хватит!

— Так, просьба, Валь, моя… Ты ведь разговариваешь с людьми в цехе, да? Вместе обедаете, вместе до метро едете. Люди — это, Валь, народ. От народа, то есть от пролетариата зависит, Валь, всё наше производство, так?

Принялась за картошку. Она таяла во рту. Как готовят такую-то? Горошек хорош, а вот от чёрной штуки откусила кусок и выплюнула — гадость! Заела неприятный вкус картошкой. От сытости потянуло в сон. Слушала Капу в пол уха.

— И вся политика нашего государства! Какое настроение будет у пролетариата. А люди, глядишь, друг другу и выскажут, что думают. Так? Так, Валь, так. Прошу тебя, Валь, рассказывай мне, чего они высказывают друг другу.

— О жратве говорим, о займе. — Не понимала, чего нужно Капе. — Зачем такое?

— Вот, вот, — обрадовался он. — Самое важное — настроение масс. О чём думает рядовой труженик, пролетариат, какое суждение имеет? Ты, Валь, запоминай, кто чего говорит о займе и жратве. Может, возмущаются?

— Возмущаются, — закивала Валентина, — а как же! Что нужно, не купишь… — И осеклась: что-то в Капином лице появилось такое… липкое.

— Кто говорит, чего говорит, запомнила? — Капитон буравит её своим водянистым взглядом.

Сон улетучился. Чего-то тут не так. Чего-то Капитон добивается от неё.

— Зачем тебе, кто чего говорит?

Капитон сказал небрежно:

— Я ж тебе объясняю, от настроения масс зависит благополучие нашего государства. Вражеские… — И замолчал. — Чего уж там, Валь, это я так. Ты ешь. Свиная отбивная! Наш повар готовит как в ресторане, я тебе со всем авторитетом говорю. Очень аккуратно готовит — грамм в грамм, я сам проверял. И качество высокое…

Хотела признаться — хочет мясо взять домой, но вот во что… — и вдруг увидела салфетки.

Капу поманил пальцем директор, стремглав Капитон кинулся к нему. Схватила салфетку, завернула мясо, сунула в карман. И только тут вспомнила, что — в халате. Знала бы, куда ведёт её Капитон, пошла бы в кофте с юбкой, а то прямо из-за станка…

— Сейчас будет кофе! — подошёл к ней Капитон, почему-то ступая на носки, точно боялся кого разбудить. Откинулся на спинку стула, развалился. — Эх, Валь, хорошо бы мы жили с тобой! Я бы развивал тебя, повышал бы твой уровень! Очень ты, Валь, остаёшься тёмная. Не соответствуешь моменту, а передовой отряд нашего общества — пролетариат вышел на путь развития — получения образования.

— Ты говоришь, говоришь, — неожиданно воскликнула Валентина и прикусила язык. Тут же добавила: — Сам сказал, я тёмная, чего тогда мне говоришь? Мудрёно!

— Я просвещаю тебя, — важничает Капитон. — Запомнишь хоть какие слова? Вот и будет тебе развитие!

Она была очень довольна, что так придумала с мясом, в салфетке ему хорошо. А Капитон спрашивает ласково:

— Значит, Валь, выполнишь мою просьбу?

Принесли две красивые чашки с кофе и пирожные. Замерев разглядывает их.

— Это корзиночка, а это эклер. Какое хочешь? Знаешь что, я поделю и то, и другое,— обрадовался он своей идее,— ты съешь половинку каждого.— И сразу сунул в рот свою половину эклера, взял в руку свою половину корзиночки, сказал с полным ртом:— Ешь, Валь, вкусно, нигде таких не поешь, наши— особые.— И хлебнул из чашки.

Она осмелилась, взяла свою половину корзиночки, откусила. И стала держать во рту. Держала до тех пор, пока кусок не истаял и сам не ушёл внутрь. Ничего такого никогда не ела.

— Ты кофе запей!— учит её Капитон.

Глотнула. И… чуть не выплюнула— горько. Проглотила. Горькое смыло корзиночку. Отодвинула чашку.

Когда выходили из столовой, Капитон напомнил:

— Как наберёшь сведения, заходи ко мне попросту, пойдём опять обедать.

Она кивнула, не разобравшись, о чём это он, и тут же о его просьбе позабыла. Шла медленно, несла в себе вкус эклера— рту было непривычно сладко, а рукой придерживала тёплый карман, в котором лежала свиная отбивная.

2

После обеда время пошло медленно, стрелка часов движется еле-еле. Это от того, что в сон клонит. А может, оттого, что уж очень хочет снести своим свиную отбивную, запрятанную в сумку! И спешит к Васеньке— никогда так не спешила: скорее увидеть, чего он там наработал. Может, и успеет ему помочь? Просила ведь: «Давай в воскресенье вместе, я буду клеем мазать обои, подавать, а ты прилепляй!». Ни в какую. Васенька— упрямый, по дням работа рассчитана, на воскресенье имеется новая. Так и не уступил.

«А может, схотел подарок мне сделать?»— думает она.

Только закончилась смена, первая кинулась из цеха.

— До свидания, дядя Гоша!

— Здравствуй, Валя!— Перед ней Илья.

Ни слуху, ни духу о нём с тех пор, как ушёл. Где живёт, где работает, как развод у него попросить, не знает. Хоть Вася и не предлагал расписываться, всё одно— хотела развестись. И вот он, Илья. Седины в волосах много. Насквозь глядит, как когда-то глядел. Сказал «Здравствуй, Валя» и молчит.

217

Идут по Егерской, Колодезной, Преображенской — по тем же улицам, по которым ходили начиная жизнь. Тогда тридцатые годы были, сейчас начинаются пятидесятые. Извозчики теперь не ездят, трамваи на многих улицах отменены, зато провели метро — Сокольники с самым центром соединили. Можно сказать, по другому городу они ходили. Илья смотрит сбоку, она чувствует его взгляд, а повернуться к нему боится.

— Смотри, какая ты стала, причёску делаешь. Со мной не делала. Плащ у тебя… Валь, вернись ко мне, жить будем.

Покосилась на него: небритый, исхудалый. Похоже, на сухомятке — сам себе картошку, щей не сварит. Но, лишь подступили слёзы, так и ночи пустые подступили: белый потолок в свете фонаря светится, Илья спиной к ней лежит. Всколыхнулась прежней обидой. Хотела высказать её, не высказала: вон какой не нужный никому, жалко-то его как! А у неё Васенька есть. Каждую ночь прижмёт к себе, целует. Сладкий! Слова какие ей шепчет! Она в них греется. Илья сроду в дом батона хлеба не принёс. Васенька залатал все дыры, а сегодня красоту наводит: обои клеит! Хозяин Васенька. Устроил её жизнь как полагается.

— Не вернусь, Илюша, — сказала. — Не жди.

Илюша пошёл от неё. А она смотрела ему вслед.

Забыла про развод сказать, спросить адрес и где работает, стояла в жалости. Очень она его любила когда-то: грубого любила, молчащего. Теперь Васю любит, с ним жить будет.

Ильи давно уже нет. Она всё смотрит в ту сторону, в какую он ушёл, плачет. Идут мимо люди. У женщин, почти у каждой, — сумки с продуктами. И очнулась: еда у неё дома кончилась. А Васенька после тяжёлого рабочего дня, и Вовочка из школы пришёл… Праздник же сегодня — обои новые! Нужно отметить. Скорее в магазин!

3

И в самом деле праздник. Вошла в свой дом и остолбенела: розовая передняя, голубая комната. Млеет в красоте, забыв про сумки, что оттягивают руки. Зовёт: «Вася!»

— За четвертинкой пошёл. — Мать грохнула кастрюлей. — Вася Вовочку ударил за то, что отказался помочь.

— Да как же?! — охнула. — Ну, я покажу ему!

Сумки кинула, позабыла о своём техникуме, не поевши побежала искать Володю — чтобы прощения у Васеньки попросил и поблагодарил его за тяжёлый труд!

В школе нянечка сказала: все на стадионе.

На стадионе наперегонки носились малыши, толстая учительница кричала на них. Где живут Володины товарищи, не знала. Кружила вокруг дома. Когда солнце повисло над краем земли, застыла на месте: а если не так всё, как она подумала.

И вдруг увидела: Ася в Томске через задний двор уходит от своих детей.

Вовочка домой не вернулся. Может, и вовсе не придёт?

Её мужик ударил её сына. Получается, она сына на мужика променяла. Вспотела. Получается, она как Ася. Вот почему Ася примерещилась. «Вовочка, сыночек!» — зашлась. Вспомнила: давно не говорила этих слов. Может, что сделал над собой от обиды?! И вдруг кинулась к станции. На подходе к площади увидела Вовочку. Его рубашка — в клетку.

В самом деле, не домой, к станции сын идёт. Уехать от неё собрался Вовочка. Откинул голову назад, уложил руки за спину. Совсем мужик. Когда же это он успел вырасти?

Сглотнула слёзы, позвала его. Он обернулся. Подбежала, робея, обняла, прижала к себе.

— Пойдём домой, сыночек!

Он упёрся ей в живот руками, отодвинулся.

— Не пойду. — Смотрел мимо неё, поводил плечами, головой встряхивал, как конь, норовил вырваться из её рук.

— Усы?! — охнула.

Мелкие чёрные усики ниткой опоясали губу. Сама отпустила, стала разглядывать. Лицо — узкое, как у Ильи, а глаза не Ильи, хоть и тёмные, и губы не Ильи. Её сын, на неё похож. Насупился, как она супилась в обиде. Целиком до этой минуты не видела. А он взял да и вырос во взрослого. Вырвалось:

— Быстро ты стал большой! — Спросила осторожно: — Почему не захотел помочь дяде Васе? — И кинула мостки между сыном и Васенькой: — Он стены подправил, пол и крышу перебрал, сам знаешь, соседям на голову лило, и у нас по одной стене. Ты домой поздно приходишь, не знаешь, бабушку спроси, — повторяла в исступлении, спешила оправдать Васю. Не Васю — себя. А всё равно видела перед собой Асю! Виновато ловила взгляд сына. — Я не могу ему помочь, на двух работах как-никак. Почему ты не хочешь? — вырвалась обида. Тут же испугалась. Эвон какой сурьёзный вымахал! Сейчас повернётся и пойдёт от неё к поезду или скажет: «Зачем чужому буду помогать? Ты с ним спишь, сама и помогай». Всполошилась, зачастила, чтобы ничего не успел сказать: — Кухню оборудовал, всё в дом тащит…

— У меня были соревнования с востряковцами, — прервал её. — Не мог не играть, я капитан школьной команды.

— Взаправду капитан? — Удивилась — в начальники, оказывается, её Вовка вышел. Протянула: — А я и не знала. — Разглядывала сына, точно никогда не видела. В неё он, точно, не в Илью, она тоже в начальники вышла, учеников имеет. В месткоме её Капитон предложил. У них на заводе тоже про спорт кричат. Молодые за честь завода выступают, портреты их вешают на почётном месте. Завтра в школу надо зайти — может, и Вовочку своего на портрете увидит?

— Вовка, Вовка… — радовалась она, любовалась. Попросила жалобно: — Пойдём, сыночек, домой. Больше он пальцем не тронет тебя, обещаю. — Подумала, снова вспомнила, как Васенька старается, пожалела его. — Но ему обидно, подумай, помощи ни от кого из нас нету.

…Привела Вовочку домой, стала на стол собирать. Старалась не замечать угрюмости одного и другого, резала хлеб, колбасу, сыр, на ровные части разделила свиную отбивную.

— Надо обмыть обои, а то не приживутся. Праздник! — говорила Вовочке, а заглядывала в глаза Васеньке. — Ты, сынок, руки-то помой, — ласкает голосом Володю. Хоть разорвись между двумя! Вдруг Вовочка уедет незнамо куда? Где спать, кушать будет? — Садись, сыночек! — воркует она. А за столом принялась хвастаться Васенькой перед Вовочкой, одно и то же повторяет: — Ты, сыночек, не стал смотреть, а такого погреба ни у кого нету, овощи до весны пролежат! Станок дядя Вася сам сделал: сигналы какие надо посылает. Отнёс в военную часть, большую премию получил. Сейчас тоже такое делает… собирает нам подарок.

— Молчи, говорю, зачем язык бегать? — вступил, наконец, Васенька в разговор, но Валентина видит: он не сердится, тоже гордится, как и она. Уж она-то своего Васеньку изучила!

— Поучись у него, сынок! — стала просить. Подложила ещё пельменей. — Кушай, входи в силу.

— Можно поучиться, — поддержала мать. — Правда, хозяин.

— А ещё какой-то аппарат делает… — Валентину распирает от радости — сидят все вместе, разговаривают. От гордости распирает — какой ловкий, какой удачливый у неё Васенька: всё, что задумает, получается! Называется её Васенька — «изобретатель», сам говорил! Счастливая она.

— Спасибо. Спать пойду. — Вовочка встал из-за стола.

— Нет, стой, — остановил его Вася.

Дух зашёлся: что-то сейчас будет? Вскочила, к Васеньке подошла, положила руку на его плечо. «Вась», — вымолвила, а больше ничего сказать не может.

— Ты думать должен, — сказал Вася мрачно. — В доме живёшь, помощь давай.

Валентина испугалась — Вовочка взорвётся, а он лишь плечами повёл и смотрит на неё, не на Васю.

— Я могу, когда не занят. В Суворовское хочу. Не буду мешать. — И вышел из дома.

Словно током ударило её. Себе сделала хорошо, Вовочке — плохо, её Вася сына единственного из дома гонит. Что, как опять на станцию пошёл? И снова встала в глазах Ася.

— Васенька! — обрела дар речи. — Куда он пошёл?

— До ветру, куда ещё! Вернётся… спать. Садись, кому сказал? Чего ему будет? Выпьем! — приказывает Вася, протягивает ей стакан. — Выпить завсегда надо.

Мать вяжет. Низко склонилась к коленям. Что там она думает? Как всегда, молчит.

С матерью получилось по-хорошему, не как при Илье. Васенька мать не гонит, наоборот, обращается с ней честь по чести, как у людей заведено. Общий язык нашёлся у Васеньки с её матерью, разговоры говорят сурьёзные.

Вот и сейчас обратился к её матери со всем уважением:

— Скажи, мать, ты жизнь прожила, как это… здоровый парень и ничего не делать в доме. Бывает такое в деревне? Не может. Живёшь в доме, вкладывай труд. Так я говорю? — Мать молчит. — Прежде выпить тебе нужно.

— Выпила уж. Без отца парень. Жалость дай ему!

— Жалость?! — взвился Васенька. — Жить не научится. Бабы — дуры… зачем губить мужика. Жалость — заставить работать! Вот они, — развернул перед матерью руки, они в мозолях, один палец приплюснут. — Ими жить. Так понимаю. Нельзя чужой хлеб… Заработай — съешь.

— Какой-такой «чужой»? — сорвалась Валентина. — Мой хлеб он ест. Ребёнок ещё. До революции ребёнки работали. С восьми в няньках… щётки делала, растила хлеб. Зачем революцию устроили? Чтоб дети не работали. Вот. Я не побыла дитём, пусть хоть он. Ему учиться надо, учёным стать. — Была счастливая, стала несчастная. Сами собой льются слёзы. Слов не имела, чтоб объяснить Васе: Вовочка — без отца, должен порадоваться жизни, зачем Вовочку обижать? Правильно мать сказала: «Жалость ему дай».

— Ладно, — махнул Василий рукой. — Себе хомут на шею. Скажи лучше, мать, что пишут твои газеты?

Стукнула дверь, Вовочка прошёл в комнату.

Слава Богу: лёг спать. Принялась обед варить на завтра. Васенькиного разговора с мамой она не понимает, нравится ей, что сидят дружно, уважительно. Хоть с матерью вышло хорошо — не помеха мать Васеньке.

— Вот ты, мать, думала об этом, значит, как мы живём? Спину мы... это... с Валей горбатим? Горбатим. — Мать согласная, кивает Васеньке, и Васенька распаляется: — Скажи, почему до сих пор живём... это... без удобств? Ладно, отвечу. Мастеров это, значит, не ценят у нас, вот почему. Полагается мне за мой труд жильё? Так. Чтобы, значит, я не носил воду.

Мать кивает, поддакивает, мелькают спицы у неё в руках. И Валентина забывает о Вовочке, снова раздувается от счастья: до чего же аккуратно всё у неё повелось — как у людей, как положено, муж и мать хорошо разговаривают. Помолчит, помолчит мать и ввернёт своё слово:

— Смолоду были нищие. В войну животы совсем съели. Сейчас не досыта едим. Когда же мы, Вася, наедимся, скажи, ты — грамотный, понимать должен.

— Вот оттуда гребёшь, это, мать. — Вася ударил ладонью по столу. — Где это записано, чтобы нам... платят так? Вот я — мужик, а что имею? Хочу Валю снять с работы. Один прокормлю семью разве? Почему копейки за мой честный труд? Почему я... на двух работах? Ни пожрать досыта, ни одеться. Почему в очереди три часа, как в исполком приду? Пришёл, прими меня. Так? Значит, я — человек. Кому дадут квартиру, кому — шиш! Вот где загвоздка — меня не уважают! Не платят, что заслужил своим трудом, квартиру не дадут.

— Тише вы, Вовочку разбудите, — вроде сердится Валентина, а сама довольна. Хорошо разговаривают Вася с матерью, по-учёному, сурьёзный у них получается разговор.

— Ты, мать, головой, значит, раскидай, что есть правда. В руках, больше ни в чём. Ты вяжешь, дело. Я тебе полки набил для твоих кастрюль, дело. Вот правда — сделаю что. Пусть подавятся... не хотят платить мне, сам себе заработаю. Ты, тётка Устинья, не думай, я своей машинкой, это, в дом... прибыль. Вот почему, значит... не порть парня. Парень руки имеет? Должен делать дело. — Мать склоняется низко к вязанию. — Прошлые времена такой возраст уже работник был. Что молчишь, мать? Хомут на шею. Поздно будет.

Валентина свёртывает голубцы. Кипят щи. Опять Вася Вовочку обидеть хочет. Чужой. Вот какое дело.

— Мать думает: любит. Любить — бить, знай дело. — Слёзы закапали. Чужой. Не знает, как ребёнка любить. — Ты, тётка Устинья, не смотри, что говорить не умею. Я из Мордовии... босый сюда... грамоту брал, знаешь, как? Днём работал, русский язык ночью... Парни гулять, я учусь. Вот жизнь.

Керосинка чадит, кастрюля с голубцами булькает.

— Ты скоро, Валь? Спать будем.

И только за матерью закрылась дверь, обеими руками обхватил её Вася, прижал к себе. И все слова, что хотела сказать, — чтоб не трогал больше Вовочку, чтоб стал Вовочке отцом, пропали, застукало сердце, огнём затопило её: о Вовочке, о матери, о голубцах позабыла, всякое соображение пропало. Один Васенька на свете. Сладкий Васенька!

Уж когда совсем засыпала, вспомнила:

— Слышь, Вась, а Вовочка — капитан всей школьной команды. Начальник. — И уснула, забыв, что ещё, главное, хотела сказать ему.

4

Ни одним вопросом не потревожила себя Валентина за всю свою жизнь. Накормить родных, сработать трудную работу, достать Васеньке или Вовочке рубашку, обувку — вот её дела, радости. Но и ей жизнь завязала узел, который, чтобы жить, надо развязать. Сгоряча, в тот день, когда спешила домой смотреть новые стенки своего жилья, не задумалась о повелении Роди — передавать ему разговоры. Наутро он вызвал её к себе. Сидел при галстуке, смотрел едучими, до печёнок видящими глазами, ждал — подойдёт к нему. А она заробела: осталась стоять у дверей, как перед господином, кабинет — просторный, стол — большой, Капитон — важный, она — никто.

— Садись, Валентина Рожнова, — глухо приказал.

— Юшина я. — Хотела остаться у двери, а ноги сами, рабски, повели к столу — к господину. Готова была в поклоне согнуться — такой мелкой чувствовала себя. Покорно села. Галстук на Капе, стеклянный взгляд, кресло, портреты вождей совсем лишили её соображения и памяти, что это же Капа, тот самый, с биржи, полуголый, подпрыгивает, чтобы согреться, в одном классе с ней учил начальную грамоту. А сейчас, что бы ни приказал, сделала бы.

— Какие разговоры слышала? — спросил сурово.

Послушно стала вспоминать: Кузьмич говорил — совсем оболванили людей, Ксения Фирсовна подпевала ему — жизни она не видит. А не соединила Валентина со следующими словами о трёх детях, которых Ксения Фирсовна подняла.

— Кто ещё чего говорил? — допрашивал Капитон.

Никак не могла вспомнить, кто чего ещё? Чуть не плакала, так хотела услужить… барину, и столу, и портретам, и галстуку, и креслу. На негнущихся ногах пошла из кабинета и сразу домой. Страх был такой сильный, что она даже с дядей Гошей не попрощалась, прошла мимо, не видя его.

А через три дня Кузьмич не вышел на работу. Сперва не обратила внимания — всяк может заболеть, за обедом услышала — «Кузьмича взяли». Не отнесла к разговору с Капой, доела. Но люди угрюмы и мрачны, но в воздухе повис страх. И долетают шепота: «Тридцать седьмой?!», «Снова!». И проснулась. Встав было, снова осела на стул. Все идут из столовой. Она сидит. «Кузьмича взяли!», «тридцать седьмой»!

Что «тридцать седьмой»? В тридцать седьмом она вокруг не смотрела, слов не слушала: у неё Вовка маленький был, она бегала от станка к станку без обеда, чтобы раньше попасть домой — молоком набрякала грудь, не задержишься. Тогда не дошло до сознания, а всё-таки, оказывается, запало в неё это слово — «взяли». Теперь Кузьмича взяли.

И только тут поняла — взяли по её вине. Это она его Капе доставила — в лучшем виде: «совсем оболванили людей!».

Говорил Кузьмич такие слова? Говорил. Чего уж! Схотел и сказал — что уж, слова не скажи? А она скорее передавать! Вот когда заткнуло дыхание, другая смена идёт есть, а она ни подняться, ни воздух толкнуть в себя не может.

Не хотела про Кузьмича… пусть Капитон не позорит её, пусть вернёт Кузьмича обратно в цех.

Еле встала. И до кабинета Капиного дошла. И рванула на себя дверь. И замерла: смотрит на неё Капитон, как стреляет. Зажмурилась, сказала не своим голосом:

— Верни Кузьмича. Наврала я. — И открыла глаза.

— Ты чего, Рожнова, больная? — Приближается пронзающий взгляд. — Я причём? Я никуда твоего Кузьмича не посылал, чтобы возвращать его. Кузьмич много лет баловался словами, вроде не слышали, не замечали, прощали за его хорошую работу. Перешёл границы! Ты, Рожнова, на себя не думай, ты не при чём. Не я, Рожнова, решал, партия.

Валентина попятилась и захлопнула дверь, чтобы не видеть стреляющих в неё глаз и синего в полоску галстука.

Как доработала до звонка, не знает.

Слова не перебирала никогда, значения им не придавала, а тут словами Кузьмича погубила. Что не возвращаются оттуда те, кого забрали, как и с того света, знала, слышала.

Вышла с завода и в метро очутилась, и в поезде ехала, и потом в электричке, головой крутила, глаза закрывала — всё не перестаёт Капитон стрелять в неё. А на своей родной платформе Суково вдруг толкнул её под сердце ребёнок.

Остановилась, поставила сумки, положила обе руки на живот и стоит. Откуда взялось дитя в её животе?

С войны сплошные расстройства у неё, как и у большинства женщин, изголодавшихся, изработавшихся — не баба давно. Уж и с Васенькой принялась жить, а всё не приходит к ней кровь, много лет нет как нет. Пожаловалась как-то ему, что кровей нет, Васенька сразу и сказал: «Это хорошо. Не нужон нам ребёнок. Живём и живём». С этим «не нужон», с этим — «живём и живём» успокоилась и в самом деле думать не думала, и не ждала. А тут — сразу толкается.

Замечала — есть стала больше, всё время голодная, но мало ли почему. Такая причина в голову не пришла.

Сколько же ему, новому, в её животе месяцев, если толкается? Уж, наверное, четыре будет. Раньше чего ему толкаться?

Замечала — пополнела. Ну что ж, не девчонка, годы, считай, набрались. Тоже не связала.

— Ты что, тётка, на дороге стала? — спросил парень. — Может, сумки донести?

— Нет, спасибо, — подняла сумки, пошла.

Снова остановилась. Шумит в голове. Вовочка к станции идёт. Кузьмича она погубила. Дитё толкается. Ничего не разберёт Валентина, а всё повторяется: родится ребёнок, совсем Вася погонит Вовочку, Кузьмича погубила.

Вечером повела она Васеньку гулять и всё обсказала, что с ней случилось.

— Ты реши за меня, как скажешь, так и будет.

Васенька молчал долго. Он любит чтоб подумать, у него слово не её — так просто не выскочит.

— Кузьмича погубила, не вернёшь, — сказал первые слова. — Прав Кузьмич — оболванили. Хороший человек. Подавай заявление. Хватит завода. Тёмная. Сиди дома. — И снова молчал. Думал. — Ребёнка родим. Дело.

Больше ничего не сказал. Заволновался. Идёт нетерпеливый. Видать, рад, что ребёнок. И решилась — о главном:

— Вась, не обижай Вовочку. Служить тебе буду. Сердце рвётся. Родной сыночек.

Ничего не ответил Васенька. Шёл, выпятив грудь. Поняла, сильно рад, что у него будет ребёнок.

Так кончилась её заводская жизнь — со станками, учениками и портретом Мухи, с Капой и Кузьмичом, с Любовь Васильевной. И стала она вынашивать Васенькиного ребёнка. Не таилась, теперь живот вперёд себя несла — все смотрите! Сильно гордилась — желанный мужу ребёнок.

Только чтобы Вовочку Васенька не обижал…

В ту ночь вышла по нужде. Сонная, чуть не споткнулась о мать. В рубашке, без платка, с тощими, длинными, по плечам косицами, облитая фонарным светом, мать на коленях — как неживая. Только голос скрипучий, незнакомый — живой:

— Господи, прости Вальку, неразумную мать, спаси, обереги внука! Надоумь, как оберечь? Помоги, Господи!

Валентина поёжилась от страха.

Она забыла про Господа, когда появился Васенька.

Посмотрела в небо — тёмное, без звёзд. Видит Бог её или нет? Знает Бог, что она… Кузьмича… оговорила? Хотела повторить следом за матерью — «Господи, прости», не прошло слово — туго заперт рот.

— Господи, прости Вальку за Вовочку, пошли ей просветление, чтобы помнила о сыне. Господи, прости меня, грешную, что не умею вразумить Вальку с Васей. Господи, обереги Вовочку.

Своими словами нагнала мать страху — забила дрожь: как же это она позабыла про Господа? Как же это она живёт без Господа? Пошла в туалет мимо матери, мать продолжала стоять на коленях, но больше ничего не говорила. А когда из туалета вышла, матери на улице не было.

Теперь Валентина задрала голову, сказала:

— Господи! — Но пусто было в ней, не ощутила она Бога, не нашла ещё слов. Чуяла, от неба придёт к ней беда, какие же слова сказать надо, не знала.

Так и пошла к Васе под горячий бок. А сна нет.

5

А сна нет. И словно вчера: побежали проскочившие в истоме дни со сладким Васенькой, увиделись в другом свете.

Тогда карточки отменили.

Любой еды возьми сколько хочешь. Были бы деньги!

Часто теперь заходила в магазин, глазела, что можно купить, когда получка придёт.

И вот деньги в руках. Зашла в один магазин, в другой. В четвёртом увидела мясо. Такой кусок отхватила! Не чуяла ног, пока домой добиралась. Щи сварит не постные!

— Мама, скорее руби капусту!

Каждый кусочек мяса пальцем погладила. Стояла над щами, пока они варились, склонившись — уже пьяным запахом сыта была. Загадывала, соберутся всей семьёй, нальёт она полные тарелки, и каждому в тарелку по куску мяса отвалит — ешьте на здоровье! Глаза Вовочки представляла себе. Мамины глаза. Васенькины.

Надо было сбегать в школу на собрание. Насчёт техникума договорилась — попросила Дину вымыть. Вовочку сильно хвалили: и умный, и добрый, и честный — все хорошие слова к её сыну приложила учительница. Домой неслась. Всю дорогу улыбалась, загадывала, как Вовочка долго, с удовольствием, будет жевать мясо, радоваться, до чего оно вкусное. И Вася удивится — где это она так расстаралась?

Дома оказалась только мать. Гладила простыни, складывала вчетверо — больше на их старом столе не помещалось.

— Где мужики? — спросила весело, сразу расстроившись, что никого нету дома и не получается общих щей.

— На объект ушёл, — сухо отозвалась мать.

— Он же весь день там был?

— Что-то надо…

— А как же щи?

— Что «щи»?

— Я хотела, чтобы все вместе ели. Первый раз с настоящим мясом!

— Где твоё мясо, знаешь? В Васькином брюхе, вот где.

— Всё? — ахнула Валентина.

— До кусочка. Ох, Валька, тяжёлый тебе попался мужик. Нитки не выпросишь! Динке счёт за ремонт представил — детей заморил голодом, до сих пор Динка не рассчитается…

Тут распахнулась дверь. Вовочка! Похлебали втроём пустые щи, вместо мяса капусту вылавливая. И легли спать.

Вася явился, когда она разбирала кровать. Весёлый.

— Вышел из строя… аппарат, значит. Думал, не починю… починил, — похвастался. — Давай скорее, ложись…

И позабыла про щи.

Стирает ли, пол ли моет в техникуме, Васенькины руки на спине, на плечах чувствует…

А тут у Вовочки ботинки развалились. Накопила она двести рублей, стала искать новые: подешевле да покрепче. Каждый день повадилась на Смоленскую в обувной ездить.

Наконец увидела. Всем ботинкам ботинки. На толстой подошве, с толстыми носами, красивые! Стояла, любовалась. Такие редко бывают. Расхватывают их в минуту. От целой партии осталось всего две пары. Не знала, что делать, стоили они двести тридцать. Не хватало тридцатки. Всё-таки выписала. Отложила ей девушка, обещала два часа подержать.

Помчалась на электричку: за сорок минут до дома доберётся да с Васенькой десять минут поговорить — он в аккурат дома быть должен. Не бежала, летела — какой красивый станет Вовочка в тех ботинках! Сносу им не будет.

Вася и впрямь дома был. Горячая, радостная, попросила тридцатку.

— У тебя вчера получка. Дай, Васенька, такие ботинки!

— Нету, — отказал не моргнув. — Ни копейки.

Побежала к Дине, а Дины дома не оказалось. К другой соседке кинулась, через дом от них. И та ещё не пришла.

Села на скамейку. Так и видит их, на толстой подошве.

Вышел Вася, сел рядом.

— Пойдём, Валь, на объект, а? — Стал прижимать к себе жаркой рукой. — Я сторожа отправлю поужинать, а?

Глава вторая

1

Проснулся.

Пахнет клеем. Чисты стены жилья, а жильё — не его. Занавески закрыли его деревья. Лампочка теперь тусклая. Хозяин тут есть — над лампочкой, стенами, занавесками — сам на ночь задёргивает. Раньше, когда бы ни проснулся, вот они: его липка и незнакомое дерево, что срослось, связалось с липкой в один крест.

Туз и Лидия Сидоровна тянут в разные стороны, раздирают на части. «Получай удовольствие. Беги». А не получается. Удовольствия нет. Бежал, бежал, и стало скучно. Не хочет больше бежать. Лидия Сидоровна говорит — чувствовать, любить… к людям толкает — страдай за других, жалей. А дома — дядя Вася.

Вчера решил: пойдёт в Суворовское. Накормят, оденут, дадут в руки оружие.

Из всех людей самый лучший — дядя Саша. Защитник. Мог бы выбирать, его в отцы выбрал бы. Серая форма с блестящими пуговицами и золотыми звёздами делает дядю Сашу всегда праздничным: от звёзд, наверное, лицо блестит. Голос — на всё Суково. Наверняка в войну за километры было слыхать.

В войну… Почему-то увидел тётю Сашу.

Дядя Саша. Тётя Саша. Тётя Саша тоже любила чистоту и порядок. Учила их работать. Играла с ними: «Кто хочет побыть бабой Ягой? Кто — добрым волшебником?»…

Он не может прийти к Марлену после его «подлеца». Но у Марлена сегодня Совет дружины, а дядя Саша придёт обедать.

— Володечка, здравствуй! — Наташа повисла на нём. — Я без тебя соскучилась. Пять получила по арифметике!

— Марлена нет, — выглянула из кухни Лидия Сидоровна. — Подождёшь? Иди-ка, накормлю тебя!

— Я не к нему, — топчется посреди кухни Володя.

— Ко мне? — Лидия Сидоровна улыбнулась. — Я давно жду... поговорить. Сначала поешь.

«Давно жду»?

— Я... в Суворовское... мне бы посоветоваться... с дядей Сашей.

Почему-то она сразу сникла.

— Ты — в Суворовское?! У тебя что-то случилось!

В эту минуту в кухню зашёл сияющий дядя Саша.

— А я слышу: кто-то меня поминает. Ты ко мне? Молодец. Зачем, Лида, вносишь сомнения в душу нашего юного друга? — Лидия Сидоровна поморщилась. — Вовремя ты, я уже поел. Идём в кабинет, оставим кухню женщинам. Тебе денег нужно? — спросил участливо.

— Зачем? — удивился Володя.

Как равный с равным, как военный с военным, идут по коридору. Володя развёл плечи, старается подвести лопатку к лопатке. Голову вскинул, как дядя Саша, словно она у него тоже — над погонами. И выпалил:

— Хочу в Суворовское. Хочу быть военным. Как вы!

Дядя Саша обнял его за плечи.

— Молодец, что пришёл! Мы сейчас всё решим. Нам нужны надёжные кадры, честные люди!

В кабинет Володя попал впервые.

Крест-накрест шпаги, боксёрские перчатки на стене — знакомые. Лестница на стене, как у них в спортивном зале. Диван — узкий, клеёнчатый. Стол как у Марлена. На столе — бюст Сталина. По третьей стене — книги. С блестящими, золочёными именами на корешках: Маркс, Энгельс, Ленин, Сталин!

— Смотри, адреса и грамоты! — Дядя Саша громко зачитывал каждую: за удачно проведённую операцию, за проявленную в сложный момент инициативу... — Ты ещё молод и не понимаешь, что такое жизнь. Мы все зависим от высшей власти, она определяет, кому жить, кому нет, кому награды, а кому вышка. Вот и надо обязательно получить власть, чтобы побеждать. Я, Вовик, долго шёл к власти, на пути претерпел много неприятностей и неудобств. Зато сейчас решаю судьбы людей и страны. Садись, в ногах правды нет. — Дядя Саша силой усадил его в кресло. Но он вскочил, так как дядя Саша остался стоять. Стояли близко друг к другу, лицо к лицу, Володя дышал дыханием дяди Саши, видел, как дёргается его веко. Слова доходили плохо, их смысл прятало новое ощущение — большой человек ему отдаёт свой послеобеденный сон, свою заботу, хочет помочь ему, точно он — сын! Да он... за дядю Сашу... — Сам не понимаешь, насколько серьёзно твоё решение. Наше государство держится на военных. Мы — столпы общества. Защищаем его от внешних врагов, а иногда... и от внутренних. Ты ведь любишь защищать слабых?

Станешь военным, у тебя появится больше возможностей защищать свои идеи. Понимаешь?

Ещё бы не понимал! Защищать идеи необходимо. И Лидия Сидоровна хочет, чтобы сильные защищали слабых.

—Когда кругом—враги, когда мы—в кольце, необходим порядок дома, внутри этого кольца. Так ведь?—Володя кивает. Снова видит тётю Сашу: каждый совок у неё на своём месте, и на их улице был необыкновенный порядок.—Военные охраняют порядок!— Дядя Саша обнимает его за плечи, ведёт по кабинету. Мягкий ворс толстого ковра глушит шаги, Володя закрывает глаза—отец обнимает его!—У людей должно быть единое мировоззрение. И тогда все люди будут понимать друг друга.

—Что такое «мировоззрение»?—оцарапался Володя о незнакомое слово.

—Это хорошо, что ты хочешь всё постигнуть. Понимать надо как «систему взглядов на мир, на миропорядок». Миро воззрение. Когда люди одинаково относятся к главным ценностям—к Советской власти, к нашей системе, они становятся единомышленниками и охранителями этих ценностей. А военные—главные люди общества, одинаковое мировоззрение зависит от них. В армии молодой человек узнаёт, как надо к чему относиться.

Володя—согласный: у людей должны быть одинаковые взгляды на жизнь, тогда они смогут понимать друг друга. За долгие месяцы царствования дяди Васи в их доме он отогревается и боится порушить словами это ощущение. Он—человек. С ним разговаривают, как со взрослым, к нему неравнодушны, его обнимают как родного.

—Дисциплина и ещё раз дисциплина—вот основа жизни нашего общества. Готов ли ты без раздумья исполнить любой приказ государства?—Дядя Саша говорит всё громче, почти кричит. Волнуется из-за него, Володи!—Когда каждый знает своё место, тогда государство сильно, его нельзя победить. Сядь же наконец, в ногах правды нет.—Дядя Саша снова усаживает его в кресло. Сам садится в такое же напротив, горячими, белыми руками укрывает его колени, смотрит дружелюбно в глаза.—Чего же ты хочешь?

—В Суворовском научат быть таким, как вы!

Дядя Саша, довольный, засмеялся.

—Зачем тебе Суворовское? Ты, кажется, учишься хорошо. Кончай десятилетку. Обязательно получи медаль, хоть серебряную. И тогда я возьму тебя в академию Жуковского, я там преподаю. Мы берём небольшой процент со школьной скамьи, но только медалистов. Понимаешь?—Володя кивает.—Я беру над тобой шефство,— весело говорит дядя Саша. И встаёт. Встаёт и Володя.—За лето ты должен научиться бежать четыре километра как минимум, обливаться холодной водой, делать гимнастику, подтягиваться на турнике. Я покажу тебе комплекс упражнений. Приходи в воскресенье.

Чуть не строевым шагом вышел Володя из кабинета дяди Саши. Его распирала гордость. Впервые в жизни за спиной он чувствовал плечи могучего мужчины, который своей шкурой, мёрзнувшей и парившейся в самой страшной войне, знает, как надо жить. Он даже за «подлеца» простил Марлена — чего не брякнешь сгоряча? Как же он любит сейчас и Марлена, и Наташу! Он, Володя, — их брат. У них общий отец — дядя Саша. Ничего не страшно, когда рядом дядя Саша.

— До свидания, Лидия Сидоровна! — крикнул звонко. — Спасибо!

Она не ответила. Только посмотрела на него так, словно он превратился в лилипута.

Эту ночь он спал в ладонях дяди Саши — больших, тёплых, как солнечные лопухи, и сон его был спокойным.

2

Сдал последний экзамен за восьмой класс. И начались каникулы. Первый их день — воскресенье. Оно выдалось светло-голубое. Мать с дядей Васей ушли подрабатывать: сговорились покрасить соседям дом. Это подвезло. Пусть никто не видит, как он начинает новую жизнь. До пояса облился холодной водой из колодца, сделал зарядку, не стал дожидаться, пока доварится пшённая каша, поел вчерашних макарон и пошёл к дяде Саше. Дорогой повторял, что тот говорил ему. Обязательно на жизнь должны быть общие взгляды, как у них с Прутиком и Марленом. Наконец будущее ясно, как сегодняшнее прозрачное воскресенье. Медаль он получит обязательно. И тогда они с дядей Сашей, наконец, будут в одном строю. Весна забрызгала зеленью сады и землю, насаженные после войны аллеи лип.

Перед подъездом дяди Сашиного дома катались по земле Марлен и Прутик. Сначала ничего не понял, думал — дурачатся, но Марлен тыкал Прутика лицом в землю и, захлёбываясь злобой, повторял: «Падло!».

— Ты чего, чего? — завопил Володя, в два прыжка оказался около них, оттащил Марлена от Прутика, со всей силы сжал его плечи. — Какая оса тебя укусила? Ты чего?

Глаза у Марлена налились краснотой, он рвался из Володиных рук к Прутику. Прутик стоял поникнув головой, по щеке текла кровь.

— Ты чего? — всё повторял Володя, недоумевая, почему могла возникнуть драка. Прутик побрёл прочь. В свои пятнадцать лет он был мал и худ, как десятилетний, и, конечно, не мог сравниться в силе с Марленом. — Ты куда? — крикнул ему Володя. Тот не обернулся.

Марлен шумно дышал. Марлен—брат, самый близкий после дяди Саши человек. Сделать правым Марлена! А Володя, коченея от страха, сказал:

—Его нельзя бить. Он слабее тебя. Он растёт без отца. Он всегда голодный.

Словно сухую полешку кинули в огонь, Марлен вырвался и кинулся было за Прутиком, но Володя успел ухватить его.

—Пусти! Кому говорю, пусти!

—Объясни по-человечески, что он такое сделал тебе?

—Пусти!—вырывался Марлен.

—Не будешь бить Прутика, пущу.

—Не бить буду, убью!

От неожиданности Володя отпустил Марлена.

А тот обмяк. Стал растирать посиневшую руку. Ссутулившись, пошёл со двора, не в ту сторону, в которую ушёл Прутик,—в противоположную.

Володя бросился догонять Прутика. Это было нетрудно—тот едва ковылял. Ни о чём не спросил, просто пошёл рядом.

Прутик заговорил сам:

—Наши отцы и моя мама выросли вместе. Мы с Марькой как братья. В общем, такое дело: маму уволили. Понимаешь, что значит, когда нечего есть. Долго ходила по всем учреждениям. Никто не помог. И тогда она пошла к нему.

—К кому—к «нему»?

—Ну, к Марькиному отцу.—Прутик не назвал его ни дядей Сашей, ни по отчеству.—На работе разговаривать с ней не стал, сказал придёт домой. И пришёл.

От горестного вздоха Прутика стало не по себе. Скорее бежать прочь! А сам затаил дыхание: что же случилось?! Прутик заговорил очень тихо, точно сам боялся того, что говорил:

—Два батона колбасы принёс, чёрную икру, конфеты. А у нас нет даже крупы. Мне это сразу не понравилось, чего это он? Рассудить, конечно, можно и по-другому: вместе росли отцы, вместе воевали, почему бы не помочь, верно? Хотя где же он все эти годы был со своей помощью? В общем, было над чем поломать голову. И всё-таки я обрадовался ему сильно. Пришёл… как при папе… Мама же испугалась. Лицо как мелом обсыпано.—Снова Прутик долго молчал.— Я удивился, почему она так испугалась. Увела она его в папин кабинет. Сейчас он скажет, что поможет, и будем пить чай. Я поставил чайник. Вдруг мама как закричит: «Прочь убирайся! Вот что тебе надо! Это тебе «спасибо» за наши мучения?». А он, видно, здорово испугался её крика, заикается: «Лизанька… всю жизнь я тебя… всю жизнь жду своего часа… на пределе пришёл. Лидия не живёт со мной из-за вас… не гони… не могу без тебя… Вспомни нашу молодость… выпускной…». А мама суёт ему его подношения, совсем обезумела: «Прочь! Кровь… смерть…». Я обнял её, она вся дрожит. Этот… как свёкла. Закричал: «Дура! Сдохнешь со своим щенком с голоду. Пока я живой, не видать тебе работы. Ещё сама приползёшь!». — Прутик путался в словах. Кровь ползла по щеке и шее, подсыхала чёрной корочкой.

Елизавета Петровна чуть не умерла ночью, дважды он вызывал «скорую», а когда ей стало лучше, она заспешила, стала рассказывать Прутику об отце, боялась не успеть: и какой был весёлый, и какой яркий, и как его любили в больнице! До сих пор люди приходят в его день рождения, восхищаются: «Гена так говорил», «Гена то сделал»!.. За что взяли его, хорошего, порядочного человека, никто не понял — он не способен ни на какое вредительство! А взяли, как вывел Прутик из рассказа матери, по вине дяди Саши. Дядя Саша, оказывается, всю жизнь любит Елизавету Петровну, предлагал жениться, да она отказалась, тогда он разозлился и сразу женился на Лидии Сидоровне, а Лидия Сидоровна вовсе и не нужна ему.

В тёплое летнее утро Володя замёрз, крепко сжал челюсти, чтобы зубы не стучали.

Получается, дядя Саша — предатель. Из-за него Елизавета Петровна может умереть.

— А Марька при чём? — с трудом разжал челюсти Володя. — Разве сын за отца в ответе? — Они стояли около Прутикова дома, шли мимо соседи. — К тому же Марька ничего не знает! — Володя смотрел в обречённые глаза Прутика и исступлённо ждал чуда, которое вернёт ему дядю Сашу. — Марька доказал тебе, что всё это — враньё?

Прутик улиткой втянул в себя голову и не понимал, чего хочет от него Володя.

— Я бегал в аптеку, иду обратно, а навстречу этот… папенькин сынок. Хотел пройти мимо, что он мне теперь, а он стал звать меня «Поедем в зоопарк, на машине, с отцом!». Пристал как банный лист. Отец да отец, как нарочно заладил. Честное слово, я ничего не хотел говорить, само выскочило: «С подлецами не езжу! Твой отец — подлец!». Ну, Марька и взлетел! А что мне было говорить? Мама чуть не умерла из-за… — Прутик прижимал к себе пакет с лекарствами.

— Идём к нам, у нас есть пшённая каша, — позвал Володя.

Без сил, привалившись к парадному, ждал, пока Прутик отнесёт матери лекарства. Дядя Саша не отец. Прутик хочет есть. Марлен не при чём. Елизавета Петровна чуть не умерла. Дядя Саша любит Елизавету Петровну. Лидия Сидоровна никому не нужна. В академию он теперь поступать не будет. Прутик хочет есть… — вяло повторялось одно и то же. Порвалась главная нить: что дальше?

— Идём! — вернулся Прутик.

…Когда они ели горячую, хорошо масленую кашу и баба Устя подкладывала им ещё и ещё, неожиданно пришёл дядя Вася. Ничего не сказал, взял с полки банку с краской, вышел.

Прутик съел не всю кашу, попросил газету, ровно половину завернул в неё и поспешил домой.

Володя вышел следом. Перед ним уже не та улица, что после войны. Вдоль неё выросли липы, в садах — яблони и вишни с завязанными плодами, встали сработанные дядей Васей заборы, нарядно блестят новой краской дома, выкрашенные дядей Васей. Пошёл к колодцу. Запустил ведро — оно стремительно плюхнулось в воду. Вытянул, умылся, напился.

Ерунда. Они трое — вместе, как всегда. И то, что наговорил Прутик, приснилось. Дядя Саша не приходил к Елизавете Петровне, и никакого сердечного приступа у неё не было. Всё по-вчерашнему. Почти бежал к Марлену. Но, когда подошёл к дому, растерялся. Зачем обманывать себя? Кроме Прутика, у него теперь никого больше нет, Прутика надо защитить. Марлен поймёт! Со всей силы выжал Марленов звонок.

Весёлый, пронзительный звонок подогнал к двери Наташу. Она, как всегда, радостно, закричала:

— Володя пришёл! Ты с нами поедешь на машине в зоопарк? Сразу после обеда.

Мелюзга Наташа, а он успокоился — беленькая, две косицы. Обхватила его за шею, повисла, тёплыми волосами щекочет щёку. Потом за руку потащила в глубь квартиры. Они столкнулись с дядей Сашей.

— Вовик, ко мне!

Оживление оставило Наташу, она прижалась к стене.

О дяде Саше забыл. Сегодня же воскресенье, они договорились заниматься.

— Идём! Я выработал программу! — От дяди Саши несёт, как от уличного пьяного, глаза мутны и красны, рубашка распахнута, щёки и шея багровы. Володя отшатнулся от него.

— Я к Марлену, мне срочно нужен Марлен, у меня заболела мама, я не могу сегодня, — лепечет Володя и пятится по коридору назад, к двери.

— Мы договорились! — наступает дядя Саша и дышит перегаром в лицо. — Я только тебя жду. Из-за тебя назначил зоопарк на два часа. Дисциплину полагается соблюдать!

— Мне нужен Марлен, мне срочно нужен Марлен.

— Саша, ты обещал мне прибить полку! — Лидия Сидоровна мягко берёт его под руку, ведёт в кабинет.

Володя выскочил на лестницу, следом вышел Марлен.

— Ну? — спросил холодно. — Зачем понадобился?

— Хочу поговорить с тобой! — Заполненный перегаром, не может продышаться, открывает рот, закрывает, растерянный и немой. Ничего из того, что рассказал ему Прутик, сказать Марлену нельзя. Оба давно уже знают, как родятся дети, и Володя понимает, чего хочет дядя Саша от Елизаветы Петровны. О чём тут говорить с Марленом?

— Ну, слушаю, — хмуро процедил Марлен.

— Елизавету Петровну нигде не берут на работу, — выдавил из себя Володя, — они голодают.

— А я при чём? — сухо спросил Марлен.

Марлен не при чём, это уж точно.

— Всё? — спросил Марлен. Он стоял, чуть откинув голову, развернув плечи, смотрел насмешливо. Володя молчал. — Ну, я пошёл. — И он исчез за яркой дверью.

А Володя остался перед ней. Смотрел в окно. С четвёртого этажа и люди, и машины казались много меньше. Трогал шершавую голубую стену, в одном месте она облупилась, палец стал белый. Долго разглядывал его, потом вытер о штаны.

— Вроде были дома! — Соседка знала Володю с детства и улыбнулась ему. — Подольше звони. Может, спят?

— Спасибо, — буркнул и побежал вниз, прыгая через три ступеньки.

Воскресенье только ещё начинается.

Ему всегда не хватало времени: наиграться в футбол, сделать уроки, почитать. А сегодня экзамены сданы, заниматься не надо, и время, повиснув жёлтым солнцем над головой, стоит. И он застыл — посреди своей улицы. Куда идти? С кем? Что делать? Июньское солнце жжёт голову, идут мимо люди.

— Чего стоишь столбом? — Возле него бабка, наглухо закупоренная: длинная чёрная юбка, чёрная кофта, вроде сейчас и не лето. — В магазин иду, стоишь, из магазина иду, стоишь. Воды наноси, огород полей, картошку окучи, помидоры пропили. Чего, делов, что ли, нету?

Володя пошёл домой. На зелёной клеёнке в кухне — записка из крупных бабы Устиных букв: «Лёня поехала». Чего-то он давно хотел, а чего, не мог вспомнить.

Содрал занавески с окна — здесь они, его деревья, как им и полагается быть: зеленью укрылись, живые. И точно что вело его: открыл сундук. Сундук достался им от бывших жильцов. Мать складывала в него одежду, полотенца. А под тряпьём таилась единственная его ценность — коробка с карандашами. Сколько лет пролежала без употребления! В Томске казалась большой, на самом деле — маленькая, перевязана бечёвкой вместе с блокнотом, подаренным врачихой в госпитале. Аккуратная мамка, всё сберегла.

Распутал бечёвку, выложил на стол все карандаши, остро отточенные Нестором Григорьевичем, со дна достал листок с адресом. Вырвал из блокнота пожелтевший лист.

«Здравствуйте, Нестор Григорьевич! — вывел. У него был очень красивый почерк, и он любил писать. Письмо писал первый раз в жизни. — Я не забыл вас. Всегда помню! — Увидел Нестора Григорьевича — худого, с блёклыми губами. Глаза — голубые. — Дома жить не хочу, несовместим с отчимом. Мать рвётся между нами. Хотел стать военным, потому что уважаю порядок, люблю защищать людей, теперь не хочу. Было нас три друга. Остался один — Петя-Прутик, похож на Солдата, оба очень тощие. Мать Пети выгнали с работы, завели на неё какое-то дело, из-за которого никуда нельзя устроиться. А им есть нечего. Как жить дальше, не знаю, — написал с новой строчки. — Как Вы живёте? Вы обещали приехать ко мне. Приезжайте. Тогда мать с отчимом уйдут жить на объект, а мы будем с Вами и бабой Устей. Володя».

Перечитал письмо, остался недоволен. Чего-то очень важного в нём нет. Приписал: «Я очень соскучился». И в самом низу: «Про свою жизнь ничего не понимаю, что и как идёт».

Взял из шкатулки конверт, вложил письмо. Развернул листок с адресом. А там не только адрес, целое послание: «Береги свой талант, Володя. У тебя два пути: или становись историком, или художником. И в том, и в другом случае нужно много учиться, много требований предъявлять к себе. Есть жизнь внешняя, есть жизнь души. Получится жизнь души, получится жизнь. Жизнь — одна. Не пробросайся ею».

Его деревья за окном тихо шевелятся под ветром. Он сажал их, они выросли раньше него. Они знают тайну: как жить.

Жёлтый двухэтажный дом с двумя створками двери. На одной — большая медная ручка. За неё потянешь… и увидишь Зиночку. Может, и Нестор Григорьевич в госпитале, так и живёт в их палате?

Если бы раньше прочитал послание Нестора Григорьевича, не накидал бы на бумагу слезливых вопросов и жалоб, но теперь письмо заклеено, не выбросишь. А может, именно его «детский лепет» и приведёт к нему Нестора Григорьевича?

3

Цапля — это и литература, и история. Как директор школы, она имеет право вести лишь один класс. Перед кем уж они провинились, что именно их полюбила Цапля на десять лет: в начальной школе вела все предметы (одновременно кончала пединститут), в средних — историю, русский язык и литературу. Думали — перейдут в десятилетку, что на центральной улице посёлка, а Цапля их семилетку превратила в десятилетку и осталась при них, а они — при Цапле.

Начнёт Цапля кричать стихотворение, хоть вон беги. Он тут же начинает про себя петь песню, перекрикивает её.

Говорит же она, наоборот, тихо: «Значение Петра Первого для нашего государства огромно: он расширил его границы, он придал ему значение». Кто у неё «он», кто «его», что значит — «придал значение», когда уже есть — «значение Петра Первого», чем царь Пётр отличается от царя Ивана… — не понял бы Володя из рассказа Цапли, если бы не знал этого с детства.

Литература и история сливались для Цапли в один предмет. О Пушкине она говорила, как об историческом лице, сыгравшем «свою великую роль в истории нашего государства». Стихи, видимо, смущали её, даже политические, потому она и читала их завывая во весь голос, старалась показать их важность именно для истории. Никакие чувства в соображение не брала: литература для неё лишь иллюстрация истории!

Не любя её историю с литературой, Володя любил Цаплю.

Она дарила им всё свободное время. У неё никого на свете, кроме них! И, когда на перемене она испуганно спрашивала «А ты ел утром, Коля?», «А у тебя сегодня всё в порядке дома, Витя?» (у Вити пил отец и до беспамятства избивал его и мать), Володя покрывался гусиной кожей, точно попадал в ледяную воду, и готов был прибить любого, кто скажет против Цапли хоть слово. У Цапли всегда синие губы, она мёрзнет даже летом, а потому всегда кутается в свою единственную, прозрачную на локтях, протёршуюся и явно не греющую её синюю кофту, маленькие кружочки глаз за толстыми стёклами всегда сострадательно смотрят на каждого. Володя любит Цаплю, как любят дрожащего от холода кутёнка, как он любит мать с её глупыми колечками на голове, — бездумно, без спросу, бессмысленно, как навечно данное, любит, и всё.

Ночь не потушила того, что навертел день, наоборот, вместо сна пригнала к нему дорогих ему людей: Цаплю с синими губами, Нестора Григорьевича, Прутика, у которого чуть не умерла мама, тётю Сашу. Под стук незнакомо скачущего сердца, под треск сверчка они окружили его. Но возня матери с дядей Васей, тяжёлое дыхание обоих не дают осознать смысла их сегодняшнего прихода — не может он понять что-то такое, без чего нельзя жить. Почему, например, Цапля именно в сегодня накидала все свои заботы о них и все свои уроки? Почему они встретились в нём — Нестор Григорьевич и Цапля? Он лежал тихо, ему хотелось плакать, но он уже не умел: разучился тогда, когда узнал, как погиб его Друг. Очень хотел спать, ему казалось, если он уснёт, всё непонятное исчезнет, а завтрашний день выведет его на прежнюю колею.

— Пусть идёт работать, — услышал голос дяди Васи. — Хватит на шее сидеть.

— Тише ты!

— Спит он. Мало, сам жрёт, ещё дружков водит со всего Сукова! Плохо ли — кашу лопать от пуза?

Почему мать молчит?

— Я в его годы работал. Жрёт, валяется на диване, книжки… Иди в ремесленное, раз кончил семь классов. А он уже восемь… Молчишь? Не нравится? — недовольно спросил дядя Вася. — Я тут… из сил… ты на двух работах была всё время… он — на готовенькое. Хватит. Работай.

— Вовка кончит школу, — сказала мать. У Володи защипало в носу. — В Томске большой человек мне объяснил: Вовка — умный, ему учиться надо, пусть из него начальник выйдет, из нас с тобой не вышел. Нестор Григорьевич, вот.

— Это ещё кто такой?

Слова матери не понравились Володе. Не хочет он быть начальником. Надо же, и мать вспомнила о Несторе Григорьевиче. Сколько лет не вспоминали… точно время подошло вспомнить. Володя глубоко вздохнул и уснул.

Первое, что вспомнил проснувшись, — слова дяди Васи: пусть идёт работать. Он не обиделся на дядю Васю. Наоборот, ему понравилось то, что сказал дядя Вася. И, впрямь, еда и одежда и билет на поезд стоят денег. Пойти работать, скопить, поехать к Нестору Григорьевичу. У Прутика и Елизаветы Петровны не на что купить еды. Помочь Прутику. Да они вместе с Прутиком пойдут работать! Отец никогда никак о нём не думал. Дядя Вася хочет, чтобы он научился зарабатывать деньги. А ведь он прав. В футбол гонять — взрослый, а работать — ребёнок? А раз может работать, значит, взрослый, дядя Вася считает его взрослым. Получается, дядя Вася больше думает о нём, чем родной отец. Володя отправился к Прутику.

Прутик обрадовался его идее.

…Им предложили разгружать уголь. Работа — ерунда, кидай лопатой с вагона в машину. Уехала машина, отдыхай. Но ерунда сначала, в первые полчаса. Через час заболела правая рука и спина, через два с трудом сгибался и разгибался, а через три начал задыхаться, тело стало чужим. Вот тебе и ерунда. Прутик часто передыхал и тоже еле двигался.

В перерыв грузчики позвали их в буфет вокзала:

— Угощайтесь, новички!

На столе лежали ровно нарезанные куски хлеба и колбасы, на тарелке — кольца лука, стояли стаканы с водкой.

— Сегодня мы вас напоим, завтра вы нас, такое дело.

Володя потащил Прутика прочь, обратно на платформу.

— Понял? Напоят сегодня, а завтра все деньги им отдай.

Уселись на скамью и просидели весь перерыв без сил.

Заплатили им неплохо. Прутик накупил лапши, пшена, ешь сколько хочешь. Побежал домой, прижимая к груди пакеты. В животе урчало. Нелёгкая вынесла навстречу мать.

— Где ж ты так вымазался? — заохала мать. — Не напасёшься на тебя. Ботинки разбиты, каждую неделю дядя Вася чини. Штаны каждую неделю стираю, руки совсем отсохли. Да разве отдеру такую черноту? Я отпросилась, хочу на рынок съездить, рассады огурцов достать. — Мать остановила, наконец, свой поток, обошла его раз, другой. — Ты никак уголь разгружал? Не иначе! Где ж ещё можно так вываляться в угле? — На полуслове оборвала себя. — Ты что, слышал? — настороженно смотрит на него, из-под шляпки вылезли колечки.

— Возьми! — Володя протянул ей деньги. — За пшённую кашу, какую Прутик съел. Передай Василию Тимофеевичу.

— Я между вами… — Мать заплакала.

— Ну, ну… — Володя неловко обнял её.

Неожиданно заметил: живот у матери сильно выпер. Вот это да! Не хочет он никаких братьев и сестёр — совсем житья от дяди Васи не станет!

Виновато смотрит на него мать:

— Дитё у меня будет! Всё никак тебе не скажу. Слышишь? — Он слышит. — А ты не самоуправствуй! — Из жалкого голос стал резким. — Пока живу, буду тебя кормить. Ты только учись, я заработаю. Вовочка, сыночек, поступи в институт! Лёнин Костя учился в университетах. Большой человек уже был, да его убили. — Нестор Григорьевич тоже хотел, чтобы он в университет пошёл. — Ты, Вовочка, старайся, я для тебя ничего не пожалею. Дядю Васю не слушай, меня слушай. Сиди с книжками. — Мать уговаривала учиться, а сама крепко зажала в руке его деньги. — Я ему скажу, Вовочка! Ты учись. Без учёбы тёмно. Наработаешься ещё, сыночек.

Наконец вырвался из материных слёз и причитаний, пошёл на пруд.

У них два Сукова. Одно — в асфальте, магазинах и машинах-автобусах, другое — в траве, в земле и воде. Разулся, ступнями ощутил траву и землю.

Головой — в пруд! Отмыться от угля, от материных слёз.

…Следующий день пришёл. И следующий. Всё лето после разгрузки — пруд и горбушка берега, поджаренная солнцем.

Прутик на каком-то заводе таскает стружку. Говорит: работа — чистая, стружка мало весит.

Лежать на горячей, облупленной солнцем земле, ждать ответа от Нестора Григорьевича — вот что осталось. Руки и ноги, он чувствует, растут, наливаются глухим беспокойством. «Юшин! Юшин!» — зовут ребята. Они — на плоском берегу, с сочной, напоённой водой травой. Здесь, на взгорке, он один. И травы здесь даже после сильного дождя мало — спешит она удрать с крутой горбушки. Володя ждёт, когда придёт время встречать Прутика у завода. Идёт рядом с ним, вдыхает незнакомый — железный запах. Прутик прячет от него набухшие серой пылью и усталостью руки, глаза, темнеющие тяжёлой печалью. Потом идёт домой. Баба Устя целый день вяжет. Нитка тянется с пола, от клубка, клубок медленно поворачивается, катится, останавливается, подставляет бабе Усте новый бочок. Из этой бесконечной нитки получается тёплый чулок. И мама, и тётя Паша, и Нюрка носят бабы Устины чулки, а он — носки.

Баба Устя вяжет. Мать шьёт пелёнки и подгузники.

Она ждёт ребёнка. Он ждёт письма.

Каждый ждёт чего-нибудь.

Только Лидия Сидоровна не ждёт ничего. Теперь он знает, почему она всегда такая печальная. Часто теперь думает о ней. Ему нравится, как она улыбается: вздёргивается верхняя губа, обнажаются дёсны. Только редко это бывает. Сейчас она в трёх водах моет посуду после обеда, вытирает до блеска. Нет, посуду уже помыла. Она читает Наташе. А может, играет. Она плотно закрывает к себе дверь, но в коридоре слышно. Всегда он нарочно медленно одевался, чтобы послушать. Ему нравится её музыка. В нём что-то натягивается, хочется слушать и слушать, чтобы не кончалась, и чтобы скребло на сердце — скребёт, царапает, а от этого ты вроде лучше становишься.

У Елизаветы Петровны тоже глаза печальные. Но в её глазах ещё страх.

С его кручи прыгать страшно. Недавно один жених решил покрасоваться перед невестой — какой он смелый, прыгнул… и не вынырнул. Нет жениха, и свадьбы нет. Он же не боится: знает наперечёт все водовороты.

В один из солнечных дней почтальон принёс письмо. То, которое он написал Нестору Григорьевичу, только на нём чужим почерком было написано: «Адресат не найден». Очутился над прудом. Щупал письмо в кармане, смотрел в воду. Ветром вода собиралась в гармошку, тёмная, в этом пруду всегда вода тёмная. Плывёт то в одну сторону, то в другую, а получается — вроде всё равно стоит на месте.

— Юшин, давай сюда! Нападающий нужен.

— Хватит комаров кормить, дуй к нам!

Побежать вокруг пруда к ребятам, и тугой мяч, как во все тяжёлые моменты, погонит тебя по траве путеводителем. Жизнь — это коричневым мячом связаться с травой и землёй. Живи. Ребята говорят, есть физкультурный институт. Там твоё место. Бегай по полю. Плохо разве? Наиграешься вдосталь, станешь тренером. Марлен вещал: надо выигрывать, надо побеждать. Почти как на войне: кто кого, не на жизнь, на смерть. И тут же голос дяди Саши: «Надо обязательно получить власть, чтобы выигрывать и побеждать! Я вот решаю судьбы людей».

А что, разве власть — тоже игра?

При чём тут спорт? И война? А Нестор Григорьевич?!

— Давай к нам, Юшин! — снова настигают его голоса. — Хватит воображать. Кто пристукнул тебя?..

Он хочет к ребятам, а конвертом в кармане отъединён от них. Откуда это ощущение: не нужен никому? Ощутил в себе глухую, непонятную тоску.

Нестор Григорьевич не может умереть, не встретившись с ним, он где-то живёт. Старый совсем…

В одном из северных племён сыновья заводили стариков — своих отцов и дедов в чащу леса и там бросали. Немощные, часто больные, старики не могли защититься от холода и диких зверей и все погибали, пока Сикур не восстал против страшного обычая своего народа и не оставил своего отца при себе: кормил его, заботился о нём. Отец в благодарность выучил Сикура повадкам, языку диких зверей, тайнам снега, научил читать звёздное небо, предсказывать погоду. И всё-таки Сикур не уберёг отца: ушёл на долгую охоту, а без него братья распорядились судьбой отца. У самого Сикура рождались только дочери. С ним зятья поступили согласно обычаю — его, с больными ногами, беспомощного, отнесли в чащу. Вот когда пригодилось Сикуру всё, чему выучил его отец.

Володе очень нравилась эта легенда. Её рассказал Нестор Григорьевич. Почему вспомнилась сегодня и как связана с равнодушной строкой — «Адресат не найден»?

Солнце жжёт до пота. А Сикур мёрз — солнце не проникало в чащу.

Володя разделся и кинулся в воду — её глубиной испробовать, что значит холод. Но штопоры ледяных воронок впились ножами в тело. Захватило дух, и Володя, поймав длинное растение, светящееся в воде, рванулся назад, к солнцу. Вынырнул. Спеша, карабкался по крутому склону, суматошно работая руками и ногами, лишь бы согреться. Держал во рту стебель, а он леденил рот. Цеплялся за глину, за мёртвые корни бывших, давно спиленных или сломанных бурей деревьев, подтягивался, ногами пытался упереться в скользкий склон — ноги срывались, снова подтягивался — скорее вверх, на свою горбушку, к солнцу! Жадно дышал он тёплым воздухом.

Сикур так же, как Володя сейчас, боролся за то, чтобы выжить: подтягиваясь, ломал ветки, рвал длинные хвощи — ценой величайшего напряжения далось ему выплести стены и крышу, чуть не на метр выложил он пол ветвями, мхом, сеном. Строя жилище, думал о мгновенно мелькнувшей жизни отца и его собственной, о зятьях и внуках, которым так же, как и его отцу, и ему, предстоит состариться. Почему звери с птицами не помогли отцу — не вывели из чащи? Птицы пели высоко, в не видных снизу вершинах, купались в солнечном свете, а Сикур коротал время с медведями и росомахами. Говорил с ними об отце — может, и не погиб вовсе, а живёт, как и он, в чащобе, о любимой дочери, которая наверняка плачет по нему, о внуках, ищущих его, чтобы он рассказал им сказку. Звери оберегали его, как собаки, своими шершавыми языками грели-лечили его ноги, приносили ему желчные пузыри своих жертв, чтобы ноги он смазывал желчью. На зиму Сикур заготовлял ягоды, коренья, мёд ос, грибы — то, что ел летом. Главное чудо — не то, что он выжил, а то, что выздоровел: ноги обрели былую силу. И тогда звери вывели его из чащи. Сырой мрак распался. Светило солнце. Перед ним — река, луг, за спиной — лес. Стал Сикур строить деревянный город, чтобы с помощью зверей спасать брошенных стариков и селить их в нём — под солнцем.

Вечерами сидели старики вокруг костров, жизнь вспоминали, строили планы на будущее. Питались ягодами-орехами, пили настои из трав и соки деревьев, грелись теплом друг друга — молодели. Звери, старики, трава с муравьями… — всё живое слилось в единую жизнь!

В тот город случайно забрели зятья Сикура.

Солнце отогрело Володю. Лежи, наслаждайся. Давно отменён варварский обычай. А Володя почему-то снова кидается головой вниз — в стужу. Потом снова удирает от ледяных ключей к солнцу. Плывёт, перехватив зубами сочный зелёный стебель, руками взбивая воду, — борется за жизнь.

Вот почему вспомнилась легенда — не мог Нестор Григорьевич погибнуть.

Водоросли, снующие взад и вперёд рыбёшки… через распахнутые глаза — цвет, свет, движение.

Точно рука Сикура вела его, вскарабкался на свою горбушку, оделся и пошёл к Марлену. Исправить несправедливость, повернуть жизнь, свою, Марленову, Прутикову.

К Марлену послал мальчишку, игравшего во дворе. Марлен вышел злой, с книжками в сетке.

— Ну? — сказал. — Быстрее давай. Библиотека закроется.

— Пошли! — Володя не оборачивался, знал: Марлен идёт. Обернулся резко, на самом гребне. За спиной — обрыв, перед ним — красный, набухший одиночеством Марлен. Рожа — родная, знакомая до оспиной дырки на левой щеке, до светлой щетины усов. — Ты — мужик. Можешь слушать? — Стремительно, как только что выныривал, заговорил: — Из-за твоего отца Пётр на заводе таскает стружку, жрать нечего. — Радостью встречи, доверием стремился разрушить натужную покорность Марлена, а потом — страх, а потом — бешенство, перекосившее красивое лицо.

— Лжёшь! — Ещё секунда, и Марлен швырнёт его в пропасть — к ледяным водоворотам, но Марлен повторяет потерянно: — Лжёшь! — То же горе, что целый месяц живёт в нём, — в Марленовых сиреневых глазах, та же невозможность остаться без отца.

Замазывая жёсткое «лжёшь», за которое только морду бить, Володя заспешил, себя убеждая, — не предательство он совершает, а спасает их всех троих:

— Марь, ты по-честному хочешь жить или как? Хочешь спать спокойно? Елизавета Петровна сама сказала Пете: твой отец посадил его отца, потому что любит её всю жизнь и хочет быть с ней!

Самое злое сейчас солнце — трёхчасового августовского дня. Под ним расплавляется Марькин отец, их общий отец, единственный. У Марлена стекает по вискам пот.

Они шли по Суковскому бездорожью. Плавился тротуар их окраины, жёг через подошвы сандалий. Трава, сухо шелестя умирающими стеблями, не поднималась после их подошв.

— Слабосильный Прутик, — бил Марлена Володя, — с его-то мускулами… надорвётся. Помнишь, в шестом классе не мог подтянуться на турнике? Мы с тобой — вон какие! — Всё в кучу: о детстве, о футболе, об угле и стружках, о Елизавете Петровне. — Он бросит школу, вот увидишь.

Между лёгкими светлыми Марленовыми бровями тени собираются в борозду. Чувствует он то же, что Марлен: к матери жалость, за мать оскорблён. Не дай бог, сейчас в его шкуру!

— Ты мой лучший друг, — помогает Володя Марлену. — Я должен был сказать, да?

— Что надо сделать? — прервал Марлен его путаную скороговорку. Володя, наконец, вздохнул.

— Кричи, Марька! Пусть твой отец не мстит Елизавете Петровне за отказ, пусть устроит на работу. Только он может сделать это, он же снял её! А у него великая власть. Больше ничего не надо. Она пойдёт работать, Прутик — в девятый класс. Только не продай нас с Петром. Просто попроси.

— Я сам найду, что сказать, — обрубил Марлен, повернулся, пошёл прочь, крепко прижимая к ноге сетку с книгами, как солдат ружьё.

А Володя смотрел вслед. Солнце жгло голову.

4

Странно дома, когда мать не на работе. Шьют с бабой Устей пелёнки, башмачки. Ему уже сейчас нет места среди этих тряпок. И безостановочная болтовня о непонятных щётках, биржах, контрольных отделах. И частые слёзы — мать легка на них. Другой во всю жизнь не заплачет, а она — по любой ерунде! Мать рассказывает, как жила у Лёни, как Вера в упор смотрела на неё, когда она подносила ложку с супом ко рту. Баба Устя кивает.

— Мам, дай адрес отца!

Его вопрос оборвал болтовню и работу.

— Ты что, Вовочка, сыночек, али обидел тебя кто? — Переваливаясь по-утиному, мать подходит к нему. Лицо налито красными пятнами. — Тебе чего надо, сыночек, скажи? Денег? Разве Вася тебе хоть слово… разве он обидел тебя сколько? Зачем тебе Илья понадобился? — Она семенит словами, он не может вставить ни слова. — Тебе со мной плохо? — Мать уже плачет, уложив корявые руки на поднявшемся к груди животу. — Володя пошёл из дома. — Ты куда, сыночек? — Остановился у двери. Смотрел, жалел мать — за красные щёки, за слёзы, за тяжёлый живот, за испуг. — Посиди с нами. У меня лапша, сама делала. Хочешь пирожков с капустой тебе нажарю? Я не знаю его адреса! — крикнула натужно.

— Я погуляю. Надо нагуляться перед школой. Ты, мам, не волнуйся, я просто так.

На улице догнал его тихий бабы Устин вздох:

— Сирота всю жисть.

Не стал понимать этих слов, пошёл к полю, где ребята гоняли в футбол.

Дождь, солнце чередуются. Чередуются футбол с кино. Дни гонят его к девятому классу — сквозные, безвкусные, они сменяются, а ему кажется — время стоит. В нём самом нет никакого движения. До августовского утра, когда его разбудил Прутик. Орёт под ласковым взглядом бабы Усти:

— Проснись, слышь, дрыхало? — Володя садится на своём диване, готовый тут же повалиться снова спать. — Маму взяли на работу!

В нашу больницу. Сразу — заведовать отделением. Она не велит мне больше работать, велит учиться.

Володя скинул одеяло, натянул брюки, снова сел. «Молодец, Марька!» — чуть не вырвалось у него. Баба Устя зовёт:

— Садитесь кушать, мальчики, у нас блинчики!

— Сама главврач к нам вчера… чтоб завтра, чтоб сегодня выходить… оформили… — И тут оживление слетело с Прутика, жаркие слова остывают в воздухе. Прутик садится рядом с ним прямо на простыни. — Это дядя Саша, да?!

— Пойдём блины жрать! — Володя вскочил.

— Вдруг он снова… к нам… к маме?

— Ба, лей нам чай, мы жрать идём! — заорал Володя. — Был дураком, помрёшь дураком. Мама просилась туда?

— Ну!

— Что «ну»? Ну! — орал Володя. — Место освободилось, и пожалуйста!

…День начался превосходно. Пусть сейчас он серенький, с притаившимся в его плоти дождём, но он — общий с Прутиком. Володя уговорил отпраздновать событие — футболом. Он возбуждён, деятелен, готов начать жизнь сначала. Буквально тащит Прутика к полю, как к великому трамплину судьбы: вместе прыгнут, вместе влезут в будущее. И орёт:

— Без тебя команды нет! Без тебя ничего нет!

Он уверен: Марька ждёт их. Им нельзя врозь. Разве зря они всё знают вместе? Восемь лет разве чушь?

Уже издали увидел бегущих по полю ребят. И увидел Марлена: тот, обмякнув широкими плечами, сидит на скамье.

— Сами пришли, надо же! Главврач! Я маме вслух читал, мама любит — ей папа всегда читал. Наизусть знаю «Войну и мир». Знаю, на какой странице Андрей моется в сарае, на какой Пьер на Бородино идёт.

Прутик Марлена не видит. А его голос поднимает Марлена со скамьи. В нерешительности Марлен двинулся к ним навстречу. Он смотрит на Прутика, у него комнатное лицо.

День распухает сыростью, вот-вот распояшется дождём.

— Мама всю ночь не спала от радости. «Больные будут», «лечить буду», «при деле буду»… — повторяла как заведённая.

— Петь! — шагнул к ним Марлен. — Ты не думай, Петь…

Прутик поперхнулся словом.

— Я не хочу… — Повернул назад, к центру Сукова, крикнул не оглянувшись. — Мне расчёт нужно взять.

Они вдвоём стоят у кромки бегущего поля. Марлен ждёт от Володи благодарности, а её нет. Внутри словно дикие звери рвут друг друга. Марька восстал против отца, Марька помог! Дядя Саша одним словом может убить, одним спасти! Властитель! Марька — сын дяди Саши, как когда это проявится? Володя прячет взгляд.

— Спасибо тебе. Дождя не будет. Поиграем?

А дождь тут же и начался, мелкий, колючий.

— Я при чём? Не я... — не договорил Марлен.

Марлен ушёл. Пётр ушёл. Он снова один. Набухший дождём. Он не умеет быть один. Марлен — не дядя Саша. Марлен есть Марька, он ещё и сын Лидии Сидоровны.

5

Не успел домой зайти, мать позвала обедать.

Он ел, она, подперев рукой щёку, смотрела на него. После того, как он попросил отцов адрес, мать служит ему: лучший кусок подкладывает, новые брюки купила, к девятому классу подарила новый портфель, шапку-ушанку принесла.

— Что ты сегодня делал, сыночек? — спрашивает и без перехода: — Ты кого хочешь — братика или сестрёнку?

Он поперхнулся.

Чуть не брякнул «Никого не хочу». Но мать смотрела так умоляюще, что не брякнул. Почему-то вспомнил Наташу: её светлые волосы, высоко вскинутые лёгкие брови, сиреневые, наискосок поставленные глаза.

— Наташу хочу, — сказал для себя неожиданно.

Мать всхлипнула, положила ему ещё мяса.

Он злился на неё — зачем обрезала косы. Раньше, до дяди Васи, была у него мать как мать, теперь — жёсткие спиральки на голове.

— Пойду соли возьму, — встала тяжело, когда он доел свой обед, поддерживая живот, пошла к двери.

Он уселся перед домом — ждать её. Полчаса прошло, час. Куда запропастилась? А день никак не кончается, всё в зените — бесконечный, томливый. Летят под серенькой пеленой птицы. Мать всё не идёт. А ведь ему сладко, когда она смотрит на него жалея, в носу щиплет. Пусть скорее возвращается и смотрит на него. Она будет смотреть, он ни о чём не будет думать.

Идут по улице девчонки из школы.

— Вов, когда позовёшь пить чай?

— Проводил бы нас в клуб, а? — засмеялись, прошли.

Идут чужие. Каждого он провожает взглядом. Вроде посёлок маленький, а сколько людей живёт! Всех узнать нельзя.

Мать не возвращается, ещё часа два прошло. Надо было самому за солью сходить! Что случилось с матерью?

Вместо матери — дядя Вася. Громко поёт:

— «Сама садик я садила, сама буду поливать!» — Пошатнулся в одну сторону, в другую, чуть не упал.

Пьяный! — понял Володя, хотел шмыгнуть за дом, но дядя Вася замахал ему руками, в одной — бутылка.

— Стоп, Вовка! Пить надо! — Подошёл вплотную. Нестрашный, улыбающийся, облапил его, больно стукнув по спине бутылкой, прижал к себе, отпустил. Бутылка наполовину пуста. Переступил порог, заорал: — Мать, дай чего, будем пить! Разродилась Валька, значит, принесла мне девку! — Взял с полки стаканы, разлил водку, поставил перед бабой Устей, сунул под нос Володе. — И ты пей, парень. Ты кто есть? Мужик. Вот и пей значит. Ты вот что. Я буду учить тебя. Электричество. Радио. Хочешь, сделаю из тебя… будешь мастером. Будет у тебя дело, значит. Я тебя научу… приёмники… соберёшь любой, — кричит дядя Вася.

Володя зажмурился, выпил из своего стакана. И задохнулся. И сразу стало легко, будто сбросил с себя всего себя. Вовсе дядя Вася и не злой: сверкают в улыбке зубы, один к одному, без пятнышка и щёлки.

— Не обижу: барыши поровну. Ворочать будем дела! Ты… давай… скажу все хитрости… слышь, Вовка? Я тебе… руки умные… дело. Бабы пусть бабьим… а ты давай — со мной, — кричал дядя Вася. — Заместо сына.

Услышав такое, полез целоваться. Дяди Васины брови возили по его щеке, было приятно — он точно в воде сейчас плыл, ничего не весил.

Теперь всё свободное время они торчали в сарае.

— Я тебе не только приёмник, я тебе… телевизор могу… хочешь? Обыкновенное дело.

От тонкого дяди Васиного голоса захватывает дыхание: телевизор видел только у Марлена: ящик с небольшим экраном. Его внесли осторожно, поставили на специальный стол, тут же включили, и на экране — кино, только экран — маленький. Можно смотреть дома. О телевизоре даже не мечтал.

— Я всё могу… я тебе… большой расти… соберу мотоцикл, — хвастался дядя Вася. — Ты давай старайся.

И он старался. Попугаем твердил незнакомые слова: «конденсатор», «плата», таращил глаза — получше всё разглядеть и запомнить. Вот дядя Вася сверлит в плате дырочки. Вроде так просто, а у него не получается.

— Смотри, заместо проводов металлизированные соединения, — показывает дядя Вася.

А ему как влетели в уши слова, так и позабылись — никаких соединений он не видит! Руки у него оказались глухие и глупые: радиолампы выскальзывают, разлетаются по полу осколками, паяльник пережёг в первый же раз, отвёртку держит криво. Он ёжится от дяди Васиного презрения, ещё больше таращит глаза, чтобы лучше увидеть, что нужно, повторяет, как заклинание: «сопротивление», «радиоблок»…

Уйти бы ему подобру-поздорову сразу же, но не может он бросить дядю Васю одного в сарае!

Наташка получилась не беленькой. Пол лица у неё занимали дяди Васины карие глаза. Когда она жалко кривилась и пищала, Володя начинал успокаивать её: подносил к лицу то яркий лист клёна, то оранжевую гроздь рябины, медленно покачивал. Как ни странно, она замолкала, лупила глазищи на него, улыбалась дёснами, сучила ручками и ножками. Володя смеялся. Вынимал её из кроватки, носил по комнате. Любил с ней гулять. Коляска, что купили у соседки, дребезжала и была тяжёлая, неудобная, но ему нравилось перетаскивать её через порожки, везти по крыльцу, катить по дорожке их небольшого садика на улицу. Вёз Наташку и ловил на себе её взгляд и улыбку. Тогда в нём устанавливалась радость.

Наташка влекла его после уроков домой. Может быть, из-за неё, может, потому, что Прутик не вернулся в команду, Володя охладел к футболу и хоккею. У него есть теперь Наташка: Наташка пошла, Наташка сказала «Вока»… Не пускает его в школу, хватает за ногу. Исчеркала ему тетрадь по литературе. Он с удовольствием превращается в коня, в петуха, в машину, в кису. Наташка шагу не хотела ступить без него. Когда он пытался улизнуть на улицу, тащила ему тяжёлый ковш с длинной ручкой, жалобно просила: «Мой Нату. Вода».

Дядя Вася то отвёртку сунет ей в руку, то её рукой водит рубанком по доске, она смеётся, заливается, а потом протягивает отвёртку Володе.

— Тебе, на! — Или пытается приподнять рубанок. — Тебе!

И он эхом смеётся, когда смеётся она.

6

Десятый класс начался с Цапли.

— Последний год вместе! — Прикрывалась цветами, а цветы не закрывали измождённого лица. — Подумайте, я с вами десять лет! Вы у меня одни, ребята, дочки и сыновья! Вы мне заменили моего сына! — Это уж слишком! — Как я с вами расстанусь? Вы меня… проверяю сочинения, вы со мной…

Жилы тянет… Пётр прямо смотрит в Цаплины несчастные глаза, а Марлен за спиной скрипит крышкой парты.

Прошлый год выбил из-под ног почву: может, из-за Наташки, может, из-за того, что жил под перекрёстным огнём друзей, а может, из-за того, что Прутика не приняли в комсомол непонятно почему, Прутик во всём винит Марлена. А ещё и Лидия Сидоровна разбередила. Встретила, когда из школы шёл, принялась рвать кишки: «Помоги Пете, помири ребят, приходи к нам, Наташа ждёт тебя». «Наташа» — под дых. Скучал о ней, даже снилась она ему. Весь год отстранён был от школы и ни разу не увидел Цаплиных синих губ, глаз за круглыми стекляшками очков. Ни разу не вызвался отнести тетради, ни разу не зашёл в её голую, холодную комнату. Какие уж тут сыновья и дочки! Сейчас горел от стыда и сбежал бы куда подальше, если бы какая-нибудь сила вынесла его отсюда!

— Этот год, ребятки, самый тяжёлый. Вы должны правильно выбрать профессию! — Слава богу, начала поучать! — Профессия одна на целую жизнь. Выпорхнете из школы, нянчиться с вами никто не будет. История и литература — это ваше идеологическое оружие, овладеете им, не пропадёте! Всё зависит от того, как будете учиться в десятом классе. — И вдруг говорит: — У нас осталось несколько не комсомольцев, это наше упущение. Марлен, наш бессменный секретарь школы, обещает подготовить их дела, и к седьмому ноября, к нашему великому празднику, мы примем их. — Голос Цапли тих и проникновенен, словно она приглашает всех к себе в гости. — Устроим в честь новых комсомольцев пир! И ещё мы должны в этом году провести два важных мероприятия: достойно встретить день рождения Советской власти и весной — восемь лет нашей победы над фашистами!

Володя перестал слушать. Хватит с него Цапли на сегодня. Главное сейчас: Прутика, наконец, примут в комсомол! Он сильно попросит Марлена. А ещё главнее: помирить Прутика с Марькой. Точно проводом без изоляции стали оба: током бьёт от взглядов. А ему сквозь лепет Наташки, не кончающийся разговор матери с бабой Устей и скучные уроки вот уже второй год звучит: «Выбирай!».

К Цапле он пришёл вечером, когда ни в школе, ни на улицах никого не было — Суково по старинке рано спать ложится, лишь на центральной улице и у ресторана люди — разряженные, возбуждённые или влюблённые. Дверь в школу открыта — заходи любой. Володя постучал в Цаплину дверь.

— Войдите! — Цапля куталась в свою истёршуюся на локтях кофту. — Вовочка! — воскликнула совсем как мать. — Заходи. Хочешь чаю?

— Вот… я… мамка… пироги… с капустой… вам, — залепетал он, от жалости к Цапле теряя слова. Больше не знал, что сказать. — Ну, я пойду?

— Нет, нет, садись.

Он сел. Цапля побежала к керогазу, зажгла, поставила на него чайник. Его пироги положила перед ним. Села напротив. И стала смотреть на него, а он заелозил под её взглядом.

— Ну, я пойду, — сказал снова. Она молчала. Не сводила с него глаз. — Как вы чувствуете себя? Может, воды принести? — Те же слова, что всегда при ней приходят на ум.

— Ты куда решил поступать? — спросила она дрогнувшим голосом.

Пожал плечами. Не знает. Такой историей и литературой, какие преподаёт им Цапля, он заниматься не хочет, а такими, какую дарила им Лидия Сидоровна, не умеет. В физкультурный институт? Но ему надоел футбол. Зачем, дурак, явился сюда? Травить ей душу? Наверняка она вспомнила сына.

Ещё хуже стало на душе после Цапли. Как-то всё сгустилось в этом его десятом классе. Слякотная, точно плачущая погода, полное непонимание происходящего — внешних примет и того, что совершается подспудно (чувствует он это подспудное!), и глухое одиночество, в которое по вине друзей он попал в самый переломный момент жизни. Шли уроки, сменялись сочинения с контрольными, он учился плохо — скучные голоса учителей не достигали сознания.

Тот день. На всю жизнь запомнил его Володя.

Начался со страха. Страх повис над классом, как пыль, и застыл — его можно было потрогать руками. Шёпот ворвался криками: «Враг народа», «дело врачей», «никогда не примут». Слова, разбежавшиеся по классу, взглядами пригвоздились к Прутику.

Сначала Володя не понял. Завертел головой, пытаясь поймать болтунов, но увидел Прутика — лицо сморщилось, красным натёрло глаза. Прутик вскочил, схватил портфель и побежал из класса. Слепой, занятый Наташкой и дурацким этим «Выбирай!», купающийся в своём одиночестве, только в этот момент он вдруг осознал, что происходит. Не за Прутиком кинулся — ему помочь, подскочил к Марлену.

— Почему, кто? Прутик — «враг народа»? Причём тут «дело врачей»?

— Его отец, — тихо ответил Марлен.

— И ты… не защитил?

— Я помню дядю Гену… добрый… весёлый… сам не понимаю. Я пытался… с отцом… он… ты сам видел…

Володя не дослушал, через три ступеньки с грохотом сорвался вниз — к Цапле в кабинет.

— В Москву уехала, в Гороно, — охладила секретарша.

Не одевшись, понёсся к Прутику. Он выбрал. К чёрту трусливую Цаплю и Марлена с его отцом, у него есть только Прутик. Очутился перед его дверью, рванул на себя, она не поддалась — заперта. Стал барабанить.

— Выломаешь, дурак! — выглянул из соседней квартиры старик. — Вставлять будешь!

Дурак уселся на ступеньку.

«Враг народа». «Народ» — это он, мама, Лидия Сидоровна, дядя Вася, баба Устя. Что сделал всем им плохого Прутиков отец? Они даже не знали его.

— Видишь, их нету, чего сидишь? Бездельников развелось. Одни бездельники кругом. Некому работать.

Под беспрерывное стариковское ворчанье медленно пошёл вниз и на улицу. Октябрь сеял мелким дождём, мокрым холодом сползал по шее, по позвоночнику, а когда Володя прижал ворот рубахи к шее, холод вцепился в руку.

При чём здесь Прутик, даже если его отец — враг?

Снег теплее, чем этот дурацкий дождь, хоть бы поскорее посыпал! Вот и школа. Будь что будет, не уйдёт, пока не разберётся в этом идиотизме. Должна же Цапля вернуться когда-нибудь?! Стояла привычная тишина урока, блестели сыростью полы, ноги сами подвели к Цаплиному кабинету.

— При чём тут Пётр? Пусть даже его отец — враг, при чём тут Пётр? — кричит Марлен его словами!

— Марик, тише! — просит жалобно Цапля. — Услышат! Меня снимут с работы и посадят! Марик, я люблю тебя больше всех! Ты, Марик, моя правая рука. Ты, Марик, — моя совесть. Я всё выверяю тобой. А твой папа для меня образец нашего советского человека, голос власти. Ты уже взрослый. Должен понимать. Ты у папы спроси. Он тебе всё разъяснит. Я тут не при чём. Я сама готова Петечке всё…

— Не желаю у отца… мне плевать, что он скажет! — кричит Марлен. — Если я секретарь, имею я право хоть что-нибудь решать? Я требую! Под мою ответственность!

— Молчать! Вре-е-едные разговоры! — закричала вдруг Цапля истошно, даже стихи читала тише. — Я вызову твоего отца! Я ему скажу! — Она задохнулась. — Отца вызову! — повторила. — Сворачиваешь с дороги отца!

…Праздник пришёл. На учительском столе пятилитровый чайник из буфета, стаканы, пирожные. Новые комсомольцы сидят рядом с Цаплей, перед вкусным столом.

— Товарищ секретарь, скажи нашим новым товарищам своё напутствие. — Марлен продолжает сидеть не шевелясь. — В чём дело? — строго спрашивает Цапля.

— Я больше не секретарь. — Марлен пошёл к выходу, мимо пирожных.

Володя не смог встать, когда все встали и пошли поздравлять вновь принятых и есть пирожные. Смог подняться, лишь когда все ушли домой.

Не бросишься головой в пруд — охладиться и прояснить мозги, ползёт по лицу ноябрьский дождь, не охлаждает, не промывает башку. Третий день он сторожит Прутика.

Нет такого человека в природе. Дверь Володе не открывают, голоса ответного, когда он орёт, ему не подают. Куда делись сразу оба — мать и сын? На третий день у подъезда столкнулся с Марленом.

— Ты чего?

— Ничего. А ты чего?

В школе, под прицелом ребячьих и Цаплиных глаз, за три дня ни разу не оказались лицом к лицу. Марлен сидел за его спиной, от Марлена не шло ни тепла, ни холода, ни злости, ни обиды. Володя не мог повернуться к нему. Сейчас идут, подпирая друг друга плечами, немые от радости встречи. Ослепляют их машины, умывает безостановочный дождь, тускло светят фонари.

— Как он? — с тревогой спрашивает Марлен.

— Не знаю, — отвечает Володя. И кричит: — Объясни мне, кто виноват? Что можем мы?

Марлен сморщился и заплакал, как Наташка.

Они беспомощно топчутся друг перед другом и прячут друг от друга глаза.

На другой день Марлен пересел к Володе.

Всё-таки дождался. Не Прутика, Елизавету Петровну. Она выставила перед лицом — против ветра и дождя — ладошки, а ветер, обтекая их, всё равно трепал её волосы, мурашками собрал кожу на шее, лице и узких руках.

— Что с Петром? — загородил её от ветра Володя. — Три дня стучу, никого нет.

Елизавета Петровна подняла к нему больные глаза, узнала его, просияла.

— Петя часто говорит о тебе. Спасибо, что пришёл. Пойдём пить чай, я купила слоёные булочки. Петя любит. — Она — маленькая, как ребёнок. Володя идёт осторожно, боится нечаянно задеть её. — Я в две смены. А он после завода ходит в вечернюю школу. Я за ним после работы захожу. Нам так удобно — поменьше быть дома, — неловко улыбнулась она.

Жалость к ней освобождает от многодневной тяжести.

— Я утром учусь, — оправдывается Володя. — Цапля требует справки за каждый прогул. Скажите Пете, мы с Марленом…

— Не надо с Марленом!

— Марлен ушёл из секретарей, мучается из-за Прутика, — наступает Володя. — Цапля не разговаривает с ним!..

— О Марлене не надо! — жалобно смотрит Елизавета Петровна. И Володя меняет тему:

— Моей сестре полтора года, она меня больше всех любит. Я каждый день разный зверь, а иногда машина.

Елизавета Петровна улыбнулась.

Слоёные булочки оказались мягкие и нежные, он съел две, хотел съесть третью да постеснялся.

Елизавета Петровна на глазах согревалась. Щёки потеряли синюшный цвет, губы порозовели.

— Петя рад будет, что ты приходил, — в который раз повторяет она. — Ты тоже пойми, он хочет забыть всё. Хочет сам построить свою жизнь. Я хочу, чтобы он стал врачом, у него есть способности, терпение, а он решительно отказался.

— Пожалуйста, ответьте мне на один вопрос: что такое дело врачей?

— Обвинили врачей-евреев… — она замолчала. И едва слышно сказала: — Евреями быть плохо в этой стране… Прости, не могу об этом. Я всего боюсь… — шепчет она и оглядывается, точно кто-то может незаметно проникнуть в квартиру, — боюсь быть одна, мне кажется, нас подстерегает беда. Боюсь, Петю никуда не примут… а мне так нужно, чтобы он успел закончить институт. Прости, что я… Пете не могу сказать…

Поздно ночью его разбудила Наташка. Она плакала громко, навзрыд. Он вытащил её из кроватки. Такая маленькая, не человек ещё, а уже горит огнём.

— Мама! — пошёл он на кухню, крепко прижимая сестру к себе. — Нужно вызвать «скорую».

Вырвать у него Наташку никто бы не смог, намертво вцепилась она в его шею горячими пальцами и дышала жаром. Пока дядя Вася бегал за врачом, а мама и баба Устя метались между кухней и комнатой, готовили питьё, протирали влажное тельце полотенцем, натягивали на Наташку сухую рубашку и причитали над ней, он срывающимся голосом рассказывал сказки, смешивая в одну всё, что помнил, о царевиче, лягушке, семи богатырях, Красной Шапочке.

Связанность с Наташкой запомнится — долго шея будет болеть от Наташкиной мёртвой хватки, долго её жар будет греть его. И корь уже пройдёт, и все забудут о той кори, а он каждый раз будет подходить к Наташке с благодарностью за её доверие к нему.

Когда Наташка выздоровела, он записался в библиотеку — стал готовиться в университет. Словно какая связь существовала между Наташкой и его будущим, словно Наташка своей корью стронула, наконец, с места его судьбу. Назло Цапле он выучит историю как следует. Назло Цапле он поступит в университет и станет учителем. Себе, а потом и своим ученикам ответит на все вопросы. Он разберётся и в том, что происходило при Иване Грозном, и в том, что происходит сейчас: почему Прутик превратился во «врага народа», как можно обвинять врачей, дававших клятву Гиппократа?

Всё свободное время теперь в библиотеке.

Сюда к нему и пришёл однажды Марлен.

— Выйдем?

— Что случилось?

— Просто поговорить.

— Погоди, сдам книжки. Это здорово, что ты пришёл, в школе не поговоришь.

Да, в школе — гонка: на уроках, на переменах — подготовка к экзаменам.

Он любит своё Суково, обе его части. И новую, где строят светлые магазины и большие дома, и старую — с домами деревенскими. Он живёт на стыке города и деревни. Они пошли в сторону Главмосстроевской улицы, в глубь Сукова.

— Мать прислала, вот. — Марлен протягивает ему конверт. — Просит передать Прутику на еду и одежду, тут шестьсот рублей. Это её деньги, сама заработала. — Он смотрит строго вперёд. Конверт в его громадной лапище выглядит незначительным, а в нём, в этом маленьком белом конверте, Володя чувствует, сосредоточилось много боли Лидии Сидоровны и много работы.

— А если не возьмёт? — спрашивает он.

— Сделай всё, чтобы взял. Это же от мамы! А ты сам знаешь, и он знает, не может не знать… каково моей маме жить? Она всю жизнь… против папы… против того, как он живёт. Раньше я не понимал, а теперь… Она — мученица. Из-за нас.

— Зачем же за него пошла? Не видела?

— Не знаю, Володя. Может, он другой был? В молодости что увидишь?

— Всё, — тихо сказал Володя.

— Вот и не всё, — усмехнулся Марлен. — Ну, скажи, какие у нас с тобой будут жизни, а? — Он сунул конверт Володе в карман и облегчённо вздохнул. — Кем буду я? Кем будешь ты? Тебе всё видно? Говори.

Впервые цепко обхватил взглядом своё прошлое — футбол и госпиталь. Больше ничего нет. Сказал:

— Твоих увлечений не знаю, но, думаю, ты будешь большим начальником, а я... хочу заниматься историей.

— Негусто, — усмехнулся Марлен. — Начальник, история. Какой-такой «начальник»? Над кем? Что значит «история»? В том-то и дело, Володя, в юности мало что видать. Конечно, могу сказать с уверенностью, ты и я подлецами не будем. Если сейчас восстали против... — он запнулся, — даже против отца, даже против Цапли, хотя от неё всё зависит...

— Мы же с тобой не добились, чтобы его приняли в комсомол, так ведь? — вздохнул Володя. — Того, кто запретил Цапле принимать его, не нашли. И потом что такое «враг народа»? «Народ» кто? Ты, я, Цапля, моя тётка Паша? Она живёт в деревне. Деревенские — народ? Городские — народ? Что сделал Прутик или его отец против народа? Вся жизнь Прутика у нас с тобой на глазах. Почему ею распоряжается Цапля, или кто-то, стоящий за ней?

Они шли мимо строящихся домов, новой школы, магазина. Вокруг фонарей летал-светился лёгкий снег. Точных слов у него нет, в их хаосе не ухватишь выхода. А ощущения... Мамка снова работает с утра до ночи, чтобы дать ему возможность выучиться. Разве мамка живёт? Дядя Вася работает с утра до ночи. Разве он живёт? Что значит жить? Квартиру не дают, хотя мать — в очереди уже восемь лет.

— Марь, помнишь Туза?

— Ну?! Надо же, совпадение! Я его видел вчера!

— Как он?

— Пьяный был. Сначала не узнал меня. Потом узнал, стал совать мне выпить.

— Где ты видел его?

— В ресторане.

— А что ты делал там?

— Отца искал, — не сразу ответил Марлен.

— Знаешь, мне как-то Туз говорил, — поспешил Володя отвлечь Марлена. — Жить надо в своё удовольствие! Думать не надо!

— Вот он и не думает, вот и получает удовольствие.

— А твоя мама хотела, чтобы мы думали, анализировали... сострадали несчастным, помогали. — Володя боялся растерять то, что, казалось, начало выстраиваться в один ряд и хоть что-то проясняло, — чтобы… жили тем, что в нас. Баба Лета как-то спросила меня: «Почему перед старухой опять разбитое корыто?». И твоя мама тоже всё начинала с «почему»! «Почему Пушкин превозносит Петра Первого и так жалостно описывает гибель Параши?..».

Вопросы «почему», «зачем» смущают его всю жизнь, ни на один из них нет ответа: «Почему мать с дядей Васей много работают, а живут бедно?», «Почему ни в чём не виноватого Прутика сделали виноватым и лишили нормальной жизни?», «Почему Цапля всего боится и кто-то наверху определяет, как ей и им жить?», «Почему отец не любил ни его, ни мамку и навеки пропал?», «Почему Туз пьёт, разве это — удовольствие?», «Почему так тускло и скучно у нас в школе?».

— Я тоже думаю, в чём смысл жизни?

Неуверенный голос Марлена, тихое присутствие рядом, неожиданные слова о смысле жизни выдали его смятение, и крах его семьи, и растерянность перед происходящим.

— «Начальником…» — горько усмехнулся Марлен. — Что значит «начальником»? Разве начальники знают, зачем рождается человек? Кстати, я поменял паспорт, я теперь Михаил, не Марлен, маме так нравится! Ну, я пойду! Мама просила сегодня не задерживаться, а я, видишь, загулялся. Пожалуйста, сделай всё, чтобы взял! — Быстрым шагом он пошёл прочь.

7

Одно дело — пообещать, другое — выполнить просьбу. Прутик живёт сейчас в другом измерении. Не сунешь же просто так ему в руки деньги. Единственное, что остаётся: таскать во внутреннем кармане пиджака этот конверт и ждать случая.

Их согнали в коридор на митинг. Сталин умер. Цапля рыдает: «Нестерпимая потеря», «Всенародное горе». Опять «народ». Ну, висят везде портреты. Ну, любит Цапля к месту и ни к месту сказать: «Под руководством нашего любимого Сталина!». Но к нему-то какое отношение Сталин имеет? И к мамке и к тёте Паше? Рыдают другие учительницы. Скорее в библиотеку — он должен поступить! Он выбирается из толпы…

Весна, с летним солнцем, светящейся зеленью, тоже не коснулась его — целые дни проводит он в библиотеке, а возвращаясь домой, повторяет даты, сражения, теоремы, стихи — он готовится одновременно и к экзаменам выпускным, и к вступительным. Никогда не скапливалось в нём столько нужной и ненужной информации! С Марленом в школе не успевает словом перекинуться — учителя диктуют ответы на вопросы билетов, чтобы самим не осрамиться перед комиссией, или безжалостно спрашивают — на переменах приходится зубрить материал к следующему уроку, готовиться к контрольным, которых развелось множество, а после занятий все разбегаются. Эта весна самая не весенняя, когда ни солнца, ни ручьёв, ни зелени, ни голубого неба он не видит и не может наполниться новой энергией.

Экзамены прошли чётко, стремительно и благополучно. Выпускным вечером, на котором он, как дурак, простоял у стенки, когда другие отплясывали и выпивали, наглухо захлопнулась дверь в прошлое. Он очутился один — посреди Сукова перед будущим.

Жил под боком у Москвы, а в Москву не ездил и Москвы не знал. И, когда очутился на следующее утро с документами на Киевском вокзале, растерялся — все бежали мимо, толкали его: столько людей не видел с военного вокзала, с которого уезжали в эвакуацию.

Сдал документы на истфак университета.

Ходил по Москве, как, наверное, ходил бы первобытный человек. Громадные дома, магазины, троллейбусы и метро — катайся на чём и сколько хочешь! Под боком, всего в пятнадцати минутах, а не знал, какая она — Москва. Вернулся в свой пригород возбуждённый, подхватил Наташку на плечи, пошёл с ней гулять — принялся рассказывать про автобусы с усами, ухватившимися за провода, про многоэтажные дома и про университет, в котором он собирается учиться.

Тему сочинения выбирать не пришлось — из всех одна как раз для него: «Почему я люблю историю?» Он доверил бумаге все свои мысли и всё, что помнил из рассказов Нестора Григорьевича и Лидии Сидоровны, всё, о чём читал: о Самозванце — любил людей, был добр и в самом деле хотел дать людям счастье, о Иване Грозном и Петре Первом — может, они и возвысили Россию, но погубили много людей, о добром царе Александре Втором… Он считал, что обязан вывернуть наизнанку всего себя, и размышлял вслух: о государстве и народе, о позиции Пушкина, о силе человеческой личности и её беспомощности что-либо изменить — на примере Александра Второго. Исписал тридцать страниц. Последние строчил стремительно, без запятых, лишь бы успеть высказать свои сокровенные мысли, до донышка обнажить себя. Проверить не успел. Он был очень доволен собой — впервые в жизни почувствовал себя человеком, от которого что-то в этом мире зависит: он любит историю и хочет передать свои знания другим.

Вышел на Манежную площадь и… побежал стремительно, легко, как бегал за мячом. Казалось ему, он бежит к своему будущему, и теперь центр Москвы, звёзды Кремля, солнце жаркого лета, просторные улицы и люди — для него, с ним. Вбежал в метро «Библиотеки имени Ленина» и понёсся вниз через три ступеньки. Люди удивлённо смотрели на него. Он, как дурак, улыбался — на его физиономии застыло глупое довольство собой и жизнью.

С Наташкой отправился на пруд — не на свою горушку, с горушки Наташку не покупаешь, а к плоскому берегу, чтобы она могла носиться. Она убегала от Володи и кричала: «Вовка, Вовка — боржая корровка. Взлети на небо, пррнеси мне хлеба!» Он догонял её, поднимал на руки — она обхватывала его ручонками. «Вовка, Вовка, боржая корровка», — повторяла то, чему он научил её. Как и Марленова Наташа, она полюбила «р» и вставляла его во все слова. Дом у неё был «дром», «диван» — «дриван», даже в «кашу» умудрилась засунуть «р», получилась «краша». А уж слова, в которых «р» было живьём, она раскатывала — «дрррова»!

Вернулись домой. Наташка не желала слезать с его плеч, вцепилась в волосы и погоняла.

Вошёл дядя Вася, снял у него с плеч Наташку, поставил на пол, сказал: «Пошли!». Он улыбался. Наташка ухватилась за его руку, заверещала: «В саррай, в саррай!».

— Берись, подняли! — приказал ему дядя Вася.

Блестит новеньким экраном телевизор. Начинали делать вдвоём — давным-давно, и Володя позабыл о нём.

— Когда вы успели? Надо же, экран больше, чем у Миши!

Несли в дом медленно, осторожно ставя ноги. Володя старался перехватить у дяди Васи тяжесть телевизора. Сознание, что и он пусть немного, но помогал дяде Васе, раздувало его гордостью: готов был тащить этот прекрасный телевизор хоть пешком в Москву, готов был заорать на весь посёлок: «Я помогал собирать!». Поставили на специальную тумбу в кухне.

— Будем пить чай и смотреть! — засуетилась мать. — Ты, Васенька, подожди, я салфетку постелю, я сейчас вот…

Баба Устя стояла у керосинки, улыбалась.

Включили. Он затрещал, захрипел, запрыгали полосы. Наташка вцепилась в Володину ногу. Мать смотрела со страхом. Сквозь хрипы услышал — будто Лидия Сидоровна играет своего любимого Чайковского.

— Сто этро? — спросила Наташка. — Где этро?

Хрипы пропали. И полосы пропали.

Женщина в короткой пышной белой юбке. То приближается, то уплывает, движения рук и ног сливаются, её несёт по сцене. Володя подхватил Наташку на руки, прижал к себе. Весна, с молочной зеленью, летающая на экране женщина, знакомая мелодия разнесли двери и стены его жилья — началась новая жизнь.

— Это танец, Наташ, — сказал он. — Чайковский!

— Слышишь, сыночек? Вот твой чай, садись скорее. Дочка, дай брату чайку попить, — празднично хлопочет мать.

— Я тебя пристроил. — Дяди Васин голос как ногтём по стеклу, Володя удивлённо уставился на него. — Хорошая работа, чистая, ученик радиста, благодарить будешь.

Он всё не понимал, чего хочет от него дядя Вася. Музыка мешала извлечь смысл из его тонкого голоса.

— Сто этро? — Наташка тычет пальцем в экран. — Рядя!

— Не рядя, а дядя, — мать радостно смеётся. — Сроду в театре не была, смотри-ка, сам театр ко мне пришёл.

— Школу кончил? Деньги будешь зарабатывать.

Лампа с абажуром чуть покачивалась от шагов соседей.

— Я поступаю в институт, — сказал Володя нерешительно. — У меня экзамены.

— А жрать что будешь? — вскрикнул дядя Вася петухом.

— Я, между прочим, мамину еду ем, не вашу, нечего меня попрекать. — Хотел уйти, мать преградила дорогу.

— Вовочка, сыночек, ты поступай, ты пробуй! Ты не хуже, Вовочка, чем у Лёни Костя был, большой человек из него вышел. Кто знал, что убьют. Поступай, вот так я говорю.

— Если я здесь не хозяин, тогда пойду! — Дядя Вася выключил телевизор, пошёл к двери.

— Папра, Натка с тробой, рруку дай!

— Моё дело — молчать, — крикнула баба Устя. — В чужом дому. А я скажу: ты, Вовочка, слушай маму, — безостановочно кивает ему баба Устя.

— Васенька, что же ты говоришь?! — всполошилась мать, тащит его за руку обратно в кухню. — Институт кончит, учёным будет. Ты, Васенька, рассуди. Начальником станет. Мы с тобой маленькие люди, мы с тобой никто, а Вовочка — начальник! — Мать заглядывает дяде Васе в глаза.

И дядя Вася неожиданно садится к столу.

— С институтов добра нет. Ну, если начальником… Ко мне больше не суйся, учёный! — хмуро говорит Володе.

Третьего августа сияло солнце, но Володя приехал в Москву в пиджаке. Этот день — главный в его жизни, решается его судьба. Прежде чем зайти в университет — посмотреть списки и дату следующего экзамена, прошёлся по центру. Небо, солнце, Красная площадь, быстро тающее мороженое и он, Володя Юшин, в одном целом. Он уверен, что поступит. Он здесь, на Красной площади, — свой. Свой в эпохе и в вечности. И всё соединено в единый смысл.

За сочинение ему поставили двойку. А все те, кто получил двойку, до следующих экзаменов не допускаются и должны забрать документы.

Снова на Красной площади. Но теперь каждый камень её, и солнце, и он сам — в отдельности, не соединены.

— Вов! — К нему бежит Прутик! Спрашивает звонко: — Ты чего тут делаешь? — Он сияет и не может скрыть этого. — Я буду учиться на реставратора! Всё хотел попасть к одному человеку. Ходил целый год. Объяснял… уговорил взять меня сверх штата, у него забито всё. Сейчас я гуляю. Плохо мне, сюда прихожу. Хорошо, тоже сюда. Ты чего такой дохлый? Брось, Вов, всё пройдёт. Помнишь, как долго мама сидела без работы? Подопрёт кулаком щёку и смотрит в никуда. Ухожу на работу, она сидит, возвращаюсь, сидит. Лезу к ней с разговорами, не отвечает. Думаешь, стало лучше, когда пошла работать? Ничуть. Ночью ходит по комнате взад-вперёд. Знаешь, что случилось с ней? До неё дошло наконец, кто папу убил. Мне твердит одно: «Поступи, Петенька, в институт. Мне очень нужно, чтобы ты поступил. Пока я с тобой, поступи». Каждый день одно и то же, с ума сойдёшь! — Прутик поёжился. — Того не понимает: не могу я просиживать штаны, когда она в две смены… А я принесу ей деньги! — Прутик повёл его с Красной площади к улице Герцена. — Куплю ей шубу, она у меня мерзлячка. Из двоих я — мужик, мне и вкалывать, правда же?

Маленький тощий Прутик походит на подростка, получившего драгоценный подарок.

— Правильно ты говоришь: пора зарабатывать. Хватит надрывать мать! Сколько может кормить меня, такого бугая?! Правильно, что я провалился. Интересно, конечно, почему? Хожу, ищу виноватого. Ты же знаешь, я всегда писал без ошибок, значит, дело не в них. Может, сочинение нужно писать по-особому, а Цапля не научила? Из-за Цапли всё. Как смела идти в учителя, если не умеет ничему научить?

— Не трави себя, Вов, не в этом, так в следующем году! — стал успокаивать его Прутик: — Захочешь, поступишь, не сомневайся, всё от тебя зависит.

Не сговариваясь, снова повернули к Моховой, вышли к Красной площади. Прутик из-за него расстроился!

— Слушай, давай, Петь, не расставаться. Может, я тоже стану реставратором? Буду делать всё, что ты скажешь.

— Здорово было бы! Только я сам у него из милости. Обещаю, поговорю с ним! Вместе всё будем изучать!

А Володя уже забыл о своей просьбе. Впервые не печальны Петины глаза — золотистые светлые круги. И вдруг осенило: а ведь имя-то у Прутика то же, что у Петьки, и то же, что у Петра Первого! Почему же никогда раньше не возникло ассоциации. Совсем другое имя у Прутика—Петя!

—Слушай, Петя, пойдём кататься на лодках! Мне говорили, где-то здесь близко парк культуры.

Прутик, видно, намолчался и спешил выговориться:

—Таких людей не знал: сегодняшней жизни не замечает, каждому, кто приходит, рассказывает о церквях, красках, мастерах. —Шёл повернувшись к Володе лицом, крутил ему пуговицу на рубашке. —У меня, Вов, руки—хорошие. Я так понимаю, человек рождается для своего дела.

А ведь Прутик прав: заниматься нужно своим делом! На будущий год поступит! Вспомнил о конверте с деньгами во внутреннем кармане пиджака. Момент подходящий.

—У него папка с храмами ... —И вдруг Прутик изменился в лице. —Не думай, Вов, что я злился на тебя, но ты—с Марленом... а мы с ним враги. Значит, и с тобой...

—Знаешь, какой Марлен?! —не дал Володя закончить фразу. —Мишка не только сын отца, Мишка—сын Лидии Сидоровны. В чём его вина? Мишка бился за тебя! Я сам слышал. Почему он должен расплачиваться за вину отца?

Прутик отступил от него. Бледный, глаза сузились.

—Ты, ты... ничего не смыслишь в жизни. Или—или. Середины нет. Это как разные породы деревьев и собак. Я не понимаю, как можно иметь хорошие отношения с двумя лютыми врагами. Молчи! —остановил он протестующий жест Володи. —Я это понял, когда узнал правду про гибель отца, когда с мамой сделалось такое... Если ты—с Марленом, ты мне тоже враг! Если Марлен не согласен с отцом, он должен уйти из дома. Вот. Нельзя жить под одной крышей с убийцей! А его отец убил моего.

—А как он бросит мать и сестру?! Он за них отвечает.

—Ты ничего не смыслишь в жизни. Ты—футболист, ты живёшь ногами! —кричит Прутик. На них оглядываются. —Общество враждебно человеку, заставляет человека делать не то, что он хочет, а потому нужно выбрать: найти своё место, не связанное с марлениными отцами. Раз Марлен не уходит от отца, значит, сам такой же! И ты... ты тоже значит... —Прутик захлебнулся, развернулся и почти побежал от Володи.

Слепит солнце, сверкают Кремлёвские звёзды, дисциплинированной безмолвной вереницей стоят люди в Мавзолей. Очередь—длинная, с Моховой, нарядная—самое лучшее все надели. В какой связи Кремль, очередь и то, что сказал Прутик? Заспешил по незыблемому камню с площади прочь. Пусть Прутик не врёт: Мишка не виноват, Мишка не отвечает за отца, он только начинает жить, он ответит за свою жизнь, ему хватит за что ответить. В том доме есть ещё Лидия Сидоровна и Наташа! Как уйти от них? Прутик всё врёт. Он больше не Прутик, он — Пётр, он вылез из детских пелёнок.

Документы и деньги жгут грудь.

Пётр с презрением обозвал его футболистом. Ну и поступит в физкультурный институт. Разве плохо всю жизнь играть в футбол? Кому нужно вкалывать с утра до ночи? Дядя Вася вкалывает, мамка вкалывает.

Потрогал голову — накалилась под солнцем.

«Подопрёт кулаком щёку и смотрит в никуда». Елизавета Петровна — маленькая, худющая, как Прутик, с тяжёлым узлом кос на затылке.

Поехал в парк культуры. Выстоял часовую очередь за лодками. И, наконец, взял в руки вёсла. Лодка рывком отошла от причала. Каждый взмах подбрасывал его, хотелось вместе с лодкой оторваться от воды. Окатывала вода, обиду не тушила.

А может, Пётр прав?

Вперёд — рывком, только вперёд — до тупенького берега. Места мало. Развернуться, оттолкнуться от берега и снова вперёд! Взмах и удар по воде: пусть снова окатит водой.

Ему нравится, что потяжелели руки, заболела спина и вымок пиджак. Как до изнеможения гонял в футбол, так и грёб до изнеможения, до бессилия — в забытьи, когда только горячие вёсла и мокрое дно лодки!

Ватными ногами сделал два шага и сел на берегу. Ладони холодила трава, а они всё равно горели. Лицо горело, волосы горели. В прочищенной забытьём голове определилось: Прутик прав, а Мишка — жила, любит удобства, тёплую уборную. Побегать бы ему во двор, когда мороз обжигает задницу! Мишка — хитрый. Ещё в июле экзамены сдал. Поступил в вуз под названием МАИ. Мишка никогда не пойдёт работать, как Прутик, у Мишки отец — шишка, наверняка помог попасть в институт. Прутик прав, они с Прутиком и Мишка — разные породы, в разных лагерях, из разного теста, потому что они с Прутиком должны заработать на кусок хлеба, а Мишка живёт на всём готовом. А сейчас он купается в Чёрном море.

Ишь как повернул Прутик! Никакой он не Прутик — Пётр.

8

Вернулся домой, когда совсем стемнело.

К его удивлению, мать с дядей Васей не спали.

— Ну, чем порадуешь, студент? — спросил дядя Вася.

Под жалким взглядом матери, сразу понявшей, что с ним, снова ощутил себя бесправным мальчишкой, которого ударили. Глядя в довольные глаза дяди Васи, буркнул:

— Работать буду.

— Конечно, работать, а чего остаётся? Разве такие учёные? — выговаривал дядя Вася матери тонким голосом. — Кишки не хватило в учёные! Не у всякого кишка. Куснёт своего хлебушка, узнает, как он стоит. Разбаловали. Семнадцать лет — мать корми.

— Будет тебе, Вася, — просит мать. Она уже плачет. — Видишь, расстроился Вовочка? Сыночек, садись ужинать.

— Ужинать! — дядя Вася, поддерживая брюки, пошёл на двор. — Быстрей давай, я спать хочу, — сказал из дверей.

Горячий суп первой же ложкой потушил боль. Когда дядя Вася вернулся, он уже спокойно встретил его взгляд.

— Надумал, чего сам хочешь? — спросил дядя Вася.

Володя кивнул.

— Хочу слесарить, вы научили держать инструмент.

Приосанился дядя Вася, важно потёр грудь, взглянул победительно на мать.

— Я думал, дело скажешь. Слесарить — не твоё дело. Слепые руки. Мой Кипреич два месяца дожидает тебя. Место держит. Чем плохо — радист? Радиограммы передавать. Чистая работа. Сиди, умничай. Скажут в уши, чего передавать. Мой Кипреич научит! Ишь, кривится. Значит, Кипреич, я сказал. Будешь жрать свой хлеб. К нему пойдёшь.

Кто прозвал его так, за что, не знали, не знали и настоящего имени этого тихого маленького мужичка, даже в лицо все звали его Кипреичем. Самым примечательным в лице были брови. Наверное, из-за бровей и сошлись они с дядей Васей: у обоих на чубы похожи, нависают на глаза.

Работа начиналась рано утром. Своих подчинённых Кипреич встречал внизу, каждому говорил личное «здравствуй».

— Что такое «радист»? Это связь между людьми. Я, Володя, всю войну был радистом. В окружение попадал, взрывался на минном поле, рацию из рук не выпускал, помирать, так с ней в обнимку. Всегда помнил: осуществляю связь между людьми, без рации — погибнуть. Старайся, Володя, овладевай. Василий Тимофеевич говорит — толковый, верит в тебя.

Каждое утро Кипреич говорит одно и то же. Зато целый день его не слышно. Что делает в своём кабинете, неизвестно. Сам Володя целый день проводит с Верой Изотовной. День за днём, месяц за месяцем — её румяная физиономия. Вера Изотовна всё про всех знает и обрушивает на него информацию сегодняшнюю и многолетней давности — о не интересной ему личной жизни незнакомых людей. Чтобы не слышать и не отвечать на её идиотские вопросы о его родителях, друзьях, увлечениях и девочках, он даже в перерыв сидит в наушниках, пьёт-ест в наушниках. И смотрит за окно. Узкая снежная крыша, полоска бледного неба, воробьи… — много лучше, чем Вера Изотовна с ярко крашенными губами и взбитой причёской над маленьким лобиком.

Воробей скачет тяжело, в снегу увязают лапы, клюёт что-то, видное только ему, снова скачет, вязнет, отдыхает, клюёт. А когда надоедает купаться в снегу, вспархивает на трубу, нахохлившись, терпеливо сидит час, два.

О провале в институт не думать. О Прутике не думать. О Мишке не думать. Воробей на крыше, его хороший знакомый.

Зима косо идёт снегом.

Когда крыша совсем освободилась от снега, объявился отец. Баба Устя передала от него записку: «30 марта около колодца в 14 часов».

У Кипреича отпросился в двенадцать. Вышел и начал жить. Опьяняя, пахнет проснувшейся землёй, ещё не вылезшей, но уже зародившейся травой, ещё не распустившимися, но уже напоёнными соком, с набухшими почками деревьями. Кричат птицы. Распахнул пальто, дышал, нюхал весну.

Не сразу увидел возле школы тихую чёрную толпу, венки, автобус. Пройти бы мимо, а ноги сами подвели.

— Верой и правдой служила нашей родине. В партии состояла с восемнадцати лет. Её жизнь достойна подражания. Тяжёлая утрата. Почтим память молчанием.

Старушки, простоволосые мужчины, всхлипывающие бабы пропускали Володю, понимали: раз он толкается, раз прёт, значит, ему очень нужно.

Детей в толпе нет — нарочно провожают во время урока.

Протиснулся к гробу в ту минуту, как его хотели закрыть и грузить в автобус. Ещё раньше догадался — Цапля. Синяя щека, короткий рыжий веерок ресниц, острый нос.

Запах весны пропал. Один ёлочный запах. Кричат птицы.

— От сердца. В одночасье.

— Никого.

— Какое имущество! Таз и две тряпки.

Володя пошёл прочь.

Грудь замёрзла. Застегнулся. Ещё руки прижал к груди, чтобы согреться. До встречи с отцом час ходил по Суково. Пойти бы домой чаю попить. Да не его это дом, дяди Васин.

Отец ждал у колодца.

Колодец стал старый, прогнили стенки. Давно уже никто из него воду не берёт — на каждом углу теперь колонки, нажми рычаг, и бери сколько хочешь. Хорошие хозяева провели воду от колонок в свои дворы. Дядя Вася пристроил трубу с краном прямо в кухне — «оттаскались, слава богу», — сказал. А ведро при колодце, намертво припаяно цепью — детство Сукова.

Отца заметил издали. Володя подошёл совсем вплотную, отец не посмотрел на него, неподвижным взглядом упёрся в конец улицы. И столько ожидания было в его лице, что горячий ком заткнул дыхание! Постарел: седы виски, тяжёлыми веками сжаты углы глаз, морщины забрали в скобки подбородок. В зимней шапке с опущенными ушами лицо кажется ещё худее. Чего раскис? Не отец это, чужой мужик. Хотел было пройти мимо. Не прошёл. Позвал натужно:

— Папа!

Отец вздрогнул. Мелко задрожали губы. Видно, ожидал другое. Смотрел тяжело, в упор, знакомясь: искал сходства, искал мальчишку.

— Как учишься? — спросил наконец.

— Я работаю. — Хотел помочь отцу, стал объяснять, что значит быть радистом: премудрости немного, только надоедают наушники, снимешь и долго потом ничего не слышишь, точно оглох. А в общем, нормальная работа. Про Кипреича рассказал, про Веру Изотовну. Говорил, а сам скорее придумывал, что забыл, главное — не молчать.

Он не был знаком с отцом раньше, как полагается, но сейчас, глядя в его потерянное лицо, почувствовал: это и есть его отец, настоящий, родной, который не может ударить, попрекнуть съеденным куском, погнать работать, который хочет, чтобы он учился.

— Папа! — Язык закостенел. С трудом ворочая им, сказал: — Я провалился в институт. За сочинение мне поставили…

— Я тут тебе… — виновато перебил его отец и стал со сруба колодца хватать аккуратные пакеты, — принёс пряников. Ты ещё любишь пряники? Вот рубашка. Наверное, мала, — сказал растерянно. — Мяч. Ты в футбол всё играл. Ещё бутсы вот. Самые настоящие футболисты играют в таких. Бутсы тоже, наверное, малы. Ты какой размер носишь? Я их обменяю! И рубашку обменяю. — Отец совал ему в руки подарки. — Вот ещё клюшка, она как раз. — И пошёл скорым шагом прочь. Один бутс подпрыгивает на спине, кажется, горб… Левое плечо приподнято, правое опущено, словно отец припадает на одну ногу. Позвал «папа!». Жалость к отцу сглотнула голос. Столько лет сиротства, а отец есть. Папа. Кровью — родной. Сорвался с неба снег, посыпался крупой. Вот тебе и март.

— Папа! — закричал. Отец не обернулся. На крышке колодца осталась рубашка. По прозрачному конверту стучал снег. — Папа! — Неловкими занятыми руками Володя подхватил рубашку, пошёл было следом, вернулся к колодцу, положил на крышку подарки, побежал, как мальчишка. — Папа! Подожди! Я хочу сказать тебе! Адрес?

И — красные огни автобуса.

Цаплю увёз автобус.

Отца увёз автобус.

Падает снег. Середина дня пустынна. Кончается обеденный перерыв. Нужно отнести подарки домой, перехватить несколько ложек супа. Нет, домой не пойдёт. Это не его и не отцов дом. В животе урчит от голода, как в тот день, когда дядя Вася ударил его. Возвращался на работу медленно, прижимая к груди пряники, клюшку, рубашку, не надутый мяч. Жили вместе — чужие, а его левое плечо приподнято, как у отца.

Навстречу — мать. Идёт опустив голову, покорно перебирает ногами — усталая лошадь.

Почему мать не с отцом? Почему не соединились в общую плоть, когда родили ребёнка — их общую плоть?

— Вовочка! — Мать обрадовалась. Запрыгали в беге к нему «колечки» на голове. — Сыночек. — Увидела: отцовскими подарками полны руки. Догадалась. Ни о чём не спросила.

Лёгкие слёзы.

Обнять её. Отцом заполнены руки, отцом разъединён с нею, не умеет к ней приблизиться, не умеет простить ей своё сиротство.

— Сыночек, Вовочка, — лепечет она.

Что знает он о ней? Эти два слова: «сыночек, Вовочка»…

Замёрз изнутри, руки заняты. Стоит перед матерью в двух шагах от работы и не умеет спастись ни ею, ни работой от своего недоумения перед жизнью. И неожиданно решил: он уйдёт в армию, не дожидаясь призыва! Уйдёт, чтобы восстановить запятнанную дядей Сашей честь защитника… Начнёт спасать слабых.

— Прекрати, мать, — сказал строго. — Что ты всё ревёшь? Не помер же я, живой пока.

ЧАСТЬ ШЕСТАЯ

Глава первая

1

Вася поворотил её жизнь вовсе. Под снегом и дождём, в морозе и ветре — ей теперь завсегда тепло, словно Васины руки на ней остаются после ночи. Васенька её с завода снял. Сильно ругался, когда она снова на завод пошла, не к Капе, на другой. Просыпаясь, слова ей хорошие говорит, к автобусу провожает. Один Васенька в глазах. А уж когда получилась у них с Васенькой Натка, и вовсе главнее него ничего не осталось. Васенька — Наткин отец. Не чета Илье. Сам Натку к её груди подносит. «Корми серьёзно!», — приказывает. Сам пелёнки Натке меняет. По сто раз в ночь бежит из кухни в комнату смотреть, спит Натка или кряхтит. Тихая получилась у них Натка, спит и спит себе — ночи напролёт. «В меня — серьёзная», хвастается Васенька. А ей лёгко с Васенькой жить. Всё как у людей у неё, всё как положено. Васенька с дочкой играет. Иной раз и днём забежит: как Натка время с бабкой проводит? Всем отцам отец Васенька.

О Вовочке она вовсе не помнила — сыт, обут, в школу ходит, и ладно, с Наткой хлопот полон рот, не до Вовочки.

А Вовочка сам напомнил о себе. Принёс ей аттестат об окончании школы. По всем предметам стояло «отлично», кроме математики.

— Вовочка, сыночек, — загордилась она. — Смотри, история — пять, литература — пять. Смотри-ка, самостоятельный какой, дельный.

Вовочка совсем мужик. Тихий получился Вовочка — в Илью. Слова лишнего не скажет, своих обид не выскажет. Вон рукава у него короткие, брюки — короткие, а он ничего не просил у неё, учился — старался.

Разглядела весь аттестат, сунула ему три рубля:

— В кино сходи. Мороженое себе купи. Не держи на меня сердца, Вовочка, что я такая, дитё у меня, понимать должен, дела много. Я, Вовочка, тебе, погоди, костюм куплю. — Плакала, любовалась им, жалела, какой безответный он у неё.

— В институт я буду готовиться.

Вовочка потеснил Васеньку. Целое лето о Вовочке душой болела, старалась подсунуть ему вкусный кусок.

Третье августа тянулось бесконечно. Если бы не завод, сама поехала бы с Вовочкой, ждала бы под дверью университета, пока он свой экзамен сдаст. Домой спешила.

Поступит Вовочка в университет, станет большим человеком, каким Лёнин Костя был. Один в их семье начальник будет. Она всегда знала, Вовочка у неё головастый. Ещё в Томске Нестор Григорьевич ей про Вовочку всё как есть обсказал.

— Вова пришёл? — выскочил первый вопрос, едва порог переступила.

Васенька ничего не ответил, ушёл в сарай, мать покачала головой. Кусок в глотку не лезет. Делать что — руки не поднимаются. Васенька в сарае возится, Натка строит дом из кубиков. Пошла за калитку, села на лавочку — ждать Вовку. Солнце опускается за зелёный лес. Сыростью от земли пахнуло. Сумерки прижали небо к земле — всё нету Вовочки, всё сидит она на лавочке, ждёт его. Идут люди, знакомые — заводят разговоры, она отвечает невпопад, незнакомые по деревенской привычке кланяются, она машинально кивает.

— Валь, когда ужин? — Васенька свёл брови в одну жёсткую щётку, серчает. — Что греешь скамью? Провалился твой студент. Сдал бы, давно был бы дома, и трезвон стоял бы. Нет, значит, провалился. Есть давай.

Тяжело поднялась со скамьи.

В первый раз такое холодное отношение Васеньки к ней вышло: Васенька на неё не смотрит, не жалеет её. А она без памяти Вовочку ждёт. Каждый звук слушает. Машина проторхала, мотоцикл проревел, с визгом мальчишки пронеслись — не идёт Вовочка. Вдруг под машину попал? Москва — бешеная на движение, спуску не даёт: чуть зазеваешься, беда! Сама-то долго привыкала к Москве.

На столе — селёдка, остывшая картошка, колёсиками колбаса. Не идёт в глотку даже самая любимая еда.

Натку уложили. Ночь на дворе. Не убирает она со стола, суп на керосинке держит. Вот сейчас придёт сын голодный.

— Когда спать? — Снова у Васеньки брови в одну щётку сошлись. — Чего, без тебя студент не дойдёт до кровати? Натка видит пятый сон. А мы когда?

Собирала со стола еду, слёзы глотала. Нету Вовочки. Вася ждёт, когда она расстелет постель. Стал он брюки снимать, Вовочка пришёл. В дверях кухни остановился, белый совсем, всю кровь за один день потерял с лица. Как из-под дождя Вовочка, штаны хоть отжимай, в воде сидел, что ли? Впору реветь в голос. Нельзя реветь — Васенька злой на него. Брюки Вася снова застегнул, в комнату дверь закрыл, спросил строго:

— Пришёл? Ну, чем порадуешь, студент?

— Работать буду, — ответил Вовочка.

Она подожгла керосинку.

— Конечно, работать, — тонко крикнул Вася, — а чего остаётся? Разве такие учёные? — С каждым Васенькиным словом слабела Валентина, в неё забивал Васенька свои гвозди.

— Будет тебе, Вася! — Не выдержала, заплакала. — Зачем травишь? Видишь, расстроился Вовочка. Поужинай, сыночек.

— Поужинай! — сказал ехидно Вася, пошёл на двор. — Быстрее давай, я спать хочу.

— Садись, сыночек, покушай. — Смотрит на него, материны слова шумят в голове: «Всю жизнь сирота».

Через сиротство не поступил Вовочка в университет: о Васеньке думала, о Вовочке позабыла. Вот он, Вовочка, её сыночек, жаль её большая. Вернулся Вася, снова она сжалась — сейчас начнёт над Вовочкой надругиваться.

А у мужиков пошёл сурьёзный разговор — уговорились к Кипреичу идти.

Совсем она затомилась: между ними разрываться ей.

Вася двери плотно закрыл за Вовочкой, приказал:

— Брось свои дела. Ложись. Завтра дрыхнуть некогда.

Не таков её Васенька, чтобы не пожалеть, — обхватил её! И сразу высушило слёзы, забыла про Вовочку. Водит Васенька по спине, оглаживает — горит она, как горела в первый день. Раздевает её Васенька.

— Туши свет, — просит она.

— Видеть буду! — жаром дышит ей в ухо Вася.

— Туши, Вась! — стыдится она.

Ходит теперь Вовочка на работу, дважды в месяц приносит ей зарплату: целых семьсот рублей! Сыт Вовочка. Ничего не просит. И позабыла про него — снова один Васенька на уме.

2

Всё в доме у них в порядке: на своём месте каждая спичка, каждая нитка. На премию справила себе пальто, драповое, бутылочного цвета, красивое, очень хочет она Васеньке нравиться, чтоб шёл с ней рядом Васенька и гордился. Картошка у них есть, на целую зиму запасённая, морковь с капустой, каждому овощу свой отсек Васенька сделал, песку для моркови наносил. Хозяин, одно слово. Так много собралось в ней Васеньки, что охота похвастаться им. Особенно нужно, чтоб Вера про Васеньку узнала. Раз в неделю ходит Васенька что-то строить — выговорил у неё себе вечер в неделю на дополнительную работу. В такой пустой, без Васеньки, четверг и собралась к Лёне с Верой. Купила пол-литра, печенье и после работы поехала. Ехать долго, целых полтора часа — у самой окружной дороги брат теперь живёт.

— Считай, шесть лет не виделись! — встретил её Лёня.

Был раньше Лёня высокий, а теперь оказался чуть выше неё, вовсе сгорбленный. Седой совсем. Брюки приспущены, не держатся на худом животе. Когда получили похоронку, остановились у Лёни глаза, на шее взбухла толстая синяя жила. Катюха прозвала её Костиной. Раньше заплакала бы, стала бы жалеть Лёню, а сейчас столько в ней Васеньки, что слёз не получилось.

— Идём, покажу тебе квартиру. Вера плохо себя чувствует, — оправдывается Лёня, семенит в комнату, она за ним. Гостиная у Лёни — большая, метров двадцать будет. Вошла в неё и замерла: всё блестит — буфет, стол, шкаф! Лёня говорит гордо: — Всё из одного дерева. Это горка!

Рюмки стоят за стеклом, вазочки, чашки. Красота.

— Стол раздвигается. Могу посадить сколько хочешь персон. Сваты приходили на седьмое ноября, с их стороны шесть человек, с нашей — трое, легко сели, ещё пятеро сели бы.

Открыла шкаф. Полок! На одной простыни лежат, на другой — Лёнины вещи, на третьей — Верины. Пальто висят, платья Верины висят, Лёнин костюм. Красота.

У неё сроду ничего не висело, в сундуке одна вещь на другой. Каждый раз гладить наново.

Онемело разглядывает вешалки, блестящее дерево.

— Завод поблагодарил меня квартирой. А Катя гарнитур достала, говорит, заграничный. Вера сильно хотела. Ты, Валь, садись, поставлю картошку, будем ужинать. Вера, должно, выйдет, когда всё будет готово. Встаёт только вечером, пьёт чай, смотрит телевизор. Катя достала, говорит, без телевизора никак нельзя, у всех культурных людей должен быть. — Вдруг Лёня зашептал: — Я тебе, Валь, приготовил подарок. Хотел сам приехать, да очень далеко, сил нет. Вот тебе облигация. Может, выиграет, получишь деньги, будешь вспоминать обо мне. Ты мне как дочь… Я виноват перед тобой.

Опять то же: раньше заревела бы от Лёниных слов, а сейчас о Васеньке подумала — вот хорошо бы, купит тогда она Васеньке подарок!

Достал Лёня из коробки картофелину, моет-моет. Не выдержала, в минуту намыла да начистила кастрюлю, поставила на огонь. У Лёни — газовая плита, быстро картошка сварилась. К еде выплыла Вера. Ни за что не узнала бы её, чисто старуха: голова трясётся, глаза мёртвые, ещё хуже Лёни. Лёня селёдку и солёные огурцы подал, хлеба нарезал. Вера руки на стол положила. Руки у неё — молодые.

— Каждый день Костю вспоминаем, — говорит Лёня. — Такой был Костя… Умный. Учил в университете. Большой человек. Видный. — Вера кивает Лёне, смотрит на него ожидая: сейчас Костя живьём в кухне появится. А Лёня повернул разговор: — Катя привозит продукты: огурцы, мясо — всё от неё. — Вера кивает безостановочно.

Картошку с постным маслом, с луком и селёдкой ела бы на завтрак, обед и ужин, как есть настоящая еда. Наелась до отвала. А наелась, начала хвастаться:

— Мне Васенька подпол сработал, полки в кухне навесил для сковородок и кастрюль. Картошки Васенька натаскал… — Говорит, а сама Васенькиным жарким дыханием дышит, Васенькиным голосом греется. — Приспособление для стирки мне Васенька изобрёл, — спешит она Вере Васеньку показать! — Чтобы стирать лёгко было, бачок приспособил: вода греется, из крана течёт горячая прямо в корыто, а в корыте ещё кран, в ведро плохая вода уходит.

Вера с Валентиной соглашается, кивает. Смирная стала.

Ест мало: пожевала картошку, одну штуку всего, и снова руки по столу уложила — белые, гладкие.

Они с Лёней водку пьют, по две рюмки уже выпили. Вера не пьёт, но кивает им: пейте, пейте!

Волосы у Веры почти все вылезли, голые проплешины на голове, окружённые седыми кустиками.

— Мне Васенька ножик выточил для мяса, такие есть только у мясников, в одну секунду жилочки отлетают, и плёнки, и кости. А ещё…

Только уверилась, что Вера разучилась вредничать, научилась слушать, как Вера прервала её ехидным голоском:

— А ведь ты не любила моего Костеньку, вот что. — Теперь себе кивает Вера, а кивки прерывают голос: — Терпеть не могла! Ты испортила мне всю мою молодость! Ты была бельмом в глазу! Лёня для тебя старался, не для меня. — Валентина глаза вытаращила, смотрит, как Вера кивает ей. — Сколько съела нашего хлеба, Костенькиного хлеба! Может, не убили бы его, если бы он сам съел весь хлеб! Может, было бы у него силы поболе, — кивает Вера. — Другая, которая благодарная, отдала бы нам наш хлеб.

— А ну, помолчи, если не скажешь ничего умного, — приказал неуверенно Лёня.

Пришла в себя Валентина, и прорвало её:

— Не я тебе, ты моему брату жизнь сгубила! Ты научила его, я знаю, маму обворовать — мамин дом целиком себе прикарманила! Мы с мамой смолчали. Ты и свою Катьку не любила, а Катька тебя, видишь, целиком кормит. Не в твою породу, в нашу, Рожновскую, Катька пошла. Ты поперёк мне и брату легла. Не я тебе, а ты мне и маме должна отдать деньги за дом. Безголосым брата моего сделала, на кухню поставила да глотку ему заткнула, глянь, немой сидит, красной рожей тебя слушается, мужик бабой стал, пусть водкой моей остатней свою пропащую жизнь зальёт! Лодырь ты всю жизнь! Не ездила через тебя к Лёне и сроду больше не приеду. Хлебом попрекнула. Не своим, Лёниным, а маму мою обворовала.

Побежала к двери, тут Лёня ей кричит:

— Ты её, Валь, не слушай, она — дура, помешалась она. Ты, Валя…

Но она уже сорвала своё бутылочное пальто с вешалки, платок подхватила да бежать. К Васеньке скорее! Васенька пожалеет её, утешит! Прижмёт к себе крепко-крепко. Горячий у неё Васенька, сладкий. Чем больше о Васеньке думала, тем меньше в ней Вериного скрипучего голоса оставалось. Васенька ждёт её. Васенька будет с ней чай пить. Чаю она так и не попила, без чаю оставили её.

А вместе с «Васенькой» стучало в ней слово — «гарнитур».

Васеньки дома не было. Мать с Наткой уже спали. Натка во сне чмокала, точно конфету сосала. Вся в Васеньку: губы — сочные, глаза — Васенькины, брови — густые, правда, пожиже Васенькиных. Пришла на кухню. На кухне — Вовочка. На её с Васенькой кровати — незнакомый рюкзак. Вовочка суёт в него носки, трусы, майки, кружку…

— Ты куда? — обессилела она, опустилась на табуретку, смотрит на беспощадные Вовочкины руки.

— Мешаю я тебе с мужем. В армию ухожу. — Сел рядом с рюкзаком. — Вернусь, буду выбивать себе комнату. Что там… — запнулся, — свой кусок дороже чужого.

— Не чужой, мой. Мой кусок, сыночек. — Она боялась сказать что-нибудь не так, не могла придумать слов, только повторяла: — Вовка, Вовка мой…

Поставила чайник, достала с полки стаканы, блюдца, сахар достала. Вот такое дело будет: сядут чай пить.

Вовочка чай пить не стал. Лёг спать. А она сидела перед налитыми стаканами.

Скоро Васенька пришёл. Сильно недовольный. Она хотела ему про Вовочку рассказать, сама обхватила его, погреться об него, он отвёл руки.

— Спать давай, Валя!

— Чего у тебя такое случилось, Васенька? — спросила смятённо, так и не решившись про сына заговорить. — Давай чай пить. Или кормить тебя? Ты, небось, сильно голодный. Долго ещё тебе там работать?

— Где? — удивился Васенька. Тут же спешно ответил: — Долго. Я устал. Хочу спать.

Так, без чаю, улеглась. Наморщила лоб, стала думать, как же это так, Вовочка раньше времени уходит в армию служить? Хорошо это для него или плохо? Что армия сулит Вовочке? Думала, думала про Вовочку, ничего не придумала. Стала думать про Васеньку. Что такое с Васенькой случилось? Почему не рассказывает ей ничего своего? Может, он вовсе и не работал? Может, вовсе он у бабы был? Только подумала про это страшное, как Васенька обнял её, крепко-крепко, прижал к себе, стал целовать.

Ни о чём больше не стала думать, в горячем Васенькином тепле заснула.

3

Любят они с Васенькой купать Натку. Воду греет Васенька в том же корыте, что и для стирки: разожжёт какие-то большие таблетки белые, вот тебе и горячая вода! Натка сидит в корыте, то ногу подставит под струю, то руку. Только Васенька умеет сделать так, что всем хорошо! Натка просит:

— Папа, дай отвёртку! Я вымою её! — И смеётся.

Васенька трёт ей спину. Валентина смывает. Воды в корыте уже много, она уже мутная, мыльная, Натка бьёт по ней, вода выплёскивается на пол.

— Нельзя, доченька, — притворно сердится Валентина, а сама подливает ещё: давай, Натка, бей по воде, чтобы брызги — во все стороны: ничего, она подотрёт.

Розовая, чистая, сидит Натка на диване, кричит:

— Я вымыла отвёртку, она тоже чистая-чистая! Папа, дай рубанок, он будет ездить — чик, чик! Папа!

Валентина подтирает пол. Мать разливает чай.

А потом, когда Натка уже спит, они сидят разморённые, благодушные, распустив руки и ноги, точно они тоже — чистые-пречистые, говорят лениво:

— Новое правительство теперь! — сообщает Вася.

— Паша пишет, нынче богатый урожай, морковь одна к одной, зерно одно к одному. — Она смотрит на Васеньку.

Очень хочется ей кому-нибудь рассказать про него. И чтоб этот «кто-то» хлопал глазами от удивления и восхищения, чтобы радовался за неё. Через это Васенькино излишество в себе и собралась к Паше — похвастаться. Выпросила у Васеньки воскресенье. Он всё одно оказался дежурным по объекту.

Снег светлым праздником лежал по всей дороге. Она щёлкала семечки, разглядывала снег, лесочки с перелесками, домишки и поля да слово к слову собирала, какие скажет Паше.

А ещё толклось в голове иностранное слово «гарнитур». Запало. Комната культурной станет, если будет гарнитур. Стол — раздвижной, не надо доску прилаживать, Лёня говорит, девять человек легко садятся да место остаётся. Слово «горка» запала. Рюмки стоят, розетки, чашки — всё на виду. У неё ничего такого нету. Ни рюмок, ни вазочек. Шкаф у Лёни блестит. Красота. Протрёшь сухой тряпочкой, и опять блестит. Пальто и платья в шкафу висят, гладить не нужно.

…Паша не всплеснула руками, как в прошлый раз, сказала будничным голосом:

— Вспомнила про нас. Заходи.

Знала ведь, что свекровку Паша схоронила, а зайдя в комнату, повернулась к свекровиному стулу, точно ждала: к ней навстречу поплывёт старуха, радостно загалдит, станет на стол собирать. Пустой стол, пустая изба — будто нежилая.

— Чего стоишь? Садись. — Паша села к пустому столу, выложила руки, совсем как Лёнина Вера, только руки у Паши — со вздутыми жилами, чёрные. Угрюмая Паша, в глаза не смотрит, на руки свои смотрит. Неподвижная, точно вовсе разучилась жить.

Робко присела Валентина на краешек стула. Говорить про Васеньку язык не поворачивается. Со своим Васенькой здесь она ни к селу, ни к городу, а больше про что говорить, не знает. Паша ещё толще, чем раньше, совсем как свекровь стала, щёки оплыли, как у свекрови, руки — опухшие, похоже, водой набухли. Так жалко её стало, что потащила поскорее из сумки подарки: чулки шерстяные мама связала, колбасу, печения разные — давно готовилась, собирала Паше с Нюркой.

Вовочке и им покупала сразу, делила пополам.

Паша на подарки не посмотрела. Спросила:

— Ты чего, Паша, убитая? Али с Нюркой чего случилось?

— «Чего случилось»? — затряслась Паша мелким смехом.

— Вы там, в городе, полно живёте, всё вам предоставлено. Есть урожай, нету, вам завсегда хлебушек в булочных приготовлен. А ты спросила, сколько нам этого хлебушка повыдали, хоть и урожайный ноне год? — Паша говорит всё громче, почти кричит: — Работать давай, а жрать тебе не надо. Молока и того нету. Стой в очереди от такого часу до такого. За что? Я тебя спрашиваю: за что Колечка сложил голову, сыночек Витенька на Дальнем Востоке погиб за что? Где же это видано, чтобы не кормить народ? А председатель нам в глаза забыл смотреть, бежит от нас, как от заразных.

Валентина взглянула в окно: сейчас Пашин крик соберёт людей. Но за окном качались зимние длинные ветки рябин и вишен, вместо белого цвету снегом обсыпанные, свежие, чистые — праздник за окном.

— Посме-ел — попрекнул паразит! — кричит Паша. — «Когда Колька был жив, мы покрывали вас, не писали бумагу, что у вас имеется скот. За то ты должна быть благодарна мне, своей власти!» Это я ему! паразиту! в ножки должна кланяться, самогоном накачивать, что не свёл со двора остатнюю скотину, нами выкормленную. Зато сейчас, — она снова затряслась в смехе, Валентина от того смеха поёжилась, — я голая, курицы нету. И Нюрка — голая! И Толечке сыночку я ничего не могу дать. — Паша захлебнулась словом. А снова заговорила жалким голосом: — Не нужна я сыну единственному. Он, видишь, городской, он, видишь, важный стал, в инженерах ходит, а я… без него… — Пашины щёки колыхались от горя, толстые, блестящие. — Мы с Нюркой получились никому не нужны. Нюрка — косая!

Защипало у Валентины в носу, да не заплакала, всегда плакавшая по любому поводу, — не хватило у неё для Паши слёз. Крепко заклинились слёзы — её счастьем с Васенькой.

— Нюрка выучилась на библиотекаря, вродс при деле, даже в воскресенье, вишь, на своём месте, а никому не нужна. Вековухой будет. Жа-алко мне её. Плачет ночами, детей хочет. А где их взять, детей-то? Мужиков нету, все как есть сбежали. Из девок Нюрка одна осталась. Девки тоже убегли — какой понравятся тьма и вой голодных собак? Это уж мы, старьё, терпим. А что нам делать, как не терпеть? — Поникла. Небось, так сидит целый день — ждёт Нюрку.

— Ты хоть на каких работах работаешь?

Зимний день в разгаре — с пушистыми от щедрого снега ветками, с весёлыми воробьями, светящимся в солнце холодным воздухом, с ледяным звоном близкого леса.

— Я к тебе четыре часа ехала, — обиделась Валентина, — а ты не отвечаешь, чаем не напоишь, щей не предложишь.

— Я, Валь, закаменела. — Паша тяжело встала. — Из-за Нюрки силы растеряла, сыну не нужная, невестка не пускает его ко мне — нечсго, мол, знаться с деревней, штрафы замучили. Держишь лишнюю животину — штраф. За самогон — штраф. А как я ещё соберу Нюрке на жисть? — Паша стоит, как и сидела, безучастная к себе. — Слушай, Валь, сколько лет прошла война, почему жрать нечего и одёжи не купить? Чего говорят в городе? Али наш председатель так плох, что пустил нас на ветер? Ты, Валь, скажи. Твой мужик газеты, небось, читает. Ты говорила, умный он у тебя. Спроси его.

Наконец Паша сдвинулась с места. Всё она делала с натугой. Медленно кидала угли в самовар. Покидала, постояла. Вытерла руки о юбку. Пошла к печи, отщипнула щепку от полена, распрямилась, постояла, ещё одну отщипнула. Ноги у неё стали толстые, совсем как у свекрови, будто у Паши со свекровью общая кровь да общая болезнь по жилам течёт. Долго искала спички. Наконец вспыхнул огонь. И сразу жив дом. На стол Паша приволокла чугун со щами. Ела она неохотно. Пара ложек, и отодвинула тарелку.

Самовар гудел. Они молчали. Больше всего хотелось вырваться отсюда. Скорее к Васеньке: в Васенькин умный разговор, в Васенькины жаркие руки. Собралась было подняться, как заскрипели шаги под окнами, затопотали в сенях.

— Мама! — В сбившемся платке, разлохмаченная, в пальто, повисшем на одном плече, ворвалась Нюрка. Огнём полыхает лицо, косины в глазах вовсе не видать. — Мама! — крикнула, так, что стёкла зазвенели. — Я замуж выхожу.

Только после этих слов шагнул в комнату парень. Увидела его Валентина, обмерла — Серёжа. Живой, прежний, с лисьей Серёжиной шапкой в руках, с Серёжиными курчавыми волосами, с Серёжиными глазами.

— Не узнаёшь его, мама? Дяди Серёжин сын, Валя, приехал в отпуск, на целый месяц, три года не был. Работает на севере. Кончил строительный. Пришёл в библиотеку, мне уходить, он встал на пути: замуж, и точка. — Нюрка, видно, сама не понимает, чего говорит. Как давеча Паша, она оглушает себя криком, недоумевая, что такое с ней получилось. Видно, уже любит она Валю, беззаветно, поедет за ним на его север по первому слову, бросит мать, даже не задумавшись.

Столбняк прошёл, увидела: рот у Вали не Серёжин, и щёки не Серёжины. Повадками парень тоже не Серёжа. Нет Серёжиной застенчивости. Не успела Нюрка замолкнуть, как он подхватил Нюркин громкий голос:

— Свадьба через неделю. Деньги — мои, беготня по Москве — пополам. У меня, как у начальника строительства, двухкомнатная квартира. Анюта без вас, тётя Паша, жить не хочет. В первые три месяца, конечно, не приглашаю, сами понимаете. А после — милости прошу — полновластной хозяйкой. Будете еду варить. А ребёнок будет, дадим вам совсем главное слово. Мы с Анютой будем, конечно, работать, чтобы деньги всегда были живые и удобства всякие, а вы — дом блюдите. Зарплата большая, детей на стороне нет. Была жена, не скрываю. Очень хорошая женщина, дурного слова в её адрес не брошу, но боится холода, сбежала в Москву на Тверской бульвар, к родителям под бочок. Я не обижал её, могу дать телефон, проверьте. Мне нужна только такая, как Анюта: наша, деревенская. — Наверное, ещё час говорил бы он, если бы Паша не стукнула по столу.

— Много болтаешь! Скидай тулуп, садись, бери бумагу, пиши, чего покупать! — прервала себя, спросила строго: — Мать знает? Али как?

— Али как. Мать со мной всегда во всём согласная, тем более сейчас, когда наскучалась. Схожу за ней, заодно бутылку принесу, а вы огурчики, капустку ставьте на стол. Анюта, идём со мной. Ни на шаг теперь друг от друга.

И вдруг Нюрка заплакала.

— Не пойду.

Громко гудел самовар.

Валя хотел заглянуть ей в лицо, а она закрылась руками.

— Ты чего, Анюта? Неужели обидел тебя? Я от радости в минуту сто слов… Намолчался в своём чёрном углу. Там ночь полгода.

— Мать не разрешит тебе, я знаю! — горько плачет Нюрка, по-детски хлюпая и шмыгая носом, совсем как Паша. — Я ведь косая!

Как же захохотал Валентин! А когда отхохотался, обнял её, стал гладить по голове, как Серёжа когда-то Валентину.

— Так я потому и женюсь на тебе. Ты не косая, ты не такая, как все, вот какое дело. Мне и надо не как все. За то я и благодарен твоей матери, тёте Паше, что ты не как все. Как все — вон их сколько, пруд пруди, в ты — только для меня будешь. Пойдём к маме, слышишь?

Они ушли. Остался гудящий самовар.

Пашу было не узнать — вроде и одутловатость спала — принялась Паша креститься. Крестилась истово, сильно прикладывалась пальцами ко лбу.

…Никогда так мягко, так бесшумно и легко не катил автобус. Валентина плыла сквозь светящийся снег сумерек. Ей казалось, и снег, и небо, и колёса выговаривают: к Васеньке, к Васеньке. Серёжа — в прошлом. У неё — Васенька.

4

Как только Володя ушёл в армию, Васенька будто снова женихом стал. И природа словно вместе с ней празднует её «медовую» жизнь. Зима стоит не шибко холодная, лето — с солнцем и ярким небом. Даже осень не дождливая — ядрёный воздух с душистым холодком. Краски в эту осень — нарядные, в солнце застыли облетающие деревья, золотится трава, сверкает захолодавшая вода луж. Любит она осень. Кричат улетающие птицы — с ней прощаются. В один из таких осенних дней и взяла отгул за переработки. Дел задумала, не пересчитать! На рынке веник купить, перекипятить постельное бельё, а самое главное: Вовочке посылку отправить. У них с Васенькой всё хорошо, а о Вовочке никак нельзя позабывать, надо и его порадовать. Всё уже закуплено: сырков плавленых двадцать штук, батон колбасы, конфеты да печенья. Вот только бы ещё тушёнки достать! Из-за тушёнки и взяла отгул. Добудет, запечатает ящик, стащит на почту, Вовочке слова пропишет: «Кушай, сыночек, спи, высыпайся, не простудись. Натка и бабушка приветы тебе шлют». Полезла в шкатулку за бумагой с конвертом, увидела Лёнину облигацию.

Обыкновенная бумажка. Наверное, так и позабыла бы о ней, да вспомнила Васенькины далёкие слова: «Заём пропечатали». В сберкассу, значит, надо ей. Сроду туда не ходила — после войны занял Илья ничей дом, стал их собственным, платить за него не надо, и сбережений сроду не было. Осторожно вошла — нарядные женщины сидят за стеклянными окошками. К какому подойти? Стоит в дверях, смотрит, чего люди делают. А из-за спин не видать.

— Ты, Валь, зачем здесь?

Любка?! Продавщица из Ритиного магазина. Пышная стала, толстая, гладкая — очень габаритами на Риту похожа.

— Чего толчёшься? Я спешу, говори, чем помочь?

Протянула ей Лёнину облигацию.

В одну минуту очутилась у Любы в руках газета, в одну минуту глазами Люба колонку из чисел проскочила. Снова сверилась. Уставилась на неё.

— Ты что, Люб?!

— Ты, Валь… — Люба растерянно моргала, явно боролась с собой, всё-таки сказала заикаясь: — Ну, Валь… ты, Валь, пять тысяч рублей выиграла!

— Чего?!

Не разобрать, что Люба говорит, а что-то объясняет быстро-быстро, и лицо её багровеет.

Пять тысяч?! Да она сроду про такие деньги не знала! На заводе получает девятьсот. Натке рейтузы надо купить, старые прохудились, валенки. Вовочка вернётся из армии, костюм надо. Маме платье купит. Но тут в набежавшие нужды врезалось слово «гарнитур». Иностранное, блестящее.

— Гарнитур! — повторила Валентина в Любино бурачное, словно вздувшееся от зависти лицо. — Гарнитур хочу. — Осторожно вытянула у Любы из рук облигацию, спросила: — Куда мне идти?

Люба сердито сунула ей газету с «займом», тяжело пошла из сберкассы. Время остановилось. Валентна ждёт своей очереди, безликая женщина в окне долго сверяет. И говорит: «Зайдите через два дня. Мы пошлём в центральную кассу проверить облигацию, уж очень большая сумма!»

Эти два дня время стояло. Она работала, готовила, стирала, разговаривала со своими, но не жила: а что, если ошибка вышла? Васеньке не сказала. Не держит в руке таких денег и, может, никогда держать не будет… если ошибка.

Время стояло.

А потом, с минуты, когда в назначенное время, уйдя с половины дня, она снова очутилась перед окошком сберкассы, и женщина, макая пальцы в какую-то плошку, отсчитала ей пять тысяч рублей, понеслось стремительно. Крепко прижимая к груди запечатанные пачки, выскочила Валентина из сберкассы и… побежала. Бежала по улице, засыпанной осенними листьями, по ледянистым лужам, и звенело в голове нарядное слово «Гарнитур!». И она звенит, точно тоже прихвачена ледком. Лёгкие пять тысяч—шибко дышит грудь!

Добежала до станции, в электричку села, а сердце ещё бежит. Бездумная, ошалелая, ждёт, когда поезд пойдёт.

У неё будет шкаф. У неё будет горка. Всё, как у людей.

Васеньке пока ничего не скажет, Васеньке она подарок сделает. Придёт он домой, а дома—шкаф блестит и горка. Весело станет в комнате.

Наконец электричка тронулась.

И тут очнулась: увидела в руках деньги, прижатые к пальто. Как не вырвали, как не растеряла? Расстегнула пальто, кофту, стала в лифчик засовывать. Пачки не помещаются. Только четыре с трудом устроила. Остальные по варежкам разложила, руки едва втиснула.

Приехала к Кате прямо домой. Ни Катиного лица, ни мужа, ни детей, выскочивших на звонок, сквозь туман не увидела, выпалила: «Выдь, Кать». И, когда та прикрыла за собой дверь своей квартиры, уселась на ступеньку обессиленная, снизу смотрела на Катю, видела пухлый подбородок и лёгкие детские волосы. Продышалась, сказала:

—Выиграла по облигации, хочу гарнитур.

—А ты знаешь, что значит «гарнитур»? За ним стоят по сколько лет в очереди! Записываются. Приходят, отмечаются. Гарнитур— тяжёлое дело.

Валентина смотрела на Катю по-собачьи.

—Своим же сделала! Вещи по местам. Сундук выброшу. Не гладить. Достала, надела.

—Сможешь переплатить, ну, лишние дать, если получится перекупить очередь? У меня есть знакомая…—Часто закивала Валентина, на слова сил не хватило.—Сиди жди, я только с работы, скажу ребятам, что поесть.—Всю дорогу, пока ехали до мебельного, Катя учила её жить:—Прежде всего во всех сферах имей людей. Если у тебя сын, найди друга в военкомате—больших поблажек добьёшься. Хочешь, чтобы дети в институте учились, заведи друзей среди преподавателей.—О кухнях, шубах говорила Катя.—Я снача- ла тоже была дурой, да нужда заставила. В очереди будешь тухнуть, как дура, сутками, да так и не получишь, что надо: ни квартиру выбить, ни вещи купить хорошей, ни прописать у себя человека, ни в отпуск куда хочешь съездить — без помощи ничего!

Половины из того, что Катя говорила, она не понимала — думала об одном: добудет ей Катя гарнитур или нет?

Осталась на улице возле мебельного — в страхе и надежде ждала Катю. Время жжёт заморозками: губы, ноги онемели. Наконец Катя вернулась.

— Ты часом не в рубашке родилась? Такое везение бывает раз в сто лет — тот же, что у родителей… оплатили да отказались: кто-то там умер. Давай деньги. Завтра в двенадцать будь здесь с чеками.

Еле дождалась утра. Поехала на завод, взяла в мед.части направление в поликлинику и в половине двенадцатого уже была в мебельном. Столы, кровати, шкафы — чего только нет! Свой гарнитур увидела сразу. Такой же, как у Лёни. Глубоко вздохнула. Смотрела издалека. Решилась подошла: лампочки в поверхности отражаются.

И, только наглядевшись, протянула чек продавцу.

— Стол   раздвигается? — охрипнув   спросила   его. — А   тахта есть? — неуверенно стала оглядываться.

— Дашь лишний червонец, будет тебе и тахта с тумбочкой. Или деньги, или шагай. Охотников много найдётся! Смотри, имеется небольшой изъян, — ткнул продавец в шкаф. — Чтоб потом жалоб на меня не строчила, знаю я вас!

— Пускай, пускай, — закивала Валентина, как Лёнина Вера. — Я его в угол поставлю, видно не будет. — Говорила, а сама мучительно соображала, как выйти из положения. Десять рублей у неё были, как раз ровно десять, на тушёнку для Вовочки. И дома лежит в шкатулке пятьдесят неприкосновенных, на особый случай, если не хватит до получки. Машину Катя оплатила. А вдруг шофёр ещё попросит себе, как и продавец? Она знала — тахта и так входит в гарнитур, но робела: кто знает этих продавцов, чего выкинут? Придётся у Васи просить на еду и Вовочке на тушёнку, до получки не дотянет.

Всю дорогу домой, сидя рядом с шофёром застыв, немая от счастья, представляла себе: платье и сарафан, пальто повесит в шкаф, купит рюмки, вазочки для варенья, как у Лёни, в горку поставит. Всё по своим местам. Сундук снесёт в сарай. Отжил своё. Пусть Васенька складывает в него свои железки. А у неё теперь будет всё, как у городских!

Первый раз на машине ехала. Хорошо, шофёр дорогу знает. В осенних, звонких от заморозков сумерках подъехала к дому. Чертыхаясь, выпрыгнул из кузова рабочий — замёрз.

— Завезла на кулички! Ещё бутылку. Или таскай сама.

— Мама, что это? — выскочила из дома раздетая Натка. — Я жду-жду, ни папа, ни ты не идёшь.

Как во сне, вошла в дом, потащила с кровати бельё на кухню, срывающимся голосом указала рабочему и шофёру:

— Кровать на кухню, пожалуйста. Всё, кроме дивана, на двор. — Потащила вещи из сундука на кухню — валила их на стол с зелёной облупленной клеёнкой, на ведро с ковшиком, на керосинку. Морозцем звенела в ней радость. — Мама, тащи. Мама, жить будем, — пыталась схватить во взгляд материно лицо, не могла — прыгали перед глазами солнечные пятна, казалось, рассыпалось солнце в её доме.

Рабочий с шофёром спешили, хотели успеть ещё заработать, тащили гарнитур небрежно, покрикивали:

— Убери, дура, табуретку. Стол двигай.

А она вдруг силы потеряла: эко богатство в дом привезла!

— Осторожнее. Осторожнее, — просила закоченевшими губами. Прижала к груди руки, любовалась.

— Что это? — допытывалась Натка.

Гулял в доме холод — только теперь, когда в распахнутые двери вползал гарнитур, почувствовала приближающуюся зиму. Мать заметила, что Натка — раздетая, одела её. А когда рабочий с шофёром, забрав всю имевшуюся в доме наличность, ушли, спросила:

— Зачем это, Валька? Где мы с Вовой спать будем? Теперь в комнате не вздохнёшь: сколько дерева да лишних углов!

Валентина стояла заледеневшим столбом, взглядом гладила створки шкафа, горку. Тахта была зелёного цвета, шире кровати. Стол — аккуратный, с линией разреза посередине. Особенно тумбочка блестела. Только Вовочкин диван был старый, протёртый, отвернулась от него — к блеску гарнитура. Вывела из опьянения Натка: подошла к шкафу, стала барабанить. Шлёпнула Натку, подхватила, посадила на тахту.

— Нельзя трогать.

Бездействие сменилось бурной деятельностью. Вымыла в шкафу полки, вырвала из Вовочкиных старых тетрадей листки, застелила. Каждую вещь клала осторожно, точно боялась, что её тяжесть продавит полку. Лишь платья остались лежать на кухне, вешалок у неё сроду не было. Для горки тоже посуды не оказалось, блестела пустая. Пять глубоких тарелок, пять чашек, стаканы… прекрасно жили на кухонных полках, сделанных Васенькой. Больше у них ничего не было. Села на тахту, рядом с притихшей Наткой и растерянной матерью.

— Это гарнитур, — стала объяснять. — Лёня подарил мне облигацию, она выиграла. Считай, мама, он тебе за дом отдал. Бесстыдная рожа, — добавила про Веру. — Твоё это, мама. Теперь жить будем аккуратно!

— Зачем это? — спросила мать. — Тесно стало. Пустое будет стоять. Жили ведь. Хорошо жили. Вовочке не понравится.

— Как люди будем жить! — тонко крикнула Валентина. — Чем мы хуже? — Без перехода удивилась: — Вася где? Ой, четверг сегодня.

Материны слова принять не захотела, в ней гуляли силы: стала мыть пол.

— Мама, я спать хочу! — Натка принялась плакать.

Поносила Натку на руках, пока та не успокоилась, уложила на новую тахту к стенке.

Сели пить чай с матерью. Ждали Васеньку.

— Ты, мама, должна понять, жили с сундуком. Лёне Катя гарнитур достала. Она знает, как надо жить, учёная, у неё муж в министерствах работает! А нам с тобой некому подсказать.

— Ты бы Вове костюм справила… — перебила мать.

— Куплю, — закивала она. — Денег отложу, вот увидишь. Ему ещё два года служить, за эти годы соберу! У нас теперь… — замолчала, подыскивая нужное слово, — блестит всё.

Она была возбуждена, голова горела, казалось, гарнитур — тоже из-за Васеньки. От Васеньки — её счастье. До него не жила, а теперь стала жить. Сладкий у неё Васенька. Для Васеньки захотела — чтобы всё, как у людей!

Пришёл Васенька в пол одиннадцатого.

— Откуда? — сказал своё первое слово. — Где взяла деньги? — И тут же спросил то же, что мать: — Зачем?

Про Лёнину облигацию, про заём, про Катю, как та подарила Лёне гарнитур и ей достала, — выпалила ещё счастливая.

— Кто разрешил деньги тратить? — взвизгнул Васенька. Прижалась было к нему — понять, чего сердится, он оттолкнул её. — Почему не сказала? Почему мне деньги не отдала? А-а-а! — кричал Васенька тонко, на одной ноте. С каждым звуком теряла она своё счастье, пока, обессиленная, не рухнула на тахту, у неё зуб на зуб не попадал. — Назад вези! Мне деньги. Где голова была? — Он побежал к шкафу, стал бить по нему кулаками, как давеча била ладошками Натка. Она кинулась загородить, он стукнул её, отшвырнул, она снова отлетела к тахте. — Ни копейки больше не буду давать. Где хошь доставай. Не моё дело. Порублю! Занимай где хочешь. Отдавай чтоб всё — мне!

— Мама! — надрывно позвала Натка. Она сидела на тахте красная, с вспухшими щёками и веками. Валентина подхватила её на руки. Дочь горела и дрожала худым тельцем.

Девять дней, день за днём, держалась сорок температура. Девять дней, день за днём, сменялись с матерью и Васей. Что ели, как спали, не помнит. Воспаление лёгких рассасывалось медленно, медленно возвращалась Натка к жизни.

На жизнь заняла. И стала занимать каждый месяц — Васенька перестал давать деньги.

Глава вторая

1

Что заставило его на несколько месяцев раньше явиться в Суковский военкомат?

Со всеми людьми — разрыв: с отцом, матерью, Михаилом и Прутиком. Если со всеми — разрыв, зачем жить?

От всего его прошлого остался Томск с речкой, лесом и Другом, госпиталь с Нестором Григорьевичем и Зиной, поле с мячом. Порог военкомата — черта под прошлым.

Последняя ниточка с прошлым — конверт с деньгами Лидии Сидоровны. Подстерёг Елизавету Петровну поздним вечером накануне ухода в армию. Рвал себе нутро — говорил о том, как несчастна Лидия Сидоровна, как Мишка (Марлен) дрался за Прутика и ушёл из секретарей, о смерти Цапли, о её угрозах Мишке, если в секретари не вернётся, о том, как Лидия Сидоровна зарабатывала эти деньги, о том, что со всеми — разрыв и он идёт в армию... всё в кучу смешал, без временной последовательности... — всего себя выплеснул корявыми словами хаоса.

— Я Петеньку разбужу.

— Он не услышит меня! — Сунул в маленькую ладошку конверт, повернулся и бросился прочь, боясь, что Елизавета Петровна не возьмёт, а Лидии Сидоровне вернуть никак нельзя.

В поезде забрался на верхнюю полку, ткнулся носом в стену. Парни всю дорогу ели-пили, хвастались боксёрскими победами, девчонками, пугали друг друга воинским начальством: не перечь, слова не скажи!. В животе тяжело лежали мамины пироги с капустой.

Бедная мама. Расстроилась из-за него. Подкладывала ему, сама не ела, смотрела, как он ест. Так же смотрела, когда принесла сметану и ветчину от «золотой рыбки» Риты. Ничего не знает о маме. Голова в мелких колечках, губы — крашеные, глаза — голубые, по поводу и без повода ревёт. Разрыв с матерью, ничто не связывает их... вот только пироги...

Север обжёг глаза солнцем, прозрачным, словно прореженным светом, обдал ветром с зелёно-коричневых гор, обмыл лицо озёрной ледяной голубой водой.

А казарма придавила. Низкий потолок, тусклый свет, койки — одна над другой — сто штук.

Из рюкзака вывалил на тумбочку печенья, колбасные палки, консервы — на всю последнюю зарплату накупил жратвы.

— Живём! — выдохнул двухметровый Лёха Смирнов, покровительственно хлопнул Володю по спине.

Рыжий старшина уставился на колбасу, хмыкнул сквозь жёсткую рыжую щётку усов, тоже хлопнул его по спине. После отбоя привёл «старичков» и Володю в каптёрку. Резали кружками колбасу, открывали консервы. Поднесли пятьдесят граммов и Володе, несмотря на то, что — салага. Володе не нравилось пить, но не станешь же ломаться под взглядами. Выпил, как все, крякнул, как все, закусил колбасой. Лёха Смирнов жевал долго, смаковал. Потом стал рассказывать, как в войну достали колбасу и нарезали прозрачными ломтиками.

— Подъём! Сорок секунд даю! — Володя не понимает, где он, соскакивает на холодный пол. — Оденьсь! Разденьсь! — орёт Рыжий. — Я тебя научу! — Вытаращив глаза, Володя смотрит, как новобранец, с ним вместе ехавший в поезде, путаясь в одежде, одевается, раздевается, одевается.

В туалет без приказа не сходить.

«Бегом, марш!», «Умывайсь!», «С песней… строевым шагом… в столовую!», «Носок тяни!».

…— Подними окурок, салага! — Лёха Смирнов стоит, раздвинув ноги, куражится. Жертву избрал себе в первый день — полноватого, прыщеватого парня с девчоночьими глазами.

— Почему я должен поднимать? Я не курю. — Парень собирается пройти мимо.

— Рядовой Голин, поднять окурок! — рявкает Лёха и подбирается, как для удара. Голин, втянув голову в плечи, поднимает. — Рядовой Голин, доложите о выполнении задания.

Что тут происходит?! Лёха здесь последний год и уходит домой. Зачем ему этот цирк?

Бессмысленный день. Два часа тяни носок. Строевая подготовка: «шаг вперёд», «направо», «назад». Политзанятия. Разборка, сборка автомата. Работа с боевой техникой.

Рыжий загонял новичков: нужно пробежать километр, а он заставляет — три. Лишь его снял после первого, как «помазков» и «старичков». Неловко перед ребятами, вместе ехали из Москвы, вместе спят-едят, и он бежал бы лишние, что ему, если бы не парализующее недоумение: что здесь происходит? «За колбасу милует!» — понимает наконец. И пристраивается бежать. А Рыжий в изумлении вскидывает брови.

Почему не бежать? Бежать легко. Это непривычным невмоготу. Особенно один мучается: худосочный, нескладный, руки болтаются, как лишние. С первого же шага открывает рот, жадно хватает воздух, а воздух, видно, не проходит, на втором круге парень синеет; вытянув вперёд голову, прижав руки к груди, старается изо всех сил, но валится в снег, хлюпает, хрипит — пытается отдышаться.

— Пиунов, встать! — приказывает Рыжий. — Бегом, марш! — Парень с трудом встаёт сначала на четвереньки, приподняв острый зад, с трудом выпрямляется. — Бегом марш! — лениво куражится старшина. В кино, не помнит уже названия, Володя видел — так фашисты пытали пленных, заставляли бежать до смерти. Сжались кулаки — в рыжую бы рожу, да со всей бы силы! — Пиунов, бегом марш!

Все уже передыхают, покуривают. Парень пытается бежать, ловит воздух ртом, никак не вздохнёт, снова падает.

Один день, третий. Всё чаще несчастный лежит, всхрапывая, судорожно дышит, ходуном ходят рёбра…

Володя слепнет от крови, бросающейся в голову, сжимает кулаки, но осаждает себя: не лезь! Ночью вскочит, сидит на койке, дышит тяжело, как тот парень. Ленивые приказы Рыжего, хрип Пиунова… копятся в нём. Раздражает всё: рожа старшины, жирные миски в столовой, липкая ложка, скользкий пол. И наступил день, когда он срывается.

Обычный день. Как всегда, прежде чем начать есть, вытер платком ложку. Миску не вытрешь, в миске — кирзуха, перловая каша. Закрыл глаза, проглотил немного, а каша прёт обратно. Так и отставил. С детства брезгливый. Попробует кто из его тарелки, ни за что есть не станет. В школе ребята пустят по рядам батон или бублик, скажет, что сыт. А тут подавно: миски с вечным салом на стенках… — поднимается рвота. Печенье с колбасой его кончились, ничем не заморишь червячка.

Лёха измывается над Голиным. Только тот ложку поднесёт ко рту, обрежет: «Подавишься». Голин и впрямь давится кашей. Кусок хлеба поднесёт ко рту, Лёха тут же: «Застрянет!». Ни каши, ни хлеба съесть, ни чаю выпить не дал в тот день Лёха Голину. Не один Лёха, все «старики» и «помазки» подобрали себе новобранцев — чтобы постели им застилали, отдавали хлеб с компотом, в наряд за них шли вне очереди. И Рыжий куражится над новобранцами. После отбоя, не успеют уснуть, является: такой-то — в распоряжение дежурного штаба, такой-то — полы мыть… — придумывает задания, чтобы каждый новичок спал не больше трёх часов в течение месяца! С ног парни валятся. «Не лезь! — приказывает себе Володя. — Никого не спасёшь!

В тот день Пиунов упал на первом же круге. Прижал обе руки к боку, словно под дых получил. Странно тихи рёбра.

Ленивой походкой двинулся к нему старшина.

— Бегом марш!

Володя кинулся к Рыжему, подступил вплотную, нарушая субординацию. Кровь шумит в голове.

— Не видите, плохо ему?!

Рыжий не ухмыльнулся привычно дружелюбно Володе. Злые свёрла взгляда, дуло рта, все рыжие жёсткие волосья бровей и усов прицелились в него.

— Кругом! Бегом марш!

Володя продолжал стоять. Он был ещё из другой жизни, где на слова отвечают словами. Сдерживая бешенство, сказал почти миролюбиво:

— Погоди, побегу. Объясни, за что ты его? Он же больной, помрёт и всё, отвечать будешь.

— Бегом марш! — снова выстрелил в него Рыжий.

Тогда Володя ещё не знал, что значит ослушаться приказа, что такое вечная ночь севера и гауптвахта, он стал поднимать парнишку, всем собой ощущая нежилую тяжесть, медленно повёл его по плацу. Парнишку увезли в госпиталь. Больше никогда не видели его. Умер ли он, списали по болезни или перевели в другую часть, к другому старшине…

А Володя попал на гауптвахту.

Гауптвахта — это когда зуб на зуб не попадает. Пол — цементный, ноги через два часа замёрзли. Без ремня холод заползает под гимнастёрку. Нары пристёгнуты замком. Ходи по камере, а сесть, лечь захочешь — на цементный пол! До чего, оказывается, хрупок он — мёрзнет вот! До чего, оказывается, просто: чтобы перестал быть человеком, не давай спать и согреться, заставляй бежать, пока не упадёт.

Рыжий забрал его с гауптвахты на другой день. Ткнул носом в говно, приказал:

— Два наряда вне очереди. Твоё место — чистить нужники. Твоё оружие — тряпка, лопата, ведро с водой.

Поднялась рвота. Выскочил из нужника.

Одно дело — зашёл на минутку, другое — соскобли с дерева засохшее говно, отмой от мочи. Но ведь через час будут та же вонь и те же горы говна.

Впервые подумал: а кто чистит нужники в обычной жизни? И понял — мама. Его мама. Своими жёсткими заскорузлыми руками изо дня в день, из года в год моет, чистит нужники: их — во дворе, на дяди Васином объекте, в техникуме. Чистит и наверняка даже не задумывается, что люди неаккуратны. И ей не противно. Она любит «наводить чистоту». Наконец он поймёт мать. Нашёл дощечку, стал отдирать присохшее. Его тошнило, но он видел перед собой мать и старался изо всех сил. Принёс мыло. Несколько раз промыл доски. Даже загаженные стенки нужника оттёр и отмыл.

Пожалел ли он о том, что защитил парнишку? Ещё не пожалел, но поймал себя на том, что потянуло, когда Рыжий принимал работу, заглянуть ему в глаза — по-собачьи. Тут же разозлился на себя и не заглянул. И то, что не заглянул, и то, что, слава богу, Рыжий не заметил того единственного, заискивающего взгляда, решило Володину судьбу: теперь не хлипкому парнишке, ему Рыжий приказывает: «Бегом марш».

И он бежит. Он ещё любит бежать. О старшине не думает. Видит их просторное поле со слепящими в солнце песком и щебёнкой, пруд с горбушкой берега, Наташку. Он бежит в своём Суково. С детства в беге не сбивается дыхание, свежий воздух свободно проникает в него, омывает, выталкивает отработанный. Он может бежать сколько угодно. Все уже пробегут своё, а он продолжает бежать, отторгнутый от всех радостью бега. Рыжий погонял его, погонял да оставил в покое.

Первые месяцы дались ему легко.

Посылки мама посылала часто. Плавленые сырки, колбаса, печенье… но теперь он делился не со «стариками» и Рыжим, а со своими — новобранцами. Сначала Рыжий приходил, когда они перед сном ели, стоял смотрел. Потом сам стал изымать то колбасу, то консервы. Володя ничего Рыжему не сказал — чёрт с ним, пусть жрёт, только не вместе с ними.

Мама в письмах связывала его с не забытой ещё жизнью: «Натка стала болшая, стругаит с Васей. Паринь вовси. Тибе приветы. Пишы как ты». Он отвечал одно и то же: всем доволен, слал приветы Наташке, бабе Усте, дяде Васе. Теперь, когда дядя Вася очутился далеко, он не казался совсем чужим — комнату для бабы Усти начал пристраивать, воду в дом провёл. Любит мамку. И пусть. Дядя Вася так дядя Вася. Можно и привет послать.

В эти, первые, месяцы ещё живы были чувства.

…»Подъём!» — начинается день. И ни одного часа себе не принадлежишь. И каждое задание — насилие над ним. Нет его желаний, есть приказ. Выполняй слепо. Можешь, конечно, позволить себе признать абсурдность того, что тебе приказали, восстать против лжи, которую заливает тебе замполит на политзанятиях, но тогда весь срок службы проведёшь на гауптвахте!

В первые месяцы, сначала с недоумением, потом с ужасом часто являлся вопрос: зачем государству такое количество не думающих людей, послушных, не сопротивляющихся бессмысленным приказам и жестокости начальства, не борющихся за себя? Почему-то всё время вспоминается мамка в цехе: станок плюётся деталями, мамка вставляет новый прут и бежит к следующему станку. В этом работа. Мамка — бездумный робот.

А разве Цапля, с воем читающая стихи, не понимающая их, не похожа на мамку? Чей приказ выполняла она?

— В столовую шагом марш! Запевай! — голос Рыжего.

Прощай, любимый край.
Труба зовёт в поход.
Смотри не забывай
Наш боевой
солдатский взвод.

— Отставить. Кругом марш. Ещё раз. Запевай!

Прощай, любимый край…

— Отставить! Кругом марш. Запевай!

В этом вся армейская жизнь.

Если он — человек, почему не может послать к чертям собачьим дурацкую службу и удрать домой, почему вынужден жить здесь, где бунтует каждая клетка его организма?! Как случилось это немыслимое надругательство над ним? Его ломают, превращают в послушный «механизм», приводимый в движение приказом! И даже природа против него. В прежней жизни он жил лишь в солнечные дни. Сумерки, дождь, вереницу сереньких коротких дней пережидал как бедствие, сидел под лампой дома, обманывал себя: и на улице яркий свет! Он оказался не подготовленным к вечной ночи. Она проявляла теплушку с тесно прижатыми друг к другу людьми, кричащим мальчиком, Кирюху, упавшего под Петькиным ударом на снег, мертвецов, прислонённых к домам в Томске, умирающую тётю Сашу, предательство дяди Саши… Он гнал прошлое прочь, пытался поверить замполиту, изо всех сил драил пол, так, что, ему казалось, и верхний слой доски сходит под его натиском, но избавиться от нашествия прошлого не мог. Мало того, что во тьме, теперь ещё и в метели, забивающей дыхание, ослепляющей, они должны бежать, делать зарядку, «воевать». Кому нужно — воевать? «Мы — в кольце врагов», — голос дяди Саши. — «У военных — власть».

Нельзя думать об этом.

Как не думать, когда над ними издеваются «старики»?

Его не трогали. Потому ли, что с Рыжим пили-ели в первые дни? Или потому, что рослый? Или потому, что бежать может без устали много часов? Или не забыли, как он попёр против Рыжего за Пиунова? Или потому, что чувствовали: тронь его, и он убить может! Как-то он попробовал до кишок добраться, спросил Смирнова:

— Слышь, Лёха, ты откуда?

— Рязанский я. Деревенский.

— Земля родит хорошо? — спросил, вспомнив материн рассказ о сестре Паше: коли уродит земля, есть еда, не уродит — голодуй.

— Не знаю. Я сбёг оттуда в Рязань. Слесарю.

— Ты вроде сильный, — похвалил Володя.

— Ну?! — не понял тот, чего Володя хочет от него.

— Можешь объяснить одно дело?

— Почём знаю, могу или нет.

— Ты вроде добрый парень.

— Ну…

— Зачем издеваетесь над салагами? Они такие же…

— Вон ты куда! — Лёха присвистнул. — Заведено. Положено. Над нами — так же было. И мы. Думаешь, мы не стелили постели? Стелили. И компоты отдавали.

— Так остановитесь. И следующие не будут.

— Ты — блажной, что ли? — хохотнул Лёха. — Всё равно будут. Кто ж от своей малины откажется?

И, словно не было этого разговора, добрый парень Лёха Смирнов в тот же вечер куражился над Пузаном, как прозвали парня в первый же день за то, что у него на животе топорщилась гимнастёрка. «Повертись, Пузанчик, передо мной, я страсть люблю, когда пляшут».

Ночи не приносят облегчения. Даже голос сестры «Вовка, Вовка, божья коровка, полети на небо, принеси мне хлеба», не спасает. Он просыпается от радости — Наташка с ним, а вместо Наташки — храп, хрип, стон, мат, тяжёлые запахи пота и грязных ног, тусклый свет казармы.

Не заметил, когда случился с ним переворот: вместо жалости к тем, над кем издевались и ненависти к Рыжему и «старикам», вместо желания найти ответы на мучающие его вопросы — равнодушие. Ещё мелькало в голове — «Сила государства определяется соотношением развития производства с развитием идеологии», «прежде всего — человек, его душа… нужно уметь жалеть, сострадать», «живи в своё удовольствие, радуйся жизни, остальное — ерунда!», но вялый мозг уже не мог вспомнить, какие слова чьи — из учебника или Нестора Григорьевича, что означают? Они вспыхивали и гасли, не оставляя в нём ничего, кроме удивления перед тем, что он ещё помнит складные слова.

Научился курить. Дымя папиросой, сидя со всеми вместе вокруг плевательницы, уже никак не реагировал на разговоры о бабах и грязные анекдоты. Своих старых привычек ещё придерживался автоматически — вытирал платком ложку, потом платок стирал, стирал и своё бельё, ещё пытался ходить прямо, но уже не понимал смысла того, что порой приходило на ум, а понимал теперь только приказ:

— Тревога! Подъём!..

Не раскрывая глаз, соскальзывает со своей койки на втором этаже, обжигается о холод пола, взбирающийся по ногам вверх и обхватывающий тело в одну секунду, ещё словно во сне, одевается и, вытянув вперёд руки, как слепой, бежит к выходу. Его толкают, он толкает — скорее занять своё место в строю. Он — механизм, приводимый в движение не паром, не электроэнергией, а приказом — коротким словом, выскакивающим из жёсткого «дула» — изо рта рыжего старшины. Перекличка. Широко открывает глаза, но та же привычная картина перед ним — истоптанное, но освещённое поле «боя», на котором одни должны «убивать» других, а дальше — вечная ночь. Большинство приказов Рыжего связано с грязным снегом: по нему бежать, по нему ползти и волочить автомат. «Наступай!», «Бей!», «В ружьё!», «Вперёд!».

Раньше, в далёком прошлом, он любил бежать. Наверное, бежал откинув голову. Сейчас бежит согнувшись, напрягши спину, чтобы автомат не бил по позвоночнику. Он — винтик, как и все его товарищи. Винтик притёрт к винтику. Один за другим бегут они, лишь бы не отстать от серой спины впереди, лишь бы не упасть и не остановиться. Теперь у него часто сбивается дыхание, и хлюпает внутри холодный воздух. Имени у него больше нет. Одно название — Юшин.

Так прошла зима — длиннее всей его жизни.

Ночь сменилась вечным днём, и теперь он не может привыкнуть к свету: солнце ослепляет, не даёт ни на минуту уснуть, мучит глаза болью.

За днём снова пришла зима.

2

Однажды после дежурства в столовой он вошёл в казарму.

В проходе между нарами вокруг тумбочки — толпа.

На тумбочке — голый подросток. И злые выкрики:

— Повернись к нам передом, к Фоке задом! Не хочешь чистить нужник? Силой заставим. Не хочешь свой хлеб отдавать? Силой возьмём! Мы тебе покажем, как не подчиняться, жидовская морда. А ну, подставь зад!

— Вы что?! Что вы хотите со мной сделать? — кричит подросток. — Я — человек!

— Человек! Ха! Крутись, гнида! — Руки развернули подростка. — Покажем тебе человека! — Парни гогочут, охаживают подростка ремнями.

Это не те «старики», что мучили ребят их призыва, те — дома, это «помазки» — те, кого мучили: Пузан, Голин…

Подросток от каждого удара вскрикивает. Вертится волчком, стараясь защититься от ремней, по телу малиновые полосы. «Эх, раз!», «Ещё раз!». Прежде всего увидел Володя малиновые полосы, закрытые глаза… Сонная одурь, равнодушие распались, в него проник живой смысл слов: «Что вы со мной делаете? Я — человек!». Распрямился, словно это был зов в будущее, не помня себя, закричал и кинулся к подростку. Наткнулся на стену из спин, что незыблемой бронёй окружила подростка. На секунду замер перед ней, но тут же развёл её руками, прорвался к подростку, развернулся и, весь перелившись в кулаки, слепой, замолотил по гогочущим мордам.

Удар опрокинул его на нары, боль пронзила голову, он потерял сознание.

В жизнь его вернул холод. Он весь засыпан снегом.

— Будешь лаять, убьём! — На него смотрят новоиспечённые «старички», те, кто вместе с ним ехал в поезде, жрал с ним его еду и послушно рядом с ним бежал по плацу, те, кто чесал пятки прошлым «старичкам», — сотни раз униженные его товарищи.

— Влез, шкура, не в своё дело, получай! — ленивый голос. И точно отутюженная, знакомая до мельчайшего угря физиономия, с торчащими бровями и усами, не мигает. Рыжий — главный подстрекатель. Рыжий — убийца. Фельдфебель! — Сам не хочешь учить салаг, другим не мешай.

Голин. Пузан. Все злы, на всех рожах — «Не лезь не в своё дело!». И вдруг среди них — белая маска подростка. В этой маске — знакомые глаза. Объятые диким ужасом. Прутик?! До того неожиданно, до того противоестественно… что чуть не закричал. Зажмурился. Открыл глаза. Прутик.

— Ещё раз влезешь, капут! — ленивый голос Рыжего.

Он прислушался к себе: руки и ноги вроде целы, позвоночник вроде не болит. Напружинился, всю силу перелив в правую ногу, лежащую на краю нар, и стремительным рывком вверх двинул ступнёй в рыжую физиономию. В следующую секунду поднялся, оказался около Прутика.

— Пётр?

Пётр вяло двинул губами — улыбнулся.

В этот миг на Володю снова обрушился удар, и он снова потерял сознание.

Второй раз, через много лет, он просыпается вот так: над ним — белый потолок, на сумеречных окнах белые занавески, едучий запах лекарства. Второй раз болью налита голова.

— Наконец! Что с вами случилось?

Под острым взглядом сидящего у его кровати полковника он хочет встать, вытянуть руки по швам, но вместе с болью — позабытое чувство: он — человек! Оно вытесняет привычное уже движение — тянуться перед выше стоящим. Володя прикрывает глаза. Сквозь вязкую боль живой голос: «Что случилось?» И сами собой губы шепчут: «Разденьте Конгурова!»

Кто этот седой полковник? Может, собрался судить Рыжего? Нет, он не даст сделать это — Рыжего он убьёт сам.

— Как началась драка?

Как попал сюда Прутик? Это хорошо, что он попал именно сюда, в другом месте уже убили бы! За Прутика — отомстить!

— Опять без сознания, — озабоченный голос. — Врача!

Голос не мешает ему, пусть звучит. Только бы выйти отсюда поскорее и размозжить рыжую физиономию!

Вздрогнул от укола. Почти сразу уснул.

На другой день снова — полковник.

Притвориться, что в беспамятстве, больше нельзя.

— Кто бил Конгурова?

— Не знаю никакого Конгурова, — обрывает он полковника. — Ничего не помню. Прошу, не допрашивайте никого!

Полковник очень терпелив с ним.

— Наверное, вы бредили. Не волнуйтесь, так и запишем — «говорил в бреду». Это с вас снимает всякую ответственность.

Скотина, трепло — подвёл Прутика: теперь его затаскают!

— Ничего не говорил. Никакого Конгурова у нас нет. Ничего не знаю, — повторяет Володя. Языком он трогает дырку между зубами — бокового зуба нет.

Очень хочет курить. За одну папиросу готов не жрать два дня. А как добудешь? Сёстры здесь военные, вышколены. Это тебе не Зиночка, которая всё понимала.

— Я так думаю, вы заступились за Конгурова, — упорствует полковник. — Не дрались же вы до сих пор! Кто бил Конгурова, скажите, не бойтесь, я вам ничего плохого не сделаю.

Интересно, есть у него дети? — неожиданно думает Володя и слышит: «Вовка, Вовка, божья коровка!». Наташкиным голосом заболели уши и голова — до чего нелепо это домашнее воспоминание!

— Вы всегда были молчаливым? — мучает его полковник.

— Из-за этого в институт не поступил, — врёт Володя. Почему-то хочется смотреть в глаза полковника, а он дерзит: — Вся моя сила —

в ногах, я всё больше в футбол играю. Был капитаном школьной сборной.

Полковник подаётся к нему, доверительно спрашивает:

— Быть может, вы не сжились с коллективом? Бывает же. Хотите, переведу вас в другую роту?

— Ни в коем случае! Пожалуйста, не надо.

Полковник ушёл. Володя остался с болью в голове, с острым желанием курить и сожалением, что ушёл полковник.

Ест он мало и неохотно. В госпитале тарелки моются хорошо, а ему кажется: тоже в жиру. Он лижет глубокую ямку, она теперь — вместо зуба. Чужой стал рот.

Лежать непривычно — чисто, тепло, светло. Но он торопит время, медсёстрам и врачам врёт, что с ним всё в порядке. Скорее выйти отсюда! Прутика без него забьют!

Военные — опора государства. Военные — власть. Вот, значит, что такое власть: погубить Пиунова, забить Прутика.

Расслабленный, написал Мишке-Марлену: «Ты ни хрена не знаешь о жизни. Учись получше». Две строчки. Отправил, разозлился: на черта Михаилу его сопли?

Нет, Прутика не забьют. Выжидают — что будет? Интересно, можно пойти поперёк власти военных?

Снится оконце, крестом — деревья, чистые выцветшие половицы пола, старый диван, зелёная клеёнка. Из ночи в ночь: деревья — крестом, зелёная клеёнка, облупленные половицы…

3

— А, вернулся, служивый! — встретил его Рыжий. — Давай, служивый, с выздоровленьицем тебя! Со свиданьицем!

Для Рыжего это — целая речь! И в этой длинной речи Володя улавливает некое подобие признания его, Володи Юшина: не нафискалил! Молодец полковник, не продал!

— Тронешь Конгурова, — процедил вместо приветствия, — или ещё кого послабее тебя, убью, не успеешь охнуть! — сунул под нос Рыжему кулак. — Я — отпетый! — добавил зачем-то.

— Рота, становись!

Прутик никак не отреагировал на его возвращение. Он был вялый, словно не живой в тусклом электричестве казармы с пергаментом кожи, глаза точно плёнкой затянуты, безразличный ко всему, и, кажется, даже не узнал Володю. На плацу маленький тощий Прутик исполняет приказы с какой-то суетящейся поспешностью. В свободный час Володя позвал его:

— Пётр, выйдем!

Не посмотрев, кто зовёт, Прутик выскочил из-за стола, за которым писал письмо, дёргающейся походкой, склонив голову, поспешил за Володей. Володя даже поёжился при виде такой смиренности.

— Ты не узнаёшь меня? — спросил в коридоре.

Прутик смотрит мимо.

— Не знаю, не помню.

— Как ты чувствуешь себя?

— Не знаю, не помню.

Плёнки закрыли глаза, как у спящей птицы, как тогда, когда его хлестали ремнями.

— А я, видишь, провалялся в госпитале, — растерялся Володя. — Как мать чувствует себя? Пишет тебе? — По лицу Прутика прошла тень. — Ты обещал ей поступить в институт. Почему не поступил, Прутик? Ты так хорошо учился!

Простое слово из детства изменило его — неловко дёрнул он шеей, точно стряхнул с себя скользкое насекомое, судорожно вздохнул, взглянул на Володю впервые осмысленно.

— Вов, ты? — И столько страха и беды было в двух коротких словах, что Володя вздрогнул! — Вов, ты — седой! Вов, это ты? Я же к тебе просился, чтобы вместе…

Сами собой сжались кулаки — убить Рыжего!

— Ты был прав тогда, на Красной площади: люди делятся на своих и чужих! — сказал сердито. — Жизнь — война.

— Какая война… Нужно подчиниться обстоятельствам. Кто виноват, что я совсем не вырос. Папа был высоким и сильным. А раз такой, нужно терпеть…

— Ты доволен работой? — оборвал его Володя возвращением к прошлой жизни. Прутик морщится, пытается понять, о чём он. Снова плёнка затянула глаза. — Реставрированием своим? — напоминает Володя. — Интересно было тебе?

— Кропотливая работа. Тоже нужно много терпения.

— Ты после армии снова пойдёшь работать туда?

— Там видно будет, Вов! — сказал шёпотом. Но плёнка растворилась в живом взгляде: наконец до него дошло, что он теперь не один.

Ночь Севера. Жёлто-бледны звёзды.

Снова день за днём — приказы, строевая, политзанятия. Но теперь их двое. В редкие перекуры, в свободные минуты Володя ведёт Прутика в библиотеку: они читают Короленко, Пушкина… Сначала робко, потом всё смелее себе и Прутику он задаёт вопросы, которые задавал когда-то и ответов на которые не получил: личность и история, человек и общество, народ и власть… Эти вопросы — диссонанс с их жизнью, но Володя упрямо внушает себе и Прутику: они способны думать и сопротивляться машине, уничтожающей всё живое.

Как волк выслеживает свою жертву, так следит он за Рыжим, почти молится: пусть тот поскорее сорвётся.

Однажды на вечерней поверке Рыжий сообщил, что в ночь нужно ехать за новым снаряжением, в помощь интенданту требуется солдат, и вызвал Конгурова.

Ничего особенно в этом приказании нет, даже почётно: не каждому выпадает вырваться на волю. Володе смолчать бы, а он, так долго ожидавший стычки с Рыжим, шагнул из строя.

— Давай я поеду. Добровольцы решали войну. Конгуров совсем больной, должен спать.

Рыжий рявкнул:

— На гауптвахту! Не сдох, сдохнешь, правдолюб!

Володя остался стоять перед казармой, пока солдаты уходили спать. Он весь напрягся, боясь, что не дотерпит до того мига, когда останется один на один с фельдфебелем.

— Долго тебя дожидаться? Сдай ремень и шагом марш! — Рыжий сделал неосторожный шаг к Володе, удивлённый внезапным смирением. Володя продолжал стоять, опустив руки по швам, едва сдерживая дрожь нетерпения. — Юшин, выполнять приказание! — ещё ближе подошёл к нему Рыжий.

И в тот миг, когда они остались перед казармой одни, Володя, сжавшись, броском кинул себя к Рыжему и обрушил на него точные, хорошо продуманные удары: ниже пояса, в диафрагму, в голову... он слышал в госпитале, как бить, чтобы не оставалось следов. А когда от двух упитанных метров фельдфебеля осталось несопротивляющееся мятое тело, глядя в волчьи глаза, отчеканил:

— Твоя гауптвахта. Пискнешь, убью. Тронешь Конгурова или кого другого, убью! Пусть и расстреляют. Так и так тебе не жить! — Он помог старшине подняться, обнял за плечи.

Вышли покурить ребята, открыв рты, смотрели, как в объятии слились Володя с Рыжим.

— А ну, шагай, падла. Я сказал своё слово! — шептал Володя. — За снаряжением еду я!

Две недели бюллетенил старшина по причине радикулита. Частое явление. Никто и глазом не моргнул: замена старшине всегда найдётся: тот, кто любит драть глотку. «Старики» притихли, точно Рыжий в свой радикулит забрал их право творить зло, а у салаг прорезались голоса. Казарма — дом родной.

Неожиданно Володю вызвал к себе полковник. Расправа с Рыжим и вера в воскресение собственной и Прутиковой души легко ввели его в кабинет — красная длинная дорожка послушно распласталась под его уверенными шагами.

— Садитесь, — полковник кивнул Володе на кресло. Не дав времени оглядеться, заговорил: — Вы закончили десятилетку, вы поступали на истфак, у вас есть профессия — радист. Нам нужен радист. Мы переводим вас в другое подразделение. Там вы сумеете проявить себя и как футболист. Возражения есть?

— Не возражения, просьба. У меня тут друг, мы выросли вместе, он не очень здоров. Разрешите ему перейти со мной. Кстати, мы с ним были в одной футбольной команде.

С той минуты, как он попал в прицел умного взгляда полковника, он раздвоился: он не умел фискалить, но… скольких прутиков ещё забьёт фельдфебель?! Полковник уже отпустил его благосклонным кивком, а он продолжал сидеть.

— Вы хотите ещё что-нибудь доложить? — Жёсткое слово «доложить» подняло Володю. Он никак не мог понять, зачем он полковнику, и ощущал, что и ему нужен этот необычный полковник. Стоял, не зная, на что решиться. И вдруг услышал совсем не уставное: — Я не враг вам.

И безоговорочно поверил полковнику.

— Вы были на фронте? — спросил. Тот кивнул.

Чего ждал Володя: того, что полковник не осудит его за Рыжего, или безотцовщина потянула его к сильному мужчине? Одно он знал теперь твёрдо: они с Прутиком выживут, а он скоро снова придёт к полковнику!

Чистая работа — быть радистом, а не в радость: сиди сиднем на одном месте. А человек, как и время, должен двигаться. Прошло два месяца, прежде чем решился пойти к полковнику. Полковник встретил его улыбкой:

— Весной ваша сборная едет в Кировск. Футболист вы отменный.

«Начинай, — приказывает себе Володя. А сам медлит. — Доверься!» — уговаривает себя. И решается:

— Я много занимался историей. Зависит или нет она от личности? Личность ведь может и дров наломать, правда? — Удивление в глазах полковника исчезает, он кивает. — Я понял, существует инерция жестокости. — Может, он и губит себя, но теперь уж он договорит! — Один жестокий рождает в десятках других страх. Но они тоже хотят что-то значить, отомстить кому-то за унижение, за свой страх и разряжаются на других, более слабых, так? Один порушит десять, каждый из десяти — ещё десять. Геометрическая прогрессия. Кто прервёт эту инерцию жестокости? — Замолчал передыхая. О Рыжем, об издевательствах «старичков» над салагами рассказал спокойно и подробно, не пропуская ничего. — Это не донос. Я хочу перерубить инерцию. Я хотел быть военным. Из-за него не хочу.

Здесь сначала сам сломался, не хочу. Армия не должна быть смертной камерой, так? Хочу спасти от него людей.

Полковник ходил по кабинету. Его бесшумные шаги не нравились Володе, но замолчать он уже не мог: чужие злоба и жестокость, скопившиеся в нём, наконец вырвались, бесшумно крутились на полу, кидались под ноги полковнику, заставляя его останавливаться и смотреть на Володю.

О страхе, о невозможности пожаловаться потому, что — недостойно, и потому, что убьют, — обо всех своих ощущениях коротко и точно «доложил» Володя.

— Уберёте фельдфебеля, «старики» перестанут издеваться над салагами, это он науськивает их, ему помощники нужны. — Замолчал. Поворачивался за движущимся полковником.

Тишина расползается по углам. Легко звенит голова. Она пуста — встреча с полковником освободила от пережитого.

— Спасибо, Юшин, — сказал холодно полковник, а сам улыбнулся — раздвинул сухие губы.

Светлый кабинет обволакивает детством — в дяди Сашином кабинете такой же голый стол, в дяди Сашином кабинете — такой же ковёр. К чёрту дядю Сашу! Смотри в глаза этому человеку! И сказал неожиданно для себя:

— Моя любимая сказка — о рыбаке и рыбке. Старухе всё мало и мало, всё тянет себе милости с золотой рыбки! Я как та старуха. Казнить так казнить, миловать так миловать. Разрешите мне выучиться на шофёра, не могу быть радистом.

С Прутиком теперь виделись редко.

Прутик по-прежнему оставался отстранённым от всего. Он легко выполнял распорядок, ни бег, ни политзанятия не казались ему трудными, но даже во время футбольных состязаний, когда они вместе играли в свою детскую игру, и в короткие разговоры Прутик словно отсутствовал: вроде и говорил, и играл, и смотрел на Володю, а не видел, и ни в игре, ни в разговоре не участвовал.

«Потом всё устроится», — утешал себя Володя, не умея включить друга в сегодняшний день. «Потом» — после армии. «А может, повредили ему что?!» — думал порой.

…Их подняли по тревоге.

Оказалось, не учебная. Что-то взорвалось.

Их дело — на бронетранспортёрах попасть в зону огня и вместе с пожарными ликвидировать последствия аварии.

Запах пожара почувствовали издалека. И издалека увидели зарево: тундра до горизонта ярко освещена. Красные тени от пламени —

по снегу. Горят жилые дома. Истошные крики, стоны… сливаются с матом и командами.

Пожарные честно сбивают пламя, но пламя приминается на мгновение под струёй пены и снова взмётывается ввысь.

— Что же мы стоим? — крикнул Прутик и кинулся к стреляющему искрами и криками дому.

— Назад! К этому не сметь, к соседнему!

Но Прутик уже мчался к истошному зову женщины: она билась в руках людей, пыталась вырваться, звала того, кто в доме. За Прутиком кинулся и Володя.

Впервые на этом севере так жарко, что невмоготу дышать. И чем ближе дома, тем тяжелее дышать, пот заливает глаза. Камень раскалился, светится красным.

Володя не успел вбежать в дом — Прутик уже выволок за руки, видно, тяжёлого подростка. Сам он горел факелом. Пожарные сбили с него огонь, но он, лишь только отдал им ребёнка, упал в грязную кашицу снега. Володя кинулся было к нему, но приказ «Разбирай крышу!» погнал его прочь — жадные, длинные языки уже облизывали соседние дома. Над Прутиком и мальчиком склонились «белые халаты».

…Как произошла авария? Не закрыли газ и поднесли неосторожную спичку? Или взорвалось по какой-то другой причине? Им сказали только, что на воздух взлетел детский сад и загорелись два дома, примыкавшие к нему, в общей сложности погибло восемьдесят один человек, а около ста тяжело ранены. Прутик тоже в госпитале. Он мог оказаться восемьдесят вторым… Вот что такое жизнь: каждую секунду полшага от смерти. А ведь Туз прав: надо жить каждую секунду и урвать у жизни всё, что сможешь! Не в ту ночь, не сгоряча, эти мысли пришли через много дней после взрыва, когда Прутик уже освободился от своих повязок и смог сам есть, а он уже выучился на шофёра и крутил баранку на безопасной вроде трассе, когда перестало, лишь он закроет глаза, бить в лицо пламя и звучать истошный крик женщины. Умер у неё ребёнок или нет? Как жить с мечом, постоянно занесённым над головой, со страхом, притаившимся внутри? Если и другие осознают свою конечность, почему так жестоки друг к другу?

Не надо думать. Вот дорога, вот газик, вот он, несущийся к начальнику округа с заданием. И он рождает свет. Так весело нестись, широким жёлтым веером распластывать свет, прокладывая себе дорогу во тьме! Он живёт! Жизнь — движение. Зачем дана: вот так пронестись?

Коридор школы: умер Сталин. Цапля плачет. И все учителя плачут. Прутик закусил губу, в его глазах радость.

Дядя Саша говорил: военные — столпы общества, а то, что происходит в обществе, — история. Сталин был генералиссимус. История. Не только Сталин, он тоже история: он же выполняет военное задание! А то, что дядя Саша посадил Прутикова отца, тоже история? Рыжий — тоже история? Как и дядя Саша, он пусть маленькая, но тоже власть и тоже убивает людей. Из-за Рыжего Пиунов, может быть, умер. Нестор Григорьевич говорил: «Поймёшь закономерность в историческом процессе, поймёшь жизнь». Получается, жизнь каждого человека и история неразрывно связаны. У большинства нет прав, они или жертвы, такие, как Пиунов и Прутиков отец, или рабы, бездумные роботы, такие, как его мать. А есть тётя Саша: она щедро отдаёт свою любовь людям и животным. А он кто? Выполняет задание (приказ) армии, даже смысла его не зная, — значит, служит власти. Может, неправильное задание (приказ) решает гибель хорошего человека, такого, как Прутиков отец? Сколько таких погибло в войну?! Похоже, он тоже относится к разряду жертв, без права голоса, без собственной воли… Рыжий чуть не убил его.

Это случайность, что на его пути появился полковник?

Понадобилось много месяцев и много километров дороги, прежде чем он резко затормозил посреди голой бесконечной тундры. Он не хочет быть жертвой! Он хочет прожить жизнь, зависящую только от него. Мало того, что жизнь и так коротка, ещё кто-то смеет покушаться на неё! Кто дал право одному властвовать над другим?

А почему Прутик радовался смерти Сталина?

Вышел из газика.

Это был день ранней весны, когда солнце уже вспомнило об их мрачном крае и выбросило ему, как милость, свои первые лучи. Снег — куда ни обернёшься, но, потревоженный солнечным робким теплом, он уже чуть потемневший и ноздреватый. Из него торчат сухие стебли мёртвых цветов и трав, невысокие кусточки. Нескоро ещё снег сойдёт, но всё равно тундра зазеленеет. Только что мчался на предельной скорости, а тут взял и остановился. И дышит чистым, снежным воздухом, в который уже проникли запахи солнца и идущей весны. Он сделал себя свободным.

Нет, он не свободен. Да, остановился среди тундры по своему желанию, но минута, пусть час проскочат, а всё равно придётся доставить документы начальнику округа и загрузиться тем грузом, который дадут, и во всех этих манипуляциях его воли нет, и он понятия не имеет о том, какие бумаги везёт в штаб округа, и что повезёт обратно. Армия служит лишь правительству, а он и все солдаты с офицерами — живые её шестерёнки, крутящиеся для исполнения своего назначения. Благодаря полковнику, временно он — в привилегированном положении, его никто не гонит тянуть носок и чистить нужник, не сажает на гауптвахту из-за своего самодурства, но, вроде свободный, он не свободен и не живёт, он служит: выполняет приказы, которые спускают ему сверху. А что это за власть, которой он служит, не понимает.

Нет, почему, кое-что уже понимает. Тётя Саша жила с целым выводком ребят на семи метрах и имела на много людей всего одну карточку. Прутика не приняли в комсомол не потому, что он — не достойный человек, а потому, что его отца посадили. Тётя Паша живёт в разорённой деревне, у неё отобрали корову и даже самогон варить не дают, чтобы хоть как-то выжить. Её муж, дядя Коля, был хорошим хозяином, его убили на войне, и их сына убили… уже после войны. Одна судьба к другой… ряд низался — длинный, бесконечный. Почему над и так короткой жизнью столько злой силы, стремящейся сделать её невыносимой и ещё короче? Почему столько людей несчастны?

Увидел Красную площадь и длинную очередь к мавзолею.

Интересно, мертвяк столько лет лежал там или кукла? Баба Устя говорит: необходимо предавать земле умершего на третий день, иначе его душа будет мучиться и мешать живым.

А ведь дядя Саша не смог бы посадить Прутикова отца, если бы сверху не дано было разрешения на то, чтобы сажать!

Володя сел в газик, резко рванул и погнал её сквозь свистящий воздух. Сможет он сам решить свою жизнь?

4

Три года наконец кончились.

Возвращались домой с Прутиком — его комиссовали на год раньше. В тамбуре прохладно, но полки у них — верхние, посидеть негде, и они идут в тамбур. Удирают от собственной беспомощности, от вечной ночи и метелей. Пётр долго валялся по госпиталям, он крутился на своём газике по полуострову. Почти не встречались. Наконец вместе, и времени навалом, ему хочется поговорить, а Пётр молчит.

— Опять реставрацией займёшься? — спрашивает Володя.

Пётр сильно изменился — подрос, лицо погрубело, только глаза так и остались печальные. Володя без баранки своего газика, без приказов и заданий чувствует себя бесхозным. Армия избавляет человека от самого себя, и нужно много времени и чего-то ещё, пока неизвестно чего, чтобы наполнить и ощутить самого себя. Вместо ответа Прутик протягивает ему письмо. Послушно Володя вынимает из конверта листок, читает. Елизавета Петровна рассказывает о своей работе, просит Петра беречься: не выходить раздетым на улицу, не пить холодной воды, высыпаться. Из строк возникает дом Петра — с ярким светом, книгами на столе, поделками на этажерке, картинами и иконами на стенах. Детскость Елизаветы Петровны так не вязалась с армейской службой, что защипало в носу. Но тут же Володя разозлился на себя за сопли, сказал резко:

— Уж эти матери! Пушинки готовы сдувать с великовозрастных мужиков! — Стал читать дальше: «Произошли серьёзные изменения, теперь ты сможешь спать спокойно». — Чего ты так разволновался? Может, маму в должности повысили? Завтра всё узнаешь.

— На дату посмотри, июль 1957 года, больше писем нет. — Прутик глотает слоги: — Может её… как папу, Вов? Понимаешь, мама — маленькая, мама — ребёнок, она живёт мной, для меня. Почему перестала писать? Вдруг её убили?

— Замолчи, дурак! Кто «убил»?

Володя закурил и несколько раз, без передышки, вдохнул в себя горький дым, но дым не прибил страх: а Прутик, похоже, тронулся — указывает пальцем вверх.

Какая-то связь существует между мавзолеем, к которому стоит торжественная очередь, и тем, что Пётр тронулся.

Вовсе не тронулся. Чувствует силу, давящую сверху.

— Если бы посадили, тебя вызвали бы и сказали… за этим дело не стало бы. Давай пойдём учиться. Я слышал, солдатам льготы! Нужно разобраться… для этого нужны знания. К чёрту пошлю дядю Васю с его Кипреичем. Вместе поступим.

Пётр усмехнулся.

— Ты чего?

— Нас с тобой ждут в институте, так, что ли? Провалился один раз, провалишься во второй. Не для нас.

— Ерунда! Сколько таких, как мы, учатся, выходят в люди. У меня был двоюродный брат, тоже сын простого рабочего, стал большим человеком. Да, погиб в войну.

Прутик снова усмехнулся.

— Я и говорю, не для нас. Всё равно погибнем. С образованием, без, какая разница. Мы родились, чтобы погибнуть, мы пушечное мясо. Кстати, сейчас октябрь, куда можешь поступить? Подожди до лета, солдат. А там ещё что-нибудь встанет на пути к твоему высшему образованию.

— Э, не дамся! Не погибну, увидишь! Да я за жизнь драться буду! Запомни: буду жить, как хочу. Наперекор этой… — он хотел сказать «силе», не сказал, но палец поднял кверху совсем как Пётр. — Я — человек, слышишь? Я свободен, слышишь? Я докажу тебе. Назло всем «рыжим» и «дядям сашам» я буду жить долго, сто лет, и как хочу, слышишь?

— Слышу. Очень даже хорошо слышу. Только лучше, чем слышу, чувствую. — Он обвёл глазами громыхающий тамбур, махнул рукой. — Эх, Вов, живи, если сможешь! Ничего не скажу, но чувствую… Ты попробуй. Я буду рад за тебя.

Стучали колёса, Пётр прильнул к стеклу, хотя что можно разглядеть в безлунной, бесснежной ночи октября? В ней нет ничего живого и ничего индивидуального. Пусть. Всё равно через эту тьму они удирают от ледяной зимы и бесконечной тундры, от ночи, тянущейся целую жизнь, к солнцу и лесу их средней полосы. Удирают, чтобы попробовать жить как хочется и ощутить себя людьми, имеющими имена.

— Идём спать! — говорит Пётр. — Нам надо выспаться.

…Едва ступили на Суковскую платформу, Пётр, не попрощавшись, кинулся на лестницу вверх, промчался по мосту, перескакивая через три ступеньки, сбежал вниз и буквально ворвался в автобус.

Суково встретило Володю разноцветьем: желтизной лип и берёз, красно-бурыми рябинами с оранжевыми гроздьями, голубым небом, разреженным прохладой, но всё ещё тёплым воздухом. Если не считать Томска, Суково — его Родина. И, хотя родился он в Загорске и там осознал себя — с Виолеттой Павловной и Пушкиным, которого бормочет в тяжёлые минуты, Загорск — не Родина, он — до настоящей жизни. Одна Родина — Томск, другая — Суково.

Он идёт по Суково пешком, не торопясь. И к нему навстречу спешит Лидия Сидоровна, с теми же вопросами, которые задавали баба Лета и Нестор Григорьевич, с её музыкой и печеньями, Туз, включивший его, робкого первоклашку, в команду и выведшего в капитаны, не заставлявший их выигрывать во что бы то ни стало и смотреть на противника, как на врага, а учивший радоваться игре. Володя видит Мишку, который сумел отказаться от участия в выставке кораблей и заставил отца помочь Елизавете Петровне. И бегут навстречу две Наташи: дочь Лидии Сидоровны, подросток с золотистыми волосами, собачонкой следовавшая за Михаилом к пруду и в магазины, и сестра, виснувшая на его шее лёгким грузом и певшая: «Вовка, Вовка, божья коровка, взлети на небо, принеси мне хлеба!». К нему навстречу идут все, кого он любил и кто делал Суково его Родиной. Мимо плывут воскресные полупустые автобусы. Широко раскинули полуголые руки липы. Самое любимое его дерево, щедрое — у него вкусные почки, и цветы вкусные, и плоды, круглые шарики, — кормит липа его до самого снега. Липа к липе, вдоль длинной улицы.

Свет дня, яркие краски… — к дому Володя подошёл умиротворённый, готовый любить даже дядю Васю. У калитки — рябина. Стоит возле неё, взвешивает гроздь. Смотрит на свой дом, спрятанный за жёлтыми ветками. Да это ж его липа и безымянное дерево! Подошли к окнам соседей, уверенные в своём праве! Креста больше нет, деревья переплелись в объятии, и их макушки — рядом. Сквозь разросшиеся ветки дом — маленький, скособочен, как бы присел на один бок. Рядом с домом — будто каменные, непробиваемые сараи, три штуки.

— Дядя, тебе кого? Ты пришёл к нам в гости?

Володя обернулся к дороге. Чёрненькая, худющая, длинноногая девочка лет шести, с тугими косицами, удивлённо таращится на него знакомыми глазами. Заробел под её взглядом. Это длилось секунду, в следующую догадался:

— Наташка?!

Лёгкой тяжестью повисла Наташка на нём.

— Ты навсегда вернулся? Ты будешь со мной играть?

Он ждал, она сейчас скажет «Вовка, Вовка, божья коровка», а она, наверное, забыла эту детскую присказку. Болтала ногами и висела на его шее.

На неуверенных ногах баба Устя пыталась сойти с крыльца. Наташка соскочила на землю, бросилась к ней.

— Вова вернулся! — будто баба не видит, что он вернулся.

Она так и не сползла с крыльца. Подскочил он. Бабка ткнулась головой в его грудь, охватила невесомыми руками.

— Сыночек! — голос матери. Но он всё ещё спрятан в бабе Устиной радости.

О бабе Усте совсем не думал. Оказывается, больше всех скучал о ней. Она растила его одна — мать с отцом работали. Всегда угадывала, чего ему хочется. Он любил овсяный кисель, блинчики, и она делала ему блинчики и кисель, когда были у неё мука и овёс. Сейчас не сказала ни слова, но по тому, как намертво обхватила его, он почувствовал её ожидание, её тоску по нему. Наверняка это её молитвы охранили его, отогнали подступившую к нему смерть, ослабили удар Рыжего, послали ему, её «сынку», силу выжить. Каждую минуту она была с ним рядом, окружила его своей любовью, через которую даже слепая жестокость Рыжего не смогла достать его. Он всю её, невесомую, с трудом его дождавшуюся, вобрал в себя. «Спасибо», — рвалось из него, но он не смог произнести ни слова.

— Сыночек, сыночек! — повторяла мать плачущим голосом. — Сейчас кролика зарежем, накормим тебя. — Она повисла на его плече.

Сквозь туман перед глазами он никак не умел разглядеть ни материного, ни бабы Устиного лица.

Вернулся. Он вернулся домой. И у него есть родные, которые ждали его.

Наконец бросил на пол рюкзак — свою армейскую жизнь.

Дом оказался не его: чужая мебель, выставка рюмок и чашек за стеклом. Сундука с карандашами Нестора Григорьевича нет. Из прошлого только его диван.

— Иди, Вовочка, помойся, дядя Вася пристроил к кухне душ, у нас теперь горячая вода, а я кролика зарежу. Мы с дядей Васей разводим. Цельный год со своим мясом. Видел сараи? И кролики у нас есть, и куры. А ещё купили козу. Сена много приходится косить, кормов добывать, зато своё молочко, своё мясо,— строчит мать не переставая. Ещё круче стали её колечки, ещё ярче губы. Плотная стала мать.

Баба Устя как села на краешек стула, так и сидит, точно не дома, смотрит не мигая на него, а глаза — выцветшие, лишь ободки — сизые.

— Ты, Вовочка, в аккурат приехал, после получки. Сейчас тесто поставлю.

Володя боится пошевелиться. Расстояние между выставкой с рюмками и столом небольшое — вдруг заденешь стекло.

Наташка разулась, в чулках прошла по полу, забралась на тахту, стала смотреть на него.

— Мы тебя, Вовочка, ждали через месяц. Натка совсем пацан, не девка, от отца ни на шаг, в сарае живёт — подавай ей молоток, рубанок, тебе в подарок стругает вешалку для костюма,— тараторит мать. И вдруг замолкает. Он снял пилотку и оглядывался, куда положить. — Писал «всё хорошо», почему же ты — седой? — По её щекам уже бегут слёзы, она не утирает их. — Вовочка, сыночек. — Опустилась на тахту рядом с Наташкой. — Какое же «всё хорошо»? Что они с тобой сделали? Вовочка, сыночек?!

Так и не найдя, куда положить пилотку, с ней в руках подошёл к Наташке.

— Я слышал, ты ходишь в первый класс? — Он перебивает материн мучающий голос, бабы Устино молчание. — Читать уже умеешь? А по арифметике у тебя что?

Сестра смотрит на него исподлобья — изучая, не сестра, неулыбчивый дядя Вася. Брови дяди Васины, не такие, конечно, кусты, но тоже густые, сросшиеся, диковатым делают Наташкин взгляд. Говорит Наташка строго:

— По арифметике пять и по чтению с письмом пять. Ты навсегда к нам приехал? А где спать будешь? Я сплю здесь. — Она хлопнула рукой по тахте. — И там я сплю,— махнула в сторону дивана. — И на кухне я сплю. Ты мне покажешь звёзды? Я знаю, у всех военных звёзды.

— Он у меня будет спать! — Баба Устя встала, медленно пошла в коридор. — Идём, сынок.

— Что же я сижу? — Мать побежала из дома.

Комната у бабы Усти небольшая. Кровать, стол. И сундук. Володя облегчённо вздохнул — цел, не дала баба Устя выбросить его.

— Я на сундуке буду спать! — Баба Устя улыбнулась всеми своими целыми зубами. — Дождалась.

— На сундуке лягу я. — Он сел рядом с бабкой на её кровать. Обнял неловко, погладил по худой спине. По спине, неподвижной под лаской, узнавал, сколько скопилось в ней молчания, терпения и ожидания его. — Этот не обижал тебя?

Не услыхать ему больше любящего голоса: «Вовка, Вовка, божья коровка». Дяди Васин дом, дяди Васина Наташка, дяди Васина мамка. Только баба Устя — его, с её молитвами о нём.

Когда вышел из душа, мать встретила его словами:

— Водку пить будем. Торт, смотри, купила. Иди, сыночек, зови Мишу, он уже раз десять приходил справиться, когда ты вернёшься. Кого хошь, зови, хоть сто человек, стол раздвинем, гулять будем.

Пахло опалённой шерстью. Баба Устя месила тесто. Её движения были быстры, точно она сбросила с себя сорок лет.

<h2 style="text-align:center">5</h2>

Как от угара, шумела голова. Стоял, распахнув шинель, продышивался. Не надо ни о чём думать, сначала осмотреться и решить, что дальше — где жить, куда идти работать.

Петра дома не оказалось, оставил записку с просьбой сразу шагать к нему — праздновать возвращение.

Зачем приходил Марлен, то есть Миша? Он отошёл в прошлое вместе со школой и кораблём. И вообще тогда с Мишей-Марленом был не он, Володя Юшин, а совсем другой человек. Тремя годами армии всё загналось в прошлое, кроме дяди Саши. Дядя Саша — власть, которая даёт Рыжему право уничтожать «я» каждого, кто подпал под неё. Что же это за сила, от которой — унижение и смерть? Злое любопытство — сегодняшними глазами заглянуть в холёное лицо дяди Саши и задать несколько вопросов. Теперь-то не спрячешься за наивное детство, вот они — шинель, и седина, и дырка вместо зуба.

Может, не идти к Мише? Ну, приходил несколько раз, подумаешь, шёл мимо, почему не зайти? Но, говоря себе это, прекрасно понимал: говорит чушь. Мишин дом — на другом конце Сукова. Специально приходил Миша.

При чём тут дядя Саша? Миша — это Миша, дядя Саша — это дядя Саша, они разорвались, они не вместе, Миша помогал Петру, Миша откинул имя, данное отцом, и взял себе имя, данное матерью. И он,

Володя, идёт к другу, а вовсе не к дяде Саше. И не будет он никаких вопросов дяде Саше задавать.

Стены Мишиного дома уже не голубые, двери не розовые — видно, давно здесь не было ремонта.

Миша, небось, стал важная птица. К чёрту Мишу! Не получается из них пары сапог. Один чистил нужники, другой рассиживался на чистых скамейках аудиторий! А рука сама тянется к серому просвету, с которого скрошилась голубая краска. Трогает серое пятно, палец уже серый. «Звони, — уговаривает себя. — Прутику помог, ни разу не продал, по их с Прутиком просьбе не выставил корабль на всеобщее обозрение, свой же парень! Хватит ему дрыхнуть в воскресенье!».

Комком подкатывает к горлу детство — никуда оно не делось, при нём. Позвонит, и к нему выйдет Лидия Сидоровна. Не узнает его. А потом узнает, запереживает, как мать, что он — седой, поведёт на кухню — кормить. Он не станет у них есть, сегодня он их всех позовёт к себе домой. И Лидию Сидоровну. Пусть отведает бабы Устиных пирогов. Всех позовёт, кроме дяди Саши.

Дядя Саша спросит: «Ну, как армия? Сделала из тебя человека?». Чуть было не повернул прочь.

Мать говорит, заходил десять раз. К Михаилу пришёл, не к дяде Саше. И Михаил откроет ему дверь, а из-за его спины выскочит Наташка, завизжит, кинется на шею, замотает ногами, защекочет пушистыми волосами.

Он позвонил.

Ему долго не открывали. Он уже решил — никого нет, воскресенье, уехали гулять в Москву, пошёл было к лестнице, и услышал незнакомый женский голос: «Кто там?».

Раньше не спрашивали.

Не успел ответить, дверь распахнулась.

Перед ним — высокая худенькая девушка, усыпанная золотыми волосами до пояса.

— Простите, я, кажется, не туда попал, — попятился Володя, а сам жадно смотрел.

Девушка отступила. Лицо её за минуту несколько раз изменилось: девушка испугалась — ему показалось, сейчас захлопнет дверь, удивилась — глаза распахнулись, просияли — такая радость брызнула на Володю, что он невольно зажмурился, и, наконец, стала строгой:

— Туда попали. Вы вернулись?

Наташа. Совсем незнакомая.

Что делало её взрослой? Рассыпанные по плечам волосы? Серое шерстяное обтягивающее платье? Бледность? Грустные, как у Прутика, глаза? Не отрываясь, смотрит она на него. Лёгкий румянец проступает сквозь бледность. Чем дольше смотрит, тем ярче румянец, тем ярче глаза.

— Я бы не узнал тебя… Вы так изменились. — Спутал «ты» и «вы», не зная, как теперь называть её.

— Заходите, — тихо позвала она.

В квартире темно и холодно. А может, его знобит.

— Где Михаил?

— Скоро придёт.

— А где дядя Саша и Лидия Сидоровна?

— Папы нет, а мама — в Калуге, у неё болеет сестра.

Она стоит так близко! Ничего в ней от той девочки, которую он знал и которая, сама того не ведая, столько лет грела его своей лаской. Он не знает, о чём спросить ещё. Из кухни поток света, и она — в нём. Золотистые волосы.

— Хотите чаю?

Он очнулся. И вспомнил. И заговорил:

— Пойдёмте ко мне! Мать готовит еду, купила торт, колбасу, водку… — Он перечислял старательно всё, что мечет мать на стол, и перечислял бы дальше, лишь бы не замолчать, но выдумать к сказанному ничего не сумел. Попросил тихо: — Пойдёмте, я очень прошу.

В эту минуту раздался скрежет ключа.

— Наташа! — крикнул незнакомый голос.

И в дом вошёл громадный человек. В первую минуту подумал, это — Наташин муж, но в следующую с воплем «Мишка» уже обхватывал этого человека.

— Ну, и здоров же ты стал!

— А ты?

Вдруг Наташа заплакала. Так неожиданно, так горько, что они недоуменно переглянулись. А она исчезла.

— Что случилось? — испугался Володя.

Михаил побежал за ней. А он остался стоять в передней. Ему было очень холодно, даже в самый ветреный мороз на севере так не мёрз. Почему заплакала? «Наташа» не мог произнести даже про себя, потому что девушка, которую он увидел, совсем не та девочка, которую знал. И как зовут её, незнакомую, с печальными глазами, он не знает. Эта, новая, — над ним, над всеми, она — недосягаемая, со своими золотыми волосами. Её внезапные слёзы отозвались в нём. Не понимая себя, лишь чувствуя сжавшееся неудобно сердце, пошёл в гостиную, из которой дверь в детскую. Туда часто она затаскивала его, пугала ватными мишками и собаками, а сама хохотала, будто щекотали её, когда он изображал испуг, и била своими ладошками по его рукам, которыми он закрывался. Он услышал едва уловимый голос Михаила:

—Что с тобой? Ты никогда не плачешь, даже когда нужно.

Незнакомый, какой-то трепетный голос Михаила странно подействовал на Володю—стало нестерпимо больно: Мишка с ней в комнате, вдвоём!, успокаивает, наверное, гладит по голове. Ещё мгновение, и ворвался бы в её комнату и… вытолкал Михаила вон, но услышал:

—Не могу.

—Слава богу, членораздельное изречение. Богатое по содержанию. Теперь хорошо бы выяснить, чего не можешь?

—Я ничего не понимаю. Почему папа не захотел жить? Почему нам с тобой так плохо? Ты со мной все вечера, а я чувствую: ты один и я одна. Помнишь, раньше мы так весело жили! А теперь каждый сам по себе. Я разучилась говорить с людьми. Боюсь их. Мне кажется, на мне лежит какая-то печать. Миша, помоги мне!

—Почему на тебя накатило именно сейчас, когда Вовка вернулся?—Ему давно бы уйти, он ненавидит подслушивания, подглядывания, любую нечистоплотность, а он придавлен к полу её болью. Что случилось здесь в эти три года?—Мы так часто с тобой вдвоём и ты… ни пол слова…

—Я очень ждала его.—Володя вздрогнул.—А он… седой! Разве он—старый? Значит, и ему так же, как мне, плохо?!

Попятился в коридор. Ни в ту минуту, когда увидел—избивают Прутика, ни тогда, когда узнал, что Петька убил его Друга, так не трепало его. Говорят, так треплет в малярию. Три года о Наташе не думал. Наташа и армейская жизнь были несовместимы, исключали друг друга. И только сейчас понял: он выжил потому, что в нём жила Наташа. Ему бы сейчас бежать отсюда, ему бы ощутить сейчас её детские руки на своей шее, а он обмяк. Привалился к стене, тело расползлось студнем. Появился Михаил, сказал небрежно:

—Ерунда, обычная истерика!—А сам не смотрел на него.

Зато он так и впился взглядом в Михаила.

Раньше они были похожи—одинаковые лёгкие брови, одинаковые раскосые, точно нарисованные, глаза, одинаковые, неправильно очерченные рты. Сейчас Мишино лицо перекошено растерянностью—незнакомо, брови горестно поникли над глазами. Нет, на неё не похож никто!

—Слушай, Миш, вернулся я или не вернулся?—нарочито весёлым голосом перебил он в себе страх и радость и малярию.—Бабка с матерью пекут пироги, мать жарит кролика, и вообще полно всякой дребедени. Пошли, нужно выпить.

—Можно подумать, я возражаю. Я готов.—Михаил замялся, сказал натянуто:—Только Наталья не пойдёт, она совсем расквасилась.

«Наталья». Пожалуй, именно так зовут ту женщину, которая сейчас сидит в детской: Наталья. К ней он придёт завтра.

—Айда!—воскликнул Володя.—Только прошу тебя… ты с Петром поосторожнее… помягче.

6

Дома ждал стол, полностью заставленный, такого не видел у них никогда: салаты, колбасы, шпроты. Вкусно пахло пирогами и незнакомым мясом.

—Слыхал, какие дела… открыли: людей убивал, гноил…—вместо приветствия сказал дядя Вася.—Нету тайн. Рано, поздно… знать. Теперь будем жить.—Похоже, дядя Вася рад ему, ставит рюмки, суетится.

Михаил неловко выглядит в их комнате—как с другой планеты, такой большой, такой гладенький он по сравнению с мамой и дядей Васей, при галстуке, в блестящих ботинках и безукоризненно отутюженных брюках. Володя поспешил усадить его. А может, гарнитур как раз по нему?

Петра решили не ждать. Где он гуляет, неизвестно.

Наташка, неулыбчивая, строгая, важно носит из кухни в комнату стаканы для воды. Дядя Вася разливает водку по рюмкам. Сковорода брызгается маслом, скворчит. Забытый запах жареного теста заставляет глотать слюну. Баба Устя проворно перекладывает пироги со сковороды в кастрюлю. Володя не выдержал, обнял её. Она засмеялась мелким молодым смехом. Горит сковорода, ожидая следующей порции. В Володе утверждается его дом, тускнеет блеск гарнитура.

Уселся рядом с Михаилом.

Наталья сейчас ходит по комнатам,—почему-то подумал.

Михаил теперь не просто Михаил, он Натальин брат, в нём прячутся Натальин голос, Натальино тепло, Натальины слёзы. Присутствие Михаила волнует. Володя встал, пошёл, сел рядом с бабой Устей.

—Значит, так…—Дядя Вася стоит торжественный. Дыбятся волосы, брови закрывают кустами лоб.—Вернулся. Теперь смотри.— Что «смотри», никто не понял.—За это надо выпить. Человек. Работать надо.

Володя подождал, пока выпьет баба Устя, мать, смотрел, как пьёт Михаил, неумело, сразу видно, не любит он это дело. А когда выпили все, выпил сам. Он давно не пил, водка обожгла, кинулась в голову. Он встал.

—Знаете…—Чувствовал, что глупо улыбается, но не мог сдержать разъезжающиеся губы, и слов не было, кроме глупого «знаете». Оказывается, он так соскучился без бабы Усти! В белой кофте, с устремлённым на него взглядом, она жила в нём всегда, как Наталья, и тоже именно поэтому не вспоминалась в эти три года. И он так рад видеть мать! Она очень красная, улыбается, а по щекам текут слёзы.

— Кушайте, пожалуйста, Мишенька, угощайтесь, пожалуйста, колбаски возьмите, колбаска только что из магазина!

Михаила он сильно любит. Михаил ест с удовольствием, и Володе нравится, что, наконец, он кормит Михаила, а не Михаил — его.

Даже дядю Васю он очень любит сейчас, дядя Вася сказал сегодня умное слово «Человек!» и улыбается ему!

— Я пью за каждого из вас! — крикнул изо всех сил Володя, — целый стакан пью за вас, вот! — Вошёл Прутик. Склонив голову, так, что прежде увидели его затылок, точно подставленный для удара. — Штрафную ему! Да встряхнись ты, Петя! Радость какая, мы — дома! — Володя смеётся. Распахнув руки, стоит над столом, не в силах выразить, как ему хорошо. Уши горят, и волосы горят… — Пей, Петя!

Пётр послушно выпил.

Мать спешит, накладывает ему еду, ей очень хочется именно Прутика накормить, а салат посыпался на клеёнку, колбаса соскользнула с вилки.

— Ху-дю-щий! Вот тебе пирожок. Вот тебе колбаска. Картошечка ещё тёплая. Ешь, Петя, поправляйся! — У матери на щеках яркие пятна, глаза блестят. — С приездом вас, с возвращением, сыночки мои! — Мать поклонилась им. — Милости просим, кушайте! С кушаньем, сыночки мои, здоровье придёт! — Мать кланялась, и снова текли слёзы. — За ваше здоровье, сыночки!

— А я за тебя пью, мама! — радостно крикнул Володя. — Спасибо тебе и бабе Усте за ваши посылки. — Володя столкнулся с удивлённым дяди Васиным взглядом, но ему было так весело, что он отвернулся от дяди Васи. — За твоё, мама, здоровье, за твоё, баба Устя, здоровье!

Встал Михаил. Видно, ему передалась Володина радость.

— Я тоже хочу сказать, Вов! — Новое в Михаиле то, что он всё время приглаживает волосы. — Конечно, в институте много хороших ребят. Но они сами по себе, я сам по себе, а с вами мы были вместе, я ни с кем никогда так… — Он глотнул из рюмки, покраснел. — Ближе вас у меня никого нет. Ты, Вов, не обижайся, что я тебе не ответил, у меня тут такие дела. Ты, Пётр, прости меня за ту драку… я виноват… но я искупил свою вину. Вы оба… вы… самые близкие… — Михаил чокнулся со всеми по очереди, потянулся к Петру.

Пётр смотрит на него недоверчиво, рюмку к нему не протягивает. Пауза затянулась. Штрафная подействовала на Петра не так, как ожидал Володя. Прутик не взбодрился, наоборот, совсем обмяк и, видно, не мог сообразить: поверить Михаилу или упорствовать в своём неприятии его. Но Михаил, виноватый, расслабленный, с протянутой к нему рюмкой, был так открыт, что Пётр, наконец, чокнулся с ним. Михаил залпом выпил, сел, чуть не целиком засунул в рот пирожок.

— Ура! — заорал Володя.

Как он любил всех сидящих за его столом, в его доме: и бабу Устю, в немой радости неотрывно глядящую на него, и мать, так для него расстаравшуюся, и Наташку, поедом евшую его своим любопытным взглядом, и нового, расслабленного Михаила, и чуть не погибшего Петра, и даже дядю Васю, торжественно разливающего водку по рюмкам. Он не знал, что сказать им всем, лишь бессмысленно, радостно повторял:

— Кролика, Петь, обязательно бери, я никогда не ел кролика. Пирожки, баба, ты сделала редкостные. Берите пирожки. Я сто лет не ел пирожков. — Пётр клонился носом к столу. Володя хотел сказать ему, чтобы он потерпел, скоро выспится, а говорил другое: — Пирожков попробуй, Петя, моя баба пекла их. Кролика съешь, моя мама делала.

Мать повторяла за Володей — «пирожок возьми», «кролика съешь», тащила из кухни то кастрюлю с картошкой, то кастрюлю с пирожками, то гусятницу с кроликом.

— Ешьте домашнее, три года не ели. Ты вот на-ка, мяска поешь! — Мать чуть не в рот совала Петру вилку с кроликом.

— Ура! — снова заорал Володя. Скинул пиджак. Ему было непривычно без гимнастёрки, в одной рубахе. Горело лицо, горели руки. О Наталье не думал, она жила в нём его сердцем, его кровью, его радостью. — Ура! — кричал он исступлённо.

— Миша, я слышал, ты — учёный. Значит, это… я сейчас… — Дядя Вася побежал на кухню, вернулся с пишущей машинкой. — Смотри, это не так просто. Значит, у меня есть друг Кипреич. Это… радистами он тоже заведует. Вовка снова к нему. Надо деньги делать. Теперь дело такое. Сам знаешь, у каждого — память… Кипреич надоумил. А тут учить не нужно значит. — Дядя Вася поставил машинку на попа, снял дно. — Смотри, всё просто. Обыкновенный электромотор. К каждой букве я, значит, приделал колёсико, а на нём азбука Морзе, значит, точка, тире, тире, точка. Соответствует букве. Ты, значит, печатаешь это, а передаётся куда тебе нужно азбука Морзе, видишь, что ли?

Михаил вскочил, обнял дядю Васю, стал целовать.

— Голова, дядя Вася! Надо же, простота какая, а — важное дело.

— Я… это… говорю, значит, очень дело нужное.

— Не беспокойтесь, дядя Вася, я передам по назначению. У меня от отца остались связи. Я… прямо министру, не думайте и… пойдёт по военным частям. Важное дело.

Володя удивился, зачем машинка, когда для того, чтобы передать азбуку Морзе, нужна одна клавиша? Открыл было рот — сказать об этом да сквозь пьяную одурь всё-таки сообразил: нельзя дяде Васе ничего говорить, лучше потом скажет Михаилу и сведёт всё на-нет.

— Я — пьяный, да? — спросил Пётр, бессмысленно уставился на Володю, сам себе ответил: — Это хорошо, что я — пьяный. Пьяный будет спать. Пойдём со мной, Вов, я буду говорить с тобой, я тебе всё скажу.

Они вышли на улицу. Всё было сегодня Володе по душе: пьяный Прутик, дяди Васино хвастовство — пусть не нужен аппарат, а придумать, сообразить надо, суетящаяся мать — она принялась готовить чай, вкусный воздух осени с богатством запахов — сухих листьев, сытой земли, яблок, задранные головы фонарей с бледным светом. Володя перечислял про себя всё, что принимал сейчас разгорячённым нутром и что называлось — «возвращение домой».

— Мама в больнице. Уже полгода. Ухаживать за ней было некому. Она стала совсем жёлтая. — Пётр прижался к Володиным деревьям. Вспыхивал и гас огонь папиросы. Дико видеть Петра курящим. — Мама сказала, отцу пришла реабилитация. Она не зря в него верила. Мой отец — не подлец, как некоторые. Слышишь, он — честный человек! Мама сказала, дядя Саша у неё в отделении лежал. Когда разоблачили… у него случился обширный инфаркт. Он просил прощения у мамы, сказал: мучается. А вернулся домой, застрелился. С Мишкой что-то там у них получилось. Мама жёлтая вся. — Снова судорожно вспыхнула папироса, Пётр жадно затянулся. — Пьяному легко спать, я один раз был пьяный, когда к маме пришёл её тяжёлый больной с четырьмя детьми, тремя бутылками коньяка и закусками. Меня напоили. Я тогда крепко спал.

— Что с мамой? — Володя разом протрезвел и ощутил потерю. Чего, не знает, но чувство резкое — он теряет что-то, без чего трудно жить.

— Печень больная. Мама говорит, они с папой в молодости любили грызть семечки. Голодно было, папе присылали с Украины мешки с семечками. Папа у меня с Украины. У него там родители, братья, сёстры… — Пётр засмеялся. Его смех прозвучал так неожиданно, что Володя вздрогнул. — Сейчас там никого, — продолжал пьяно смеяться Прутик, — всех в войну сожгли. — Он, наконец, кинул папиросу, притушил ногой. — Помнишь, ты всё мучился: зависит от человека история? Человек пчёл разводит или цветы сажает… Или бухгалтером был. Фашисты согнали всех в один дом и сожгли. Так и с папой. Никому не делал зла, лечил людей. Объявили врагом, расстреляли. Мы все зависим от политики и в любую минуту можем погибнуть. А кто… делает политику, приказывает расстреливать?

Ладно. Пьяный спать должен. Не бойся, я пить не буду. Заберу маму домой. Буду варить ей суп. Я хотел сказать: ты зря меня спас! Мне двадцать один. Я уже старый, Вов. Неинтересно жить. У меня, Вов, никакой… — Оборвал себя, опять засмеялся. — Пойду спать. Ты стой, Вов, дыши.

— Причём тут семечки? — крикнул вслед Володя.

Светили огни улицы, пахло яблоками, сухими листьями.

…Ночью трещал сверчок. Мамиными руками пахли чистые простыни, гостеприимен был к нему диван — всё-таки мать заставила его лечь на диван, а Наташка ничего не сказала. Когда Володя, наконец, поплыл в сон, лба его коснулась бабы Устина рука. Лёгким дуновением пал на него крест. «Сынок мой!» — облегчённо вздохнула баба Устя. Под её крестом стало легче. И он увидел Наталью. Осыпанная золотыми волосами, она испуганно смотрит на него. Его подкинул стук сердца. Он сел, вскочил. Вот для чего жить, вот что значит жить — смотреть в глаза Наталье.

ЧАСТЬ СЕДЬМАЯ

Глава первая

1

Она никогда не думала о матери. Жила и жила мать рядом. Когда была печка, топила её — придёшь домой, духмяно пахнет дровами и огнём. Поставили котёл, в котле заслонки, как в печке, нету, тепло легко не удержишь, постоянно кидай уголь в его прожорливую пасть — и в час ночи, и в пять утра встаёт мать, поддерживает огонь. Мать вязала из шерсти, что присылала Паша, чулки, шарфы и носки, всем своим детям — Лёне, Паше, Нюше, Марусе — посылала своё, материно тепло, готовила еду, воду носила. И была незаметна.

Первый раз вспомнила о матери, когда Илья приказал прогнать её. Выбрала мать. Илья не любил чай пить. А с матерью пили в каждую свободную минуту. Вспоминали, как щётки делали, хлеб молотили, картошку копали, как косили, Пашину свадьбу вспоминали, Колю — какой был к людям желанный, Костю — какой большой получился человек, самый большой из всего ихнего роду. Вспоминали, как пили чай из травы в Томске. Друга убили, выйдет дитё из госпиталя, мучиться станет. Без Друга всем стало жить плохо. Пили чай, плакали. Любит Валентина плакать при матери. Любит пить чай с матерью. Чай не еда. Воду не выдавали по карточкам, на воду не надо горбатиться от тёмного утречка до тёмной ночи, за ней не нужно в очередях стоять. Даже в голод, когда кончаются картофельные очистки, сиди и пей кипяток с матерью.

В остальное время о матери не думала.

Совсем позабыла о ней, когда за Васеньку замуж вышла. Один Васенька в глазах. Всё ему прощает. Как в долг ей не дал Васенька на ботинки Вовочке, простила. Простила, как за гарнитур оттолкнул её. Разве плохое удержится? Зато Васенька ей спину гладит — перестаёт болеть спина после целого дня у станков, руки гладит — отдыхают руки! Голову Васенька гладит, слова ласковые говорит. Сладкий у неё Васенька.

Несколько раз приводил её Васенька на свой объект. Там дела у Васеньки сурьёзные. Аппараты стоят от пола до потолка. Лампочки загораются, когда самолёты летят. Важные дела. А Васенька с этим не считается, бросает всё, отпускает из-за неё сторожа, чтобы, значит, могли они вдвоём побыть, без оглядки на мать и Натку. Совсем закружил её Васенька, себя-то вовсе потеряла, не то что о матери помнить. Чего о матери помнить, когда есть чего кушать — в магазинах мясо лежит, молоко дают, когда мать с Наткой цельный день коротает — при деле, а вечерами, как культурная, наденет роговые очки с толстыми дужками, газету разбирает: шевелит губами, шепчет слова, а то задумается. Смотри-ка, Вовочка баловался, а мать возьми да и восприми грамоту.

Ну, чем матери не жизнь? В тепле да в сытости.

Вспомнила о матери, когда Вовочка приехал. Сел сыночек рядом не с ней, с матерью, а с бабкой, всё за плечи её держал, в глаза ей заглядывал. Вот тогда Валентина тоже посмотрела на мать. Вся из морщин мать, сухая, коричневая, а сильно радуется, зубы даже в улыбке открыла — один к одному они у неё, как у молодой. Вот кто Вовочку ей вырастил!, а теперь Натку растит.

Вернулся Вовочка, и снова раздвоение в ней получилось: Васенька — Вовочка, по обоим сердце чувствуется. Вовочка оказался совсем седой. Светлый цех, стучат станки, под их стук руки своё дело делают, а мысли — о Вовочке. Значит, не так хорошо он в армии жил, если стал седой. Зуба одного нету. Может, ему тот зуб выбили? Может, через ту обиду Вовочка и поседел? Вырос сильно Вовочка в армии, плечи силой набухли. Нечего Вовочке надеть.

Вернулся Вовочка, перестал Васенька встречать её у завода. А ей это на руку. Она после завода в магазин спешит. Вовочке две рубашки купила: белую и голубую, галстук синий, носки. Наконец костюм синий, просторный купила. За две недели всю новую одёжу справила: ходи, сыночек, как положено, чтобы от людей стыдно не было. Только пальто не купила, не хватило денег. Ходит по магазинам, а сердце щемит. Не сидит Вовочка вечерами с ней, где-то болтается до ночи, не нравится, значит, ему дома. Опять, наверное, из-за Васеньки. Как сына с мужем соединить? Всё, что отложила для Вовочки за три года, в несколько недель истратила. Даже в долг залезла — у дяди Гоши одолжила сто рублей. Специально поехала к нему в Сокольники. Принялась объяснять:

— Я, дядя Гоша, хочу Вовочку откормить. Что он в своей армии видел? Небось, одну кашу? А я ему — мяска, сарделечек. Вчера стояла в очереди за ветчиной. Не бойся, дядь Гоша, у Васи через неделю получка, а там следом и у меня, с тобой рассчитаюсь. Потерпи десять дней.

— Делай дело, — кивает ей дядя Гоша, — корми сына. До получки доживу.

Радио громкую музыку играет, чайник кипит, книжка раскрытая на столе, на диване газеты навалены — обжился дядя Гоша, главное его житьё тут проходит. А Валентина бежит по магазинам. Яблочек сегодня купит. Небось, без фрукты три года сидел! Две сумки набрала. И капусты взяла — голубцы сделать, творогу. Чего только ни купила! Еле до дому доволокла. Зашла, сумки поставила, а тут Васенька идёт.

— Где студент? Опять нету? Ты мне скажи… дело — шляться? — Вася вынул из-за пазухи бутылку красного. — Вчера его ждал иметь мужской разговор. Сегодня… Садись, мать Устинья, с тобой выпьем! И ты садись, Валя, может, подойдёт студент?

А у матери тесто из кастрюли прёт. Раскатывает его мать, нарезает кружочками. Валентина спешит сумки разобрать. Моет руки, и скорее давай матери помогать — накладывать на кружки капусту с яйцами.

— Погоди, Вася, через пятнадцать минут сядем, горяченькими пирожками угостишься. Дочка, помоги, сделай себе пирожок, — зовёт Натку.

А Натка руки за спину заложила, брови свела в одну.

— Папа не делает тебе пирожков, и я не буду!

— Папа — мужик, а ты — девка. — Тянет Валентина ей комочек теста. — Как мужа кормить будешь? Смотри, интересно делать!

Насупилась Наташка, надулась, сердится:

— Я всё буду как папа. Кушать буду. Не хочу никакого мужа. Я и так тебе делаю одолжение — в школе сижу целый день. Выучусь, буду с папой такие дела проворачивать!

— Смотри, какая… — гордится Васенька. — Вся в меня.

— Учиться, дочка, надо. Грамота нужная, — влезла она.

Натка вскинула голову, ногой топнула.

— У нас с папой план на пятилетку! Сейчас мы, мама, собираем транзистор, а потом Вовочке мотоцикл… вот что!

Из рук выскочил пирожок, Валентина так и села.

— Смотри, мам, что надумали! Взаправдашний мотоцикл? Вовочка будет на нём ездить? Да я, Васенька, для тебя… ты только скажи… чего тебе сделать? — застрочила Валентина, потекли слёзы. Вспомнила про пирожки, снова засуетилась руками. Закричала: — А ты, Натка, не стой без дела, а ну, сыми с отца ботинки, подай тапочки. Это что же? Не девка у меня получилась, мужик! Ни посуду помыть, ни портки свои постирать, ни с куклой поиграть! Никакой бабьей работы справить не хочет!

— Я скалку тебе стругала? — Обиделась на мать, потянула отца за руку. — Идём отсюда, покажу, я починила утюг!

Володя пришёл, когда Натка уже спала.

— Садись, студент, я оставил тебе красного!

— Ты, никак, выпил, сыночек? Глаза шибко блестят. С именин, что ли? Приходишь ночью, мы спим. Садись, подогрею пирожков. Дядя Вася…

— Да замолчишь ты? В минуту сто слов. Дай раздеться мужику. Подай рюмку. Садись, Вовка. — Вася развернул плечи, приосанился, важно выглядывает. — Ты, Вовка, теперя совсем мужик. Политику должен понимать. Слыхал, какие дела Сталин устроил, сколько жизней погубил?! Бабы от бога… ждут. А тут человек распорядился! Я так понимаю, история себя оправдает. Планы сейчас большие…

Один пирог съел Володя, второй, третий.

— Спасибо, мама! Спасибо, баба Устя! — Горят у Володи щёки, точно нахлёстанные, бессонно глаза блестят.

— Я тебе скажу своё слово. Ты был пацан, сейчас мужик. Понял жизнь. Входи со мной в дело. Большие дела…

Слышит сын Васеньку или нет, она не понимает, только Васенька вдруг вскочил.

— Слова не добьёшься! Сколько жду!

— Погоди, Вася. Вовочка, сыночек, ты хочешь с Васенькой дела делать? Васенька тебе…

— Молчи! — осёк её Вася. — Пусть со мной говорит. Мужской сговор, без баб. Будешь справлять со мной работу вечерами?

Точно проснулся Володя, захлопал глазами.

— Нет. Я не могу, — сказал виновато.

К её удивлению, Васенька не рассердился, не закричал.

Ничего не поймёт она из ихних дел. Хороший вечер получился или плохой? Пирожков много поели, значит, понравились. Ушли Вовочка с мамой. Васенька распорядился:

— Бросай свою ерунду, хватит пол тереть, ложиться будем. — Ласково позвал, будто ничего не случилось.

2

Кончились у Валентины деньги. Ждёт Васенькину зарплату. Купит, наконец, продуктов. Натке рейтузы надо — зима подступает, голые ляжки у девки. Мать умеет чулки вязать, кофты, а рейтузы не получаются.

Еле дождалась заветного дня. Приехала домой, не раздевается, села, ждёт, когда Васенька появится. Возьмёт деньги да в магазин: хоть чего купит. Не идёт Васенька, поди ж ты. Мать с Наткой телевизор смотрят. Магазины в семь закрылись, и вот он, Васенька. Да не один. С гостем.

— Знакомься, Валь, Володькин начальник, Кипреич значит, — представил Васенька гостя, достал из кармана бутылку, из другого — граммов двести колбасы да рыбину в чешуе. — Давай картошку, обмывать будем нашего радиста.

Вовочкин начальник! Она засуетилась, заспешила, давай скорее чистить картошку. Скорее капусту на стол ставить.

— Садитесь, пожалуйста, — приглашает. — Натка, доченька, потише сделай, видишь, гость. А может, Васенька, в комнату пойдём? Пусть они кино смотрят.

Всё как полагается у них получилось: колбаса колёсиками, рыба ломтями, капуста, картошка, бутылка. Селёдку последнюю нарезала. Да оставались ещё пироги, по два в аккурат. Разогрела на постном масле.

— Вашим сыном мы довольны, — после первой рюмки сказал Кипреич. — Работает серьёзно. Не могу упрекнуть ни в чём. Попрошу его, когда нужно, задержится без разговоров.

Кипреич Валентине понравился: брови, как у Васеньки, сильно строгий, а в глазах — влага, добрый мужик. Не обидит, видать, Вовочку. Всё подробно обсказал про Вовочку — хочет Кипреич вывести его в начальники. Через полгода пошлёт учиться дальше. Плохо поняла, на кого, поняла только — на начальника. Загордилась за Вовочку, вот какой у неё Вовочка. И Вася, видать, за Вовочку гордится, раскраснелся, плечи развернул, речь даже говорит:

— Спасибо, Кипреич. На путь ставишь. Дело большое. Молодёжь.

А потом стали про непонятное рассуждать. Чего-то вдвоём задумали делать. Где чего достать, говорили. Железную птицу вроде хотят сделать, чтобы, значит, махала крыльями, летала сама, навроде самолёта, только для одного человека. Неразборчиво, шумно говорили, она пошла чай греть.

Кипреич долго сидел. Сперва в комнате сидели, потом в кухне — Натка спать пошла: чай пили с сухарями.

Довольная была Валентина, хороший гость у неё, хорошо вышло. Как положено. И Кипреич вроде не в обиде. Руку ей на прощанье пожал, спасибо несколько раз повторил. А только закрылась за ним дверь, Васенька обхватил её. Водит по спине горячими руками, оглаживает. Значит, хороший вечер она Васеньке сделала! Горит она, как горела в первый их день. Падают на пол одёжки.

— Туши свет, — просит она.

А Вася дышит ей жарко в ухо: «Видеть буду!»

— Закрой дверь, — сердится она. — Натка услышит.

Неожиданно Вася взорвался:

— Когда забудешь свою присказку? Пусть все слышат!

Промыло голову трезвым числом: сегодня у Васеньки получка. Почему не отдаёт? Жрать нечего. Рейтуз у Натки нету. Дяде Гоше долг отдать.

Вспомнила, что делает Васенька для Володи мотоцикл. Легла, прижалась, спросила осторожно:

— Вась, когда деньги дашь? — Пожаловалась: — Я заняла.

Обнял её Вася, обдал сладким теплом, отнял память запахами, мирно так говорит:

— Пусть кормит тебя теперь сын.

Сначала не поняла. Сильно удивилась:

— А ты на какие шиши будешь есть? Разве не с нами? Разве общими вещами не пользуешься?

Ни минутки не помедлил Вася:

— На себя дам по рублю в день. На дочку по рублю. Остальное меня не касается. — Вася снял руки с её головы, вылез из кровати. — Я сейчас. Пить хочу. — Зашлёпал к ведру с колодезной водой — специально набирают для питья! Зачерпнул ковшом, стал пить.

Дошло до неё. Даже задохнулась. Вот это сказал!

Всё повыбилось из неё — одни щи перед глазами. Они только начали жить тогда. В первый раз за много лет купила мясо. И Васенька съел из щей всё его до кусочка! Тогда материны слова — что тяжёлый ей попался мужик, нитки у него не выпросишь — отпихнула от себя, позабыла, как только Вася обнял её. Съел и съел, хозяин, ему решать, что делать. Сейчас тот материн голос вернулся. Снова мать гладит простыню, вчетверо складывает на их старом столе. Вовочка у неё безответный: похлебал пустые щи да лёг спать.

И тут же, к этому — другой случай подобрался. Когда Вася не дал ей двадцатки на ботинки Вовочке! Так и пропали они, импортные, на толстой подошве! Не поносил их Вовочка.

Тогда погоревала и забыла.

А сейчас вот они, те ботинки!

Правду мать сказала — нитки не выпросишь.

Вася пьёт из их двухлитрового ковша булькая.

Как же это, денег он ей давать не будет? Итак, даёт всего семьсот. Только на объекте — ссмьсот! По четвергам что-то зарабатывает, в исполком слесарить ходит. Лишь прямых денег получается больше тыщи. А сколько левых? Снег по дворам людям гребёт, чинит приёмники с телевизорами. Куда ж это он деньги девает?

— Вася! — Пошла к нему непослушными ногами.

— Не хочешь испить после селёдки с пирогами? — протянул он ей ковш.

— А ты не хочешь вот это испить? — выбросила ему под нос две фиги. — Это при царе такое было: по рублю в день!

— Убью! Жить не буду с тобой! — завопил Вася, взмахнул ковшом и его, тяжёлый, со всего маху опустил на неё.

Секунда спасла—успела отшатнуться, а то прямо по голове бы. Тяжело упал ковш на пол—дном к полу, расплёскивая воду. Натянул Вася брюки, подхватил пиджак, кинулся из дома. А она опустилась на табуретку. Босая, с голыми руками, замёрзла сразу. Ни о чём не помнила, ни о чём не думала. Вот тут и вошла мать. Две двери не помогли, достигли матери её слёзы.

О матери никогда не думала. Мать—это она сама. О себе не думала, чего о матери думать? Сейчас с удивлением уставилась на неё. Простоволосая мать. Без платка Валентина давно не видела её. Косы упали на плечи. Жидкие, седые, тесным плетением заплетённые. Вместо глаз—незнакомые сизые радужки: вроде видит её мать, а скорее не видит—сизая плёнка, как у спящей птицы. Старая стала мать.

—Не держи его, Валька. Не мужик должен быть главным для бабы, а дитё. От дитя—жизнь, от мужика—колготня да нерва. Плюнь, Валька, пусть уходит. Жестокий человек. Дальше тебе с ним хуже будет. Я своего чуть не зарубила, вовремя Бог прибрал, ни минуты по нему не мучилась, жила детьми.

—Ласковый он,—сказала Валентина.—Через то и терплю. Ты, мама, пока молчи, без мужика не могу, привыкла к мужику. Дети что... у детей своя жизнь. Много я Вовку вижу? Вернулся из армии, а всё одно—нету его, только спать приходит. Чем живёт, знать не знаю. Нужна я ему? Не нужна.

И, точно кто толкнул её под бок, увидела Серёжу. Пришёл к ней Серёжа в дом, протягивает пряник. Вот кто не обидел бы её никогда. Зимой Серёжа особо хорош: шуба—лисья, шапка—лисья, брюки—белые. Конфет им с Дуськой тогда принёс, она таких и не ела больше. От холода зуб на зуб не попадает, словно не Серёжа, а она в зимнюю землю ушла.

—Это всё ты мне жизнь испортила,—вскинулась зло.—Он бы со мной не помер, я бы его выходила! Я б его с ложечки кормила! Я бы его поила! Я бы ему шага ступить не дала! Он тогда затрясся, я его сразу успокоила. Я знаю, как с ним надо. Ты меня несчастной на всю мою жизнь сделала. Почему не отдала за Серёжу? Не виноватый он. Дуська сама к себе наган повернула.

—Молчи, Валька, ты не потеряла дитё. Ты не знаешь, как это, молчи, Валька.—Уселась мать на стул, сжалась, укуталась руками.—Не Паше я, Дуське каждый год играю свадьбу. Не Паша, Дуська вышла в серёдку, пляшет. Молчи, Валька.—Мать задрожала, Валентина накинула ей на плечи одеяло, а мать зашептала:—Ничего не вижу, Валь.—Совсем в другую сторону от неё смотрела мать, страхом перекосило лицо.

— Как не видишь? Чего не видишь? — не поняла она. — Подожди, мам, я сейчас. — Подскочила к выключателю, включила свет, снова выключила. — Свет видишь, мама?

— Тёмно, Валька, всё тёмно. Давно плохо вижу. Газетами от тебя прикрываюсь. А сейчас совсем…

Обняла мать, повела в её комнату. Включила свет. Заглядывает матери в глаза, а они не отвечают взглядом. Осторожно уложила мать, села рядом, стала гладить лоб, щёки.

— Спи-ка. Выспишься, и к утру всё пройдёт, мама. — Прилегла рядом с матерью, прижалась к ней, а тепла нет, от матери — холодно: стынут лицо, руки, стынет внутри, точно не Серёжа, она легла в зимнюю землю.

Невмоготу лежать, Вовочка не идёт. Где он? Уж не случилось ли чего? Глубокая ночь.

Осторожно соскользнула с тахты, пошла по холодному полу в кухню. Зима приближается, от земли поднимается стужа. Натянула чулки, юбку. Поставила на плиту чайник. Напьётся горяченького, полегчает.

Без соображения сидела. Всё враз повалилось. Васька чего учудил — чуть её не убил! Мать ослепла. Вовочка пропал.

Поспел чай. Пила обжигаясь, а жару в ней не прибавлялось. Из Серёжиной могилы холод, снизу вьюжками крутится, собирается в большую зиму. Стынут лицо, кожа в одежде, внутри стынет. Соображения в голове вовсе нету. Только бы Вовочка пришёл! Всё ему перескажет. Васькины слова. И про дядю Гошу — завтра надобно долг ему отдать! Про мать перескажет — как ослепла мать. Ослепла через неё и Васю.

Скорее бы Вовочка пришёл, рассудит!

А Вовочка пришёл с женой.

Увидела девочку, ахнула.

Беленькая, худющая. Жмётся к двери, в глазах — страх.

Глава вторая

1

Он не сразу пришёл к ней. Два дня стояла перед ним. Что бы ни делал — врал бабе Усте, какой курорт эта армия, читал ли сестре про Белого пуделя, ходил ли по Суково, меряя его из конца в конец, Наталья смотрит на него.

Всё-таки ворвался в него дяди Васин крик: «Хлеб денег стоит, масло денег стоит. Два дня гоняешь лодыря. Надо работать. Кипреич ждёт». Понёс Наталью под осенний дождь — прочь от дяди Васи.

Кипреич так Кипреич. В глухоте наушников — Наталья с ним. Подальше от дяди Васи.

Пошёл к ней в первый же свой рабочий день. Не истуканом стоять в коридоре шёл он, возьмёт Наталью за руку, поведёт за собой. Перед её дверью не дал себе ни секунды на роздых — быстро нажал кнопку звонка.

Рассчитал правильно, Михаила ещё нет дома. Открыла ему Наталья. Улыбнулась доверяясь. И сразу сморщилась.

— Идём, — сказал сурово, пытаясь скрыть свою робость.

— Куда? — Наталья куталась в серую шерстяную кофту, закрывающую её волосы, и показалась ему ещё печальнее, чем в первую встречу.

Его сразу зазнобило, как и в первую встречу. Собрал все силы, чтобы сохранить решительность, с которой шёл к ней.

— Гулять, — сказал громко. — Одевайся теплее.

Она колеблется. Уговаривать он не может — язык не повинуется ему.

— А если не пойду? — спросила грустно Наталья.

— Буду стоять здесь, — выдавил он.

Они вышли на улицу. Его знобит, хотя вечер на удивление тёплый, совсем не осенний. Никогда он не сумеет привыкнуть к этому: высокая, длинноногая, в сиреневом узеньком пальто с высоким воротником, с волосами, рассыпанными по плечам, она — рядом. Он не знает, как разговаривать с ней. За три года привык к мату, казарменным шуткам, к предельной грубости человеческого общения, и если раньше не мог произнести ни одного грубого слова, то теперь не может вернуться к языку прежнему — кажется он Володе пресным и елейным. Косится на Наталью, от неё ожидая помощи, а она — за сто лет от него! Неприступная. Сама по себе. Немедленно заговорить. Хоть на руках пройтись перед ней. Хоть петухом закричать… Каким угодно способом вывести её из её отрешённости от него, а он бездеятелен и нем. Как говорил с ней раньше? И вдруг с ужасом понимает — они и не говорили никогда! Возились, как малые дети, играли. Мышонком сидела она на тахте, когда Лидия Сидоровна читала им или разговаривала с ними.

— Я устроился на работу, — придумал наконец, что сказать, и уже с полным правом, для разговора, взглянул на неё.

— Куда?

— До армии выучился на радиста. Вернулся на прежнее место. Отчим хочет. — Воодушевлённый её вниманием, стал рассказывать, как проверяет исправность и подготавливает к работе приёмно-передающую аппаратуру, как получает и передаёт метеорологическую информацию на аэродром, что такое ключ, передатчик, приёмник. Наталья улыбнулась, когда он назвал ключ коромыслом с ручкой. Новый поток возбуждения вызвал новый поток слов: в армии не должен был расшифровывать, а теперь нужно кодировать и раскодировать сводки и наносить на синоптические и аэрологические карты.

Наталья слушает его внимательно. Как здорово он придумал! Какая прекрасная у него работа!

Кроме фонарей, улицу всеми окнами ещё освещают дома. Люди пришли с работы и включили свет: готовят еду, разговаривают. Если бы и они так же… Сели бы друг против друга, рассказали бы каждый, как прошёл день… Тогда было бы у него право успокоить её…

— Послушай, пойдём на танцы! — воскликнул неожиданно. Жажда оказаться лицом к лицу… Он хочет от всех загородить её своими руками.

Она покорно повернула к клубу. Не живой человек, механическая игрушка, покорная его слову.

После тихой улицы, когда и машина-то проедет редко, — стук барабана, грохот тарелок, стон трубы, топот сотен ног, говор с вспышками смеха. Вовсе не этого он ждал — хотел тихой мелодии и близко её лицо, её дыхание.

А Наталья улыбнулась.

— Как у нас в школе.

— И ты так танцуешь?! — Он сжал кулаки, прикусил губу. Она — в этой потной толпе, мальчишки обхватывают её!

Она кивнула. Сразу музыка оборвалась. В тишине шаркали подошвы, постукивали каблучки, расходящиеся к стенкам.

Утомлённое солнце тихо с небом прощалось…

Танго. Ему подарок. Ревность исчезла. Под взглядами, ощущая лишь шершавый шерстяной локоток — Наталья в том же узком сером платье, что и в первый день, он ведёт её в круг — осторожно обнимая! И, наконец, тонет в её глазах. Наталья шевельнулась было в его руках самостоятельно, но он сдавил её так, что она вздрогнула. Слушая музыку, подчиняясь ей, властно поворачивает Наталью, стараясь соединиться с тянущей жилы мелодией. А Наталье что-то не нравится — пару раз оступилась, хотела повернуть не в ту сторону, в которую повернул её он. Пусть. Зато она — с ним, лицом к лицу, с блестящими глазами, в его руках, больше ему ничего не нужно.

— Вы не умеете танцевать, — сказала тихо Наталья и смутилась. Отпустил её растерянный: а ведь в самом деле танцевать он не умеет! — Танцуете не танго, — поправилась она, — свой танец. Хотите, поучу вас?

Больше всего его задело её «вы». Отчуждённое, разрывающее их «вы» отрезвило. И сразу он возмутился — она умеет танцевать! Она танцевала без него! К её прошлой, к её сегодняшней жизни он не имеет никакого отношения! Сказал дрожащим от бешенства голосом:

— Ты будешь танцевать то, что я хочу!

Несколько шагов она сделала послушно. В резком повороте он сжал её благодарно, изо всех сил, она обожгла его лицо волосами, но тут же упёрлась в его грудь, отшатнулась от него, сказала тихо:

— Не буду. Со мной так нельзя, — и, выскользнув из его рук, пошла к двери.

Силы покинули его. Он стоял в кругу танцующих, с горящим лицом, не смея идти за ней. И услышал её захлёбывающийся голос: «Не могу я так дальше...».

Как он посмел обидеть её? Он же слышал тот её голос!

К ней подлетел парень в замшевой зелёной куртке, преградил путь. Отодвинув рукой, как ветку, она его обошла.

— Наталья! — Володя бросился за ней. Не решившись дотронуться, забежал вперёд, увидел мокрые глаза. — Прости меня. — Она стояла перед ним опустив руки, углы губ — печаль, одна печаль.

— Вы не поговорили со мной... вы меня не знаете. Вы со мной, как с вещью. — Её больной голос причинял и ему боль, давил на уши. Он жалко залепетал:

— Мне стало обидно... вы без меня танцевали, ты тут со всякими без меня... Вас, тебя... обнимали тут... я не могу.

Она засмеялась.

В фойе было пусто. Только в одном из углов целовалась парочка.

— Вы, оказывается, ревнивый. — Улыбка совсем переменила её лицо. И оно, теперь светлое, было не враждебно ему. — Говорите мне всё, о чём думаете, — попросила она. — Я пойму. — Он кивнул, освобождённый от ревности.

Володя потянул её к стульям. Осторожно спросил:

— Кто вы? Что с тобой сделалось в эти три года? Ты была не такая... — Он прикусил язык: не сейчас о дяде Саше... — Я хочу знать твою повседневную жизнь!

— Мы с вами не виделись фактически шесть лет. Не считать же случайные встречи на пруду. С тех пор, как разошлись Петя и Марик. Я сейчас в девятом классе!

Только в девятом? — охнул он про себя и чуть не побежал прочь: да она ещё совсем маленькая! Не заметив его испуга, Наталья доверчиво говорит:

— Занимаюсь в физическом кружке. У нас очень хороший учитель. Хочу быть физиком.

Она — взрослая, — облегчённо вздыхает он. — Девятый класс… это так… недоразумение.

— Наши мальчики совсем ещё дети. Может, к десятому вырастут?! Друзей у меня нет, потому… — она запнулась, сказала тихо: — Я боюсь. Не хочу… чтобы обижали… лучше одной дома, с книжками, чем… Достоевского три романа прочитала. Сейчас… мне очень нравится «Три смерти» Толстого. Читали?

Он помотал головой. Он читал только «Войну и мир» и то лишь в школьной хрестоматии, и то лишь военные сцены. В хрестоматии наверняка сильно сокращено.

— Я не люблю литературу, — поспешил оправдаться. — У нас была Цапля вместо литературы.

— А какое отношение это имеет к книгам? — удивилась Наталья. — Я тоже не люблю учительницу, но читаю, и всё.

— Я читал исторические книги.

Он замялся, рассказывать или нет, какие книги любит он, но она переменила разговор:

— Музыку люблю. Когда была маленькая, могла слушать часами — мама играла мне Шопена, Бетховена…

Как он отстал от неё! О Достоевском слышал, не читал, Толстого не читал и совсем не знает музыки.

То, что привыкло болеть в нём одном, сейчас потребовало Натальиного сочувствия, её откровенность ждала его откровенности. А если ей не понравится его жизнь, если она испугается? Нет, не сегодня. Когда-нибудь потом… он соберётся с силами.

Теперь они встречались ежедневно.

Погода испортилась: не переставая лил холодный дождь, чавкала под ногами грязь. А потому они часто сидели на тех двух стульях, что точно для них стояли в тёмном углу фойе клуба. Наталья рассказывала ему день за днём: о своих учителях, Мишином институте, фильмах, которые понравились ей. И молчала об отце с матерью.

Прежде всего стали меняться его движения. Привыкший напрягать ноги, чтобы бежать и давить на газ и сцепление, привыкший руками вскидывать автомат или держать баранку, он не знал, что делать с руками и ногами сейчас. Оказывается, руки могут гладить худые бледные Натальины пальцы, а ноги чувствуют мелодию танца и осторожно двигаются рядом с Натальиными. И он сумел заговорить. Теперь перед ним и Натальей по фойе проходит вереница его друзей и врагов. Музыка, вырывающаяся из зала, смех, говор бегущих мимо парочек, тепло дыханий — проводники, с их помощью его жизнь поселяется в Наталье.

Однажды клуб оказался закрытым, а улица — негостеприимной — во власти лютой зимы. Неприязненно дребезжит проводами, злым ветром и ледяной шрапнелью гонит их с себя прочь, мотает, как листья, валит навзничь. Сначала они легко поднимались с земли, притворялись, что им нравится бежать и катиться по льду, но вьюга отрывает их друг от друга, рушит счастливое молчание встречи! В растерянности ухватились они за чей-то забор.

— Пойдёмте к нам! — услышал он.

«Нет!» В её доме — тепло, а она совсем ещё маленькая, только в девятом классе. Два года им так стоять, ухватившись за чужой забор, или сидеть в равнодушном фойе — ждать, когда она кончит школу. Он подождёт. Ему бы лишь дышать воздухом, которым дышит она, больше ничего не нужно.

— Вы уже превратились в деда Мороза!

Её упорное «вы»… Два года ей отгораживаться этим «вы», врать, что она свободна от него, хотя она уже пропиталась его страхами и тьмой вечной ночи, и в её глазах уже живут Петька и Друг. Не может он пойти в её дом!

Но он уже бежит за ней, влекомый её властной рукой.

Она замешкалась у подъезда, и он воспользовался этим.

— Не могу! — Он не смотрит на неё, молча вымаливая у неё её «вы», которое оторвало бы её от него, у улицы вымаливая волшебной оттепели, чтобы остаться на улице, у судьбы — любой отсрочки: пусть Мишка сейчас очутится около них! — Мы в подъезде согреемся и опять пойдём гулять!

— Я вам включу музыку, — тихий голос. — У нас лучшие исполнители… Гилельс, Рихтер. Мы с вами попьём чаю. А если вам хочется, представьте, что мы сидим в клубе. У вас синие губы, у меня не попадает зуб на зуб. Я вас очень прошу.

Он пропустил её в подъезд, пошёл следом.

В передней темно. Напрягшись, вглядывается в тьму, всё ещё надеясь, что Мишка дома. Но квартира глухо темна.

Даже когда вспыхнул свет, чернота не прошла — наверное, его кровь пригнала сердце к глазам, оно билось в башке.

— Раздевайтесь, у нас тепло.

Сейчас он поднимет её на руки, понесёт сквозь коридоры и комнаты в детскую и, как в детстве, бросит на тахту. Взять осторожно золотую прядь в руки, невесомую, держать. Гладить каждый волос по одному. Осторожно гладить каждый палец. Он уже знает её пальцы, гладил их по одному — в фойе. Но дома… они сожгут его. Он осторожно коснётся их губами. Губами… узнает её ресницы, углы губ, лёгкую бровь…

В детской давно не детское. Нельзя. До Натальи дотронуться нельзя. Сунул руки в карманы пальто, крепко прижал к ногам. Он будет весь вечер стоять в передней.

— Ну, согрелись? Теперь раздевайтесь. Я сейчас!

Она бросила его одного, побежала в глубь квартиры, всюду зажигая свет. Праздник вспыхнул в одно мгновение! Свет и мелодия, которую он слышал здесь, в этом тёплом доме, в своём детстве. Только Лидия Сидоровна играла на пианино, а сейчас её исполняет оркестр.

В армии, по анекдотам и болтовне, сопровождавшимся мерзким хихиканьем, он понял: ту, которую любишь, нужно беречь. Повернул замок, распахнул дверь на лестницу.

— Не уходи! — остановил его охрипший голос.

Он обернулся. «Ты» разрушило решимость.

Наталья расплылась, проявилась снова — с перекошенным от страха, некрасивым лицом. Он пошёл к ней слепой. Она не отшатнулась. В его руках не шелохнулась, лишь приподнялась на цыпочках. Лицо по-прежнему порушено страхом, с незнакомым пушком на щёках. Так они стояли.

Музыка давно кончилась. Было очень тихо и жарко. Заложило уши, резало глаза. Беспамятство вело его куда-то. Казалось, ни одного движения ни он, ни она не совершили, но так и не разомкнулись. Очнулся на тахте. Она держит свои ладони у него на лице, он — на её волосах. Они смотрят друг на друга, и глаза режет, и нет дыхания. Она кладёт ему голову на грудь. Он сидит, неловко повернувшись к ней, выпрямившись, боясь повернуться. И слышит:

— Я тебя люблю. Я тебя люблю всю жизнь.

Осторожно гладит её, как хотел, — волосы, по одному, каждый, а потом губами и пальцами осторожно дотрагивается до её широко раскрытых глаз, до вздрагивающих губ, до лёгкой светлой брови. Она расстёгивает ему рубашку и припадает губами к его груди. Последним сознательным движением воли он пробует оторвать её от себя.

— Нет, — уверяет он её. — Нет!

А она — стремительной детской скороговоркой:

— Да, да, да, да!

Когда он, совсем теряя сознание, пробует не коснуться её горящих губ, она обиженно шепчет:

— Не надо меня беречь! Я прошу, прошу. — Уже сжатая его жадными руками, шепчет: — Я люблю тебя.

Словами она разрушает его осторожность. Теперь он целует резко и грубо, боясь потерять её, сжимает узкие запястья, хрупкие плечи. И вдруг пугается своей резкости — он боится сокрушить её, обидеть и снова осторожно дотрагивается до её ключицы, шеи, розового маленького соска и… просит:

— Прости меня.

Пройдём много часов и дней… всю жизнь он будет благодарен Наталье за тот вечер: наконец рухнуло его одиночество.

—Больше всех в жизни я любила его.—Положив голову к нему на грудь, сплетясь с ним руками, в тот вечер заговорила она о своей боли.—Я была уверена, он—самый красивый, самый добрый, самый умный. Он ничего никогда нам не жалел.—Её слова били Володю ледяной шрапнелью, возвращая на сегодняшнюю улицу.—Я и сейчас ничего не понимаю… С инфарктом он попал в больницу. Мама к нему не ходила. Наготовит всего и посылает меня. Он лежал в отдельной палате, всё время дежурила сестра. Она исчезала, когда я приходила. Я чувствовала: он совсем не тот, что раньше. Но он не хотел со мной говорить и смотрел на меня словно нехотя. Я не знала, как развлечь его, читала вслух газеты. Потом принесла «Преступление и наказание», до этого сама не читала. Он сначала слушал, а потом как закричит: «Замолчи! Что за ахинея! Неужели читать нечего?» Как же он рассердился! На другой день я снова пришла к нему. Он угрюмо молчал. Почитала ему газеты. И снова взялась за Достоевского. Мне так хотелось понять Раскольникова! Несколько фраз прочитала, а он опять закричал: «Замолчи!». Оживал лишь, когда приходила заведующая отделением. Всё порывался сесть, шептал: «Прости» или «Перестань меня мучить!». Мне было стыдно слышать это. И жалко его! Она—маленькая такая… откуда-то я знаю её. Она очень сухо говорила с ним. Смотрела кардиограммы, слушала сердце и уходила.

Осторожно высвободился из её тепла, оделся, сел в её ногах. Она тоже села, укрылась пледом, смотрела на него тревожными глазами.

—Я тогда очень удивилась: почему Достоевский делит людей на убийц и жертв. Это же ерунда! К кому отнести меня? Я никого не убивала и живу хорошо, какая же я жертва? И родители. И Миша. И ты. Все-все, кого знаю, никого не убивали, и никакие не жертвы.

Ветер пронзительно свистел за окном.

Наталья оглянулась на окно, точно почувствовала миг, в который он услышал ветер. Оделась.

—Дай, застелю постель, я боюсь,—сказала вдруг.

Он боролся с желанием закурить, старался не слышать ветра и не спросил: Михаила ли она боится, или того, что с ними случилось сегодня. Не радость, страшную тяжесть ощущал в себе: он взвалил на себя целый воз булыжников, одним из которых Петька убил его Друга. Старательный Натальин голос, ветер, желание курить усиливали эту тяжесть.

— Однажды эта заведующая посмотрела, что читаю, и как захохочет! Смеялась точно сумасшедшая. А потом резко оборвала смех. «Что это с тобой, какие книжки взялся читать?», — спросила ехидно отца и вышла из палаты. Мне не по себе стало от её смеха и от её вопроса. И почему она с ним на «ты»?

Наталья словно вглядывалась в свои слова, пыталась понять прошлое. И он видит последние три дня жизни дяди Саши. Днём, ночью ходит дядя Саша по квартире, что-то говорит Лидии Сидоровне. И вдруг кричит: «Чистенькая!».

— Мама затеяла ремонт. Клеила обои, натирала полы. Я никак не могла понять, зачем ей ни с того ни с сего понадобился этот ремонт. Мне было жалко её, всё делала она сама, сильно уставала. В тот день… Миша, как всегда, в институте, он вообще старался не бывать дома, когда вернулся отец. Да, я забыла, как раз накануне они с Мишей заперлись. Говорили сначала тихо. Вдруг отец истошно закричал. Миша выскочил, бежит к выходу, на ходу натягивает пальто и кричит: «Сам проживу. Убийца!».

Ветер бился в дом — казалось, к ним настойчиво стучат. Невольно Володя поглядывал в окно, не осознавая несуразности подобной возможности: четвёртый этаж!

— В тот день я пришла из школы пораньше. Помню, мы ждали, когда доварится борщ. Я была очень голодная, а борщ никак не доваривался. Мама сказала: «Свёкла — тугая». И выстрел… в общем, он застрелил себя. — Всё это Наталья проговорила скороговоркой. — Смерть пришла не сразу. Он разорвал себе лёгкие, а сердце не задел. Его рвало кровью. Хотели увезти в больницу, отказался. Кровотечение сумели остановить, а дышать он мог с большим трудом. Всё просил: «Лида, отпусти меня! Пожалей. Тебе тоже умирать». Слова рвались. «Убери Наташу, — просил, — она не сможет жить!». И снова — своё: «Отпусти, Лида». Это всё между рвотами. Я стояла под дверью, заходить к нему боялась. Мама прикладывала к его рту мокрую салфетку, бросала её в таз. Целый таз собрался красных салфеток. «Мишке скажи, не смеет судить!» И — опять: «Отпусти, Лида», «Не смотри на меня так». Я очень хотела есть. Борщ у нас тогда выкипел, овощи обуглились.

Володя пошёл из комнаты. Рука не попадала в карман. Наконец закурил. Стал глотать дым, пока не задохнулся и не закашлялся. Наталья поставила на газ чайник. На кухне было просторно, чисто, легко дышалось. Сгоревшую кастрюлю из-под борща, наверное, выбросили. Много свежего воздуха прошло с тех пор через кухню.

Он знает, как пахнет подгоревшая еда.

В Натальиной кухне пахнет травой.

Наталья поставила на стол две чашки—из детства—высокие, синие, с золотыми ободками.

—Когда я увидела, что ты седой, я всё поняла: тебя убивали,— сказала тихо.—Тебя убивал убийца, да? Если мама не хотела простить его... если Миша крикнул ему такое слово... неужели мой отец—убийца?

—Выключи чай,—сказал Володя.—Кипит.

Он подождал, пока она разольёт по чашкам, пока поставит чайник на плиту. Притянул к себе. В его щёку билось её сердце—он сидел, она стояла. Он клялся себе, что никогда больше ни за что не причинит ей боль и никому никогда не позволит сделать это.

—Если Достоевский прав, если в самом деле так и делятся люди—на убийц и жертв,—сказала шёпотом Наталья,—я хочу быть жертвой. А ты?

Он понимал то, что она говорит, но он так далёк был сейчас от того, что она говорит, он так любил её сейчас, что не ответил—он слушал частый стук её сердца, заглушавший в нём свист ветра, страх того, что она говорила. Закрыл глаза и просто слушал её сердце.

Повернулся ключ в замке.

—Миша пришёл,—сказала она.—Он ходил с группой в театр.

Михаил очень обрадовался ему.

—Шёл и думал, почему ты к нам не приходишь. Умру сейчас с голоду, Наташка.—Она налила брату чаю, положила кусок курицы на тарелку, кусок хлеба, подвинула сахар.—Спектакль так себе, все кричат, бегают по сцене, побесились, что ли? Я бы ушёл. А как уйдёшь, если культмассовое мероприятие?—Михаил ел жадно, рассказывал с полным ртом. Володя не мог понять, о чём он толкует, с изумлением разглядывал его. Глаза—один к одному. Ему казалось, Михаил с ними заодно, знает, о чём они говорили сегодня, и не осуждает их за то, что с ними сегодня произошло.—Я бы таких режиссёров снимал с работы,—беспечно говорил Михаил.

—Миша!—прервал его Володя,—я прошу руки твоей сестры.

Совсем не то хотел сказать, он хотел сказать, что они уже поженились, как и было по сути дела, а не получилось...

Михаил заморгал. От неожиданности проглотил непрожёванный кусок. По очереди смотрел то на одного, то на другого. И вдруг захохотал.

—Вы что, обалдели? Вы что... ополоумели? Ты знаешь, Вов, сколько ей лет? Ты, старый дурак, спятил, она ещё в девятом классе, слышишь, осёл ненормальный? Что, баб тебе не хватает? Гуляй себе, а через пять лет валяй! За белы ручки подведу к Наташке.— Но то ли потому, что они не перебивали его, то ли по их лицам он понял, что говорит впустую.—Вы что... того... вы что...—И, резко просквозив стулом, он кинулся к Володе, схватил за ворот пиджака. — Ты — подлец! Да ты знаешь, что бывает за растление малолетних? Да ты… да я… я тебя в тюрьму посажу!

Наталья кинулась к нему, стала оттаскивать брата от него, закричала жалобно:

— Это я сама. Я! Он не хотел, он уходил, это я.

Но Михаил и сам уже отпустил его, тяжело осел на стул.

— У меня никого, кроме неё. У меня она одна. Отнял. — Залпом выпил стакан чая, поднял на Володю Натальины глаза с лёгкими, удлинёнными бровями над ними. — Ты же погубишь её. Ты же не сможешь дать ей ничего. Ты же голодранец и душой, и телом, а она… она у меня… такая… — Он не смог подыскать слова, вздохнул тяжело. — С детства она только тебя любила.

Так и лежала недоеденная курица перед Михаилом.

Володя понял, наконец, что мучило его, когда он слышал Натальин голос в первую их встречу: он отвечает за неё. Он обязан много работать. Работать не так, как раньше. Жизнь — обязанность. Перед Кипреичем, перед Натальей, перед Михаилом и Лидией Сидоровной.

— Пойдём, Наталья, домой. Собирайся, уже поздно. Завтра рабочий день. Портфель не забудь, — улыбнулся он. — А ты, Миш, раньше времени не делай выводов. Школу кончит, институт кончит, обещаю тебе. Голодранцы тоже как-то живут, не всегда плохо. Всё у Натальи будет, увидишь.

— Ты что, ты куда её зовёшь? — точно проснулся Михаил. — Вам что, мало четырёх комнат? Выздоровеет же когда-нибудь тётка, вернётся мать, будет готовить вам. Чего не жить по-человечески? — заорал он. И тут же — почти без голоса: — Ты что ж, Наташ, меня одного оставишь? Ты что? Ташенька, не уходи. Вов, ты что это делаешь? Живи сколько хочешь. Выбирай любую комнату. Разве мы не поладим? Ещё как будет весело! Не разводи бодягу, прошу тебя, — жалобно говорил Михаил.

Наталья тоже умоляюще смотрела на него. Она хочет остаться здесь? Он отвернулся от неё.

— Я — мужик. Не гожусь в приживалы. За кого ты меня принимаешь? Если идёт за меня, пусть ест мой хлеб, хоть сухой, мой! Пусть делит мой узкий диван. Пусть ей будет холодно, как мне. — Он жадно вглядывался в Наталью. — Решай, идёшь со мной или остаёшься здесь без меня.

За руку вёл он её по ледяным улицам домой, за руку ввёл в дом. Почему мать не спит? Чувствовала, что приведёт Наталью?

— Мама, это моя жена, — сказал. — Мы будем жить здесь.

Мать закланялась.

— Заходи, доченька. Какая бе-еленькая, как я в молодости. Какая молоденькая! — Достала бутылку, оставшуюся от праздника возвращения, три рюмки. — Выпьем, детки, за ваше счастье. — Дрожащей рукой налила всем. — Дядя Вася дежурит сегодня, объект никак нельзя один оставлять. Тебя как звать, доченька? Наташа? Наташка? Как мою дочку. Знаешь, кто так её назвал? Вовочка. — Она подозрительно покосилась на него, снова уставилась на Наталью. — А ты чья будешь? Ох, господи, похожа, а я не признала сначала. Значит, ты — Мишина сестра? Солидный он у тебя, настоящий начальник, сурьёзный. Вот, значит, с каких лет ты себе Наташку приглядел?! Молодая только очень…

Он не видел Натальиного лица. Хотел сказать матери спасибо за то, что так хорошо справила его свадьбу, но, оказывается, он очень хочет есть. Холодную круглую картошку, солёные огурцы, селёдку как нельзя кстати подала мать — после водки, просквозившей его насквозь, ничего вкуснее нельзя придумать.

— Это ты, мать, молодец, — благодарил он.

— Доченька, а ты не закусишь? Давай разогрею тебе картошку. Картошка — деревенская, моя сестра послала. Её зять ехал на свой Север через Москву, на машине завёз сразу четыре мешка. Вкуснее нашей картошки нету.

Наталья озиралась растерянно, глаза наполнились страхом и отчаянием. Он понял. После роскошной четырёхкомнатной квартиры, с газом, водопроводом, канализацией — деревенская халупа, в которой нужно топить котёл, а в уборную бежать на улицу. Обнял её за плечи, осторожно притянул к себе.

— Ничего, мама, ничего, жить будем. Молодая не молодая, а моя жена.

Мать плакала.

ЧАСТЬ ВОСЬМАЯ

Глава первая

1

Молодым постелила на кухне, на своей и Васиной кровати. Легла на Вовочкин диван. Да, с дивана плохо слышно материно дыхание. Показалось, не дышит мать. Перешла к ней, примостилась на краешек, рядом. И застыла. Слава богу, тёплая мать. Жива. Пошевелиться боялась, мать чутко спит.

Всю ночь пролежала, подвернув неудобно ногу, на боку. Нога затекла. Так и мучилась: слушала ногу — какая мёртвая стала нога, слушала материно дыхание — вроде дышит мать. Задремала к утру, а ровно в пол шестого, как обычно, открыла глаза. Лежала в тишине, вспоминала, что вчера с ней случилось. Вася ушёл от неё. Мама ослепла. Вовочка привёл жену.

Повернулась к матери, позвала:

— Мам! — Встала, включила свет. — Мам, меня видишь?

Мать открыла глаза.

Долго стояла тишина. Босыми ногами Валентина вбирала холод пола. Он снизу полз по ней, кости студил, позвоночник.

— Зачем стоишь босиком? — сказала мать. — Здесь сыро.

Страх ещё сосал где-то под ложечкой, но уже пришла сила жить: начала одеваться.

В этот день ушла не попив чаю, не решившись войти в кухню — в кухне крепко спали Вовочка с молодой женой.

Несколько дней думала только о матери. Вот мать спички взяла. Вот перед Вовочкой и его женой поставила кашу. Видит! И снова о матери позабыла. Страх за неё прошёл, кровью мать в ней растворилась: видит, и ладно.

Стала стелить матери на Вовочкином диване, а сама с Наташкой ложилась. Молодые — в кухне.

Ляжет, а сна нету.

Вася её бросил? Этот вопрос стал главнее других.

Не спать стыдно. Даже здесь, за двумя дверьми, сквозь ровное дыхание Натки и неслышное — матери, слышно, как задыхается Володя, как шепчет непонятные слова, как ласково отвечает ему Наташа. Жена. Девочка.

У Вовочки зимнего пальто нету. Натке рейтузы нужны. Ещё жену Вовочкину теперь корми. А из каких шишей дяде Гоше отдать?

Ноябрь обрушился снегом. Чего с погодой стало? Без осени зима кинулась.

Дяде Гоше из своей получки только половину отдала.

Васины деньги и всегда-то лишь Васю кормили. Но сейчас, когда он с ней не жил, ей казалось, что именно Вася всю семью кормил. Где денег достать? Голова болит — сроду столько не думала. От мыслей похудела, побледнела. До того дошло: еле ноги волочит, никогда с ней такого не бывало.

Первые дни после получки отъедались, потом до новой — картошкой жили: утром — картошка, и днём, вечером — тоже картошка. Можно, конечно, кролика зарезать, да Вася до Нового года трогать не велел — пускай жирку нагуляют!

Может, одного зарезать? На четыре дня мясо растянет.

Нельзя, Вася рассердится. Картошка так картошка.

Володина жена не жаловалась, Валентина сама перед ней оправдывалась:

— Не смотри, Наташ, такими глазами. Погоди, вот зарплату получу.

Володя ничего не замечал. Он никогда не обращал внимания на еду — глотал, что дадут. С жены глаз не сводил, готовый услужить ей в любой мелочи.

Нервы трепала Натка. Как назло: купи конфет, хочу баранку, дай сосисочку! В получку отъестся, насладится сосисочками и снова жилы тянет: купи, дай, хочу. Да вовсе не в еде дело. Натка по отцу сохнет: места себе не находит. Подойдёт к заснеженной двери сарая, трогает тяжёлый замок. Насупится, целый вечер на тахте сидит, ни с кем слова не скажет. Спросишь её о чём-нибудь, буркнет: «Ты выгнала», «Ты — виноватая». Целый месяц прошёл, Вася не вернулся. Сдох он там, что ли, на своём объекте? Или в самом деле жить с ней больше никогда не будет?

Снег ранний успел растаять, а ноябрь взял да и снова прижал холодом.

…Получку в пятницу давали. Перво-наперво вручила дяде Гоше пятьдесят рублей. Всё одно на картошке сидеть. С лёгкой душой по магазинам пошла.

Дома затеяла пир. Голубцы делала, котлеты вертела. Сердце ходуном ходило — завтра с утречка порешила на объект к Васе отправиться. Снесёт ему котлет с голубцами, пусть домашнего отведает, разве плохо после сухомятки?

А что если он её прогонит? А что если у него женщина объявилась? Знает она Васю: обязательно ему женщина понадобится. Как пить дать, появилась. Из рук ножик валится, кастрюля на пол летит, стакан разбивается.

Вечером голубцы ели — пышные они получились, так и таяли во рту. Ели, отъедались.

Она перед невесткой хвасталась:

— Ты, Наташ, не думай, у меня завсегда голубцы вкусные. Пирожки тоже вкусные. Подъедим голубцы, пирогов напечём!

Ночью без сна лежала. Ладно, она ему не нужная. А Натка? Не разлей вода были. И не поглядит, как тут дочка без него живёт? Характер какой сурьёзный… Голова горит, тело горит, Васенькиных рук ждёт, всякое соображение потеряла. Одно на уме: завтра, в субботу, к Васеньке пойдёт.

До Мичуринца доехала, не успела оглянуться. От Мичуринца тот лес начинается, где стоит Васенькин объект.

Когда с ним шла, ничего кругом не видела, а сейчас точно родными широкие ели обернулись, костлявые ветки кустарника, негусто припорошённая снегом заледеневшая трава, высокие сосны — напомнили деревню. В свою избу сейчас придёт, а там Дуська — живая.

Но не к дому детства, лес узкой тропинкой к объекту привёл. Ногами дорогу помнила.

Под оглушающий стук сердца осторожно дверь открыла, тяжёлыми ногами кухню прошла. Вот он — в аппаратурной. Поперёк комнаты — много стен, одна к одной, до самого потолка. Стенки мигают, светятся, вспыхивают мелкими лампочками. Кнопки делают их разноцветными.

Каждую минуту над объектом, низко, оглушая её и замёрзших птиц, облепивших ветки перед окнами, проносились самолёты. Вася её не услышал — с аппаратами возился. Тихонько прикрыла дверь к нему. Огляделась.

В кухне всё то же: продавленный диван, этажерка, заваленная газетами, крохотный холодильник в углу. Новый только листок над диваном. Золотыми крупными буквами написано: «Диплом», «благодарность», «военно-морской флот». Остальные не разобрать. Михаил с Васей что-то такое… про военно-морской флот обсуждали… Наверное, за то и дали. Должно, Миша постарался, ту машинку куда обещал передал. Учёный человек, дело знает. Должно, Васеньку вызывали, хвалили, раз такую красивую бумагу выдали.

Приосанилась она гордо — умный у неё Васенька. Некогда ему было в этот месяц, вот он и не приходил: он делом занимался. Стакан из-под молока на столе, кусок колбасы, пол батона, нож, на холодильнике — коробка из-под пельменей, на плите — пустая грязная кастрюля. Видно, только что поел. Пол — грязный. Не было тут женщины!

Поставила сумку с продуктами на стул, пальто сняла.

Через пять минут на газовой плите кипел чайник, недоеденную еду убрала в холодильник, из сеней тряпку принесла.

Больше всех дел на свете любила пол мыть. Тяжесть ведра с водой родная с детства. И с детства привычное — ручка врезается в ладонь. Нравится тряпку в воду погружать. Рукам тепло, руки чистоту воды вбирают. Вытягивают тряпку, дают воде стечь, а всё равно мокрую на пол опускают, чтобы водой пыль и грязь пола связать. А собирать пыль и грязь нужно сильно отжатой тряпкой.

Голова — близко к полу, лицо огнём наливается. Хорошо!

Когда Вася из своей аппаратурной вышел, кухня блестела, на столе картошка дымилась, парок вился из стаканов и над голубцами, лежащими пирамидкой на блюдце.

Ни словом ту ночь не вспомнили. Винца выпили, закусили. Снова чай пили. А потом спать легли.

В воскресенье поздно проснулись. Снова обнимались, нежились. Диван — неудобный, скатывались, смеялись.

За завтраком разговор затеяли.

Обсказала всё как есть: сын женился.

Васенька вскочил из-за стола, стал бегать. Бегал-бегал, пошёл на двор. Там под навесом у него доски навалены. До темноты рубил, пилил, строгал. А в темноте к ней вернулся. Вернулся, когда ей уже в Суково ехать пора. Завтра рабочий день.

— Слушай моё слово, — сказал. — Это очень хорошо. Женился — дело. Денег больше ему от тебя нету. Сам себя корми. Женился — мужиком стал. — Ни жива, ни мертва сидела. Хотела сказать: жена — школьница, язык не шевельнулся. Хорошо, не сказала. — Сам жену корми, — взвился тонким голосом. — Мы с тобой здесь будем жить. Натку сюда на субботу и воскресенье. Дам комнате ремонт! Перевезём сюда материну кровать, какая в кухне. От меня подарок к свадьбе — сделаю тахту. Лучше купленной будет. Та тахта — матери с Наткой. Моё слово. Тебя встречу, когда тёмно.

Складно сказал, а сердце пополам разорвалось. Как это Вовочка себя да Наташу на семьдесят рублей прокормит? Как это — не помогать? «Сирота всю жисть!» — вспомнила материно.

Вовочка — Васенька. Мосток между ними — Васенька поехал знакомиться с Вовиной женой. Грузовик нанял, тахту молодым в подарок повёз. Тахта вышла загляденье: такая же широкая, как в гарнитуре. Только совсем тугая. Материей красивой обтянута — крупными цветами.

В кухне стало тесно. Тахта да стол, ни для чего больше места не осталось. Даже ведро с колодезной водой и тяжёлым ковшом вынесли в сарай.

— Спасибо, дядя Вася, — повторяет Володя.

А Наташа красная стоит, глаза опущены.

Сели угощаться. Поздравил Вася Володю с женитьбой и за своё взялся:

— На семьдесят рублей жену не прокормишь, иди со мной в дело. Или ещё какую работу. Справляй медовый месяц. Два месяца даю думать.

Перед невесткой стыдно. Какие слова та матери перескажет?

Натка валяется на тахте, приговаривает:

— Папа, мы втроём будем ворочать дела! Каждый день, папа, приходи, сарай стоит, дела стоят.

Хорошо получается или плохо, никак ей не понять.

Ночевали теперь всегда в лесу. Нравится ей вечером, в темноте, идти об руку с Васенькой. Дух захватывает, какой светлый снег стоит. Скрипит под ногами. Кусты и ёлки светятся. Придут на объект, сторожа домой гонят: иди спи у жены под боком, мы заместо тебя посторожим. Разве плохо сторожу дома сидеть, а денежку получать? А им разве плохо?

Тишина — глухая. Только самолёты время от времени жизнь обозначают.

— Погоди, оформлю тебя сторожем, все денежки — наши.

В Васю точно бес вселился: каждую свободную минуту столярит. Стол им сделал, со складными створками, хочешь, раскрой, большой будет, хочешь, оставь маленький. Тумбочку к их кровати сделал: хочешь, всю ночь чай на ней держи.

А ещё дал деньги на рейтузы. На кастрюли со сковородками для их лесного житья денег дал, чтобы могла она здесь борщ варить, картошку жарить. В общем, расщедрился.

Тем временем зима совсем стала, снегом лес засыпала. Протоптали они с Васенькой тропочку к их жилью пошире, снег вокруг дома разгребли — хоть пляши, из соседней деревни щенка принесли, Диком назвали, дом Дику Васенька построил. Она летала — точно снова свой медовый месяц справляла: неразъединимы они с Васенькой.

В одном сама по себе осталась: продукты Вовочке с Наташей приносила. Ни копейки у сына не брала — пусть молодости порадуются да всласть погуляют. Как Вася проверит?

И, наверное, о тяжёлом ковше с длинной ручкой, чуть не опустившемся ей на голову, позабыла бы, если бы не случилось то, что случилось.

Кусты, деревья, Дикина будка словно яблоневым цветом усыпана. Нарядное воскресенье. Без пальто по двору шастает, на праздничную красоту головой вертит, свежестью дышит.

Долго с Васенькой завтракали. Гречневая каша не разварилась, зёрнышко к зёрнышку. Чай пили. Хлеб маслом мазали, кружочки колбасы резали. С утра пировали — в честь настоящей зимы.

— Теперь у нас с тобой дача есть, — гордилась она.

Вася важничал — ему нравится, что она такая довольная. Стал ещё больше её удивлять:

— Я, думаешь, зря тут? План у меня, значит. Давай с тобой ещё комнату пристроим, будем, это, всегда жить здесь. Я здесь хозяин, потому что техник. Вся аппаратура, значит, на мне. Мне здесь порядок доверен. Сложная аппаратура, без меня никак нельзя.

Она слушала и гордилась: вот какой у неё Васенька! Самолёты потому и садятся хорошо, и взлетают потому хорошо, что он их правильно направляет. Если бы не Вася, ещё неизвестно, как дело было бы. Внуково — это тебе не так-сяк, это сурьёзный аэродром, она знает.

— Ты, Васенька, знаешь что, — придумала она. — Давай здесь сад насадим. Яблонь несколько, смородину, очень я смородину люблю. У нас дома росла. Крыжовник, и вообще что там ещё…

— Дело говоришь, — Вася руки потирал. — Картошку, значит, можно садить. Я погреб здесь сделаю. Лучше будет, чем тот. До весны, это, картошка сохранится. — Глаза у Васи разгорелись, щёки зарумянились, своим словам кивает.

Они друг на друга смотрят, планы кажутся сбыточными — о них хочется говорить и говорить.

— Думаешь, мы с тобой без силы? Таких дел тут с тобой!.. я что думаю. — Вася махнул рукой за окно. — Давай поставим отдельный дом, на две комнаты, свой, значит, собственный. Вовка с женой приедут летом пожить, Натка.

Зазвонил телефон. Она даже вздрогнула — к телефону непривычная. Большой начальник Васе сказал: завтра на объект приедет — смотреть, в каком состоянии аппаратура. Сказал: предупреждает Васю, чтобы всё как надо было. Не один к Васе приедет, с представителем иностранной фирмы.

Вася, важно приосанившись, объяснил ей, что сейчас будет долго занят: слыхала же она, нужно проверить всё как есть. А она пусть отдыхает от своей заводской жизни.

— Думаешь, я, значит, — маленький человек? Меня в министерство вызвали, сюда сам высокий чин звонил. Вручили, это, мне диплом, видишь? А ещё подарили серебряные часы, — хвалился Вася. Часы вынул. Она осторожно, из его рук, рассматривала. — С секундной стрелкой! Богатые. Я, можно сказать, теперь известный! — хвастался Вася.

Она кивала — гордилась. Большой человек её Васенька.

Долго сидела за столом — не хотела разговор обрывать. Смородина уродится, она в сад выйдет, нарвёт, будет сосать — в голодные годы сосала смородину, выжила. Яблоки уродятся, варенья к чаю наварит — яблоко со смородой. Пей, мать, чай. Пейте, детки, чай. Сладко.

В ней силы ходили.

Решила чистоту Васеньке навести — к приезду иностранной фирмы. Наконец этажерку разберёт, газету к газете положит. Воду вскипятила — пол хорошенько отмыть. Смороду они с Васенькой посадят, чай со смородой будут пить. Спасибо матери — за детьми ходит, а они с Васенькой опять медовый месяц справляют.

Старенькая, из трёх полочек, этажерка чем ни попало завалена. На газетах валяются гайки с гвоздями.

Под газеты верхнюю полку приспособила: одна на одну уложила. Стала книги разбирать. С трудом названия читала: учебник по электротехнике, много разных справочников, журналы… За Васеньку опять погордилась: учёный он у неё, какие книги читает! Аккуратно складывала: справочник на справочник, учебник на учебник, корешками к Васеньке, пусть сразу увидит, что ему нужно.

Откуда здесь взялась коробка табака «Золотое руно»? Сроду Вася не курил? С любопытством открыла и присела.

Не табак в той коробке — деньги. Аккуратными стопками сторублёвки, пятидесяти, двадцатипятирублёвые бумажка, а сверху — одна новая, хрустящая пятирублёвка. Не веря своим глазам, смотрит на неожиданное богатство. Особенно почему-то тревожит пятирублёвка. Двумя пальцами вытянула голубую бумажку, смотрит на свет.

— Валь! — позвал Вася. — Чего ещё я придумал! — Вошёл. Так же, как она, замер в столбняке и сразу взвизгнул: — Кто разрешил? — В два прыжка очутился около, вырвал пятирублёвку — «Золотое руно» полетело на пол, рассыпая банкноты, повалил её на кровать и стал совать ей в рот пятирублёвку. — На, подавись! Только это, попрошайничать. Сама заработай. Сама копи. Сына заставь работать как полагается. Дармоеды! Не хочет делать деньги. Лодырь! — тонко взвивался голосом.

Хрустящая бумажка содрала нёбо, застряла в горле, перекрыла дыхание. Без воздуха Валентина уже теряла сознание, но в последний миг последним усилием отпихнула плачущего Ваську, давясь, вытянула из глотки пятёрку — в крови — и лишь тогда сознание потеряла.

Очнулась в глубокой тишине, от холода. Снежный чистый снег струился через окно, рассыпался по стенам, потолку, половицам. Она — замороженная. Это не свет через окно, это белые клубы холода через раскрытую дверь вкатываются, по полу, по стенам к потолку ползут, светом рассеиваются. Книги разбросаны, посередине — ведро с тряпкой. Вода, наверное, остыла, — подумала. — Нужно снова греть. Руки и ноги застыли, горло и грудь были живые — горят огнём. Тело от Васиной злой тяжести ломит. Даже сейчас, когда его нет, ощущала его руку в своём горле, а вторую у себя на животе — рука под дых давит, освободиться от неё никакой возможности нет, рождает тупую боль в подреберье. Опустила ноги на пол, сидела, привыкая к их непослушности, наклонилась, стала тереть, иголками закололи. Наконец встала. Голова кружилась, как после родов. Долго руки тёрла. Когда согрелись, пошла, закрыла дверь, повязала волосы платком. Воду греть не стала. Принялась мыть пол холодной. Рукам было больно. Вытерла насухо каждую доску, каждую щёлочку в доске. Долго стояла посреди кухни, не зная, что дальше делать. Хотелось сплюнуть, а слюны не было. Машинально поставила на газ чайник. Стояла смотрела, как незакрытая вода становится мутной, начинает передвигаться — сначала медленно, потом всё быстрее, и, наконец, стремительное её кружение рождает мелкие пузырьки и вскоре громадные, с трёхкопеечную монету.

Кипяток давно остывал, а она никак не могла сбросить с себя оцепенение, налить его в стакан. Ни о чём не думала, ничего не помнила, ничего не чувствовала, кроме огня во рту и в глотке. Наконец налила, села. Машинально отхлебнула. И зажала рукой рот — вода обожгла ещё больше. Вот когда заплакала. Рот сводило, углы губ болели. То ли Васины пальцы солёные были, то ли слёзы прямо в горло шли, то ли это была кровь, только стало необходимо соль смыть.

Чай она всё-таки выпила, смывая соль в себя.

Оделась, оглядела в последний раз кухню. Книги грудой на нижней полке, она не успела сложить.

Пошла за дверь. Всё-таки вернулась. Расставила книги.

Вышла во двор. Навстречу ей кинулся Дик, загремел цепью, прикованной к проволоке, идущей через весь двор. Он прыгал, скулил, жаловался, что ему холодно. Он плакал совсем как маленький Вовочка — только начиная жить.

Зачем взяли? Живая тварь. Дитё. Плачет. Не будет Вася его кормить. Дик лизал ей валенки.

Вернулась в дом, наложила в кастрюлю гречневой каши, картошки намяла, колбасы мелко накрошила, кипятком залила, перемешала. Дик ел торопясь, чавкая, заглатывая сразу помногу, точно чувствовал, что должен наесться навсегда.

Взять бы его за пазуху, понести с собой. Куда?

Вспомнила Вовочкиного Друга, заплакала в голос.

Дик съел всё, что она ему принесла. Пошла в дом, достала из холодильника пакет молока, чуть погрела. Пока Дик лакал, пошла со двора. Легче уходить, когда он чавкает, а не плачет.

Отойдя шагов на тридцать от объекта, остановилась. Куда идёт? Домой нельзя. Как она детям с разодранным опухшим ртом покажется? Что скажет, почему без Васеньки в воскресенье пришла? К Лёне поехать? У Лёни в последний раз была, когда с Верой отношения разорвались. Чисто Лёня живёт, сытно, да скучно — она бы так жить не хотела. Нет, к Лёне за ссорой ехать. Словами о Лёне не думала. У Кати полон дом: муж, свекровь, дети. К ним Катя редко приезжает. А всего навезёт: торт, фруктов, мяса обязательно. Как в детстве, Катя — худая, пухом — волосы. Мягко коснулся Валентину снег. Словно обволакивает её, убаюкивает. Боясь ему поддаться и оказаться под ним погребённой, тихо пошла. Тропка раздваивалась. Одна вела к Мичуринцу, к станции, другая — к широкой дороге на Переделкино. Свернула к Переделкино.

Лес не хочет её отпускать. Упавшими брёвнами поперёк тропы ложится, по краям тропки расставляет белыми пушистыми букетами кустики — любуйся, Валька!, ветки ёлок к лицу подносит.

И всё-таки своей красотой не удержал, отступил перед дорогой. Она любит дорогу, на которой лошадь с телегой уместиться может. Каждый раз, ступив на неё, останавливается, смотрит в даль: может, у обочины Серёжа сидит, её ждёт? И сейчас остановилась. Слёзы застлали снежную пыль, падающую завесой с неба.

Постояла, медленно пошла. Слёзы царапали глотку.

Серёжа в другой жизни остался, в которой она только начиналась, и у неё ещё не было Володи и Натки.

Поняла, что идёт к Рите.

Рита жила на границе Суково и Переделкино. Никогда у неё не была, а дом знала. Дорога лёгкой скользотой стелилась, снег ещё не успел смягчить её. Рита поможет ей подработать, научит, как жить без Васьки. У неё Вовочка есть. Его нужно кормить. Разве Вовочка виноват, что всего семьдесят рублей ему платят? Не указ ей Васька — от Вовочки отказаться!

Пусть много лет прошло, не могла Рита её позабыть.

Уже не шла, бежала. Она нянчила Риту, Рита — добрая, Рита ей поможет. Добежала до автобусной остановки. Тяжело дышала, ртом хватала воздух вместе со снегом — огонь во рту потушить! Народу на остановке не было, значит, автобус совсем недавно прошёл, а следующий нескоро, но что ей делать: от ветра прижалась к лёгкой стене кабинки — ждать.

Идти больше не может. Так давно идёт! Целую жизнь. Через лес, поле и деревню. Идёт, идёт. Ноги идти устали, ноги на неё обижены — впустую идёт, отдохнуть надо.

Холодно стоять, на скамью села, под козырёк остановки. Снег теперь до неё не долетает. Мокрое лицо от холода горит. Концом платка стала его утирать. Платок — шерстяной, досуха шерсть кожу никак не может вытереть — лицо режет. И слёзы всё текут по нему.

Она любит плакать. Слёзы уносят из груди тяжесть, а сегодня, кажется, наоборот, не успев вырваться, снова в неё возвращаются — солью, огнём в ней скапливаются.

Полчаса автобуса ждала. Села на краешек скамьи, в железку вцепилась. Ноги отдыхали.

Без гостинцев, без сил и мыслей и уже без желания видеть Риту стукнула в Ритину дверь. А когда Ритин голос крикнул «кто там? не заперто!», всё-таки облегчённо вздохнула: дома Рита! Вошла поскорее.

Перед ней подросток в длинном халате.

— Валька?! — завопил этот худенький подросток. — Блажная пришла ко мне! — Валентина попятилась к двери. — Не узнала? — захохотала Рита, но в её хохоте ничего весёлого не было, хохот был искусственный. — Я это, узнавай быстрее. Укатали сивку крутые горки, — жалким голосом хохот оборвала. — Вот что осталось от Риты-бомбы.

— Что с тобой? — пролепетала, не помня себя.

Она уже разглядела и желтизну скул, и чёрно-пепельные подглазья, и заострившийся нос. У Риты обнаружились огромные глаза. Их теперь щёки не подпирали, и они занимали пол лица. Обняла Риту. Плакали обе, мусоля друг друга мокрыми лицами. Об одном и том же плакали — о Ритиной былой красоте. А потом сели пить чай.

— Из больницы я… третьего дня. Отхватили, Валька, у меня целиком желудок, жадные попали врачи, ни чуть-чуть на развод не оставили, пользуйся, Рита, кишками вместо желудка, и вся любовь. — Рита не жаловалась, говорила, как раньше, часто и весело. А у неё от Ритиного веселья Лёнины пиявки по спине ползли. — Благодаря моей жадной мамаше я очень поесть любила, по той самой причине и определилась в торговую сеть — чтобы всегда быть сытой. Оглянись, Валь, я и не нажила ничего.

Валентина стала оглядываться. Посередине — круглый стол, за которым они сидят, тахта, похожая на ту, что Вася молодым сделал, шкаф с двумя дверками да телевизор.

— Думаешь, мне нужны деньги? Я, Валь, все их угрохала на одёжу да курорты да развлечения для своих двойняшек! Правда, ещё трёх старух кормила — сыновей их поубивало… чёрт его знает, на что шли мои деньги. Да, целый день я могла есть. А теперь и подавно. — Рита снова засмеялась. — Ем аж по шести раз в день. Видишь, как врачи заботятся об мне. «Любишь кушать, Рита, говорят, кушай старайся: протёртую кашу, протёртые овощи, протёртое мясо. Ешь на здоровье, Рита! Протёртое тебе — это чтоб вовсе не беспокоила себя, не жевала». Вот какое у меня теперь разнообразие, Валь! «А после еды, — беспокоятся обо мне врачи, — лежи, Рита, по часику, нельзя тебе ходить после еды. Не день у тебя теперь будет, а сплошная еда со сплошным лежанием. Курорт, одно слово». Так пекутся обо мне, Валька. И вся любовь.

Чем веселее Рита говорила, тем слышнее ползали по спине пиявки. Чай пить не стала, ей казалось — Ритина болезнь везде рассыпана, с чаем в неё попадёт, начнёт есть желудок.

— Зато с кем мне повезло, так это с близняшками. Окончили техникум, уехали в Ангарск на три года, там большой химкомбинат. Днём работают, вечером учатся в институте. Комнату им дали одну на двоих, пока не обженятся. Хорошо живут! — Из Риты рвалась тоска, в каждом слове: хорошо бы вернулись, успели проститься! — По инвалидности платят мне, Валь, дожила я до дармовых денег. Ничего не делаешь, а денежки идут. Завидуй, Валь, моему счастью! Только скаредная та инвалидность. На протёртую кашу ещё хватает, а вот на яблочко или кусок масла… Знаешь, сколько яблочки нынче стоят? Свою настоящую цену, не то что в былые времена. То-то! Ну а ты как? — В Ритиных глазах засветило живое любопытство. — Своей нет, хоть на чужую жизнь порадуюсь. Вова-то совсем молодец? Давай поженим его с моей девкой. Он должен у тебя получиться хороший, так я говорю?

— Хороший, конечно, — закивала она. — Кто про своего скажет, что — плохой?

Лишь в эту минуту она увидела своего Володю по-настоящему: работа — грошовая, Вовочка мыкается, с женой на руках, как с малым ребёнком, и впереди ничего не светит. А она чужому мужику полы моет, этажерки складывает. Права мать: дитём надо жить. Не мужиком.

— Живу, Рита, как все. — Что она про свою жизнь может рассказать? — Работы у тебя никакой нету для меня? — спросила. — Подработать бы, субботы-воскресенья — мои.

Спросила и пожалела — не до неё Рите, а Рита обрадовалась, стол обошла, обняла.

— Вот и пригодилась я тебе! Давай устрою твою жизнь как полагается. Сильно мучилась из-за тебя. Первое дело: бросай свой завод к ядрёной Фене, и вся любовь. Ты теперь не девочка какая — железки делать. Работы тебе подарю две. Одна совсем лёгкая: раз в три ночи спать в конторе. Диван — клеёнчатый, без клопов, ляжешь хоть в девять часиков. Валяйся, смотри телевизор. Или по телефону трепись. Надоест, как барыня, спи хоть до девяти утра. В девять тебя сменят. А семьсот рублей так и прыгнут к тебе в карман, ни за что ни про что — за лежание. Плохо ли? Имеется там плита, чайник. На, номерок телефона, от меня скажешь. Себе готовила это место, да сама видишь… не до работы теперь. Проскрипеть бы дома до конца, не попасть в больницу. — Рита засмеялась. — В техникуме своём, кажется, ты тоже семьсот получаешь? Там теперь, я слышала, моешь только вестибюль с канцелярией, а на классах — своя нянечка, так что ли? То-то же. Интересовалась я тобой, Валь. Что тебе стоит вымыть вестибюль? Ты, помнится, любишь это дело. А ещё… отведу тебя к одному учёному, живёт в том же посёлке, где контора. Жена тоже учёная, им нужна помощь по хозяйству, ещё семьсот отхватишь. Это ведь я себе готовила такую вольготную жизнь, — добавила грустно. — Тебе уступаю. Сколько получается? И не надо горбатить спину с утра до ночи, в Москву кататься в переполненной электричке, на билеты тратиться. Так?

Жёлтые углы скул, пепельная кожа… Одни глаза…

— Ты чего? — нахмурилась Рита. — Не жалей меня, ну! Я своё пожила. Помнишь, небось, Федьку кудрявого? — легко засмеялась. — До последка выпила его! Бойкий был мужичок.

— Почему был?

— Жив он! Да не мужик больше, Валь, весь ушёл на меня, и вся любовь! — Вспыхнули на щеках Риты красные круги, потухли. — Тощий, синий, точно как я: старается за компанию. А всё заходит ко мне, Валь, обнимаемся мы с ним, вспоминаем старое. Редкий человек. Мало таких сейчас. Верный мой Федя. Слово его как было точное, так и есть: что пообещает, обязательно сделает. Предлагает мне новую квартиру. Дом, говорит, сдаём, бери самую лучшую! А я, Валь, в новую не хочу. Не люблю я, Валь, бетон, люблю дерево. Дерево оно живое, Валь. Может, из меня скоро вырастет дерево, так я говорю? — Подавилась слезами, выдавила: — Ещё бы немножко погулять, а, Валь? — закусила губу, уродливо улыбнулась. — Вот что, одевайся. Делать дело так делать.

3

Рита тараторила без умолку, а шла медленно, точно несла в себе ребёнка и боялась растрясти его. Валентина вырывалась вперёд, осаживала себя, старалась слушать Риту, не слышала ничего: Ритин голос оглушал, сводил скулы. Шли полчаса. От снега поднимались запахи и холодок свежести, кололи мокрое лицо, облегчения не приносили.

Под ласковый скулёж собак, кинувшихся к Рите, как к старой знакомой, взошли по запорошённым ступеням крыльца.

— Знакомься! — звенел весёлый Ритин голос в яркой передней. — Ты просила, привела к тебе человека, и вся любовь. Всем человекам человек. Только учти, она — блаженная, слишком честная. Дура дурой, жить не умеет, себе не ухватит ничего, своё упустит последнее, несовременная. Из лошадиной породы. Звать её, если культурно, Валентина Андреевна, а попросту Валька, другого языка не понимает, с детства Валька и Валька.

— Здравствуйте, Валентина Андреевна! Рада познакомиться с вами! — Валентина положила в горячую ладонь свою негнущуюся руку. — Проходите, садитесь, пожалуйста. От вчера у меня остались пирожные.

Где видела её? Знакомы коричневые глаза, узкое лицо, едва заметная улыбка. Высокая, статная.

— Садитесь, Валентина Андреевна, — приглашает Елена Борисовна. Спрашивает неожиданно: — У вас случилось что-то сегодня?

И Рита удивлённо уставилась на Валентину.

— Ишь… А ведь правда, ты не такая, как всегда. Что ты?

— Плохое пройдёт, Валентина Андреевна, хорошее останется. Вот вам самая красивая чашка, Валентина Андреевна.

Никто сроду так её не величал. Валя да Валька. Муха звал Валянка. А тут — по полному имени и отчеству.

Елена Борисовна чашки ставит, ветчину, холодное мясо из холодильника вынимает, пирожные, а сама всё курит да курит, от одной папиросы другую закуривает. У молодых сейчас сигареты, а тут папиросы «Казбек».

И глаз с неё Елена Борисовна не сводит.

Какое длинное воскресенье! И сколько раз нынче принималась она чай пить.

— И вы, Маргарита Павловна, садитесь, — приглашает Елена Борисовна. — Помидоры вам можно. Если хотите, сделаю пюре, пюре вам можно.

Но Рита передёрнула плечами, укуталась в шаль.

— Пойду я. При таких разносолах пюре с протёртой кашей есть — позориться. Отъела я человеческую пищу, и вся любовь. Пирожные не для меня, так я говорю?

Хорошая у неё шаль, до самого пола опускается, с кистями, в оранжевых и красных цветах на чёрном фоне, не то, что у мамы, — подумала Валентина. — Шаль останется, Риты не будет, — ещё подумала.

— Прощай, Валь, — сказала Рита. — Была блаженной, небось, до сих пор цепляешься за честность да справедливость, потому и без портков. Вы, Елена Борисовна, не сомневайтесь, ни пятачка, ни пуговицы не пропадёт. — Рита махнула рукой и спиной пошла к выходу. — Живи, Валь, пока здоровая.

Долго стояла тишина. Дым укрывал лицо хозяйки.

— Помирает, — стала объяснять Елене Борисовне. — Как есть помирает, а ведь ей меньше, чем мне, на шесть лет. А ведь я её нянчила, меня мама в Димитров в няньки отдала, есть было нечего. — Сидит она прямо, на краешке стула, боится пошевелиться. — Восемь лет мне сравнялось. Рита беленькая была, щёки — во!, попка — розовая, как булочки, всё тело розовое. Я заместо куклы всё на руках таскала её.

— Обида пройдёт, безденежье пройдёт, единственное, что не пройдёт, — смерть. — Елена Борисовна жадно дышит дымом. Кладёт на её тарелку от всего, что на столе. — Ешьте, пожалуйста, досыта. Так мало отпущено, не знаешь, где тебя подрежет! Что же вы не едите? Кушайте, пейте, а я пока расскажу, в чём нужна ваша помощь. И я, и муж очень много работаем, оба целый день за столом. Я пишу книжки, муж — учёный, историк. А ещё преподаёт в университете, читает лекции, но это всего лишь два раза в неделю. Сами понимаете, работать дома тяжело: нужно варить еду собакам, готовить, убираться, время утекает сквозь пальцы. А через два месяца мне сдавать книгу, сроки поджимают. Понимаете?

Она кивнула. Она поняла: нужно готовить, убираться, варить собакам.

Пирожное так и таяло во рту — старалась задержать его подольше, распробовать, а оно проскочило мгновенно, зато смягчило боль разодранного рта и горла. Елена Борисовна приблизилась к её жизни: казалось, гладит её голосом:

— Дел у нас много, честно надо сказать. Как видите, дача большая. В основном, мы живём с Евгением Львовичем, но приезжают и дети. Дочка замужем, сын женат, у обоих малыши. Что у вас сегодня случилось? — прерывает себя, гладит её руку. — Возьмите ещё пирожное. Станет легче, увидите. У всех так: то спокойно, то беда.

Никто никогда не угадывал, чего с ней приключилось. Никто никогда не гладил её рук, даже Вася. Даже Серёжа.

— Руки у вас красивые. — Подумала, Елена Борисовна смеётся над ней, но смеха в глазах нет. — Трудовые, видна ваша жизнь! Отпустите себя, перестаньте думать о том, что с вами сегодня случилось. Ваши близкие живы? — Валентина кивнула. — Ну вот видите. Это главное. Остальное пройдёт. Вот у меня была неприятность: не сделала перевод. И автор — человек премилый, и вещь у него интересная, и я человек не без способностей, а не смогла перевести. И ничего. Прошло. Много переводов получилось после этого. А в личной жизни сколько всего было: совсем всё плохо, а пройдёт немного времени, глядишь, обошлось! Вас, видно, обидели.

Она кивнула. Васины глаза приблизились, его рука тяжестью на грудь навалилась, болью сжала подреберье. Положила туда руку. И начала рассказывать Елене Борисовне, как Вася совал ей в рот хрустящую пятёрку — до желудка.

Елена Борисовна смотрела на неё тревожно, позабыв о папиросе, от её взгляда стало сильно жалко себя. В первый раз в жизни пожалела себя. Слова теперь выскакивали из неё складные, злые, их было много, горячими угольями навалились они на пирожные, на всё это вкусное житьё.

И сразу полегчало: села удобно, вытянула ноги. Даже оглядеться сумела. Книги — от пола до потолка — непонятная ей жизнь. И лёгкое молчание освобождения.

— Расскажите о детстве, — попросила Елена Борисовна.

Давно не вспоминала о нём. Так давно было — будто и не с ней. Щётки с мамой вырабатывали на продажу, Риту нянчила, «Ласточка» её понесла, чуть не убила… Что тут рассказывать. Серёжа Дуську убил.

Серёжа.

— Знаете, а ведь меня сперва Христиной нарекли, — вспомнила, как Серёжа её звал.

— Христиной?

— У нас был рыжий поп, борода — во! Мать хотела, чтобы я умерла, это поп меня так назвал. Он потом с Серёжей срок отбывал. — Воспоминание жгло. — Серёжа вместо трёх лет всего два сидел, вернулся хворый.

— Христиной? — Елена Борисовна стала закуривать, сломала спичку, ещё одну. — Зачем же вы отказались от такого имени? — Подошла к двери, позвала: — Женя! — обернулась к ней. — В вашем лице есть отпечаток имени… Вы-то сами знаете, что оно означает? Думаю, оно не случайно. Женя! Познакомься. Это Христина Андреевна. Христина…

Неловко встала, ждала, когда мужчина подойдёт к ней по блестящему паркету. Был он выше среднего роста, важный, с толстым животом. Совсем большой начальник.

— Очень интересно. Христина. Это история. Любопытно. Вы не знаете, почему вас так назвали? Я — Евгений Львович. Вы решили нас выручить? Спасибо вам. Наконец моя жена сядет работать, а то целый день возится. Итак, мы хотели выявить происхождение вашего имени…

Таких никогда не видывала: светло-седые волосы стоят над высоким лбом, очки не мешают — прозрачно-голубые глаза кажутся голыми.

— Еленушка, а меня покормишь? Думаю, ваше имя было спасением, выходом из беды для ваших родителей. Тогда ещё религия являлась естественной сутью жизни. Надежду давала!

Елена Борисовна слушала Евгения Львовича, как в хорошую минуту она — Васю: самый главный он для неё! И сразу стала совсем знакомая: её знала всегда — из какой-то другой не случившейся жизни.

— Пожалуйста, Христина Андреевна, пока Евгений Львович ест, расскажите нам о своём детстве.

Шёл парок из высоких чашек, розовел потолок от абажура, поблёскивали стёкла книжных шкафов. Она прикрывала свой рот — ей казалось, все видят, как он опух.

— Вы сами говорите, много работаете, что ж на меня время тратить?

— Не думайте о Васе, — сказала Елена Борисовна. — Деньги — мишура, с собой в гроб никто их не положит. Очень прошу, расскажите о детстве.

Какая из неё, оказывается, получилась барыня: её очень просят, с ней разговаривают, как с важной какой-то, руку жмут. И вспомнила: точно такие глаза были у старухи на толкучке в Томске. Только та — тощая, обтянута синей кожей, а Елена Борисовна — кровь с молоком, настоящая барыня: высокая, полная, красивая.

— Вы не в Томске войну пережили? — спросила на всякий случай. Не дожидаясь ответа, стала рассказывать про дядьку на телеге с вёдрами мёда и мешками картошки, про несчастную мать. Слова получались нескладные — никогда никому такого не рассказывала — прошлое жило в ней молча. — Мать Бога молила, чтобы на небо взял меня к себе, — пожаловалась наконец. — Ни картошки, ни хлеба не было, она меня не любила, невпопад я родилась. — В глубь прошлого гнали её глаза Елены Борисовны, и из них оно возвращалось к Валентине: и гибель Дуськи, и Серёжа.

— Да-а! И крестьянки любить умеют! — Евгений Львович плеснул в себя остатки чая, стал полоскать рот и ложкой всё в стакане крутил, точно в нём ещё были и чай, и сахар, и он их перемешивал, ложка стукала о стенки.

— Женя?! — воскликнула Елена Борисовна.

— Ну, не буду. Не буду мешать вам! — улыбнулся Евгений Львович. — Пойду. — Мимо Христины понёс свой толстый клетчатый живот.

— Извините, Христина Андреевна, что прервали.

Снова золотятся овсы. Снова Серёжа зеркальце ей протягивает. Ждёт её на обочине, и окатывает его золотая пыль.

Смотрите-ка все: она, Христина, с утра до ночи горбатящаяся, сидит в гостях, без всякого дела, и говорит про Серёжу. Дым и запах от папирос, розовый свет от лампы на пирожных и ветчине, и встаёт от зари до зари её жизнь. Брат Лёня, биржа, завод с конопатым Родькой. Муха. Первый раз слова про Муху собрала. Сегодня Рита велела: надо жизнь менять. Об Илье рассказала. О сыне. Снова о Васе: не любит Вася Вовочку. Про красные полосы между чулками и штанами на Наткиных ногах — родной дочери на рейтузы не давал! Про мать рассказала. И снова — про Серёжу.

А когда рассказывать было нечего, замолчала.

Стало легко и жарко, под мышками намокло. Глотнула чай — совсем остыл.

За окном стояла ночь. И очень дымно и душно было в комнате. Елена Борисовна горестно вздохнула:

— Да, настрадались вы!

Неужто из-за неё расстроилась? — удивилась Валентина.

— Жизнь как жизнь, — пожала плечами. — Ничего в ней особенного нету. У всех так, и у меня.

— Рита права, зачем так далеко ездить на завод? — озабоченно сказала Елена Борисовна. — Заработаете у нас. И Евгений Львович сам позвонит в поселковую контору, куда Риту сватал... сторожем ещё получите. Можно дать вам один совет? Не унижайтесь больше перед Васей. Подождите прощать его, хотя вы и Христина. Вы должны уважать себя.

Она медленно шла домой. По шпалам. От Мичуринца до Сукова — две остановки, да электрички уже не ходят. Дышалось легко. Спать не хотелось, хотя была глубокая ночь. И холодно не было. Похрустывал под ногами снег.

И вдруг в самом деле ощутила себя не Валькой — Христиной. Всех в себе она сейчас держала. Дик, наверное, скулит: тёплого молочка хочет, дитё. Володя с его Наташей повёрнуты лицами друг к другу. Свою Натку увидела — смотрит на дверь, ждёт отца! Мать прикрывается от неё газетой.

Слов, что наговорила ей Елена Борисовна — «Вы должны уважать себя», «не унижайтесь» не поняла, но, благодаря им, боль во рту и глотке отпустила, опухоль словно опала, помягчела, а ноги шли как молодые.

Дома её не ждали. Все спали. Легла рядом с Наткой на тахту и как убитая уснула — молодым сном.

Глава вторая

1

Бог дал Устинье красоту. Сперва молчаньем встречал её всяк — просто глазел. Надоест глазеть, пристанет с вопросами: «Ты случаем не свёклой натираешь щёки и губы?», «Ты, Устька, искры из огня в глаза понасыпала?», «Признайся, Устюша, зубы у тебя настоящие или как? Эко, один к одному». Устинья весёлая была в девках. Траву косит, жнёт рожь, огород копает, всё со смешком: «У тебя зубы заняла, глаза — у ведьмы, а волосы — у русалки»…

С Андреем жили через дом — погодки. По шестнадцать им было, метали стога. Затомились. Устинья любила зарыться в готовый стог, утопиться в колючих запахах. «Устюша! — придавило её жаром солнце. Со сна не поймёт, что с ней. — Уточка моя!». Руками, ногами оттолкнула от себя Андрея. Села в жарком стогу. Лучше всех был Андрей. Высокий. Руки — налитые, любую работу справят. «Какое будет твоё слово?..» Дурманом потело сено…

От прошлой жизни остались сны.

Дуська в белом подвенечном платье плывёт по кругу. Косы плывут. Руки плывут. Красивая Дуська, спасу нет. Смеётся. Зубы как у неё — один к одному. «Мама! — зовёт Дуська. — Иди в круг. Ты давно не плясала, мама. Со мной пляши. Ты не сидела на брёвнышках, со мной посиди. Теперь всё переменилось, мама, теперь женатые тоже на брёвнышках сидят, тоже хороводы водят. Посмотри, мама, какой у меня муж сердечный. Не пьёт, мама! Серёжа! — зовёт Дуська. — Иди к нам, не бойся: мама любит тебя».

Камнями навалена в неё ненависть — снится. Камни ворочаются в ней, давят — хочет она убить Андрея, а руки — неподвижные, не может поднять топор, сил нету. Хочет плюнуть в его пьяную рожу, губы не слушаются, не может собрать их для плевка. Андрей пустил их всех по миру. Идут они по пыльной дороге одна за другой: мать и её девки. Босые идут, худые, по снегу, по грязи.

Проснётся Устинья, лежит в темноте, не может вспомнить, где топор лежит.

Две дочки сразу ушли — малолетки, тринадцати и двенадцати лет: Маруся с Нюшей. На фабрику устроились, в город Рогачёво. Вовсе не пожила с ними. Сейчас их лиц не вспомнит. Из-за Андрея лишилась дочерей. Сперва снились, а потом и вовсе пропали. Замуж вышли далёко: одна — в Сибирь, другая — на Камчатку. За целую жизнь по два раза приезжали. Чужие тётки — ни одной черты от её девок. Из-за Андрея детей распылила по миру.

Ночью — сны. Девки её — маленькие. Сидят перед ней за столом, чистыми глазами смотрят на неё. Косят вместе траву. Дурманит свежая трава голову, девки в светлых платьицах, с косами идут, к ней, матери, смотрят, любят её…

Из-за Андрея ночки пустые, смолоду вдовая. Ночи — изнанка её жизни. Слушает Устинья тишину. Тёмно кругом, а каждый шов от её жизни видать.

Одна в этой жизни жаль у неё — Володя. Через то и не помирает. Заставляет себя вставать по утрам, двигаться: почти ощупью готовит детям завтрак.

Не на счастье её Валька родилась, на работу. Да на кабалу от мужика.

Не на счастье Володя родился, на маяту.

Не смотри, что девочку привёл в дом. Ненадолго радужный цвет ему выпал… Девочка уж больно красивая, много силы запрятано в ней, вырвется, оставит Володю позади себя.

Отец родной сердца не приложил к Володе. Вася шпыняет его. Из армии седой вернулся, намученный. Через то и ослепла она почти, такая жаль о нём на неё напала.

Знает она: не будет Володе радости. Потому и терпит — не помирает, чтобы ему плечо своё подставить, если падать зачнёт. Полуживая творит она в ночи молитву: «Господи, поверни Володину судьбу. Господи, сохрани его! Господи, от щедрот своих, от света своего дай и моему безоглядному. Он совсем, как и Ты, без корысти к жизни относится. Он, как и Ты, имеет свободную душу. Пожалей, Господи, моего Володю, жаль мою».

Господь дарит ей свой золотистый свет. Все цвета она ночью переберёт и золотистым — от Господа прикроет чёрные и серые, чтобы Володе было тепло день начать. Много голосов звучит, а слыхать ей только один — Володин: не жалеет сынок и ей ласки.

Пол дня она дома одна. Перемывает ощупью посуду — чтобы Володе было вкусно кушать. Метёт ощупью кухню и комнату, чтобы Володе легко дышалось. Устанет, сядет на диван. Старый, продавленный, да на нём всю свою жизнь спал Володя, и потому на него пришла она из своей пристройки спать. Уговаривала Володю переселиться в её комнату — ей не нужно, вот же, спит здесь, на диване, и ничего, да Володя слышать не хочет: «У тебя твою комнату не отниму!»

Сидит на диване. Спит не спит, не знает. Самой её нету, растопилась в пустоте. Услышит — скрипнула дверь в сенях, вынырнет из пустоты. Наташки вернулись из школы. Не разлей вода они: вместе уходят, вместе возвращаются. Тогда встанет Устинья, разожжёт керосинку. Пока они переодеваются, руки моют, греется суп, что Валька сготовила. Сядет Устинья с ними за стол, тоже примется есть

Валькин суп. Ест и слушает: старшая Наташа младшей книжки рассказывает. Младшая позабывает есть.

— Дальше! — приказывает, лишь замолчит старшая.

У старшей Наташи волосы по плечам — золотые, как тот свет, что возникает, когда она Господа призывает к себе. Смотри-ка, почти ничего не видит, а как Наташа волосы от заколок и лент высвобождает и цвет волос видит!

Наташа — серьёзная, только про книжки и разговаривает.

Поели, и сразу за уроки. Сидят друг против друга. Перед ними тетради, учебники. И снова в доме тишина.

Устинья начинает вязать. Или пытает взглядом Володину жену: «Не обидь Вовочку, не брось его, не оставь без своей любви». Лопатки у Наташи выпирают, волосы сыплются к тетрадкам, и открывается тощая шея, как у цыплёнка.

Младшая Наташа вся — Васина. Тарелку за собой не вымоет, воды себе не возьмёт — бабка дай! Баранку не предложит. А её тоже жалеет Устинья. Вася за деньгами бегает, с дочкой не занимается. Валька тоже за деньгами стала бегать — совсем голову потеряла. Брошенная девчонка.

Как Володя придёт, молодые идут гулять. Или вынесут керосинку с чайником в комнату, а сами сидят, прижавшись друг к другу, в кухне вдвоём. Наташа младшая выйдет на улицу, станет у сарая, стоит. Вернётся, возьмётся за книжку, отбросит. Молчит внучка, а Устинье видать: злится она незнамо на кого — на Володю ли, на жену его… Ох, молча злится, плохо.

Так и сидят целый вечер: Устинья — на диване, внучка — на тахте. Ни разговору нету, ни радости.

Слов у Устиньи не получается, знай только крестит всех исподтишка: Володю с женой, внучку.

2

Молодая была, было ей Видение. По росе гнала корову на выпас. Увидела яркий поток света, опускающийся с неба, остановилась. И корова остановилась. Стояли вдвоём с коровой, не дышали, смотрели, как золотистый Свет движется. Земли не касается. Земля сама поднимается к нему, хочет дотронуться. И Свет коснулся её, и воскликнула она: «Господи!». И ушло Видение. И остался после него светлый полог пыли. Молока с того дня у коровы прибавилось, а у неё возник Свет в душе.

О том, что видела, никому не сказала, только стала часто бегать в церковь, жарко молилась. Станет на колени, благодарит Бога, что жизнь дал, силы дал, что корова есть. И радуется непонятно чему.

С четырнадцати до шестнадцати так и жила. Много света стояло в ней. Вокруг неё расплёскивался тот свет.

Свет увидела — Бога узнала, Бога возлюбила.

С жаркого стожка, к которому кто-то подогнал Андрея, про Бога забыла. Идола из Андрея создала. Извела душу на Андреевы кулаки. И Свет в душе погас. Опомнилась, кинулась в церковь — молиться, а поздно — не слышит её Бог, и она Бога не слышит; и темно внутри. Слезами затапливала церковь, а пустое: наливалась глухотой и слепотой. И, когда невыносимо стало, отчаялась, взбунтовалась: пошла куда глаза глядят с народившейся от постылого Андрея девкой. В девке — Андреева суть. Не нужна ей эта девка. Не может больше она терпеть Андрея. Очнулась — батюшка творит молитву над ней и стоит над ним снова тот поток золотистого Света, что привиделся ей-девчонке. Взял Бог Андрея к себе. Девку ей оставил. По велению батюшки назвала девку Христиной. С тех пор ни на час не позабывала Бога. Бог — это Свет. Земли не касается, земля сама к нему поднимается — набраться жизни. И силой поит её Свет.

Зовёт она дочку Валькой, а про себя каждый раз повторяет: «Христина»! Её Валька — от Бога луч. Потому и прибилась к ней Устинья, ей служит, не Вальке — Христине. Рыжий поп Богово веление подсказал ей: Христина закроет ей глаза.

Благодарит Бога Устинья за всё: войну закрыл — благодарит, Володя живой из армии вернулся — благодарит, сыт Володя — благодарит, женился Володя — благодарит. Утром поговорит с Ним, увидит Его — как движется Он по их деревне, а теперь по их посёлку, примет в себя Свет от Него, ночью поговорит, увидит снова, вот и хватит ей: Бог-Свет всегда в ней хранится и Володю силой поит. Храни, Бог, Володю, храни.

Вымолить бы у Бога — после её смерти защищать Володю в жизни, чтобы никакая беда не коснулась его! А пока Володя любит Наташу, пока Володя сыт. Её, старую Устинью, сажает Володя за стол рядом с собой. Что ей ещё нужно? Копит она в себе силу для Володи. Накопит столько, сколько держать больше не сможет, с молитвой выплеснет Богу — передай ещё и её Володе, защити его! — и умрёт.

Глава третья

1

Суково — город не город, село не село, деревня не деревня, а раскинулось на много километров. Раньше дома были, в основном, деревянные. Лишь Мишин возвышался над развалюхами — случайный волшебный дворец. Теперь же Суково стрекочет, тарахтит бульдозерами, тракторами, кранами — поднимаются пятиэтажки. Глаз не радуют, зато в квартирах — тёплая уборная, горячая вода, паркет. Улицы из деревенских, шумящих садами, кривоватых и мало проезжих, превращаются в городские: выпрямляются асфальтовыми тротуарами и мостовыми, пропитываются запахом бензина, шуршат, гудят машинами. Но ещё может от широкой вдруг ответвиться непролазная, глиняная улица: в сапогах утонешь, на машине не проедешь. На такой живёт он. Раньше плевать ему было, где у них уборная, есть ли ванна, а теперь — Наталья привыкла ванну принимать вечерами, Наталье холодно на улицу идти, бежать по грязной тропинке. А теперь он с раздражением смотрит на потолок: почему так топают соседи?

Над ними живёт семья погибшего танкиста: мать и трое девчонок. Девчонки уж, конечно, давно не девчонки — замуж повыходили. Две из дома уехали, а младшая осталась. И та намного старше него — двадцать восемь. У неё — мальчишки-двойняшки. Раньше не замечал, какие-такие звуки пикируют к ним с потолка, теперь же подскакивает в ту минуту, как двойняшки начинают возить машину. Колёса скрежещут, стучит прицеп. Раньше — стучите себе на здоровье, он и не слышал вроде, теперь с ума сходит: вдруг Наталью разбудят?

Наталья, Наташа, Таша. Спит, раскинувшись, как ребёнок, на новой тахте, сделанной для них дядей Васей.

Разбудят Наталью двойняшки, весь день она будет хотеть спать. Когда не доспит, долго лежит, отвернувшись. А выспится, с улыбки день начинается. Тише, двойняшки. Дайте Наталье выспаться, а ему наглядеться на неё. Волосы рассыпаны по подушке с одной стороны лица, точно ветер снёс их туда. Ресницы лучами по щекам.

Наталья, Наташа, Таша!

Теперь от него зависит, спокойно или неспокойно спит она. Он отвечает за неё. Ему — работать, ему — кормить её, а ей — спать и улыбаться, просыпаясь. Чтобы у неё всё было, к чему она привыкла, устроится он скоро ещё на одну работу, вот только наглядится на неё, привыкнет, что она — с ним. За него пусть отоспится она. За него пусть выучится она. За него пусть долго будет ребёнком она. Ей — шестнадцать.

Что было в его шестнадцать? Он всё забыл, ему никогда не было шестнадцати. Шестнадцать — его жене. Она — его ребёнок.

За окном — голая ветка в февральском снегу. Сестра ещё спит. Мать уже убежала на работу.

Баба Устя, чтобы их не будить, теперь в комнате варит им с Натальей кашу на завтрак. Она им не мешает. Всегда молчит. Наладит обед, ужин, начинает тянуть свою бесконечную нитку: его Наталье шарф и шапку связала, ему — фуфайку. От бабы Усти идёт к ним с Натальей, обволакивает их светлое тепло: им служит баба Устя, для них живёт. Она не мешает им. Даже не заглянет в кухню. При ней они совсем вдвоём.

Столько лет не мог понять, зачем жить. Теперь знает: сторожить Натальин сон, держать золотистую прядь, заработать на мандарины — Наталья любит.

Под Новый год как-то дядя Саша принёс сумку мандаринов. Как она обрадовалась! Положила перед собой свою долю и стала чистить. Лишь когда почистила все, стала есть по дольке, медленно, смакуя: высасывала мякушку, долго жевала кожицу. Пока не съела все, с тахты не слезла.

Он пока не может купить ей сумку мандаринов. Но первую свою зарплату потратил на куклу: купил большую, с закрывающимися глазами.

Когда-то была у Натальи похожая: с малиновыми щёками, наглыми голубыми глазами. Наталья за руку всюду волочила её за собой, сажала перед своей тарелкой и сначала ей подносила ложку с супом. Та кукла упала с балкона и разбилась.

Наталья осторожно раскрыла коробку, осторожно вынула куклу, прижала к себе.

— Теперь вдвоём мы будем ждать тебя.

Наталье нужно пальто. Платье нужно. Пора начинать подрабатывать. Но как оторваться от неё? Как сутками не видеть? И как она будет тут одна, без него?

Зарплату тратит на сигареты и откладывает Наталье на платье. Спасибо матери, кормит их пока.

Надо скорее начинать подрабатывать.

…За окном — полоска бледного неба и узкая снежная крыша ангара напротив. Воробей — комочком на снегу, все перья подняты — бронёй от холода. Тот это воробей, что жил здесь до армии? Сколько лет живёт воробей?

…Он летит за мячом.

…Перед ним два луча от фар несутся, а он впился в баранку.

Сорвал с себя наушники, сунул в карман тощий кошелёк, в два быстрых шага подлетел к двери, никак не ответив на зов Веры Изотовны, выскочил в коридор, перепрыгивая через две ступеньки, слетел вниз и очутился в кабинете Кипреича.

Сумасшедший бег по коридору и лестнице, непривычный в этот час, вызвал такой прилив радости, что предстал перед Кипреичем с глупо сияющей физиономией.

— Расчёт давайте!

— Что случилось? — удивился Кипреич. — Кто обидел тебя, солдат? Какая курица тебя клюнула?

— Я жить начинаю, Кипреич! — весело сказал он, в последний раз любуясь пегими бровями и усами. — Мать у меня лошадь. Вы тут тухнете. Я родился. Понимаете? Просто родился. Жизнь не долг.

— Погоди, парень, ты о чём? Не понимаю.

Он несётся за мячом. Он несётся за лучами фар по снегу. Делать только то, что хочется!

— Я знаю, должен отработать две недели. Вера Изотовна за меня… она согласится. Я больше не могу. Я начинаю жить.

Да, да, да! — чуть не вслух кричит. — Не хочу как мать…

— Не понимаю, что значит «начинаю жить»?

— Хочу купить жене сумку с мандаринами. Хочу свободы…

— Какие мандарины?

— Давай трудовую книжку! Считай, я свихнулся.

— Кто по-твоему работать будет? — строго спросил Кипреич, но, как под гипнозом, вынул из сейфа книжку.

Вопрос Володю не коснулся, он бежал, размахивал руками, как мальчишка, и орал: «По долинам и по взгорьям шла дивизия вперёд…». В электричке не поорёшь, кричал про себя: «Чтобы с бою взять Приморье…». И под этот крик Кипреич, Внуково с Суковым улетали в прошлое.

Наконец вот он, Калининский мост, под которым — таксопарк.

Он свободен. Он начинает жить.

2

Отдел кадров и диспетчерская — в одной комнате, широкой, полутёмной. Самая главная — немигающая дородная тётка. В отличие от Кипреича, бровей у неё нет совсем, так, три рыжих волоска, не больше миллиметра каждый. Зато голова занимает пол туловища. Такие волосы, как у неё, видел только на куклах, но на них волос много меньше. Сядешь в кино позади такой тётки, даже уголка экрана не увидишь. Глаза у неё обведены синим и сверху, и снизу. Ресницы тоже синие, загнуты до бровей.

— Разряд? — спрашивает тётка, не глядя на него и не ожидая приветствия. — Стаж работы? Образование? Семейное положение? Трудовая книжка? Военный билет?

Деловая оказалась тётка — в одну минуту узнала о нём всё.

— Вот вам анкета. Лист бумаги, а человек налицо. Заполняйте. БД проверит ваши права. За неделю, думаю, пройдёте медицинское обследование. Стаж у вас маловат, только армия, опыта в Москве никакого. Но вы мне импонируете.

— Что? — не понял Володя.

Тётка рассмеялась, показав золотые зубы.

— Это означает «подходите», «нравитесь». — Она многозначительно моргнула. — С первой получки пожалуйте цветы. Хризантемы не люблю, признаю гвоздики и розы. Ну, шагайте. Не тратьте производственного времени. Дефилируйте в поликлинику.

Как ни странно, своими заумными словами и своим видом тётка не убила праздника, наоборот, укрепила его. Броском кинул себя Володя к автобусу, потом к электричке. И последний бросок — к Натальиной школе.

— Наташа! — позвал, увидев золотую прядь на щеке.

Портфель отдали подружке, попросили занести домой и побежали на электричку.

— Я тебя накормлю в ресторане. Я тебя буду катать на такси. Я тебе куплю туфли. — Он сидел напротив неё, держал в руке её волосы.

Электричка пуста. Дневная. Зимняя.

Наталья любит эту золотистую шапку с помпоном — баба Устя связала.

— Почему ты не на работе? — спрашивает Наталья.

И он рассказывает ей про воробья, защитой от холода выпустившего все свои перья, об узкой полоске неба изо дня в день, о Вере Изотовне, которая в обеденный перерыв учит его жить правильно: сначала скопить на обстановку в будущую квартиру, потом на хрусталь, потом на золото, чтобы было на чёрный день. «Нужно думать о детях. Детям останется движимое и недвижимое, захотят — продадут, захотят — будут пользоваться», — передразнивает он Веру Изотовну. Раз и навсегда обрубает он прошлое, смеясь над своим бунтом и недоумением Кипреича, которому сказал, что начинает жить.

— А разве ты не жил до сих пор? — удивилась Наталья. — Ты видишь снег и солнце, мы с тобой гуляем вечерами. — Посмотрела в окно. — Значит, и я не живу? Целый день сижу в школе, учу уроки, читаю. А что по-твоему значит жить?

Стучат колёса, его несёт в новую жизнь.

— Делать что тебе нравится! — Он возбуждён и хочет передать свою радость Наталье. — Тебе нравится учиться! Начинай готовиться в институт. Поступишь на истфак, куда поступал я. Я так хотел учиться! Но моё время вышло. Ты будешь учиться за меня. Самая лучшая наука — история. «Без прошлого нет настоящего, мы вырастаем из прошлого», — говорил Нестор Григорьевич.

— Где ты теперь будешь работать? — Наталья вовсе не разделяет его возбуждения, на лице застыл испуг. — Что ты задумал взрывное?—Тут же легко улыбнулась.—С тобой несовместимо плохое! Я сделаю всё, что ты скажешь. Правда, я равнодушна к истории, но раз ты хочешь… Расскажешь мне всё, что знаешь ты?

Асфальт был свободен от снега. Город своими высокими домами защищает их от пурги, город накормит их.

Он—чуть впереди, она—чуть сзади…—только так и можно жить, когда в руке—её рука.

Тебе, Наталья, город. Тебе, Наталья, моя жизнь!

Вот и «Прага». Никого ни о чём не спрашивает, точно ходит сюда каждый день и каждый уголок знает, уверенно вводит Наталью в лифт, нажимает кнопку четвёртого этажа. Отпускает её руку лишь тогда, когда усаживает Наталью за стол.

— Тебе лучший обед!

— Я обедала здесь пять лет назад с папой,—горько улыбнулась она. У него испортилось настроение. Он думал подарить ей «Прагу»!—Не расстраивайся, не хмурься! Я ничего не помню: ни сада, ни чем кормили.

Она ела, как ребёнок. Долго облизывала ложку после солянки. Попробовала ножом и вилкой справиться с цыплёнком-табака, не смогла, откусила от целого, снова взяла вилку, надоело мучиться, начала есть руками.

Натальей ощущал он вкус цыплёнка и помидора.

Ни разу так вкусно не ели. Каша утром, суп и картошка в обед, котлеты на ужин, а то макароны по-флотски. Бывало, целый день ели одну картошку. Наталья всё отчаянно солила. А теперь язык и нёбо горят от перца и чеснока! Он, как и его Наталья, оказывается, любит острое.

Долго ждали мороженого.

— Я не очень поняла, что значит делать только то, что нравится?! Чем ещё полакомить её? Перебирал названия блюд.

— Ты не слушаешь меня,—обиделась Наталья.—Я вопрос задала: что по-твоему значит жить?

— Хочу выбрать тебе ещё что-нибудь вкусное.

— Я сейчас лопну! Не знаю, как справлюсь с мороженым.—Он засмеялся.—Ты не ответил. Приходится делать и то…

— Вот что значит жить!—перебил он её.

— Всю жизнь есть? Всю жизнь провести в ресторане?—воскликнула она так удивлённо, что он тоже удивился.

…Снова идут по городу.

— По-моему, жить—это делать что-то нужное, понимаешь?— Она останавливается, смотрит на него снизу. А у него ломит затылок, так низко он склоняется к ней.—Жить—значит добиться чего-то. Что-то оставить после себя.

Он подхватил её на руки. Перед ним расступались прохожие Арбата. Вот что значит жить! — понимал он.

<h1 style="text-align:center">3</h1>

Они приехали в Суково, когда стемнело. Медленно подходили к дому, стараясь растянуть этот день.

Навстречу мать. Раскосмаченная.

— Я так и думала, вы в город уехали. Дом обвалился. Все живы! — радостно сообщает она. — Соседи детей в поликлинику водили, без них обвалилось. Ночевать сможем. Это от Васиного крику: почему ты с работы ушёл? Так кричал, стучал и топал, что дом взял и обвалился! А я знаю, сыночек, ты у меня сурьёзный, раз ушёл, значит так нужно, правда? — Мать доверчиво смотрит на него. — Нам теперь квартиру обязаны дать. Я уже в райисполкоме была, там этими делами заправляет Фёдор — Ритин ухажёр, встретил меня как принцессу. Я объяснила: почему две квартиры нужно.

Мать сияла, в подробностях пересказывала, что говорил Фёдор, что говорила она и что ему с Наташей должны дать отдельную и им отдельную, что бабу Устю пропишут к нему, а жить баба Устя станет с ней.

— Я очень хочу жить с бабой Устей! — воскликнул он.

— Э, мне самой она нужна! Кто о Натке будет заботиться? — вдруг жалобно скривилась. — Ты, сыночек, не спорь ни о чём с дядей Васей, а живи, как сам решишь. Пока я живая, я вас прокормлю. — И она стала совать ему в руки бумажки, а сама оглядывалась в страхе. — Я его вовсе выгнала, а он не уходит, говорит: «Здесь моя дочь, значит, и я здесь». Ты только не скажи ему, что я тебе… это мои собственные, у тебя жена молодая, пока вместе жили, я могла вас кормить, а теперь будете отдельно, прими, сыночек. — Мать плакала, смеялась. — Без работы никак нельзя, ты скорее устройся, сыночек.

— Идём, мама, всё будет хорошо, не волнуйся. И денег нам не надо, я скоро буду нормально зарабатывать. — А сам уже спрятал материны купюры — завтра поведёт Наталью в кафе-мороженое.

Они учились в одной школе, обе Натальи: одна — в десятом, другая — во втором.

— Её как меня зовут, — всем повторяла младшая, на каждой перемене неслась к классу старшей, кричала: — Наташ, выходи ко мне срочно! — хвасталась перед подружками. — Вовина жена, вот! — За руку ходила с ней по перемене.

Дома друг против друга делали уроки. Старшая младшей на ночь читала свои любимые сказки: «Голый король», «Русалочка» Андерсена, «Тень» Шварца. Он любит, когда она читает. И баба Устя слушает, забывает вязать.

Всех соединила Наталья.

Вошли в тишину. Наташка раскладывала на тахте гвозди: большие к большим, средние к средним, маленькие к маленьким. Дядя Вася стоял посреди кухни, над осколками тарелок.

Володя хотел пить, но на кухню не пошёл.

— Вот твой портфель! — буркнула Наташка, а когда Наталья стала выкладывать из него на стол тетради и книги, загородила стол. — Он мой! Не смей здесь заниматься! — Стояла перед Натальей набычившись, тяжёлым взглядом подтверждая свои слова.

— Подожди, Наташенька, — не поняла Наталья. — Я сделаю уроки, потом мы с тобой будем читать. — Она сняла с подоконника чернильницу, поставила на стол.

— Моя чернильница! — крикнула Наташка. — Моё окно. Здесь всё моё. Твоего здесь ничего нет.

Володя подскочил к сестре, схватил за острое плечо.

— Не шути такие шутки! А ну, занимайся своим делом. — Он увидел: у Натальи дрожат губы.

— Мне больно! — завопила сестра.

Из кухни уже шёл дядя Вася, за ним торопилась мать, ковыляла баба Устя.

— Дармоед! — тонко крикнул дядя Вася. — Нет здесь ничего твоего. Как порядочного… на работу его. Опозорил! «Жить хочу!» А кушать кто оплатит?

— Я хочу домой, — сказал Наталья.

— Смотри, кого взяла в мужья. Лодыря. «Жить хочу». Работать я хочу.

— Вася, замолчи! — просила мать. — Вася!

Баба Устя обняла Володю.

— Не слушай его, сынок! Живи, как понимаешь. — Обняла и Наталью. Стояла, покачивалась от одного к другому. — Крепко люби его, доченька, он у тебя хороший.

— Ты что, мать, спятила? — вытаращил глаза дядя Вася. — Ты что, мать? Валька!

Володя подошёл, собрал портфель, одел жену, оделся сам.

— Я его на работу! Я ему — тахту! Я на него гну спину.

— Не уходи, Вовочка, — повисла на нём мать.

Баба Устя повисла на стуле.

— Папа, они совсем ушли от нас? — спросила Наташка вслед. — А ты останешься со мной?

Снова он ведёт её по Суково.

Наташа. Наталья. Его ребёнок. Она не должна плакать.

Удивительно, обиды на дядю Васю, злости не было.

— Он прав, там ничего нет моего! Пожалуйста, не плачь. Слышала, мать сказала: у нас с тобой будет своя квартира. Мы ничего не возьмём у них. Я всё добуду сам. Потерпи. Он прав, чтобы жить, нужно зарабатывать деньги. — Долго стояли возле Натальиного дома. Держал её за руку. — Только одну ночь, слышишь? Мише скажи, обвалился дом.

4

У Петра ложились спать, когда он осторожно постучал.

После праздника возвращения Пётр к нему не заходил. А кинулся с такой радостью, что стало неловко: как смел он позабыть о Петре?

— Понимаешь, я женился, такое дело…

— Володя! — Елизавета Петровна подошла стремительно, в развевающемся нарядном платье. Восковое лицо её светилось. — Спасибо тебе за сына. Ты спас его. Он рассказал… — Она гладила его плечо. — Сейчас будем пить чай. Петенька, достань мои любимые чашки. У нас сегодня пирог из творога. Ты любишь творожник? Петя любит.

— Можно у вас переночевать? У нас обвалился дом.

Переполненный Натальиными слезами, сначала плохо слушал Елизавету Петровну, но её и Петина любовь к нему, с красивыми чашками, творожником, потеснили Наталью.

— Я опять реставрирую! — улыбался Петя. — Мне доверили одну икону. Редчайшая. Буду поступать в университет. Мама хочет. Я начал готовиться.

— Сколько больных, столько бед. Каждый хочет жить. Мы с мужем любили — с гор, на лыжах. Мы очень хотели жить.

Самые близкие после Натальи люди.

Всю ночь лежал с открытыми глазами. Раскладушка — продавленная, как люлька. Наталье, наверное, хорошо дома, на своей тахте. Наверное, уже уснула. Девочка, ребёнок, жена.

Звери из пластилина, самолёты, деревянные кони смотрели на него с этажерки. В молочной ровной темноте скопившейся ночи он их не видел, но чувствовал их взгляды.

Длинный день не хотел кончаться. Что-то в нём осталось незавершённое, недоговорённое. Разучился спать без жены. Не может понять, что тщатся объяснить ему деревянные кони. Почему Елизавета Петровна дома в нарядном платье?

Тихая ночь не пускала его в себя.

Квартиру не преподнесли в один день. Пришлось ночевать у Петра ещё две недели. Сделав по просьбе Елизаветы Петровны необходимые покупки, перемыв посуду и подметя пол, разгрузив вагоны, побегав по врачам, он спешил к школе, ждал окончания уроков. Но Наталья прятала от него глаза.

Миша уговаривает её разойтись с ним? Или Лидия Сидоровна? А может, она сама хочет жить дома, в своей комнате? Он ведёт её в столовую, пытается взгляд поймать, смотрит, как она ест, робко спрашивает:

— Что случилось? Почему глаза прячешь? Обиделась?

— За что? Кроме хорошего, ты мне ничего… Сегодня задали сочинение. А я не знаю, с какого боку к нему подобраться… — переводит она разговор.

Он ведёт её в библиотеку. Сидит рядом, пока она делает уроки, проглядывает «Поднятую целину». Предлагает свои варианты начать сочинение. И, наконец, они идут гулять.

— Расскажи, как в школе дела?

— Обычно, — пожимает Наталья плечами. Она — потерянная. — Мама обижается, ты не приходишь к ней, её ни разу не позвали…

И он краснеет: свадьбы не было, у Лидии Сидоровны он не просил руки её дочери. Робко оправдывается:

— Приду, а она мне скажет: не достоин моей дочки!

— Никогда не скажет. Ты знаешь мою маму!

Они стоят у подъезда. Он держит её за плечи.

Сейчас она уйдёт. И он останется один.

— Мне стыдно. Давай в другой раз! — просит он.

Может, у отца пока пожить? Адрес узнал в бюро справок.

Наталье принёс бутерброд с сыром. К отцу поедут вместе. Он подсчитал: отец — ровесник дяди Лёни, уже на пенсии. Значит, днём может быть дома.

Светит яркое апрельское солнце, не знающее о дяди Васином крике, от которого развалился дом, о Наташе, без которой он ничего не может. Она подходит к нему.

— Идём скорее отсюда, у нас директриса злая. Увидит, в вечернюю школу переведёт.

В электричке, в метро, в автобусе держит её за руки.

— Говори! — просит. — О подругах, уроках, учителях, книгах. О чём хочешь, только говори. — Она улыбается. — Мы едем к моему отцу. У меня есть родной отец. Я похож на него. Он никогда не обижал меня.

…Полутёмный подъезд трёхэтажного кирпичного дома. Володя звонит в квартиру одиннадцать.

Ответом — тишина.

У него замёрзли кончики пальцев. Отец и Наташа. Дверь откроет отец, и Володя скажет: «Приюти меня и мою жену. Мы не можем расстаться, а нам негде жить».

— Никого нет дома, — говорит Наташа.

— Кто там? — глухой голос через дверь.

— Папа! — крикнул Володя. Крику не вышло, вышел шёпот, а отец услышал, щёлкнул замком. Крепко зажав Наташину руку, он повторяет забытое слово: — Папа!

Отец — в пальто, а из-под пальто серыми дудками свисают кальсоны.

— Пришёл?! — И точно разом стёрли с его лица хмурость.

— Ты болен? Тебе помочь? Вызвать врача?

— Почему «болен»? — Он поглядел на кальсоны. — Стойте здесь, пойду надену штаны.

Наташа припала к Володиному плечу.

— Ты что, боишься? Разве отец — страшный? Просто небритый. Видела, как обрадовался?!

Кому говорил он: Наташе, себе?

— Заходи!

Полутёмная передняя, комната отца. Намертво закупоренное окно, метровый узкий стол, на столе — труба, узкая железная кровать. По стенам от пола до потолка — книги.

— Всё тебе! — спешит отец. — Труба — реликвия. Твоя. Книги — твои. Как всё прочитаю, забирай. Тебе собирал.

— Ты живёшь один? — спросил запретное, любуясь отцом: мешковатыми брюками, заросшими щёками, глазами, смотрящими на него с любовью.

— Один? Вот я. Вот я. Вот я. — Он гладит книгу за книгой. — Я читаю.

— Соседи у тебя есть? Что ты ешь? Кто стирает тебе?

— Будем есть пельмени. Это жена или полюбовница? — спросил отец.

Володя вспомнил про Наташу. Рука её дрожала.

— Жена.

— Обидишь его, предашь, убью! — в упор смотрит отец на Наташу.

— Ты что говоришь, папа?! — И беспамятно — к Наталье. — Ты хочешь уйти от меня? — Тут же очнулся: — Прости, Наташа.

— Я хочу домой.

— Папа, Наташа! Только вы двое у меня. Ещё баба Устя. Полюбите друг друга. Папа!

Отец тяжело смотрит на Наталью.

…До Сукова молчали. У дома Наталья сказала:

— Он тяжело болен. Мне очень жалко его. — Она оказалась старше, чем он думал: он не понял того, что поняла она, он видел лишь то, что отец любит его. — Давай купим еду и поедем к нему ещё раз, — так и не подняв к нему лица, говорит Наталья неуверенно. — Пол помоем, окно ему откроем. Постираем. Пыль вытрем. Давай?

5

Через пять дней Володя, наконец, решился встретиться с Лидией Сидоровной. Открыв ключом дверь, Наталья позвала:

— Мама, иди сюда!

В конце тёмного коридора — статная женщина.

— Володя! — воскликнула. Шла к нему, с протянутыми руками, а он не узнавал её. Кожа розова и молода, глаза светлы, и в них нет печали. Лёгкая Наташина фигура. Подошла к нему. Обнять не решилась. Опустила руки. Подняла к нему лицо, как Наташа. Заискивающее робкое выражение лица. — От тебя зависит и её, и твоя жизнь. Прошу вас... вы поймите... ты самый хороший.

Этого не ожидал. Упрёки, обвинения, требования — всё, что угодно, но беспомощный лепет... Засосало под ложечкой.

— Прости, я не знала, что сегодня... не спекла... Что с вами? Вы — седой. Наташа не сказала. Прошу тебя, береги её. От мужчины зависит вся жизнь женщины. Не повезёт с мужчиной, погибай. — О чём-то молила его глазами, чего-то ждала от него.

Наташа обняла её, повела на кухню.

— Всё хорошо, мама. Он пришёл. Он всегда был стеснительный, ты же помнишь. Видишь, он пришёл, он очень уважает тебя, — толковала она матери, как маленькому ребёнку. — Меня он не обижает. Любит больше, чем себя, бережёт. Скоро у нас будет отдельная квартира, понимаешь? Ты будешь ходить к нам в гости.

Под Натальин ровный спокойный голос он пришёл в себя. Разделся, развёл, наконец, плечи так, что лопатки коснулись друг друга. Сейчас он готов был стоять перед Лидией Сидоровной на коленях, просить прощения за год её мучений.

— Я готов чистить картошку, мыть пол, вертеть мясо.

— Ничего этого делать не надо, — улыбнулась Лидия Сидоровна, — у меня есть жареная рыба и суп. Мойте руки!

Через несколько минут сидели за столом. На всех напал жор. Володя извинялся с набитым ртом:

— Простите меня, я абсолютный дурак, я боялся. Думал, приду, а вы скажете: больше моей дочери тебе не видать.

Та радость, которая охватила его, когда он сбросил с себя наушники, и которая рухнула вместе с домом и разлукой с Наташей, возвратилась, но теперь она была полнее, чем прежде: в неё вовлечены и Лидия Сидоровна, и Елизавета Петровна с Прутиком, всем им — дело до него с Наташей, все они любят его. Оказывается, кроме любви Наташи, ему нужна ещё любовь близких людей. Он говорил безостановочно: о том, как увидел Наташу после армии, как потерял голову и какой страх живёт в нём — лишиться её; о том, что человек родится не мучиться, а любить и быть счастливым, и он должен делать только то, к чему влечёт его, иначе это — насилие. Он жевал, проглатывал, не ощущая вкуса, еду, приготовленную Лидией Сидоровной, и говорил, говорил.

Лидия Сидоровна кивала ему своим помолодевшим, просветлённым лицом. А Наташиного лица ухватить не мог — оно — в улыбке то приближалось, то отдалялось.

ЧАСТЬ ДЕВЯТАЯ

Глава первая

1

Хлопоты с квартирой заглушили Васин крик, от которого обвалился дом. Когда Вася закричал, она оделась и пошла из дома — к Фёдору. Фёдор сразу узнал её.

— А, Валька — быстрая ручка! — радостно пошёл к ней навстречу, обнял. — Выкладывай свою нужду. Дом обвалился? Иди-ка в жилкомиссию, я позвоню туда!

И закрутились дни. В жилищную комиссию, домой за документами, с документами в ЖЭК, в исполком бегала бегом, как девчонка. Скорее выбить жильё для Вовочки с Наташей. Вася выгнал Вовочку, а она следом выгнала Васю: подняла тяжёлый их ковш с водой да швырнула им в Васю.

— Вот тебе ответ от меня. Ты меня — бить, и я тебя — бить! Сына моего выгнал, убирайся из моего дома, забирай с собой свои деревяшки! — Подхватила за ножку табуретку и пошла на Васю. — Вон!

Он без оглядки кинулся прочь. Следом за ним полетела табуретка.

Искать Вовочку не стала. Найдёт, когда квартиру ему добудет. Безответный у неё Вовочка. И Наташа его безответная.

Потому и бегает она.

— Скорее, пожалуйста, — уговаривает тётку из жилкомиссии, объясняет: сыну негде жить, с женой по отдельности! Стропила, смотрите, сгнили, разве устоит дом без стропил?

Тётка понимает, что нужна квартира, но где сразу три возьмёт? Соседям в первую очередь, а тут ещё две.

Снова к Фёдору спешит. На пятый раз, наконец, разглядела его: тощий, костями громыхает, подтёки синие под глазами, губы синие. Права Рита — доходяга.

— Эко тебя разобрало! Чем болен ты, Фёдор Георгиевич?

В кресле Фёдор не сидит, мечется по кабинету, смеётся:

— Раков в себе пока не завёл. Сердце, как у лошади. Да иссох я, Валя. Рита высушила обоих сразу: и себя, и меня. Такой второй не встретил! Не станет её, мне тоже не жить! Смеяться меня научила, помирать буду в смехе. Не разрешила мне от детей уйти, к себе жить не пустила, а я маялся — между двумя свечкой горел! О квартире не думай, через несколько дней получишь ключи. Сейчас сдаём дом. Сама знаешь, какая волокита. Маляры не докрасили, электрики не дотянули, сантехники не докрутили гайки. — Бегает Фёдор по кабинету и рассуждает: — Люблю свою работу, помочь людям люблю. Смотри, как ты расцвела от моих обещаний!

— Всегда просьбы уважаешь? — спросила.

Остановился перед ней.

— Не в бровь, в глаз. Мало могу, Валя, себе не хозяин. Знаешь, сколько этих хозяев надо мной? И обстоятельства… Соседям твоим дал, тебе дам, а значит, трое очередников — снова в очереди, так? Их подвинул для тебя. И мучаюсь! Для отказа держу специальных людей. Лица у них гладкие, красивые. Уши их не слышат ничего, глаза не видят чужих слёз. Они знают одно слово: «нет!». Научены говорить его металлическим голосом. А «да» скажу я сам, никому не доверю.

2

Новую жизнь ведёт Христина. На завод больше не ходит. Вставать в пол шестого не надо, и в пол седьмого можно, и в семь. Конечно, привычку не переделаешь, просыпается всё одно, в пять тридцать. А не встаёт. Тянется, косточки слушает. Окончательно встаёт, когда Натке нужно в школу идти.

После Васиного крику и как Вовочка ушёл из дома, мама ходить стала медленно. Шаг сделает и стоит: ни керосинку не разожжёт, ни чайник не поднимет. По дому теперь всю работу делает Христина. Только уговаривает:

— Посиди, мама. Полежи! Чайку попей. Ничего не делай.

Накормит Наташку с мамой, спешит к Елене Борисовне.

Придёт к ней, а они только ещё встают. Елена Борисовна кофий себе на завтрак варит. Евгений Львович в халате ходит.

За «кофием» учёные разговоры ведут. Силой усадит и её Елена Борисовна за стол, нальёт большую кружку чая. Пьёт его, слушает, а не понимает, чего они так волнуются.

— Именно Понтий Пилат превращает «Мастера» в значительное произведение. Без него была бы мещанская стихия. Если бы не Понтий Пилат и не Иешуа…

Она знает только слово «мастер». Вася — мастер.

— Я не согласна, — возражает Елена Борисовна. — Роман о творчестве — так о творчестве ещё никто не писал.

— Дважды два четыре: конечно, роман — о Мастере, он же пишет о Пилате и Иешуа, но, честно говоря, в романе много внешнего, игрового, меня многое в нём раздражает.

Сильно учёные, разговору их не поймёшь, а важности в них нету.

Теперь Евгений Львович про какие-то «дилекты» рассуждает. Она бы язык давно сломала о такие слова!

— Дело делать! — вскакивает она. Начинает посуду мыть, рыбу чистить, пол мести. Кажется, сразу все дела — в руках!

— Не забудьте, пожалуйста, постирайте мне тельняшку, — просит Евгений Львович. — Куда-то тапочки запропастились.

Ищут тапочки. А потом оба уходят в свои кабинеты. Теперь она — хозяйка! По местам вещи разложить, чистоту навести, стирку устроить.

При Евгении Львовиче разговор с Еленой Борисовной не получается. То ли он взглядом её парализует, то ли сама стесняется при нём. Обходительный, да любит насмехаться. А вот когда он уезжает в свой университет, тут уж Христине раздолье: обедают с Еленой Борисовной, разговоры ведут ей понятные. Елена Борисовна про своих детей рассказывает — какие они получились умные и добрые. Особенно Христине сын понравился: уважительный, мягкий, взгляд, как у Елены Борисовны, в самое нутро падает. Дочка тоже добрая. Приедут, не знают как обласкать мать. Вовочка, как и они к Елене Борисовне, тоже желанный к ней.

Едят круглую картошку с селёдкой, пьют чай.

— Скажи, как жить, — попросила как-то Христина. — Выгнала я паразита. Про горло-то, честно тебе скажу, забыла. А вот Вовочку обзывать… это как? Сойдусь обратно, прибьёт когда-никогда: он теперь завсегда поперёк Вовочки будет идти, а я супротив Васьки полезу! Не сойдусь, совсем зачахну. Не могу без мужика обходиться, забаловал меня Васька, ночью никак не усну. Как тут быть?

— Что бы ни сказала, всё равно по-своему себя поведёте.

— Поведу, как ты скажешь, Лена Борисовна! — божится Христина.

— Я бы не простила. Я не разрешила бы оскорблять себя. Есть вещи, которые не прощаются, унижать человека нельзя.

Христина тут же спорить начинает.

— Тебе лёгко говорить, вы с Евген Львовичем вон как живёте складно, он со всем почтением к тебе, пальто подаёт, тебе своё писание показывает. Ты ему — своё. Ты и не знаешь другой жизни. Мы же тёмные, безголовые, только то, что руки сделать могут, знаем. Больше ничего.

Смеётся в ответ Елена Борисовна.

— Глупости! Вы часто поумнее учёных! Просто красивого мусора в вас нету. Ум — от земли.

Сильно рада Христина работать у Елены Борисовны. Пять часов быстро проскакивают. В техникум идёт. А из техникума — домой. Получается всего-то вместе с дорогой семь часов, а денег побольше, чем на заводе. Спасибо Рите, спасибо Лене Борисовне. Новую жизнь ведёт Христина.

Вечерами — телевизор. Сидит между Наткой и матерью, чужую красивую жизнь смотрит. Сильно полезный телевизор — видать, как кто живёт.

3

Теперь день начинается с матери. Не хочет мать утром без Вовочки просыпаться. Стоит над ней Христина, ждёт. А откроет глаза, Христина на неё закричит:

— А ну, лежи, мама, отдыхай, сама всё сделаю. Натка тарелки помоет. Я ей не помою! Ишь, парнем хочет быть! Бабушка болеет, помогай! А ты сиди, жди меня на одном месте, телевизор смотри.

Чем бы мать утешить за распухшие ноги, за многолетнюю службу ей, Христине? Видано ли дело, обоих детей подняла!

С первой зарплатой, что получила у Елены Борисовны, поехала в Москву на Пушкинскую. Люди сказывали: в ателье кофты хорошие вяжут. Кофты лежали на прилавке. Голубая, оранжевая, коричневая. Коричневая — гладкая, оранжевая и голубая — крупной вязки. Щупала, мяла в руках каждую. Голубая как жакет, оранжевая — с воротником. Чего бы матери понравилось? Гладкая, небось, похолоднее?

Стала представлять на матери каждую кофту — какую мать захотела бы? И потянула к себе голубую.

Всю дорогу домой гадала, ту или не ту взяла. Очень спешила идти от автобуса, словно гнала её домой невысказанная материна обида: целый день одна, никому не нужная, ноги не двигаются. Подарок прижимала к груди, как когда-то Лёнины деньги на гарнитур. Пусть сейчас лето, а мать всё одно мёрзнет: кутается в старую, с обгрызенным концом шаль. У матери кровь еле движется. Всем мать вязала, что могла, пока Паша шерсть присылала, на всех дочках и внуках — её тепло, а сама не может согреться в истлевшей шали. Кофта же свободная, подденешь ещё одёжку под неё и грейся! Влетела в дом: «Мама!». А мать ошарашивает словами: «Где Вовочка?». Как всегда — на диване. Сорвала шаль с матери Христина, вынула из бумаги кофту, накинула на острые плечи.

— Чистая шерсть. Любуйся, голубая!

Мать не шелохнулась, с позабытыми на коленях руками сидит, как сидела, смотрит перед собой. Снова спрашивает:

— Где Вовочка?

Обижается Христина:

— Я старалась, выбирала.

Стала мать перебирать сантиметр за сантиметром кофты.

— Чистая шерсть, чувствую. — Улыбнулась благодарно. А смотрит мимо Христины.

— Надень же, мама, — просит Христина.

Мать послушно полезла в кофту. Застегнула. Рукой пуговицы проверила. Погладила раз, другой.

— Из чистой шерсти, — зачем-то повторила Христина. — Голубая. — И вдруг шёпотом: — Ты что, вовсе не видишь?

— Утром ещё видела. А теперь сижу вот, — виновато улыбается мать. — Натка разогрела обед. Накормила. Не сказала ей. Сижу вот. На двор боюсь выйти, не дойду. Ты где достала-то? Мне в аккурат. У меня такой кофты сроду не было.

Христина выскочила к сараям, позвала дочь, велела проводить бабушку в уборную, а сама опрометью кинулась к телефону-автомату. Закричала в трубку:

— Лена Борисовна, мама ослепла, куда везти?

Пять дней возила мать по врачам. Одни пугали — опухоль мозга. Другие — сосудистое заболевание. Третьи — результат удара по голове.

Вечерами втроём сидели за чаем.

Мать пила аккуратно, Натка хлюпала. Ей было скучно. Свобода её сразу кончилась: приходилось сидеть с бабушкой: кормить, водить в туалет.

Скрыла материну слепоту от Вовочки. Живёт у Пети, и пусть живёт. Успокоится, работой займётся.

От жизни осталось одно ожидание: когда дадут ордера, как решится с матерью.

У матери ничего не болело. Может, вернётся зрение?

Скорее бы квартиру дали — радость, говорят, лечит: оживеет мать!

Всю дорогу от исполкома бежала.

— Мама, дали! Смотри, бумага, ключи! На, подержи. Ты прописана у Вовочки, а жить будешь со мной. Обе квартиры — на одной улице. У нас с тобой номер один, у Вовочки — дом девять. Паркетные полы. Обои светлые. Готовить на газе. Слышишь, мама? — Мать радости не выразила. — Тебе что, жалко нашу развалюху? — обиделась Христина. — Совсем новая, понимаешь? На третьем этаже. У тебя своя комната будет, слышишь?

— Зачем она мне? — улыбнулась мать. — Вовочка без меня... Вовочку не увижу. Любят глазами. Ласкают глазами. А у меня — нечем... Никому не помогу. Всем в тягость. Перестань, Вальк, плакать!

Вспоминала, как мать во время войны ночами при слабом накале керосиновой лампы шила солдатам гимнастёрки.

На другой день собралась вести мать квартиру показывать, а Елена Борисовна прислала шофёра: она вызвонила хорошую больницу в Москве. Больница чистая, со свежим запахом. Поместили мать в палату на трёх человек.

Вечером Христина с Наткой на руках перенесли в новый дом матрас, бельё, учебники, табуретки, кастрюли. Ввинтили лампочки. Четыре раза взад-вперёд сходили. Вот и весь переезд. Хорошо, недалеко тащить, а всё тяжело.

Ночевали вдвоём на матрасе. Утром попили чаю с хлебом. Натка пошла в школу, Христина — в магазин.

4

Вернулась. Походила по квартире, не веря, что ей — паркет, и газ — ей. Принялась готовить обед — Натку кормить, матери в больницу снести. Начала чистить картошку, раздался звонок в дверь — пронзительный. Вздрогнула. Пошла открывать с ножом и картофелиной в руках, кожура свисала спиралькой. Старательно поддерживала, чтобы не упала на паркетный пол и не испачкала его.

Вася. Оглядел внимательно переднюю. Вытер ноги, снял сандалии, сначала зашёл в маленькую комнату. Постоял там. Осмотрел потолок, окно. Потрогал стены, углы. За шнур дёрнул — зажёг свет, потушил. Ощупал паркетины. Прошёл в большую комнату. Исследовал балконную дверь и окно, что занимают целую стену. И здесь трогал стены, углы, пол, разглядывал потолок. Снова за шнур включал и выключал свет.

Христина следовала за ним, придерживая картофельную кожуру. Его спина, с широкими плечами и тонким поясом, поджарый зад, длинные ноги вызывали в ней гордость. Её мужик вернулся домой, смотрит своё хозяйство.

— Значит, будем при своей квартире, — сказал важно. — Значит, вот что. Выключатель, это, я сделаю нормальный. — Точно ребёнка, гладил раковину и плиту.

Она понимала Васю. Ей тоже хотелось всё гладить.

— Теперь обставляться, — сказал строго. — Табуретки со столами нам и Вовке сделаю сам, на это тратиться не будем. Значит, в одну комнату — твой гарнитур, Натке — пока тюфяк. Мать будет спать на диване Вовкином.

Дерево в Васиных руках становится живым. Полки — особые. Вешалки — особые: три пары брюк можно на них повесить. Железо

371

в Васиных руках легко гнётся: сам говорит, может сделать хоть плуг, хоть чайник. Приёмник собрал, телевизор. И тумбочку для молодых сделал, шкаф в сенях.

От вещи к вещи, что вспоминает, возносит Васю всё выше. И, как лошадь, вздрагивает телом, ожидая Васиных рук.

— Где мать? — спросил Вася. — Пол-литра у меня. Обмоем, что ли? Иди переоденься. Праздник.

Вдруг выплыл голос Лены Борисовны: «Я бы не простила. Унижать человека нельзя. Вы должны уважать себя».

Христина заставила себя: села дочистить картошку. Быстро мелькали руки, кожура свивалась в бесконечную спираль. На Васю больше не смотрела. Его глаза, его брови, губы… пусть он с ними остаётся один. Снова в неё вошла обида. И нету сил терпеть: в глотку суёт Васька хрустящую пятёрку, давит на грудь, Вовочку выгнал из её дома! Низко склонилась к полу — вьётся кожура.

Пришла из школы Натка, радостно крикнула «Папа!», но тут же стала сердито выговаривать:

— У нас бабушка ослепла. Почему ты бросил нас в трудную минуту? Нам переезжать, а тебя нету. Бабушке помочь — тебя нету. Ты как думаешь, не тяжело на себе тащить? — У Натки язык — острый, никому спуску не даст.

— Ослепла, значит? То видела, то ничего не видит.

Христина вдруг бросила нож в кастрюлю, встала.

— Ты иди отсюдова, иди! Пол-литра принёс! Очень нам нужны твои пол-литра! Пришёл, распоряжается! А где ты был, когда был нужен? Надо мной надругался, а теперь — обставляться? Обставляйся на свои сотни сам. Кому говорю, иди!

— Это мой папа! — Натка кинулась к Васе, обняла его, закричала матери: — Он мой! Мы с ним будем делать стереопроигрыватель, вот! Ты ничего не понимаешь. Замолчи! Папа, никуда не уходи!

— Ах ты, дрянь такая! Я — замолчи, а он у тебя хороший? — Христина оттащила Натку от отца, вытолкала за дверь. — А ну, убирайся на улицу, без тебя тут разберёмся.

— Смотри, доченька, нестерпимый характер у твоей матери, поедом ест. Никакого, это, сладу с ней… — крикнул. И опустил голову.

Виноватым чувствует себя? Навсегда уходить собирается? Ей всё равно. И, как тогда, дерёт глотку. Из-за денег надругался! Целый месяц не шёл. Явился — Вову из дома выгнать и мать сокрушить. Закричала:

— Иди туда, куда деньги сносишь! Там свои пол-литра пей. Там обставляйся, Подавись своими сотнями, жаднюга. Кому их копишь?

В гроб с собой не положишь. Видеть тебя не могу...— И прикрыла рукой горящие губы.

В новой квартире, с паркетом и газовой плитой, с большими окнами и горячей водой нету радости. Мать в больнице. Вовочка— у чужих людей. Васька только свою жизнь видит. Натка и та поднялась против неё. Где же радость взять?

— К дочерям, значит, ношу деньги,— ударил её голос, и Вася пошёл к ней в кухню.

— Каким-таким дочерям?— Христина плюхнулась на табуретку.— Почему раньше молчал? Сколько их у тебя?

— Две. Я раньше с ними, это, не виделся, сильно ненавидел их мать. А потом стал встречаться. По четвергам. Теперь, значит, старшая выходит замуж. Приходила. Просит, значит, это, дать ей на жильё.

Кровь бросилась Христине в голову.

— Ей на жильё, а Натка без рейтуз зимами ходила?! Лишний пряник не съест. Сапог у нас с ней нету. Тоже твоя кровь. Рожу с тебя взяла. Портрет. Характер взяла. Ей жалеешь, а на сторону носишь? А Вовочке, сыночку моему, запретил помогать. А Вовочку-сыночка моего из дома выгнал! По чужим людям сыночек...— Захлебнулась горем, сказала тихо:— Ну, погоди. Уйди с глаз!— И прошептала уже вовсе без сил:— Ты ещё меня вспомнишь.

Васька насовсем не ушёл. Явился вечером со столом. Гладкая его поверхность заблестела под голой лампочкой. Стол— маленький, но с двух сторон приподнимаются доски-крылья, подпираются выдвигающимися клинами.

Пришлось сходить в старый дом, принести ещё матрас и простыни. Натке постелили в маленькой комнате.

Голая лампочка слепила. Тушить не стали. Первый раз увидела при свете Васину грудь. Курчавился на груди чёрный волос. Не успела рассмотреть, Вася прижал её к этому буйному волосу— не вырваться. Запечатал рот своим дыханием.

Сладкая ночь.

Первое ощущение утром— обида. От того, как вчера ходил по квартире, ощупывал каждый угол и каждую паркетину, затошнило. Хозяин, а денег не даёт. Что же это за хозяин?

Попила чаю с хлебом и вчерашней картошкой. Васе не предложила. Пошла из дома, громко хлопнув дверью. У своего подъезда постояла. Направо, налево новая улица. Машины идут медленно, видно, как и она, ещё не привыкли к новому, раскинувшемуся на километр кварталу.

Глава вторая

1

Он никогда не думал об оформлении брака. Жена и жена. А Наталья, оказывается, думала. И мать, оказывается, думала. И Лидия Сидоровна. Расписываться разрешают только в восемнадцать лет, а ей едва исполнилось семнадцать.

Снова мать пошла к всемогущему Фёдору. В самом настоящем ЗАГСе их с Наташей зарегистрировали и прописали на общей площади. И Лидия Сидоровна с Мишей пили шампанское в их квартире. А потом побили стаканы — на счастье.

Несколько дней проскочили в угаре. Прибегала мать, заходила Лидия Сидоровна. И вдруг, когда они с Натальей, наконец, остались одни, явился дядя Вася. Принёс две голубых табуретки и голубой стол.

— Вот, — сказал. Увидел Натальину старую тахту, покачал головой. — Моей побрезговали? Пусть. Твоя драная. Перебивать будем. Ту Натке возьму, на будущие дела чтоб годилась, значит. — О ссоре не вспомнил.

Вечером принёс материю, инструменты, поролон, заставил Володю помогать. До ночи стучал молотком.

— Пользуйтесь! — сказал важно, когда закончил.

Наконец-то они остались вдвоём. В своей собственной квартире. О матери, о бабе Усте, о работе — забыл обо всём.

Наталья словно переродилась: закрыв глаза, кружилась по комнате, бежала в ванную, пускала горячий душ, прижав к груди руки, смотрела на парок от него.

— Володя, — звала, а звать было не нужно, он и так всюду следовал за ней, повторял её движения. — У нас с тобой есть дом. У нас с тобой есть наш дом! — Она, как в детстве, обвивала его шею, утыкалась в неё горячим лицом. — Володя, расскажи, как ты любишь меня.

Детские ладони, тонкая шея в обрамлении светло-зелёного воротника кофты, сиреневые продолговатые глаза с пухом ресниц… Жена.

— Ты так любишь меня, что мне страшно. Тебя нет, есть только я, только мои желания. Мне кажется, если я захочу не мороженое и не в кино, а машину, ты убьёшь кого-нибудь, а машину мне добудешь. — Он вздрогнул. Откуда она знает, что он хочет машину? Ничего не говорил ей, даже не сказал, что скоро станет таксистом. — Я тоже хочу исполнять твои желания, — смотрит на него Наталья блестящими глазами. — А ты не даёшь мне даже кровать застелить.

Время стоит. Нет прошлого. Нет будущего. Только «сейчас». Она прогуливает школу. Он покупает продукты, шары, торт. Сам жарит мясо, долго надувает шары, вешает на окна, двери и смотрит, как Наталья ест торт. Он ведёт её в кино, а сам на экран не смотрит.

Но вот деньги кончились. И зазвучал голос Лидии Сидоровны: «Надеюсь на вас, вы сделаете Наташу счастливой».

Нужно срочно добыть недостающие справки и устроиться на работу. Уходит из дома со страхом — вдруг Наталья заболеет без него? Или влюбится в кого-нибудь? Или сама начнёт готовить обед? От кабинета к кабинету бегает, от врача к врачу. Потом мчится на Москву-Сортировочную — разгружать вагоны. Возвращается домой, увешанный сетками с продуктами. Зовёт не дающимся голосом «Наталья!», боясь, что она не откликнется. А она выбегает к нему в переднюю.

— Я так ждала, ждала!

Только тогда облегчённо вздыхает. Раздевается, торопится в ванную, чтобы, не дай бог, не коснулась Натальи пыль и грязь сегодняшнего дня. Его ждёт ужин — жареная картошка или суп. Садится против Натальи и, наконец, начинает смотреть на неё. А она улыбается:

— Вот и стала я настоящей женой: кормлю тебя.

Ему же больно. Он должен кормить её, заботиться о ней.

Ещё сутки. Послезавтра начнёт работать. И всё успеет. Сготовит обед, позанимается с Наташей историей…

— Что ты делала сегодня? — По лицу пытается угадать, какие в ней произошли за целый день перемены.

— Ходила в школу, делала уроки, — беспечно говорит она. А он обижается — в её дне ему нет места! — Была у мамы в гостях. Мишу не дождалась, побежала в магазин. Ждала тебя, ждала. А когда устала ждать, ты и пришёл. В школе сегодня объясняли логарифмы. Зачем они мне? Я буду, как ты хочешь, историком. И научусь угадывать будущее. Тогда мы с тобой избежим всех несчастий. Почему ты не ешь? Я так старалась. Ты похудеешь и не сможешь носить меня на руках, — засмеялась, а в глазах блеснули слёзы.

— Ты что? — растерялся он. — У тебя что-нибудь случилось, чего я не знаю?

— Никак не могу привыкнуть, что ты — седой. Ешь, пожалуйста, прошу. Мне кажется, ты никак не отойдёшь от армии, мне кажется, тебя что-то мучает. Я знаю, лучше выговориться, ты мне скажи, я всё пойму. — Она ничего не ест, у неё тоже стынет лапша с куриной ножкой.

Наталья опять угадала — в нём остался от армии страх. И он — неожиданно для себя — стал выбрасывать его: подробно рассказал обо всём, что связано с Рыжим.

—У нас судят о человеке по силе физической, а понять каждого можно лишь тогда, когда дали ему в руки палку. Один сделает из неё удочку, другой посадит её в землю — вдруг не совсем ещё умерла, зазеленеет? Третий ею подопрёт дерево. А четвёртый эту палку опустит на чью-то голову. Не защищаясь, не в ответ на обиду, а просто потому, что палка в его руках. — Рыжая морда лыбится: «Ну что, вернулся служивый?».

—А ты?

—Что «я»? — не понял он и замотал головой, избавляясь от Рыжего.

—Что делаешь ты, когда тебя — палкой или когда палка в руках у тебя?

Натальино лицо словно загородкой отгорожено от него голым Прутиком на тумбочке. И Володя бормочет:

—Большой человек часто маленького роста... но сильный и гуманный. Без палки не может меленький...

—Как мой отец? — перебила Наталья. Прутик пропал.

—Зачем о нём? Не трогай мёртвых. Я хочу, чтобы только ты и я...

—Так нельзя жить вечно. Надо понять... — Наталья отчуждённо глядит в тёмное окно. — Таких, как твой Рыжий, много, разве можно у всех у них отнять палку? — Долго молчит. И тихо: — Нужно успеть что-то сделать в жизни...

За тёмным окном — плац. По плацу бежит тот парнишка, что никогда больше не вернулся к ним. Бежит, падает.

—Наташа, дотронься до меня. — Протянул к ней через узкий стол руки, взял её обе в свои. — Доверься мне. — И вспомнил. — Я принёс тебе подарок. — Вытащил из пиджака мандарин. — Пока один, потерпи. Я заработаю. Я принесу тебе мешок мандаринов. И ты весь вечер будешь их есть, как тогда, помнишь? Ты чистила и складывала в горки: кожуру — в одну, мандарины — в другую. Что же ты плачешь, Наташа? Ты, как моя мать, всё время плачешь. Тебе плохо со мной?

Она припала к нему, долго молчала.

—Потому и плачу... мне с тобой очень, очень... я не верю себе самой, я не знаю... Ой, — она высвободилась, — я хочу есть. Целый день ничего не ела, ждала тебя. И ты — голодный. Давай я подогрею лапшу, совсем остыла.

2

Ему досталась серенькая, немолодая «победа». Шашечки поясом вокруг. Он ходит вокруг неё, не веря, что от него одного зависит открыть дверцу, сесть на кожаное сидение, включить зажигание, нажать газ и... выехать на улицы Москвы.

Он привык к газику, а здесь сидение — низкое. И сама кабина — тесная.

Попав на Кутузовский проспект, остановился. Вдруг стало страшно. Одно дело — нестись по пустыне Севера, где нет опасности задавить человека или врезаться в машину, другое…

— Подвези, друг! — постучал ему в окошко толстый дядька в каракулевой шапке и плюхнулся рядом. — Развернись под мостом. Нужен Первый Вражский переулок. Здесь рядом.

Включил зажигание, рывком тронулся с места, мужчину мотнуло вперёд, откинуло назад, но он ничего не сказал, точно так и надо. Выскочив на Садовую и остановился: куда ехать дальше, Володя не знал.

— Под светофор вставай! — махнул рукой дядька. Володя послушно — рывком поставил машину под светофор. Переждал красный свет, опять рывком тронул машину с места. — Теперь поворачивай направо. Здесь близко пешком дойти, но я спешу. Плющиху знаешь? Сюда крути. Да не направо, налево. Вот она, Плющиха. Аптеку выглядывай. Тпру, стой, приехали. Шабаш. — Дядька сунул ему трёшку, хоть на счётчике значилось семьдесят копеек. — Это тебе с дебютом. Первый раз на сцене? Угадал? Поджилки трясутся?

Двор, куда приехали, — широкий, снегом усыпаны деревья, детские качалки. Взмок, рубашка прилипла к спине. Вытер лицо, стал мять руки, они затекли — так крепко держали баранку! Раннее утро, часов восемь, а народу! Дети тащат портфели. И Наталья сейчас идёт в школу. Он поставил ей будильник на семь тридцать.

— Подвези, а? — сунулось к нему в окно бородатое лицо. — Вчера проспал, сегодня опять проспал. Начальник сказал: «До трёх раз сосчитай!». Сегодня как раз три. Первый был на той неделе.

— Я не знаю Москвы, — признался виновато Володя. — Я первый день. Задержу вас.

— Ерунда, — вскричал любитель поспать, в одну минуту обогнул машину и оказался рядом. — Главное, жми на педали и ни о чём не думай. Повороты и светофоры скажу, даже где стоят мильтоны скажу. Не бойся, хоть на красный свет поезжай, выручу. Со мной не пропадёшь.

Заставил себя уже спокойнее взяться за руль. Он же прекрасно водил газик! Машина сама знала, что ей делать. Пока разворачивался, пока выезжал на Плющиху, пытался вернуть то своё, прежнее, дерзкое ощущение власти над машиной.

— Конечная цель — Петровка. Сначала Садовая. Давай сюда поворачивай. Молодец, дело знаешь, — нахваливал его парень. И лёгкость пришла. Нога вспомнила язык педалей, руки уже без напряжения держали руль. Теперь главное — успеть затормозить, если человек побежит через дорогу или выскочит из-за угла. — Начальник у меня что надо, сам любит погулять с девочками. Пить — нет, это не по его части, ему нужны только девочки. И чтоб не старше двадцати пяти. И чтобы были что надо. Но любит порядок, и от подчинённого требует порядка. Гулять гуляй, хочешь пить — пей, но дело есть дело: должен сидеть на рабочем месте минута в минуту. Туда давай, правее, тебе нужен правый ряд, а развернёшься, сразу поворачивай в левый, понял?

Машина слушалась. «Победу» вести легче, чем газик: легче берёт с места, легче переключается скорость. И в ней — тепло. В газике мёрз, время от времени приходилось выскакивать, снегом растирать руки и лицо, носиться взад и вперёд, чтобы исчезла онемелость в ногах. А тут за окошком — зима, а он — пальто расстегнул.

— Знаешь, почему не могу проснуться? Играю в преферанс. Сядешь как полагается после работы часов в пол девятого, а разыграешься только к одиннадцати. Раньше двух, ну, никак не лягу! Ты — молоток, машину чувствуешь, сроду не сказал бы, что первый день! Ещё один светофор, и пойдёшь направо. Проскочим, не бойся, жми давай под жёлтый. Вот тебе и Петровка. Начальник разрешил мне поносить бороду. С лета ращу. Говорит, до Нового года он мне делает курорт, а там чтоб ни-ни: комиссия с января будет нас проверять! Строгий начальник. — Спросить бы парня, кем служит, да не до того — вдруг какому-то дураку приспичит выскочить на проезжую часть? Больше всего именно этого боится Володя. Парень точно услышал его: — Ты меня сегодня спас. Я, брат, в хорошем отделе служу, разбираю тёмные делишки. Ну, приехали, стой. Вот тебе трёшка, владей. Мы с тобой накатали рубль сорок, рубль шестьдесят — твои, уяснил? Запомни: кто лишнее даёт, тот — человек, а кто копейку со слезой выпускает, дерьмо! Если кто прижмёт тебя, звони. Пиши быстрее телефон. Бумаги, что ли, нет? На! Карандаша нет? На! Ну ты даёшь! Твоя работа — твои связи, уяснил? А4–13–15, вызовешь Святослава Палыча. Это мой домашний. Рабочий не дам, не положено. Такие дела. Ну, прощай!

Не успел засунуть листок в карман, как раздался тоненький голосок «Вы свободны?», и в окно заглянуло испуганное лицо молоденькой девушки.

— Пожалуйста, мне очень нужно, отвезите! Я опаздываю.

Володя честно сообщил и ей, что он первый раз за рулём и Москвы совсем не знает. Девушка растерялась.

— Я всегда езжу на автобусах, как проехать на машине, не знаю. Но мне так необходимо…

Он спросил, куда ей.

— Кутузовский мне. Он близко.

— Садитесь, Кутузовский знаю.

Посадить посадил, а как вывернуть с Петровки на Садовое кольцо, сообразить не мог. Выручила девочка:

— Может, по бульвару направо? Там — поворот.

В отличие от парня, она всю дорогу молчит. А ему очень нравится, когда с ним разговаривают: будто пассажиры подключаются к процессу движения. Сейчас же он остался наедине с улицей. Попал в вереницу нетерпеливых машин, торопящихся, как и он, вырваться из центра. На каждом шагу светофоры. Девочка совсем не похожа на Наталью. Глаз — чёрный, в коротких жёстких ресницах. А молоденькая, как Наталья. Смотрит вперёд, на дорогу, пугается, когда машина останавливается перед красным светом, облегчённо вздыхает, когда дают зелёный. Машины справа и слева, ощущение такое, что вот сейчас, сию минуту, его стукнут в бок. И он сбрасывает газ, сбавляет скорость.

Наконец — Кутузовский.

— Где остановиться? — спросил.

— Дальше. Я покажу.

Работает она, учится? Куда, зачем едет?

— Вот здесь, пожалуйста! — Девушка посмотрела на счётчик, и тёмные брови тревожно сдвинулись: на счётчике — рубль пятьдесят копеек. Девушка даёт ему два рубля и сидит, ждёт. Он понимает: пятьдесят копеек ей нужны на обед и обратную дорогу. А у него их нет. В кармане — сезонка, и всё. От вокзала до таксопарка он идёт пешком.

— Не надо денег, — говорит. — Когда-нибудь отдадите!

— Вы мне дарите их? — удивилась девушка. — У вас, наверное, нет сдачи? — На её лице тревога.

Ещё мгновение она смотрит на него и всем корпусом разворачивается к учреждению, около которого они остановились. И явно не собирается выходить.

— Вы здесь работаете или учитесь? Простите, что спрашиваю. У меня жена такая же молоденькая, как вы. Вот мне и хочется узнать, что интересно вам. Вы в школе учитесь?

— В институте на психолога. — Девушка ткнулась головой в его плечо и прошептала: — Его нет, видите, туда уже никто не входит, мы уже сколько здесь… Наверное, начинают в восемь, а он сказал — в девять. Обманул. Может, вообще не здесь работает? Но я видела, отсюда выходил. — Лицо её съёжилось. — У меня будет ребёнок, а он не приходит.

Если вот так же с его сестрой… Натка ещё маленькая. Но так ярко представил себе её лицо, со щётками ресниц, что властно приказал:

— А ну, прекрати разводить сырость! Говори, как зовут?

— Обещал жениться. А как узнал, что будет ребёнок, пропал. Раньше каждый день приходил. Не звонит. Я сижу у телефона, в институт не хожу и даже за хлебом. А он не идёт. Вот я и не вытерпела, приехала.

— Как зовут его? — снова спросил Володя.

— Петя. Пётр Зазвонов. Что вы собираетесь делать? — испугалась она.

— Сиди здесь.

Володя поправил шапку. Через минуту был в отделе кадров. Объявившись другом детства этого не известного ему Петра Зазвонова, долго плёл строгому кадровику в белой крахмальной рубашке с чёрным галстуком, как они держались за руки всю жизнь, как переселились в новые квартиры и потеряли друг друга, как случайно он узнал, что Петька работает именно здесь, и вот приехал в Москву специально повидаться с другом, командировка — два дня!

— Понимаете, только от вас зависит встреча двух старых пиратов, — проникновенно говорил он, сам поверив в свою выдумку. — Одного боюсь: сразу и не признаем друг друга.

Мужчина раскрыл книгу.

— Не положено во время работы, но учитывая ситуацию…

Через несколько минут к проходной подошёл парень в халате. Светловолосый, светлоглазый, широкоплечий, брюки отутюжены что надо! Володя сразу понял девчонку — в такого не только влюбишься, за таким поскачешь на край света. Парень подошёл сразу к нему.

— Вы меня вызывали? Вы — друг моего детства? — с приятной хрипотцой, низким голосом спросил. Он щурился, вглядываясь в Володю. В манере щуриться, во всех чертах парня было что-то навязчиво знакомое. Не мог уловить своего чувства: приятно или неприятно знакомого? Особенно знакомы две маленькие родинки между бровями. Видел он их!

Странно, парень тоже вглядывался в Володю так, точно и в самом деле они были знакомы, и в самом деле росли вместе и вместе сидели на горшках. Настороженный взгляд парня раздражал Володю.

— Да нет, никакой я вам не друг и сроду не встречался с вами. У меня к вам дело, — оборвал свои сомнения он.

— Погоди, врёшь, встречались! — Злыми искрами вспыхнули глаза парня. Ещё не осознавая, Володя ощутил идущее на него прошлое. — У тебя был пёс? А я его убил. Всю жизнь мучаюсь.

Володя вздрогнул.

— Петька?!

Заледеневшая серая улица Томска. Он, замёрзший, держится за бабу Устю. Под ноги ему выкатывается щенок. И, лишь руки касаются его, по телу растекается тепло, и улица уже не серая — цветная. Щенок бежит рядом, тычется в него носом.

— Я тебя сразу узнал. У тебя такой… взгляд. От тебя нельзя отвертеться. — Петька говорит миролюбиво, а у Володи от его голоса — пупырышки.

Розовощёкий, сытый Петька. На толстой подошве ботинки. Снег, истоптанный ими.

В детстве, оказывается, был такой же снег, как в армии.

Володя провалился тогда в черноту. Последний крик Друга.

— Откуда ты знаешь мою фамилию? Она у меня новая. Маман после войны вышла замуж, и мне тоже пристроила новую фамилию, ибо новый папан сидел на хорошей должности. Громкая фамилия. Гремела!

Володя вдруг увидел: всё в Петьке искусственно — поза, нарочито беспечный, возбуждённый голос. Петька боится его!

Снега выпало столько, что ноги проваливались по колено. Они с Другом спустились с крыльца и утонули. И Володя хохоча плюхнулся в снег и стал забрасывать себя сверху. Друг вдруг заскулил. Тонко, как в детстве. Хотел прыгнуть к нему, увяз. Но тут же засучил лапами и точно поплыл. Быстро подобрался к нему, горячим носом ткнулся в лицо, резво заработал передними лапами и в одну минуту откопал его. Откопал и завизжал от восторга. Только сейчас Володя понял: Друг испугался, что он утонет. Снова кинулся в снег, снова закопался. И Друг снова откопал его. Так они распахали весь двор, пока не появилась тётя Саша. Крикнула своим детям: «Лопаты на плечо, по росту становись, к борьбе со снегом приступай!».

Звонкий её голос подбавил веселья Володе и Другу. Они снова опрокинулись в снег и задрыгали ногами. Но тут же Володя вскочил и стал пробираться к детям тёти Саши — помогать. Друг чётко понял задачу: стал рыть ямы в снегу. А они вставали в ямы и снимали накопанную Другом рыхлые горы. «Ко мне, Друг! — звали его ребята. — Я тоже хочу Друга!».

Здорово Друг облегчил им тогда работу!..

— Ты чего молчишь? Зачем вызвал? У меня идёт время.

Один раз был у него такой чистый, такой добрый снег.

Скребётся из прошлого к нему Друг.

— Выйдем-ка! — Собрал всю свою волю и отослал в прошлое и Друга, и тётю Сашу, и тот снег. Вышел на улицу, уверенный — Петька идёт за ним.

Привыкший к зиме пригорода, будто заново увидел Москву: снега нет, вечный асфальт, и только по тому, что щиплет щёки, знаешь: сейчас зима, мороз.

Подошёл к машине, распахнул заднюю дверцу, приказал:

— Садись! — Сел сам.

Петька, плюхнулся рядом.

— А у тебя здесь тепло, как дома, — сказал неуверенно. В каждой черте его застыл страх.

— Здравствуй, Петя! — тонко прозвенела девушка. Повернувшись, она смотрела на Петьку трепетно, преданно, без тени упрёка. — Я тебя всё жду! Я знаю, ты очень занят. Скажи, как мне поступить, я сделаю, что скажешь.

Петька переводил взгляд с Володи на девочку, ничего не понимая.

— Кем она приходится тебе? — наконец выдавил из себя.

— Сестра.

Петька побелел.

— Родная?

— Родная.

— Погоди, Вов, погоди, — заговорил торопливо, не глядя на девочку, глядя только на него. — Я тебе всё объясню…

Володя вышел и распахнул Петькину дверцу.

— Выходи! — приказал. Когда Петька вылез, едва сдерживая бешенство, сказал: — Кончаешь в пять, ну? В пять жди меня здесь. И… попробуй смойся.

Петька медленно уходил в своё засекреченное учреждение, размахивая полами белоснежного халата, а Володя смотрел, как он уходит. Сжимал, разжимал кулаки, приказывал себе: «Стоп!». Чувство было одно — догнать и прямо сейчас, перед громадными дверями с тяжёлыми ручками опустить кулаки на Петькину голову, как когда-то Петька опустил булыжник на голову его Друга.

Но вот дверь за Петькой захлопнулась.

Нужно выполнять план: не может он в первый же день явиться без выручки, сразу выгонят с работы.

Сел рядом с девочкой, включил зажигание. Услышав покорное урчание машины, выключил.

— Не любит он тебя, — сказал сочувственно.

— Говорил, любит, — всхлипнула девочка.

— Погоди реветь. Задачка с двумя неизвестными: он не любит, ты любишь. Есть третье. Ты с кем живёшь?

— С мамой. У меня папа погиб.

— А что, мама у тебя — нормальная?

— Что значит «нормальная»? — удивилась девочка.

— Ну, будет нянчить твоего ребёнка или выгонит из дома?

— Нянчить не будет, а выгонит или нет, не знаю.

— Прекрати хлюпать, — попросил он. — Давай быстрее решай, мне нужно работать, я на службе.

— Мама у меня знаменитая, ездит за границу, открыла новую область в физике, редко бывает дома, о ней пишут в газетах. Я всё умею сама: хорошо готовлю и пеку, маме нравится.

— Не боишься от дерьма рожать?

Девочка тревожно смотрела на него.

— Почему от дерьма? Петя — умный, ласковый…

— Если любишь, рожай, вытянешь одна. На кой шут тебе мужик, который тебя не любит? Нуждаться не будешь — говоришь, мать зарабатывает прилично. А психологией ты занимаешься зря, ни черта в ней не понимаешь, не умеешь отличить сволочь от человека. — Он устал, хотел домой, к Наталье, хоть бы на минутку увидеть! Но она в школе, а потому нужно скорее работать: план есть план. — Вот что, — сказал сухо. — Петьку знаю всю жизнь. Конечно, я могу заставить его жениться на тебе. Но он тебя изведёт. От него надо бежать подальше. Если ты храбрая, рожай. Если родилась зайцем, думай, как избавиться. Но учти, я слышал, потом может не быть детей. А теперь вытряхивайся побыстрее.

Сухое воспалённое лицо, сухие воспалённые глаза… — казалось, девочка после тяжёлой болезни.

— Вы уедете от меня? Вы меня оставите сейчас? Я буду стоять здесь, пока он не закончит работу. Я без него домой не пойду. Я без него боюсь. Я только с ним хочу жить!

— Вот дура. Какое «с ним», когда он не любит тебя? Я отвезу тебя домой, и точка. — Он резко рванул с места. — Говори адрес. Снова на Петровку, что ли?

Девочка вцепилась в него.

— Не увозите меня отсюда! Стойте!

— Сейчас разобьёмся! — Володя попытался стряхнуть её цепкие руки.

Она сама убрала их. Вся её съёжившаяся фигурка говорила: теперь всё равно, что будет со мной.

…Сразу после девочки села к нему бабка с тюками.

— Сыночек, мне на самолёт. Быково, что ли, называется?

Долго расспрашивал милиционера, как туда проехать. По Москве полз еле-еле, боясь машин и пешеходов. Зато, когда выбрались на шоссе, понёсся.

Бабка бормотала что-то про скорость, про аварии.

А они с Солдатом идут по узкой светлой тропке, медленно приближаясь к опушке леса с одиноким клёном. Клён выключнулся в войну и, худосочный, поднялся на метр. Тогда он не запомнился, лишь отпечатался в мозгу, увиделся сейчас и стал символом войны — голода, гибели Друга.

— Лечу, сынок, к приёмной дочке, — вторгается в его память бабка. — Подобрала её в подворотне. Холодно тогда было, зима сорок первого. У меня, сыночек, никак не может быть детей, а видишь, получила от Бога дочку. Ласковая она у меня, не обидит никогда. Только взяла и вышла замуж в другой город. Уж я убиваюсь, жду утром и вечером, может, вернётся, я бы стала нянчить внука, я очень умею обращаться с детьми.

Машин на шоссе мало. Он пригнулся к рулю. Скоростью хочет снять встречу с Петькой, а всё равно Петька здесь, при нём, со своими двумя родинками между бровями.

Пошёл снег. Лёгкий, редкий. Между небом и асфальтом вершит свою недолгую жизнь. Привет из детства. Что хотят объяснить мелькающие перед глазами, не тающие в воздухе, белые мухи? Петька, с благополучной работой, с любящей его женщиной... Всегда был повелителем жизни и людей. Петьке — всё, а Прутику — больная мать, мизерная зарплата и память об отце.

— Ты, сыночек, лёгко едешь! Я на машину села первый раз, а троллейбусы с автобусами тащатся еле-еле, а ты как раз везёшь. Спать я, сыночек, перестала, засну, вижу дочку, подносит мне стакан с водой, гладит меня по голове. Пишет аккуратно. «Мамочка», — пишет. Всё про себя объяснила: живёт в городе Ангарске, работает на химкомбинате, должность у неё хорошая. Ещё бы не хорошая, если техникум закончила с отличием. Муж хороший. Добился ей квартиры. Он для неё ничего не жалеет: достаёт продукты, записался на садовый участок. Только строгий, любит порядок, любит, чтобы всё по дому она делала сама. В квартире у них горячая вода... Пишет, во сне меня смотрит. Да не зовёт, знает, ноги у меня больные. А я возьму да приеду. Разве могу не приехать, если у них народился ребёночек? Кто ж им поможет с ребёночком, как не мать? Одеяло им купила, самое тёплое, верблюжье, зимнее пальто ребёнку везу, дочке — шерстяное платье, зятю — куртку. Целый год готовлюсь.

Бабкин голос не мешает ему, наоборот, отдельные фразы вроде касаются его: «Меня во сне смотрит...».

Он спал много лет. Из сна вынырнул Петька.

Подносил бабке тюки, слушал её причитания — как же она в Ангарске всё одна потащит?, даже советовал послать дочке телеграмму — пусть встречает, ехал обратно в город — вёз спортсменов, потом двух женщин — мать и дочь... — кого только ни возил... а всё время видел Петьку.

Снег исчез, будто не мельтешил перед глазами несколько часов подряд. Февральский день шёл к концу, ещё пара часов, и станет темно.

Ровно в пять остановился около Петькиного учреждения.

И лишь в эту минуту ощутил голод — с утра не ел ничего. Тяжесть, собиравшаяся в нём целый день, сейчас оказалась невыносимой. Вышел из машины, постоял, снова сел. Может, уехать? Петька покрутится, поищет машину, вздохнёт облегчённо и пойдёт по своим делам. Пойдёт вразвалочку, как ходил по двору с мячом. Пойдёт к очередной девочке, потому что старая подвела его, создала неудобство.

— Вот и я. — Петька всунул сначала лицо в раскрытое последним пассажиром окно, тут же привычным движением открыл дверь. Аккуратно сел рядом.

Володя рванул с места. Не сознавая себя, гнал машину по Кутузовскому проспекту, а потом по Минскому шоссе.

— Куда мы едем? — бодрясь, но явно натужно спросил Петька, готовый выскочить из машины. Но разве выпрыгнешь на такой скорости? — Я не знал, что она твоя сестра, честное слово! Откуда мне знать твою фамилию? Я удивляюсь, как ты мою-то узнал. Но ты не волнуйся, я на ней женюсь. — Петька говорил нагло, а фальцетом прорывался страх. — Только прямо завтра не могу, должен развестись. Обязательно разведусь, возьму и разведусь. У меня есть сын, ему девять лет, но это ничего, я всё равно разведусь.

Володя не слушал. Под жужжание Петькиного голоса в нём толпились Друг, Наталья, дядя Саша, Прутик, «фельдфебель», Солдат с болтающимися руками, дядя Вася, Мишка, Нестор Григорьевич, мать, странно тасовались, исчезали, являлись снова, рассыпались в снег, скатывались в ком, давили сердце. В нём шла не понятная ему самому, не зависящая от него работа.

— У меня на службе неприятности, предлагают уйти. Вышла осечка. Я помог одному парню устроиться к нам, а он меня здорово подвёл.

Дядя Саша любил с ними плясать. Заведёт патефон, поставит русского или краковяк и давай по очереди со всеми топать.

Как только соседи не приходили? — удивился сейчас. Дядя Саша любил наливать им лимонад. Вынет из холодильника бутылку, откроет, крикнет: «Подставляй стаканы, пацаны! Полезный газ, пейте!».

Уже давно по обеим сторонам дороги кончились дома. Чернел, зеленел лес, с коричневыми голыми стволами сосен, рябил замёрзшими берёзами. Володя резко затормозил:

— Вылезай.

Вышел, провалился в снег по колено. И двинулся к утоптанной дороге, перерезающей опушку. Петька шёл следом. Когда отошли на хорошее расстояние от шоссе, повернулся к Петьке. В чёрных сумерках Петькино лицо белело снегом.

— Следовало бы убить тебя. Не могу. Будем драться по-честному. — Он скинул пальто, подождал, пока то же сделает Петька. Всей тяжестью скопившейся в нём, обрушился на Петьку. Подождал, пока тот поднялся, снова коротким ударом свалил его: нет, голыми руками его теперь не возьмёшь! Дважды его убили: Петька и Рыжий. Теперь он отомстит и Петьке, и Рыжему, и дяде Саше. Вот что он понял: за слабых, за беспомощных, за добрых нужно мстить. — За Друга. За Елизавету Петровну, — бормотал он, выбрасывая свою злость из себя. — За сестру. За Кирюху. За всех, кого ты убил. — Он сшибал Петьку с ног, поднимал под мышки, снова сшибал.

Петька не отвечал ему. Обмякше, как тюк, висел на ногах-подпорках. Падал.

— А ну, сопротивляйся, сволочь! Не убиваю тебя, дерусь!

А сам беспамятно снова кинулся на Петьку.

И Петька не смог больше встать. Володя поволок его к обочине шоссе, растёр ему снегом лицо, бросил на него пальто, нахлобучил серую лохматую шапку, оделся, буркнул «Выберешься», сел в машину, развернулся и погнал в Москву.

Вот сейчас станет легко, свободно, и снова будет существовать лишь Наталья, которую Петька отнял сегодня у него на целый день. Что же мешает увидеть Наталью? Шоссе так враждебно?! Резко затормозил, развернулся, чуть не столкнулся с грузовиком, погнал машину обратно.

Издалека увидел валяющегося на снегу Петьку. С трудом усадил его на сидение.

Почему Петька не захотел драться?

Гнал машину на предельной скорости, которую смог выжать из старой рухляди, доставшейся ему. Колеями шоссе — огни домов, маяками — красные глаза машин, которые он обходил стремительными дугами, в лицо — жёлтые прожектора встречных, идущих из Москвы. Попробуй что пойми.

Жалость к Петьке возникла неожиданно — спазмом голода. Подавить голод, подавить жалость можно только горячей едой, Петькиным голосом. Резко затормозил, они оба качнулись вперёд. Поставил машину к обочине, заглянул в Петькино лицо. По лицу не бил, лицо — нормальное, с глазами, родинками, только равнодушное. Спросил растерянно:

— Жив? Может, тебя отвезти в больницу?

Петька не ответил. Неужели убил?

Снег Томска.

Но ни давняя боль, ни подгибающиеся ноги по дороге к последнему пристанищу Друга не вернулись, как не вернулась и злоба к Петьке. Петька — новый человек, неудобно расползшийся по сиденью. Подержал по очереди Петькины руки, расстегнул на нём пальто, пиджак, поднял свитер с рубахой и стал ощупывать рёбра. Петька вскрикнул.

Перелом? Что теперь делать?

Сел на своё место. Осторожно двинул машину по шоссе.

Он боялся проехать — вглядывался в указатели, запорошенные снегом. Вьющаяся белая дорога. Через десять минут был у переезда, а ещё через десять подъезжал к Прутикову дому.

Елизавета Петровна ни о чём не спросила, принялась осматривать Петьку. Отпаивала его лекарствами и чаем. Кормила Володю. Худенькая, выцветшая, она едва стояла на ногах.

Снова бешеная гонка по Москве, лестница на второй этаж в обнимку с Петькой, дорога в парк — всё это заняло полтора часа.

Утром его просветили: денег стоит — не выстаивать часовой очереди в мойку, заправить машину, пройти кордон слесарей. А у него не хватало ещё трёх рублей плана. Ждать он не мог — срочно нужно увидеть Наталью. Но прежде очиститься и осознать, что с ним сегодня случилось. Он пошёл к диспетчеру. К счастью, дежурила та, что принимала его на работу.

— А, крестничек объявился, заходи! Чайку хочешь? У меня фирменный: смешиваю несколько сортов! Как показывает практика, срабатывает безотказно: в лучшей форме держит на ногах сколько надо! С чем пришёл? С цветами рано — в первый день не до того, на жалобщика не похож — сам сориентируешься в любой обстановке. Значит, план не выполнил?

В первый раз за день он улыбнулся.

Трудности разрешились мгновенно. Через час он подходил к своему дому.

Наташа слушает его глазами.

— Почему Петька не дрался? — задаёт он мучающий его вопрос и лишь теперь, глядя в Натальины глаза, ощущает дискомфорт: что-то он сделал не так.

— Может, он не умеет? Умеет или убить исподтишка, или… — Наталья замялась.

— Похоже, ты права: он не умеет драться.

— У нас есть похожий мальчик, с палкой и камнями наскакивает из-за угла. Его все зовут «ублюдок». Не нужно так мучиться. Всё прошло. Мы снова вместе.

— Откуда ты всё знаешь? Ты же совсем ещё ребёнок.

— Я тебе не рассказала, как папа жил до смерти. Это началось, когда вы с Мишей учились в десятом классе. Мама тогда уже опять работала, потому что папа перестал ходить в свою академию. Как напьётся, я прячусь. Запрусь в своей комнате, чтоб не видеть, как он бьёт всё, что попадётся под руку. Новый телевизор разбил, мамины любимые чашки почти все побил. Кричит о чёрной неблагодарности, о погубленной жизни, о каком-то Гене, которого он хочет видеть, ругает какую-то Лизу, почему пустила его в распыл. Кричит о старости. Зовёт маму. Сначала я очень боялась, потом мне стало жалко его. Я чувствовала: он мучается.

— Может, не надо… — прервал её Володя.

— Миша почти не приходил домой, — не услышала она. — Сидел в библиотеке, готовился в институт, а когда поступил, удрал в стройотряд, подальше от нас. Месяцы перед инфарктом похожи друг на друга, только трезвых часов оказывалось всё меньше. Я тогда училась во вторую смену, мы с мамой сменяли друг друга. Утром он вставал такой жалкий! Ходит по комнатам, по коридору, трёт лоб и стонет. Подогрею ему завтрак, а он обнимет меня, прижмёт к себе и стоит. Я уже задыхаюсь, у него от рубашки пахнет кислятиной, а уйти не могу. А потом… чем больше пьёт, тем больше возбуждается. Мне пора в школу, а он откроет окно и хочет выброситься.

— Не мучай себя! Прошло, не вернётся. Давай пить чай!

— Возвращается. Только я не могу ухватить, к чему возвращается, не могу связать. И мне страшно. За тебя. За себя. Так же было, когда держала папу за ноги. Он навалится на подоконник, уже почти перевесится. Повисну у него на ногах и кричу в голос. Не игра ли жизнь, а? Что она стоит, жизнь?

— Ешь! — крикнул он. — Ты что? Какая игра? Разве мы с тобой играем? Разве твой отец играл?

—Мне казалось, не выдержу. Выдержала же. И даже стала счастливой. Конечно, никаких уроков не делала, в школу опаздывала, училась скверно, только книжки читала.

—Ты, наверное, поэтому такая взрослая.

—Папа с Мишей поссорились. У Миши на другой день экзамен, а папа никак не угомонится, маму запер у себя в комнате, то ругал её, то молил о чём-то. Миша решил, он обижает её, взломал дверь, налетел на него с кулаками. «Твоё место в психбольнице, — кричит. — Всем жизнь испортил, три человека мучаются из-за тебя. Наташку погубим.» и побежал к телефону. Тут мама на него закричала, единственный раз в жизни — тихая она у нас, терпеливая, никогда я не слышала её резкого слова. А тут — в голос: «Всю жизнь отец тебя кормил-поил-одевал-баловал, для тебя ничего не жалел. Ему плохо, он мучается, а ты его — в больницу! Ты бывал в этих больницах? Я знаю…». Не помню, что ещё она кричала, помню, отец всё ловил её руки — целовать. А глаза безумные…

У каждого свои фары на дороге.

Наташа совсем не о том говорила, а ему открылось, почему злость на Петьку пропала. Подняв на Петьку руку, он превратил Петьку в жертву. Достоевщина какая-то.

—Он так мучился… Через несколько дней всё-таки попал в больницу. Не в психушку, с инфарктом. Папа всё просил зав. отделением: «Сделай мне укол, чтобы я больше не проснулся». Забыть её не могу. Знаешь, — Наталья оглянулась, точно кто-то мог подслушать её, — я только сейчас поняла, папа… — осеклась, видно, удивлённая тем, что пришло ей в голову! — Они чем-то связаны тяжёлым, вот честное слово! Или папа любил эту женщину. Он часто забывал, что я здесь, называл её на «ты». Меня заставлял каждый день мыть ему подмышки и шею, рубашки каждый день менял. Он так ждал её! А как она войдёт, всё норовит приподняться, глаз с неё не сводит. Мне кажется, он виноват в чём-то перед ней.

—Забудь. — Володя обошёл стол, поднял Наталью на руки, понёс в комнату, уложил. — Прошлое вернулось, чтобы ты увидела его близко и выбросила. Это я виноват, растревожил тебя. Давай начнём жить снова, без прошлого. Ты скоро кончишь школу, поступишь в университет. Учись писать сочинения. Может, Лидия Сидоровна позанимается с тобой? Ты поступишь, я буду много зарабатывать. Выучишься ты, потом смогу учиться я. Увидишь, всё хорошо будет. — Он гладил её по голове, легко касаясь шеи и плеч, — боялся причинить боль. — Зачем копаться в том, что было сто лет назад? Жить — это нестись на машине с предельной скоростью. Не бойся, увидишь, я буду много работать, куплю нам машину. Спасибо тебе. Спасибо… — Он повторял, как заведённый, одно и то же, ладонями

ощущая её детскую, её женскую суть, её беззащитность, её довер-
чивость.

Осыпанные снегом деревья и фонари светили в бесшторное окно.
Наталья высвободилась из его рук, села, прижала ладошки к груди,
любимая её поза.

— Я очень любила его. Скажи мне, объясни, ты знаешь, он ни
в чём не виноват, правда? Миша не знал, он просто так, сгоряча
назвал его убийцей. Он не мог быть ни в чём виноватым! Он был
такой добрый!

— Та женщина — мать Прутика, Елизавета Петровна, — сказал
жёстко Володя. — Твой отец посадил её мужа — Геннадия, фактически убил, его расстреляли. Причина — он домогался её.

— Неправда! — воскликнула без голоса Наталья. — Тебя обманули. И Мишу обманули. Ты нарочно делаешь мне больно. Неправда. — Она встала босиком на холодный пол. — Ты жестокий. Ты хочешь, чтобы я о нём не помнила.

В их доме, в их городе — ночь. Февральская. Мягким снегом
укрыла деревья и землю. Вместо луны и звёзд — фонари.

— Тогда зачем я любила его?

ЧАСТЬ ДЕСЯТАЯ

Глава первая

1

Телеграмма пришла на старый адрес. В дверях белел листок: «Паша паралич приезжайте кто-нибудь».

«Кто-нибудь» — это она, Христина. Набрала картошки в погребе, и скорее домой.

Март — болезный месяц. Слёзы лить в марте. Могилы копать в марте. Врачей вызывать в марте. Огнём над нею стоит обманное солнце. Топит снег. Христина бежит звонить.

Отпросилась у Лены Борисовны, поехала.

…Паша лежала на своей высокой кровати. Прижались к стене подушки, подряд шесть штук, между Пашей и стеной.

В комнате — запах мочи и пота. Закупорены окна. Склонилась над Пашей. Паша моргает.

— Говорить можешь? — Не мигая, смотрит на неё Паша. — Можешь руку поднять?

Входит маленькая старушка в штапельном платье. Безбровое востроносое лицо именинно улыбается.

— Более недели лежит. Поперву повалилась на пол. Сколько лежала, не скажу. Мужуки клали на кровать. В больнице судно взяла. Рыхлая она у тебя. Сыну отбила телеграмму, нету слуху. От зятя пришёл ответ лишь на пятые сутки: «Анюта рожает. Родит приедем ждите». Зятя-то Вальку с детства знаю, приедет, только проку-то от них с дитями: старшему-то около трёх, да грудной на руках. Разве Нюрка теперя помочь матери? Говори, что будем делать. Ты — Валька, наверное? Ну точно, Валька. Про тебя жужжала уши.

— Паш! — Под дождём старухиных слов снова склонилась над сестрой. — Паш, моргни, слышишь? — Паша моргнула. — Поговорили вот так-то, — утёрла слёзы, поправила подушку. — Что ж это делается? Жизни нету никакой. Паш, моргни, болит у тебя чего? — Паша таращит глаза. Не моргнула. Не болит значит. — Не болит? — повторила. — Горячо тебе? — Паша моргнула. Горячо. — Где горячо? Голова? — Паша моргнула. — Лежи, Паша. Я тебе сейчас чистоту наведу. Что же это, Паша? — Вспомнила про старуху, повернулась.

Старуха стоит на коленках посреди комнаты, крестится часто, кланяется, шепчет непонятные слова. Богом отгородилась от Христины. Всхлипывать перестала, смотрит на бабку: истовая бабка, может, подымет Пашу?

О матери помолилась бы такая бабка — может, мать стала бы видеть. Христина хочет рядом с бабкой на колени бухнуться, да пусто в груди — одна жаль к матери да к Паше, больше ничего, как тут бухнешься?

Но вот бабка легко встала на ноги и снова зачастила:

— Врач прописал жидкую еду два раза в день, питьё тёплое. Таблетки вон те. Ещё ходят к Паше сёстры милосердные, делают уколы. Всю руку подчернили, гляди-ко. Я тебе скажу: нельзя оставлять одну. А у меня правнук на руках. Двухлетка. Шустрый. Оглянусь, перевернёт самовар, стянет скатерть. Всё убрала в сарай. Целый день играет на полу, я и могу подскочить к Паше. Родители на севере работают на машину. А я вот она, ещё гожуся для помочи.

Христина перестала слушать бабку, полезла в комод, достала чистую простыню и полотенце. Пошла в сарай, набрала углей. Разожгла самовар.

Бабка стояла на том же месте, всё говорила:

— Печку топлю утром. Вечером подтапливаю немного. Дрова ещё есть. Продуктам веду счёт. Манную крупу с картошкой не считаю. Считаю только курицу, провернула её.

Христина разодрала старое полотенце, намочила в тёплой воде, позвала бабку.

— Иди сюда! Я приподыму, а ты подложи тряпку-то, помой спину и зад. Слышишь, что ли? А потом подсунь чистую простыню. — Под живой гул самовара стала приподнимать сестру. Не Паша — кирпича тонна. Чёрная вонючая простыня.

— Чичас мой ангелочек спит, — пела под руку бабка.

— Тяни же, чего ждёшь?

Бабка неловко потянула, а отодрать не смогла. Христина подсунула под Пашу плечо, сама сорвала со спины и зада черноту, сама промыла спину, сама сунула чистую простыню.

Трудно переодеть рубашку. Паша норовит повалиться. Бабка едва шевелится, мелет языком про своего ангелочка. Всё-таки переодели. Взмокла Христина, раскосматилась, кинула в корыто простыню, рубашку, залила водой. Умылась над корытом, поливая себе из кружки, утёрлась и, наконец, уселась к столу, перед гудящим раскалённым самоваром. Только тогда повернулась к бабке. А та в комоде шарит.

— Ты чего там выглядываешь? Хоть раз-то Паше судно подсунула? Небось, так же резво кормишь. Курицу присчитала. Твой Бог только к тебе повёрнутый. От тебя никому пользы нету. Небось, и ангелочек твой мокрый да голодный ползает по голому полу.

И тут бабка переменилась, руки в боки поставила, криком зашлась:

— Заместо благодарностев получи, Ивановна, оскорбления. Я бросаю ребёнка. Я готовлю. А на меня метают громы. Раз ты такая прыткая, сиди сама. — Бабка засеменила к двери.

Христина проскочила поперёк.

— Погоди, Иванна, обиды не строй. Я дочку-школьницу бросила, мужа, мать больную. Давай по порядку. Я тебе заплачу, но ты мне блюди чистоту. Судно подай честь по чести.

— Да, подай! — снова закричала бабка. — Ты сколько силы истратила, чтобы поднять её? Разве у меня есть такая? Я своего ангелочка еле подымаю, а тут смотри…

Утробный Пашин зов оборвал бабкины слова. Христина кинулась к Паше. Налившееся краснотой лицо. Паша разевает рот, силится что-то сказать.

— У-у…ер…е… — Христина разобрала. — «Умереть хочу».

— Погоди, Паш! Я позвоню Васе и Лене Борисовне, дождусь Нюрку с Валентином. В чистоте будешь. — Бабке приказала: — Сиди, пока схожу на почту.

Целый час соединяли с Москвой.

— Одна Паша, в говне протухла, нету никого. Нюрку дождусь. Позвоните Васе, чтоб за Наткой следил.

Елена Борисовна успокаивала, учила, как ноги, руки растирать, сгибать, разгибать, чтобы кровь пошла, как марганец развести, им протирать зад и спину, а потом вазелином мазать, чтобы пролежней не было.

Три дня прожила Христина у Паши. Научилась Пашу ворочать. Намоет спину с задом, стряхнёт с простыни крошки.

— Лежи, Паша, в чистоте, поправляйся. Врач говорит: терпение нужно, руки двигаться будут, говорить будешь, а за ноги не ручается.

Много спала в эти три дня Христина, много уставала: тело налилось тяжестью, точно сама, как и Паша, в паралич улеглась. Отрубилась прошлая жизнь: ни Васьки, ни Натки, ни мамы в больнице. Только изба, по которой гуляет мартовское солнце. Паша мычит, самовар гудит, солнце по половицам стелется. Весна идёт!

Что с ней сталось? Она свободная от Васьки, думать о нём не хочет. Только Вовочка из ума не идёт: гоняет на своём такси, а денег домой почти не несёт. То за свой счёт старичка с палочкой подвёз, то детишек с заболевшей собакой катал по Москве, пока не нашли больницу для животных, то каких-то мешочников. На макаронах и кашах сидят они с Наташкой. Разве порядок? Денег не умеет Вовочка заработать. А что есть важнее денег? Медсестре сунь рублик, чтобы помогла маме, врачу сунь, продавщице сунь, чтобы оставила масла да молока. Не настоишься ожидаючи, когда привезут. Везде рублик. Без рублика никуда. От Васи ученье переняла: теперь ему ни копеечки не покажет, лишнюю сунет в укромное местечко — Вовочке отложить! Что с ней? Человек она, вот что.

Подкатили прямо под окна Нюрка с Валентином, захлопали дверцы машины. Паша руку подняла, загудела, как самовар. Даже звуки получились: «То-то-то!»

Не соврал доктор — будет Паша говорить!

Первым вошёл мальчик.

— Это тоже мой дом? — спросил важно. — Я Николай, Валентинов сын. Меня в честь мамкиного отца так назвали. — Меховая шапка больше мальчика. Валенки, шуба. — Я из мороза приехал.

— Мама!

Нюрку Христина не узнала. В рыжей толстой шубе, в рыжей шапке, что больше неё. Нюрка, не раздеваясь, попёрла прямо к матери, к материну лицу поднесла ребёнка.

— Смотри, мама, ещё внука родила тебе. Серёжей назвали, в честь Валиного отца.

Вдруг сердце кольнуло: а ведь Серёжа в её честь сына назвал!

Валентин зашёл позже всех.

— Где моя тёща? Спасибо тебе, тёщенька, за Анюту. Спасибо за сынов. Хватит болеть. Давай расти детей.

Сияла Паша глазами, порывалась ответить лаской на ласку, пыталась руку поднять. Звала:

— Ню-ню-ню! Ва-ва-ва!

— Я Николай, сын Валентина, — мальчик всё стоял одетый. Под солнцем таял розовым личиком. — Где моя баба? Кто разденет меня?

Христина охнула: на Серёжу похож! И опрометью кинулась к мальчику.

— Ты с северного полюса приехал? — запела. — А у нас уже нету зимы, видишь, снег на исходе, солнце греет.

— У нас там день, один свет теперь!

Христина размотала шарф, сняла шапку — беленькая, пушистая, как у Серёжи, головка засветилась под солнцем.

— Ты моя баба?

— То, то, то! — силится сказать Паша, приподнимает правую руку. Рука падает на кровать.

— Тёть Валь, здравствуй! Спасибо за помощь! — Разделась Нюрка, и всё равно не узнаёт её Христина. Совсем важная барыня. Одета как барыня. И разговор важный. Голос сытый. — Мам, я привезла тебе брусники. Варений всяких.

— Тёщенька, ты ведь сделала мне счастье. Поправляйся, тёщенька, буду уважать тебя. Я вызвал от сестры мать. Если сумеет приехать, будет ухаживать за тобой.

Запищал грудной. Загудел самовар. Нюрка спросила:

— От брата есть чего? — Христина покачала головой. — Суки! — сказала Нюрка старое слово из своей жизни. — Зажирели. — Пошла к грудному. Не пошла, полетела, развеваясь пушистым шарфом, оглядываясь на мужа.

2

Дом без неё не изменился. Как стоял, так и стоит. Не померли без неё Васька с Наткой: ели как полагается, спали, работали и учились.

— Мама! Дядя Лёня заболел. Звонила Катя к папе на объект, велела сказать: сердце болит. Наказала приехать. Дядя Лёня очень ждёт тебя.

— Пусть Верка за ним, барыня, ходит. — Увидела гарнитур — Лёнин подарок, прикусила язык. — Ладно, съезжу!

Мать выписали домой.

Вошла мать в квартиру, долго стояла в передней, куталась в новую кофту.

— Я тебе, мама, блинов напекла с мясом. Вечером пирогов напеку. Идём, посмотри… — Прикусила язык.

— Бабушка, у нас светло, просторно. — Натка повисла на бабкиной руке. — У тебя отдельная комната, я с папой и мамой. На двор ходить не надо. Есть туалет. Вода спускается. — Натка привела мать в кухню. — Садись на диван, здесь мягче. Я тебе всё расскажу, где у нас что лежит. Мы с папой сделали полки для круп, кастрюль и сковородок. Купили новые кастрюли… — Васино отродье Натка. Только и знает: «Мы с папой». — Ешь, бабушка, блинчики вкусные, я побежала, меня папа ждёт на объекте. Мы тебе вечером принесём палку.

Христина разогрела матери еду, стала тереть плиту, завела тесто для пирогов.

— Не плачь, Валь, — сказала строго мать. — Хочу поскорее умереть. Я, Валь, тебе в тягость, я знаю.

— Молчи, мама! — закричала она. — Что такое говоришь? Я тебе шерсть купила, вязать будешь. Твои носки, варежки продавать стану. Сыта будешь. Вымыта будешь. Ешь блинчики, мама. Вот смотри, — прикусила язык, снова закричала: — Я, мама, пироги в масле нажарю, как ты любишь!

Строгая сидела мать. Радужка фиолетовая. На ней тёмные точки. Не скажешь, что глаза не видят. Получается, мать не на неё смотрит, на Васину полку за её спиной.

— Я, Валь, своё прожила. Тебе помеха. — И тут же, без перехода: — Никогда, Валь, при своих детях не живи. Сильно мучилась я через то, что вам с Васей лишняя. Моей жизни давно нет, есть ваша. Я — прихлебатель.

— Слово какое сказала! — Стала думать: мучилась мать с ней! Почему допустила, чтобы мать мучилась? Заплакала. — Ты такое говоришь, ты для меня... я к тебе... — Что она «к матери»? Не думала о ней. Вяжет и вяжет, моет кастрюли и моет. Бессловесная мать вовсе.

...Два месяца ходит мать по новому паркету, пьёт чай с ней. А не получается у Христины всю себя матери отдать: то к Лене Борисовне надо, то к Лёне поедет — слова складные сказать, чтобы поддержку Лёне сделать, картошки наварить, то к Паше — помыть её вместе с Серёжиной женой Маней.

Горячо Христине рядом с Маней: Маню Серёжа ночами ласкал, Мане детей наделал. У Мани нос курносый, губы верёвочкой, глаза, как у собаки, смотрят, преданные. За Маниными плечами целый день Серёжа.

Пошёл Лёня на поправку, и перестала к нему Христина ездить. Теперь целый день проводит с Леной Борисовной.

Всегда в июне уже завязаны яблоки. В этом только цветы рассыпались по деревьям. У Натки каникулы наступили. Спокойнее стало Христине: Натка с матерью сидит.

К Лене Борисовне идти — мимо старого дома.

В тот день зашла в свой старый двор. Смотрит на белые цветы. Дом совсем обмяк, фортки разбиты. Лишь подпол жив.

Не сносят дом — видно, берегут память об их жизни.

В её доме птицы, кошки и мыши зиму зимовали.

Входит в комнату, стоит на пыльном полу.

Сколько лет жили... Прошлая жизнь не воротится. Илья не воротится. Вася, прежний, которого без памяти любила, не воротится. Бродит в ней ветер, выдувает из неё терпение к Ваське. Не бежит теперь к нему навстречу, разговор его слушать не хочет. Начинает он слова тянуть, убить готова.

«Вы, Христина Андреевна, — человек. Уважайте себя. Не унижайтесь», — слова Лены Борисовны пробирают её до сердца.

Лена Борисовна свою работу работает, Христина — свою. И Евгению Львовичу тельняшки с рубашками стирает.

Зачем курит Лена Борисовна?

Умная она, грамотная, целый день пишет за столом: листок, листок…

Говорил Капитон: учись, Валька. Почему не училась?

Лёня уговаривал: учись, Валька, ходи в школу, без учения темно. Не послушала Лёню.

Даже Муху не послушала.

Птицы гнёзда свили в комнате. А весь пол в белых лепёшках. Птицы здесь живут.

Яблоня цветёт. Белые цветы. Новая весна. Новое лето.

Не успела к Лене Борисовне прийти, телефон звонит.

— Мама, иди домой, бабушка упала. Мы с соседкой уложили её.

Бежала всю дорогу. Что сделает Натка?

Мать лежала на высоких подушках, улыбалась. Глаза глядят мимо Христины. Склонилась к матери.

— Мам, что болит? — Мать улыбается, а у Христины от той улыбки по спине пиявки ползут. — Беги, доченька, в поликлинику, всё разобъясни, врача зови, — приказала Натке. И снова к матери: — Скажи… — Ловит рваные слоги — «бо», «про»… Догадалась: «Бога просила». — О чём, мама, просила? — Догадалась: «о смерти». Вот почему мать улыбается: послал. «Хотела… ты умерла…» — догадывается Христина. Снова церковь, мать просит, чтобы Бог взял её, девчонку, на небо. Всю жизнь гнала эту память от себя. «Ты… глаза… закроешь». — Мать улыбается скошенным лицом.

Христина берёт её руку. Неживая, тяжёлая. Отпускает. Рука падает на кровать. Губы ещё шевелятся, одной стороной — «ты… ты…»

— Жить будешь, мама! Вязать будешь. Кушать будешь. — Говорит. Понимает — уходит мать.

— Ты… закроешь, — улыбается мать.

Говорит мать эти слова? Или она догадывается о них?

— Во-ву! — выдыхает мать.

— Удар, — говорит врач, тощий старик. — Жить не будет.

Вовочка ворвался в дом. Христина кинулась к нему:

— Сыночек, бабушка помирает.

Склонился над матерью, позвал:

— Баба Устя! Баба!

Дёрнулось материно лицо новой улыбкой. Раскрылись глаза, уставились не видя на Володю.

— Сынок… — догадалась Христина. — Живи… — Ещё что-то порывалась сказать, лицо кривилось в неимоверном усилии, в боли — что не может выговорить Вовочке того главного, без чего ей нельзя уйти.

Сколько часов стоит над мёртвой матерью, с сине-чёрным виском! Входят, выходят люди. Лёня оказался рядом. Вася тонким голосом говорит непонятное. Вовочка сидит на стуле, согнутый к коленям.

«Хотела, чтобы ты умерла, а ты мне глаза закроешь», — вот что сказала ей мать. Значит, сказала спасибо.

Не поговорила с матерью напоследок.

Ходили по квартире люди.

Вася сердился:

— Хватит, Валя, реветь, тишину сделай. Покойник, значит, любит тишину. А нас, это, мучишь.

Она не слушала Васю. Мать у неё померла.

Всю жизнь мать прожила тишком, без своего голосу. Для неё, для Христины, прожила. Для её детей.

Чай любила пить.

А скоро Вовина Наталья поступила в университет учиться на историка.

3

Пашу похоронили через полгода. По густо набитой людьми избе ходил белоголовый мальчик, похожий на Серёжу.

— Давайте познакомимся, — заговаривал с каждым: — Я Николай, сын Валентина.

Домой вернулась, всё слышала его голос.

Паша умерла в декабре. А в январе у Вовочки родилась дочка. Назвали Майей.

Без матери дом не дом. Натка растёт при отце. Сразу после школы едет в Мичуринец и там отшагивает три километра до объекта. Там делает уроки. И мастерит с отцом не понятное ей, Христине. Новая квартира — пустая. До вечера. Вася приводит Натку спать.

А она теперь каждый день после Лены Борисовны и техникума идёт к Вовочке. Писк Майи для неё, как щекотка: сам собой растягивает рот до ушей.

— Агу, агу, ладушки, ладушки. Где были? У бабушки? Майя! — зовёт она внучку. Подхватывает на руки, носит по комнате, пока та не замолкает. — Вот и ладно, Майечка. Теперь будем кашку кушать. Ты любишь кашку?

Своих детей Христина не растила, мать их поднимала. Растёт Майя на её глазах. В тот день, когда Вовочка работает, ни свет ни заря стремглав несётся к внучке Христина. Вот Майя узнала её, заулыбалась дёснами. Вот откликнулась на имя. Вот пошла. Вот сложила слово — «баба». Вот озадачила серьёзным разговором: «Куда девается снег весной? Откуда приходит зимой? Почему говорят «солнце встаёт», если папа сказал: «Земля ходит вокруг солнца»?».

Забегает Христина и в дни, когда Володя дома. Плачет, смеётся над внучкой, верещит в беспамятстве:

— Умная какая. Мозговитая! Ты у папочки спроси. Ты у мамы спроси. А мне скажи, где у Майечки рот? Покажи, Майечка, глазки. Животик у Майечки маленький, волосики — чёрные… Агу, Майюшка, ладушки. — Причитает и тогда, когда Майе уже четыре года. — Давай, Майечка, пироги печь. Себе сделаешь свой пирожок. Не хочет Майечка яблочка? А блинов не хочет Майечка? Вкусные блинки.

Услышит такое Володя, уводит мать от Майи:

— Ты, мама, балуешь её! Не будет с ней сладу. Ребёнок должен сам с собой уметь заниматься. А ты приучаешь её к рукам, всё таскаешь, хотя ей уже четыре года. Уходишь, Наталья не может заниматься, а у неё экзамены. Иди, мам, домой.

Как водопадом падают на Майю её ласки да милости, так на Наталью с Володей обрушиваются недовольства:

— Рожали дитё, занимайтесь с ним. Какие-такие «экзамены»? Мать она или мачеха? С ребёнком не поиграть! Где это видано? Жена у тебя балованная. Почему ты Майино бельё стираешь? Почему ты готовишь обед? Разве ты — баба? Наплачешься с её учёностью, вот увидишь, — бушует Христина, сама не понимая, что с ней делается, когда говорит о невестке.

В одну минуту вытуривает она Володю из кухни, начинает делать те дела, что делал он до её прихода: шинкует капусту, вертит мясо, варит суп, стирает Майины одёжки.

Её раздражает, что Наталье отдали целую комнату. С утра до ночи сидит в ней, как барыня, окружённая книжками. А Вовка ей жратву тащит — то бутерброды, то котлетки.

Работает Вовка сутки, а вторые — обихаживает жену, с утра до ночи в услужении. Не наглядится, не надышится. На дочь так не смотрит, как на жену.

Нарочно не закрывает Христина дверь в ванную, чтобы Наталья слышала, как рядом с её комнатой падает вода, чтобы совестью пробудилась и вышла постирать своему дитю.

Но Наталья не выходит, словно ничего не слышит. И не просит закрыть дверь. И Вове не жалуется. А Вова смотрит на кухне телевизор. Её зовёт Майя:

— Баба, я построила дом, иди смотреть! Баба, я нарисовала человека, иди смотреть.

Христина бежит к ней с мокрыми или мучными руками, на ходу вытирая их о фартук, откликается издалека:

— Иду, иду, Майечка. Бросили одну бедную! Вовка, ты чего хоккей смотришь? Тебя не касается ребёнок? Зовёт же, играть хочет. Родители на дитё внимания не обращают. Ни денег больших заработать, ни с ребёнком поиграть!

— Тише, мама, — просит Володя, — ребёнок должен уметь сам играть. Тише, у Натальи завтра экзамен.

…Майя растёт.

— Баба моя любезная, — говорит Христине.

Кто научил ребёнка таким словам? Христина от них тает.

— Баба — самая лучшая. Баба — самая красивая! Баба мне шоколадку принесла.

Получает Володя вовсе не столько, сколько думал, да ещё половину тратит не туда, куда надо. На мойке дай, слесарю дай, диспетчеру дай, механику дай. Не дашь, не поедешь как человек или час в очереди простоишь. А ему вынь да положь жену побыстрее. Нет того, чтобы сэкономить. Домой приносит ерунду. И Христина учит сына:

— А ты не давай! Лучше час постоять, куда тебе спешить? Пусть барыня сама по дому покрутится, а ты ей — денежки! Не вороти морду. Не смей возить бесплатно. Всем не поможешь. Положено платить, плати. Я тебе скажу своё слово, а ты слушай, — ругается Христина. — Неправильно живёшь. Даже на еду твоих денег нету, мать дай. Всю получку тратишь барыне на тряпки. Итак, одета лучше тебя. На дочку мать дай! Растёт дитё не по дням, по часам. Разве напасёшься? А ты только Наталью свою знаешь: Наталье — сапоги, Наталье — платье, Наталье — пальто в ателье. Прорва. Я последнее волоку, что у Лены Борисовны получаю, — всё вам.

— Тише, мама, тише! — просит Володя. — Наталья услышит. Не приноси нам ничего. Не надо нам ничего.

— Вот и хорошо, что услышит. Пусть слышит. Может, совестью заболеет. Я правду говорю. Книжки-то денег не дают. Заработай ещё где своей барыне на сапоги. Мало ли денежных должностей?! Как это «не приноси», а что жрать будешь?

— Тише, мама, тише! — Володя закрывает дверь в кухню.

Изо дня в день громыхает Христина сердито кастрюлями. Изо дня в день выговаривает сыну. Однажды невестке выговорила, наедине:

— Ты, Наталья, — учёная, а не понимаешь, что за Вовочкой ухаживать надо. Ухаживать ты должна. Обижаешь мужика. В бабу превратила.

Ничего не сказала Наталья, поджала губы. Но, лишь ступит теперь Христина на порог, уходит к матери. Вот и ладно, уговаривает себя не обижаться на это Христина. У неё дело есть: Майю нянчи, обед вари. А сама не утерпит, на секунду останется с Натальей наедине, без Володи, снова за своё:

— Не нравится правда, бежишь от правды. Мужика в бабу налади́ла. Эх, Наташка, пожалеешь ещё!

Что с ней стало, — сама себе удивляется. Сроду голос ни на кого не поднимала. Никогда никого не поучала. Всю-то жизнь обиду глотала. То ли Васька сокрушил её своей пятёркой, то ли смерть матери, то ли барыня Наталья, обложенная книжками, обиду вытянула наружу… только терпеть Христина нынче ничего не хочет.

…Не успеет войти к Лене Борисовне, перво-наперво — к телефону. Кричит на Васю:

— Натку накорми вовремя. Знаю тебя. «Ешь, Натка, кусок чёрного хлеба». Щи там наварены. И сажай за уроки, последний класс, понимать должен. Дику хлеба намни. Молоком или щами смочи. Знаю я, как ты к животине относишься. Снегу полижет, воды попьёт, и ладно. На объекте долго не сидите, как сторож придёт, сразу чтоб домой: Натке вставать рано.

Кричит Христина. И не столько в словах злость, слова, может, и обычные, сколько в голосе: убить готова Васю голосом.

Откричит нужное Васе, давай Володе выговаривать. Тут уж не злость, тут уж боль:

— Послушай мать, заставь жену обед варить. Рази мужицкое дело — у плиты стоять? Деньги тратить любишь, а лишнее подработать — нет. Я на трёх работах сгибаюсь, а ты через день дома.

Откричится по телефону, за кастрюли принимается да за сковородки. Отчистить их нужно. Потом собакам сварить — к Лене Борисовне со всего посёлка голодные собаки бегут! Картошки, моркови начистить. Все комнаты убрать. Постирушку сделать. Мало ли дел в большом доме?

Евгения Львовича Христина боится.

Спина прямая, плечи широкие, голова пышная. Строгий очень. Два случая напугали её. Шарф у него пропал. С ног сбились — нету. Ничего ей Евгений Львович не сказал, страшно на неё смотрел. А ещё как-то она вошла неожиданно, он замолчал, словно его разговор ей не надобно слушать. Ни о чём с ней не говорит, будто она и не человек. Съест положенное, перебросится словами с Леной Борисовной и — в кабинет!

Сгибается Христина над ванной, над полом, разгибается. Чистит, моет, гладит, а сама ждёт не дождётся обеда, когда с Леной Борисовной вдвоём останется. Через Лену Борисовну кончилось её терпение. Всё чаще про себя называет себя Христиной. Всё чаще вспоминает Серёжу. Обиды на Илью, на Васю ей голову кружат, тошноту вызывают.

— Скажи, Лена Борисовна, для чего живёт человек? — спросит за обедом. — Всё одно помрём.

— Для любви, Христина Андреевна, для творчества.— Начнёт Лена Борисовна рассказывать ей о каком-нибудь великом человеке: о Галилее, Тиле Уленшпигеле, Жанне д'Арк. Всё непонятные имена берёт… и не выговоришь их.

Слушает Христина её, позабыв о еде. Смотрит, как дым обволакивает лицо. Вот, оказывается, какие люди на свете жили! За других мучились. Только к её жизни отношения не имеют. Далеко от неё жили, за Суковым, не увидишь отсюда. Даже из Москвы не увидишь.

Когда совсем разомлеет Христина от голоса Лены Борисовны, тут Лена Борисовна и охладит её:

— Мне кажется, Христина Андреевна, зря вы так разговариваете со своими родными, обижаете их. Всем трудно, разве не так?—Лена Борисовна говорит ласково, необидно.

А Христина вскидывается:

— Их обижаю? А меня не обижают? А мне сладко? Я всё бегом. В лес бегу—Натке с Васькой обед наварить, собаку кормлю. Не прибегу, не покормят Дика, так, корку бросят. Дома еду варю. Стираю, барыню обслуживаю.

— Почему же она—барыня? Она в университете учится. Вы знаете, сколько нужно труда, чтобы стать профессионалом? Она видит, вы помогаете, вот и спешит, занимается. Не осуждаете же вы Евгения Львовича и меня за то, что мы целый день сидим за столом— такие у нас профессии! И у вашей невестки—похожая. Вы радоваться должны.

— Радоваться? А кто им жрать несёт? Я. Разве хватит у меня сил? В техникуме полы мою. Здесь работаю. Сутки в сторожке сижу. Какая же у меня жизнь? Кто меня пожалеет?

Додумалась Христина к старости: её никто не пожалеет, сама себя должна пожалеть. Вот и научилась плакать над собой, по своей пропащей жизни.

Лена Борисовна принимается следующую историю рассказывать. И рассказывает, пока не кончится её перерыв и не уйдёт она снова за свой письменный стол.

Умная Лена Борисовна, а жизни не понимает. Что будет кушать Вова со своей барыней, если она не принесёт еды и не сунет денег?

…Не успевает перейти порога Вовиного дома, начинает давать разнос всем, кто под руку подвернётся.

Наступил день, когда Володя обрубил её:

— Ещё одно злое слово скажешь, уйдём из дома, выхода у нас нет. Пользуешься тем, что помочь нам некому, Лидия Сидоровна работает с утра до ночи и сидит с Мишкиными близнятами. Ты как с цепи сорвалась, один крик от тебя. Или помогай молча, или не помогай вообще.

Обиделась Христина, ушла, хлопнула дверью. Отправилась на объект — на Ваське с Наткой свою злость срывать. Шла по Суково, ногой землю с травой поддавала, на станции Любу встретила. Любе спасибо — тогда с облигацией помогла! Люба теперь совсем надутая стала. Директор магазина, не как-нибудь.

— Валь, ты чего тучей двигаешься? На кого зла? Кому бить морду? Только скажи.

Взяла да выложила обиженная Христина, как Вовку кормит — Вовка копейки приносит, как барыню обихаживает.

— Определяй, Валь, его в официанты. Курсы полгода. Полгода потерпишь. Покормишь, пока учится. А потом будет самый богатый, самый сытый. Такая профессия.

Глава вторая

1

Он работал как положено: через день.

Нравилось ли ему быть таксистом? Вначале нравилось — людям нужный. И на колёсах: в эту минуту здесь, в следующую — за несколько километров отсюда. Но всё равно жил он ожиданием: когда распахнёт перед женой дверцу машины около университета и повезёт домой. Пятьдесят остановившихся минут. Наташа пересказывает что узнала:

— Антигона, жившая в Фивах, нарушила вековые традиции — похоронила врага. Этот «враг» — её брат. Он пошёл войной против Фив, чтобы отвоевать свой собственный город. Его убили. Врагов хоронить нельзя. Оставить человека не погребённым тоже страшно: тень его будет вечно блуждать. Антигону казнили. — На Володю обрушиваются незнакомые имена: Эврипид, Аристофан, Софокл… Странные традиции. Странные характеры. А любят древние греки и римляне так же, как и он. Наташа сидит повернувшись к нему. Пальто распахнуто. Розовеет шарф — баба Устя связала. Раз в месяц Наташа стирает его в порошке и гладит через тряпочку. — Я сегодня перепутала даты. Стыдно было. А у тебя как дела?

Он рассказывает о двух девочках, потерявших маму, о человеке на костылях — приехал к дочке, а дочка не захотела принять его, сказала: «Нечего было ногу ломать. Выздоровеешь, приезжай гулять с внуком. А так ты мне ни к чему. За тобой ещё ухаживать».

Первое время Наташа радовалась встрече с ним в середине дня, ещё спешила домой, к Майе, чтобы отпустить мать. Но время это проскочило, и Наташины рассказы стали терять живые краски, детали, прерываться зевками. Его стала слушать невнимательно. В самом деле—зачем ей незнакомые девочки, смешной весёлый старик со словечком «цирк» к месту и ни к месту, женщина с тремя собаками сразу, болтовня пассажиров о дублёнках и цыганах, займах и мелиорации? Расставшись с Наташей, он обессилено вис на руле. Не мысль, не утверждение: он теряет равновесие.

Из ночи в ночь—сон: хочет обнять Наташу, а между ними раздувается шар, и Наташа скрывается за этим шаром, до неё не дотянуться. Просыпается в холодном поту, обнимает жену—вот же она, здесь, что привиделось? Но она выскальзывает из его рук—«Я спать хочу, Вов!».

Мать кричит: «Зарабатывай деньги». Наталья прячет от него глаза. В светофорах, в подмигивающих ему подфарниках машин, несущихся впереди, в лицах пассажиров корячится вопрос: что случилось? Володя повисает в пространстве, руки и ноги—без опоры. Что случилось? Ей надоело делить с ним свои знания? Ей скучно с ним? Он когда-то читал книги. В электричке, в паузы между гонками по Москве листает Эврипида, Аристофана, но для Наташи они уже прошли, а что сейчас интересно ей, уже не знает.

Проехал на красный свет, превысил скорость, развернулся не там, где можно…—нарушение за нарушением. Дырки в талоне—кружевной каймой. Нужно менять талон. Штрафы. Лекции по воскресеньям в ГАИ.

Наказания милиции не трогают его. Снег идёт. Дождь идёт. Солнце светит. Солнца нет. Всё всё равно. Наташа перемогается рядом с ним, уже не прячет зевков.

—Свободно?—Бородатый, двухметровый мужик лезет к нему в машину.—Кого ждёшь около храма наук? Небось, барышню?—Стучит счётчик, бас раздражает уши.—Свези недалеко. Успеешь вернуться. Очень спешу. По вызову, что ли? Долго ждёшь? Смотри, два рубля набило! Не очень кто-то спешит. А ты, видно, богатый.

—Куда тебе?—Володя рванул машину так, что мужик чуть лоб не разбил.

—Даёшь, парень! Или злости, или беды в тебе много. А я только из экспедиции. Такой город раскопали! Кувшинов подобных сроду не видел! Сила!

Не успела Наташа сесть к нему, как Володя выпалил ей всю информацию, какую получил от бородатого начальника экспедиции, ни мельчайшей детали не выпустил. Плоские круглые медальки с изображением человеческого лица, рассыпающиеся мумии…

Наташа принялась задавать вопросы. Но сидела прямо, смотрела в идеально чистое стекло — он особенно заботился о её окне, оттирал до полной прозрачности. Он отвечал, а когда замолчал, наступила тишина. Такая, что он заробел.

— Ну, а твой день как?.. — Помимо его воли, голос зазвучал умоляюще: мол, расскажи, как прошёл, повернись ко мне.

Но Наталья так и не повернулась и не стала ничего рассказывать, лениво сказала:

— Обычный: лекции, семинары. Что может быть нового? Всё то же… — Сказала это легко, улыбаясь.

Тогда она ещё при нём улыбалась!

И дальше ехали в молчании.

Володя всегда старался продлить их путешествие, полз на предельно низкой скорости, долго не трогался из-под светофора, за что его освистывали милиционеры и обкладывали матом всегда спешащие водители. Деньги за путь с Наташей платил он сам. Это был его обед. Первое время Наташа совала ему утром в карманы бутерброды, яблоки, котлеты, понимая, какой платой он расплачивается с государством за потерянный час, а потом стала забывать, и случались дни, когда он не ел с шести утра до десяти вечера.

В тот день он был очень голоден. Поднимется домой, поест горячего. Суп наверняка есть — мама без супа не может.

Молчание Наташи усиливало голод.

— Поговори со мной! — не выдержал он.

— О чём? — мгновенно откликнулась она.

— Расскажи, что сейчас проходишь.

Он уже устал ждать — так долго она молчала, когда раздался её тихий ответ:

— Ты не поймёшь.

— Почему не пойму? — захолодел Володя. — Раньше понимал.

— Мне скучно с тобой, — решительно сказала Наташа. Он резко затормозил. Ждал, что скажет ещё. Она сказала: — Ты хотел пойти учиться. Почему не идёшь? — Повернулась к нему. — Иди к нам на факультет. После армии поступить легко, льготы! Ну, закончишь после меня, но у нас будут общие разговоры, одна профессия, мы будем вместе! Очень прошу тебя.

— Кто же станет нас кормить? Мать уже выбивается из сил. Мы же договорились: закончишь ты, устроишься на работу, и тогда поступлю я.

Он покривил душой. Дело не в том, что они так договорились, ему просто нравится быть шофёром. Нравится калейдоскоп людей, нравится возить Наташу! Знала бы она, как мчится он от Суково обратно в Москву с пассажиром или без: мелькают столбы, дома, деревья. Есть дорога и он!

До самого подъезда Наташа не сказала ни слова. Дождался, когда она хлопнет дверцей, и сорвался с места.

Ей с ним скучно!

Как он носился в тот день!

Опять проехал на красный свет. Милиционер хотел отобрать права, Володя дал ему десятку.

Тот день не кончился благополучно. Поняв, что машину на спущенном колесе несёт вправо, в последний миг сумел вывернуть руль, но врезался в столб на предельной скорости. Правое крыло всмятку.

Остался жив. И даже не пострадал. Чудо или не чудо?

2

Домой пришёл утром. Мать встретила криком:

— Где шлялся? Наталья попросила до тебя посидеть, опаздывала. — Тут же оборвала крик. — Вовочка, сыночек, что с тобой? Ты весь чёрный. Ты не спал? Садись, поешь. Ложись, Вовочка, сыночек! Тебе нужно поспать.

— Пап, мама не спала всю ночь, бегала по квартире, говорит, случилась беда. Из автомата звонила в несчастные случаи. Поешь, папа.

Майя — высокая для своих четырёх лет. Худенькая. Похожа на него. Только губы у неё Наташины. Володя, когда говорит с дочкой, только на губы и смотрит.

Голова кружилась. От голода поднималась горькая тошнота. Вермишель горячо падала в желудок, давила. От этой сытой тяжести ещё больше закружилась голова. Стала клониться к столу. Спать.

— Вовочка! — Вкрадчивый голос матери тёплым сном проникал в желудок. — Люба говорит, можно без отрыва от производства учиться на официанта. Есть вечерние курсы через день, есть которые каждый день. Сытый будешь, деньги погребёшь лопатой. Твоя профессия опасная. Уважь меня, Вовочка. Я поговорю с Леной Борисовной, буду к ним ходить с двух, буду сидеть с Майей.

— Майя пойдёт в детский сад. Хватит ей твоего крику. Наташа из-за тебя… — вскинул голову, снова уронил.

— Пусть, сыночек. Уважь меня, пойди в официанты, при еде будешь. Прибыльная работа. Обуетесь, оденетесь. Жена станет довольная. Она, небось, из-за денег, мало приносишь.

Он уже спал, под вьющийся голос матери, под Майин лёгкий говорок, под шум позабытого чайника.

…Такси не бросил. Пошёл учиться на официанта. Но и за рулём, и в классе с того — Наташиного дня себя не ощущает, болтовню пассажиров и не нужных ему учителей не понимает. Кто-то вместо него едет на работу и с работы, на занятия и с занятий. Есть только то, что Наташе скучно с ним.

Наташа отказалась ездить с ним днём домой. То дополнительную лекцию устроили, то преподаватель задержал. Вечером он спешит домой: скорее добраться до Наташи.

А она не одна. В его доме объявился Прутик. Приходит каждый день. Сидит на его, Володином месте. Прутик поступил в университет. С Наташей ездит на занятия. С Наташей возвращается. На него, Володю, не смотрит, словно они не знакомы. Полно, Прутик ли это?

Жмёт сердце, ничего в этой жизни Володя не понимает.

Повернула голову Наташа, улыбнулась, усмехнулась, съела котлету. Играет с Майей. Наташа — его жена.

— Садись, Володя, ужинать, — приглашает его. Ставит перед ним еду и, точно его нет, продолжает говорить с Петром. — Стенька Разин для меня отнюдь не герой. Сидел на своём утёсе «Лепёшка», выглядывал купцов — ограбить их, убить, когда станут перетаскивать свои товары через Переволоки. Обыкновенный бандит. Разве он смел убивать людей? Они жили своим трудом, ему ничего плохого не делали.

Пётр, точно верёвочкой, привязан взглядом к Наташе.

Откуда он вдруг взялся, когда начал виться вокруг Наташи? — Вопросы появлялись, таяли. Они были не главные. Главный: как жить ему теперь, если Наташе с ним скучно?

Прутик его не замечает. Он совсем иной, чем прежде. Уверенность в себе, развернувшая его плечи, выпрямившая спину, прояснившая глаза, мешается с робостью перед Наташей.

Выгнать его нельзя. И потом только при Петре он теперь слышит Наташины мысли. Почему Наташа считает Петра умнее его? Он хоть сейчас может поспорить с Петром. Он ещё помнит кое-что из прошлых книг, и у него есть своё мнение.

Но как рот откроешь? В доме власть Петра над Наташей — вон как она разошлась, чуть не кричит в голос!

Ночами они с Наташей одни. Как прежде он исступлённо целует её, гладит руки, волосы, шепчет бессвязные слова, не потускневшие за много лет, просит прощения неизвестно за что, молит неизвестно о чём. Сжимая её колючие плечи, торопится надышаться ею.

Она покорна, даже ласкова. Отвечает губами его губам, прохладными пальцами касается его спины.

И он забывает о Петре. До следующего вечера.

Как разнятся день и ночь! Как нетерпеливо ждёт он ночи!

В последний день работы не ездил — летал в беспамятстве. Ощущение свободы. Он не обманывает себя: свободы, конечно, нет—какая свобода, когда мчишься туда, куда нужно пассажиру? Но в том, как он выворачивает машину из общего ряда и обходит плотную колонну, в том, как проскакивает на жёлтый, превышая скорость, и гонит машину вперёд,—свобода есть! Свобода есть и в выборе пассажиров: он не сажает пьяных и надутых. Но, если вскидывается старушечья рука, или неказистый человек в поношенном пальто и обшарпанной шапке вертит головой в поисках такси, он резко тормозит. Зовёт он себя «скорой помощью».

Вернувшись в парк, встаёт в длинную очередь.

— Ты что, Вовка, офигел?—спрашивают его.—Проезжай!

Но в этот последний свой день он сам трёт бёдра своей «Волги», сам проверяет масло и воду. А когда остаётся кинуть ключи на стол диспетчеру, усаживается в машину. Сидит, трогает счётчик, стекло, спрятавшее спидометр с часами.

Он ушёл из парка, лишь когда сменщик выехал на его машине. Электрички уже не ходили. Пришлось брать такси.

Наташа не спала, точно понимала, что с ним сегодня произошло.

3

Ресторан в Суково не такой праздничный, как «Прага», но тоже уютный. Не снизу, с посетительского места, а с официантского кажется: ты—хозяин зала, к тебе пришли гости, они голодные, и от тебя зависит, наедятся или нет, улыбнутся или нет. Как на улицах Москвы Володя спешил кинуться на помощь людям, так и теперь, скользя по паркету, на вытянутых руках нёс гостям утоление голода: дымящуюся солянку, ростбифы, шашлыки.

Володя любит запах еды, привык кормить Наташу. Каждый раз кажется: ей он сервирует стол, ей несёт цыплёнка-табака, взбитые сливки и кофе.

Особенно нравятся ему свадьбы и юбилеи. Золотая свадьба. Аккуратные старичок со старушкой. Смотрят прямо перед собой, стесняются, как молодые. Дети, внуки толпятся вокруг них. Подарки, поцелуи, благодарности, слёзы. «Горько!»—веселятся дети и внуки, таращатся на юбиляров: старики целуются неумело, словно в первый раз в жизни, осторожно, стесняясь, касаются друг друга губами. Володя смотрит с жадностью, как они целуются.

Они с Наташей тоже проживут вместе пятьдесят лет и тоже устроят золотую свадьбу. Майя со своими детьми им подарит транзистор. И они с Наташей тоже будут сидеть вот так, под благодарными взглядами.

—Горько! Горько!

— Молодой человек, — трогает его за плечо сын юбиляров. — Мы вас очень просим, выпейте за моих родителей. Они нам отдали всю свою жизнь. Для себя ничего не добились, а нас, пятерых, вывели в люди. Вы — свидетель нашего счастья, пожалуйста, выпейте с нами.

Володя пьёт зажмурившись. За Наташу пьёт, за их золотую свадьбу. Голова становится горячая, и он начинает рассказывать мужчине, какая у него Наташа. А мужчина уже забыл о нём, побежал к кому-то.

Имя «Наташа» звучит в музыке, в разговорах, в шарканье ног танцующих.

Это он празднует свою пятидесятилетнюю жизнь с Наташей. Это он медленно по блестящему паркету ведёт её в юбилейный танец. Он и она. Больше никого нет на свете.

Он покупает для Наташи цыплёнка и взбитые сливки, несёт домой очищенные овощи. А Наташа спрашивает сердито:

— Зачем ты тратишь деньги?

Пётр смотрит на него насмешливо. А в нём столько нежности, что зла не возникает.

— Иди домой, Прутик! — просит он. — Ночь уже. Пора спать. Наташе завтра на занятия.

…Наступает ночь, когда Наташа говорит: «Не надо».

В их квартире на их общей тахте она вздрагивает всем телом, закрывается от него руками.

— Ты что, Наташа? Ты что? — Она молчит. Вечер молчит, второй, десятый. — Я обидел тебя? — допытывается он.

Уже не рюмку, бокал опрокидывает он в себя по просьбе гостей — заглушить её слёзы и молчание, не видеть её рук, отгораживающих её от него. В одну из ночей в него проникает испуганный голос:

— Ты каждый день пьёшь, от тебя несёт водкой.

Он не понимает.

— За тебя пью. — И рассказывает, как сегодня праздновали «докторскую» молодой женщины. Женщина очень красивая и весёлая. Такие слова ей говорили! Его попросили выпить за её здоровье и будущие успехи. Как не выпьешь? А женщина вдруг принялась плакать: не любит её никто.

— Туши свет, давай спать, — прервала его Наташа. — Мне очень рано вставать. Я не высыпаюсь.

…Пётр исчез. А Володя возвращается теперь в спящий дом. Его ждёт записка: «Я очень устала, не буди. Спокойной ночи». Одна и та же записка каждый день.

Иногда он будит её. Она отталкивает его.

В его выходные берёт из сада Майю и уходит к матери.

— Мама скучает о нас! — объясняет.

Пока её нет, ходит по пустой квартире. А когда, наконец, она возвращается, пытается обнять её. Наташа неизменно ссылается на усталость, а если он, изнемогая от тоски, силком берёт её, тихо плачет.

На другой день он напивается. Теперь он не ждёт, когда ему поднесут, сам берёт оставшееся в бутылках и в бокалах без разбору, коньяк ли, пиво ли…

4

И наступил тот день. Проснулся в свои обычные десять часов. Тяжёлая с похмелья голова. Наташа — в пальто, спиной держится за стену.

— Я ухожу… — Голос сорвался.

Он встал, натянул брюки, сел на простыни. Горечь во рту, сосёт под ложечкой.

— К Петру?

Она качает головой, смотрит на него сухими глазами.

Что не так случилось?

Ещё можно начать всё по-другому. Ещё он успеет доказать ей, как любит её. Пусть снова она станет его женой. Пусть не загораживается от него руками. Он перестанет пить.

— Я ухожу, — повторяет она.

— Не уходи, — просит он. — Я не могу без тебя.

— Я хочу, чтобы моя дочь росла в другой обстановке: читала книжки… чтобы не видела пьяного.

— Брезгуешь? — крикнул зло. — Учёная стала? Не хочешь жить с официантом?

— Подожди, давай по-хорошему, — глухо долетает до него слабый её голос. — Ну, не сложилось. Дело не в том, шофёр ты или официант, дело в том, что ты ничем не интересуешься, даже читать перестал, пьёшь каждый день. Дело в том…

— Брезгуешь! Бросаешь одного!

— Дело в том, что я разлюбила.

— Разлюбила? Как твой отец? — кинулся сквозь кровавый воздух к ней, прижавшейся к двери, замолотил кулаками. Он уже давно бьёт по двери, от костяшек кулаков расплёскивается боль по рукам, плечам, всему телу.

В дверях — Михаил. Размытый, громадный.

— Миша! — кинулся к нему Володя. Михаил — его друг. Он пришёл к нему в беде. Пожалеть его пришёл. Помочь пришёл. Пётр увёл Наташу. У него остался только Михаил.

Михаил со всего маху ударил его по лицу. И стал проясняться: галстук, гладкие щёки. Наташины глаза. Наташины губы.

—Ты погубил мою сестру. Опозорил всех нас,—сухой голос сквозь глухоту.—Мало того, что не захотел учиться… Работку нашёл себе! Полотенце через плечо, поднос. Мы молчали. Терпели. Но ты пьёшь. И ты посмел ударить Наталью. Ты принёс нам несчастье. Не смей у нас появляться. Я пришёл за вещами. Ты не понял, кто достался тебе!

На работу он вышел.

—Клаша, триста!—кинул деньги на стойку бара. Тут же, на глазах толстой розовой Клаши, залпом выпил.—΄Закуси не нужно.

Наташи больше нет. Машинально, по устоявшейся привычке, подал меню обеда клиенту. Высокая седая шевелюра, очки. Даже не рассмотрел, мужик или баба. Заказ—рассольник, котлеты по-киевски, капуста с морковью, чай, сок.

За другим столиком—три командировочных.

—Слушай, парень, как у тебя с девочками? Одолжи одну на троих.

Скользит между столиками. Рассольник, ещё рассольник. Комплексные обеды. На обед только рассольник. Столы кружатся, люстры кружатся. Ему нечего спешить домой.

—Получите!—тонкий голос. Мужик с бабьим голосом? Да баба это. Губы накрашены.—Сдачи!

Полез по карманам. Пять. Десять. Ни одной монетки.

—Олег, дай восемнадцать копеек.

—Нет мелочи!—И мимо, скользя, по паркету.

Седая шевелюра, крашеные губы, щёки в пудре.

—Отдай сдачу.

—Я же вам сказал, нет у меня.

—Жулик!—Тощие кулачки к его лицу.

Отпихнул их. Командировочные повисли на руке.

—Пьяный.

—Хам!

—Свидетели.

—Акт.

—Милиция.

—Судить будем.

—Скорая помощь.

—Все видели, дерётся.

—Сотрясение мозга.

Голос метрдотеля:

— Иди проспись, сукин сын. Беру на поруки. Опозорил.

— Жди извещения, субчик!

— Наташа! — зовёт. Отшвыривает стол, стукается об угол стола.

На плите сковорода с картошкой. Ещё сковорода — с котлетами. Полный чайник.

Разве так рушится жизнь?

Он хочет есть. Вилкой тычет в картошку, не может подцепить. Откидывает вилку. Идёт по комнатам, заглядывает в ванную, в туалет.

— Ната-аша!

ЧАСТЬ ОДИННАДЦАТАЯ

Глава первая

1

— Вот, доченька, как жить надо. Как Вовочка. — Христина чистит картошку. — Кончишь школу, иди в торговлю. Вовка в гору пошёл. Чистая работа. Отбивные несёт домой, цыплят, даже овощи чищенные несёт. — Натка плетёт косу. — Ты куда это в середине дня? Уроки учи. Последний класс. Выучишь, гуляй. Его жена на всём готовеньком.

— Она университет кончила, мама, не как-нибудь. Учёная.

— Твоя правда, доченька, учёная. Я и говорю Вовочке: «Вот теперь молодец. Живи при еде. У меня не получилось, хоть у тебя получится». Вдруг снова война? А он сыт будет. Мужчиной стал. — Натка надевает новую юбку. — Ресторан богатый. Чего там только нету? И ветчина. И икра. И разные мяса. Теперь Вовочка знает, как жить. Дожила я, слава богу, до сытой его жизни. Хорошо живёт. Я теперь спокойно сплю.

— Откуда ты знаешь, как он живёт, если тебя туда больше не пускают? Наташка Вовке поставила условие: или она, или ты. Запилила ты их. — Натка надевает сапоги.

Христина бросает нож в кастрюлю. Обидели её, сильно обидели. Майю на улице лишь увидит. Наташка покланяется, вздёрнет голову, пройдёт мимо. Вовочка, сыночек, не заходит. Сами теперь по себе. Не нужна им мать.

— Я пойду, мам. Я не поздно.

Не услышала. Решила позвать Вовочку на блины, поговорить. Поставила картошку на огонь. Затеяла к Вовочкиному приходу окна мыть. Солнце заходит поздно, по комнатам шаркает — мой в своё удовольствие. Забралась на окно: двор видать, кустики листьев ждут. Весна на дворе.

Нужно мириться с Вовочкой, кланяться ему.

Наташкина мать, Лидия Сидоровна, в учительницах ходит. Дочка говорит: особенная она, все её любят, уважают.

Вася вошёл торжественный. Ноги не вытер, прямо в мокрых ботинках попёр. Радостно объявил:

— Попался, значит, твой сын. Я говорил, пустой он человек. Поделом! Давай теперя хлебай ложкой.

— Ты что болтаешь? Куда попался? — Христина слезла с подоконника, пошла за Васей.

— Под суд попался. — Аккуратно повесил Вася шляпу на вешалку. — Он клиента ударил. Вот какой твой сын!

— Не ври! — крикнула Христина. — Он сроду никого пальцем не тронул. Ты по злобе врёшь. Не твой Вовка, вот ты и злишься. Откуда взял? Кто тебе сказал?

— Это я, значит, вру? А вот не вру. Наташку встретил, велела тебя звать, беда, говорит. Что, съела? Я говорил: непутёвый он. Радиста бросил, такси бросил… что же это за блоха?

Она больше не слушает Васю. По весенней улице бегом бежит, в распахнутой жакетке.

— Мать? Явилась? Давай, нуди! Ещё не всё своим языком сломала! — встретил её Володя. — А ко мне жена вернулась. Вот как. Прослышала, что я под судом, пришла жалеть. Даже спала сегодня со мной. Вот как. Дождался.

— Баба пришла! Давай шоколадку! Ты что не приходишь? Идём, я тебе почитаю. Бабушка со мной занимается. Я два дня у бабушки жила. Смотри, могу читать. Буквы сложу в слово!

— Ей твои буквы, доченька, не нужны. Ей деньги нужны. За деньгами погнала в официанты. Деньги — через моё унижение. А жена меня за то бросила.

Только тут поняла: Вовка — пьяный. Руками размахивает, от стены к стене мечется.

— Продала сына за денежки.

Христина кинулась к невестке.

— Наташа, доченька, что случилось?

Та стоит у окна в своей комнате, обхватив себя за плечи.

— То барыня была, теперь стала «доченька»? — кричит Володя. — Её не спрашивай. Я ей противный. От меня пахнет водкой и едой. Ей со мной скучно. Она бросила меня, а теперь пришла жалеть. Я сначала не понял, ноги целовал ей! Катитесь вы обе к чёрту!

— Он давно пьёт, — тихо говорит Наташа. — Женщине восемнадцать копеек не додал. Я верю, не было у него. Были бы, отдал бы. Рубль отдал бы и три, если бы были. Не было мелких денег. Ну, а женщина кинулась на него с кулаками. Он и отпихнул её. А она упала, стукнулась головой.

— Я — жулик, мать! Вот как. Ты — мать жулика. За восемнадцать копеек стал жуликом. Гордись, мать. Хорошая должность у меня, ты спроворила! А Наташка—жена жулика. Она брезгует мной. Грязный я теперь, в ресторане все грязные. Ты, мать, деньги любишь. На тебе, мать, последняя выручка. Баста. Больше я вам не официант. Я—жулик.

— Я знаю, сыночек, ты — честный. Я верю, сыночек. Зачем пьёшь, сыночек? Разве это дело — водку пить? Только пропащие пьют.

— Лекция о вреде алкоголя! Давай, мать! Заводи свою шарманку, мать, давно не пела мне про то, как надо жить!

2

Христина потеряла голову. Стыд какой! Её сына будут судить. Муху сроду не обидел. На обиду сроду не ответил — тихий, скромный. За что его судить? Наташка, оказывается, от него уходила. Пьёт, оказывается, Вовочка.

Просыпалась, шумело в голове, целый день шумело, ложилась — тоже шумело. От Лены Борисовны скрыла — стыд какой. От дочери скрыла. Только Илье отстучала телеграмму: приезжай к сыну на суд. У Васи денег не выпросишь, может, Илья даст судье?! Несколько раз бегала к Володиному адвокату, совала деньги. Адвокат, нервный, маленький, махал на неё руками, просил не беспокоиться: Володю оскорбили, спровоцировали. Глазки у адвоката бегают, на неё не смотрят.

Ночь перед судом.

Вечером решилась — пошла к Лене Борисовне. До ночи вызванивали знакомых адвокатов, советовались, как повести себя на суде.

Раньше надо было. Это слово, сказанное Леной Борисовной, повторяет всю ночь. Нашли бы нормального адвоката, а то недоносок какой-то.

Душит обида — Вовочку судят. Комара не обидел Вовочка, слова грубого никому не сказал.

Вася вздумал целоваться. Обжёг губами.

Прижаться бы к нему, как раньше, забыть про всё.

— Уйди, Васька. Постыл ты мне! — отпихнула.

Васька уснул, а она мается. «Раньше, — сказала Лена Борисовна, — уж такого адвоката нашли бы!»

Володя сидит один, как скотина, отгороженный от людей.

Наташа спряталась на последней скамейке, кусает губы. Рядом с ней Михаил, глаз не поднимет.

Илья вошёл, когда заговорил судья. И Христина стала смотреть на Илью. Идёт боком. Совсем седой. Голова трясётся. Неужели это тот цыган, что играл на трубе? Всего четыре раза брал её в клуб. На сцене был лучше всех: плечи шире, чем у всех, волосы пышнее, глаза красивее. Гордилась, голову задирала: пусть все видят, на трубе её муж играет, к ней подходит в перерыв, около неё стоит. Очень даже помнит, с какой завистью бабы на неё глядели! За то и терпела его холодность — шла рядом с ним, бабы поворачивались, вслед глядели, вздыхали: какой у неё муж! Голова трясётся. Боком ходит.

О чём кричит «клиентка»? Илья сбил, не слыхала.

Гнида! Шестьдесят ей будет, а строит из себя! Волосы дыбом поставила, не то мужик, не то баба. Может, это вовсе не её волосы, а парик? Сейчас говорят, многие парики носят. Ресницы накрасила. Даже издали видно, синие ресницы. И веки синие. Светло-зелёное платье с жёлтой вставкой. Петух. А может, кукла. Через такую точно Вовочку засудят.

— Слушай! — ткнул её в бок Вася.

— Это моё дело — дать или не дать официанту лишнее, — услышала Христина. — Они и так все там воруют. Растащили Россию! — кричит попугайка. — Вот такие, как этот тип.

— Вы не имеете права оскорблять подсудимого! — обрывает её судья.

Свидетели — командировочные. По очереди одно и то же пробубнили: «Невежливый официант. Восемнадцать копеек, конечно, немного, но всё-таки деньги, должен был вернуть. А он ещё и дерётся».

Ждала Христина, когда её «недоносок» защищать Вовочку начнёт. А вместо него адвокат старухи вышел.

Женщина. В тёмном платье. На шею светлое ожерелье повесила. В ушах тоже светлое что-то висит. Голос — низкий, каждым словом Христину цепляет:

— Старость в нашей стране уважают все, от мала до велика. Седина — знак пережитого. Не уважает седину только человек безнравственный. И женщину в нашей стране уважают все, от мала до велика. Женщина — прежде всего мать, самое святое: мать даёт человеку жизнь. Толкнуть женщину, толкнуть мать! — Ужас в голосе адвоката! — Вопиющий поступок. У меня не найдётся более точного слова как «преступление»! Мы с вами разбираем преступление. Жесточайшее сотрясение мозга. Совершенно случайно, на наше счастье истица осталась жива. По сравнению с жизнью и смертью недоданная сдача, казалось бы, мелочь, но, товарищи, милые, давайте подумаем, какая же это мелочь? Трудовая копейка — заработанная, а не даром полученная — весомая! Во многих наших семьях каждая копейка важна, на неё человек рассчитывает. Подумайте, разве это мелочь — плавленый сырок, например? Завтрак. Или восемнадцать коробок спичек?! Думаю, не нужно перечислять вам, что можно купить на эти копейки. Не копейки, деньги. На первый взгляд, кажется, частный случай. Если же хорошо подумать, не частный! С мелочи начинает разрушаться наше совершенное общество. Мы должны, товарищи, со всей строгостью закона подойти к беспрецедентному случаю в нашей жизни. Бдительность. И ещё раз бдительность, дорогие товарищи. — Женщина села.

Во всё время её речи Вовочка головы не поднял.

Вот когда первый раз услышала Христина своё сердце. Бьётся в кости. Ему больно, костям больно. Вцепилась в кресло перед собой, боится свалится. То шею вывернет, на Наташу посмотрит — может, та скажет своё слово, заступится за Вовочку, то Илью глазами ест. Глухота стоит в ушах, поднимается тошнота ко рту, мутнеет в голове — вот-вот грохнется Христина головой вниз. И вдруг Вася сорвался с места и побежал.

— Это что же ты такое сказала, адвокатша? — подскочил Вася к женщине. — Какие слова? Наш Вовка — преступник? Так, что ли? Да он мухи не обидел в жисть, мухи! Сроду не поверю, чтоб такую, — Вася махнул в сторону старухи, — он первый…

— Я вам слова не давал, гражданин! — крикнула женщина-судья. — Распустились совсем. Кем вы подсудимому приходитесь?

— Отец я, отчим то есть. Знаю его с ребёнков. Мухи не обидит! — тонко кричит Вася.

Судья звонит в колокольчик:

— Родственники слова не имеют.

— Вася! — в голос плачет Христина. — Васенька. Да я за тебя теперя…

К судье идёт Михаил.

Солидный, гладкий, громадный. Уверенный.

— Я не родственник! — В задних рядах свободно слышен его голос. Вовочка поднимает голову. Христина зажимает рукой рот — чёрное у Вовочки лицо. — Вот мои документы. Книжка кандидата наук, партбилет. Я начальник лаборатории. — Он перечисляет что-то мудрёное. Христина смотрит ему в лицо не дыша. — Юшина знаю, сколько себя. Он — моя совесть. Самый честный из всех. Самый благородный. За слабого, за старого кто заступится? Юшин!

— А ну, реви тише, — зашикали на неё, а она себя сдержать не может, так и не услышала, чем Михаил в конце за Вовочку заступился.

Михаила обрывает адвокат. Снова вылезает на трибуну.

— Попустительствуете? Мы не постесняемся, напишем куда нужно. Я думала, вы разбираетесь в политике. Пристало ли вам, с вашим положением, защищать официанта?

— Молчать! — взревел Михаил. И адвокатша замолчала. Михаил повернулся к залу. — Развели демагогию. Укрылись словами, как фиговыми листками. Редкий человек Юшин! — Михаил подошёл к Володе. — Прости меня, из-за меня всё вышло. Я виноват, — сказал. — Я обидел Юшина сильно перед тем, как ему идти на работу. Личное тут дело.

Христина, слепая от слёз, не видит Михаила. Глухая, не слышит больше ничего.

Объявили перерыв.

На негнущихся ногах идёт к Илье. Он торопливо пробирается к выходу. Догнала. Преградила дорогу.

— Здравствуй, Илья Иванович, — поклонилась. — Встретились. — Илья хотел пройти мимо, на неё не смотрел, точно её вовсе не было. От стыдобы вспыхнула. Переломила себя, ещё раз поклонилась. — Илюша, пойди к судье, попроси, вызволи, денег дай. Говорят, двести рублей нужно сунуть.

Илья ощерился.

— От отца отбила сына! Ты посадила сына на скамью сама, со своими бесстыжими глазами, ты и иди к судье. Деньги на! Сколько хочешь, бери! — Он вытащил мятые бумажки, сунул ей в руки, побежал прочь.

Не позвала, не окликнула, стояла, смотрела вслед. И опустилась на свободный стул, потеряла сознание.

А когда пришла в себя, снова говорила адвокат. Христина не поняла, о чём. Сидела прижавшись к Васеньке, который оказался рядом. На Вовочку смотрела.

Вовочка в загоне.

Присудили ему два года работ.

Вовочка отказался от последнего слова, только сказал негромко со своего места:

— Восемнадцать копеек пожалела, а сотен не пожалела — подкупила.

2

Два года тянулись медленные. Отправили Вовочку в Кострому — строить комбинат для скота. Чернорабочим сделали. Раз в месяц он приезжал домой, заходил к ней, пил с ней чай. Она тоже ездила к нему. Он вёл её к себе в общежитие, где стояло десять кроватей, поил чаем с подушечками. Подушечки слиплись, красились, но с чаем сладко было их сосать.

Два раза в неделю ходила Христина к Майе. Носила продукты, одежду, мыла кухню, ванную с туалетом, окна.

Часто у Наташи сидел Пётр. Он не походил на того Петра, что пришёл из армии. Заматерел. Блестит гладкой розовой кожей, улыбается во всё лицо. Чай сам разливает по чашкам. Майю на коленях держит. С Наташи глаз не сводит.

Обижается она за Вовочку. Как был здесь Вовочка, не сказать чтоб больно часто Петра здесь видела, Вовочка — из Москвы, Пётр тут как тут. Поджимает она губы, сухо здоровается с Петром, с Наташей вовсе не говорит. Много раз порывалась пристыдить. При Майе не решилась.

Иногда дома никого не было.

Что с ней делалось, не понимала — точно с цепи сорвалась: всё не по ней, всё на крик тянет. Утешает одно — ночи с Васей. Ночами вспоминает его слова на суде, плачет от благодарности, обхватывает Васю, гладит — милует.

Днём не смотрела бы на него! Повернётся — не так повернулся. Рубашку надел мятую — зачем надел. Дорожку у Лены Борисовны размёл не так — узкая получилась, стыдно ей перед Леной Борисовной. К сараям не расчистил дорожку — тоже плохо. Пожрал каши не разогрев — почему не разогрел? Днём всё ей в Васе не нравится. А придёт ночь, обхватит Вася её — вылетает день из башки, сладко ей, Васенькины руки горячи, губы жарки, слова Васенькины на суде снова звучат. Сильно люб ей Васенька ночью. Сама к нему повернётся. Сама руками гладит. Подольше, Васенька, целуй. Покрепче, Васенька, сжимай. Ничего ей в жизни больше не надо.

…Натка ничего не сказала, Христина сама увидела — живот вперёд подался. Облилась холодным потом.

— Ты чего? Десятый класс.

Натка зыркнула Васиными глазами.

— Всё законно, мама, смотри. Мы с Витенькой женатые.

Разговор вышел утром: ей к Лене Борисовне идти, а тут на тебе — живот!

— Тебе нет восемнадцати.

— Будет, мама, скоро. Нет восемнадцати, есть ребёнок, а если ребёнок, расписывают: наше государство против безотцовщины. — Натка стояла гордая, с красными пятнами на щеках. — Когда Витя может переехать к нам?

— Какой-такой Витя?

— Мой муж. Мы с ним учимся. Ты его видела, он провожал меня после кино.

— Это хлипкий такой, недоделанный? Да он же ниже тебя. Метр с кепкой.

— Не с метрами живут, а с людьми. — Натка засмеялась. — У тебя, мама, предрассудки наблюдаются.

Себя не понимает. И того, что вокруг делается, не понимает. Как люди живут? Чего им надо? Каким умом думают? Не получились у неё дети. Хоть из дома беги.

Витя оказался драчуном. Чуть что не по нём, раз Натку по мордам, никого не стесняется. Слово Натка поперёк ему скажет, получай. Натка растёт вверх, Витя ей — по плечо.

3

Володя вернулся, как и уходил, весной. В первый же вечер зашёл к ней поздороваться. Тихий пришёл, трезвый. Чай сел с ней пить, медленно пил, чтобы мать не обиделась.

В соседней комнате надрывалась грудная Оксана, ссорились Натка с Витей. Под этот концерт Володя говорил:

— Не переживай. Теперь всё будет складно. Наташа со мной, больше ничего не надо. Пока вернусь в официанты — надо же на хлеб заработать. В рот ни капли не возьму. Погубила меня водка. Буду готовиться в вечерний институт. Хочу учиться. Наташа работает, теперь и я могу учиться. Где это видано, жена институт кончила, а муж остался не при деле? Не волнуйся. В официантах ещё неделю, может, побуду. И всё. Хочу в шофёры идти. База тут у нас есть, прямо в Суково. Грузы, я слышал, надо возить. Слышал, ребята хорошо получают. А самое главное: вечерами смогу учиться.

Христина кивает ему.

— Учись, сынок, Лена Борисовна говорит, учиться полезно. Сурьёзное дело — книги, она говорит.

Благостный, тихий, разомлевший сидит перед ней Вовка, пьёт с ней чай. А потом заторопился:

— Наташа, наверное, с работы пришла. Извини, пойду!

Еле дождалась Христина утра: сказать Лене Борисовне надо — Вовочка идёт учиться. Учёным станет. Не стыдно будет за Вовочку.

К Лене Борисовне шла, как всегда, мимо прежнего дома. Таращится: ни дома, ни яблони их единственной, ни Вовочкиных деревьев, что сажал после эвакуации, ни Васиных сараев, ни забора — ничего нету. Только голая земля, раньше времени ожила: рыжие глыбы, рыжие комья… Взяла горсть, мнёт: тёплая земля, ждёт зерна — вспомнили руки. Нюхает: хлебом пахнет, травой, цветами — Нестерцевым. А здешней жизни как не бывало. И ощутила себя никому не нужной. У Васи — изобретения, объект, дач двадцать учёных, где он снег гребёт, котлы топит. Натке не нужна. Натка выросла при Васе, Васина дочь. А теперь недоноска привела в дом. И Вовке не нужна. У Вовки — жена, с неё пылинки сдувает.

Только внучка есть. «Баба, слушай, как я книжку читаю», «Баба, когда испечёшь блинов? В саду блинов не дают».

Идёт Христина прочь от своей могилы. Здесь больше нечего ходить. Нужно сменить путь к Лене Борисовне.

…Дверь в дом настежь. Едва ступает Христина по половицам. Передняя. Кухня. Чует: никто сегодня здесь не работает. Позвать почему-то нет сил.

Комната Лены Борисовны. Приоткрывает Христина дверь. И отшатывается: кровь на полу по щиколотку.

Кричит без голоса.

Убили Лену Борисовну.

Осторожно заглядывает. Смотрит на неё живая Лена Борисовна. Перекрестилась Христина.

— Кто это с тобой такое сделал? — спрашивает губами.

Очень бледная Лена Борисовна. А пытается улыбнуться, и глаза у неё — ясные, страху в них нету.

— Спаси меня, Христина. Вызови «скорую». Детям не звони. — Нормально говорит Лена Борисовна, только очень тихо, почти не слышно.

К телефону подойти. Ноги не идут.

Помрёт Лена Борисовна! Надо идти, — объясняет себе Христина. Руками ногу к двери передвинула, чавкнула кровь.

Телефон близко. Ещё шаг, и гостиная, в гостиной телефон.

Делает этот шаг, поднимает трубку, дожидается женского голосу, говорит, как говорила всегда:

— Девушка!

— Не слышу, громче.

— «Скорую», девушка, срочно, — кричит, и сама себя не слышит. — Лена Борисовна помирает.

Держит трубку, чего-то ждёт. Болит сердце, болят рёбра.

— Христина! — подходит к ней слабый голос. — Спаси.

По крови идёт к Лене Борисовне.

— Кто тебя? — спрашивает.

— Перевяжи руку, здесь. Я остановила кровь, а она сочится. Силы в руке нет, держать не могу. — Голос плывёт над Христиной воздухом, не задевая; не голос — дыхание. Не она, за неё кто-то слышит то, что доносится к ней воздухом. — Сама я. Не захотела жить. Сегодня от меня ушёл Евгений Львович. Ей — двадцать четыре, бывшая студентка. У детей своя жизнь. Никому не нужна. — Голос плавает в комнате. Глаза — вместо лица. — Детей не вызывай. Оживу если, стыдно будет. Помру — вызовешь.

Кровь пахнет. Христина собирает её с пола. Подсохшую соскабливает, мокрыми газетами трёт пол.

— Спасибо, что пришла. Я долго тут… Ты не идёшь.

Христина очнулась, когда врач сказала, что Лена Борисовна будет жить.

Обошла смерть её Лену Борисовну.

Вот тут заткнула себе рот полотенцем, ушла в голый сад со снегом, куда ещё не пришла весна, подальше от окон Лены Борисовны, стала кричать — освобождалась от крови и страха. Жалость к Лене Борисовне погнала назад, бросила к её лицу — целовать.

— Что ты над собой исделала, Лена Борисовна? Зачем? Плюнь на своего надутого индюка. Плюнь и разотри. Не стоит он тебя. Нянчи внуков. Вот я Майечку нянчу, никто, кроме неё, мне не нужен. И ты нянчи. Я тебе толковое говорю. Вовочка новую жизнь начинает, учиться хочет. Его Наташа работает уже. То расходились, то будут жить. Они будут жить, я буду Майю обедом кормить, когда она из школы придёт, — в сентябре в школу. Наше бабье дело: детей подымать.

Лена Борисовна смотрит на неё промытыми глазами, говорит губами:

— Двадцать пять лет… душа в душу. Не надутый… очень умный… Всё время думает. Он не мог выбрать плохую. Всю ночь рассказывал про неё. Она настрадалась. Очень умная, яркая. Его к молодости потянуло. Он боится старости, — говорит медленно. — Во вторую жизнь ушёл… Второй раз будет жить. — Лена Борисовна долго молчит. — Мне оставил всё: дачу, машину, вещи, деньги.

Как медленно складываются буквы в слова! Слабый голос вьётся у ушей, заглушает её плач.

Она хочет сказать Лене Борисовне, что не хорошая та девка, гадкая — чужого мужика отняла. Хочет сказать: не только у простых, у учёных тоже беда ходит вслед за человеком. Хочет сказать: не жалей мужика, без мужика жить можно.

Не умеет сказать. Слова есть, а языком не ухватываются — остаются в ней.

Слова получаются у Лены Борисовны:

— Ещё не старая…сорок пять… жить хочу… никто больше не поцелует меня…

Слабый голос проникает в живот к Христине, студит его.

Звонит телефон. Сын звонит. Дочь звонит. И Евгений Львович. Сначала Христина говорит, что Лена Борисовна работает. Потом, что спит. Потом, что ушла гулять. Звонко говорит, насколько сил хватает, а дочка сердится.

— Позовите, Христина Андреевна, маму. Мама всегда сама подходит к телефону. Не самоуправствуйте! — грубит ей.

И лопается её терпение, она кричит дочке:

— Хочешь видеть, садись на электричку, приезжай. Плоха твоя мама.

Лена Борисовна не рассердилась на неё, когда она такое сказанула дочке, спала. Без румянца на лице, почти без дыхания, но спала — живая. Будет Лена Борисовна жить.

Приехали дети, оба сразу.

Они были один к одному, высокие, похожие на Лену Борисовну — с её глазами.

— Мамочка! — зовёт дочь.

— Мамочка! — зовёт сын.

— Мы будем жить с тобой!

— Мы никогда не бросим тебя!

— Мамочка, мы отказались от него!

— Его больше нет для нас.

Христина плачет в гостиной, слушая сына, слушая дочь Лены Борисовны. Их голоса любят Лену Борисовну, как любит её она, мучаются с ней, за неё, как мучается она, плачут о её беде, как плачет она. Так, плача, начала, наконец, мести полы, мыть кастрюли и сковороды, варить собакам еду, готовить обед — Лене Борисовне, её сыну, её дочке.

4

Вася с Наткой оба кидаются ей навстречу.

— Говорил я, — тонким голосом встречает её Вася. — Негодящийся он. Дождался: жена от него ушла насовсем.

— Мама, — кричит Натка, — не слушай папу, Вовка не виноват. Она другого нашла. Мне нужно было мыло, у нас кончилось, а там… Вовка один… Я за тобой побежала… Мама, мне его так жалко. Помоги ему, мама. Он любит её.

— Люби по своему плечу! — ни с того ни с сего заорала. — Не хватай учёных. Задницу ей лизал, портки стирал, жрать готовил. По своему плечу дерево руби. Простую возьми, вот как я скажу. — Потуже затянула платок, пошла к двери.

— Мама, я с тобой.

— Спать надо ночью. Утра не будет для таких дел? — догнал их голос Васи.

Откуда силы взялись? Думала, только до подушки и спать, а надо же, идёт, даже бежит.

— Мама, наш посёлок теперь называется Солнцево. На станции повесили новое название. И больше мы не посёлок — город. — Наткин голос отвлекает от Вовки. Может, теперь начнёт он хорошо жить? Для себя. Простую себе найдёт?

— Зачем явились? — красными глазами смотрит на неё от стола. Перед ним пустая бутылка.

— Вова, мы за тобой пришли, идём к нам! — Натка смело подошла к брату, хотела обнять его. Он отстранился.

— Идём, сыночек, с нами. Что, у нас места нету?

Вовка не отвечает. Увидела картошку на плите, разогрела, поставила сковороду перед сыном, дала вилку. Сама принялась посуду в раковине мыть.

— Покушай, сыночек, — просит. — И пойдём к нам. Всем места хватит. С кухней, считай, три комнаты. Разве мало?

Заварила чай.

— Выпей, сыночек, с сахаром, сразу полегчает.

— Уйди, мать. Если любишь меня, уйди.

— Не-ет, не уйду! Ты над собой чего исделаешь! Знаю я. Лена Борисовна... вен... — Она осеклась. И осенило! — С кем твоя спуталась-то? — спросила, еле языком ворочая: — С учителем своим, что ли? Евген Львович звать?

Никак не отозвался сын. Сидел согнувшись.

— Мам, пойдём спать, — позвала Натка. — Оксана проснётся. Витя проснётся, кричать будет. Чем мы Вовке поможем, мам?

— Иди спать, мама! — поднял голову Вовка. — Я ничего над собой не сделаю, вот увидишь.

5

Она всё-таки решилась — пошла в школу. Стояла около учительской, ждала, когда прозвенит звонок на перемену.

Он долго не звонил. Но она была терпелива.

Куда ей спешить? Никаких нет дел, кроме Вовочки.

Со звонком появились учителя. С журналами под мышкой, такие деловые. Все прошли в учительскую, а Лидии Сидоровны нету. Заболела?

Среди учеников не сразу углядела её — что-то тихо говорит. Парни на голову выше неё, девчонки, такие, как Натка, взрослые, слушают, склонившись к ней.

Заметила Лидия Сидоровна её сама, прижала к груди журнал, смотрела издалека, из толпы ребят. Наконец, как из чащи, вышла к ней.

Не могла заговорить. Склонилась к руке Лидии Сидоровны, поцеловала.

— Вы что?! Что же вы?! — Лидия Сидоровна ухватила её за локоть, крепко держала, словно догадалась: Христина и на колени может упасть.

— Вы учёные. Вы грамотные. Помогите, — задвигала сухими губами. — За ради Бога, пусть Наташа вернётся. Погибнет Вовочка,

424

сыночек, как чуть не погибла его жена, Лена Борисовна. — В долгом звонке гас голос, всё равно говорила про Лену Борисовну, что та над собой сделала, про её детей. Говорила про Вовочку, что только Наташу он любит. Больше никого не полюбит.

— Лида, дай журнал! Вот тебе твой!

— Вы на урок опаздываете, Лидия Сидоровна!

А Лидия Сидоровна стояла в тишине урока, глядя прямо перед собой Наташиными, Мишиными глазами.

— Вы учёные, вы грамотные. Вы тоже мать. Помогите. Поймите Лену Борисовну, Вовочку поймите. Мише был друг. Помогите.

Лидия Сидоровна пошла от Христины, прижав журнал у груди. Пошла, так и не сказав ей ни слова.

Глава вторая

1

Вот, значит, что с ним произошло: он умер. Наташи с ним больше нет. И никогда не будет.

Почему ушла? Она ведь любила его! Волосы лёгкие, рассыпаются. С мороза сунешь в них руку, и онемевшие пальцы начинают покалывать, оживать. Так просила его учиться!

Валится на стол, лбом упирается в кулаки.

Почему не бросил такси в тот час, как она попросила в первый раз? Почему не выгнал мать из дома, как только та первый раз крикнула на Наташу? Почему не забрал Наташу из университета, чтобы она сидела с Майей, а не мать? Почему не кинулся читать Наташины книжки, башнями возвышавшиеся по краям стола, подряд, все?

Она выросла и переросла его. Ей стало с ним скучно.

В бутылке — чуть-чуть. Прямо из горла, залпом! Горькое не обожгло, горькое теперь привычное.

А ведь он когда-то жил.

У него был Друг. У него был… как его звали… старый человек. Война убила его дочку и внука. Как же имя? Подарил ему карандаши — память о внуке. Так и не использовал их… лежат с острыми язычками в коробке, один к одному. Историк… хотел, чтобы он, Володя, стал историком. Историками стали Наташа и Прутик. Хотел, чтобы учился на художника.

Володя пошёл из дома.

Ночь заморозила запахи весны. Ледяная пустота смерти. Он идёт по шоссе. Он всю жизнь идёт. И всегда холодно там, где он идёт. В Томске было холодно. Он идёт в Томск. Он идёт в Томск по шоссе.

— Тебе куда, путник? — Рядом остановилась машина. Сел в неё. Тепло охватило непривычным баловством.

— Иду в Томск, — сказал, не взглянув на парня.

— Значит, тебе на Ярославский? Годится. С тебя бутылка.

Вытащил первую попавшуюся бумажку из сегодняшней выручки, сунул шофёру в карман.

Шофёр, не торопясь, достал её, включил свет.

— Не годится. Я человек честный. Зачем такие деньги бросаешь? Если богатый, давай пятёрку. Красная цена. Думаешь, раз ночью везу, драть должен? Двадцать пять рублей тебе легко бросить, да? Они тебе легко даются, да?

Володя вытащил скомканные бумажки.

— Выбирай, если честный.

Спал не спал. Слушал не слушал. Шофёр рассказывал об автобазе, ежедневной выручке, о приятеле, который сам, один, строит машину-лодку, о ночных рейсах.

— Ты никак того, набрался? Я сперва не заметил. Развезло. Не годится. Ну-ка, опирайся на меня, так и быть, доведу до кассы. Ты без вещей? В другой раз не повёл бы. Ночью люблю разговаривать. Сам понимаешь, едешь, едешь, моча кидается в голову. Ага, нам один. В Томск. Не барин, в плацкарт можно.

…Проснулся на верхней душной полке к исходу дня. В костюме, в ботинках так и спал.

Носили сосиски. Поел. Опять спал.

Откуда-то он знал, что ему надо спать, только спать, а просыпаться нельзя. И всё-таки через двое суток проснулся.

Куда он едет? Зачем ему Томск? Что он оставил в Томске? В Томске никогда не было Наташи.

Тяжёлая ручка на двери в госпиталь. Он вспомнил. Старика звали Нестор Григорьевич. Такого имени больше не встретил. Остался бы с ним, Наташа никогда не бросила бы! Нестор Григорьевич знал то, что нужно Наташе.

…В Томске подошёл к первому такси. Сел. Повернувшись к водителю так, как к нему когда-то поворачивалась Наташа, стал разглядывать его. Конопатины, острые ресницы…

— Чего уставился? Говори адрес. — Лет восемнадцати, не больше, беленький, тощий, в лице недоумение.

Он знал в Томске трёх людей: Нестора Григорьевича, медсестру Зиночку, без фамилии, и докторшу, подарившую ему блокнот, без фамилии и без имени.

— Ты — молодой, наверное, не слышал, госпиталь в войну был, жёлтое здание, на двери ручка такая большая. Нужен мне тот госпиталь, — косноязычно объясняет Володя.

Зачем ему госпиталь?

— Будет сделано! — Парень вышел из машины. Скоро вернулся. — Оно теперь не жёлтое. Его покрасили в голубой цвет. Тут близко, центр города.

Он едет в своё начало. Значит, оно возможно? Горечь обложила рот.

Совсем не большим оказался бывший госпиталь. И ручка на двери вовсе не тяжёлая.

Каким маленьким, видно, он был тогда, в тот канувший в Лету сорок четвёртый год!

Ноги понесли его по длинному тёмному коридору, к лестнице, подняли на второй этаж, подвели к аккуратному Зиночкиному столу. Увидев склонившуюся над столом худенькую фигурку, позвал: «Зина!». Медсестра лица не подняла.

Он не помнил Зину. Помнил только: она была худая, очень красивая и очень строгая.

Теперь девушка сердито смотрит на него:

— Кто вас пустил в пальто? Вы к кому? Вы кто?

Володя всё ещё напряжённо вглядывался в неё, пытаясь угадать: Зина это или нет.

— Зину могу видеть?

— Какую Зину? — спросила девушка. — У нас есть Люда и Света. Нас всего трое.

— В сорок четвёртом за этим столом сидела Зина.

— В сорок четвёртом?! У нас есть врач Зинаида Сергеевна. Может, она? Говорят, в сорок четвёртом она работала медсестрой. Снимите пальто, давайте я сюда спрячу.

Вот сейчас, лишь он увидит и скажет «Зиночка!», всё изменится. Начнётся начало. И он свою жизнь решит по-другому. Рядом с Зиночкой сразу встанет Нестор Григорьевич.

— Что же вы, идёмте! — Он двинулся следом за быстрой худенькой фигуркой, отставая — задерживал возвращение в прошлое. Девушка постучала в дверь с табличкой «Главврач». — Зинаида Сергеевна, кажется, к вам!

Шагнул следом за девушкой в кабинет.

За столом сидела, на него смотрела женщина в белом халате. Белая шапочка лежала рядом с телефоном. Гладкие седые волосы, утянутые назад, помогали лбу оставаться просторным, молодое лицо напряжённо вглядывалось в Володю.

— Ему нужен сорок четвёртый год, — сказала девушка.

Женщина встала, лёгким шагом подошла к нему.

— У меня в сорок четвёртом убило жениха. Сорок четвёртый… Я вас не знаю… — И вдруг тихо: — Володя! Юшин!

За много километров от Москвы, за много световых лет разлуки он, оказывается, ещё живёт здесь.

Зиночку не узнаёт. Хорошо помнит её руки, осторожно перевёртывающие его с боку на бок, обтирающие спиртом с водой, гладящие его лицо и голову. Руки—прохладные, добрые. И сейчас он протянул к женщине свои руки.

—Погладьте!—сказал губами.

Она поняла. Дотронулась до его рук неуловимым движением, а потом коснулась его лица.

—Тебе опять плохо?—спросила. Приказала:—Катя, спасибо, идите.—И без остановки:—Ты три дня не приходил в сознание, мы думали, не выживешь, не знали, как тебе сказать о твоей собаке. Бабушка всё просила тебя оживить. Трое суток сидела возле тебя, день и ночь. Потом я увела её поспать, а ты проснулся. От мамы мы три дня скрывали, мама тогда ночевала на заводе, у них аврал был.

Руками женщина вернула его в тёплую светлую палату, в детство. Она расплывалась, он не мог уловить её черт.

—Зиночка!—сказал первое слово детства.

Как, оказывается, легко вернуться в детство!

—Садись. Ты тоже седой! Я поседела—у меня на руках умер единственный друг.

Зиночкин голос, стакан с чаем, в стакане долька лимона. Как странно, он никогда в жизни не пил чай с лимоном. И никогда не ел лимона. Кислота погнала прочь горечь.

Разве Зиночка—строгая? За что же её боялись больные?

—Видишь, выучилась на врача. Нужно было забыться. Ни мужа, ни детей, никого из родных. Единственный близкий человек умер у меня на руках.

С каждым глотком Зиночкиного чая становилось легче.

—Мне нужен Нестор Григорьевич! Я писал ему…

—Ты помнишь его?—перебила Зиночка.—Он благодаря тебе выжил. До тебя лежал пластом, тебя привезли, ты в себя не приходишь, так, он поднял на ноги весь госпиталь: спасите да спасите! Ноги тебе растирал, уверял, что болезнь начинается с ног и уходит через ноги.

—Зиночка, вы знаете его Ленинградский адрес?

Зиночка засмеялась.

—Он здесь остался. С нами. Я с ним Новый год справляю, Первое мая. Он девочку себе взял. Мать у девочки умерла, фронтовичка, отец погиб. Из рожка выкормил её. В нашем Университете лекции читал, вёл семинары. Помолодел, не ходил, бегал. Мы с ним сменялись: он—на занятиях, я—с Викой, я через день работала. Хорошая девочка у него. Она любит, когда я к ним прихожу.

— Он жив? — спросил Володя.

— Жив! — часто закивала Зиночка. — Только теперь совсем плохонький, еле ходит. Вика глаз не спускает с него: гулять выводит. Она уже в Университет поступила, тоже историк. Что же я сижу? Пойдём, провожу тебя к нему, а потом придёшь ко мне, у меня есть лишняя кровать. Квартира однокомнатная, но кухня — большая, целая комната. Пойдём!

— Нет. — Он сжал Зиночкины руки. — Сам не знаю, зачем приехал. Так глупо вышло, я не был виноват. Вернулся, устроился на свою работу, я официант. А не могу больше. Хотел сначала. Видно, поздно. Уже тридцать. Дочь идёт в школу. Думал, Нестор Григорьевич снова спасёт… Ваши руки… думал, можно сначала… Не смогу. И вы — не та. Сначала не разглядел. — Встал, остановил Зиночкино движение подняться тоже. — Нельзя возвращаться. Не смогу, — повторил. — Пропала жизнь. Должен был остаться здесь, с Нестором Григорьевичем. Спасибо, Зиночка. И за чай. Я никогда не ел лимона.

— Нет! Я тебя никуда не пущу, — Зиночка встала. — Кто тебе сказал, что нельзя сначала? Можно сначала. Нестор Григорьевич удочерил Вику и выжил. И как хорошо живёт! Библиотеку какую собрал! Пойдём к нему, поступишь в наш Университет. У Нестора Григорьевича там все знакомые, он поможет. Его в нашем городе любят. Жить будешь у меня. Я буду тебе готовить, тебя обстирывать. — Обеими руками Зиночка провела по его лицу, как он когда-то по Наташиному, укрыла ладонями его голову, как он когда-то — Наташину.

И он отшатнулся.

Жадные женские глаза смотрят с молодого лица на него. Жадные женские губы тянутся к нему. Не Наташины.

Склонился лицом к Зиночкиным рукам — благодарный за детство, за Нестора Григорьевича, за этот её стремительный, женский, рывок к нему. Целуя её пахнущие спиртом и лаком руки, он рвал мосты, возможность нового рождения.

Не возвращается ни час, ни человек. Пусть плавают в его памяти, в его прошлом. Нестор Григорьевич не спасёт его!

Всю обратную дорогу он ел. Накупил варёных яиц, курицу, хлеба, сморщенных яблок, солёных грибов… выложил всё это на столик своего купе и в обществе трёх сестёр-старушенций, едущих на серебряную свадьбу к брату, ел и ел. Он готов был уже лопнуть, а помещалось ещё и ещё.

Старушки в долгу не остались. Угощали его мёдом, настоящими сибирскими пирогами с рыбой. Говорили они безостановочно, рассказали всю свою жизнь: в один год померли оба родителя, и они, три сестры, вырастили брата, выучили, отправили в Москву, и вот он собственноручно прописал им письмо, чтобы собрались загодя и приехали на его серебряную свадьбу. «Нужно, наконец, вам увидеть мою Иринку и моих лётчиков». А им, старухам, что? Они ещё в силе. Снялись, заколотили дом и, пожалуйста, едут.

Прямо с вокзала, в восемь часов утра, приехал Володя к Наташе. Он был спокоен. Он всё решил. Войдёт в дом и будет стоять в передней до тех пор, пока Наташа с Майей не соберут вещи, без них не уйдёт. Если не захотят с ним пойти, будет спать у них в передней. Он решил: поступает в институт. Начинает новую жизнь. Жить — это быть рядом с Наташей и знать то, что знает она. Прошлого у него нет. Есть Наташа и их общая профессия. А на жизнь заработает.

Решительно надавил кнопку звонка. Сколько раз этот звонок нёс ему Наташин крик: «Володя пришёл!».

Распахнулась дверь.

— Вы к кому?

Двойная складка между бровями, узким хрящом — нос, умные глаза в набухших веках через очки, богатая седая шевелюра. Высокий мужчина в домашних брюках. Тельняшка гладко облегает плотный покатый живот, провал пупка.

Первая мысль спокойная: Лидия Сидоровна вышла замуж.

Вторая перебила первую: может, переехали, а нового адреса не дали? Дружелюбно смотрит Володя на мужчину — довольство, покой излучает каждая черта незнакомца.

— Женя, кто там?

Он вздрогнул. Наташин голос.

«Женя!» Мать помянула о Евгении Львовиче. Евгений Львович — муж Лены Борисовны.

Что делает здесь Евгений Львович, чужой муж?

Но ни о чём больше подумать не успел: около Евгения Львовича — Наташа. Увидев его, вспыхнула, и тут же — жалость в каждой черте её лица. Он закрыл глаза.

Он вызывает в ней жалость? И больше ничего?

Когда открыл глаза, Евгения Львовича не было. А Наташа стояла рядом с ним на лестнице. В цветастом свете с головы до ног. Что за одежда такая на ней? Наташа — совсем непривычная — выше ростом, глаза светлее.

Спиной пошёл от неё по лестничной клетке, чуть не упал, оступившись на ступеньке, удержался за перила. Как кнутом, Наташа гнала его своей жалостью прочь от себя.

Она молчала. Только кривилось, кривилось лицо в боли.

2

Он пил уже третью бутылку. Глотнёт и уронит голову на стол до следующего глотка. Пьяным не был, потому что никак не исчезали полоски тельняшки, провал пупка, Наташина жалость в обрамлении золотых волос, незнакомая одежда.

Как тихо в мире!

…Резкая боль в руке.

— Вовочка! — сквозь ватную тишину голос. — Зачем ты пьёшь, сыночек? Что же ты над собой делаешь? Никакая баба не стоит такого. Особенно эта, обманула, предала, бросила!

У матери когда-то были мелкие кудряшки, теперь повязывается платком. Зачем играет в старуху? Она ещё молодая.

— Вова! — громче, чем материн, голос сестры. — Мы с папой сделали тебе мотоцикл. Приходи к нашей дочке, познакомься с Оксаной. — Голос сестры не касается его.

Рядом с материным и сестриным ещё лицо — толстое, с красными щёками, с маленькими крашеными ресничками.

— Что я говорила вам? Зря волновались. Несколько уколов, и он в порядке. Что, красавчик, ты в порядке?

Состояние очень походит на то, когда он плывёт в солнечной воде — ничего не весит и тепло. Руки и ноги — лёгкие. Как сладко потянуться всем телом — ощутить каждый палец и каждую клетку.

— Ты кто? — спросил он мясистую тётку. — Откуда взялась такая красивая? — Встал, не удержался на ногах, сел.

— Вовочка! — радостно поёт мать. — Пробудился. Целую неделю пил и спал, буянил, окна и посуду перебил. Хорошо, я догадалась: вызвала к тебе врача. Это особый врач, по психическим сдвигам называется. Она своих детей забросила, с тобой целых два дня возится — протрезвляет, делает уколы тебе. Спасибо вам, Нина Павловна, — низко кланялась мать.

Сестра поцеловала Володю, крикнула:

— Я бегу, мама, Витька убьёт меня, надо кормить.

Но Володя ухватил её за руку.

— Стой, плясать будем, сестра! Включай музыку.

Как положено, как у всех, у них с Наташей тоже был проигрыватель — купили на таксистские деньги. Наташа любила слушать вечерами то, что играла когда-то Лидия Сидоровна.

Сестра метнулась к проигрывателю, включила. Долго перебирает пластинки:

— Тьфу, чёрт, Шопен, опять Шопен. Ага, стой, ну, держись, Вовка. Вот она, я тебе сама роки дарила.

Грохнула музыка.

Володя вскочил, задёргал ногами, обхватил разом трёх женщин, толкал их друг к другу, подпрыгивал.

Свобода, лёгкая, прозрачная, гнала его по комнате.

— Ура! — кричала сестра. — Ожил! Я побежала, мама. — Дрыгая ногами и руками, она понеслась к выходу.

Мать уселась на диван.

— Вовочка, сыночек, не пей больше. Будем плясать, будем весело жить. Мотоцикл у тебя теперь, катайся. — Музыка заглушала материн рёв, и всё-таки он доходил до него. — Работать пойдёшь. Ты говорил, база есть. Главное — работа, Вовочка, без работы пропадёшь.

— Ты что, мать? — перекрикивал он музыку. — Кому нужна твоя работа? Плясать надо. Жить надо. Жизнь одна. Я теперь размахнусь, мать! Правильно я говорю, Нина Павловна? Нинон! Откуда вы к нам припожаловали? — дрыгает Володя ногами.

Толстое красное лицо приближается, отодвигается — улыбается жёлтыми зубами. Всё в этой бабе ему нравится. Он носится по комнате, пока не кончается пластинка. Мать исчезла. В тишине шумно дышит женщина в белом халате.

Голова ничего не весит, ничего не помнит.

— Мы с вами, Владимир Ильич, теперь завсегда будем вместе, — говорит толстое красное лицо. — Мы с вами, Владимир Ильич, плясать будем, вы про это правильно расписали своей допотопной мамаше. Разве не в плясании должна проходить единственная наша жизнь? Уйду я на работу, уйдёте вы на работу, вечером встретимся, будем плясать.

Он облапил толстую бабу, повалил прямо на пол, на коврик, содрал с неё белый халат, блузку, рубашку, задрал юбку. Мял бабе живот, грудь, давил коленями её толстые ноги, хихикал от радости, что баба стонет под его руками.

До темна, до летней поздней зари ели, пили, плясали.

И вдруг лёгкость исчезла, и вдруг — пупок, седая голова… Наташина жалость… Тяжесть придавила потолком.

— Ты кто? — взревел он, с кулаками бросился на женщину. — Ты что здесь делаешь? Тебе что здесь надо? Убирайся отсюда. Наташа! — позвал он. — Наташа! — Кинулся в её комнату: узкая тахтушка, такая узкая, что на ней можно лежать только боком, Наташин стол, с ещё тёплыми её книгами, стул. — Наташа! — выбежал в коридор.

И здесь ухватила его за руку женщина.

— Погоди, Вовчик, тебе нужно успокоиться! Сейчас всё пройдёт. Один укольчик, и ты снова в порядке. Эко тебя разобрало. Ты, Вовчик, повыкинь прошлое. Прошлое — ненужный груз. Жизнь одна, жить надо сейчас. Плясать надо. Драться не надо. Один укольчик. Кулаки убери, сейчас заверну рукавчик! Потерпи. Болезненный укол, сильно болезненный, да я аккуратно сделаю, тихо, ты и не заметишь. Сильно полезный укол.

Дни слились в единый поток. Нинка, или Нинон, при нём всё свободное время. Она мало работает. Три часа бегает по больным, три часа сидит в поликлинике. И идёт к автобазе ждать его. В автобазе он не задержался. Выгнали за пьянство. Пошёл слесарить — вспомнил дяди Васины уроки. Тоже не задержался. Наконец мать устроила сторожем.

В конторе, просторной и чистой, они с Нинкой проводили две ночи в неделю. В трудовую книжку шёл стаж, а жизнь была в его распоряжении. Он плыл в цветной воде, бездумный, накупал на все деньги пластинки и водку. Еду таскала мать.

Она начинала орать, едва входила в дом:

— Опять напился? Непуть, Вовка. Брось, Вовка. Начни работать. Куда катишься? Что будет с тобой? Работать надо. — Плакала, причитала, но вымывала из раковины блевотину, тёрла полы, готовила ему с Нинкой жрать. Сумки с продуктами приносила, с его грязным бельём уносила. Просила на прощанье: — Вовочка, сыночек, уймись, выгони Нинку, она тебя с пути сбила, она тебя испортила. Перестань пить, сыночек.

В тёмные минуты пробуждения Нинка красной рожей своей, толстыми ляжками, бесстыдно растопыренными в разные стороны, налитыми грудями вызывала в нём лютую злобу, и он избивал её. Бил нещадно, забывая, что бьёт живое, а она кошкой изворачивалась, пыталась дотянуться до шприца, исхитрялась — всаживала иглу в синюю опухшую ткань руки.

Зато как он любил её потом! Кружил в музыке, вёл под локоток из кино, в исступлении мял на ковре.

В один из таких вечеров, когда ещё летнее солнце стояло в их западных окнах, а они с Нинкой плясали, вошла Наташа.

Володя выпустил Нинку.

Лёгкая голова, лёгкая грудь — без боли прошлого. Володя только удивился Наташиным горестным глазам.

— Уйдите! — сказала Наташа Нине. — Мне нужно поговорить с моим мужем.

— Сама катись! Теперь я здесь хозяйка и жена.

Володя хохотнул.

— Кыш, Нинон, просят, поступи культурно. — Он повернулся к Наташе, ждал, что она скажет.

— Как ты опустился! — прошептала она в отчаянии.

Снова он хохотнул, довольно оглядел себя. Рубашка, брюки застёгнуты — порядок. Почему «опустился»?

— Ты пришла, чтобы сообщить мне это? Зря старалась.

— Я пришла… я пришла к тебе совсем. Я не знала, что ты такой. — Наташа стояла, опустив руки и плечи.

Влезла Нинка:

— Вовчик, гони её, гони.

— Ты, Нинон, вышла бы вон.

Но вон вышла Наташа: ссутулившись, прижав руки к груди.

3

Несколько месяцев проскочили угарные.

Коврик, музыка и гонки на мотоцикле — под солнцем и светом. Вот что значит жить. Катиться не зная куда с Нинкой на мотоцикле, плясать и снова нестись — разве можно придумать что-нибудь лучше?

Но пришла осень. Ветреная, с колючей моросью. По шоссе скользишь на мотоцикле, как по льду. Всё реже выбирались из квартиры. А в квартире уже не так громко пели, не так громко плясали. Теперь не Нинка спешила сделать — он, едва проходило действие, умолял её сделать укол. В чёрные минуты трезвости уже не метался и не звал Наташу, он забыл о ней — она умерла, исчезла. Ему нужен был лишь укол.

А Нинка всё чаще пропадала. Говорила: к больным. Он ждал её терпеливо часами.

Всё-таки возвращалась ночью, но кочевряжилась, ломалась, клялась, что нет у неё ампулки, что ампулку нужно заработать — съездить за ней!

Дёргалось веко, дрожали руки, сосало под ложечкой, мучила жажда — он делал всё, что приказывала Нинка: на зыбком мотоцикле перевозил портфель от одного человека к другому, за это получал пакет для Нинки и, наконец, измученный, удивляясь, как это он на том мотоцикле не разбился, жадно всасывал рукой Нинкино лекарство.

…Утро было самой чёрной частью дня. В животе и голове булькала пустота, горел жаждой рот. Как-то утром, расползшись рядом с ним горячим тестом, Нинка сказала непонятное слово — «амба». Привстала на локте, глядя ему в лицо, причмокнула, усмехнулась:

— Ты больше, Вовчик, не мужик. А у меня, Вовчик, климакс наблюдается, потому мне и нужен неизрасходованный. Не становись поперёк моей дороги! Я, Вовчик, от тебя навостряю лыжи.

Если бы раньше, до Нинки, ему сказали такое, он бы взвился на дыбы, полез доказывать, что он есть самый настоящий мужик, теперь же, в сонной одури, встал перед Нинкой на колени.

— Не уходи. Я твои портфели вожу? Вожу. Подумаешь, мужик! Плясать ещё могу.

Нинка засмеялась.

— Дурак ты есть. Какой бабе нужна тряпка вместо… — Она медленно стала одеваться: засунула в жёлтый лифчик грудь, большая часть осталась над лифчиком — подушками поднялась у шеи, надела синие штаны с резинками на ляжках. Рубашка с бретельками, блузка, юбка, чулки… Оделась Нинка и пошла к двери, толстозадая, на коротких ногах.

Целый день он лил на голову холодную воду, выходил на балкон, подставлял лицо и грудь мороси.

Просыпался он медленно.

Прежде всего увидел коврик на полу. Майин коврик, на нём она играла маленькая: в цветы, как в вазы, сажала своих кукол. В кухне на подоконнике стояли Майины фотографии. Наверное, мать принесла. Тоненькая, высокая, в форменном платье и фартуке, с двумя хвостами волос по плечам, Майя смотрела на него его глазами.

Он не видел дочь с того дня, как Наташа увела её.

Он не видел Наташу с тех пор, как она залила его жалостью — пришла спасать.

Четыре года он не видел своего отца.

У него был отец. Разве общая кровь ничего не значит? Отец приходил на суд. Посидел до перерыва, даже не подошёл к нему, исчез. Стыдится. Как может отец четыре года не видеть сына? А как может он много лет не видеть Майю? Общая кровь. Разве люди, связанные общей кровью, смеют жить раздельно? У него с Наташей — общая кровь — через Майю. Наташа вся насквозь промыта его кровью.

Что-то он должен сделать. Что-то он должен решить.

Сколько лет, веков прошло с тех пор, как он не видел Наташу! Наташа едва светит сквозь чёрную сетку дня. У него была Наташа, а когда не стало Наташи, не стало его.

Он оказался слабый? Он без Наташи перестал жить.

Враньё. Он жил. Он веселился.

Что-то надо решить.

Дёргается веко, дрожат руки, сосёт под ложечкой, томит жажда. Он пойдёт к Нинке в поликлинику. Нинка сделает ему укол, в последний раз. В последний раз он закружится с Нинкой. А потом начнёт всё сначала.

Что значит «всё»? Что значит «начнёт»? Что значит «сначала»?

Это потом. Сейчас ему нужно вырваться из тьмы, копящейся в углах комнаты, и добраться до Нинки.

Очень тщательно оделся: чистую рубашку, хороший костюм — мать справила, когда вернулся из армии. Костюм носить некуда — так и висит новый в шкафу.

Зажёг весь свет в доме.

Никогда ничего и никого не боялся. А сейчас в залившем его электричестве — страх: что если Нинка откажется сделать ему последний укол?

Поликлиника недалеко от дома.

Сел в длинную очередь к Нинке.

Кого только здесь не было: трясущийся мальчик, заговаривающаяся женщина, мигающий всё время, каждую секунду, старик — веки у него не держатся… Очередь — беспокойная, электрическая. Что, если Нинка не сделает ему укол?

Он пропускал людей и оставался всё время последним.

К Нинке не пошёл. Ждал, когда выйдет сама.

— Вы ко мне? Почему не заходите? — раздался над ним её голос. Он поднял голову. — Ты? Чего так вырядился? На свадьбу?

Шутит — значит, порядок.

— За тобой пришёл. — Берёт её за руку, ведёт к выходу.

— Я сегодня занятая, — весело говорит Нинка.

— Конечно, занятая. Со мной. — Из последних сил сжимает её локоть.

— Нет, Вовчик. Я своё слово тебе сказала с утречка, меня кавалер с машиной дожидается у дверей. У тебя мотоцикл, у него — машина, я дорогая штучка, Вовчик, не смотри на мой простецкий вид, шибко дорогая.

— Врёшь, Нинка, — говорит спокойно Володя, сам дивясь своему спокойствию, — ты — дешёвая. Была бы дорогая, от мужика к мужику не топтала бы дорожку, ты бы, Нинка, к себе относилась с уважением. Ты, Нинка, совсем дешёвая.

Нинка вовсе не разозлилась на него, засмеялась.

— Там посмотрим, Вовчик, кто дорогой, кто дешёвый, только ты катись отсюда к едрёной Фене, мне хочется гулять.

У двери из поликлиники ждал мужик — приземистый, толстый, в шляпе.

— Нина Павловна, я тут вас дожидаюсь.

Володя загородил от мужика Нинку.

— Будет так. Нинон хочет выпить. Ты на машине, как мне доложено. Вот видишь пятьдесят? — Володя вытащил бумажку, нужно нашу общую «прорву» напоить. Я вас обоих пою. А потом ты отчалишь, а мы с Нинон двинем домой, так как я прихожусь ей мужем. Годится? — спросил он, вспомнив любимое словечко парня, вёзшего его на Ярославский вокзал.

Он трезв. И руки почти не дрожат. Он дотерпит, когда они останутся с Нинкой вдвоём. Вот он, чемоданчик — при Нинке — с полным набором шприцев, игл, ампул.

Нинка не возражает ему. И мужик покорно распахивает перед ней и Володей дверцу.

— Кто ж от дармового отказывается?

В Солнцевском ресторане их усадили к окну.

Играет музыка.

Он сидит один на широкой стороне стола, против Нинки с мужиком, смотрит на Нинку. Эта красномордая баба жила с ним под одной крышей? Чем она берёт мужиков?

Трезвая голова копит злобу на Нинку.

Всё сильнее дёргается веко, всё сильнее сосёт под ложечкой. Хочется пить.

— Выпей, Вовчик. — Нинка ставит перед ним рюмку.

— Ты хочешь, чтобы я сдох? Сама говорила, нельзя пить…

Нинка с мужиком танцуют, он смотрит на них. Они подходят друг другу: оба толстые, коротконогие, голова к голове. Ему Нинка не нужна. Ему нужен последний укол.

— Выпей, Вовчик, — снова перед ним рюмка.

— Значит, так, вот тебе пятьдесят, — говорит Володя мужику. — Расплачивайся. Мне Нинка только сегодня нужна, завтра можешь брать её навсегда. Я завтра начинаю новую жизнь, я завтра пойду учиться и возвращать жену. Вот как. — Он говорит мужику, а смотрит на бордовую тяжёлую штору, на фоне которой мужик кажется солиднее и важнее. — Идём, Нинон, погуляем.

— Дело говоришь. Плясать будем? — обрадовалась Нинка. — Айда. — Быстрым ходом она кидается к двери, Володя — за ней, счастливый, что так легко отвязались от мужика.

От жажды в голове шумит, в груди дрожит возбуждение.

Зачем ему нужен последний укол, он не знает. Хочет последний раз испытать то, что делает с ним Нинка, и понять: как она его заколдовывает?

— Плясать будем, слышишь? — кричит Нинка.

— Слышу! — тоже кричит он в ответ.

У дверей квартиры понимает: он забыл ключ в куртке, в какой ходит каждый день. Но ничуть не расстраивается.

— Не горюй, Нинка, нам с тобой есть где плясать. Идём к сестре. Ключ мой там лежит. У сестры проигрыватель первый сорт, пластинки первый сорт!

Сестра открывает дверь не сразу. Она снова на сносях, сонная, опухшая. Мимо неё Володя ведёт Нинку в гостиную, не раздеваясь, на полную мощность включает проигрыватель.

— Айда, Нинон, давай, — крутит он Нинку, вертит, гордый, что нашёл ей музыку.

И тут Натка перед ними — в ночной рубашке, выпятив к ним живот.

— Совесть есть? Или всю пропил? Нам вставать в шесть. А вам, бездельникам, ногами дрыгать негде?

— Гонишь? — задёргалось веко, закружилась голова. — Родному брату нет пристанища, да? Давай мой ключ, я свой забыл дома, в куртке, и катись спать.

Натка плюнула.

— Тьфу на тебя, пропасть, из-за ключа покою нет. Твой ключ на объекте, у матери в пальто. Убирайся, пьяница!

Наткины слова разъели нутро. Схватил пластинку, шмякнул об пол, потащил Нинку к выходу.

Как ни странно, та покорно следовала за ним.

На объекте они были через час.

Дядя Вася всё-таки выстроил летний домишко: комната да кухня. Домишко не запирался. Володя привёл Нинку прямо в этот домишко. Сходил за дровами, затопил.

Дрожали от ожидания руки.

Придя в этот дом, он, наконец, понял, зачем ему так нужна Нинка. Он хочет отыграться. Нинка сделает ему укол, а он, как в былые денёчки, покажет ей, что к чему, не осрамится: он чувствует в себе прежнюю силу. Вот что ему надо: не Нинка бросит его, а он бросит Нинку — победив её. Что это за мужик, которого бросают бабы? Одной Натальи хватит ему на целую жизнь. Теперь будет бросать он. Он поставит Нинку на место. Сбросил пальто, велел раздеться Нинке. Потирал руки, унимал их дрожь.

Скорее укол! Без укола победить Нинку он не сможет.

Нинка стояла у печки, не снимая пальто, грелась.

— Нинон! — торжественно сказал он. — Я тебя отпускаю на все четыре стороны. Твой хахаль тебе подходит. Валяй дуй к нему. Прошу тебя, последний укол!

— Пальцем я тебе его сделаю, что ли? — вызывающе захохотала Нинка. — В ресторане инструмент забыла!

Нарочно не взяла с собой чемоданчик? Потому так покорно и шла за ним всюду? Она не хочет подарить ему превосходство. Напрасно он призывал себя к терпению, он уже не помнил себя: валил Нинку на голый пол, сдирал с неё бельё. Но, как ни бился, как ни мучился, овладеть ею не смог.

— Давай, красавчик, давай! Покажи свою прыть. Может, я ещё погожу бросать тебя, огурчик мой солёненький, — балабольством обессилевала его Нинка.

В неистовстве, в неистребимой тоске и унижении он стал бить её. Она завизжала. На пороге появились мать и дядя Вася. Дядя Вася кинулся отнимать Нинку, в которую Володя вцепился мёртвой хваткой.

— Ах ты, выкормыш гнилой! — замолотил по его спине дядя Вася. Наконец Нинка вырвалась, побежала в большой дом.

— Я милицию вызову! — закричала на бегу.

На весь участок звенел второй телефон — Нинка набирала номер. Лаял Дик, рвался с цепи.

— Вовочка, идём спать, я тебя уложу. Пусть халда спит здесь. Идём, сыночек. Неужели ты опять пьяный? Выспишься, хмель выйдет. Идём!

Дядя Вася тонко выговаривал:

— Не умеешь жить, непуть. Одно безобразие от тебя. В исправительную колонию тебя нужно.

— Вовчик! — в дверях появилась улыбающаяся Нинка. — Поедем в Солнцево, я возьму чемоданчик. — Ссадина у неё под глазом налилась чернотой, кровоточила, Нинка сладко улыбалась. Обняла его, прижалась толстым брюхом. — Вспомним былое. Пошли!

— Останься, Вовочка! — просила мать. Она была в пальто, а ноги — голые, в тапочках. Почему-то его очень волновало, что у матери голые ноги. В тёмно-синих толстых жилах.

— Иди, мам, спать, ты замёрзла.

— Непуть, — тонко верещал дядя Вася. — Не умеешь жить. За тридцать, а ума не нажил.

— Я жду, Вовчик. — Нинка при дяде Васе подтягивала бесстыдно чулки, поправляла голубые штаны, одёргивала юбку. — Мы успеем на последнюю электричку, идём, красавчик!

— Вовочка, ложись спать, — плакала мать. — Поздно.

Голова была совсем ясная. Наташа, когда спала, сворачивалась калачиком, тыркалась в него коленками. Он ладонями укрывал её коленки.

Ему нужно начать завтрашний день дома. Завтра состоится новая жизнь. Чистая. Он начнёт учиться… Не слабак же он? Прутик смог, и он сможет. Пусть сейчас со всеми, кого он любил, — с Наташей, Прутиком и Михаилом, у него порваны соединяющие нити, он натянет их снова.

Не отрываясь, смотрит на материны синие жилы на ногах.

— Лошадь ты, мать, эко тебя жизнь выдоила, — сказал. — Заездили мы все тебя. — С матерью не порваны нити. Чем с ней связан, не знает, но что-то держит их вместе, что-то есть у них общее. — Ты, мама, замёрзла, иди ложись. — Неуклюже обнял её, подтолкнул к двери. — Я сам разберусь с этой сукой. Дай ключ, я свой оставил дома.

…Вышли из дома.

К нему кинулся Дик, обхватил лапами за шею, лизал лицо.

— Эх, знал бы я, что приду сюда, принёс бы тебе костей. Эх, Дик ты мой!

Он любил приносить Дику остатки пищи, когда работал официантом. Они с Наташей и Майей приезжали сюда по субботам — гуляли в лесу. Дик нёсся впереди, размахивая весёлым хвостом. Майя неслась следом. Они с Наташей шли не торопясь. Дик — не Друг, он не в меру суетлив, не в меру болтлив, но его можно понять: целый день ходит по проволоке, его никто не любит так, как он любил Друга. И всё-таки Дик — это весточка от Друга. Прижался к Дику всем телом, очищаясь от Нинки.

— Мы опоздаем на последнюю электричку, Вовчик, — ласкала его голосом Нинка.

Пошёл, провожаемый жалким поскуливанием Дика.

Лес затаился холодом, тьмой и тишиной.

Володя был удивительно спокоен. В этом лесу он гулял с Наташей и Майей, это его лес, и пусть он сейчас тёмный, осенний, пусть копит в себе холод — идёт зима, пусть таится тишиной, он — живой: в нём живут птицы, кроты, мыши и даже лисы. Придёт завтра, лес очнётся к жизни.

Завтра зависит только от него.

Нинка, как и он, молчала всю дорогу.

4

Солнцево спало. Пустынные широкие улицы, сонные окна.

Раньше, в войну, после войны, никто бы не назвал Солнцево городом. И название у него было двусмысленное — Суково. Теперь Солнцево разрослось, вскинулось вверх этажами, сияло огнями. Особенно празднично возле ресторана. Широкие, высокие окна, несмотря на поздний час, освещены. Яркая вывеска — «Солнечный».

— Подожди минутку, мне оставили мой чемоданчик, — Нинка смотрит на него снизу заискивающе. — Я сейчас… и пойдём домой. Сделаю тебе укол.

Он уже не хочет укола. Он дождётся Нинку, проводит — не отпускать же её ночью одну! С Нинкой всё. Он хочет к себе домой — вот он, ключ от его дома, в кармане. Завтра начнётся новая жизнь. Проснётся, отмоется от Нинки в ванне, выпьет чаю и всё — с чистого листа.

Просветлённая голова, покой — что ещё нужно…

Тонко, как дядя Вася, Нинка крикнула «Давай!», скрываясь в дверях ресторана, и сзади на Володю обрушился удар. Замелькали перед глазами чёрные пятна вперемешку с осколками — словно лопнули все стёкла «Солнечного». Он упал, последним усилием вывернул лицо — его бьёт ногами мордатый мужик, рядом — милиционер. По голове, в пах, по рукам и ногам, перебивая их. Вышибли три зуба, один он проглотил. Огнём налились пальцы, голова.

И — чернота.

Всё-таки очнулся. Вместо одного глаза — лепёшка. Щёлкой другого видит тусклый свет.

Захотел пошевелить языком, не смог.

«Почему снова перед старухой её корыто?» — голос бабы Леты. «Почему у твоего Самозванца такая большая голова?» — голос Нестора Григорьевича. «Ну-ка, ребятки, скажите, почему рассказ называется «Попрыгунья»?»» — голос Лидии Сидоровны. Все трое обступили его, теребят: «Вставай!».

Он ответит на все вопросы. Он начнёт новую жизнь.

Нужно скорее попасть домой, пока не наступило утро, успеть выспаться. Выставив зад, попробовал опереться на руки — даже не пошевелился. Ноги чувствует — замёрзли.

«Ты будешь большим человеком! Вставай!» — голос Нестора Григорьевича.

Иди! — приказывает себе. — Иди!

И встал. И пошёл. Ещё одна улица… Ещё.

В щёлку глаза пытается рассмотреть свою улицу. Раз дом, ещё один. Следующий — его.

Чёрные пятна, вспыхивают искры… ничего не видит. Ощупью, целую вечность, движется к дому.

Скорее спать.

Главное — подняться на свой второй этаж. Шаг. Ещё шаг. Последний. Вот его дверь.

Шевельнул рукой, не почувствовал, в другой — резкая боль: значит, живая. Достать из кармана ключ, всунуть в замочную скважину. Проходит час, два: боль тушит сознание. Но он должен попасть домой! Дома его ждёт завтра. Ключ повернулся. От резкой боли — снова беспамятство.

Вынырнул из него. Жить сначала…

Запахи дома — чужие. Здесь долго жила Нинка, принесла свои запахи: пота, водки, духов «Манон».

Он хочет к Наташе. Наташа не любила духов. Наташа не пила водки, как Нинка. От неё никогда не пахло потом. Наташа — девочка. Его ребёнок. Он отвечает за неё. Плечом толкнул дверь в её комнату. Здесь должна быть тахтушка… Наташа любила прикорнуть на ней днём. К Наташе… И он повалился в Наташины нетронутые запахи. Наташа бежит к нему навстречу по крутой горбушке над прудом: «Володя пришёл!».

—Как он мог дойти?—Наташин голос.—Кровь по следу.—Наташа знает, что он начинает новую жизнь. Поэтому и пришла к нему.—Володя!—её голос.

Только она так широко, так долго называла его—«Во-ло-о-дя». Терпеть не могла «Вовка», «Вова». Она говорила: у него просторное имя.

Зачем она плачет? Разве они теперь не вместе? Вместе начнут новую жизнь. Он знал, она не сможет жить без него. Зачем ей Евгений Львович? Он Наташе чужой. Наташа всегда любила только его. Он выучится, он докажет ей, что ничуть не глупее Евгения Львовича. Неужели пять университетских лет—такая пропасть между людьми? Ерунда. Из университета может выйти дурак. А он всегда соображал.

—Операцию сделаю. Но ничего не обещаю.

Как смешно, Наташа плачет. Это не Наташа, это мать. Нет, мать не плачет. Голос у матери злой:

—Если врач, отвечай.—И тут же мать зовёт его:—Вовочка, сыночек, скажи что-нибудь.

Навстречу бежит Друг в оранжевом солнце. Повизгивает от восторга. Это плачет Дик. Дик, Друг. Они бегут вдвоём, наперегонки. Снова плачет мать. Наташа стоит под душем. На неё снегом идёт свет. Чистота какая… От маленькой тугой Наташиной груди— брызги. Вода—золотая. Его руки у Наташи на животе. Нет, вместе со светом Наташа проникла в него. Наконец она проникла в него, свернулась калачиком, обняла его сердце, потушила в нём огонь. Всегда, когда она рядом,—покой. Снег падает. В их Солнечном. Не снег. Свет. Только свет. У матери синие ноги. «Лошадь,—хочет сказать он матери. А губы, а язык не шевелятся. У него нет зубов, у него огонь вместо рта.—Я счастливее тебя,—кричит он матери.—Глупая мама. Я пожил, а ты всегда в узде, только работа…». Качается синяя мать и снег на чашах весов.

Снег в крови. Кровью обожгло голову. Падает снег. Оранжевое существо движется к нему. Это не снег падает. Это обливает его свет. Свет везде. И в свете к нему навстречу бежит Друг. И тётя Саша спешит к нему, улыбается. И баба Лета. И баба Устя. Наконец баба Устя вернулась к нему. Все вместе завтра начнут жить, с оранжевой Наташей в сердце, со светящимся существом, которое тушит боль.

—Мама, отнеси Дику костей! Мама, Дик плачет.

Как громко плачет Дик! Это Друг. Зачем же плакать, если они с Другом снова вместе? Чисто. Свет идёт. Нет боли. Покой. Началось завтра. И с ним все, кого он любит: Друг, баба Лета, баба Устя.

На Солнцево осел туман. В двух шагах не видно человека, дерева. Ощупью Христина идёт к Лене Борисовне. В неё проникает туман, обволакивает тишиной. Существуют только запахи: булочной, аптеки, помойки, холода осени.

Её сын — при смерти. Много дней провела она возле реанимации. И сегодня. С двух сторон держат её две Наташи: дочка, выставив вперёд второе пузо, и бывшая невестка. Невестка вывернула ей плечо — повисла всей тяжестью.

Нюра, племянница, Пашина дочка… Высокая шляпка у Нюры. Серёжина невестка — Нюра. Приехала прощаться с Вовочкой. Её глаза пугают Христину своей косиной, отворачивается от Нюры. А Нюра кричит в ухо:

— Тётя Валя, он ещё выживет! Видишь, врачи возятся!

Рядом с Нюрой два мальчика. Ни на минуту не расстаётся Нюра с сыновьями. А они считают лампочки в коридоре и людей — ждут, когда их пустят постоять над умирающим.

Наташа-невестка выворачивает Христинино плечо.

Идёт к ним по коридору Лёня, совсем сморщенный и маленький. Сто лет Лёню не видела.

— Поплачь, Валь, — старческим голосом приказывает Лёня. — Плакать тебе нужно. Детей терять… — Лёня закашлялся, махнул рукой, сел возле двери, над которой громадные буквы — «Реанимация», стал утирать слёзы клетчатым платком.

— Вот как дитё терять! — эхом выдохнула Христина. — И-и, мама! Вот почему ты не отдала меня за Серёжу. И-и, мама! Да я эту суку… Извела мне сына…

Подошла к ней Лена Борисовна. «Надейтесь, Христина Андреевна! Верьте!» — сказала и стала смотреть на Наташу-невестку. Наташа вспыхнула под её взглядом. Попросила:

— Поедемте, Валентина Андреевна! Володя хотел бы… отца позвать бы! Миша на всякий случай дал машину.

— Обязательно отца нужно позвать! — кивает Лена Борисовна.

— Мы здесь будем! — обещает Лёня.

Ехали молча. Долго искали дом. Одинаковые белые башни, номера на них не прописаны. Вовка, помнится, говорил, дом кирпичный. Им подсказали: вон, за той башней.

Щуплый старичок открыл им дверь.

— Кто вы будете Илье Ивановичу?

Христина молчала.

— Я невестка, — сказала Наташа. — Приехала сказать о сыне. Умирает. Ехать надо проститься.

Старичок часто закивал:

— Заходите давайте. Производственная часть окончена.

В передней по углам и плинтусам пыль. Грязно живут.

— А вы кто ему? — дерзко спросила Наташа.

— Сосед я Илье Иванычу буду, — обрадовался вопросу старичок. — Мы с ним вместе работали, значит, на одном заводе. Доживаем вместе. Я сейчас общественник, работаю в ЖЭКе, вот как. Я отвечаю за политические мероприятия.

— Капитон! — узнала Христина.

Стояли смотрели друг на друга. Капитон заплакал, старчески втягивая носом слёзы с соплями.

— Меня тоже взяли. За Любовь Васильевну. Я не виноват был… — крикнул он. Добавил гордо: — Выпустили. Видишь вот, какой я стал. Уби-итый весь.

Вдруг по двери изнутри комнаты забарабанили:

— Замолчи, старый дурак. Кто ко мне пришёл?

Капитон хотел ответить, ответила Наташа:

— Илья Иванович, я — ваша невестка, пришла сказать…

— Знаю. Получил телеграмму, — застучал в дверь кулаками Илья. — Бросила Володьку. Уби-ила Володьку. Ты уби-ила. Он ко мне приезжал. Пьяный. Без памяти. Видел я. Убирайся. Все убирайтесь. Не открою. И смотреть на умирающего не желаю! Уби-или моего сына!

Вернулись в больницу. Врач велел всем идти домой. Никого не пустит. Чтоб приходили завтра. Лёня с Нюркой и Наткой поехали домой. Наташу Миша увёз.

А у неё горит внутри. Она идёт к Лене Борисовне. Идёт медленно — сквозь туман дороги не видно, и ноги затекли туманом. Вены набухли, когда с Наташей тащили Вовочку на кровать. На тахтушке не уместился, повис ногами.

Она помнит, на всех кричала: Вовочку разносила, Наташу-невестку ругала, Натку, Васю. Теперь крику нету. Злых слов ни к кому нету. Снова поселилось терпение. Васька что-то говорит — пусть говорит. Дочка вещи разбросала — пусть разбросала. Внучка чашку разбила. Пусть. Нету к ним слов. Вовочку ругала. Обижала Вовочку.

Вовочке пальцы перебили. Сильно удивлялся врач, как Вовочка ключ достал да всунул в замок, как повернул. Сам открывал: карман, ключ, дверь — в крови.

Не понимает врач, как дошёл Вовочка. Нога одна перебита, внизу живота всё отбито, чё-ёрное.

Голову пробили Вовочке. Операцию сделали, врач сразу сказал: «Не отвечаю, будет жить или не будет».

Вовочка смотрит на Христину щёлкой глаза, хочет что-то сказать: «Лошадь…» Зачем — «лошадь»? Лошадь ни при чём. «Счастливее тебя». Он не говорит. Ей кажется: он хочет это сказать. Раздвигает чёрные губы — ей улыбается! Она своими сплющенными пальцами нашла одно живое место у Вовочки — щёку, гладит. «Вовочка, сынок, — говорит ему Христина. — Живи, прошу тебя, Вовочка».

Туман напрягает её — поворот прошла? Вроде вот он, поворот.

Кастрюля не оттирается. Дно подгорело, к стенкам крепко прижилась пшеничная крупа «Артек», намертво пристыла.

Христина взяла железку, стала стенку драть. Пустое. Железка не берёт. «Гигиеной» потёрла. Всё равно нету полной чистоты. В кастрюле литров десять — голодных собак в округе много. С трудом на плиту её водрузила. Раньше всё легко было, сейчас руки не держат.

В ванной скопилось белья!

Христина любит стирать. Горячую воду любит. Грязная рубашка, потрёшь богатой пеной — чистая.

Дочка много своего накидала. Её мужа рубашка. По вороту — чернота. Пальцы начинают гореть — так трёт ворот, берёт щётку. Оттирается! Низко над ванной склонилась. Любит, когда воды — просторно. Зад вверх выставила, голова с руками внизу. В голове горячо.

И вдруг рубашку выронила, выпрямилась, на край ванны села.

— Вовка, Вовка… — шепчет. Ей кажется, кричит.

Горячая вода течёт. От воды — парок. Разбавляется мыльная вода. Снова нужно сыпать порошок. Руки сами к мыльной воде потянулись, к грязному вороту рубашки.

— Обедать будем сегодня? — появилась Лена Борисовна. — Или будем голодать?

Христина смотрит на Лену Борисовну.

— Страшная какая ты стала, Лена Борисовна, одне морщины, — говорит Христина.

— Садись, Христина, чаю попьём.

Пьют чай, как пьют его много лет, — вдвоём. Снова рассказывает ей Лена Борисовна про чужих людей: про Антигону — как Антигона хоронила своего брата, про Гаршина, про доктора Чехова.

— Нинку в тюрьму посадили, — перебивает её Христина. — От работы навсегда освободили. — Лена Борисовна кивает, продолжает рассказывать. Христина опять перебивает её: — Прими назад своего учёного. Наташа его давно выгнала…

— Он звонил мне, просился. Приезжал. Ты поплачь, Христина Андреевна. Внутри почернела. Поплачь, прошу тебя. Легче станет.

Ещё, может быть, всё обойдётся! А я уж как-нибудь без своего буду жить. Привыкла. Дети вечером с работы приедут. Я, Христина Андреевна, должна сдавать большую работу, некогда мне сейчас толковать с Евгением Львовичем. А тебе нужно плакать. Слышишь? Тогда, может, поможешь, и Володя выживет!

Звонит телефон. Витя, Наткин муж:

— Валентина Андреевна, сын у меня, слышите? Идите домой, дядя Вася пол-литру принёс, обмывать надо. А ещё телеграмма: ваш бывший муж умер. Слышите? Сын у меня…

— Ты поплачь, Христина Андреевна, — просит Лена Борисовна.

Шла домой. В двух шагах не видно дерева, человека, дома. Даже фонари не дают свет.

На Солнцево осел туман.

И вдруг бухнулась на колени прямо на дорогу:

— Мама, вымоли у твоего Бога помощи! Мама, верни в жизнь Вовочку! — И без перехода: — Господи, спаси сына! Прости меня за мои крики! Верни сына! Господи! Спаси! Клянусь, ни разу не крикну! Я развела сына с Наташкой! Прости, Господи, меня! Помилуй сына! Господи! Мама, помоги!

6

Наташа исчезает. Как много света! Отец склоняется над ним, кладёт руку на его лоб. Смотрит на него. Из его глаз струится тепло. «Сейчас ты услышишь, как скачут зайцы!», — он дудит в трубу. «Слушай, водопад шумит. Я так хотел увидеть водопад! Светлая вода падает с бешеной скоростью!». «Сынок, мы теперь всегда будем вместе! Я пришёл за тобой, я тебя больше никогда не оставлю».

— Сынок! Иди обратно. Ты рано пришёл. — Рядом с ним баба Лета. Отец слушает её, а смотрит на него. В его руках труба. Голос бабы Леты гладит его глаза, и Володя чувствует глаза — боль стихает. — Ну-ка, борись, сынок! Я всегда рядом с тобой. Я помогу. Никогда тебя не брошу. Вот тебе Свет… Он спасёт тебя! И ты начнёшь всё с чистого листа… ты докажешь Наташе…

Это не баба Лета. Это баба Устя. Она улыбается, как улыбалась, когда разрешила оставить Друга, когда вернулся из армии, когда привёл в дом Наташу.

— Ты шёл не по своему пути, сынок. Уроки жестоки. Но главный — впереди: ты должен подняться на новую ступеньку. Ты поднимешься. Бог поможет тебе, если ты сам захочешь… Ты сильный, ты умный! — Баба Устя гладит его по глазам, и оба распахиваются широко, и в них льётся Свет. Гладит по щеке и по перебитым рукам и ногам, и сквозь него течёт Свет — волнами заливает его, врачует его. — Он через меня посылает тебе Свет, Он Всё заживляет! Ты хочешь учиться, сынок! Иди учиться! Иди жить. Иди к Наташе. Ты поднимешься на новую ступень. Я буду беречь тебя. Я охраняю тебя, сынок! Помоги мне, сынок: только ты сам… Свет Бога прими в себя!

— Сильный организм, — резкий голос.

— Сынок! Наташа ждёт тебя… — Баба Устя ещё раз укрывает его боль Светом и теплом и пятится от него.

«Не бросай меня одного!» — хочет Володя крикнуть. Но баба Устя всё дальше отступает от него вместе со Светом. А тот Свет в нём остаётся.

«Не уходи, баба Устя! Я всю жизнь… тебя…» Баба Устя улыбается ему и пятится от него всё дальше, дальше.

И отец пятится — лишь взгляд его прикован к Володе.

И Друг пятится от него. И баба Лета.

Над ним — лицо Наташи.

— Пожалуйста, живи, Володя! Я всегда буду с тобой! И Майя. Ты кончишь университет. Володя, пожалуйста, не бросай меня одну!

Коктебель — Переделкино
1978–1979 годы